读客外国小说文库

读客激发个人成长

被遗忘的花园

[澳]凯特·莫顿 著　廖素珊 译

The Forgotten Garden

Kate Morton

上海文艺出版社

献给奥利弗和刘易斯

他们比童话故事里的所有金丝还要珍贵

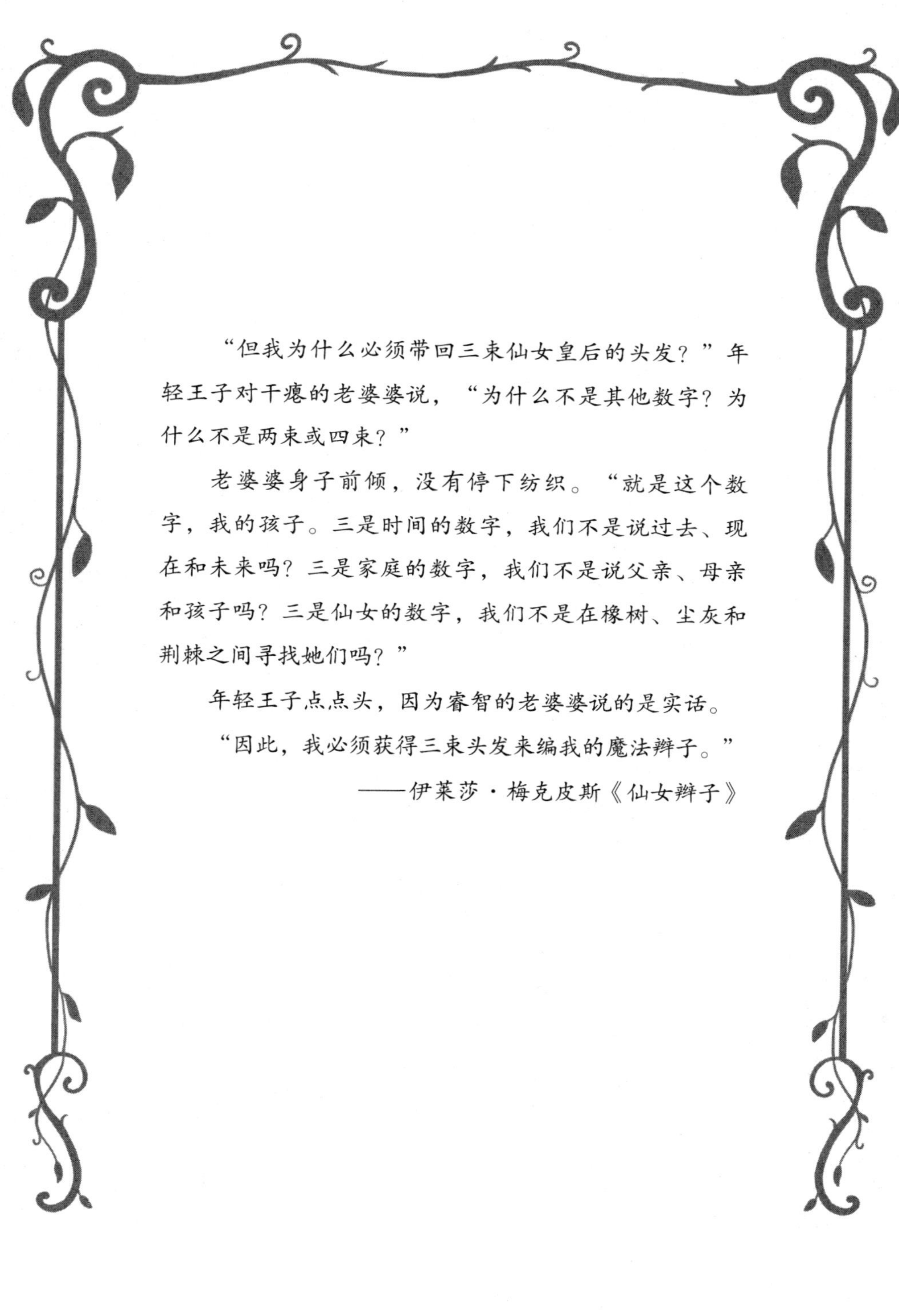

“但我为什么必须带回三束仙女皇后的头发？”年轻王子对干瘪的老婆婆说，“为什么不是其他数字？为什么不是两束或四束？”

老婆婆身子前倾，没有停下纺织。“就是这个数字，我的孩子。三是时间的数字，我们不是说过去、现在和未来吗？三是家庭的数字，我们不是说父亲、母亲和孩子吗？三是仙女的数字，我们不是在橡树、尘灰和荆棘之间寻找她们吗？”

年轻王子点点头，因为睿智的老婆婆说的是实话。

“因此，我必须获得三束头发来编我的魔法辫子。”

——伊莱莎·梅克皮斯《仙女辫子》

第一部

1

伦敦，1913

小女孩蹲伏的地方一片漆黑，但她还是听话地乖乖躲好。那位女士叫她等待，说她们还不安全，必须像老鼠般安静无声。小女孩知道这是个游戏，就像捉迷藏。

她在一堆木桶后面倾听着外面的动静，用爸爸教的方法在心里描出一幅画。远远近近的男人们，她猜是那些水手，互相高吼着，粗哑高亢的声音中满是海水的咸味。远处的船号、锡笛、桨声鼓胀着耳膜。更高处，灰色的海鸥呱呱叫嚷，展开的翅膀沐浴着璀璨的阳光。

那位女士一定会回来，她是这么说的，但小女孩希望她快点。她已经等了好久好久，久到太阳都已跨过天际，透过她的新裙子暖暖地照着膝头。她期待听到女士的裙子擦过木制甲板的窸窣声。她的鞋跟敲着地面，很急。她走路总是很急，妈妈从来不会这样。小女孩以那些备受宠爱的孩子的茫然，好奇地想，妈妈会在哪里？她什么时候会来？她也对那位女士感到好奇。她知道她是谁，她听到外婆谈论她。那位女士叫“女作家”，住在庄园远处的小屋里，离迷宫不远。小女孩不应该知道这件事，大人们禁止她去荆棘密布的迷宫玩耍。妈妈和外婆告诫她，靠近悬崖很危险。但偶尔没有人看到的时候，她喜欢做被禁止的事。

几百粒尘埃在两个木桶间的银色阳光中尽情飞舞。小女孩笑了，女作家、悬崖、迷宫和妈妈离开了她的思绪。她伸出一根手指，试图抓住一粒尘埃，可没等太靠近，尘埃便盘旋着躲开了。她大笑起来。

在她躲藏处下方的吵闹声变了。小女孩听到一阵骚动，狂吼中交织着兴奋。她倾身躲进光影的薄纱中，将脸贴在冰冷的桶面上，用一只眼睛窥视着甲板。

腿、鞋子、衬裙的裙摆褶边匆匆来去。色彩缤纷的纸带轻快地飘动。狡猾的海鸥在甲板上搜寻着碎面包屑。

大船突然侧倾，船腹深处一声呜咽，绵长低沉。震动穿过甲板传到了小女孩的指尖。她惊慌失措地等了片刻，手掌紧贴在身子两侧，屏住呼吸。大船开了，慢慢驶离码头。船号轰鸣，欢呼声、“一路平安”的祝福声如波浪般起伏。他们出发了。去美国，去一个叫纽约的地方，爸爸就是在那里出生的。她有好一阵子听到他们低声说着这件事。妈妈告诉爸爸，他们应该尽快去，不能再拖延下去。

小女孩再次大笑起来。大船像庞大的鲸鱼般灵巧地滑过水面，就像爸爸常念给她听的《白鲸记》中的鲸鱼。爸爸读这类故事时，妈妈并不开心。她总说太吓人，会在小女孩脑海中留下不可磨灭的古怪想法。妈妈这样说时，爸爸总是在妈妈额头上亲吻一下，告诉她，她说得对，他将来会小心一点。但他仍然给小女孩讲大鲸鱼，还有没有眼睛的干瘪老婆婆、孑然一身的女孩，以及横越海洋的长途旅行，都是一本童话书里她最爱的故事。他说，只要妈妈不知道就好，这是他们的秘密。

小女孩知道他们为什么得瞒着妈妈守住这些秘密。妈妈身体羸弱，自从小女孩出生后就病痛不断。外婆要她做个乖小孩，警告她说如果惹妈妈心烦，就会有恐怖的事情发生，那时一切便是她的错了。小女孩爱妈妈，不想让她悲伤，也不想看到可怕的事情发生，所以她一直守护着秘密。比如那些童话故事，在迷宫附近玩耍，还有爸爸带着她到庄园远处的小屋里拜访女作家。

“啊哈！”她耳边响起一个声音，“找到你啦！”木桶被用力地推开，小女孩在阳光下眯起眼睛，不停地眨着，直到声音的主人挡住强烈的光线。是个大男孩，八九岁的样子，她猜。“你不是萨莉。”他说。

小女孩摇摇头。

“你是谁？”

她不能告诉任何人她的名字。这是她和那位女士在玩的游戏。

“怎么了？”

“这是秘密。”

他的鼻子皱起来，雀斑缩成一团。“为什么？”

她耸耸肩。她不该讲出那位女士的事，爸爸总是这样叮嘱。

“萨莉到底躲到哪里去了？”男孩开始不耐烦起来，东张西望，“我确定她跑来这边了。”

甲板更深处传来笑声、纷乱的脚步声。男孩的脸一下子亮了起来。“快点！”他说着已狂奔起来，“她要跑掉了。”

小女孩从木桶后探出头，看他在人群间穿梭，在一片混乱的白色裙裾间展开心急的追捕。

她的脚趾发痒，很想加入他们。但那位女士说过要她乖乖等待。

男孩愈跑愈远，避开一位给胡子上了蜡的肥胖男人，男人有些不高兴，五官紧缩成一团，好像受惊的螃蟹。

小女孩又大笑出声。

也许，这些都是游戏的一部分。那位女士总是让她觉得是个小孩而不是大人。也许她也在玩。

小女孩偷偷从木桶后溜出，慢慢站起来。已经麻木的左脚一片刺痛。她等了一会儿，让刺痛的感觉过去，看着男孩转过拐角消失不见。

然后，她想也不想，开始追他。脚步重重地踩在地上，胸膛里的心欢欣高唱。

2

布里斯班，*1930*

他们最后在拉特罗布高地的福里斯特庄园举办奈儿的生日派对。休原本建议去镇里的新舞厅，但奈儿说话的口吻却像极了她的母亲——她说，他们现在手头并不宽裕，花不必要的钱是愚蠢之举。休最后只好让步，但坚持要她从悉尼订购礼服要用的一款特别的蕾丝。莉儿在去世前跟他提过这件事。她侧过身子，抓紧他的手，让他看附有皮特街地址的报纸广告，告诉他那里的蕾丝非常精致，这对奈儿来说意义重大。这也许很奢侈，但是，等以后时机来了，他们就可以把蕾丝缝到婚纱上。然后，她朝他微笑，仿佛她再次回到十六岁，而他仍旧深爱着她，依然为她痴迷。

那时，莉儿和奈儿已经为生日礼服忙了两个星期。傍晚时分，奈儿从卖报纸的小店回家，喝完茶后，小妹妹们在阳台上慵懒地斗嘴，蚊子在夜晚闷热的空气中凝聚成厚厚的一团，让你觉得你会被嗡嗡声吵到发疯，那时，奈儿会取下她的编织篮，在母亲的病榻旁拉出一把椅子坐下。休有时听得到她们纵声大笑，轻快地讲着卖报小店里发生的事：马克斯·菲茨西蒙斯先生又跟哪个顾客吵架了，布莱克韦尔太太对身体病痛的最新抱怨，南希·布朗家双胞胎的荒诞行为。他会在门边徘徊，将烟草填入烟斗，听奈儿放低声音，脸上带着愉悦的酡红，倾诉着丹尼说过的话。他承诺他们结婚时会给她买一栋房子，他父亲认为他可以低价买入一辆汽车，还有麦克惠特百货公司里最新型的搅拌机。

休喜欢丹尼。对奈儿来说，没有比他更好的人生伴侣了。他们自从认识之后，便一直形影不离。看他们亲亲密密在一起，会让休想起他和莉儿早年的婚姻生活。他们那时如胶似漆，未来毫无瑕疵地在眼前默默伸展，没有边际。这是一段幸福的婚姻。他们也曾面临考验，是在女儿们降生前，但他们总能以某种方式和解，继续相亲相爱……

他的烟斗填满了烟草，徘徊不去的借口消失了。休会走开，在前面阳台上找一个静谧的角落，默默坐在黑暗中，或尽量保持心灵的平静，因为他有一屋子吵闹的女儿，而且一个比一个容易兴奋。他拿着苍蝇拍坐在窗台旁，以防蚊子过于接近。然后，他会独自循着自己的思绪，思绪往往无可避免地转向他保守多年的秘密。

时候到了，他感觉得到。他长年偷偷隐藏的压力最近开始升高。她快满二十一岁了，是一个准备展开自己人生的成熟女人，订了婚，很快就会结婚。她有权知道真相。

他知道莉儿会说什么，所以他没有告诉她。他不想让莉儿担心，在人生最后的日子里还要试图说服他打消念头，就像她过去常常做的那样。

有时候，当休想到坦白时该采用哪些语句时，他发现自己暗自希望这个秘密属于其他女儿。这种时候他会诅咒自己，竟敢承认他最爱奈儿，哪怕是对自己承认。

但奈儿一向很特别，与其他女儿不同。她精力充沛，想象力丰富。他常认为她更像莉儿，但这点当然说不通。

他们在椽木上别上丝带，白色丝带配她的礼服，红色丝带配她的发色。这个古老的木制大厅也许没有镇里新造砖房的时髦和豪华，但也被擦洗得焕然一新。靠近舞台后方，奈儿的四个妹妹特地放了一张摆生日礼物的桌子，上面堆满了东西。几位来自教会的女士一起负责做晚餐，埃塞尔·莫蒂默正在试着弹奏钢琴，战时的浪漫舞曲从她指尖下流泻出来，在大厅中轻快地飘荡回响。

刚开始，年轻男女各自紧张地聚集在墙边，但随着音乐响起，外向活泼的小伙子们壮起胆子，开始向小姐邀舞，然后两两走进舞池。妹妹们渴望不已地看着，最后不得不退入厨房，帮忙将装着三明治的托盘拿到晚餐桌上。

演讲时刻来临时，人们的双颊闪耀着动人的光芒，鞋子因跳舞而稍有磨损。牧师的妻子玛西·麦克唐纳轻敲玻璃杯，于是每个人都转头望向休，他正从胸前口袋里拿出一小张纸条，将它摊开。他清了清嗓子，一手抚过梳理整齐的头发。他一向不擅长演讲，总是避免表现得引人注意，以保留自己的意见，乐于让更敢说话的人发表看法。但女儿已经长大，他的责任就是引领她进入社交界。他一直是个负责的人，循规蹈矩。大部分时候如此。

码头的同事大叫起哄时，他笑了，然后用手掌托着那张纸，深吸一口气，逐一读出他用小小的黑色字体潦草地在纸上列出的演讲重点：他和奈儿的母亲一直以她为傲；她到来时他们深感幸福；他们非常喜爱丹尼。他说，莉儿去世前得知奈儿和丹尼订婚时特别开心。

提到妻子不久前的过世，休的眼睛顿时感到一阵刺痛，他沉默下来，停顿片刻，让目光来回逡巡在朋友和女儿之间，然后专注地凝视着微笑的奈儿。丹尼正在她耳边低声细语。他的眉间出现一片阴云。大家开始纳闷他是否要宣布什么大事，但时间慢慢流逝，他的表情又放松下来，然后将纸片收进口袋里。他微笑着说，他家也该有另外一个男人了，免得老是阴盛阳衰。

厨房里的女士们行动起来，忙着将茶端给宾客。休闲逛了一会儿，任凭人们走过他，擦着他的身体，拍拍他的肩膀，大嚷着“做得好，伙计”，也不知谁将一套茶碟塞进他手中。演讲很成功，但他还是无法放松心情。他的心跳慢慢加快，大厅不热，他却汗流浃背。

他当然知道原因。晚上的任务尚未结束。当他注意到奈儿从边门溜走，躲到小阳台上时，他知道机会来了。他清清嗓子，将茶杯放在摆放礼物的桌子上，然后从温暖喧哗的房间走出，进入冰凉的暗夜空气中。

奈儿正站在一棵孤寂的尤加利树的银绿色树干旁。休一度想过，如果整个山脊和两边的峡谷种满尤加利树，一定会构成令人惊诧的景观，满月时满目都是幽灵般的树干。

又来了。他在拖延时间。即使到现在他还想逃避责任，他太懦弱了。

一对黑色蝙蝠默默划过夜空，他走下摇晃的木制阶梯，跨越被露水打湿的草地。

她一定听到了他走近的脚步声，或许她感觉得到。他走近时，她转过身来微笑。

他走到她身旁，纳闷她在凝望哪颗星星，她说，她在思念妈妈。

她说这话时，休差点流泪。该死，她为什么要在这时提起莉儿？这让他觉得莉儿正在天上看着他，为他即将要做的事愤怒不已。他甚至觉得自己能听到莉儿的细碎声音，他们以往那些老掉牙的争执……

但这是他的想法，他心意已决。整件事毕竟是由他开始的。他以前也许是无意的，但是他让事情发展到这个地步，因此他有责任将事情导回正途。秘密总有一天会被发现，她当然最好是从他这里得知真相。

他执起奈儿的双手，各印上一吻。他握紧她的手，布满老茧的手掌感觉得到她手指的柔软平滑。

他的长女。

她冲他微笑，精致的蕾丝边礼服衬得她全身光芒四射。

他也微笑以对。

然后，他拉她坐到一截橡树树干上，树干平滑苍白，他倾身在她耳边低声细语，将他和她母亲守护了十七年的秘密转述给她。他等着她了然的眼神闪过。但她听懂了他说的故事时，表情骤然转变。他眼看着她的世界颓然崩溃，一直以来，那个作为奈儿的人刹那间消逝无踪。

3

布里斯班，2005

卡珊德拉好几天没离开医院了，尽管医生对她外婆能否清醒过来不抱太大希望。他说，在她这个年纪不太可能，何况她体内的吗啡量也过高。

夜班护士又来了，卡珊德拉因此知道现在不是白天。但她猜不出确切时间。在医院里时间过得浑浑噩噩：大厅的灯总是亮着，一台不知放在何处的电视机总是传出声音，手推车不管何时都在走廊里来来去去，嘎吱作响。这个非常依赖时间表的地方却执意在时间的寻常节奏外运作，令人觉得万分讽刺。

无论如何，卡珊德拉决心等待。她照看奈儿，在奈儿淹没于记忆的海洋中，在早期人生片段里不断起伏时，给予慰藉。想到外婆也许能战胜一切，找到重返现在的路，却发现自己孤零零地飘浮在生命边缘时，卡珊德拉便深感不忍。

护士拿下空袋子，换上装满的输液袋，拨了一下床后一个机器的刻度盘，然后拉直床单。

“她还没喝过任何东西。”卡珊德拉说，她的声音连自己听起来都很陌生，“一整天都没喝。”

护士抬起头，非常惊讶有人跟她说话。她的目光越过眼镜，凝视着卡珊德拉坐的椅子，卡珊德拉的膝盖上搭着一条皱巴巴的蓝绿色医院毛毯。“吓我一大跳，”护士说，“你在这里待了一整天，对不对？也许这样最好，不会太久了。”

卡珊德拉刻意忽略她话中的含意。“我们该给她东西喝吗？她一定渴了。”

护士叠好床单，漫不经心地塞在奈儿纤瘦的手臂下。“她没事。点滴会补充一切。”她检查奈儿的心电图，说话时没有抬头，“你需要的话，走廊尽头有茶具。”

护士离开后，卡珊德拉看见奈儿的眼睛睁开了，正瞪着她。“你是谁？”她用柔弱无力的声音说。

“是我，卡珊德拉。”

她显得慌乱。“我认识你吗？”

医生早就预料到会有这种情况，但这仍旧刺痛了卡珊德拉。“是的，奈儿。”

奈儿盯着她，眼睛呈现朦胧的灰色。她不确定地眨眨眼。“我不记得了……”

“……没事的。”

“我是谁？”

“你叫奈儿·安德鲁，”卡珊德拉握紧她的手，“你九十五岁了，住在帕丁顿的一栋老房子里。”

奈儿的双唇微微颤抖——她专心思索，试图从对方的话中理出头绪。

卡珊德拉从床头柜上抽出一张纸巾，伸过手去轻拭流到奈儿下巴上的口水。“你在拉特罗布高地的古董中心有个摊位，”她轻声地继续说，“那是你和我的摊位，我们在卖古董。”

“我认识你，”奈儿终于说，“你是莱斯利的女儿。”

卡珊德拉眨眨眼，吃了一惊。在她成长的漫长岁月里，在她搬回来住在奈儿房子楼下小房间的十年里，她们鲜少谈论她的母亲莱斯利。这是她们之间无言的默契，她们各自为了不同的理由，不想重新提起一个宁可淡忘的过去。

奈儿吃了一惊，慌乱的目光扫过卡珊德拉的脸。“那个男孩在哪儿？不在这里，但愿如此。他在这里吗？我不想让他碰我的东西。他会毁了它们。”

卡珊德拉觉得头晕。

“我的东西很珍贵。别让他靠近它们。”

卡珊德拉终于能说出话了，但只是结结巴巴的：“不……不，我不会让他这么做的。别担心，奈儿。他不在这里。”

稍后，当外婆再次失去意识时，卡珊德拉对心灵随意抛掷过去片段的残酷本事感到吃惊。为什么在临近人生尽头时，外婆的脑海中萦绕着早就离去的人的声音？这是普遍情况吗？那些就要登上死神沉寂大船的乘客总是会搜寻码头，寻找很久以前就消逝的脸庞吗？

然后卡珊德拉一定是睡着了，因为接下来她发现医院的气氛再次改变。她们被吸入暗夜通道的更深处。走廊的灯光微弱阴暗，沉睡的声音在她身旁环绕。她瘫坐在椅子上，脖子僵硬，脚踝因为盖不到薄毛毯而冰冷。她知道现在很晚了，她也很疲惫。到底是什么将她唤醒？

是奈儿。她的呼吸声很大。她清醒着。卡珊德拉赶紧坐到床边。在半明半暗的灯光中，奈儿的眼睛呆滞、苍白又浑浊，好像被油彩弄脏的水。她觉得奈儿的嘴唇只是毫无意义地在动，然后她意识到奈儿在说话。

“那位女士，”奈儿在说话，“那位女士叫我乖乖等着……”

卡珊德拉轻抚奈儿温暖的额头，将几绺柔软的、曾如银丝般闪耀的头发往后捋。又是那位女士。“她不会介意，”她说，“如果你离开的话，那位女士不会介意。”

奈儿抿紧嘴唇，然后微微发抖。“我不该乱跑。她叫我在船上、在这里等她。”她的声音变成低语，“那位女士……女作家……别告诉任何人。”

“嘘，”卡珊德拉说，“我不会告诉任何人的，奈儿，我不会告诉那位女士。你可以走了。”

“她说她会回来找我，但我跑掉了。我没有留在原来的地方。”

外婆的呼吸现在变得很费劲，她正在被惊慌压垮。

“请别担心，奈儿，我保证，一切都很好。”

奈儿的头倒向一侧。“我不能走……我不该……那位女士……”

卡珊德拉按下紧急呼叫铃，但床上方的灯光没有亮起来。她犹疑了一下，期待走廊里响起急促的脚步声。奈儿的眼睑在动，她的生命正在消逝。

“我去找护士过来……”

“不！”奈儿伸出手摸索着，试图抓住卡珊德拉，“别离开我！”她哭泣着。安静的眼泪落下，湿润了苍白的皮肤，闪闪发光。

卡珊德拉的眼睛也湿润了：“没事的，外婆。我会找人来帮忙。我保证马上回来。”

4

布里斯班，*2005*

房子似乎知道女主人已经离去，尽管它仿佛并未特地悼念她，还是陷入了一种顽固的死寂。奈儿从来都不擅交际，也不喜欢派对（厨房老鼠发出的声响比外孙女还要大声），因此，她的房子习惯了安静，不小题大做，也不发出声音。当人们没有通知或毫无征兆地抵达，开始在房子和花园里随意乱闯，大口喝茶，任由面包屑掉在地上时，这些粗鲁的举止想必让房子震惊。房子耸立在山脊上那座庞大古董中心后面的山坡上，坚毅地忍受着最近的无礼举动。

当然，姨妈们安排了一切事宜。卡珊德拉原本不想举办这些仪式，她情愿在私下暗暗悼念外婆。但姨妈们根本听不进去。她们说，奈儿一定要有守灵仪式，家族成员和奈儿的朋友会想来致意。何况，这样做才恰当，才合乎常理。

卡珊德拉与姨妈们这样天真的自以为是无法抗衡。以前，她会据理力争，但现在不是适当时机。再者，姨妈们都有一种开始运转就无法停止的动力，每个人都有不符合其高龄的充沛活力（即使最小的姨妈海蒂，都已经八十岁了）。因此，卡珊德拉让她的不安退去，忍住想要指出奈儿缺少朋友的冲动，开始执行她被分配的重大责任：整理茶杯和碟子，找出蛋糕叉，清理掉奈儿的一些小摆设，这样亲戚们才有地方可坐，让姨妈们带着预期的浮华和自大在她身边忙忙碌碌。

她们当然不真的是卡珊德拉的姨妈。她们是奈儿的妹妹，卡珊德拉的母亲的姨妈。但莱斯利一向很少和她们来往，因此，姨婆们二话不说，立即将卡珊德拉置于她们的保护羽翼之下。

卡珊德拉原本猜想母亲可能会来参加葬礼，也许会在仪式开始时抵达火葬场，看上去比实际年龄年轻三十岁，一如既往地引来羡艳的目光。美艳、年轻、难以置信的冷淡。

但她没有出现。卡珊德拉假设她会寄卡片来，正面的图画隐约吻合它的目的。大而花哨的笔迹引人注意，底下则印上数不清的吻。那种随意寄出的卡片，涂抹的痕迹重重叠叠。

卡珊德拉将双手放入水池，移动里面的碗盘。

“嗯，我认为葬礼办得很风光，”菲尼亚丝姨婆是排行在奈儿之后的次女，也最会指挥人，“奈儿应该会喜欢的。”

卡珊德拉往旁边瞥了一眼。

“我是说，”菲尼亚丝继续说，只在擦干盘子时停顿一下，“她不会再坚持她不想办葬礼。”她的思绪突然转向了母性关怀，“你怎么样？你还过得去吗？”

“我没事。”

“你看起来很瘦。你在正常吃饭吗？”

“每天吃三餐。”

“你应该再胖一点。你明晚来我家喝茶，我请了整个家族的人，打算烤农舍派。”

卡珊德拉没有跟她争辩。

菲尼亚丝担心地环顾古老的厨房，看到了塌陷的抽油烟机顶盖。“你一个人住在这儿不会害怕吗？”

“不，不会害怕……”

“但很寂寞吧，”菲尼亚丝的鼻子皱起来，脸上写满同情，“你当然会很寂寞。那很自然，你和奈儿相依为命，不是吗？”她没有等肯定的答案，而是将一只布满老年斑的手轻轻放在卡珊德拉的前臂上，继续为她加油打气。“你不会有事的，我告诉你为什么。失去心爱的人固然令人伤心，但如果对方是老人就不会过于哀伤。这是自然的定律。年轻人的话会更糟……”她突然停住，肩膀紧绷，双颊绯红。

“你说得是，”卡珊德拉连忙说，“当然是如此。”她停止洗杯子，探身向前，透过厨房窗户望向后院。泡沫顺着她的手指滑下，滑过她仍然戴着的金戒指。“我该找时间出去拔拔野草了。如果我不小心点的话，旱金莲就会穿过那条小路了。”

菲尼亚丝松了一口气，立即抓住这个新话题。“我会叫特雷弗过来帮忙。”她骨节嶙峋的手指将卡珊德拉的手臂抓得更紧，“下星期六可以吗？”

然后多蒂姨婆出现了，她拖着脚步从客厅走进来，端着装满脏茶杯的托盘。她将托盘放在流理台上，胖胖的手背按在前额上。

“总算，”她透过厚厚的镜片对卡珊德拉和菲尼亚丝眨眨眼，“这是最后一盘了。”她摇摇摆摆地走进厨房，凝视着装蛋糕的圆形容器，“我饿了。”

“哦，多蒂，”菲尼亚丝很高兴有机会将尴尬的气氛转为谆谆告诫，“你才刚吃过。”

“那是一个小时以前。”

“你的胆囊不是不好吗？我以为你会注意一下体重。”

“我注意了啊，”多蒂挺直身体，两只手抓住她臃肿的腰部，“我从圣诞节后就瘦了一公斤半。”她重新盖上塑料盖，迎战菲尼亚丝怀疑的目光，“是真的。”

卡珊德拉继续洗杯子，努力抑制住笑容。菲尼亚丝和多蒂都很浑圆，所有的姨婆都是。她们遗传自母亲，而她们的母亲也是从母亲那儿遗传到这点。奈儿是唯一逃过家族诅咒的人，她遗传了爱尔兰父亲的瘦削。她们在一块儿总是引人注目，让人忍俊不禁，高挑纤细的奈儿和她浑圆肥胖的妹妹们。

菲尼亚丝和多蒂仍在斗嘴，卡珊德拉从已往的经验中得知，如果她不赶快提供分散注意力的话题，这场争论会愈演愈烈，直到其中一人（或两人）用力丢下抹布，气冲冲地跑回家。她以前亲眼见过这种场景，但从来无法习惯，某些字眼或目光接触如果多持续几秒，竟然会惊天动地地重新掀起一场多年前的古老争执。卡珊德拉是独生女，手足间的反复交战让她觉得既迷人又可怕。幸运的是，其他姨婆已经被各自的家人带走，无法加入这场战争。

卡珊德拉清清喉咙。“那个，我一直想问一件事。”她提高音调，几乎就要抓住她们的注意力了，“有关奈儿的事。她在医院说的一些话。”

菲尼亚丝和多蒂转身，两人的脸颊都涨得通红。提到她们姐姐的事似乎让她们平静下来。这提醒了她们，为什么聚集在此擦干茶杯。“有关奈儿的事？”菲尼亚丝问。

卡珊德拉点点头：“在医院，在最后的时刻，她提到一个女人。她叫她一位女士，女作家。她好像以为她们在某条船上？”

菲尼亚丝抿紧嘴唇：“那是她的心智飞翔到远方，她不知道她在说什么。可能是她见过的电视中的一个角色。她以前是不是喜欢看某类连续剧，背景是船？”

“哦，菲尼亚丝。”多蒂摇着头说。

“我确定我记得听她谈过这些……”

“得了，菲尼亚丝，”多蒂说，“奈儿已经走了。不需要再如此。”

菲尼亚丝将双臂交叉在胸前，怒气冲冲，又不大确定。

“我们应该告诉她，”多蒂温柔地说，“现在说出真相不会造成任何伤害。”

“告诉我什么？”卡珊德拉的目光在她们之间逡巡。她的问题引发了另一场家族争论，她们没有料到她会无意间发现这个秘密的古怪暗示。姨婆们专注于彼此，似乎遗忘了她的存在。她追问：“告诉我什么？”

多蒂对菲尼亚丝抬了抬眉毛。“与其让她从别的途径发现，不如由我们来告诉她。”

菲尼亚丝微微点头，直视多蒂的凝视，阴郁地绽放微笑。她们之间分享的秘密又使她们成为盟友。

“好吧，卡珊德拉。你最好过来坐下。”她最后说，“亲爱的多蒂，去烧壶水，好吗？为我们沏壶好茶？”

卡珊德拉跟着菲尼亚丝走进客厅，坐在奈儿的沙发上。菲尼亚丝在另一边坐稳肥厚的臀部，口气中带着忧虑。“我不知道该怎么开始。我好久没想到这件事了。”

卡珊德拉困惑不解。哪件事？

“我将要告诉你我们家族的大秘密。当然，每个家族都有秘密，只是有的比其他的严重。”她对着厨房蹙起眉头，“多蒂怎么弄了那么久？动作慢得要命。”

“到底是什么，菲尼亚丝？”

她叹口气。“我跟自己保证过，我绝对不会告诉任何人。这件事已经在我们的家庭中造成了太多分裂。我真希望爸爸没说出来，尽管他做的是正确的事，可怜的家伙。”

“他做了什么？”

菲尼亚丝就算听到了，也不会承认。这是她的故事，她要以她的方式和她的时间讲述。“曾经我们是个快乐的家庭。虽然不富有，但我们很快乐。妈妈、爸爸和我们姐妹。你知道，因为第一次世界大战的关系，奈儿比我们这些妹妹都大了十岁以上。”她微笑，“你不会相信，但那时奈儿是家庭的灵魂人物。我们都非常崇拜她，我们这些妹妹都视她为妈的化身，尤其在妈生病倒下来以后。奈儿非常细心地照顾妈妈。”

卡珊德拉可以想象奈儿做这件事，但她喜怒无常的外婆竟然曾经是家庭的灵魂人物……“发生了什么事？”

“我们有很长一段时间都不知道。因为奈儿希望如此。家里的每件事都改变了，我们却不知道原因。我们的大姐变成了陌生人，似乎不再爱我们。这不是一夕之间发生的事，没有那么戏剧性。她只是一点一点地退缩，慢慢远离我们。这样一个谜题，很伤人，但不管我们怎么问爸爸，他就是不肯谈论这个话题。

“最后是我的丈夫导引我们走向正确的路径，愿上帝让他安息。他是在无意中发现的，而不是刻意打探奈儿的秘密。他只是个历史爱好者罢了。我们的特雷弗诞生之后，他决定画个家谱。

他跟你妈同年出生，那是1947年。”她停顿了一下，以锐利的目光看着卡珊德拉，仿佛想看看卡珊德拉是否能察觉到将要发生的事。但卡珊德拉毫无头绪。

“有一天，他来厨房找我，我记得非常清楚。他说，他在户籍登记处找不到任何有关奈儿的出生证明。‘你当然找不到，’我说，‘奈儿是在玛丽伯勒出生，在那之后，全家才搬来布里斯班。’道格点点头，说他原本也是那么想，但他向玛丽伯勒探查细节时，他们也告诉他没有。”菲尼亚丝意味深长地看着卡珊德拉，“也就是说，奈儿并不存在，至少在官方记录上。”

卡珊德拉抬起头，多蒂正从厨房走过来，递给她一个茶杯。“我不懂。”

“你当然不懂，小宝贝，”多蒂坐在菲尼亚丝旁边的扶手椅上，“我们有很长一段时间也搞不懂。”她摇头叹气，“直到我们跟琼提到这点之后。那是在特雷弗的结婚典礼上，对不对，菲尼亚丝？”

菲尼亚丝点点头。“是的，1975年。奈儿让我非常生气。我们刚失去了爸爸，而我的长子就要结婚。他是奈儿的外甥，但她竟然没有出席，反而跑去度假。因此，我和琼谈起这件事。我那会儿真的很生奈儿的气。”

卡珊德拉满头雾水，她一向搞不清楚姨婆们的众多朋友和家人。“琼是谁？”

“我们的一个表姐，”多蒂说，“你一定在什么时候见过她，不是吗？她比奈儿大一岁左右，小时候两个人很亲密。”

“她们一定很亲密，”菲尼亚丝吸了吸鼻子说，“事情发生时，奈儿只告诉了琼。”

"当什么事情发生的时候？"卡珊德拉问。

多蒂倾身向前。"爸爸告诉奈儿……"

"爸爸告诉了奈儿他永远不该告诉她的事，"菲尼亚丝立即说，"虽然他做的是正确的事，可怜的人。他的余生都在懊悔中度过，他们之间再也不复从前了。"

"而他一向偏爱奈儿。"

"他爱我们每个人。"菲尼亚丝迅速回嘴。

"哦，菲尼亚丝，"多蒂翻个白眼，"你到现在都不肯承认。他最疼奈儿，就这么简单。但后来的转变相当古怪。"

菲尼亚丝没有搭话，多蒂很高兴她抢到主导权，她继续说下去。"那件事发生在她二十一岁生日的晚上，在派对之后……"

"不是在派对之后，"菲尼亚丝说，"是在派对进行之际。"她转身面对卡珊德拉，"我想他以为那是告诉她的完美时机，她正要开始她的新人生之类的。你知道，她订婚了，准备结婚。不是跟你外公，是另一个男人。"

"真的？"卡珊德拉很惊讶，"她从来没提过。"

"要是你问我的话，我会说他才是她人生中的挚爱。他是澳大利亚男孩，不像艾尔。"

菲尼亚丝语带厌恶地提起这个名字。姨婆们不认可奈儿的美国丈夫不是什么秘密。这份憎恶绝非针对个人，而是第二次世界大战后布里斯班市民共享的轻蔑，他们对穿着时髦制服的富有美国大兵涌进城里一事非常不满，这些美国大兵好像只是来这儿追求女人似的。

"到底发生了什么事？她为什么没和他结婚？"

"她在派对后几个月取消了婚约，"菲尼亚丝说，"真让人难受。我们都喜欢丹尼，这件事让他心碎了，可怜的家伙。最后他在二战前和别人结了婚。他的婚姻并不快乐，他去和日本人作战后就没有生还。”

“奈儿的父亲叫她不要和他结婚吗？”卡珊德拉问，“他那晚是告诉她这件事吗？不要和丹尼结婚？”

“正好相反，”多蒂口气里有一丝嘲讽，“爸爸认为丹尼阳光健康。我们的丈夫都比不上他。”

“那她为什么要解除婚约？”

“她不肯说，甚至也没告诉他。我们想得头都快破了，还是想不通，”菲尼亚丝说，“我们只知道奈儿不跟爸爸说话，也不和丹尼说话。”

“直到菲尼亚丝和琼谈起这件事以前，我们只知道这些。”多蒂说。

“几乎是四十五年后。”

“琼说了什么？”卡珊德拉追问，“派对上发生了什么事？”

菲尼亚丝喝了一小口茶，对卡珊德拉抬高双眉。“爸爸告诉奈儿，她不是他们亲生的。”

“她是领养的？”

姨婆们交换一个眼神。“不太确切。”菲尼亚丝说。

“她是捡来的。”多蒂说。

“她被爸爸妈妈带走。”

“然后留在身边。”

卡珊德拉蹙起眉头。“在哪里捡到的？”

“就在玛丽伯勒码头，”多蒂说，“那里以前有大船从欧洲过来。现在当然没有了，现在有更大的海港，而且大部分人坐飞机……”

“爸爸捡到她，”菲尼亚丝插嘴，“她那时还只是个小孩子。就在第一次世界大战爆发前。大批人离开欧洲，而澳大利亚敞开双臂欢迎他们前来定居。爸爸那时是港务长，他的工作是核查旅行者的身份，并让他们抵达他们要抵达的地方。有些人不会说英文。

“据我所知，有天下午特别忙乱。一艘从英国来的船历经险阻驶进港内。船上不幸暴发了流感，还有很多人中暑，船抵达时，行李多出很多，乘客人数也减少了。这让大家都很头痛。爸爸当然想尽办法处理好事情——他一向擅长将事情处理得井井有条，但他那天比平常等待得更久，让夜班守卫了解已经发生的事，解释办公室里为什么有多出来的行李。在他等待的时候，他注意到还有人留在甲板上。那是一个小女孩，不到四岁，独自坐在一个儿童行李箱上。”

“她身边没有人，”多蒂摇着头，“孤零零的。”

“爸爸当然曾试图问出她的身份，但她不肯告诉他。她说她不知道，不记得。行李箱上没有挂名牌，就他所见，里面的东西也帮不上忙。那时已经很晚了，天越来越黑，天气也变坏了。爸爸知道她一定很饿，所以他最后只能将她带回家。不然怎么办？总不能让她整晚待在下着雨的甲板上吧，不是吗？”

卡珊德拉不禁摇摇头，设法将她所认识的奈儿和菲尼亚丝故事中疲惫、孤单的小女孩联系起来。

“琼说，他第二天回去上班时，以为会看到发狂的家属、警察和讯问。”

“但什么也没有，”多蒂说，“后来完全没有人出面询问。”

“仿佛她没有留下任何痕迹。他们当然曾经试图查出她的身份，但每天都有那么多人抵达……要处理的文件很多，很容易就漏掉一些信息。”

“或让某人逃过核查。”

菲尼亚丝叹了口气。“所以他们就把她留了下来。”

“不然他们该怎么办？”

“他们让她以为她是他们的亲生女儿。”

“是我们中的一个。”

“直到她满二十一岁，”菲尼亚丝说，“爸爸决定让她知道真相。她是个孤儿，而能证实她身份的东西只有那个行李箱。”

卡珊德拉沉默地坐着，试图理清这些突如其来的信息。她的手指包裹着温暖的茶杯。“她一定觉得很孤单。”

“是啊，”多蒂说，“自己坐船过来。在大船上度过好几周，最后被留在空荡荡的甲板上。”

“还有往后的时光。”

“你是什么意思？”多蒂的眉头深锁。

卡珊德拉抿紧嘴唇。她是什么意思？这些信息像海浪般朝她汹涌袭来。外婆肯定很孤独。仿佛在一瞬间，她瞥见了她从不了解的奈儿的一面。更确切地说，她突然了解了她所深知的奈儿的一面：她的孤独、独立和善变易怒。“当她意识到她不是她以为的那个人时，她一定感觉非常孤单。”

“的确，”菲尼亚丝讶异地说，“我必须承认，一开始我没有看出来。琼告诉我时，我还看不出来一切都改变了。我无法了解为什么这件事对她产生这么坏的影响。妈妈和爸爸深爱着她，我们这些妹妹那么崇拜她，这样的家庭可遇不可求。”菲尼亚丝靠在沙发的扶手上，一手撑着头，一手疲惫地揉搓左太阳穴。“但随着时光流逝，我逐渐了解……的确如此，不是吗？我明白了我们视为理所当然的事其实很重要。你知道，家庭、血缘、过去……它们是我们之所以成为我们的要素，而爸爸从奈儿那里夺走了这一切。他并不想这样，但他确实这么做了。”

“你们终于知道时，奈儿一定松了一口气，”卡珊德拉说，“这在某些方面让事情变得比较轻松。”

菲尼亚丝和多蒂交换了一个眼神。

“你们告诉她你们已经知道了吧？”

菲尼亚丝皱起眉头。“我有好几次差点想告诉她，但话到嘴边我又找不到适当的字，我没办法对她说。她已经对我们隐瞒了这么久。环绕着这个秘密她重建了自己的整个人生，她尽全力保守秘密。就好像……我不知道……将那些高墙摧毁好像很残忍，仿佛存心要打击她第二次。”她摇摇头，“但话说回来，这些也许都是空话。奈儿若下定决心就很难动摇，我也许只是没有勇气问她。”

“那跟有没有勇气无关，”多蒂坚决地说，“我们都同意保持沉默最好。奈儿也希望如此。”

“我想你说得对，”菲尼亚丝说，“但我还是会纳闷，并不是从来没有机会啊。那天，道格把行李箱拿回来时就是一个机会。”

“就在爸爸过世前，”多蒂对卡珊德拉解释，“他要菲尼亚丝的丈夫将行李箱顺便拿给奈儿。他没有说那是什么东西。爸爸就是这样，在保守秘密上和奈儿一样口风很紧。你知道，他将行李箱藏了那么多年。每样东西都在里面，就像他捡到她时一样。”

“好笑的是，”菲尼亚丝说，“那天我一看到行李箱，就想起琼说的故事。我知道，那一定是多年前，爸爸在码头上找到奈儿时放在她身边的行李箱。这么多年来，它就藏在爸爸的储藏室里，而我以前看到时想都没有多想过。我没想起它和奈儿的身世之谜有关。如果我仔细想过，我一定会纳闷妈和爸爸怎么会保留一个那么奇怪的行李箱。白色皮革配着银色皮带扣，小小的，专给儿童用的……”

菲尼亚丝还在滔滔不绝地描述行李箱的外观，但她不需要这么做，因为卡珊德拉知道它长什么样子。

而且，她还知道里面有什么。

5

布里斯班，1976

当妈妈摇下车窗，告诉加油站员工“加满”时，卡珊德拉马上知道她们要上哪里去了。那个男人不知说了些什么，惹得她的妈妈像女孩般纵情大笑。他对卡珊德拉眨眨眼睛，之后，他的目光落在她妈妈穿着包边粗纹布短裤的古铜色双腿上。卡珊德拉早就习惯了男人盯着妈妈看，对此不作多想。相反，她转身望向车窗外，想着她的外婆，奈儿。还有她们要上外婆那儿去。她的妈妈肯花超过五块油钱的唯一原因，就是要开一小时走东南高速公路到布里斯班去。

卡珊德拉一向敬畏奈儿。她只见过她五次（就她记忆所及），但奈儿绝非那种让人容易淡忘的类型。首先，她是卡珊德拉在真实人生中所认识的年纪最大的人。她不像别人那样总是挂着一抹微笑，这使她显得很高傲，而不仅仅是有点吓人。莱斯利很少讲到奈儿，但有一次，当卡珊德拉躺在床上，听到妈妈和在连恩之前交往的男朋友大吵时，她听到奈儿被说成是女巫，尽管卡珊德拉那时已经不相信魔法了，但这个印象却从此萦绕不去。

奈儿的确像个女巫。她长长的银发在后脑勺盘成一个发髻，长年住在帕丁顿山坡的窄小木屋里，柠檬色的油漆斑斑剥落，花园里花草蔓生，邻居的猫跟着她到处跑。她的眼睛直视着人的模样，仿佛随时要下魔咒。

她们摇下车窗沿着洛根路飞驰，莱斯利跟着收音机轻唱起来——总是在排行榜里的ABBA新歌。越过布里斯班河后，她们绕过城镇中心，驶过帕丁顿那片矗立着蘑菇状工厂烟囱的山丘。离开拉特罗布高地，驶下陡峭的斜坡，沿着一条窄小的街道开到一半，就是奈儿的住处了。

莱斯利猛地停下车来，关掉引擎。卡珊德拉静静坐了一会儿，炽热的阳光穿过挡风玻璃，照在她的大腿上，她觉得膝盖后的肌肤都快粘在塑胶座椅上了。她妈妈下车后，她也跳出来，站在她身边。她们站在人行道上，不由自主地抬头凝视着那座装有挡风板的高耸的房子。

一条破损不堪的狭窄水泥小径通向一边。小径顶端有道前门，但几年前加盖了阶梯，于是入口被遮住了，莱斯利说还没有人用过它。她还说，奈儿喜欢这样：这让人们不会毫无预兆地前来拜访，还自以为受到欢迎。古老的排水道摇摇摆摆，中央有个边缘布满铁锈的大洞，暴风雨时，水一定哗啦哗啦都流到这里来，卡珊德拉想道。今天没有要下雨的迹象，温暖的微风吹得风铃叮当作响。

“老天，布里斯班是个发臭的洞，”莱斯利的目光越过大大的棕色太阳眼镜上方，摇摇头说，“感谢上帝，我离开了这里。”

然后，一个声响从小径顶端传来。一只毛皮光滑的焦糖色猫盯着新来的客人看，显然并不欢迎她们。大门的铰链发出嘎吱嘎吱的尖锐声响，然后是脚步声。一个满头银发的高挑身影出现在猫的身旁。卡珊德拉倒抽一口气，奈儿。她好像正面对着她的想象之物。

她们全都呆站着，默默观察彼此。没有人开口说话。卡珊德拉突然有个奇怪的感受，她仿佛正在见证一个她并不怎么了解的成人仪式。她正在纳闷，她们为什么一直站着，谁会先采取行动时，奈儿打破了沉默。“我以为你已经同意了以后会先打电话过来。”

“很高兴看到你，妈。”

“我正在整理拍卖会的箱子。东西堆得到处都是，连坐的地方都没有。”

“我们会想办法的。”莱斯利的手朝卡珊德拉的方向挥一挥，“你的外孙女渴了，天气热得要命。”

卡珊德拉不自在地挪动了一下，盯着地面。妈妈的举止有点古怪，流露着一股她所不习惯的紧张，但她无法确切说出那是什么。她听到外婆缓缓呼气。

“好吧，”奈儿说，“你们最好赶快进来。”

奈儿没有夸大屋内的混乱景象。地板上覆盖着揉皱的报纸，堆成了一座座的小山丘。桌上，在报纸汇聚而成的海洋中间，有数不清的瓷器、玻璃和水晶器皿。都是些小摆件，卡珊德拉想，她记得这个词让她异常开心。

“我去烧开水。”莱斯利优雅地走到厨房的另外一边。

奈儿和卡珊德拉被留下来单独相处，老妇人以诡异的目光打量着卡珊德拉。

“你长高了，”她最后说，“你还是太瘦。”

这是实话，学校的同学总是这样跟她说。

“我以前像你一样瘦，”奈儿说，“你知道我父亲怎么叫我的吗？”

卡珊德拉耸耸肩。

“‘幸运的腿’。好在它们没有断成两截。”奈儿开始从老式碗橱内的挂钩上取下茶杯，“喝茶还是喝咖啡？”

卡珊德拉摇摇头，觉得有点震惊。她虽然已经在五月时满十岁，但仍然是个小女孩，不习惯大人给她大人的饮料。

“我没有果汁和汽水，”奈儿警告，“或任何类似的饮料。”

卡珊德拉终于说话了：“我喜欢牛奶。”

奈儿对她眨眨眼。“牛奶在冰箱里，我为猫留了很多。瓶子很滑，可别掉到我的地板上。”

卡珊德拉的妈妈在倒茶时叫她走开。天气晴朗，阳光灿烂，小女孩不该窝在室内。奈儿外婆也说，她可以去房子楼下玩，但不要乱动东西，并告诫她不准进入楼下的小房间。

那是澳大利亚魔咒灵验的闷热夏日，令人沮丧，日子似乎被串在一起，没有喘息的空间。电风扇派不上用场，只是将炙热的空气吹来吹去，蝉声震耳欲聋，连呼吸都让人精疲力竭，人们只能懒洋洋地躺着，静待一月和二月流逝，三月暴风雨来临，最后四月的凉风会拂面而来。

但卡珊德拉不知道这些。她只是个小孩，而小孩总有熬过艰难天气的无限精力。她让纱门在身后砰地关上，循着小径进入后花园。赤素馨花已经凋谢，在猛烈的阳光下曝晒，花朵变成黑色，干瘪且起皱。她走路时鞋子弄脏了花朵。她看着金色的水泥地上沾了斑斑污痕，觉得很开心。

她坐在高处林间空地的铁制花园座椅上，俯瞰她那位神秘兮兮的外婆的奇异花园，以及远处修修补补的房舍。她忖度，妈妈和外婆在谈些什么，她们今天为什么要到这儿来，但不管在心中如何为这个问题苦恼，她想不出答案。

过了一会儿，花园分散了她的注意力。她的问题被丢到一边，她开始采集成熟饱满的凤仙花豆荚。一只黑猫从远处观望她，假装漠不关心。采集了很多后，卡珊德拉爬上院子后面角落的一棵芒果树最低矮的枝丫，轻柔地用手捧着豆荚，然后一个一个剥开它们。冷冰冰、黏糊糊的种子喷洒到她的手指上，一个豆荚掉落在猫的爪子之间时，猫大吃一惊，它原本以为那是只蟋蟀，结果空欢喜一场。

丢掉所有的豆荚后，卡珊德拉把双手在短裤上抹了抹，目光随意漫游。一座大型的白色长方形建筑矗立在铁丝网篱笆的另一边。卡珊德拉知道，那是帕丁顿剧院，但它现在关闭着。附近有家二手货商店。卡珊德拉曾去过店里一次，那是妈妈另一次突然兴起拜访布里斯班时的事。妈妈丢下她和外婆独处，然后去和某人会面。

奈儿那时叫她擦拭银茶器。卡珊德拉喜欢这项工作，闻着擦拭剂的香味，看着抹布变成黑色，而银茶壶闪闪发光。奈儿甚至解释了某些记号：狮子代表英镑，花豹的头代表伦敦，代表制作年代的字母。那就像是一种密码。那个星期的后几天卡珊德拉在家中搜寻，希望找到能供她擦拭的银器，为莱斯利解开密码。但她找不到任何银器。她都忘了这件事了，直到现在她才想起来她有多喜欢这项工作。

时间缓缓流逝，芒果树的叶子在闷热中垂头丧气，喜鹊的甜美歌声哽在喉咙中，卡珊德拉沿着花园小径往回走。妈妈和奈儿还在厨房里，她能透过纱门看到她们的轮廓剪影，于是她继续贴着边走。她发现了一个巨大的木制移门，一拉把手，门就开了，泄漏出了房子下面冰凉混浊的空气。

黑暗和外面的明亮形成了鲜明的对比，感觉像是跨进了另一个世界的门槛。当卡珊德拉走进房间，沿着墙壁走来走去时，她感到一股极为震撼的兴奋。房间很大，但奈儿几乎把它堆满了。不同形状和大小的箱子靠着三面墙壁从地板堆到天花板，第四面墙壁上依靠着古怪的窗户和门，有些有破碎的玻璃窗格。唯一没有遭到掩埋的地方是门口，沿着最远的墙壁走到一半就通向奈儿所说的“小房间”。卡珊德拉偷偷往里面瞧，看到它大约有普通卧室大小。两面墙壁上钉着临时凑合的书架，书架上堆满沉重的古老书籍，角落有张叠折床，一条红白蓝三色百衲被横铺在床上。一扇小窗户是唯一的光线来源，但有人在窗户上的某些地方钉上了木条。卡珊德拉想，这能防止小偷光顾吧。但她无法想象小偷能在这种房间里面偷到什么宝贝。

她有股强烈的冲动，想躺到床上，用她温暖的皮肤去感觉百衲被的凉爽，但奈儿说得很清楚，她可以在楼下玩，不准进小房间，而卡珊德拉习惯了服从。她没有进入小房间，颓然躺在床上，而是转身离去。她返回以前被小孩子画上跳房子游戏方格的水泥地，沿着房间边缘寻找合适的石头，丢掉一些，然后拣出一个形状平滑、没有尖角的小石头来玩。

卡珊德拉滚动那颗石头，让它完美地停在第一个正方形方块的中央，然后她开始跳步。当她跳到第七格的时候，外婆像破玻璃般的尖锐叫喊穿过楼上的地板传来：“你算是哪门子母亲？”

“至少没比你糟糕。”

卡珊德拉纹丝不动，单脚站立在方格中央，力图保持平衡，听着她们的对话。一片沉寂，或至少，卡珊德拉只能听到一片沉寂。她们可能只是放低声音说话，因为左邻右舍只离着几米远。当他们吵架时，连恩总是提醒莱斯利，陌生人知道他们的私事对他们毫无帮助。但他们似乎不在意卡珊德拉听得到每个字。

她开始摇晃，失去平衡，因此她将脚放低。那只维持了几秒钟，她立刻又将脚举高。甚至连特蕾西·沃特斯，五年级女孩中最严厉的跳房子裁判，都会裁定这样不算犯规，判定她可以继续玩，但这时卡珊德拉已经失去玩耍的热劲。妈妈的声音让她忐忑不安。她的胃痛了起来。

她将石头丢到一边，离开方格。

天气太热，她不想回到户外。她很想读书，逃进魔法森林，爬上神奇的树，或跟着五位精灵进入走私者的巢穴。她可以想象出她那本早晨时留在床上的书，就放在枕头旁边。她没带书过来真是太蠢了；她仿佛可以听到连恩的责骂，她做蠢事时总是如此。

然后她想到了奈儿的书架，小房间里堆满的旧书。奈儿不会介意她挑一本书坐下来读吧？她会小心翼翼，不让那些旧书受损，读完后仍旧保持原状。

小房间内灰尘和时间的气味浓郁。卡珊德拉的目光沿着书脊漂流，红色、绿色、黄色，她等着让一个书名抓住她的注意力。一只虎斑猫在第三个书架上伸展四肢，在斑驳的阳光中努力在书籍前保持平衡。卡珊德拉先前没有注意到它，揣想它是从哪儿来的，又是如何逃过她的视线进入小房间。猫似乎感觉到有人在仔细注视它，它伸直前脚，威风凛凛地盯着卡珊德拉。然后，它一跃至地板上，消失在床下。

卡珊德拉看着它离开，忖度如此毫不费劲的移动和完全消失到底是什么感觉。她眨眨眼。也许它不算消失无踪。猫跳跃时轻轻擦过百衲被，露出底下的东西。一个小小的白色长方形物体。

卡珊德拉跪在地上，拉起百衲被的边缘，向下看去。那是一个陈旧的小行李箱。它的盖子歪歪斜斜盖着，卡珊德拉可以瞧见里面的一些东西：纸张、白布和一条蓝色缎带。

她突然觉得笃定，感觉到她必须知道里面到底有什么，即使这代表着她得进一步打破奈儿的规矩。她的心脏怦怦狂跳，拖出行李箱，掀开盖子靠在床边，开始检查里面的东西。

一把陈旧但一定很珍贵的银制梳子，代表伦敦的小花豹头雕刻在靠近鬃毛的地方。一件漂亮的白色小裙子，卡珊德拉从没见过这么老式的裙子，她也不可能有这种裙子——她如果穿这种裙子一定会被学校的女孩们群起嘲笑。一捆用淡蓝色缎带绑着的纸。卡珊德拉用指尖解开蝴蝶结，将缎带拂到一边，看下面究竟是什么。

是一幅黑白素描。卡珊德拉所见过最美丽的女人，站在一个花园拱门下。不，不是拱门，而是一扇枝叶繁茂的门，绿树通道的入口。她突然领悟，这是一个迷宫。这奇怪陌生的字瞬间在她心中定格。

数十道小黑线像魔法般组合形成了这幅素描，卡珊德拉想知道创造这类美丽事物会是什么感觉。这个肖像莫名地眼熟，刚开始时她百思不得其解。然后她顿时明白：这女人看起来像儿童书中的人物。像古老童话故事里的插画，当英俊的王子看穿她褴褛衣服下的真实身份时，就变成了公主的女孩。

她将素描放在身边的地上，注意力转移到那捆纸张的其余部分。里面有一些装有信札的信封，一个里面是印好线条的笔记本，上面满是纤长、蜷曲的笔迹。卡珊德拉无法辨认，就她所知，这可能是以外国文字写成的。后面塞着手册和撕下来的杂志内页，还有一张老照片，上面是一个男人、一个女人和一个绑着长辫的小女孩。卡珊德拉一个都不认识。

她在笔记本下找到一本童话书。封面是绿色硬纸板，印上金色字体：**魔幻童话故事集，伊莱莎·梅克皮斯著**。卡珊德拉重复着作者的名字，享受她双唇间的神秘摩擦。她打开书，内封上是一幅仙女坐在鸟巢中的图画：长而飘逸的秀发，星星做成的花环绕在她头上，还有透明的大翅膀。卡珊德拉仔细看时，发现仙女和素描中的女人是同一个人。一行潦草的字绕着鸟巢写道：**你的故事讲述者，梅克皮斯小姐**。卡珊德拉带着甜美的颤抖，翻到第一个童话故事，受惊的蠹虫四散逃开。书页因年代久远而泛黄，边缘磨损。纸张脆弱得像粉末，当她抚摸折角时，它似乎就要分解，化为尘土。

卡珊德拉无法控制自己。她在床中央蜷缩起身子。这里是阅读的完美地点，凉爽、静谧又不为人知。卡珊德拉读书时，总是躲起来，尽管她不太知道她为什么如此。她心中总是充满了犯罪般的疑惑，好像她在偷懒，好像臣服于如此令人愉悦的事物一定是错误的。

但她还是臣服了。她让自己掉进兔子洞，进入充满魔法与神秘的故事，一个公主和一个瞎眼老婆婆一起住在黑暗森林边缘的小屋里。那是一位勇敢的公主，远比卡珊德拉勇敢。

她只剩两页就要读完时，楼上地板的脚步声唤回她的注意力。

她们来了。

她立刻坐直，将双腿挪到床边，脚踏到地上。她太想将故事读完了，她想知道公主会发生什么事。但没时间了。她抚平纸张，将所有东西丢进行李箱，把箱子推到床下，湮灭所有她不听话的证据。

她快速从小房间溜出来，捡起一颗石头，再次朝跳房子方格走去。

妈妈和奈儿出现在拉门那里时，卡珊德拉看起来好像整个下午都在玩跳房子。

“过来这里，小鬼。”莱斯利说。

卡珊德拉拍掉短裤上的灰尘，走到妈妈身边，莱斯利揽住她肩膀时，她很狐疑。

“玩得开心吗？”

“开心。”卡珊德拉小心翼翼地说。她被发现了吗？

但妈妈一点也不生气。相反，她几乎是一副得意洋洋的胜利姿态。她看着奈儿。“我早告诉你了，不是吗？请好好照顾她。”

奈儿默不作声，卡珊德拉的妈妈继续说道：“你要在这里和外婆住一阵子，卡珊德拉。祝你冒险愉快！”

这令她惊诧，妈妈在布里斯班一定还有要事。“我要在这儿吃午饭吗？”

“我想，每天都会，直到我回来带你回家。”

卡珊德拉突然感觉到她手中握着的石头边缘有多锐利。那些尖锐的边缘戳进她的指尖。她轮流看着妈妈和外婆。这是游戏吗？妈妈在开玩笑吗？她满心期待地等着莱斯利纵声大笑。

但她没有。她只是睁大蓝色眼眸，瞪着卡珊德拉。

卡珊德拉一下子不知道该说什么。“我没有带睡衣来。”她最后吐出这句话。

她妈妈立即笑逐颜开，松了一大口气。卡珊德拉从中瞥见拒绝的时刻已然溜走。“别担心，小傻瓜。我早就帮你打包了行李，放在车内。你难道以为我会让你不带行李就留下吗？”

奈儿一直保持沉默，死盯着莱斯利，卡珊德拉看得出她表情中的不以为然。她想外婆并不希望她留下来。连恩总是说，小女孩很碍事。

莱斯利轻快地跳到车前，弯腰从敞开的后车窗内拉出一个小旅行包。卡珊德拉不禁想着妈妈为什么不让她自己收拾行李。

“你的行李，小鬼。”莱斯利把包丢给卡珊德拉，“里面有个惊喜，一件新裙子。连恩帮我挑的。”

她站直身子跟奈儿说：“我保证只有一两个星期，只要我和连恩处理好我们的事情。”莱斯利抚弄着卡珊德拉的头发，“外婆很期待你住在这里。这会是个真正放松、刺激万分的暑假。等开学时，你可以跟同学吹牛。”

外婆挤出一个笑容，但那不是一个快乐的微笑。卡珊德拉想，她很清楚这种微笑背后的滋味。当妈妈随口承诺会给她买非常想要的东西，而她知道不会实现时，她就常常露出这种笑容。

莱斯利在她脸颊上轻吻一下，握握她的手，然后扬长而去。卡珊德拉来不及给她一个拥抱，来不及叫她小心开车，也来不及问她什么时候回来接她。

稍后，奈儿开始做晚餐——油滋滋的猪肉香肠、土豆泥和从罐头里倒出来的糊状的豌豆。她们在厨房边的窄小房间里吃饭。

这座房子没有连恩在伯利海滩的房子的那种纱窗网，因此，奈儿在身边的窗台上放了一个塑料苍蝇拍。当苍蝇和蚊子飞进时，奈儿的手脚总是很快。她的攻击如此迅速精准，连熟睡在她大腿上的猫都没怎么动。

放在冰箱上的电扇在她们吃饭时来回吹送着室闷潮湿的热风。卡珊德拉尽可能礼貌地回答外婆偶尔的问话，最后，晚餐的折磨终于结束。卡珊德拉帮忙擦干盘子，然后，奈儿带她到浴室，打开水龙头，让微温的水注入浴缸。

“比冬天洗冷水澡更悲惨的事，”奈儿理所当然地说道，“就是在夏天洗热水澡。”她从橱柜里拉出一条棕色毛巾，平稳放在抽水马桶水箱上。“水漫到这条线时，你就把水龙头关掉。”她指指绿色浴缸上的一条裂缝，然后站起身，拉直裙子。“没问题吧？”

卡珊德拉点头微笑。她希望回答正确，大人有时候很麻烦。她知道，大部分时候，他们不喜欢孩子们袒露自己的感觉，并不是说不舒服的感觉。连恩常常提醒卡珊德拉，好孩子应该时常挂着微笑，学会不向任何人透露他们晦暗阴沉的思想。但奈儿不同。卡珊德拉不确定她怎么会知道这点，但她直觉奈儿的规矩有所不同。尽管如此，她最好还是安全行事。

所以，她没有提到她没有带牙刷这件事。她们去度假时，莱斯利总是会忘记这类琐事，但卡珊德拉知道一两个星期不刷牙也不会怎样。她将头发向上梳成发髻，用皮筋固定在头顶上。她在家里都戴妈妈的浴帽，但她不确定奈儿有没有浴帽，也不敢问。她爬入浴缸内，坐在温热的水中，弯起膝盖靠近胸部，闭上眼睛，静静听着水拍打浴缸的轻柔声响，电灯泡的嗡嗡声，蚊子在上方某处盘旋的声音。

她静静坐了好一会儿，直到她想到如果她再坐下去，奈儿可能就会来找她时，才不情愿地爬出浴缸。她擦干身体，将毛巾小心地挂在毛巾架上，边缘对齐，然后穿上睡衣。

她在阳光房里找到奈儿，她正在用床单和毛毯铺床。

“这张床很少用来睡觉。”奈儿拍拍枕头，放进恰当的位置，“床垫不太平整，弹簧有点硬，但你只是个小女孩。睡起来应该会很舒服。”

卡珊德拉严肃地点点头。“我不会待很久的。只有一两个星期，只要让妈妈和连恩把事情处理好就行了。”

奈儿冷冷地笑了笑。她环顾房间，最后目光回到卡珊德拉身上。“还需要什么吗？一杯水？台灯？”

卡珊德拉差点儿想问奈儿有没有多余的牙刷，但终究没办法说出来。于是她摇摇头。

“那上床吧。”奈儿举起毛毯的一角。

卡珊德拉乖乖滑入毛毯中，奈儿拉了拉床单。床铺柔软得令人惊讶，旧得舒服，带着一股洁净却不熟悉的香味。

奈儿迟疑了一下。“嗯……晚安。”

“晚安。”

灯光熄灭，卡珊德拉变成独自一人。

黑暗中，奇怪的声响被放大了。遥远山脊上的车来车往声，邻居家的电视声，奈儿走在其他房间地板上的脚步声。窗户外面，风铃叮当作响，卡珊德拉察觉到空气中飘荡着尤加利树和焦油的气味：暴风雨就要来了。

卡珊德拉在毛毯下紧紧蜷曲身体。她不喜欢暴风雨，它们不可预测。她希望暴风雨在到来前就会风势大减。她和自己达成一项协议：如果在下一辆车驶过附近山丘前她就能数到十，那一切就会没事。暴风雨将会很快掠过，妈妈会在一个星期内来接她回家。

一，二，三……她没有作弊，慢慢数……四，五……还没听到车声，数到一半了……六，七……呼吸急促，还是没有车声，快安全了……八……

突然间，她坐直身子。旅行包里面有口袋，妈妈没有忘记，她一定会将牙刷放在那里以防万一。

卡珊德拉溜下床，猛烈的风吹得风铃叮叮撞击在窗玻璃上。她爬过地板，赤裸的双脚被钻进地板空隙的风吹得冰冷。

房子上方的天空不祥地轰隆作响，然后被一道闪电劈成两半。卡珊德拉觉得危机四伏，想到下午她在童话故事里读到的暴风雨，那场愤怒的暴风雨尾随公主来到干瘪老婆婆的小屋。

卡珊德拉跪在地上，在口袋里一一搜寻，希望指尖会摸到熟悉的牙刷形状。

大滴大滴的雨滴开始噼啪掉落，大声砸在波纹状铁屋顶上。刚开始零零落落，然后愈来愈密集，直到卡珊德拉听不到雨滴间的间隙。

她可以再把包大致检查一次：牙刷太小了，也许被塞在下面，所以她没摸到？她的双手伸入深处，将里面所有的东西全部拿出来，但还是找不到牙刷。

另一道闪电轰然摇晃房子时，卡珊德拉捂住了耳朵。她抱紧自己，连忙回到床边，爬到毛毯底下时，才模糊地察觉到自己如此瘦削和渺小。

大雨倾倒在屋檐上，像小河般流过窗户，下陷的排水道在毫无预警间满涨。

卡珊德拉在毛毯下安静地躺着，拥抱自己的身子。尽管空气温暖闷热，她的手臂上还是布满了鸡皮疙瘩。她知道她该试着睡觉，如果她不想办法睡一觉，明早就会很疲惫，而没有人想和一个闹情绪的小孩住在一起。

她试了又试，睡眠就是不肯降临。她数了绵羊，默唱着《黄色潜水艇》《橘子和柠檬》，以及《海下花园》之类的歌，还讲童话故事给自己听。但无眠的夜晚无尽地延伸。

一道闪电划过，大雨滂沱，雷声撕开天际，卡珊德拉不禁开始啜泣。早就等待着释放的眼泪最终在暴雨的黑幕下释放。

当她察觉到一个黝黑的身影站在门口时，已经过了多长时间？一分钟？十分钟？

卡珊德拉的呜咽卡在喉咙里，她止住哭泣，但喉咙在燃烧。

奈儿低声细语："我来看看窗户有没有关好。"

卡珊德拉在暗夜中屏住呼吸，用床单的一角擦拭眼睛。

奈儿走近了。卡珊德拉可以感觉到，当另一个人如此靠近，虽然没有身体接触，还是能产生的奇特电流。

"怎么回事？"

卡珊德拉的喉咙仍旧冻结，拒绝让话语通过。

"是暴风雨吗？你害怕吗？"

卡珊德拉摇摇头。

奈儿僵硬地坐在床的边缘，在腰际系紧睡衣。另一道闪电划过，卡珊德拉看见外婆的脸，认出她妈妈也有那种微微下垂的眼角。她终于啜泣出声。“我的牙刷，”她呜咽着说，“我没带牙刷。”

奈儿盯着她好一会儿，惊愕万分，然后伸手拥抱她。小女孩刚开始时有些退缩，惊讶于这个突如其来的举动和意想不到的姿态，但之后，她终于屈服。她向前倒下，头靠在奈儿散发着柔和薰衣草香的身体上，肩膀颤抖不已，温暖的泪珠浸湿了奈儿的睡衣。

“好了。”奈儿低语，一手轻抚卡珊德拉的头发，“别担心。我们会有另一把牙刷。”她转过头，看着大雨哗哗地冲刷过窗户，将双颊抵在卡珊德拉的头顶上。“你能熬过来的，听到没有？你不会有事的。一切都会很顺利。”

虽然卡珊德拉无法相信一切都会很顺利，但奈儿的话给了她一丝安慰。外婆的声音中有卡珊德拉能够明白的事物。她现在知道，在暴风雨大作的夜晚独自待在陌生的地方有多么可怕了。

6

玛丽伯勒，*1913*

虽然他很晚才从港口回家，但浓汤还是热的。这就是莉儿，她绝不会端冷汤给丈夫。休用汤匙舀起最后一口，放进嘴里，身子向后靠在椅背上，搓揉酸痛的脖子。外面，遥远的雷声沿着河流隆隆滚动，发出巨响，进入镇内。隐隐的一阵风吹得灯光摇曳，照出隐藏在暗处的轮廓。他疲惫的目光沿着火光划过桌面，来到墙角，直通前门，光影在闪闪发光的白色行李箱上舞动。

他曾多次捡到遗失的行李箱。但捡到小女孩？怎么会有孩子孤零零地独自坐在他的码头上？据他所知，她是个乖巧的小女孩。漂亮的脸庞，金丝般闪亮的红发，深邃的蓝色眼眸。她看人的样子似乎在告诉你她正在倾听，好像了解你所说的话，还有你没说出来的话。

通往客房的门咿呀打开，莉儿柔软、熟悉的身影逐渐成形。她在身后轻轻关上门，向大厅走来。她将一绺烦人的鬈发别到耳后，自从他认识她以来，这绺头发总是不听话，急于脱离原来的位置。“她睡着了，”莉儿来到厨房，“她很怕打雷，但没力气抗争太久。可怜的小家伙很疲倦。”

休将碗拿到流理台，浸入微温的水中。“难怪，我自己也累坏了。”

“你看上去是很累。把碗留给我洗吧。”

“我没事，亲爱的。你先进去，我不会洗太久的。”

但莉儿没有离开。他可以感觉到她站在身后，以男人早就学会的直觉，他知道她有话想说。她即将说出的话横亘在他们之间，他感到脖子都绷紧了。他感觉到以往对话的浪潮向后退去，静止片刻，准备再次拍打在他们身上。

莉儿终于说话了，声音消沉。“你不用对我小心翼翼的，休。”

他叹口气：“我知道。”

“我会熬过来的。我经历过。”

“你当然会。”

“我最不希望的就是你把我当成病人。”

“我没这个意思，莉儿。”他转过身面对她，她站在桌子的另一边，双手放在椅背上。他知道，这个姿态是要让他相信，她心情稳定，“一切如常”，但休太了解她了。他知道她很伤心，也知道他该死的什么都无法做。就像亨特利医生告诉过他们的，有些事情注定不可能发生。但这样的安慰并没有让莉儿和他好过一点。

她走到他身边，用臀部轻轻撞他。他可以闻到她肌肤上甜美、悲伤的怯懦。“去吧。去睡吧，”她说，“我很快就会进来。”她小心翼翼装出来的快活让他的血液冰冷，但他照她的话做了。

她说的是真话，不久她就进来了。他看着她洗去肌肤上白天的尘垢，从头套上睡衣。虽然她背对着他，他还是可以看到她轻柔地将睡衣套过胸部和依旧肿胀的腹部。

她瞥见他在看她，脸上的脆弱立刻被防备赶走。“怎么了？”

“没事。”他专注地凝视自己的双手，多年来的码头工作留下了老茧和绳子刮伤的痕迹。“我在想外面那个小女孩的事，”他说，“想知道她是谁。她没有说出她的名字吧？”

“她说她不知道。不管我问多少次，她只是严肃地看着我，说她不记得。”

“她不会是在耍我们吧？有些偷渡客很会撒谎。”

“休！”莉儿轻声责骂，“她不是偷渡客。她比婴儿大不了多少。”

“别激动，亲爱的莉儿。我只是随口说说。”他摇摇头，“我只是难以相信她能那么轻易忘记。”

“我听过这种事，这叫失忆症。鲁思·哈夫尼的父亲从烟囱上摔下来之后就得了这个病。摔跤之类的意外会导致这种后果。”

“你认为她可能从哪里摔下来过吗？”

“她身上没有瘀伤，但还是有可能的，不是吗？”

“嗯。”休说，一道闪电照亮了房间的角落，“我明天再调查一下。”他挪动位置，仰面躺下，“她一定属于某个地方。”他轻声说。

“的确。”莉儿吹灭灯，他们陷入了黑暗，“一定有人很想念她。”她像每晚一样转过身，背对着休，将他关闭在她的忧伤之外。她的声音从床单下沉闷地传来：“我告诉你，他们不配拥有她。这么粗心大意。什么样的人会弄丢小孩？”

莉儿望向窗外，两个小女孩在晒衣绳下来回奔跑，当冰冷潮湿的床单轻拂过脸庞时，她们就纵声大笑。她们又在高声唱歌了，那是奈儿的另一首歌。歌是为数不多的没有从她的记忆中溜走的东西，她会唱很多歌。

奈儿。他们现在叫她奈儿，以莉儿的母亲埃莉诺命名。他们总得给她取个名字，不是吗？这可爱的小东西仍旧不肯告诉他们她的名字。不管莉儿何时问起，她总是睁大蓝色的大眼睛说她不记得了。

几个星期后，莉儿不再问了。老实说，她很高兴自己不知道。她不愿意去想象，奈儿在他们给她的名字之外，还有另外一个名字。奈儿。这名字很适合她，大家都赞成，感觉像是她从出生后就叫这个名字。

他们已经尽力去查找她的身份，她来自什么地方。没人能要求他们做更多。刚开始，她告诉自己，他们只负责照顾奈儿一段时间，保护她的安全，直到她的家人前来找她。但日子一天一天过去，莉儿愈来愈确定不会有人来找她。

他们三人不知不觉地开始过日常生活。早上一起吃早餐，然后休去工作，她和奈儿开始做家务。莉儿发现她很喜欢拥有第二个影子，她爱向奈儿展示各种东西，解释它们的工作方式和原理。奈儿很喜欢问为什么：太阳为什么晚上要躲起来，火炉里的火焰为什么不会跳出来，河流为什么不会因为厌烦而改道其他方向？莉儿乐于提供答案，看着奈儿的小脸上闪耀着明白的光芒。莉儿在她的人生中第一次觉得自己有用，被需要，是一个整体。

休也放松下来。他们之间过去几年来的那股紧张开始消散。他们停止该死的相敬如宾，不再像两个陌生人被迫挤在狭窄的空间内那样小心翼翼地说话。有时候，他们甚至开怀大笑，比以前那种勉强为之的笑容轻松多了。

至于奈儿，她很自然地与休和莉儿开始共同生活。邻居的小孩马上发现他们有了一位新同伴，而且都很期待能和奈儿玩耍，奈儿也因此很快振作起来。现在，小贝丝·里夫斯每天同一时间都要翻过篱笆来玩。莉儿喜欢听两个女孩到处奔跑的声音。她等了这么久，如此盼望有孩子的声音在自家后院高声尖叫和大笑。

而且奈儿是最富想象力的孩子。莉儿常听见她描述漫长、复杂的假扮游戏。她那单调、开阔的后院在奈儿的想象中化为魔法森林，里面有荆棘和荆棘迷宫，甚至有座悬崖边的小屋。莉儿意识到奈儿描述的地方就是他们在行李箱里发现的童话故事的发生地。莉儿和休晚上轮流念那本童话故事给奈儿听。刚开始，莉儿觉得那些故事太可怕了，但休说服她绝非如此。奈儿似乎一点也不怕。

莉儿从她站的地方望过厨房窗户，看得出她们今天玩的游戏就是这个。奈儿带着贝丝走过想象中的迷宫时，贝丝专心倾听，睁大了眼睛。奈儿穿着白色裙子飞奔，阳光将她红色的长辫子变成了金黄色。

等他们搬去布里斯班以后，奈儿肯定会想念贝丝，但她一定能交到新朋友。小孩子都是这样。他们必须搬家，这点很重要。莉儿和休告诉别人，奈儿是从北方来的外甥女，但奈儿住得太久了，纸包不住火。邻居们迟早会怀疑，她为什么还没回家，她还会再住多久。

不行，莉儿想得很清楚。他们三人必须到没人认识的地方重新开始。在大城市里，人们不会问问题。

7

布里斯班，*2005*

这是个初春的早晨，奈儿刚过世一个星期。一阵凛冽的风穿过灌木丛，吹得叶片直打转，叶子暗淡的背面随风翻转过来，迎向阳光。就像小孩突然被推到聚光灯下，在紧张和沾沾自喜间不断转换心情。

卡珊德拉的茶早就冷了。喝了最后一口后，她将杯子摆在水泥地上，忘得一干二净。一大群忙碌的蚂蚁前路受阻，被迫迂回前进，爬上马克杯壁，通过把手穿到另一边。

卡珊德拉没有注意到它们。她坐在后院内洗衣水槽旁的摇椅中，注意力集中在房子的后墙上。后墙需要重漆。很难相信已经过了五年。专家们建议，装有挡风板的房子每七年就要重新上漆，但奈儿不赞同这类惯例。在卡珊德拉和外婆住在一起的漫长时间里，房子从来没有整体重漆过。奈儿总是喜欢说，她可不想花大钱就为给邻居焕然一新的景观。

但后墙是另外一回事，就像奈儿说的，它是唯一一处她们任何时候都在看的东西。因此，当前墙和侧墙在昆士兰炽烈的阳光曝晒下剥落时，后墙依旧美丽鲜艳。每过五年，她们就会定出上漆时间表，然后花很多时间和精力谈论新色彩的优点。在卡珊德拉住过的这些年里，后墙换过蓝绿色、淡紫色、朱红色、青色。它曾经一度被画上某种壁画，虽然不被认可……

那年，卡珊德拉十九岁，人生正美好。她是艺术大学的二年级学生，把卧室变成了画室，每晚得爬过画板才能抵达她的床，梦想着搬到墨尔本去读艺术史。

奈儿不太赞成这个计划。“你可以在昆士兰大学读艺术史。”每次谈论到这个话题时，她总是这样说，“没必要大老远跑到南方去。”

“我不能永远住在家里，奈儿。”

“谁说过永远了？先等一等，先在这儿找到你的立足点再说。”

卡珊德拉指指穿着马丁鞋的脚。“我已经找到它们了。”[1]

奈儿没有笑。“墨尔本的生活费很高，我没办法帮你付房租。”

“我可不是为了好玩才跑去帕多酒吧收杯子的，你知道。”

“呸，用他们付你的薪水，你得等十年才能申请墨尔本大学。”

“你说得对。”

奈儿抬起下巴，半信半疑地扬起眉毛，想知道卡珊德拉突如其来的投降将会导向何方。

“我永远存不够钱。”卡珊德拉咬着下唇，挤出一个满怀希

---

1 “立足点”和“脚”的英文都是feet。——译注（本书中注释如无特殊说明，均为译注。）

望的微笑，“要是有人肯借我钱就好了，一个愿意帮助我追求梦想的充满爱心的人……”

奈儿拿起那个要带到古董中心去的装瓷器的盒子。“我可不打算傻站在这儿，让你将我逼入死角，姑娘。”

卡珊德拉从她顽固的拒绝口吻中发现了一丝希望。“我们晚点再谈？”

奈儿朝天翻个白眼。“恐怕我们会。然后会再谈，再谈，又再谈。”她叹口气，表示这个话题至少在现在是结束了。“你买了漆后墙所需要的所有东西了吗？”

“你可以检查看看。”

“你不会忘记用新的刷子吧？我可不想在未来五年内都盯着松脱的鬃毛。”

“没忘，奈儿。为了不发生这种事，我已经事先将刷子浸在漆桶里，然后才在木板上刷，这样做对吧？”

“你真是个莽撞的女孩。”

奈儿那天下午从古董中心回家时，绕过房舍角落，呆呆地站着，打量漆上了闪闪新漆的后墙。

卡珊德拉往后退了几步，抿紧嘴唇以免笑出声。她等待着。

那片朱红色很抢眼，但外婆正目不转睛地看着她在遥远角落加上的黑色细节。那副画像很诡异：奈儿坐在她最喜欢的椅子上，高举着一杯冒着热气的茶。

“我好像把你画进死角了，奈儿。我原本没有这个意思，但我得意忘形了。”

奈儿的表情高深莫测。

“我等下要画我自己，就坐在你身边。这样，即使我到了墨尔本，你还是会记得我们仍然在一起。”

奈儿的嘴唇在那时微微颤抖。她摇摇头，将她从摊位上拿回来的盒子放下，重重地叹了一口气说：“你真是个莽撞的女孩，毫无疑问。”然后，她不禁微笑起来，双手捧起卡珊德拉的脸庞，“但你是我的莽撞女孩，我真是拿你没办法……”

一阵嘈杂声传来，过去被光线更明亮、声音更响亮的现在驱走，宛如袅袅烟雾消散在阴影中。卡珊德拉眨眨眼，又揉揉眼睛。一架飞机在高空中轰鸣飞过，就像明亮湛蓝的海洋中一个小小的白色斑点。很难想象有人在里面说话，大笑，吃饭。正当她仰头观看时，有些人正往下俯览。

另一个声音现在更接近了。拖着脚走路的脚步声。

“嗨，小卡珊德拉。”一个熟悉的身影出现在房子的一侧，站了半晌，喘着粗气。本以前很高大，但时光就是有办法将人们的身体铸造成连自己都不认得的形状，他现在像个花园矮人，白发苍苍，胡须杂乱，耳朵令人费解地通红。

卡珊德拉笑了，她真的很高兴见到他。奈儿不爱交朋友，从不隐藏她对大部分人的厌恶，对人类结成联盟的精神病般的冲动嗤之以鼻。但她和本一向能看对眼。他是古董中心的一名贸易商，曾是律师，当他的妻子过世时，事务所婉转地建议他该退休了，于是他将爱好变成工作，因为他的二手家具收藏使他在家里几乎没有容身之处。

在卡珊德拉的成长过程中，他扮演了类似父亲的角色，献出了让她既赞叹又轻蔑的智慧。但自从她搬回来和奈儿住后，他也变成了她的朋友。

本从水泥洗衣水槽边拉了一把躺椅过来，小心翼翼地坐下。

他的膝盖曾在二战中受伤，带给他不少痛楚，尤其是天气变换的时候。

他在圆框眼镜上方眨眨眼："你选得不错。这个地点很棒，又有树荫。"

"那是奈儿最爱坐的地方，"她的声音听起来很陌生，她模糊地想着，她有多久没和人说话了。自从一周前在菲尼亚丝那儿吃晚餐后就没有了吧。

"那就对了。她就是知道该坐在哪里。"

卡珊德拉微笑起来："要喝杯茶吗？"

"好啊。"

她穿过后门，走进厨房，把茶壶放在炉子上。她之前烧过开水，所以水还是温的。

"你过得如何？"

她耸耸肩："还可以。"回身坐在他椅子旁边的水泥台阶上。

本抿紧苍白的嘴唇，稍稍微笑，髭须因此纠缠在一起。"你妈跟你联络了吗？"

"她寄了一张卡片过来。"

"那……"

"她说她很想过来，但她和连恩很忙。凯莱布和玛丽……"

"当然。孩子们总是让人忙得一塌糊涂。"

"他们可不是小孩子了。玛丽已满二十一岁。"

本吹声口哨："时光飞逝。"

茶壶开始高声尖叫。

卡珊德拉回到屋内，放进茶包，看着水被染成棕色。真讽刺，莱斯利在第二次当母亲时，竟然变得如此负责。看来，人生大部分时候还是要看时机。

她倒入一点牛奶，恍惚地想着牛奶是否过期。在奈儿过世前买的，没错吧？标签上写着9月14日到期。那天过去了吗？她不确定。牛奶闻起来不酸。她端着马克杯，递给本："我很抱歉……牛奶……"

他喝了一小口。"这是我今天喝到的最棒的茶。"

她坐下时，他盯着她看了一会儿，欲言又止，最后，他清清嗓子："卡珊德拉，我来这里除了聊天，也是为了一件正事。"

死亡之后有办不完的正事并不让她吃惊，但她仍然觉得头晕，措手不及。

"奈儿要我为她立遗嘱。你知道她的个性，她不喜欢让陌生人知道她的隐私。"

卡珊德拉点点头。奈儿的确是这样。

本从运动衫口袋里抽出一个信封。岁月磨钝了它的边缘，把白色变成了乳黄色。

"这是她在好几年前立的。"他眯着眼睛看着信封，"确切来说，是在1981年。"他停顿了一下，好像等她来填满沉寂，但她默不作声。他于是继续说："大部分遗嘱都很直截了当。"他抽出信件，但没有看它们一眼，只把身体往前倾，前臂放在膝盖上。奈儿的遗嘱在他右手中晃荡。"你外婆将一切留给你，卡珊德拉。"

卡珊德拉并不惊讶。她也许有点感动，觉得突然、反常、孤单，但并不讶异。还能有谁？当然不可能是妈妈。尽管卡珊德拉在很久以前就不再责怪妈妈了，奈儿却从来没原谅过她。她有一次在以为卡珊德拉听不到时对某人说，抛弃孩子是非常冷漠、残忍的行为，不可能得到原谅。

“当然包括房子、账户里的一些钱，以及所有的古董。”他迟疑一下，看着卡珊德拉，仿佛想知道她是否为接下来的事做好了准备。“还有一件事。”他盯着那些纸，“去年，你外婆确诊后，一天早上叫我过来喝茶。”

卡珊德拉记得这件事。她拿早餐进来时，奈儿告诉她，本要来拜访，她想和他私下谈谈。她请卡珊德拉到古董中心去把一些书编入数据，而长久以来，奈儿在摊位的工作一向不假手他人。

“她那天给了我一样东西，”他说，“一个封好的信封。她跟我说，将它和遗嘱放在一起，只能在某个时候打开……”他抿紧嘴唇，“你知道。”

一阵突如其来的冷风拂过卡珊德拉的手臂，她不禁微微发抖。

本挥挥手，纸张如拍翅般鼓动，但他不发一语。

“是什么？”一阵熟悉的焦虑沉重地坠在她的胃里，“你可以告诉我，本。我承受得住。”

本抬起头，她的声调让他惊愕。他大笑起来，一时之间，她脑袋一片混乱。

“别这么担心，卡珊德拉，不是坏事。刚好相反。”他思索片刻，“与其说是场灾难，不如说是一个谜团。”

卡珊德拉呼出了一口气，但谜团的说法无法释放她的紧张。

“我照她的话去做。将信封放在一边，直到昨天才打开。我瞧见内容时震惊不已。”他微笑，“里面是另一栋房子的房契。”

“谁的房子？”

“奈儿的。”

“奈儿没有别的房子。”

"她的确有，或说曾经有。现在它是你的了。"

卡珊德拉不喜欢惊喜，它们总是来得突然而随意。她早就学会了如何让自己面对始料未及的事，但现在这件事立即将她卷入恐惧之中，她身体习以为常的反应因而改变。她捡起掉在鞋子旁边的干枯叶子，一边思考着，一边将叶子折成两半，再两半。

在她们同住的日子里，也就是卡珊德拉的成长期以及她后来搬回来住的时光中，奈儿从来没有提到过另一栋房子。为什么不提呢？她为什么要保守这个秘密？她想要用那栋房子做什么？是投资吗？卡珊德拉曾经在拉特罗布高地的咖啡馆里听到人们谈论房价飙涨、投资前景，但奈儿？奈儿总是取笑那些城市里的雅痞，笑他们想尽办法凑出点小钱，然后在帕丁顿买间伐木工人的小屋装阔。

何况，奈儿很久以前就到退休年龄了。如果房子只是一项投资，她为什么没卖掉它，用卖房的钱过活呢？买卖古董自然会有收入，但获得经济报酬并非她们的主要目的。奈儿和卡珊德拉赚的钱只刚好够过日子，并没有多少结余。她们也碰到过投资的良机，但奈儿从未提过这件事。

"这栋房子，"卡珊德拉终于说道，"在哪里？附近吗？"

本摇摇头，困惑地微笑。"这是整件事真正神秘的地方——它在英格兰。"

"英格兰？"

"英国，欧洲，地球的另外一边。"

"我知道英格兰在哪里。"

"确切来说，是在康沃尔，一个叫特瑞纳的小镇。我只有房契，但它标明是'悬崖小屋'。从地址看来，我猜它以前是某个乡村庄园的一部分。如果你喜欢的话，我可以帮你调查一下。”

“但她为什么……？她怎么会……？”卡珊德拉呼出一口气，“她什么时候买的？”

“房契上的章注明是1975年12月6日。”

她在胸前交叉手臂。“奈儿从来没去过英国。”

这下轮到本吃惊了。“她去过。她在70年代中期去过。她从来没提过吗？”

卡珊德拉缓缓摇头。

“我还记得她是什么时候去的。那时我刚认识她不久，是在你来之前几个月的事，她那会儿在斯塔福街附近有家小店。我向她买了些古董，我们因此认识，但还不算朋友。她只去了一个月。我还记得很清楚，因为我通过分期付款在她走之前买了一张香柏写字桌，那是要给我妻子的生日礼物。原本应该是，只是后来不大顺利。每次我去取货时，店都关着。

“不用说，我当然很生气。那是珍妮的五十岁生日，而那张桌子是最完美的礼物。我付订金时，奈儿没说她要去度假。事实上，是她提出分期付款，明白指出要我每周付款，并在一个月内拿走那张桌子。她说她没有储藏室，她会有很多货进来，需要房间来放东西。”

卡珊德拉笑了，这听起来很像奈儿的风格。

“她很坚持这点，所以她一直不在让整件事变得很古怪。最初的怒气过去后，我开始担心起来，甚至想过要报警。”他挥挥手，“结果不需要了。在我第四次还是第五次拜访时，我撞见住在隔壁、替奈儿收信的那位女士。她告诉我，奈儿去了英国。但当我开始问，她为什么离开得如此突然，她什么时候会回来时，那位女士变得很愤怒。她说，她只负责收信，其他的事一概不知。因此，我一直过去看，我妻子的生日来了又去，有一天，终于，店开了，奈儿回来了。”

“她在那时买了一栋房子？”

“显然如此。”

卡珊德拉拉紧肩膀处的开襟羊毛衫。这没道理啊。奈儿为什么突然跑去度假，买下房子却从来没回去过？“她没告诉过你这件事？从来没有？”

本抬起眉毛：“我们说的是奈儿。她从不主动向人倾吐秘密。”

“但你和她很亲近。她一定曾经在什么时候提过吧？”本摇摇头。卡珊德拉继续追问：“但她回来的时候，你最终拿到桌子的时候，你难道没有问她，她为什么突然离开吗？”

“我当然问了，在这些年里问了好几次。我知道那趟旅行一定很重要。要知道，她回来时整个人都变了。”

“怎么说？”

“更容易分神，神秘兮兮。我想这只是我的后见之明。几个月后我差点发现真相。我到她店里找她，看见有一封盖着特鲁罗[1]邮戳的信。我和邮差同时抵达，所以由我将信交给她。她试图表现得很随意，但那时我对她已经有点了解。她收到那封信时很兴奋，一找到借口，立即将我丢在店里走开了。”

“那是什么信？谁写的？”

“我必须承认，我好奇得不得了。我还不至于去偷看信的内

1　康沃尔郡的郡治。

容，但我后来在她桌子上看到那封信时，悄悄把信封翻过来，看寄信人是谁。我记住了信封后的地址，请一位在英国的老同事替我查。地址是家调查机构。”

“你是指私家侦探？”

他点点头。

“这种人真的存在？”

“当然。”

“但奈儿请英国私家侦探做什么？”

本耸耸肩。“我不知道。我想，她有想要解开的谜团。我有一阵子经常暗示她，想要引导她说出来，但都徒劳无功。我后来就放弃了，我认为每个人都有权利拥有秘密，如果想说的话，奈儿会告诉我。老实说，我依然对偷偷调查过她这件事感到内疚。”他摇摇头，“我得承认，我很想知道。它在我心中翻腾了好长一段时间，而这个，”他挥挥房契，“这个更让我不解。直到现在，你外婆还是有本事让我困惑。”

卡珊德拉心不在焉地点点头。她的思绪漫游到别处，把一些事情联系起来。本讲到谜团，他表示奈儿一定曾经试图解开它。在为她外婆守灵时突然出现的所有秘密现在开始慢慢拼凑起来：奈儿未知的身世，她在小时候抵达陌生的海港，那个行李箱，去英国的神秘之旅，这栋秘密房子……

“好了。”本将茶渣倒进奈儿的红色天竺葵花盆里。“我该走了。我跟一个人约好了，他十五分钟后要来看桃花心木餐具柜。卖它的过程很烦人。如果今天能成交，我会很开心。趁我在古董中心，你想要我办什么事吗？”

卡珊德拉摇摇头：“我星期一会过去。”

“别急，卡珊德拉。我那天告诉过你，我很乐意帮你看着摊位，不管要多久。今天下午弄完自己的事情后，我会把你的东西卖的钱拿来。”

“谢谢你，本。”她说，“谢谢你为我做的一切。”

他站起来，将躺椅放回原处，把房契压在茶杯底下。他就要消失在转角，走到房子另一侧时，又迟疑半晌，转过身来。“好好照顾你自己，听到了吗？风再大一点的话，你就会被吹跑了。”

他前额上堆满关切的皱纹，卡珊德拉不敢直视他的眼神。他的想法太容易被看穿了，她不忍看到他记得她以前的模样。

“卡珊德拉？”

“是，我会的。”他离开时，她挥挥手看着他离开，听着他汽车的引擎声消逝在街道另一端。他的慰问虽然是善意的，却似乎总带着一种控诉。她一直无法，或者说不肯恢复她过去的自我，因而让他失望，尽管这份失望轻薄如纸。他没有想过，卡珊德拉可能情愿选择保持现状。他只看到了她的保守和孤独，她却领会了自我保护，和一个人没什么可失去时反而更安全的真理。

她穿着运动鞋，在水泥小径上来回蹭脚尖，摇落悲哀的旧时愁绪，然后捡起房契。她第一次注意到有一张小纸条钉在外面。奈儿暮年时的潦草字体几乎无法辨认。她将纸条拿近，又拿远，慢慢辨认出那些字。上面写着：给卡珊德拉，她会明白原因。

8

布里斯班，1975

奈儿再次快速翻阅证件：护照、机票、旅行支票，然后拉上旅行证件包的拉链，严厉地训斥了自己一顿。真是的，都快变成强迫症了。人们每天都在坐飞机，至少大家是这么说的。他们在一个巨大的锡罐里将自己绑在座位上，同意被发射到天空中。她深吸一口气。一切都会顺利的。总能熬过难关，不是吗？

她从房子前面走到后面，一路检查窗户是否关好。她仔细查看厨房，确定没让煤气泄露，没让冰箱的冰融化，没忘记关掉电灯。最后，她提着两只行李箱走过后门，上锁。她当然知道自己为什么会感到如此紧张，这不只是因为害怕忘记某样东西，或担心飞机会从天上掉下来。她紧张，是因为她要回家了。在这么多年之后，几乎过完一生之后，她终于要回家了。

这件事发生得十分突然。她的父亲休刚过世几个月，而她已经在开启通往过去的那扇门了。他一定知道她会这么做。当他向菲尼亚丝指出那个行李箱，告诉她，在他去世后交给奈儿时，他一定已经猜到了。

奈儿在路边等出租车时，抬头望了一眼她那栋淡黄色的房子。从这个角度看，它非常高，不像她在这些年间看到的那个后院有小楼梯的房子，条纹雨篷漆成粉红、蓝色和白色，屋顶有两个天窗。房子太窄，格局过于方正，说不上优雅，但她爱这栋房子，它的古怪、东拼西凑的外观、模糊不清的来源。它是时间和一大串屋主的牺牲品，每个屋主都试图在其长期忍受折磨的外观上留下特别的印记。

艾尔过世后，她和莱斯利从美国回来，于1961年买下了这栋房子。这栋房子饱受忽视，但它那位于帕丁顿山坡上、就在旧广场剧院后方的位置让她感觉像个家。房子报答了她的信任，甚至给她提供新的收入。她被锁在黑暗房间内的破损家具绊倒，却发现了一张让她赞赏不已的桌子——一张有麦穗扭纹的活动桌板的桌子。它满身刻痕，但奈儿不假思索就拿起砂纸和虫漆，开始让它复原。

休教过她如何修复家具。当他从战场上回来，妹妹们开始陆续出生时，奈儿已经在周末跟着他到处跑了。她变成了他的助手，通过衔接方孔学会使用燕尾榫，分辨虫漆和清漆，体会到将四分五裂的东西复原时的快乐。那是很久以前的事了，在看到那张桌子之前，她几乎都已经忘了她深知如何进行这些手术，还有她曾从其中得到的乐趣。她将虫漆涂在弯曲的桌脚上，闻到熟悉的香味时，差点哭了出来，她不是那种轻易落泪的人。

行李箱旁一朵凋萎的栀子花引起了奈儿的注意，她这才想起来，她忘了请人来给她的花园浇水。住在后面的女孩答应她会为来访的野猫放牛奶，她还请了一位女士替她收好店里的信，但照顾花草的事被疏忽了。她一定是忙昏头了，才会忘记她最喜欢的、引以为傲的花草。她得从机场或从世界的另一端打电话给其中一个妹妹。她们一定会很震惊，但这就是她们期待大姐会做的事。

很难相信她们曾经那么亲密。在父亲的坦白从她这儿偷走的事物之中，失去她们在她心中留下最深的伤痕。最大的妹妹出生时，她已经十一岁了，但她立刻觉得她们血脉相连。甚至在妈妈告诉她之前，她就知道照顾小妹妹、保证她们的安全是她的责任。她的悉心照顾获得妹妹们对她的挚爱，她们受伤时坚持要她搂抱，她们做了噩梦后会爬进她的被窝，躺在她身边，小小的身体紧紧地贴着她，度过漫漫长夜。

但爸爸的秘密改变了一切。他说的话将她的人生之书抛到空中，内页被风吹得杂乱无章，再也无法排成原来的顺序，诉说同一个故事。她发现，望着妹妹们时，总是看见自己的突兀和陌生，但她无法告诉她们真相。那样做的话，会毁掉她们全心全意相信的某些事情。奈儿决定，宁可让她们觉得她怪异，也不要让她们发现她原来是个陌路之人。

一辆黑白出租车转进街道，她忙伸手挥舞。当她爬进后座时，司机已将行李放进了后车厢。

“要上哪儿去，亲爱的？”司机边说边关上车门。

“机场。”

司机点点头，然后出发，在帕丁顿街道的迷宫中穿梭前进。

父亲在她二十一岁时告诉了她这个秘密，低声的坦白夺去了她的自我。

“但我是谁？”她问道。

“你就是你。和平常一样。你是奈儿，我的奈儿。”

她听得出来他非常希望如此，但她知道一切都已变了。现实仅仅是转了几度，就让她与每个人都不同步了。她这个人，或她以为的那个人并不真的存在。没有奈儿·欧康诺这个人。

“我到底是谁？”几天后她又问，“请告诉我，爸爸。”

他摇摇头。“我不知道，奈儿。你妈妈和我从来都不知道。但这件事从未影响到我们。”

她曾经也试着不让这件事影响她，但事实上，它确实影响了。事情变了，她无法再直视父亲的眼睛。她对他的爱意并未减少，但那份亲密感已然消失。她对他的感情，在过去，毫无疑问是无形的，现在却有了重量，有了困惑不解的疑问。她看着他时，它在她耳边低吟：“你不是他的亲生女儿。”不管他如何坚持，他对她的爱同对她妹妹们的爱无分轻重，她还是无法相信。

“我当然爱你。”她问他时，他这样回答，目光流露出惊愕与受伤。他拿出手帕，擦擦嘴巴：“我最先认识你，奈儿。我爱你最久。”

但这不够。她是个谎言，她的人生是一场谎言，她拒绝再如此活下去。

几个月里，二十一年的岁月建构出来的人生彻底瓦解了。她辞掉在菲茨西蒙斯先生卖报小店的工作，找了一份在新广场剧院做引导员的工作。她收拾了两个小行李箱，搬去和朋友的朋友住公寓，解除了和丹尼的婚约。她没有马上这么做，因为她没有干脆利落分手的勇气。她让恋情在几个月内逐渐崩坏，大部分时间拒绝见他，同意会面时又一脸不高兴。她的懦弱使她更加痛恨自己，这份自我厌恶反而又证实了她的疑惑，她认为她活该遭遇这些。

她和丹尼分手后，很久才恢复元气。他帅气的脸庞、诚实的眼睛、轻松自在的微笑让她永难忘怀。他当然想知道原因，但是她没勇气说出来。她无法告诉他，他所深爱的那个女人，他想要与之白头偕老的那个女人，其实并不存在。一旦他发现她是个可以任意舍弃的人、一个被家人抛弃的人，她怎么敢期待他仍会珍惜她，依旧想拥有她？

出租车转进亚尔比昂，快速往东，朝机场而去。“你要去哪里？”司机问，在后视镜中与奈儿目光交汇。

“伦敦。”

“家人在那里？”

奈儿透过脏兮兮的车窗向外望去，“是的。”她希望如此。

她还没有告诉莱斯利她要出门。她考虑过，想象自己拿起听筒拨打女儿的电话号码——她电话号码本中的最新号码，潦草地写在纸边上。但每次她都打消了这个念头。在莱斯利知道她离开之前，她可能已经回家了。

奈儿不需要去想她和莱斯利的问题是从哪里开始的，她知道得一清二楚。她们从一开始就相处不好，从来无法解决这个难题。她的出生令她震惊，这个尖叫号哭的生命有四肢、牙龈和惊恐的手指，猛烈地降临。

一夜又一夜，奈儿睁着眼睛躺在美国的医院里，等待着感受人们所说的血脉相连，确信她与这个在她体内长大的小娃娃之间具有强有力的、绝对的关联。但那种感觉从未降临。不管她如何努力，如何希望，她与这个吸吮、撕扯、抓挠她胸部的凶悍小野猫，就是有一种隔阂之感，小娃娃要的总是比她能给的要多。

另一方面，艾尔完全被小娃娃迷住了。他似乎没注意到这个婴儿是个恐怖的小东西。艾尔不像他那一代的大部分男人。他很喜欢抱女儿，让她在他的臂弯中安睡，牵着她走在宽敞的芝加哥街道上。有时候，奈儿看着他用充满爱意的目光凝视着他的小女孩时，脸上会浮现出冷漠的微笑。他抬起头，在他迷蒙的眼睛中，奈儿看见了自己空洞的倒影。

莱斯利生性狂野，艾尔在1961年的死亡更助长了这份狂野。在奈儿向莱斯利宣布这个噩耗时，她在女儿的眼中看见了她们之间疲倦的关系终止了。之后几个月，对奈儿来说一直是个谜团的莱斯利更深地缩进她那青少年的厚茧中，蔑视她的母亲，不想跟她有任何瓜葛。

这当然可以理解，如果难以接受的话——莱斯利当时十四岁，正值敏感的年龄，一直是父亲的掌上明珠。搬回澳大利亚没有用，但这都是后见之明。奈儿不至于让后见之明引起自责。她采取的是当时的最佳措施：她不是美国人。艾尔的母亲早在几年前就已过世，她们孤苦无依，是在陌生土地上的陌生人。

莱斯利十七岁离开家，搭便车跑遍澳大利亚东部，最后抵达悉尼。奈儿很高兴放她走。莱斯利离开家后，她想，她终于可以摆脱过去十七年来压在她背上的沮丧，它总是低声说，她当然是个不称职的母亲，她女儿当然无法忍受她，那是遗传，她原本就不配拥有孩子。不管莉儿是位多温柔的母亲，奈儿是由一个坏妈妈生的，后者是轻易就能抛弃孩子的那种人。

后来的事情并不太坏。十二年后，莱斯利搬到奈儿家附近，与她的最新男友和她的女儿卡珊德拉一起住在黄金海岸。奈儿只见过外孙女几次。天知道她的父亲是谁，奈儿忍着没问。不管怎样，他一定是个理智、头脑清醒的人，因为她的外孙女没有母亲的那份狂野。个性完全相反。卡珊德拉似乎是个灵魂早熟的孩子。安静、耐心、深思熟虑，对莱斯利忠贞不渝——的确是一个美丽的孩子。她有一丝隐隐的严肃，忧郁的蓝色眼睛边缘下垂，还有一张漂亮的小嘴。奈儿猜想，当不经意的愉悦降临时，她的笑容将会照亮整张脸庞。

黑白出租车在澳大利亚航空公司门口停下来，奈儿将车费递给司机，把所有关于莱斯利和卡珊德拉的想法抛诸脑后。

她已经过够了被懊悔伏击、淹没在假象和不确定中的人生。现在是追寻答案的时刻，是去查出她的真实身份的时刻了。她跳出车外，抬头仰望天际，一架飞机正从她头顶呼啸飞过。

“祝你旅途愉快，亲爱的。”出租车司机将奈儿的行李箱放在旁边的手推车上。

“谢谢。我会的。”

她的确会。答案终于在触手可及之处。在做了一辈子的影子之后，她终于要变成鲜活的自己。

那个白色小行李箱，或者说它里面装的东西，是解开谜团的关键。那本童话故事集于1913年在伦敦出版，那张画是书的卷头插画。奈儿立即辨认出故事讲述者的脸庞。她脑海中某些深埋的古老部分在她的意识来得及捕捉前，就提供了名字，而她一直以为那些名字属于孩童时期的游戏。那位女士，女作家。她现在不仅知道那位女士是真实的，她还知道她的名字：伊莱莎·梅克皮斯。

自然，她的第一个念头是伊莱莎·梅克皮斯就是她的母亲。她在图书馆询问等待时，不禁握紧了拳头，希望图书馆员查到伊莱莎·梅克皮斯曾经弄丢一个小孩，并花了一辈子去寻找这个失踪的女儿。这种解释当然过于简单。图书馆员没查到多少伊莱莎的资料，但确定叫这个名字的女作家没有孩子。

乘客名单的帮助也不大。奈儿查过在1913年末从伦敦驶往玛丽伯勒的每艘船，但都没有伊莱莎·梅克皮斯的名字。伊莱莎可能是用笔名写作，但在搭船时用真名登记，或许，她用的仍是假名，休没告诉奈儿她是坐哪艘船抵达的，而没有这项基本信息，她无法缩小可能的名单范围。

尽管如此，奈儿没有知难而退。伊莱莎·梅克皮斯很重要，曾经在她的过去扮演某种角色。她记得伊莱莎。不是很清楚，这些记忆太过陈旧，而且遭到长期的压抑，但它们确实是真实的记忆。在船上；等待；躲藏；玩耍。她也开始忆起别的事情。仿佛想起那个女作家为她打开了某个盖子。残缺的记忆开始浮现：迷宫、吓了她一跳的老妇人、横渡大洋的漫长旅程。她知道，透过伊莱莎，她可以找到自己，而想要找到伊莱莎，她必须去伦敦。

感谢上帝，她有足够的钱买机票。其实她该感谢父亲，他为她做的比上帝多得多。在白色行李箱里，童话书、梳子和小女孩的裙子旁边，奈儿发现了休的一封信，跟一张照片还有一张支票绑在一起。他不是个富有的人，那笔钱金额不大，但已足以让她的人生有所不同。他在信中说，他希望留给她一笔额外的钱，但不希望她妹妹们知道此事。他在世时已经在经济上帮助过她们，但奈儿总是拒绝他的支援。他认为，这次她不该拒绝。

然后他道歉，他希望有一天她能原谅他，即使他永远也不会原谅自己。她也许想知道，他从来没有摆脱罪恶感，它让他变得残缺。他在余生中一再希望他没把实情告诉她，但如果他是个勇敢的人，他会希望他当初没有留下她。这个愿望等同于希望奈儿离开他的人生，因此，他情愿偷偷保留那份罪恶感，也不愿放弃她。

她不久前见过那张照片，一张黑白照片，确切来说，是棕白照片——拍摄于几十年前。照片里是休、莉儿和奈儿，那时妹妹们尚未出生，屋子里还没有充满女孩们的笑声、大嗓门和尖叫。这种影楼照上的人看起来总有点惊骇。好像他们突然从真实的人生中抽离出去，变成迷你模型，然后被重新放进堆满了陌生道具的玩具房子里。看着照片时，奈儿非常确定自己记得那次拍摄。她能想起来的童年旧事不多，但她记得自己一被带到影楼，就厌恶那儿显影剂的化学气味。她将照片放到一边，再次拿起父亲的信。

不管她读过多少次，她仍对他选择的用词感到好奇：罪恶感。她猜想，他的意思，是他对于自己的坦白将她的人生打乱一事感到内疚，但那个词不安地嵌在信中，似乎另有所指。抱歉，或者后悔，但罪恶感……这似乎是个古怪的选择。因为不管奈儿多么希望它从未发生，不管她发现了无法继续假扮成别人的人生后多么沮丧，她都从来没有认为她父母罪该万死。毕竟，他们只是做了他们认为最正确的事，至少在当时是最正确的。在她失去家人时，他们给了她家庭和关爱。因此她的父亲猜想她可能认为他有罪而产生罪恶感，这种想法让她忧虑难安。但现在已经来不及问他选择那个词的确切用意了。

9

玛丽伯勒，1914

那封信寄到港务局时，奈儿已经跟他们生活了六个月。一位伦敦男人在寻找一个四岁的小女孩，她红发碧眼，失踪了近八个月，信中说，一位叫亨利·曼塞尔的人有理由相信她搭上了一艘船，可能是前往澳大利亚的客运轮船。他正在为他的客户，也就是小女孩的家人，寻找她。

休站在桌子旁，觉得膝盖发软，肌肉快要融化了。他一直担忧的时刻，始终确定终将会来的时刻，真的来临了。因为不管莉儿怎么想，孩子，尤其是像奈儿这种孩子失踪后，一定会有人急着找她。他坐在椅子上，集中精神呼吸，飞快地看了一眼窗户。他突然觉得自己变得惹人注目，仿佛正被一个看不见的敌人观察一举一动。

他的一只手抚过脸庞，停在脖子上。到底该怎么办？其他同事抵达办公室、看到这封信只是时间问题。尽管他是唯一看到奈儿被独自留在码头上的人，但他们的处境不再安全了。镇里会开始传些闲言碎语——总是如此，然后会有人把两件事联系起来。有人会察觉，那个跟欧康诺一家住在皇后街上的小女孩，那个说话方式奇特的小女孩，非常像信中描述的失踪英国女孩。

不，他不能冒险让任何人读到信的内容。休默默观察自己，他的手正微微发抖。他将信整齐地对折，再对折，放进外套口袋内。暂时先如此。

他坐下。好了，他已经感觉好多了。他只是需要时间好好想想，怎样才能说服莉儿，他们交还奈儿的时刻已经来临。搬到布里斯班的计划已经在着手进行。莉儿和房东说他们会搬走，她早已开始收拾行李了。休在布里斯班有个大好机会，错过就是傻瓜之类的话也已经在镇里传开了。

但计划可以取消，必须取消。因为现在他们知道有人在寻找奈儿，那改变了一切，不是吗?

他知道莉儿会怎么说：他们不配拥有奈儿，那些弄丢她的人，这个叫亨利·曼塞尔的人。她会哀求他，跟他争辩，坚持他们不能将奈儿还给这种粗心大意的人。但休会让她知道，他们没有选择的余地，奈儿不是他们的女儿，从来就不是，她属于别人。她甚至不再是奈儿，她真正的名字正在找她。

休下午走上前门台阶时，站了片刻，整理思绪。他呼吸着从烟囱中飘出的辛辣烟雾，为火苗正温暖着他的灶台而高兴，这时，某种看不见的力量似乎将他凝固在原地。他模模糊糊地觉得自己站在一个门槛上，一旦跨过去，就会改变一切。

他深吸一口气，推开门，两个女人转过身来面对他。她们正坐在炉火边，奈儿坐在莉儿的膝盖上，红色长发湿漉漉地垂着，莉儿在为她梳头发。

“爸爸！”奈儿说，兴奋点亮了原本就粉嫩温热的脸庞。

莉儿在小女孩的头顶冲他微笑。她的微笑总是让他的心融化。从他第一次看到她在父亲的船屋里收拾绳子到现在一直如此。他最后一次见到这种微笑是什么时候？他知道，是在婴儿出事之前。那些不肯正常出生的婴儿。

休看着莉儿的微笑，放下公文包，手伸进口袋里，指尖触摸着信光滑的表面，那封信烫得仿佛要将口袋烧出一个大洞。他转身面对炉灶，最大的锅子正在上面冒烟。“晚餐闻起来很棒。”他的喉咙里像堵着一只青蛙。

“我妈家传的炖鱼汤，”莉儿解开奈儿纠缠的发丝，“你不舒服吗？”

“怎么说？”

“我给你准备点柠檬和大麦。”

“只是喉咙有点痒，”休说，“不碍事。”

“这可不行。”她再次对着他微笑，拍拍奈儿的肩膀，“好了，小东西。妈现在得起来看看茶煮得怎么样了。你坐在这里等头发变干。我可不希望你跟爸爸一样感冒了。”她边说边瞥了瞥休，眼睛里溢满幸福，这刺痛了休的心，他不得不将头转开。

晚餐时，那封信沉甸甸地端坐在休的口袋里，拒绝遭到遗忘。他的手像被磁铁吸引的金属，不时抚摸口袋。他一放下餐刀，手指就忍不住滑进外套，摸索着光滑的信封，那是他们幸福生活的死刑。写这封信的人认识奈儿的家人。嗯，至少他是这么说的。

休突然挺直身体，纳闷自己为什么立即接受这个人的说辞。他再次思索信的内容，在记忆中翻转每一行字，搜寻可信的证据。冰冷的轻松感像洪水般立刻涌上心头。信中没有任何可以证明其内容属实的证据。外面有很多变态使着各种复杂的阴谋诡计。他知道，在某些国家里有贩卖小女孩的市场，白人奴隶贩子总是在找可供贩卖的小女孩……

但这太荒谬了。即使他绝望无比地抓住这类可能性，他也很清楚这不太可能。

“休？”

他迅速抬起头。莉儿很古怪地看着他。

“仙女带走了你的思绪。”她温暖的手掌贴在他的前额上，“希望你不会发烧。”

“我没事。”他的声音比他预想的要刺耳，“我没事。莉儿，亲爱的。”

她抿紧嘴唇。“我刚在说，我要带这位年轻的女士去睡了。她今天玩得很累。”

仿佛按照提示表演一般，奈儿打了一个大哈欠。

“晚安，爸爸。”打完哈欠后，她心满意足地说。在他尚未察觉之前，她已经爬上了他的膝头，像一只温暖的小猫蜷曲着身体，手臂环绕着他的脖子。他从来没像此刻一样注意到自己的皮肤和两颊的鬓角竟如此粗糙、蓬乱。他揽着她小鸟般的背部，闭上眼睛。

“晚安，奈儿，亲爱的。”他在她的发间低语。

他看着她们消失在另一个房间中。他的家人。出于某种他对自己都无法解释的方式，这个孩子，绑着两条长辫子的奈儿，让他和莉儿的关系变得稳固。他们现在是个小家庭，牢不可破的三人组，不再只是两个决定试试运气的灵魂。

而他现在正在考虑撕裂这个家庭。

大厅里传来声音，他抬起头。莉儿在木纹饰板下望着他。灯光的奇特效果染红了她的黑发，点亮了她的眼眸深处，长长的睫毛下是两轮黑月。一种情绪牵引着她紧抿的嘴角，将她的嘴拉成一道微笑，传达出一种无法用语言描述的强烈情愫。

休试着微笑以对，手指再次滑进口袋内，静静抚过信的表面。他的嘴唇轻启，发出轻柔的声音，不想说出的字让他双唇刺痛，而他不知道能否停下来。

莉儿站到了他身边。她的手指搭在他手腕上释放出灼热的电流直通他脖子，温热的手抚摸着他的脸颊。“上床吧。”

啊，还有比这更甜美的话吗？她的声调中包含着承诺，在这一瞬间，他心意已决。

他握住她的手，紧紧抓着，任她领着前进。

经过壁炉时，他将那封信丢进火里。信纸发出嗞嗞声响，他的眼角余光捕捉着燃烧着的短暂的责备。但他没有停下脚步，他一直往前走，没有回头。

10

布里斯班，*2005*

在成为古董中心之前，这儿一直是剧院。广场剧院，20世纪30年代的辉煌尝试。外表平凡，不过是个嵌在帕丁顿山坡上的巨大的白色盒子，但内部装潢绚丽壮观。拱形天花板漆成深蓝色，画着云朵图案，原先有背光以制造月光似的幻觉，数百盏小灯闪耀如繁星，即使是在电车轰隆隆驶过高地，中国人的花园在山谷里繁茂生长的那些日子里，数十年来剧院一直生意兴隆。然而它虽然英勇地战胜了火灾、洪水这类气势汹汹的敌手，却在60年代迅速沦为电视的牺牲品。

奈儿和卡珊德拉的摊位就在舞台拱门下方，靠近左边的舞台。拥挤的架子上堆满了数不清的小饰品、零碎物品、古书和各类风格的纪念品。很久以前，其他摊主曾经开玩笑地叫这儿"阿拉丁的洞穴"，结果名字就这么定下来了。现在，一块用金色字体写着"阿拉丁的洞穴"的小型木制招牌就挂在摊位上。

卡珊德拉坐在三脚凳上，位于架子形成的迷宫深处，她发现自己难以集中精神。自从奈儿去世后，这是她第一次到中心来，坐在她们一起收集的宝藏中间感觉很奇怪。怪在奈儿已经走了，但货品仍在这儿。好像货品不够忠心似的。奈儿亲自擦亮的汤匙，她用无法辨识、如蜘蛛网般潦草的字体所写的价格标签，还有数不清的书。书是奈儿的嗜好，每个摊主都有特定的嗜好。她特别喜爱19世纪末期的书，印刷精美、有黑白插画的维多利亚晚期作品。如果书内还有送书人写给受书人的手札的话，就更好了。那是它的过往记录，辗转几手最终抵达她手中的线索。

“早安。”

卡珊德拉抬头，看见本端了杯咖啡给她。

“在整理存货吗？”他问。

她将几绺顺滑的头发从眼前拨开，接过杯子。“只是把东西搬来搬去。大部分是移到后面。”

本喝了一小口咖啡，从杯子上方看着她。“我有样东西要给你。”他的手伸到毛线背心下面，从衬衫口袋里拿出一张叠好的纸。

卡珊德拉摊开纸张，将皱褶抚平。是一张白色A4打印纸，中间印着一张房子的黑白照片。她勉强看出那是一座石砌小屋，整面墙上斑斑驳驳，也许是爬藤植物，屋顶铺有瓦片，尖顶后面一座石砌烟囱清晰可见。两个花盆巍巍颤颤地放在上面力求平衡。

她不用问就知道这栋是什么房子。

“我稍微查了一下，”本说，“实在忍不住。我在伦敦的女儿帮我联络上某个在康沃尔的人，通过电子邮件寄给了我这张照片。”

原来，它长这样，奈儿的大秘密。她心血来潮买下的房子，多年以来一直没有透露半丝风声。奇怪的是这照片对卡珊德拉产生了影响。整个周末，卡珊德拉将房契放在餐桌上，每次走过时都看一遍，没有多作他想，但看见这张照片后，它首次成为一种真实的存在。每件事都清晰明朗起来：在不知道自己真实身份的情况下走入墓穴的奈儿，在英国买了一栋房子，将它留给卡珊德拉，并且认为她会明白原因。

“露比总是有本事查到蛛丝马迹，所以我叫她去追查以前的屋主消息。我想，如果我们知道你外婆是从谁手上买下这栋房子，我们也许就能知道原因。”本从胸部口袋里拿出一个笔记本，调整了一下眼镜，以便看清上面写的东西。“你听过理查德和茱莉亚·班奈特这两个名字吗？”

卡珊德拉摇摇头，依旧盯着照片。

“据露比说，奈儿向班奈特夫妇买下这间小屋，而他们在1971年买下小屋时，也买了附近的庄园宅邸，将它改装成饭店——布雷赫饭店。”他满心期待地看着卡珊德拉。

卡珊德拉再次摇头。

“你确定？”

“从来没听过这家饭店。”

“啊，”本的肩膀像泄了气般往下垂，“啊，就是这些。”他轻轻合上笔记本，手臂支在最近的书架上。“恐怕我能查到的就只有这些了。我猜最多如此。”他搔搔胡子，“典型的奈儿作风，留下一个未解谜团。真是岂有此理，不是吗，在英国有栋秘密房子？”

卡珊德拉笑了。“谢谢你的照片，请帮我谢谢你的女儿。”

“等你到地球另一端时，可以亲自谢谢她。”他摇摇杯子，从杯盖上的小口子看进去，检查咖啡是否已经喝光，“你什么时候走？”

卡珊德拉睁大眼睛："你是说去英国？"

"看照片是不错，但亲眼看到房子，感觉会不一样，不是吗？"

"你认为我该去英国吗？"

"为什么不？现在是21世纪，你一个星期就可以来回，亲眼看到小屋后，你会更清楚怎么处理它。"

尽管房契就躺在卡珊德拉的桌子上，她也全神贯注地在理论上想着奈儿那栋小屋的事，但完全没想到实际层面：在英国，有栋小屋在等着她。她拖着脚步走过暗淡的木地板，从刘海底下抬眼盯着本："我也许该把它卖掉？"

"总得先进屋子里看看再决定吧。"本将杯子丢进香柏桌旁满溢的垃圾桶内，"去看一下无伤大雅吧？它显然对奈儿意义重大，她留着它这么多年。"

卡珊德拉考虑着他的话。一个人突然飞到英国去。"但摊位……"

"咳！中心的员工会照看你的摊位，我也会帮忙。"他指指装满东西的架子，"你这里装的东西够你卖上十年。"他的声音变得柔和起来，"为什么不去呢，卡珊德拉？稍微离开一阵子并不要紧。露比住在南肯辛顿的小公寓里，在维多利亚阿尔伯特博物馆工作。她会带你参观，照顾你。"

照顾她？人们总是自告奋勇要照顾卡珊德拉。曾经，很久以前，她就已经是有自己责任的成年人，负责照顾别人。

"再说你能有什么损失？"

没有，她的确没有东西可以失去，也没有人可以失去了。卡珊德拉刹那间厌倦了这个话题。她挤出一个表示顺从的微笑，加上一句："我再考虑看看。"

"这才对嘛。"他拍拍她的肩膀，准备离开，"哦，我差点忘了，我还发现了一个有趣的小道消息。对奈儿和小屋的事没有帮助，却是个有趣的巧合，跟你的艺术背景、你以前常画的画有关。"

听到她的人生、她的热情被如此不经意地描述，如此绝对地驱逐到过去的时光中，令她心惊肉跳。卡珊德拉好不容易才让那抹微弱的微笑继续挂在脸上。

"奈儿小屋所属的庄园以前属于芒特榭家族。"

这个名字对卡珊德拉毫无意义，她摇摇头。

他抬起一道眉毛："他们的女儿，萝丝，嫁给了纳桑尼·沃克。"

卡珊德拉皱起眉头："一位艺术家……美国人吗？"

"就是他，大部分的作品是肖像画，你知道的。某位女士和她六只心爱的狮子狗这类画。据我女儿说，他甚至在1910年画过爱德华国王的肖像，就在他死前。我说那是沃克职业生涯的巅峰，但露比似乎觉得没有印象。她说，肖像画不是他最好的作品，它们有点缺乏生气。"

"我没画画好一阵子了……"

"露比喜欢他的素描。她就是这样，在和大众看法唱反调时最开心。"

"素描？"

"插画，杂志上的黑白插画。"

卡珊德拉猛吸一口气："迷宫和狐狸？"

本耸耸肩，摇摇头。

“哦，本，它们让人难以置信，充满了精致的细节。”她有好久没想到艺术史的事了，这忽然涌起的回忆让她惊诧。

“在我选修奥博利·比亚兹莱[1]和他同时代人物的课上，纳桑尼·沃克简单地出现过。”她说，“就我所记得的，他是个有争议的人物，但我不记得原因了。”

“露比也是这么说的。你一定会和她相处得很好。我提到他时，她很兴奋。她说，他们在博物馆的新展览中有他的几张插画，它们显然很罕见。”

“他的作品并不多，”卡珊德拉说，她现在想起来了，“我想，他太忙于画肖像画，插画只是种爱好。但他的插画仍备受推崇。”她开始滔滔不绝，“我想，奈儿的某本书里可能有一张。”她爬上一个倒放的牛奶板条箱，食指拂过顶层的书架，停在一个印有褪色的烫金字体的紫红色书脊上。

她打开书，仍然站在箱子上，小心翼翼地翻过前面的彩色图画。“在这里。”她的目光没有从书上移开，径自走下箱子，“《狐狸的哀叹》。”

本走过来，站在她身边，调整了一下眼镜，使它远离光线。“很精致，不是吗？不合我的胃口，但对你来说这是艺术。我看得出来你为什么欣赏它。”

“美丽而悲哀。”

他靠近一点：“悲哀？”

“充满忧郁和渴望。我没办法解释得更好，是狐狸脸上的什么，某种没画出来的东西。”她摇摇头，“我无法解释。”

1 奥博利·比亚兹莱（Aubrey Beardsley，1872—1898），英国插画家。

本捏捏她的手臂，咕哝着说会在午餐时间给她带三明治过来，便离开了。他拖着脚步慢慢走向自己的摊位，有位顾客正在把玩一盏沃特福德枝状吊灯。

卡珊德拉继续研究那幅插画，忖度她为什么如此确定能感受到狐狸的悲哀。那当然要仰赖艺术家的技巧，透过黑色细线的精确位置引发如此复杂情绪的本领……

她抿紧嘴唇。这幅素描让她想起她找到童话故事集的那天，当时她在奈儿的房子楼下打发时间，而在楼上，她妈妈正准备离弃她。蓦然回首，卡珊德拉才意识到，她对艺术的热爱可以追溯到那本书。她打开书的封面，一头跌进奇妙、恐怖和魔幻的插画世界中。她曾经纳闷，逃离文字的严苛界限，以如此流畅的语言说话，到底是什么感觉。

等她长大后，她终于知道：当她沉浸在画板的魔力世界中时，能感受到画笔点石成金的魔力，和时间失去意义的狂喜。她对艺术的热爱引领她到墨尔本念书，导致她和尼克结婚，还有后面发生的所有事情。如果她没有看到那个行李箱，如果她没有在好奇的冲动下打开来往里面看，她的人生也许会完全不同，尽管这样想很奇怪。

卡珊德拉喘了口气。她以前为什么没想到呢？突然间她知道她必须做什么，她得到那里去看看。在那个地方，她也许能找到解开奈儿身世之谜的必要线索。

卡珊德拉曾想过，奈儿也许早已丢弃行李箱，但她笃定地将这个可能性推至一旁。首先，外婆是个古董商、收藏家，喜欢搜集零星的装饰品。毁坏或抛弃古老罕见的东西完全不符合她的个性。

更重要的是，如果姨婆们所言不虚，那个行李箱就不只是有历史价值的物品，它是个锚。它是奈儿和过去的唯一联结。卡珊德拉了解锚的重要性，深深知道当一个人与他维系生命之绳被割断时，会发生什么事。她已经两次失去她的锚了，第一次是在她十岁时，莱斯利离弃了她；第二次是在她还是个年轻女人时（那真的是十年前的事了吗？），在一瞬间，她所熟悉的人生彻底改变，她再次无助地随波逐流。

后来，卡珊德拉回顾往事时明白了，就像第一次一样，是行李箱找到了她。

在花了一整晚整理奈儿杂乱的房间之后，她变得极度疲倦，尽管她极力振作精神，还是被各种遗物弄得分神。不只是骨头酸，脑袋也累。这个周末发生了太多事情，快速又沉重地降临在她身上，童话故事中描述的那种疲劳，想向睡眠投降的魔幻欲望排山倒海而来。

她没有下楼去自己的房间，而是和衣蜷缩在奈儿的床上，她的脑袋陷入柔软的枕头中。气味令人屏息的熟悉：薰衣草爽身粉、银器擦拭剂、棕榄洗衣粉，她感觉自己仿佛正把头靠在奈儿胸前。

她睡得像死人一样沉，进入黑暗、无梦的世界。第二天早晨醒来时，她觉得自己不只睡了一晚。

太阳透过窗帘的缝隙涌入房间，像灯塔的灯光，她躺在床上凝视着尘埃盘旋飞舞。只要她伸出手，就可以用指尖抓住它们，但她没有这么做。相反，她让目光追随着光线，转过头来，望向光线所指的地方。光线照亮了衣柜高处，她昨晚将衣柜门打开了，在最高的那层，在一堆装满了要捐给二手店的衣物的塑料袋下，安放着一只老旧的白色行李箱。

11

印度洋，离好望角九百英里，*1913*

到美国是一趟漫长的旅程。在爸爸给小女孩讲过的故事里，他说美国比阿拉伯半岛还要远，她知道，得花上一百个日夜才能到那儿。小女孩数不清过了多少日子，但她上船已经有一段时间了。真的太久了，她因此习惯了不断移动的感觉。那叫作“习惯船上的颠簸”。这都是她从《白鲸记》里学来的。

想到《白鲸记》，小女孩非常哀伤。它让她想起爸爸，他给她读过的大鲸鱼的故事，还有他让她在画室里看的图画，那些他画的有幽暗海洋与大船的画。小女孩知道，那些叫作插画，她在心里默默说出这个词，开心不已。有一天，那些插画可能会被放在书里，放在其他小孩会读的真正的书里。那是她爸爸的职业，为故事书画插画。或者，他以前曾经画过。他也画人的肖像，但小女孩不喜欢那些画，画里的眼睛会跟着走过房间的人转。

小女孩的下唇开始颤抖，当她有时候想到爸爸妈妈时，就会这样。她用力咬紧下唇。刚开始时，她经常哭。她没办法控制自己的眼泪，她想念父母。但她现在不怎么哭了，而且从不在其他小孩面前落泪。不然，他们会认为她太小，不能跟他们玩，这样的话，她能上哪儿去呢？何况，妈妈和爸爸就快和她在一起了。她知道，当船抵达美国时，他们会在那儿等她。女作家也会在那里吗？

小女孩眉头深锁。在她慢慢习惯船上颠簸的这段期间内，女作家并没有回来。小女孩疑惑万分，因为女作家曾给她许多严厉的指示，告诉她要如何如何，她们才会永远在一起，无论如何都不会分开。也许她躲起来了。也许，这都是游戏的一部分。

但小女孩不确定。她很欣慰她第一天早上就在甲板上认识了威尔和萨莉，不然，她不确定她是否会知道该在哪里睡觉，该去哪里吃饭。威尔、萨莉和他们的兄弟姐妹们知道该去哪里寻找食物，他们人数众多，小女孩数都数不清。他们带她去船上各种地方，在那里可能找得到额外的腌牛肉。（她不太喜欢那个味道，但小男孩大笑着说，它也许不是她习惯吃的东西，但在这破日子里已经足够好了。）他们大部分时候对她很好，只发过一次脾气，因为她不肯告诉他们她的名字。但小女孩知道如何玩游戏，如何遵守游戏规则，而女作家曾经告诉她，那是最重要的游戏规则。

威尔的家人在低等舱房有好几张卧铺，跟很多男人、女人和小孩挤在一起。比小女孩见过的所有人加在一起还要多的人挤在同一个地方。他们的母亲也跟他们一起旅行，他们叫她“妈”。她和小女孩的母亲一点也不像，她没有她母亲的美丽脸蛋，每天早上也没用发胶将深色头发梳成发髻。“妈”更像是小女孩偶尔坐着马车穿越村子时所看到的女人，穿着破烂的衣服和需要修补的靴子，饱经风霜的双手，像戴维斯在花园里戴的旧手套。

威尔第一次带小女孩下楼时，“妈”正坐在下层床铺上哺乳，另一个婴儿躺在她身边哭号。

“这是谁？”她问。

“她不肯说出她的名字。她说她在等人。她得躲起来。”

“躲起来？”那个女人招手要小女孩走近一点，“你在躲什么，孩子？”

但小女孩不肯说，只是摇摇头。

“她的家人在哪儿？”

“我觉得她没有家人，”威尔说，“我从没见过。我找到她时，她在躲猫猫。”

“是真的吗，孩子？你一个人？”

小女孩思考着这个问题，决定表示同意，这样就不用提起女作家了。她点点头。

“哇哦，哇哦。像你这样的小女孩，独自在海上。”“妈”摇摇头，将哭喊的婴儿推到一旁，“那是你的行李吗？拿过来让妈看看。”

小女孩看着“妈”打开锁，掀开盖子。她将故事书和第二件新裙子推开，发现了下面的信封。她的手指滑进封口下面，打开信封，从里面抽出一小叠纸。

威尔的眼睛大睁：“钞票！”他瞥了瞥小女孩，“我们该拿她怎么办，妈？告诉船员吗？”

“妈”将钞票放回信封，折成三折，然后塞进她的裙子前面。“没必要告诉船上的人，”她最后说，“不必多此一举。她会跟我们在一起，直到我们抵达世界的另一端，然后我们会发现谁在等她。看他们会如何回报她给我们带来的麻烦。”她笑了，牙齿间有黑色的空隙。

小女孩不必跟“妈”相处，这让她很开心。“妈”忙于照顾婴儿，其中一个似乎总是粘在她胸前。他们在吃奶，威尔是这么说的，但小女孩从未听过这类事情。至少在人身上没有，她在庄园农场里见过小动物吃奶。那些婴儿像一对小猪，整天号哭，吃奶，长膘。由于“妈”忙于照顾婴儿，所以其他小孩得自己照顾自己。威尔告诉她，他们早就习惯了，在家里也是这样。他们来自博尔顿，当他们大到无需照顾时，他们的“妈”就整天在棉纺厂做工，所以她常常咳嗽。小女孩明白：她的母亲身体也不好，但她不像妈那样咳嗽。

晚上，小女孩会和其他人一起坐在一个地方，倾听楼上传来的音乐，以及人们滑过闪亮地板的脚步声。那就是他们现在在做的事，坐在阴暗、隐秘的角落里倾听。刚开始，小女孩想上去看，但其他小孩大笑，说上等舱房不准他们这种人进入。而这个在船员舱底部的空间已经是离有钱人的甲板最近的地方了。

小女孩安静下来，她以前从未听过这种规则。在家里时，她可以去任何她想去的地方，只有一处例外。她唯一不准去的地方是通往女作家住的小屋的迷宫。但这里规矩不同，她不是很懂男孩的意思。他们这种人？小孩？也许，小孩不准到上等舱房去。

她今晚并不想上去。她这几天很疲惫。疲惫让她的双腿沉重得像森林里的木头，楼梯好像变成了两倍高。她还觉得头昏，呼吸经过嘴唇时热乎乎的。

“来吧，”厌倦了音乐的威尔说，“我们去看陆地。”

他们爬着站起来。小女孩挺直身体，试图保持平衡。威尔、萨莉跟其他人在聊天和大笑，他们的声音在她身边盘旋。她试图搞懂他们说的话，却感到双腿不断颤抖，耳朵嗡嗡作响。

威尔的脸突然靠得很近，他的声音很大："怎么回事？你没事吧？"

她张嘴想回答，但膝盖发软，她开始往下倒。在脑袋撞到木头阶梯前，她最后看到的是明亮皎洁的满月在天空中熠熠生辉。

小女孩睁开眼睛。一个男人站在一旁，正严肃地俯视着她，他有凹凸不平的脸颊和灰色眼眸。他走近时，面无表情地从衬衫口袋里拿出一根小而扁平的棒子。"张开嘴。"

在她知道发生了什么事之前，棒子便压在了她的舌头上，他在检查她的口腔。

"嗯，很好。"他拿开木棒，拉直背心，"呼吸。"

她照办，他点点头。"她很好。"他又说了一次。他向一个浅黄色头发的年轻人招招手，小女孩认出他来，她刚醒时见过他。"这儿有个活的。看在上帝份上，在情况有变前赶快把她弄出医务室。"

"但医生，"另一个男人喘息着，"她昏倒时头撞到了地上。她应该再休息一下……"

"我们没有足够的床位让人休息，她可以回到她的客舱里休息。"

"我不确定她属于哪里……"

医生翻个白眼："那就问她，老弟。"

浅黄色头发的男人压低声音："医生，她就是我告诉你的那个小女孩。好像失去了记忆。一定是她昏倒时撞到头部所致。"

医生凝视着小女孩："你叫什么名字？"

小女孩思索着这个问题。她听到了他的话，明白他在问什么，但发现她无法回答。

“怎么样？”男人说。

小女孩摇摇头：“我不知道。”

医生叹口气，十分恼火。“我没时间，也没床位。她退烧了。从她身上的味道判断，她来自统舱。”

“是的，医生。”

“嗯？那一定会有人在那儿认领她。”

“是的，医生，外面有个小男孩，他前天曾带她过来。他现在来看她，我想那是哥哥。”

医生看着门口，俯视着男孩。“父母在哪儿？”

“男孩说父亲在澳大利亚，医生。”

“母亲呢？”

那个男人清清嗓子，身子靠近医生低声说：“可能在好望角附近喂鱼了，医生。三天前离开海港时就已经过世。”

“因为发烧吗？”

“是的。”

医生皱起眉，短促地叹口气。“那么，带那个男孩进来。”

一个骨瘦如柴的小男孩，眼睛如煤般深黑，站在他面前。

“这女孩是你的亲人？”

“是的，先生，”男孩说，“她……”

“够了，我不需要听你的人生故事。她已经退烧了，头上的肿块也已经痊愈。她现在话不多，但很快就会开始叽叽喳喳了。她可能是想寻求别人的关注，尤其你母亲又发生那种事。有时候人们会有这种反应，特别是小孩。”

"但是，先生……"

"够了。带她走。"他转身面对船员，"把床空出来给其他人。"

小女孩坐在栏杆旁边，望着海洋。在风的触摸下，蓝色海水顶着白色浪花，掀起阵阵波涛。今天船的起伏比平常剧烈，她的身体只能跟着颠簸晃动。她的感觉还是很奇怪，不是生病，只是觉得古怪。仿佛一道白色雾霭占据了她的脑袋，不肯飘散离去。

从她在医务室里醒来，从那个奇怪的男人给她做了检查，叫她和男孩离开后，她就是这样。他带她到楼下一处黑暗的地方，到处是卧铺和床垫，她从未见过这么多人。

"等等。"从她肩膀旁传出一个男孩的声音，"别忘了你的行李箱。"

"我的行李箱？"小女孩盯着他递给她的白色皮革行李箱。

"哎呀！"男孩用奇怪的眼神看她，"你真的撞坏脑袋了，我还以为你只是在医生面前假装而已。可别告诉我，你连你有行李箱的事都忘了？你在整趟旅程中一直用生命保护着它，我们中任何一人想要靠近看看，你都像要把我们撕碎一样。你说你不想让那位亲爱的女作家伤心。"

这些古怪的词在他的话里沙沙作响，小女孩的皮肤下感到一股怪异的刺痛。"女作家？"她问。

但男孩没有回答。"陆地！"他大喊，跑过去靠在围着甲板的栏杆上，"陆地！你看见了吗？"

小女孩站在他身边，依旧紧握着白色小行李箱的把手。她小心翼翼地瞥了一眼他长满雀斑的鼻子，然后转身，望着他手指的方向。在遥远处，她看见一条狭长的土地，淡绿色的树木沿着海岸生长。

“那是澳大利亚，”男孩说，眼睛凝视着远方的海岸，“我爸爸在那儿等我们。”

澳大利亚，小女孩默默想道。另一个她不认识的词。

“我们将在那里展开新生活，有自己的房子和所有的东西，甚至一小块土地。我爸在信里是这么说的。他说我们要耕种土地，为自己开创崭新的人生。我们会的，即使妈已经不和我们在一起了。”他低声说出最后一句话。他沉默半晌，转身面对小女孩，朝海岸抬了抬头。“你爸也在那里吗？”

小女孩思考着这句话。“爸？”

男孩翻个白眼。“你爸爸，”他说，“和你妈结婚的人。你知道，你爸。”

“我爸。”小女孩重复着这些字，但男孩已经没在听她说话了。他看到了一个妹妹，连忙跑过去叫喊着说他看到陆地了。

他跑开时，小女孩点点头，尽管她并不确定他的意思。“我爸，”她不确定地说，“我爸在那里。”

甲板上一下子充满了“陆地”的欢呼声，人们纷纷围到她身边眺望，兴奋不已，小女孩静静提着白色行李箱躲到一堆木桶旁，她莫名地被这个静谧角落深深地吸引。她坐下来，打开行李箱，希望能找到一些食物。但没有食物，因此，她只得拿起放在最上面的童话故事书。

随着船驶近海岸，远处的小圆点变成了海鸥，她在膝盖上打开书，凝视着一张美丽的黑白素描，里面画着一个女人和一头鹿，他们并肩站在满布荆棘的森林空地上。不知怎的，虽然小女孩还读不懂那些字，她立刻知道了这幅插画诉说的故事。那是一个年轻公主的故事，她横渡广袤的海洋，为她心爱的人寻找属于她的珍贵宝物。

12

飞越印度洋，2005

卡珊德拉斜靠着冰冷、粗硬的塑料机舱，望向窗外，俯瞰覆盖着地球的一望无际的湛蓝海洋。这就是许多年前小奈儿横渡的同一片海洋。

这是卡珊德拉第一次出国。这么说也不太对，她去过新西兰一次，在婚前去拜访尼克在塔斯马尼亚的家人，那是她去过的最远的地方。她和尼克曾讨论过要搬去英国住几年：尼克会为英国电视台创作音乐，而艺术史学家在欧洲不怕找不到工作。但他们最后没有搬成，很久以前，她便将这个梦想和其他梦想一同埋葬。

现在，她独自在飞机上，飞往欧洲。在她和本在古董中心聊天之后，在他给了她房子的照片之后，在她找到行李箱之后，她发现，她满脑子想的就只有这件事。谜团似乎紧紧粘着她，即使她尝试百次，还是无法摆脱。但老实说，她也不想摆脱，她喜欢为执念盘踞。她喜欢思考奈儿的身世之谜，这是另一个奈儿，一个她不认识的小女孩。

说实在的，即使在她找到行李箱之后，她都没有打算要直接飞往英国。等待似乎是更明智的举动，看看她在一个月后会有什么想法，也许晚点再计划一趟旅程。她不能突发奇想地冲到康沃尔。但后来，她做了一个梦，和她这十年来偶尔会做的梦一模一样。她独自伫立在一片广阔无际的原野中央，四周什么东西也没有。那不是一场噩梦，只是一片无际的原野，长满不会让想象力兴奋的平凡植物，暗淡的芦苇高到轻轻刷过她的指尖。微弱的和风持续吹拂，芦苇沙沙作响。

一开始，在几年前，这个梦仍然新鲜时，她知道她在寻找某个人，如果她向正确的方向走，她会找到他。但不管她梦到这个场景几次，她就是遍寻不着。一个起伏的山峦被另一个山峦取代；她总是在错误的时刻转开头；她会霎时醒过来。

渐渐地，时光荏苒，梦也有所改变。如此微妙，如此缓慢，以致她没有注意到正在发生的事。并非背景转变；梦中环境毫无变化，而是梦的感觉本身。她原本确定她会找到的东西悄悄溜走了，直到某晚，她知道没有东西，也没有人在等她。不管她走了多久，如何小心翼翼地搜寻，如何想找到她一直在寻找的人，她永远是孤零零的……

第二天早上，孤寂感徘徊不去，但卡珊德拉早已习惯这种沮丧晦暗的情绪，如常地过着她的生活。没有任何迹象显示那天和平常有什么不同，直到她走到附近的购物中心买午餐面包，突然停驻在一家旅行社前。好笑的是，她从未注意到那里有一家旅行社。不知道为什么，她发现自己已经推开门，站在海草踏垫上，一大群顾问正等着她开口。

卡珊德拉后来记起了她感觉到当时那股沉闷的讶异。毕竟她是个真实的人，有血有肉之躯，在别人的生活圈子里进进出出。不管她如何时常觉得自己活得恍恍惚惚，像画中的暗光。

后来回到家，她呆立片刻，重新回想那天早上的事情，试图找出她下决定的那个时刻。她原本是去买面包的，怎么会带张机票回家？然后，她走进奈儿的房间，把行李箱从它的藏身之处拿下来，掏出里面所有的东西：一本童话故事集，一张背面写着“伊莱莎·梅克皮斯”的素描，以及每页都有奈儿潦草笔迹的笔记本。

她给自己冲了杯牛奶咖啡，坐在奈儿的床上，尽力辨认那些潦草杂乱的笔迹，将内容抄到干净的纸张上。卡珊德拉善于解读几个世纪前那些难以辨认的笔迹，那是二手店商人的专长之一，但老式书写是一回事，它有固定模式，而奈儿的笔迹只是纯粹的潦草，毫无章法可循，似乎是故意捣乱。雪上加霜的是，笔记本曾经浸过水。书页粘在一起，起皱的污点长了霉，匆忙翻页的话会让内页散架，解开谜团的入口也会永远隐没。

卡珊德拉解读的速度很慢，但没用多久，她就意识到奈儿曾尝试解开自己的身世之谜。

1975年8月。今天他们将白色行李箱拿给我。一看到它，我就知道它是什么。

我假装镇定，道格和菲尼亚丝不知道真相，而我不希望他们看见我在颤抖。我希望他们以为那只是爸爸要留给我的旧行李箱。他们走后，我坐下盯着它好一会儿，命令自己想起我是谁，从哪里来。但这方法当然没用，最后我打开了它。

里面有一封爸爸写的信，向我道歉，下面还有一些东西：一件小孩的裙子，我猜是我的，一把银制发梳，还有一本童话故事集。我马上认出那本书。我翻开封面，然后，我看到了她：女作家。这些字完整地浮上心头。我确定她是我过去的关键。如果我找到她，我最终将会找到自己。我准备要这么做。我会在这本笔记本里写下我的进展，最后，我会知道我的真实姓名，还有我为什么失去它。

卡珊德拉小心翼翼地翻开发霉的纸页，字里行间充满悬疑。奈儿完成了她打算做的事吗？她查出自己的真实身份了吗？这是她买那栋小屋的原因吗？最后一份记录的日期是1975年11月。奈儿刚回到布里斯班的家。

把这里的事情处理好之后，我就要回去了。我很遗憾必须离开布里斯班的家和小店，但这和终于找到我的真实身份比起来，实在微不足道。我知道。现在小屋是我的了。我知道最后的答案也会随之而来。它是我的过去，我的自我，我就快要找到它了。

奈儿曾经打算永远离开澳大利亚。她为什么没走？发生了什么事？她为什么没有再记录下去？

卡珊德拉又看了日期一眼，1975年11月，她感到自己的皮肤一阵刺痛。两个月后，她，卡珊德拉，被丢在奈儿的住处。莱斯利承诺的一两个星期无止境地延长，直到变成永远。

卡珊德拉将笔记本放在一旁，恍然大悟。奈儿毫不迟疑地扮演起父母的角色，给了卡珊德拉一个家庭和家人——一位母亲。

她从未让卡珊德拉知道，是她的到来，打断了她的计划。

卡珊德拉从飞机窗口转身，从手提行李里拿出那本童话故事集，在膝盖上摊开。她不知道自己为什么一定要把书带到飞机上来。她猜想，是因为这本书和奈儿有关，这本书放在行李箱里，是奈儿与过去的连接，是少数几样陪着小女孩横渡大洋抵达澳大利亚的东西之一。这本书本身也有一种魔力。它仍旧能激起卡珊德拉十岁时第一次在奈儿房子楼下发现这本书时的冲动。它的书名、插画，甚至作家的名字——伊莱莎·梅克皮斯。卡珊德拉低声轻呼这个名字，感到一阵奇妙的颤抖缓缓沿着脊椎溜下。

海洋继续在下方延展，卡珊德拉翻到第一个故事开始阅读。这个故事叫《老婆婆的眼睛》，她立刻知道这就是很久以前她在那个闷热夏天读到的故事。

很久很久以前，在远离熠熠发光的海洋的地方，住了一位公主，但她不知道自己是公主，因为在她还很小的时候，王国遭到掠劫，双亲惨遭杀害。那天，年幼的公主在城堡的城墙外玩耍，不知道王国遭到攻击，直到夜幕降临，她结束游戏，才发现自己的家毁了。小公主独自徘徊了一阵子，最后终于在一座黑暗森林的边缘找到一栋小屋。当她敲门时，天空因它所目击的毁灭而愤怒，狂怒地爆裂开来，凶猛的雨点横扫大地。

小屋里住着一个瞎眼的老婆婆，她同情小女孩，决心给她一个家，视她如己出，将她养大。在老婆婆的小屋里有很多事情要做，但公主从不抱怨，因为她是个真正的公主，有一颗纯洁的心。最快乐的人是那些忙碌的人，因为他们的心绪没时间寻找忧愁。因此，公主快乐地长大。她开始爱上四季的变化，从播种和收割谷物中获得满足。公主变得很美丽，但是她自己不知道，因为老婆婆既没有镜子也不虚荣，因此，公主不知道自己的美丽，也不懂得虚荣。

公主十六岁时的某一个晚上，她和老婆婆坐在厨房吃晚餐。“你的眼睛怎么了，亲爱的老婆婆？”公主

问，这个问题她已经想了很久。

老婆婆转身面对公主，原本应该是眼睛的地方满是皱纹。“我的眼睛被取走了。”

“谁取走的？”

“我还是个女孩的时候，父亲非常爱我，因此他取走了我的眼睛，这样我就永远不会看到世界上的死亡和毁灭。”

“但亲爱的婆婆，这样你也不能再看到美丽的东西了。”公主一边说，一边想着观赏花园里的花朵带给她的欢愉。

“是啊。”老婆婆说，“我美丽的女孩，我非常想看到你长大成人。”

“我们能在什么地方找到你的眼睛吗？”

老婆婆露出哀伤的微笑：“在我六十岁时，会有一个信差来归还我的眼睛，但在那个夜晚，你带着暴风雨抵达，所以我没有碰见他。”

“我们现在还可以找到他吗？”

老婆婆摇摇头：“信差不能等待，因此，我的眼睛被带到失物之地的一口深井内去了。”

“我们不能到那里去吗？”

“唉，”老婆婆说，“路途遥远，而且路上充满险阻。”

日复一日，四季变化，老婆婆变得更加虚弱苍白。有一天，公主为冬季储粮去采苹果时，碰到了老婆婆，她正坐在苹果树上哀叹。公主停下脚步，非常吃惊，因为她从未见过老婆婆烦忧。待她仔细聆听，发觉老婆婆正在跟一只庄重的有条纹尾巴的灰白色鸟儿说话：“我的眼睛，我的眼睛，”她说，“我就快死了，而我永远也看不见。告诉我，聪慧的鸟儿，如果我看不见自己，我如何知道来世的路？”

公主迅速安静地返回小屋，她知道她必须去做什么。老婆婆为了给她提供栖身之处而牺牲了自己的眼睛，她现在必须回报这份恩典。尽管公主从未离开过森林，但她毫不迟疑。她对老婆婆的爱深不可测，就算将海洋里的沙粒全堆积起来，也没有它深。

公主在清晨曙光乍现时醒过来，出发走进森林，直到抵达海岸才停下。她在那里扬起风帆，驾着小船，横越广袤的海洋，抵达失物之地。

路途漫长艰辛，公主非常疑惑，因为失物之地上的森林和她习惯的森林看上去完全不同。树木阴森、参差不齐，动物骇人恐怖，甚至连鸟儿的歌唱都让人战栗。她愈害怕，就跑得愈快，最后当她停下脚步时，心跳如雷声般在胸口轰隆作响。公主迷路了，不知该走哪个方向。她正要陷入沮丧时，那只庄重的灰白色鸟儿出现在她面前，说：“老婆婆派我来，带领你安全到达那口失物之地的深井，你会在那里找到你的命运。”

公主松了一口气，跟着鸟儿出发，她的肚子咕咕作响，她在这片奇怪的土地上找不到食物。不久以后，她碰到一个坐在一截树干上的老妇人。“你好吗，美丽的女孩？”老妇人说。

“我好饿。”公主说，“我不知道该去哪里找食物。”

老妇人指向森林。突然间，公主看到树上挂着浆果，树梢上长满了串串坚果。

“哦，谢谢你，仁慈的夫人。”公主说。

“我什么也没做，”老妇人说，“我只是打开你的双眼，让你看见你原本就知道的事情。”

公主继续跟着鸟儿走，现在更为心满意足，但天气开始变化，风儿变得凛冽。

不久，公主碰到第二个坐在树桩上的老妇人。“你好吗，美丽的女孩？”

“我很冷，我不知道该去哪里寻找温暖的衣物。”

老妇人指向森林，一回头，公主看到野蔷薇的荆棘上长着最柔软、最精致的花瓣。她披上花瓣，顿时温暖起来。

“哦，谢谢你，仁慈的夫人。”公主说。

“我什么也没做。”老妇人说，“我只是打开你的双眼，让你看见你原本就知道的事情。”

公主继续跟着灰白色鸟儿走，现在更为心满意足，也更温暖，但她的脚开始因为走得太远而疼痛起来。

不久以后，公主碰到第三个坐在树桩上的老妇人。“你好吗，美丽的女孩？”

“我很累，我不知道该去哪儿找马车。”

老妇人指向森林，顿时，公主在林间空地上看到一头毛色光滑、脖子上戴着金铃铛的棕色小鹿。小鹿向公主眨眨眼，那是一双深色的若有所思的眼睛，于是善良的公主伸出手。小鹿走到她跟前，低下头，这样公主就能骑上它的背。

“哦，谢谢你，仁慈的夫人。”公主说。

“我什么也没做。”老妇人说，“我只是打开你的双眼，让你看见你原本就知道的事情。”

公主和小鹿跟着灰白色鸟儿进入黑暗森林深处，一天天过去，公主逐渐听懂了小鹿那柔软又文雅的语言。一晚接一晚，他们聊着天。小鹿告诉公主，它在躲避一个奸诈的猎人，因为一个邪恶的女巫派他来猎杀它。公主非常感激小鹿的照料，决心保护小鹿，不让它被猎人杀害。

然而，世事并不如人所愿，第二天清晨公主醒过来时，发现小鹿不像平常那样待在火堆边。灰白色鸟儿在树梢痛苦地鸣叫。公主立即起身，跟着鸟儿前进。当她深入附近的荆棘丛时，听到了小鹿的啜泣声。公主立刻飞奔到它身旁，看见它的侧腹插了一支箭。

“那个女巫找到我了，”小鹿说，“我在采集旅途中要吃的坚果时，她命令她的弓箭手射杀我。我全力奔跑，想逃得远些，但等我抵达这里，前面已经没有路了。”

公主跪在小鹿身旁，目睹它的痛苦，心中满是悲伤，不禁伏在小鹿身上哭起来，她真诚的眼泪闪着光芒，治愈了小鹿的伤口。

接下来几天，公主细心照顾小鹿，等它恢复了健

康，他们便继续旅程，直抵广阔森林的边缘。当他们最终穿过森林边缘时，海岸线就躺在他们眼前，远处是璀璨的海洋。

“在北方不远处，”鸟儿说，“就是失物之井。”

白日终结，薄暮转为浓浓的黑夜，但海滩上的沙石在月光中闪烁如银，引导着他们前进。他们一直往北走，最后来到一个陡峭的黑岩顶端，从这里能看见失物之井。灰白色鸟儿在此跟他们告别，展翅飞离，它的责任已了。

当公主和小鹿抵达那口井时，公主转身抚摸着这个高贵同伴的脖子。“你不必和我一起下到井里面，亲爱的小鹿。”她说，“我必须独自前往。”公主鼓起在旅程中发现的勇气，跳入井口，朝井底一直下坠，下坠。

公主时梦时醒，直到发现自己正走在一片田野中，太阳照得草儿闪闪发光，树木齐声高唱。

突然间，不知从哪里出现了一位美丽的仙女，鬈曲的长发闪耀如金丝，脸上带着灿烂的微笑。公主立刻平静下来。

“你走了很远的路，疲惫的旅人。”仙女说。

“我来这里是希望能将眼睛带回去，还给一位亲爱的朋友。你曾见过那双眼睛吗，聪明的仙女？”

仙女不发一语，摊开手，里面有两只眼睛，一位从未见过世上邪恶的女孩的美丽眼睛。

“你可以拿走它们，”仙女说，“但你的老婆婆永远用不着它们了。”

公主还没来得及问仙女她这句话的含意，就醒过来了，发现她和亲爱的小鹿双双躺在井口，手里有个小包裹，里面放着老婆婆的眼睛。

他们花了三个月的时间穿过失物之地，横渡深邃的湛蓝海洋，最后再次抵达公主的家乡。当他们走近老婆婆那栋位于熟悉的黑暗森林边缘的小屋时，一个猎人拦下了他们，证实了仙女的预言。在公主去失物之地期间，老婆婆已经平静地走了，去往来世。

听到这个消息，公主开始哭泣，因为她漫长的旅行徒劳无功，但聪慧仁慈的小鹿劝公主停止哭泣。“这不打紧，她不需要眼睛来告诉她她是谁。你的爱就已足够。”

公主非常感激小鹿的善解人意，她伸出手抚摸它温暖的脸颊。刹那间，小鹿变成一位英俊的王子，金铃铛变成皇冠。他告诉公主，一个邪恶的女巫对他下了魔咒，使他变成一只小鹿，要等到某个美丽的女孩因为爱而为他的命运哭泣时，才能解开咒语。

他和公主结了婚，他们快乐而忙碌地住在老婆婆的小屋中，而老婆婆的眼睛放在壁炉顶端的陶罐里，永远守护着他们。

——伊莱莎·梅克皮斯《老婆婆的眼睛》

13

伦敦，*1975*

他是个不修边幅的人。虚弱纤细，佝偻着背。米黄色休闲裤上处处油渍，在膝盖处形成了大理石般的花纹，细树枝般的脚踝坚忍地从过大的鞋子中伸出，几簇白色发丝在数处肥沃的头皮上萌芽生长，其余地方则是一片光秃秃的头皮。他看起来活像童话人物。

奈儿从窗边离开，再次研究笔记本里的地址。她用潦草的字迹写下：史耐格罗夫先生的古书店，赛西广场四号，查令十字街旁——伦敦首屈一指的童话作家和古书专家。也许知道伊莱莎的事？

前一天中央图书馆的管理员给了她他的名字和地址。他们查到的伊莱莎·梅克皮斯的资料，对奈儿来说都不新鲜，不过他们告诉她，如果有人能帮助她深入研究的话，则非史耐格罗夫先生莫属。他们确定他不爱交际，但他是全伦敦最了解古书的人。一个年轻的图书管理员开玩笑道，他年纪老迈，可能在那些童话书刚印出来时就读过。

凛冽的微风吹拂过裸露的脖子，奈儿从肩膀处拉紧外套。她深吸了一口气，确定来此的目的，然后推开门。

一个挂在门柱上的黄铜门铃叮当作响，老头转身凝视着她。厚厚的镜片反射着日光，闪烁如圆形镜子，两只不可思议的大耳朵在他脑袋两侧保持平衡，白色毛发从耳朵眼儿里冒出来。

他歪着头，奈儿的第一个念头是他在颔首示意，这是过往年代所遗留下来的礼仪痕迹。等到他暗淡呆滞的眼睛出现在眼镜边缘时，她才意识到，他只是在调整角度，好把她看得更清楚些。

“史耐格罗夫先生吗？”

“我是。”这是不悦的校长口吻，“我是。请进，快进来，你让冷风都跑进来了。”

奈儿往里走，门在她身后砰地关上。一小股气流顺势被吸出，温暖、沉闷的空气重新占据了室内。

“名字？”老头说。

“奈儿。奈儿·安德鲁。”

他对她眨眨眼。“名字，”他又说了一次，发音清晰，“你在找的书名。”

“哦，当然，”奈儿再次瞥了瞥她的笔记本，“但我不是想找书。”

史耐格罗夫先生再次慢慢眨眼，佯作耐心状。

奈儿察觉，他已经感到不耐烦了。这让她措手不及，因为自己通常是先不耐烦的人。惊讶造成了讨厌的结巴。“那、那是，”她停了一下，力求镇定，“我已经有了我要找的书。”

史耐格罗夫先生猛烈地吸了吸鼻子，大大的鼻孔合拢。“恕我直言，女士，”他说，“如果你已经有了你要找的书，你并不需要我粗陋的服务。”他点点头，“再见。”

他拖着脚步慢慢离开，将注意力重新放回楼梯旁高耸的书架上。

他在请她滚蛋。奈儿张开嘴，再次合上，转身准备离去，但又停下了脚步。

不。她大老远跑来解开一个谜团，她的身世之谜，而这个老头是她能进一步了解伊莱莎·梅克皮斯的唯一机会。比如，她为什么在1913年护送奈儿去澳大利亚。

奈儿挺直身子，走过地板，站到史耐格罗夫先生旁边。她特意用力清清嗓子，等他开口。

他没有转头，继续把书放在书架上。“你还在这儿。”这只是一个陈述句。

“是的，”奈儿坚定地说，“我大老远跑来想让您看一样东西，如果您不看的话，我不打算离开。”

“女士，”他叹了口气说，“恐怕你在浪费我们俩的时间。我不接受代销卖书。”

愤怒刺痛了奈儿的喉咙。“我不想卖我的书。我只想请您看一眼，好得到专家的意见。”她的双颊温热，一种不熟悉的感受。她不容易脸红。

史耐格罗夫先生转身打量她，目光暗淡、冷酷又疲倦。一丝情绪（她看不出是什么样的情绪）牵扯着他的嘴唇。他默不作声，用最轻微的动作，指指商店柜台后面的小办公室。

奈儿快步走过门口。他的同意所展现的小小仁慈习惯性地在决心中戳出洞口。放松的眼泪威胁着要冲垮她的防卫。她在皮包里慌忙摸索，希望找到一张纸巾，在背叛的眼泪来临前及时阻止它。她究竟是怎么回事？她不是个情绪化的人，她知道怎么控制感情。至少，她一向如此。直到最近，直到道格将行李箱送过来，她在里面发现那本童话书，和作为卷头插画的那幅画为止。她开始回忆起过去的人和事，比如那位女作家；她在记忆的小裂缝中屡屡瞥见过去的浮光掠影。

史耐格罗夫先生关上身后的玻璃门，慢吞吞地走过波斯地毯，地毯长久蒙尘，已变得毫无光泽。五颜六色的书堆像迷宫排列在地板上，他在其间穿梭自如，然后疲倦地倒在桌子远处的皮椅中，从皱成一团的盒子里摸出一根香烟，点燃。

“好吧……”这个词随着一道烟雾飘浮过来，“过来。让我看看你的书。”

奈儿离开布里斯班时，用擦拭杯盘的抹布把书包了起来。那是个明智的主意，书古老而珍贵，需要好好保护，但在这里，在史耐格罗夫先生的藏宝阁的幽暗灯光中，抹布代表的家居氛围让她备感尴尬。

她解开绳子，取下红白格子抹布，努力控制自己，不要将它塞到皮包深处。然后，她将书从桌面上递过去，放进史耐格罗夫先生等待的手上。

沉寂降临，只听到一个看不见的钟传来嘀嗒声。他一页页翻着书，奈儿焦急地等待着。

他仍然没说话。

也许他需要更进一步的解释。“我希望……”

“安静。”一只苍白的手举起，夹在两根手指间的香烟顶端全是烟灰，马上就要熄灭了。

奈儿的话哽在喉头。毫无疑问，他是她不幸交涉过的最无礼的人，并且具有她的某些二手交易伙伴的难缠个性。尽管如此，他是她找到所需信息的最佳机会。她别无选择，只能像被惩罚似的呆坐着，在香烟的白色躯体幻化成长长的圆柱形灰烬时静静等待。

最后，烟灰断裂，轻轻掉落地上，加入那些以类似的静默方式死去的灰尘尸体中。奈儿虽不是个有洁癖的家庭主妇，还是不免感到一阵厌恶。

史耐格罗夫先生深深地抽了最后一口烟，将烟蒂捻熄在满满的烟灰缸里。在经过似乎无止境的时间之后，他咳嗽着说："你是怎么得到这本书的？"

他声音里因兴趣产生的抖动是她的想象吗？"有人给我的。"

"谁给的？"

怎么回答这个问题。"我想，是作家本人给的。我不大记得，我那时还很小。"

现在，他锐利的目光凝视着她。他抿紧嘴唇，微微颤抖。"我当然听过这本书，但我坦承我从未真正见过。"

此刻书就放在桌面上，史耐格罗夫先生的手轻抚过封面。他的眼睑震颤着合上，他发出一声深沉、幸福的叹息，仿佛在沙漠里行走的人最后终于找到了水源。

惊讶于他态度的改变，奈儿清清喉咙，憋出几个字："它很罕见吗？"

"哦，是的，"他轻柔地说，再次睁开眼睛，"是的，非常罕见。你瞧，只印了一版。插画是纳桑尼·沃克的作品。这是他唯一为书作画的作品。"他翻开封面，盯着卷头插画，"的确弥足珍贵。"

"那作家呢？您知道任何有关伊莱莎·梅克皮斯的事情吗？"奈儿屏住呼吸，他皱起粗糙、苍老的鼻子。她满怀希望。"她活得很隐秘。我只能查到些许细节。"

史耐格罗夫先生站起身，渴望地看着书，然后转身走到后面书架上的一个木盒前。木盒的抽屉很小，当他拉开一个抽屉时，奈儿看见里面满是小小的长方形卡片。他翻阅卡片，喃喃自语，最后抽出一张。

“有了。”他扫视卡片时嘴唇嚅动，随后提高声调，“伊莱莎·梅克皮斯……曾在几本期刊上发表故事……只出版了一本故事集，”他用一只手指敲敲奈儿的书，“就是我们眼前这本……学者对她研究不多……除了……啊，有了。”

奈儿坐直身体：“是什么？您找到什么了？”

“一篇专文，有本书提到你的伊莱莎。我记得它包含了一小段传记。”他慢慢走到一个从地板直达天花板的大书柜前，“算是最近的作品，写于九年前。根据我的笔记，它被归档在这一带……”他的手指划过第四层书架，迟疑一下，又继续，然后停止。“在这里。”他嘟哝着说，取下一本书，吹掉顶端的灰尘。然后他将书翻过来，眯着眼看看书脊。“《19世纪末20世纪初的童话故事和小说家》，作者是罗格·麦克纳博士。”他舔舔手指，翻到目录，手指顺着名单下滑，“有了，伊莱莎·梅克皮斯，第47页。”

他将翻开的书从桌面上推过来给奈儿看。

她的心跳加速，脉搏在皮肤下剧烈鼓动。她觉得很热，非常热。她笨拙地翻到47页，一眼就看到伊莱莎的名字写在顶端。

终于，终于，她有所进展，这份传记将会把那位和她有所关联的虚幻人物转化为血肉之躯。“谢谢您，”她说，话卡在喉咙里，“谢谢您。”

史耐格罗夫先生点点头，她的感激让他尴尬。他歪着头，脸朝着伊莱莎的书的方向。“我想，你不打算卖这本书吧？”

奈儿微微一笑，摇摇头。“恐怕我不能割爱。这是传家之物。”

门铃响了。一个年轻男人站在办公室玻璃门的另一侧，不确定地瞪着高耸的凹陷的书架。

史耐格罗夫先生略微点点头。“嗯，如果你改变心意，你知道上哪儿来找我。”他从眼镜上方凝视着新顾客，怒气冲冲，“他们为什么总是不关上门？”他拖着脚步走回店里，“这本书要三镑，”他经过奈儿的椅子时说，“你可以坐在这里读一会儿，不过离开时记得在柜台上留下钱。”

奈儿点头表示同意，门在他身后关上，她的心怦怦直跳，开始阅读。

作为20世纪初头十年的作家，伊莱莎·梅克皮斯最为人所知的是她的童话故事，她在1907年到1913年期间定期在数种期刊上发表。一般认为，她总共写了三十五个故事，但是这份清单并不完整，她实际写出的故事总数难以查清。伊莱莎·梅克皮斯的插画童话故事集于1913年8月由伦敦霍宾斯出版社出版。此书相当畅销，佳评如潮。《泰晤士报》说这些故事“提供古怪的欢愉，在读者心中引发孩童时期迷人但有时恐怖阴森的情愫”。纳桑尼·沃克的插画尤其深受赞赏，有些人将其视为他最棒的作品[1]。

1　见托马斯·R. 柯林《素描过去》（汉米顿·哈德逊出版社，1959），以及雷吉纳·寇特《著名插画》（威克利夫出版社，1964）。（原注）

它们与他现在广为人知的油画风格非常不同。

伊莱莎自己的故事则始于1888年9月1日，当时她在伦敦出生，出生证明显示她有个孪生弟弟。她十二岁以前一直生活在巴特斯教堂街35号的出租公寓里。伊莱莎的血统远比她看起来谦卑的出身复杂。她的母亲，乔治亚娜，是贵族之女，住在康沃尔的布雷赫庄园。乔治亚娜·芒特榭在十七岁时与阶级远低于自己的男人私奔，引发社会丑闻。

伊莱莎的父亲乔纳森·梅克皮斯，1866年出生于伦敦，父亲和母亲是家无长物的泰晤士河船夫。他在九个小孩中排行老五，在伦敦码头后面的贫民窟中长大。虽然他是在伊莱莎出生前的1888年去世，但伊莱莎发表的故事似乎重新诠释了年轻的乔纳森·梅克皮斯这类人在河边长大的童年遭遇。比如，在《河的诅咒》中，挂在断头台上的死人几乎可以确定是以乔纳森·梅克皮斯童年时在死刑码头看到的场景改编而成的。我们必须假设，这类故事是由她的母亲乔治亚娜转述给伊莱莎听的，也许经过美化，却储存在伊莱莎的记忆中，直到她后来开始创作。

贫穷的伦敦船夫之子如何认识身份高贵的乔治亚娜·芒特榭，并坠入爱河，仍然成谜。由于私奔的秘密本质，乔治亚娜在导致她离家的事件上没有留下线索。而她的家族费尽心思掩盖这件丑闻的努力使得试图了解真相屡遭挫败。因为罕见报纸报道，我们必须在当时的信件和日记里作进一步的探究，我们发现，这场私奔的确是当时的一件大丑闻。乔纳森死亡证明上面的职业一栏写的是“水手”，但我们并不清楚他职业的本质。笔者推测，也许乔纳森的航海生活曾将他短暂带至康沃尔岩石累累的海岸。可能就在她家族庄园的小海湾里，芒特榭爵士的女儿，这位在全郡以火焰般发色闻名的美女，因此认识了乔纳森·梅克皮斯。

不管他们是如何相遇的，毫无疑问，他们深爱彼此。唉，但这对年轻恋人注定不会拥有长久的快乐幸福。在私奔不到十个月后，乔纳森令人费解的猝死一定对乔治亚娜·芒特榭造成了重大打击，她独自留在伦敦，未婚怀孕，既没有家族撑腰，也没有经济保障。但乔治亚娜并不是那种遇事便慌乱的人：她已经抛弃了她所属的社会阶级的非难，在她子女出生后，也抛弃了芒特榭之名。她在伦敦霍本区内，为林肯法律学院的布莱克瓦特律师事务所做文书工作。

有证据显示，乔治亚娜写得一手优雅的字，这一天赋在她年轻时就展露无遗。芒特榭家族日志于1950年被捐给大英图书馆，里面有几份节目单以娟秀的字体和娴熟的插画组合而成。在每份节目单的角落，“艺术家”都以小印刷体签上她的名字。业余戏剧当时盛行于许多庄园，但从19世纪80年代布雷赫的节目单可以看出，戏剧在此定期举行，并被严肃以待。

我们对伊莱莎在伦敦的童年生活所知不多，除了她出生和度过早期人生的那栋房子。尽管如此，我们可以推断，她的生活必定为贫穷和生存的艰辛所左右。乔治亚娜最后死于肺结核，而她极可能在19世纪90年代中期便染上此病。如果她的病情发展和大多数人相同，那么在那十年的最后几年内，呼吸困难和身体羸弱将使她无法继续工作。当然，她一定是靠以往在布莱克瓦特工作的积蓄度过身体逐渐衰弱的时期。

没有证据显示乔治亚娜曾经求医，但在那个时期，大众通常恐惧医学的介入。在19世纪80年代，肺结核在英国是必须上报的疾病，医生依法必须向政府当局报告病例。都市内的穷人因恐惧被送到疗养院（当时与监狱相差无几），多半不愿意寻求医疗协助。母亲的病必定对伊莱莎的实际生活和创作生涯产生了极大的影响。几乎可以确定，她必须赚钱维持家计。在维多利亚时代的伦敦，女孩们受雇去做各种低等的工作，如家仆、果贩和卖花女，而伊莱莎在其童话故事里对轧布机和热水浴缸的细腻描写，显示她极为熟悉洗衣工作。《仙女狩猎》中的吸血鬼角色也许反映了19世纪早期的观念，肺结核病人是为吸血鬼所害：对明亮光线敏感，浮肿发红的双眼，苍白至极的皮肤，咳嗽吐血，都是坚定这一猜测的病征。

我们不知道，乔治亚娜在乔纳森死后，以及自己的健康恶化时，是否曾尝试与家人联络。但笔者认为这不太可能。一封莱纳斯·芒特榭于1900年12月写给合伙人的信显示，他那时才得知小外甥女伊莱莎的近况，并对她在如此恶劣的环境下度过十年岁月的事实感到震惊。也许，乔治亚娜恐惧芒特榭家族不肯原谅她最初的背叛。但如果她哥哥的信内所流露的感情属实，那她的恐惧并无根据。

经过多年在外国拼命搜寻，横渡海洋，翻遍土地后，我亲爱的妹妹原来近在咫尺。她竟允许自己承受这样的穷困和苦难！你会明白，关于她的个性我说的都是实话。她似乎不在乎我们如此深爱她，只渴望她能安然返家……

尽管乔治亚娜从未安然返家，但伊莱莎注定要回到她母亲家族的怀抱。乔治亚娜·芒特榭病逝于1900年6月，当时伊莱莎十一岁。她的死亡证明上注明死因是肺结核，年龄为三十岁。在母亲过世后，伊莱莎被送到康沃尔海岸与母亲的家族同住。我们并不清楚这个家族是如何团聚的，但我们可以大胆假设，不幸的遭遇加快了这次团聚，而对幼小的伊莱莎而言，环境变换是最幸运的突发事件。搬回拥有广阔土地和花园的布雷赫庄园一定是一种解脱，在历经伦敦街道的危险之后，这里能提供安全。的确，海洋在她的童话故事里成了重获新生和救赎的核心情景。

伊莱莎在舅舅家里住到二十五岁，之后行踪成谜。关于她1913年后的人生，坊间有数种论调，但都无法加以证实。某些历史学家推断，她极有可能死于1913年肆虐于康沃尔海岸的猩红热。其他人则对她最后的故事《杜鹃鸟的逃亡》于1936年在《文学生活》期刊上发表感到不解，这可能表示，她一直在旅行，在探寻她童话故事中描述的冒险人生。这个引人入胜的主张尚未得到严肃的学术考据支持。尽管有这类理论存在，伊莱莎·梅克皮斯的命运和她真正的死亡日期仍是文学界的一大谜团。

爱德华时代名闻遐迩的肖像画家，纳桑尼·沃克曾为伊莱莎·梅克皮斯画了一幅炭笔素描。这张素描被称为《女作家》，在他死后于他未完成的作品中被发现，现存于伦敦泰勒美术馆。伊莱莎·梅克皮斯只出版了一本童话故事集，她的作品隐喻丰富，包含复杂的社会学意义，值得学术界研究。早期作品像《化身公主》反映了欧洲童话故事传统的巨大影响，但晚期作品，如《老婆婆的眼睛》，则更富原创性，我们可以大胆地说，此中含有自传成分。尽管如此，就像本世纪最初十年的众多女性作家一般，伊莱莎·梅克皮斯被淹没在本世纪早期的重大事件（这里仅举第一次世界大战和女性投票权为例）造成的文化转变中，因而受到读者的忽视。她的许多作品在第二次世界大战中丢失，因为当时大英图书馆失去了一些比较不知名的期刊。因此，伊莱莎和她的童话故事在今日几乎无人知晓。她的作品和作者本身，似乎从地球表面消失了，就像本世纪早期的许多鬼魂一般为我们所淡忘。

14

伦敦，*1900*

斯温德尔夫妇的杂货店位于泰晤士河畔，在他们狭窄的房子楼上有个比衣柜大不了多少的小房间。房间阴暗潮湿，弥漫着霉臭味（糟糕的排水系统和通风不良的自然结果），褪色的墙壁在夏季晒出裂痕，到了冬天就漏风，壁炉的烟囱早就堵塞了，想请房东打通好像成了无礼的要求。尽管环境恶劣，斯温德尔杂货店楼上的房间仍是伊莱莎·梅克皮斯和她的孪生弟弟塞米唯一的家，它在这个危险、艰难的世间为他们提供些许安全和保障。他们俩出生在秋天，那时正值开膛手杰克造成伦敦恐慌的时期，伊莱莎年岁愈长，就愈确定这个事件造就了今日的她。开膛手杰克是她命运多舛的人生中的第一个敌人。

在楼上房间里，在这个四壁萧条的庇护所里，伊莱莎最喜欢的，其实是唯一喜欢的地方，是老旧的松木柜上方两块砖之间的裂缝。很久以前，因为建筑工人的草率和老鼠的顽强，灰泥里弄出了一个大洞，她对此至为感激。如果伊莱莎俯卧下来，在柜子上伸展身体，眼睛贴近砖块，抬高头，她就能瞥见附近的河湾。从这个秘密角度，她可以看到不易察觉的忙碌日常生活的潮起潮落。这样做一举两得，她能观察别人，又不被人看到。虽然伊莱莎的好奇心没有界限，但她不喜欢被注视。她知道，被注意是万分危险的事，而某类仔细观察和做贼无异。伊莱莎深知这点，因为那是她最爱做的事，将意象储藏在脑海中，只要她乐意就可以反复播放、重新发声、重新上色。她将它们编织成邪恶的故事，其中的奇思妙想将为在不知不觉中提供灵感的人们带来恐惧。

可供选择的人很多。伊莱莎的泰晤士河河湾处的生活从未停歇。这条河是伦敦的生命线，无尽的潮汐涨涨落落，运送着仁慈或野蛮进出城市。尽管伊莱莎也喜欢运煤船趁着涨潮进来，船夫摇着桨来回运送人们，驳船从运煤船上载入货物，但河流真正苏醒、融入生活的时刻是在退潮时分。那时河水下落到足以让哈克曼先生和他的儿子开始拖着需要清理口袋的尸体；那时捡破烂的人会各就各位，冲洗掉发臭的泥土，寻找绳子、骨头、铜钉以及任何他们能拿来换钱的东西。斯温德尔先生有自己的捡破烂小组和泥地，他守卫着那块腐烂、恶臭的方块地，仿佛里面埋着女王的黄金。那些胆敢越过边界的人在下次退潮时，极可能会找他们浸了水的口袋，却发现已被哈克曼先生洗劫一空。

斯温德尔先生总是怂恿塞米加入他的捡破烂小组。他说，随时随地回报房东的仁慈是那男孩的义务。尽管塞米和伊莱莎总有办法凑出钱来付房租，但斯温德尔先生绝不允许他们忘记，他们现在能享有自由，完全仰赖他没有向当局通报最近的情况变化。“那些到处管闲事的慈善家，会对两个像你们这样的孤儿被独自留在这广大、陈旧的世界中这件事，非常感兴趣。”他老是这样说，“你们的妈咽气时，我就该依法交出你们。”

“您说得是，斯温德尔先生。”伊莱莎会说，“非常感激您，斯温德尔先生。您很仁慈。”

“呸，你们可别忘记。因为我和我太太心地善良，你们才能还待在这儿。”然后他会看着颤抖的鼻子下方，瞳孔恶狠狠地收缩，“既然这个小家伙很会找东西，他如果肯到我的泥地工作，我也许会认为你们值得留下。我从未见过那么擅长寻宝的男孩。”

他说得没错。塞米有寻宝的才干。从他还是个小宝宝的时候起，漂亮东西就像长了脚似的跑到他的脚边。斯温德尔太太说，那是白痴的魔力，因为上帝特别照顾傻瓜和疯子，但伊莱莎知道这不是真的。塞米不是白痴，他只是不想把时间浪费在说话上，因为他看得比任何人都清楚。在他度过的这十二年里，他从未说过一个字。但他和伊莱莎无须言语沟通。她总能知道他的想法和感觉，总能知道。他毕竟是她的孪生弟弟，一个整体的两半。

因此伊莱莎知道他害怕河泥，虽然她并未分享他的恐惧，但她就是知道。当你走近河岸时空气变得突然不同。泥土的气味，从高处往下扑的鸟，在古老的河堤间回荡的古怪声响……

伊莱莎也知道，照顾塞米是她的责任，并不只是出于母亲的谆谆告诫。（母亲有个令人费解的理论，有个“坏人”潜藏在暗处，她从未说是谁，在等着找到他们。）在他们很小的时候，甚至在塞米因为感冒差点丧命之前，伊莱莎就知道，塞米需要她甚于她需要他。他举手投足间的某种东西使他显得脆弱。其他孩子在小时候就知道塞米特殊，但大人们直到现在才恍然大悟。他们多少能感觉到，他并不真的是他们中的一分子。

他当然不是，他是位化身王子。伊莱莎知道所有化身王子和公主的故事。她在杂货店里摆了有一阵子的童话故事里读到过。书里也有图画。仙女和精灵看起来就像塞米，有着和他一样滑顺的草莓色头发，瘦长的四肢和圆圆的蓝色眼睛。母亲说过，从塞米是个宝宝开始，他就和其他孩子不同：他具有特别的天真和沉静。她以前常说，当伊莱莎皱起她红色的小脸，哭号着要吃奶时，塞米从来不哭。他躺在抽屉里聆听，仿佛美妙的音乐正随着微风飘荡，而只有他听得到。

伊莱莎想办法说服房东，塞米不该加入捡破烂队伍，他为苏本先生清理烟囱的话，会赚得更多。她提醒他们，自从禁止儿童扫烟囱的法律通过后，跟塞米同龄、还在扫烟囱的男孩不多了，没人能像那些纤瘦的小男孩一样清理烟囱，只有他们能灵活地在阴暗和布满灰尘的烟管里爬来爬去。感谢塞米，苏本先生的工作总是排得满满的，因此塞米会有固定收入吧？这总比希望塞米在泥地里挖到宝来得实际些。

斯温德尔夫妇终于想通了，他们喜欢塞米的钱，就像孩子们的母亲还活着时，他们也高兴地收下她为布莱克瓦特先生做文书工作所赚的钱一样，但伊莱莎不知道现状还能维持多久。特别是斯温德尔太太，她的眼界无法超越贪婪，她喜欢发出隐晦的威胁，咕哝着爱管闲事的慈善家正到处寻找在街道上扫烟囱的小男孩，将他们送进救济院。

斯温德尔太太一向很害怕塞米。她那种人对无法解释的事物的自然反应就是恐惧。伊莱莎有次听到她和贝克太太窃窃私语，后者是卸煤工人的妻子。她说，她从替他姐弟俩接生的泰瑟太太那里听说，塞米出生时，脐带缠绕在脖子上。要不是魔鬼插手，他应该活不过第一晚，他的第一次呼吸就会是最后一次。那是魔鬼的戏法，她说，男孩的母亲和魔鬼做了个交易。光是看着他，你就会知道，他的眼睛能望进一个人的内心深处，他身体里的沉静，那和同龄的男孩如此不同。哦，是的，塞米·梅克皮斯非常不对劲。

这类无稽之谈让伊莱莎更加强烈地想要保护孪生弟弟。有时候，在晚上，当她躺在床上听斯温德尔夫妇争吵，他们的小女儿海蒂用尽吃奶的力量哭号时，她喜欢想象可怕的事情正发生在斯温德尔太太身上。她在洗刷时可能意外跌进炉火内，或滑到轧布机下被压扁致死，或淹没在一锅沸腾的猪油中，脑袋先掉进去，只剩下细瘦的双腿来作为她残酷恐怖结局的见证……

说到魔鬼，魔鬼就出现。斯温德尔太太背着装满战利品的包，转过角落，进入巴特斯教堂街。她又度过了追着那些穿漂亮裙子的小女孩跑的一天，看来收获颇丰，准备回家。伊莱莎迅速离开裂缝，顺着柜子滑动，沿着烟囱边缘缓缓爬下。

伊莱莎的工作是清洗斯温德尔太太带回家的裙子。有时，当她在火炉上煮沸那些裙子，小心不要扯裂蛛网般的蕾丝时，她会纳闷，那些小女孩看见斯温德尔太太对她们挥舞糖果袋时在想些什么。那些糖果袋装满了色彩鲜艳、闪闪发光的玻璃珠。小女孩们并不是在走近袋子时才发现这是场骗局。没有那种骇人的恐惧。一旦斯温德尔太太发现她们独自在巷子里，便迅速扯掉她们的漂亮裙子，她们连尖叫的时间都没有。伊莱莎想，她们以后也许会做噩梦，就像她常梦到塞米卡在烟囱里一样。

她为她们感到难过，到处狩猎的斯温德尔太太的确很可怕，但那是她们自己的错。她们不应该那么贪心，总是想要更多东西。伊莱莎一直很讶异，这些出生在豪宅中、用着时髦的婴儿车、穿着蕾丝连衣裙的小女孩会为了一袋廉价的糖果而成为斯温德尔太太的猎物。她们很幸运，她们失去的只是一条裙子和些许的心灵平静。而在伦敦黑暗的巷子里会失去的东西可多着呢。

楼下的前门砰地打开。

“你死到哪里去了，丫头？”声音沿着阶梯隆隆上滚，如同恶毒凝成的炽热的火球。当它击中她时，伊莱莎的心沉了下来：她今天的狩猎结果不理想，这对巴特斯教堂街35号的居民来说，是件惨事。“到楼下来准备晚餐，不然就别出来了。”

伊莱莎连忙下楼，跑进杂货店。她的视线快速扫过黝黯的物体，成堆的瓶子和盒子在黑暗中呈现出奇异的几何图形。柜台边，有个形体正在移动。斯温德尔太太正像河蟹一样弯着腰，在包包里翻找，拉出几件蕾丝边裙子。“别像你那白痴弟弟一样傻傻地站在那里看。把灯点起来，蠢丫头。”

“炖汤在火炉上，斯温德尔太太，”伊莱莎赶快将灯点燃，“裙子快干了。”

“本来就该如此。我每天出门辛苦赚钱，而你只要洗洗裙子。有时，我觉得我还不如自己洗。早该把你和你弟弟赶出去。”她不快地吐了一口气，坐到椅子上，“嗯，过来，帮我脱鞋子。”

当伊莱莎跪在地上，慢慢脱下狭小的靴子时，门再次开了。是塞米，他浑身煤灰，黑漆漆的。斯温德尔太太不发一语，伸出瘦骨嶙峋的手，手指轻轻晃动。

塞米将手插进工作服前面的口袋里，拿出两枚铜币，放进斯温德尔太太的手中。她狐疑地打量着铜币，然后用汗淋淋、还穿着袜子的脚将伊莱莎踹开，蹒跚着走到钱箱前。她转过肩膀斜斜一瞥，从衬衫前面拉出钥匙，塞进锁眼，将新铜板堆在其他铜板上面，咂着湿润的嘴唇数着钱。

塞米走到火炉前，伊莱莎拿来两只碗。他们从来不和斯温德尔一家一起用餐。斯温德尔太太说，他们不要妄想，他们并不是一家人。他们是受雇来帮忙的人，更像仆人，而非房客。伊莱莎开始将炖汤舀出来，倒进过滤网，斯温德尔太太坚持要她这么做：她不想将肉浪费在两个不知感恩的小鬼身上。

“你累了，”伊莱莎低声说，“你今天这么早就开工了。”

塞米摇摇头，他不喜欢她为他担心。

伊莱莎偷偷瞥了斯温德尔太太一眼，后者仍然背对着她，于是她偷偷将一小块猪脚放进塞米的碗里。

他轻轻地笑了，却一脸疲惫，圆圆的眼睛与伊莱莎的交会。看到他的肩膀因沉重的工作而下垂，整张脸沾满有钱人烟囱里的煤灰，为像皮革般坚韧的一小块肉对她充满感激，她便想用手臂拥抱住他纤瘦的身体，永远不放开他。

“看，看。多温馨的画面啊，”斯温德尔太太说，将钱箱的盖子啪嗒关上，“但可怜的斯温德尔先生正在外面挖泥土寻宝，好喂饱你们这两张不知感激的嘴。”她冲塞米摇晃着一根骨节突出的手指，“你这种年轻男孩在他房子里白吃白住。这样不对，我告诉你，一点也不对。当那些慈善家回来时，我会这样告诉他们。”

“苏本先生明天会给你更多工作吗？”伊莱莎连忙问。

塞米点点头。

“后天也是？”

他再次点点头。

“那表示这个星期他还会再赚两个铜币，斯温德尔太太。”

哦，她费尽全力试图让她的声音听起来那么温和乖巧！

但这努力是多么徒劳。

“这么傲慢！你竟敢回嘴。如果不是因为斯温德尔先生和我，你们两个流着鼻涕的小鬼早就在外面吹风受冻，在救济院里刷地板了。”

伊莱莎倒抽一口气。母亲临终前做的最后几件事之一，便是得到斯温德尔太太的承诺，只要塞米和伊莱莎付得起房租，肯帮忙做家务，就能以房客的身份一直住在这里。“但斯温德尔太太，”伊莱莎小心翼翼地说道，“母亲说您保证……”

“保证？保证？”她嘴角喷出愤怒的唾沫，“我会给你保证！我保证会抽你的屁股，直到你再也没办法坐下为止。”她突然站起身，伸手去拿挂在门边的皮鞭。

伊莱莎坚定地站着，心却怦怦直跳。

斯温德尔太太往前走一步，然后停下来，嘴唇残酷地抽搐了一下，她一语不发地转身面对塞米。“你，”她说，“过来。”

“不，”伊莱莎立刻说，目光抛向塞米的脸，“不，我很抱歉，斯温德尔太太。您说得对，我很傲慢……我会补偿您的。明天我会打扫店里，洗刷前门的台阶，我会……我会……”

“打扫厕所，抓光阁楼上的老鼠。”

“是的，”伊莱莎点点头，“我都会好好做。”

斯温德尔太太将皮鞭在她身后拉直，像一条皮革制的地平线。她从眼睫毛底下瞥着他们，目光在伊莱莎和塞米之间逡巡。最后，她放下皮鞭，将它挂回门边。

伊莱莎在头昏眼花中感到如释重负。“谢谢您，斯温德尔太太！”

伊莱莎的手微微发抖，她将炖汤递给塞米，拿起勺子准备替自己舀一碗。

“停下。”斯温德尔太太厉声说。

伊莱莎抬起头来。

“你，”斯温德尔太太说，指着塞米，“清理那些新瓶子，把它们整齐排放在柜子上。弄好后才能吃。”她转向伊莱莎，“你，丫头，上楼去，不要让我看到你。”她薄薄的嘴唇在发抖，“你今晚什么都别想吃。我可不想喂饱一个忘恩负义的人。”

更小的时候，伊莱莎喜欢想象父亲有一天会突然出现来拯救他们。在母亲和开膛手杰克之后，勇敢的父亲是伊莱莎最棒的故事。有时候，当她的眼睛因长时间抵在砖块上而感到酸痛时，她会仰面躺在柜子上，想象英勇的父亲。她会告诉自己，母亲的解释是错的，他并没有真的淹死在海里，而是有任务在身，出了远门。总有一天，他会回家，把他们从斯温德尔的魔爪中解救出去。

她知道这是幻想，不可能发生，就像仙女和妖精不会从壁炉砖块间出现一样，但她从想象他回家中所得到的欢愉并未因此消减。她总是幻想，他会骑着骏马抵达斯温德尔房子的外面。没有马车，只是骑着马，一匹拥有熠熠生辉的鬃发、肌肉发达的长腿黑马。街道上的每一个人都会停下他们手边的工作，看着这个男人，也就是他们的父亲，他穿着黑色骑装，英挺逼人。斯温德尔太太会皱起她悲惨的脸庞，从晒衣绳顶端凝视，从那天早上抢来的漂亮裙子上凝视，呼天抢地叫贝克太太过来看看发生了什么事。他们会知道这位骑士是谁，他是伊莱莎和塞米的父亲，前来拯救他们。他会和他们一起骑马来到河边，他的船会在那里等待，他们将坐船横渡海洋到遥远的她连名字都没听过的地方。

有时候，在伊莱莎偶尔说服母亲加入讲故事的场合中，母亲会说起海洋。因为母亲亲眼见过海洋，因此，她的故事充满了声音和气味，伊莱莎觉得神奇无比——滔天大浪和咸咸的空气，细腻的沙是白色的，而非河泥中黏滑的黑色沉积物。母亲不常加入讲故事的行列，大部分时候，她不赞成讲故事，特别是勇敢的父亲这类故事。“你必须学会分辨故事和现实之间的不同，我的伊莱莎，”她会这样说，“童话故事总是结束得太快。当王子和公主骑着马离开后，故事从未交代之后发生了什么。”

“但你是什么意思，母亲？”伊莱莎会问。

“当他们需要在这个世界中寻找生存之道、赚钱和逃避邪恶时，发生了什么事。”

伊莱莎从来无法明白。她觉得那些都无关紧要，尽管她没对母亲这样说。他们是王子和公主，只要他们还有魔法城堡，他们就不需要在这个世界中寻找生存之道。

“你不能痴痴等某人来拯救你，”母亲继续说，眼神很恍惚，“期待被拯救的女孩无法学会拯救自己。即使有方法，她也会缺乏勇气。千万别变成那样，伊莱莎。你必须找到你的勇气，学会拯救自己，永远别想依赖他人。”

伊莱莎独自待在楼上的房间，对斯温德尔太太的厌恶和自己无能的愤怒气得她快要爆炸了。她爬进废弃的壁炉内，小心翼翼地将手缓缓伸到最高处，用一只张开的手感觉松动的砖块，然后将它拉开。在那个小洞深处，她的手指轻轻擦过熟悉的小芥末罐的顶端，摸到它冰凉的表面和圆圆的边缘。伊莱莎小心翼翼不让她的动作发出声音，免得它在烟囱里回荡，传进斯温德尔太太等待的耳朵中。她轻轻将陶罐拿出来。

那是母亲的陶罐，她已秘密保存多年。母亲临终前数日，在意识难得清醒的片刻中，告诉伊莱莎这个小洞的秘密。她吩咐伊莱莎将里面的东西拿给她，伊莱莎照办了：她将陶罐拿到母亲床边，惊异地睁大眼睛，盯着这个神秘之物。

在等着母亲笨拙地将陶罐打开时，伊莱莎的指尖因焦虑而微微刺痛。母亲在最后的时日里动作变得极不灵活，陶罐的盖子被蜡块封住，最后，它终于从底部松开了。

伊莱莎惊诧地喘着气。陶罐内有个胸针，是那种会让斯温德尔太太可怕的脸上流下热泪的胸针。它有一个便士大，圆形边缘镶嵌着各色宝石，有红色、绿色和闪闪发光的白色。

伊莱莎的第一个想法是胸针是偷来的。她无法想象母亲做这种事，但除此之外她怎么能得到这么昂贵的宝藏？它是从哪里来的？

她有很多疑问，但说不出话来。其实即使她问了也没用，因为母亲没在听。她正盯着胸针，伊莱莎从未见过她脸上那种表情。

“这枚胸针对我来说很珍贵，”她喃喃说，“非常珍贵。”母亲用力将陶罐塞进伊莱莎的手中，仿佛无法忍受再触碰它。

陶罐上过釉，表面平滑，触感冰冷。伊莱莎不知道该如何反应。这个胸针，母亲奇怪的表情……这一切来得太突然了。

“你知道这是什么吗，伊莱莎？”

“一枚胸针。我见妓女戴过。”

母亲虚弱地笑了笑，伊莱莎想，她一定是给了错误的答案。

“或者是个坠子？从项链上掉下来的？”

“你的第一个答案是对的。这是个胸针，一种特别的胸针。”她双掌合拢，“你知道玻璃后面是什么吗？”

伊莱莎看着红金线编织的图案："织锦画？"

母亲再次微笑："可以算是，但它不是用线织成的。"

"但我可以看到线，交织在一起变成绳子。"

"它们是头发，伊莱莎，我家族里女人的头发。我祖母、曾祖母等祖先的头发。这是个传统。这叫作哀悼胸针。"

"因为它只在早上[1]戴吗？"

母亲伸出手抚摸伊莱莎的辫子尾端："因为它让我们想到我们失去的人。那些让我们成为我们的祖先。"

伊莱莎严肃地点点头，尽管不大确定，但她意识到自己正在获得一份特殊的信任。

"这个胸针很值钱，但我不舍得卖掉它。我已经屡次成为多愁善感的牺牲品，但你不该如此。"

"母亲？"

"我活不久了，我的孩子。不久后，你就得照顾塞米和你自己。你也许得卖掉这个胸针。"

"哦，不，母亲……"

"也许迫于情势，你必须卖掉它，这由你自己决定。不要让我的犹豫影响你，听到了吗？"

"是的，母亲。"

"但如果你必须卖掉它时，伊莱莎，你要小心。你不能留下正式记录。"

"为什么不行？"

母亲看着她，伊莱莎认得这种表情。她自己在犹豫该诚实

1 哀悼胸针（mourning brooth）中的"mourning"一词和"早上"（morning）发音相近。

到什么程度时，常对塞米露出那种表情。“因为我的家族会发现。”伊莱莎沉默下来。母亲很少提到她的过去和她的家族。“他们应该早就将它报失了。”

伊莱莎眉头深锁。

“但那是错误的，我的孩子，因为这是我的胸针。我母亲在我十六岁生日时，把这胸针给了我，它是我的传家之宝。”

“但如果这是你的东西，母亲，为什么不能让人知道呢？”

“公开卖掉它会暴露我们的行踪，这种事不能发生。”她抓住伊莱莎的双手，睁大眼睛，脸色苍白，虚弱得几乎无法说话。“你懂吗？”

伊莱莎点点头，她懂。应该说，她有点懂。母亲担心“坏人”的事，从他们出生起就一直在警告他们。“坏人”可能躲在任何地方，潜藏在意想不到的角落，等着抓到他们。伊莱莎一向很喜欢这个故事，但母亲从未提供足够的细节以满足她的好奇心。伊莱莎在脑海中对母亲的警告加以润色，给那个男人加了一只玻璃眼珠和一篮蛇，当他冷笑时，嘴唇会扭曲。

“要我拿药来给你吗，母亲？”

“好女孩，伊莱莎，你是个好女孩。”

伊莱莎将陶罐放在母亲躺的床边，去拿小瓶装的鸦片酊。等她返回时，母亲再次伸出手抚摸从伊莱莎的发辫里松开的一绺长发。“好好照顾塞米，”她说，“也要照顾自己。记住，只要意志坚定，弱者也能有极大的力量。你必须勇敢，当我……如果我出了任何事的话。”

“当然，母亲，但你不会有事的。”伊莱莎和她母亲都不相信这句话。大家都知道得肺结核的人下场如何。

母亲喝了一小口药，便向后靠在枕头上，精疲力竭。她火红的头发披散开来，苍白的脖子上有一道伤痕，这道伤痕从不褪色，伊莱莎因此编了个母亲巧遇开膛手杰克的故事。这是另一个她从未说给母亲听的故事。

母亲的眼睛仍闭着，柔声说着短促快速的句子："我的伊莱莎，我只说一次。如果他找到你，你必须逃走，你只能在那时打开这个陶罐。不要去佳士得拍卖行，不要去任何大型拍卖行。他们会有记录。到街角问贝克特先生住在哪里。他会告诉你怎么找到约翰·皮尼克先生。皮尼克先生知道该怎么做。"她的眼睑因说太多话而颤抖，"你懂了吗？"

伊莱莎点点头。

"你懂了吗？"

"是的，母亲，我懂了。"

"在那个时刻来临前，把胸针的事忘了。别碰它，别让塞米看到，别告诉任何人。还有，伊莱莎……"

"是的，母亲。"

"要一直提防我说的那个人。"

伊莱莎信守诺言。大部分时候如此。她后来只打开陶罐两次，只是看看。就像母亲做过的那样，她的手指轻抚过胸针的表面，感受它的魔力和不可估量的力量，然后她会将盖子快速盖上，小心用蜡封好，藏回原处。

她今天虽然又把它拿下来，但她不是要看母亲的哀悼胸针。因为，伊莱莎在陶罐里放了自己的东西。那是她自己的宝藏，未来的应急之物。

她拉出小皮袋，紧握着它，从它的坚定中汲取力量。这是塞米在街上找到后给她的小玩意儿。某种有钱人家小孩的玩具，被掉落、遗忘，又因被发现而重生。伊莱莎一直收藏着它。她知道如果斯温德尔夫妇看到这个宝物，一定会眼睛发光，坚持要将它放在楼下的杂货店里。伊莱莎珍惜这个小皮袋胜于一切。这是一个礼物，这是她的东西。能称作“她的东西”的物品并不多。

几个星期前，她终于为它找到一个用处，用来藏她的秘密铜板，斯温德尔夫妇不知道她有这些钱，那是捕鼠人马修·罗丹付给她的钱。伊莱莎很会抓老鼠，尽管她不喜欢这项差事。那些老鼠只是试图活命，在这个既不偏爱温顺也不赞同乖巧的城市里求生存。她尽量不去想母亲会说什么——母亲很喜欢小动物，伊莱莎只是提醒自己没有选择余地。如果她和塞米要有希望，他们就需要私房钱，一些躲过斯温德尔夫妇注意的铜板。

伊莱莎坐在壁炉边，把陶罐放在腿上，将沾满煤灰的双手在裙子内侧抹了抹。她不能抹在斯温德尔太太看得到的地方。一旦她怀疑起来就大事不妙了。

当伊莱莎对双手的干净程度满意时，她才打开小皮袋，解开丝绸缎带，慢慢撑开袋口，往里窥看。

母亲说过，拯救你自己，照顾塞米。这就是伊莱莎必须做的事。小皮袋内有四个三便士硬币。再存两个，她就能买五十个橘子。那是他们做卖橘小贩所需的资金。他们赚来的钱能买更多的橘子，然后他们就会拥有自己的钱和自己的生意。他们可以去找新的地方过活，在那里他们会很安全，不必忍受斯温德尔夫妇恶狠狠的监视。他们总不忘威胁姐弟俩，要将他们交给慈善家，送去救济院。

楼梯平台处传来脚步声。

伊莱莎将硬币塞回袋内，拉紧缎带，连忙放回陶罐内。她的心脏怦怦狂跳，她把陶罐藏回烟囱内，想着可以待会儿再封好盖子。她及时跳下来，天真无邪地坐在摇摇晃晃的床尾上。

门咿呀打开，是塞米，身上仍沾着黑黑的煤灰。他站在门口，手上蜡烛的烛火有气无力地摇摆着，他看起来如此瘦削，伊莱莎认为那是烛光造成的错觉。她冲他微笑，他向着她走过来，手伸进口袋，拿出一个从斯温德尔太太的食品储藏室里偷来的土豆。

"塞米！"伊莱莎斥责他，接过柔软的土豆，"你知道她会数的。她会发现是你偷的。"

塞米耸耸肩，在床边的盆里洗脸。

"谢谢你。"她说，趁他没在看时，将土豆藏进她的裁缝篮里。明天早上她会将它放回去。

"变冷了。"她脱下围裙，只穿着内衣，"今年冬天来得早。"她爬到床上，在薄薄的灰色毛毯下打着哆嗦。

塞米脱得只剩内衣内裤，也跳上床，在她身边躺下。他的脚冷冰冰的，她试图用自己的脚为他取暖。

"要听我讲故事吗？"

她感觉到他的头在动，他点头时，头发轻刷过她的脸颊。她开始讲她最喜欢的故事："很久很久以前，夜晚寒冷阴暗，街道空旷无人，她的孪生宝宝在肚子里推搡、蠕动，一位年轻公主听到身后传来脚步声，立刻知道是那些坏蛋来了……"

这个故事她讲了好几年，但总不让母亲听到。母亲说这荒诞的故事会让塞米沮丧。母亲不懂，小孩子不会被故事吓着，他们的真实生活中充满了比童话故事里恐怖的事物。

弟弟的呼吸变得稳定，伊莱莎知道他睡着了。她停止讲述，握紧他的手。他的手是如此冰冷、纤瘦，她感觉胃里一阵恐惧的颤动。她握紧他的手，仔细倾听他的呼吸。“一切都会好起来的，塞米，”她喃喃低语，想着那只小皮袋，还有里面的钱，“我会让一切好起来的，我保证。”

15

伦敦，2005

卡珊德拉抵达希思罗机场时，本的女儿露比已经在等她。她是个五十多岁的丰满女人，容光焕发，一头干练的银灰色短发引人注目。她精力充沛，连身旁的空气似乎都受到了她的感染，她就是那种引人注意的人。在卡珊德拉能表达对一个陌生人竟在机场迎接她的惊讶之前，露比已经接过她的行李箱，用一条胖胖的手臂揽着她，带领她穿过机场玻璃门，进入充满废气的停车场。

她的车是辆老旧的掀背车，车内满是麝香味和一种卡珊德拉说不出名字的花香。等她们系好了安全带，露比从手提包里拿出一袋甘草什锦糖递给卡珊德拉，卡珊德拉拿了一块棕、白、黑相间的条纹方块糖。

“我都吃上瘾了，”露比将一块粉红色的糖丢进嘴里，用力嚼着，“严重上瘾。有时，我连一块还没吃完就开始吃第二块。”她用力嚼了一会儿，然后咽下，“啊，人生苦短，何必改变，不是吗？”

尽管夜已深，马路上仍然塞满了车，活力十足。她们沿着夜晚的高速公路前进，低着头的街灯在沥青路面上投射出橘红色光晕。露比开得很快，只在绝对必要时猛踩刹车，对其他敢超她车的司机一律比手势、摇头。卡珊德拉望向窗外，在心中描绘伦敦数次建筑运动所造就的同心圆环。她喜欢以这种方式思考城市。从市郊驶向中心的车程就像坐着时光机器回到过去。现代的机场饭店和宽广平滑的马路慢慢变成外部嵌有小石子的灰泥房舍，然后是好几个街区的旧公寓，最后抵达维多利亚时代的黑暗心脏地带。

驶近伦敦市中心时，卡珊德拉想，她出发去康沃尔之前应该告诉露比，她预约了两晚的饭店名字。她在皮包里搜寻放置旅行证件的塑料套夹。“露比，”她说，“我们接近霍本了吗？”

“霍本？不。它在城市的另一边。怎么了？”

“我的饭店在那里。我可以搭出租车，你不用大老远送我过去。”

露比看了她良久，久到卡珊德拉开始担心没人在看路。“饭店？这可不行。”她换挡，及时踩住刹车，才避免撞上前面的蓝色厢式货车，“你要住在我那儿。不准你说不。”

“哦，不行，”卡珊德拉说，蓝色金属的闪光仍鲜亮地烙印在她心田，“这不行，太麻烦了。”她开始松开紧握住车门把手的手，“何况，现在再取消预订已经太迟了。”

“不晚。我会替你取消。”露比再次转身面对卡珊德拉，安全带压着她巨大的胸脯，后者几乎要从衬衫里面迸出来。“一点也不麻烦。我早就腾出一张床，期待你的到访。”她咧嘴一笑，“老爸如果知道我让你去住饭店，会活剥我的皮！”

等她们抵达南肯辛顿时，露比倒车停进一个非常狭小的空间，卡珊德拉屏住呼吸，因欣赏这个女人满腔的信心沉默下来。

“我们到了。”露比从锁孔里拔下钥匙，指指路另一边的白色露台，“甜蜜的家。”

公寓很小。深藏在爱德华式房舍内，走上两段楼梯，在一扇黄色的门后。它只有一间卧室，一间小淋浴室和厕所，小厨房旁连着客厅。露比早已为卡珊德拉准备好了沙发。

“恐怕只称得上是三星级，”她说，“但我会在吃早餐时弥补你的。”

卡珊德拉不敢相信地扫视小厨房，露比纵声大笑，浅绿色的衬衫都因此摇晃起来。她擦擦眼睛。“哦，上帝，不！我不是要亲自煮给你吃。有人能做得比你更好时，干吗要浪费时间自讨苦吃？我会带你去角落的咖啡馆。”她按下水壶开关，“来杯茶？”

卡珊德拉挤出一个淡淡的笑容。她现在真正想做的事是放松脸部肌肉，不再堆着这个“很高兴见到你”的假笑。这可能该归咎于她在地球表面的高处停留过久，或她那份惯常的轻微反社会倾向，但她正用尽力气来维持彬彬有礼的假象。一杯茶意味着至少再二十分钟的点头微笑，愿上帝帮助她，能为露比连珠炮般的问题找出答案。她简短地考虑了一下，内疚地渴望去城市另一端的饭店。然后，她注意到露比已经将两个茶包丢进杯子里。“茶很棒。”

“你的茶。”露比递给卡珊德拉一只热气腾腾的茶杯。她坐在沙发的另外一边，满脸笑容，浑身散发着麝香味。“别客气，”她指着糖罐说，“趁你喝茶时，你可以告诉我你所有的事。这栋在康沃尔的小屋真令人兴奋！”

最后，在露比终于上床之后，卡珊德拉试图睡觉。她很累。

色彩、声音、形状，全都模模糊糊地环绕在她身边，睡眠却躲着她。图像和对话迅速掠过她的脑海，没有特定主题的一连串思绪和感觉绑在一起，与她息息相关，又好像缥缈遥远：奈儿和本、古董摊位、母亲、飞机旅行、机场、露比、伊莱莎·梅克皮斯和她的童话故事……

最后她放弃了睡眠，将棉被推开，爬下沙发。她的眼睛已经适应黑暗，她摸索着走到这间公寓唯一的窗户前。宽阔的窗台在暖气炉上伸出一块，如果卡珊德拉推开窗帘，她刚好可以坐进窗台，背靠在厚厚的墙壁上，脚抵住另一面墙。她探身向前，双手抱住膝盖，往外眺望，目光飘过贫瘠的维多利亚式花园和被常春藤吞噬的石墙，朝着遥远的街道而去。月光在下方地面上安静地低吟。

现在已近午夜，但伦敦仍旧灯火通明。她想，像伦敦这样的城市已是不夜城。现代世界谋杀了夜晚。它一定曾非常不同，非常仰赖自然的悲悯。当夜幕低垂时，这个城市的街道变成了街头艺人的表演场地，空气转成浓雾：那是开膛手杰克的伦敦。

这也是伊莱莎·梅克皮斯的伦敦，卡珊德拉在奈儿的笔记本里所读到的伦敦：雾霭弥漫的街道，隐约浮现的马匹，在浓雾朦胧中忽明忽灭的闪闪街灯。

她俯瞰露比公寓后方的鹅卵石砌成的马厩，她现在可以想象过往光景：鬼魂般的马车夫轻声哄着受到惊吓的马，沿着热闹的街道向前驶进。提着油灯的男人高高地坐在马车上。街头小贩和妓女，警察和小偷。

16

伦敦，*1900*

浓厚的雾是豌豆布丁的暗黄色。它在一夜之间潜入，翻滚下河面，遍布街道，环绕着房舍，伏蹲在门下。伊莱莎从砖头的缝隙间观看。在浓雾沉寂的斗篷下，房舍、煤气灯、墙壁全都化为怪物似的阴影，来回晃动，就像含硫黄的云朵在身边穿梭。

斯温德尔太太留下一堆衣服给伊莱莎洗，但就伊莱莎目光所及，在这种浓雾下，没有必要白费力气洗衣服，原本是白的到最后都会变成灰色，还不如将没洗过的湿衣服挂在外面晾干，于是她就这么做了。这样可以节省肥皂，还有她的时间。因为在浓雾降临时，伊莱莎有更好玩的事可以做，那就是捉迷藏和偷溜出门。

开膛手杰克是她最喜欢的游戏之一。刚开始她都自己玩，后来，她教会了塞米游戏规则，现在他们轮流扮演母亲和开膛手的角色。伊莱莎从来无法决定她偏好哪个角色。有时候她认为是开膛手，因为他有慑人的力量。带着罪恶感的欢愉让她皮肤泛红，她蹑手蹑脚地走到塞米身后，压抑住咯咯轻笑，准备抓住他……

但扮演母亲也有某种魅力。她走得又快又小心，拒绝回头看，拒绝撒腿跑，试图一直走在身后的脚步声前，她的心脏怦怦狂跳，声音大到可以淹没周围的一切，因此她无从听到适当的警告。甜美的恐惧让她的皮肤因兴奋而刺痛。

斯温德尔夫妇都出去捡破烂了（浓雾对以无耻的方式谋生的河畔居民来说，是种大礼），但伊莱莎还是尽量安静地走下楼梯，小心避开屋内其他人的注意。莎拉，那个照顾斯温德尔夫妇的女儿海蒂的姑娘，总是通过打伊莱莎的小报告，博取雇主的欢心。

伊莱莎在楼梯底端停住了，仔细观察店内斑驳的阴影。浓雾钻进砖块间的裂缝，弥漫在房间内，沉重地在陈列品上盘旋，围绕闪烁不定的煤气灯形成黄色光晕。塞米在后面的角落里，坐在凳子上清理瓶子。他正陷入沉思，伊莱莎认得他脸上做白日梦的表情。

伊莱莎偷瞥了一眼，确定莎拉没在偷看，蹑手蹑脚地走向他。

“塞米！”她接近他时低语。

没有反应，他没有听到。

“塞米！”

他的膝盖停止晃动，歪着身体，他的脑袋出现在柜台旁边，直发倒向一边。

“外面有大雾。”

他木然的表情反映了这句话不言而喻的意思。他轻轻耸肩。

“浓得像水沟里的粪便，路灯都消失了。玩开膛手的最佳时机。”

这引起了塞米的注意。他呆坐半晌，考虑再三，然后摇摇头。他指指斯温德尔先生那把垫着肮脏坐垫的椅子，他每晚从酒吧回家后，都要将他瘦嶙嶙的背靠在垫子上。

“他不会发现我们溜出去的。他和她都会很久以后才回来。”

他再次摇摇头，但这次没有那么用力。

“他们整个下午都会很忙，他们不会错过可以多赚点铜板的机会。”伊莱莎知道，她快说服他了。毕竟他是她的一部分，她总是能看穿他的心思。“拜托，不会去很久的。我们一到河边就回来。”快了，快说服他了，“你可以选择你想当谁。”

她就知道这招有效。塞米忧郁的目光与她的交会。

他举起一只手，紧握成小而苍白的拳头，仿佛抓着一把刀。

塞米站在门边，扮演开膛手的人总要数到十秒让母亲的扮演者先走，伊莱莎溜出门外。她低头避开斯温德尔太太的晒衣绳，转过收破烂的马车，开始往河畔而去。兴奋使她的心脏怦怦直跳，危险的感觉无比甜美。她鬼鬼祟祟地一路向前，穿梭在浓雾中的人群、马车、狗和婴儿车之间，一阵阵刺激的恐惧感在她的皮肤下翻滚。她注意倾听着背后的脚步声，等它悄悄爬上来，爬上来，赶上她。

和塞米不同，伊莱莎喜爱河流。它让她感觉更亲近父亲。母亲从来不主动告诉她过往的生活细节，但她有一次告诉伊莱莎，她的父亲正是在这条河的另一个河湾旁长大的。他在运煤船上学会怎么做水手，然后加入另一个船队驶向大海。伊莱莎喜欢幻想他在河湾处会看到的事物，那儿就在执行死刑的码头附近。海盗在那里被吊死，尸体随着镣铐摇晃，直到潮水冲走他们。老人说，那是吊死鬼的狂舞。

伊莱莎颤抖着，想象那些毫无生气的尸体，想知道从脖子吐出最后一口气是什么感觉，然后责骂自己分神。塞米常常因分神成为牺牲品。这对塞米来说不关痛痒，但伊莱莎知道，她得更为小心。

现在，塞米的脚步声在哪儿？她集中精神专心聆听。她倾听着……河畔的海鸥，主桅绳索嘎吱作响，船体木材伸展，手推车滚过，卖粘蝇纸的小贩叫着“活捉它们哦”，赶路的女人匆忙的脚步，收破烂的男孩高唱他的破烂价码……

突然，她身后传来撞击声。马儿嘶鸣，男人惊呼狂叫。

伊莱莎的心脏狠狠地跳着，她差点转头。她很想看看到底发生了什么事，但及时制止了自己。这并不容易。她天性好奇。母亲总是这样说。她摇着头，啧啧出声，告诉伊莱莎，如果她不学会三思而后行，她总有一天会一头撞上她想象中的山脉。但如果塞米就在附近，看到她在偷窥的话，她便会丧失游戏权，何况，她已经离河畔这么近了。她闻到泰晤士河河泥混杂着硫黄浓雾的臭味。她就快赢了，只要再往前跑一点。

现在，她身后一片喧闹声，噼啪咔嗒作响，一个铃铛的叮当声愈来愈近。愚蠢的马也许撞上了磨刀匠的马车，马儿在浓雾中总是变得有点疯狂失控。这真讨人厌！如果塞米现在扑上来攻击她，她怎么有机会听到他的声音。

河堤边的石墙出现了，隐约飘浮在浓雾中。

伊莱莎咧嘴笑了，开始跑过最后几码。严格来说，跑步是犯规的，但她无法控制自己。她的双手撞到沾满泥泞的岩石上，她不禁发出快乐的尖叫。她成功了，她赢了，再次骗过开膛手。

伊莱莎爬上墙，以胜利之姿端坐在上面，面向着她来时的街道。她的鞋跟在石头上不断敲击，目光在浓雾中扫视，寻找塞米鬼鬼祟祟的身影。可怜的塞米。他从来不像她一样擅长玩游戏。

他总得花很长的时间才能学会规则，不太会扮演所饰的角色。塞米不像伊莱莎，他的天性使他不擅长假扮。

她坐在那儿时，街道的气味和声音往回冲到她身上。每一次呼吸，她都能闻到浓雾的油味，刚才听到的铃铛声现在变得很响，愈来愈近。她四周的人们似乎莫名兴奋，全往一个方向跑过去，可能收破烂的儿子癫痫发作了，或是弹手风琴的男人又来了。

当然啦，弹手风琴的男人来了，塞米一定在那里。

伊莱莎从墙上跳下来，将靴子在凸出墙基的一块石头上蹭干净。

塞米总是无法抗拒音乐。他一定就站在弹手风琴的男人身边，嘴巴微张，凝视着手风琴，将开膛手和游戏全部抛诸脑后。

她跟随着人群，经过烟草店、制靴店和当铺。但人愈聚愈多，铃铛声渐渐消失，伊莱莎还是听不到手风琴的乐音，她开始快速前进。

一种无以名状的恐惧感在她的胃里下坠，她用手肘推开其他人，努力往前。穿着花哨裙子的妓女、身穿燕尾服的绅士、街头男孩、洗衣女工、店员……她在推挤的过程中一直在寻找塞米。

“报道”开始从众人聚集处的中央往外扩散，伊莱莎从盘旋在她头上的兴奋低语中抓到只言片语：一匹黑马不知从哪里蹿出来，小男孩没有看到它；这可怕的浓雾……

不是塞米，她告诉自己，不可能是塞米。他就在她身后，她一直在听他的……

她现在靠得很近了，几乎抵达了大伙儿空出来的地方，几乎可以看穿浓雾。她屏住呼吸，挤到旁观者的最前面，残酷的景象出现在眼前。

她一眼就看到了全部，立刻明白了。那匹黑马和男孩破碎的身体躺在肉店门口。草莓色头发在鹅卵石上被染成深红的一团。胸部被马蹄踢开个大窟窿，蓝眼睛木然地睁着。

屠夫走出店外，跪在男孩身旁。“已经死了。小家伙毫无生机。”

伊莱莎回头瞪着马。它还在乱蹦乱跳。浓雾、人群和嘈杂声令它恐慌。它喷出热腾腾的气体，在浓雾中清晰可见。

“有谁知道这个男孩的名字？”

人群移动、推挤，大家面面相觑，耸耸肩膀，摇摇头。

“我可能见过他。”一个不确定的声音说。

伊莱莎直视着马儿闪烁的黑色眼睛。这世界和所有的声音似乎都在她身旁旋转，而那匹马安静地站着。他们凝视着彼此，在一瞬间，她感觉它看透了她。它瞥见了她内心迅速扩张的空洞，她将以余生来试图填满。

“一定有人认识他。”屠夫说。

人群安静下来，气氛诡异。

伊莱莎知道她应该痛恨这黑色的禽兽，她应该轻蔑它强壮的下肢和平滑结实的大腿，但她做不到。她凝视着它的眼睛，几乎感觉到一种认可，仿佛马儿了解无人能懂的事，了解她内心的空洞。

“好吧。”屠夫吹声口哨，一个年轻学徒出现了，“把手推车推来，将这孩子搬开。”学徒立即返回店里，推出一辆木制手推车。当他将男孩破碎的身体搬上车时，清道夫开始打扫沾满鲜血的街道。

“我想他住在巴特斯教堂街。”一个低沉的声音说。他的声音听起来像是母亲工作的律师事务所里的男人，不全然是个有钱人的声调，但口音显然比其他河边居民浑厚。

屠夫抬起头，看看来者是谁。

一位戴着夹鼻眼镜，穿着整洁但有些破损的外套的高个子男人往前跨了一步，从浓雾中现身。“我前些天才在那里看到他。”

人们听到这个消息后，纷纷窃窃私语，重新看着小男孩毁损的身体。

“你知道是哪一家吗，先生？”

“恐怕我不知道。”

屠夫冲学徒打了个手势。“带他到巴特斯教堂街，到处问问。应该有人认识他。”

马儿对着伊莱莎点点头，三次低下头，然后叹息，将头转开。

伊莱莎眨眨眼。“等等。”她几乎是耳语。

屠夫看着她。“嗯？”

所有的眼睛都转过来望着她，这个绑着金红色长辫子的女孩。伊莱莎看着戴夹鼻眼镜的男人。镜片闪闪发光发白，她无法看到他的眼睛。

屠夫举起手示意人群安静下来。“嗯，孩子。你知道这个不幸的男孩的名字吗？”

“他叫塞米·梅克皮斯，”伊莱莎说，“他是我弟弟。”

母亲曾为自己的葬礼留下了几枚铜板，但她没有为孩子们准备好这类不时之需。这很自然，哪有父母会想到准备这种事？

“他会在圣布莱德教堂举行一个贫民葬礼[1]。”斯温德尔太太

1 由地方当局或教会出资举行的穷人的葬礼。

在那个下午稍晚时说。她喝着汤匙上的汤，然后用汤匙指着坐在地板上的伊莱莎。“他们会在星期三挖开那个坑。在那之前，我想我们得将他留在这儿。”她咬着脸颊内侧，噘起下唇，“当然是放在楼上。不能让尸臭味吓跑顾客。”

伊莱莎听说过圣布莱德教堂的贫民葬礼。他们每个星期重新挖开那个大坑，往里倾倒成堆的尸体，牧师不知所云地快速举行仪式，这样他才可以尽快摆脱那里可怕的臭味。“不，”她说，“别在圣布莱德。”

小海蒂停止咀嚼面包。面包屑粘在她的右脸上，她睁大眼睛，在她母亲和伊莱莎之间逡巡。

“不？”斯温德尔太太细长的手指抓紧了汤匙。

“求求您，斯温德尔太太，”伊莱莎说，“让他有个体面的葬礼，像母亲一样。”她咬着舌头，免得哭出来，“我希望他和母亲葬在一起。”

“哦，你希望，是吧？也许还要马拉着灵车？再请几个专门哭丧的人？你认为斯温德尔先生和我应该为这个体面的葬礼付钱是吧。”她嗤之以鼻，发出尖酸的咆哮，“与人们普遍的想法相反，小姐，我们不是慈善机构。除非你自己有钱，否则那男孩就得葬在圣布莱德。这对他来说已经是够好的了。”

“不要灵车，斯温德尔太太，不要哭丧的人。只要让他有自己的坟墓。”

“你打算让谁安排这一切？”

伊莱莎吞了一下口水。“贝克太太的哥哥是个殡葬业者，他也许愿意。如果您肯问他的话，斯温德尔太太……”

“我就该帮你和你那白痴弟弟吗？”

“他不是白痴。”

“他都笨到让自己被马踩死了。”

“那不是他的错，雾太大了。”

斯温德尔太太喝了一大口汤。

“他甚至不想出门。”伊莱莎说。

“他当然不想，”斯温德尔太太说，“他不会做这种事。你才会。”

“拜托，斯温德尔太太，我会付钱。”

两道眉毛高高抬起。“哦，你付得起，是吗？用什么付？空口承诺？”

伊莱莎想到了那个小皮袋。“我……我有些铜板。”

斯温德尔太太张大嘴巴，一些汤顺势流了出来。“铜板？”

“一点点。”

“你这个鬼鬼祟祟的坏丫头，”她抿紧嘴唇，“你有多少？”

“一先令。”

斯温德尔太太尖声大笑。这个可怕惊人的声音如此陌生，如此阴冷，小女孩被吓得放声痛哭。“一先令？”她啐了一口，“一先令连买棺材的钉子都不够。”

母亲的胸针，她可以卖了胸针。母亲的确让她答应过，除非“坏人”出现，她才可以卖掉它，但这种情况应该……

斯温德尔太太正在咳嗽，意料之外的欢笑差点让她窒息。她拍了拍自己骨瘦如柴的胸部，把小海蒂放在地板上，让她匆匆爬走。“你别再哭了，我都不知道自己在想什么了。”

她静静坐了一会儿，眯起眼睛，看着伊莱莎的方向。她点了几次头，似乎有什么计划逐渐成形了。“你的哀求让我下定决心。我会确信那男孩不会得到他不配得到的东西。他将有个贫民葬礼。”

“请……”

“你要把那一先令给我，弥补我遭受的麻烦。”

“但斯温德尔太太……”

“别再叫我。这是给你一个教训，竟然敢私藏铜板。等斯温德尔先生回家，听到这个消息后，你就得为此付出极大的代价。”她将碗递给伊莱莎，“帮我再盛一碗，然后去哄海蒂睡觉。”

夜晚最难熬。街道上的嘈杂声愈来愈响，阴影毫无来由地突然出现，伊莱莎人生中第一次独自待在那个小房间里，噩梦连连。那些噩梦比她在故事里想象的任何事物都要狰狞。

白天，世界仿佛翻转过来，像晒衣绳上的衣服。所有事物的形状、尺寸和颜色都没变，却错得离谱。尽管伊莱莎的身体像以前一样运作如常，但她的心思却漫游在恐惧之地。她一再发现自己正在想象塞米躺在圣布莱德坟坑的底端，四肢歪斜被丢在一堆无名尸体中。他困在泥土下方，眼睛圆睁，嘴巴试图大声喊叫他们弄错了，他还没死。

结果，斯温德尔太太赢了，塞米举行了贫民葬礼。伊莱莎已经把胸针从藏匿的地方拿了出来，而且走到了约翰·皮克尼的房子那儿，但最后还是没办法卖掉它。她在外面整整站了半个小时，试图下定决心。她知道，如果卖掉胸针，她将有足够的钱为塞米办个体面的葬礼。她也知道，斯温德尔夫妇一定会想知道她的钱是从哪里来的，然后为她私藏这么珍贵的东西狠狠惩罚她。

但她并非出于对斯温德尔夫妇的恐惧才作此决定。有一个声音在她的记忆中大声回荡，那甚至不是母亲的声音，要她答应，只有在那个幽灵般的坏人出现并造成威胁时，才能卖掉胸针。

那是她本身的恐惧，她害怕未来会比过去更为多舛。在未来的某个时刻，潜藏在浓雾般的几年之后，那个胸针会成为她赖以生存的唯一宝贝。

她没有踏进皮克尼先生的家便转身离去，匆匆赶回杂货店，胸针在她的口袋里像要烧出一个满怀罪恶感的窟窿。她告诉自己，塞米会理解她的，他和她一样清楚，在河湾处生活必须付出的代价。

然后，她温柔地将关于他的记忆包裹在层层感情中，欢愉、爱和奉献，她不再需要这些，因此，她将它们深深锁在体内。去除这些记忆和情感似乎是对的。因为塞米死后，伊莱莎只剩半个人。就像一个没有烛光的房间，她的灵魂冰冷、黑暗、虚无。

她第一次有那个想法是什么时候？后来，伊莱莎一直无法确定。那个白天没有什么不同。她像在过去那样，每天早上在幽暗的小房间里睁开双眼，静静地躺着，在一个悲惨伤心的夜晚过后，重新进入躯体。

她掀开毯子，坐起身，光脚踩在地上。她的长辫子垂在一侧肩膀上。天气寒冷，秋天已然向冬季投降，早晨如夜晚般黑暗。伊莱莎划了一根火柴，将它凑到灯芯上，然后，抬头看着她在门后挂围裙的地方。

是什么让她这样做？是什么使她越过围裙，伸手拿起挂在后面的衬衫和马裤，顶替塞米穿上了他的衣服？

伊莱莎从来都不知道，但这个感觉正确，仿佛这是她唯一该做的事。衬衫有一股熟悉的味道，像又不像她自己的衣服，当她套上马裤时，她细细体会脚踝赤裸的奇特感觉，冰凉的空气拂过习惯穿袜子的皮肤。她坐在地板上，系上塞米的旧靴子，尺寸刚好。

然后，她站在一面小镜子前凝视自己。烛光在她身旁闪烁，她仔细看着镜中倒影。一张苍白的脸瞪着她。金红色的长发，蓝色眼睛，淡淡的眉毛。伊莱莎目不转睛，拿起放在洗衣篮里的一把剪刀，将辫子拨弄到一侧肩膀上。她的发辫厚重，她得使劲剪。终于，它掉落在她手中。头发摆脱了扎绑的束缚，感觉十分轻松，蓬松地环绕着脸庞。她继续剪下去，直到和塞米以前的头发一样长为止，然后，她戴上塞米的布帽。

他们是孪生姐弟，看起来如此相像一点也不令人惊讶，但伊莱莎还是倒抽一口气。她微微一笑，塞米也对她微笑。她伸手抚摸镜子冰冷的表面，她不再孤零零了。

啪嚓……啪嚓……斯温德尔太太的扫把正在清扫楼下的天花板，这是她每天开始洗衣的信号。

伊莱莎从地板上捡起她的红色长辫，顶端被剪断的地方正在松散开来，尾端绑着一条麻线。她后来将发辫和母亲的胸针藏在一起。她现在不需要它了。它属于过去。

17

伦敦，*2005*

卡珊德拉当然知道伦敦公交车是双层红色公交车，但透过汽车前窗看着它们疾驶向如肯辛顿大街、皮卡迪利广场这些目的地时，还是觉得不可思议。感觉就像被抛入孩童时期所读的故事书，或某部她看过的电影之中。在那些电影里，黑色宽头出租车匆匆驶过鹅卵石小巷，宽阔的街道旁挺立着引人注目的爱德华式建筑，北风掠过低垂的天际，将薄薄的云层拉得老长。

她仿佛早已来过这个拥有数千个电影场景和数千个故事的伦敦，但她实际来到此地也不过二十四个小时。当她从时差的沉睡中醒来时，发现自己独自待在露比的小公寓里，午时的阳光从窗帘间斜照入内，在她脸上投射出一道窄窄的光芒。

在沙发床旁的小凳子上，有一张露比留给她的字条。

吃早餐时很想念你！不想把你叫起来。你能找到什么，就吃什么吧。果盘里有香蕉，冰箱里有些剩菜，但我最近没检查冰箱——可能都变得很恶心了！想洗澡的话，浴室橱柜里有毛巾。我会在维多利亚阿尔伯特博物馆工作到六点。你一定得过来看看我目前策划的展览。我想给你看一些非常非常令人兴奋的东西！

附：下午早点来。整个上午都要开烦人的会议。

因此，下午一点，卡珊德拉饥肠辘辘地站在克伦威尔路中央等着车辆停下来好过马路，车流似乎永不停息地在这个城市的动脉中流淌。

维多利亚阿尔伯特博物馆庞大、威严地矗立在她跟前，午后的阴影快速滑过它的石砌立面。这里是过去的巨大陵寝。她知道，里面有数不清的房间，每个都装满了历史，超越了时间和地点的数千件展品静静地回响着被人遗忘的生命的喜乐和悲伤。

卡珊德拉刚好撞见露比带着一队德国游客进入新的博物馆咖啡店。“老实讲，”在他们离开时，露比大声说，“我赞成在博物馆里要有咖啡馆，我和别人一样喜欢喝咖啡，但我无法忍受人们心不在焉地走过我的展览，只为去找无糖松饼和进口饮料！”

卡珊德拉带着些许罪恶感笑了笑，希望露比没听到她在闻到咖啡馆的可口香气时，肚子发出的咕噜咕噜声。她原本打算去那里的。

“我是说，他们怎么能放过可以直视过去的机会呢？”露比拍拍装着珍藏品的成排玻璃展柜，那里面也包括了她征集来的东西，“他们怎么可以呢？”

卡珊德拉摇摇头，按捺下一阵咕噜声。“我不知道。”

“啊，好吧，”露比戏剧性地叹了口气，“现在你在这儿了，而那些平庸之辈不过是个遥远的记忆。你感觉如何？没有太严重的时差吧？”

“我很好，谢谢。”

“你睡得好吗？”

“沙发床很舒服。”

“用不着撒谎，”露比大笑着说，“虽然我感谢你的体贴。至少那个凹凸不平的床垫不会让你睡上一天，否则我就得打电话叫你起来了。我绝不会让你错过这个。”她笑容满面，“我还是不能相信，纳桑尼·沃克曾经住在你的小屋所属的庄园里！你知道，他可能见过那座小屋，从那里得到灵感。他甚至可能进去过。”露比的眼睛又圆又亮，她揽住卡珊德拉的手臂，走上一条走廊，“来吧，你会喜欢的！”

卡珊德拉带着稍许忧虑，准备打起精神装出适当的热切反应，无论露比那么想让她看的展示品是什么。

“我们到了。”露比得意洋洋地指着展柜里的一排素描，“你觉得这些如何？”

卡珊德拉喘着气，倾身向前以便看得更清楚。她无须假装热切。展出的画让她既震惊又兴奋。“但它们是从……你怎么……”卡珊德拉朝旁边的露比瞥了一眼，她拍着手，显然非常开心，“我不知道还有这些素描存在。”

“没人知道，”露比高兴地说，“除了拥有者外，没人知道。而且，她长期以来都没把它们当宝贝看。”

“你是怎么得到它们的？”

“纯粹靠运气，亲爱的。纯粹靠运气。刚开始构思这项展览时，我就是不想把过去几十年来已被人们搞得乱七八糟的维多利亚时代的东西重新排列一遍。所以，我在所有我能想到的专业杂志上都刊登了一则分类广告。很简单，我的广告词是：**诚心借调**

19世纪末的有趣艺术品。这些艺术品将在悉心照顾下，于伦敦博物馆的展览中展示。

“结果，我从第一个广告刊登的那天起就有接不完的电话。当然大部分都不是我想要的东西，比如，姨婆梅薇丝的天空绘画之类的，但我还是在碎石中淘到了金块子。尽管照顾不周，幸存下来的无价之宝的数目还是让人惊讶。”

那和古董一样，卡珊德拉想道，最好的东西总是被遗忘了数十年，才得以逃过那些想自制东西的人热忱的魔掌。

露比再次看着素描。“这些是我最珍贵的发现。”她冲卡珊德拉笑笑，“纳桑尼·沃克未完成的素描，谁会想到？我是说，我们楼上有几件他的肖像画收藏，泰特英国艺术馆里也有几件，但据我所知，就任何人所知，这些是所有幸存的作品。我们以为其他的……”

“早被毁坏了。是的，我知道。”卡珊德拉的双颊温热，“纳桑尼·沃克以毁坏他不满意的素描而知名。”

“你可以想象当那个女人给我这些素描时我的感受了。在那天之前，我一路开车南下康沃尔，挨家挨户拜访，委婉地拒绝完全不适合的各类物品。老实讲，”她朝天翻了个白眼，“人们以为适合展示的东西还真让人惊讶。可以说，到达那户人家时，我已经准备放弃了。那是一栋白色的海边小别墅，屋顶上铺着灰色石板瓦，我正要放弃时，克拉拉开了门。她是个有趣的人，像比阿特丽克斯·波特[1]笔下的角色，一只穿着主妇围裙的老母鸡。

1 阿特丽克斯·波特（Beatrix Potter，1866—1943），英国作家和插画家，代表作有《彼得兔》等。

她领着我走进我所见过最小、最拥挤的客厅，相比之下，我家像个豪宅。她坚持要请我喝茶。我那时累了一天，只想灌威士忌，但我还是乖乖瘫在坐垫里，等着浪费时间看她向我展示的无价之宝。”

“而她给了你这些。”

“我立刻就知道它们是什么。它们没有签名，但有他的浮雕印章。我在左上角看到了浮印，我发誓，看到浮印时我开始发抖，几乎把茶打翻在上面。”

“但她是怎么得到它们的？”卡珊德拉问，“是从哪儿来的？”

“她说它们是她母亲的遗物，”露比说，“她的母亲玛丽成了寡妇后，搬来和克拉拉同住，直到60年代中期过世为止。她们俩都是寡妇，我想她们相处得很好。克拉拉显然很高兴能有一个专心的听众来听她诉说最亲爱的母亲的故事。我走之前，她坚持要我走上最陡的台阶去看玛丽的房间。”露比靠近卡珊德拉，“非常让人讶异。玛丽大概死了四十年，但那个房间看起来好像她随时会回家。有点令人毛骨悚然，但很温馨。一张小单人床铺得整整齐齐，折好的报纸放在床头柜上，第一页就是完成了一半的填字游戏。窗户下面有个上锁的小柜子。吊胃口吧！”她用手指抚平乱糟糟的灰色头发，“我告诉你，我好不容易才克制住穿过房间，徒手扯开锁的冲动。”

“她打开柜子了吗？你有没有看到里面的东西？”

“没有这么好运。我一直压抑自己，几分钟后就被领出了房间。我只能说服自己，得到纳桑尼·沃克的素描已经够好的了，而克拉拉保证，她母亲的遗物中只有那些画而已，没别的。”

“玛丽也是位艺术家吗？”卡珊德拉问。

“玛丽？不，她曾经是女仆，至少一开始的时候是。在一战期间，她在军需工厂工作，我想，在那之后她一定离开了军队。嗯，可以说，她离开了军队，然后嫁给一个屠夫，将剩下的人生用在制作猪血香肠和擦净砧板上。我不确定我最不喜欢哪一种。”

“两种我都不喜欢。”卡珊德拉皱起眉头，“但这些东西究竟是怎么落入她手中的？纳桑尼·沃克以坚持不展示艺术作品而闻名，素描作品更是非常罕见。他没有把它们送人，从未和想保留原作版权的出版社签约，那还是已经完成的作品。我无法想象，他怎么会将这些未完成的作品脱手。”

露比耸耸肩。“借来的？买来的？也许是她偷的。我不知道，我必须承认我不在乎。我只感谢上帝，这些作品落到她手中，而她从来没有意识到它们的价值，没发现它们可以拿来展览，因此才可以完美无缺地保存它们经过整个20世纪。”

卡珊德拉探身靠近素描。她虽然在认出它们之前从未见过它们，但毫无疑问，它们是童话故事的早期插画手稿。画笔更利落，线条热切地探索未知领域，充满艺术家对此主题的初期热忱。当卡珊德拉回忆起她开始画一幅画的那份悸动时，她的呼吸变得急促。“真不可思议，能有机会看见进行中的作品。有时我想，它能比已完成的作品透露出艺术家更多的本质。”

“就像米开朗琪罗在佛罗伦萨的雕像。”

卡珊德拉瞥了露比一眼，惊喜于她的聪颖。“我第一次看见那膝盖从大理石中出现的照片时，全身起鸡皮疙瘩。仿佛那个人一直被困在里面，等着某个拥有高超技巧的人前来解救他。”

露比笑容满面。“嘿，”她突然冒出个好点子，“这是你待在伦敦的唯一一晚，我们出去吃饭吧。我本来打算去见我朋友格雷，但他会谅解的。或者，我可以带他过来，人愈多愈热闹……”

“抱歉，女士，”一个美国口音说，“你在这里工作吗？”

一个高大的黑发男人站在她们之间。

“是的，”露比说，“我能为您效劳吗？”

“我妻子和我都饿坏了，楼上有个人说楼下有间咖啡馆，是吗？”

露比朝卡珊德拉翻翻白眼。“车站附近新开了一家卡路奇欧。七点整，我请客。”然后她抿紧嘴唇，硬挤出一个微笑，“就在这边，先生。我带您过去。”

卡珊德拉离开博物馆，去寻觅她迟到的午餐。她想起来，吃的最后一餐一定是飞机餐，一把露比的甘草什锦糖，还有一杯茶，难怪她的肚子会咕噜咕噜地大叫。奈儿的笔记本封面内侧粘着伦敦市中心的袖珍地图，而就卡珊德拉所能判断，不管她往哪个方向走，她都一定能找到吃喝的东西。凝视地图时，她发现一个用圆珠笔画的模糊的×，它在河的另外一边，是巴特斯区的一条街道。兴奋像羽毛般轻刷过她的肌肤，那个地方被画上了×，但究竟是哪个地方？

二十分钟后，她在国王路的咖啡馆买了份金枪鱼三明治和一瓶矿泉水，然后继续走下福拉德街，朝河流迈进。在另外一边，巴特斯发电厂的四根烟囱突兀地高耸着。在追随奈儿的脚步时，卡珊德拉有股奇妙的刺激感。

秋天的太阳从躲藏处现身，照得河面波光粼粼。泰晤士河。这河流见证了诸多历史，河堤上无数人的生活和死亡。在许多年前，一艘船从这条河出发，载着小奈儿前往陌生之地，带她离开她熟悉的人生，驶向不确定的未来。这个未来现在已成为过去，一段结束的人生。但它仍然让人在意，它关乎奈儿，现在又关乎卡珊德拉。这个谜团是她的遗产。不仅如此，还是她的责任。

18

伦敦，1975

奈儿侧过头以便看得更清楚。她原本希望一看到伊莱莎住过的房子，她就多少会认出它来，本能地感觉到它对她的过去意义重大，但她没有。这间坐落于巴特斯教堂街35号的房子对她而言全然陌生。它朴实无华，看起来就像在这条路上的大部分房子一样：三层楼高，框格窗，细细的排水管蜿蜒着爬上石墙，石墙因岁月和煤尘的侵蚀早已变黑。唯一使它与众不同的是屋顶上的加盖。从外表看来，部分屋顶被砌了砖墙以制造出额外的房间，但不进去看的话，很难确定。

马路与泰晤士河平行。街道肮脏，排水沟里垃圾溢满，脏兮兮的小孩在人行道上玩耍，看起来实在不像那种会诞生童话故事作家的地方。这当然是愚蠢、浪漫的遐想，但在奈儿想象伊莱莎时，她的幻想中充满J.M.贝利[1]花团锦簇的肯辛顿花园，或刘易

1 J.M.贝利（James Matthew Barrie，1860—1937），苏格兰著名小说家、剧作家，代表作有《彼得·潘》等。

斯・卡罗尔[1]笔下的牛津的魔幻魅力。

但这是她从史耐格罗夫先生那里买来的书中列出的地址。这是伊莱莎・梅克皮斯出生和度过童年的房子。

奈儿又走近了一点。屋内似乎没有任何动静，所以她壮起胆子靠在前窗上张望。一个小房间，一个砖造的壁炉，一个狭小的厨房。门边的墙连着一道狭窄的阶梯。

奈儿往后退，几乎绊倒在一盆枯死的植物上。

隔壁房子窗户上的一张脸吓得她跳起来，鬈曲的白发围绕着一张苍白的脸。奈儿眨眨眼，当她再次张望时，那张脸早已消失。一个鬼魂？她再次眨眨眼。她不相信鬼魂，不相信那种在夜晚飘来荡去的鬼魂。

结果，巴特斯教堂街37号房子的前门被砰地用力推开。一个娇小的女人站在门内，她大约四英尺高，双腿细瘦，拄着一根拐杖。一绺长长的银发掉落在她的下巴左边。“你是谁，女孩？”她用口齿不清的伦敦腔说道。

至少有四十年没有人叫她女孩了。“奈儿・安德鲁。”她说，再次从枯萎的植物那儿退开，“我只是随意看看。只是想……”她伸出手，“我是澳大利亚人。”

“澳大利亚人？”那个女人说，惨白的嘴唇扯出一个讨厌的微笑，“你怎么不早说？我侄女的丈夫就是澳大利亚人。他们住在悉尼，也许你认识他们，戴斯蒙和南希・帕克？”

“恐怕不认识。”奈儿说。老妇人的表情开始变得不悦。

1　刘易斯・卡罗尔（Lewis Carroll，1832—1898），英国著名作家，代表作有《爱丽丝漫游仙境》等。

“我不住在悉尼。”

“啊，嗯，”那女人有点怀疑地说，“如果你去那儿，你也许会认识他们。”

“戴斯蒙和南希。我一定会记得的。”

“他大部分时候都很晚才回家。”

奈儿皱起眉头。侄女在悉尼的丈夫？

“我是指住在隔壁的家伙。大部分时候都很安静。”那女人降低声调，变成低语，“他是个黑人，但工作勤奋。”她摇摇头，“想想看！一个非洲人住在35号。我以前想过我会看到这一天吗？如果我妈知道有黑人住在老房子里，一定会在坟墓里辗转难安。”

这激起了奈儿的兴趣：“你母亲也住在这儿？”

“是的，”老妇人骄傲地说，“我在这里出生，就是那栋你很感兴趣的房子。”

“在这儿出生？”奈儿抬高眉毛。能说自己一辈子住在同一条街上的人并不多。“那是六十到七十年前的事了吧？”

“将近七十八年前，我告诉你。”女人抬高下巴，银发闪闪发光，“一天也不少。”

“七十八年，”奈儿缓缓地说，“你在这住了一辈子。从……”她迅速在心中计算，“从1897年起？”

“是的，1897年12月。我是圣诞宝宝。”

“你仍然记得很多事吗？我是指孩童时期的事？”

她咯咯轻笑：“我有时觉得那些是我唯一的记忆。”

“那时，这里一定和现在很不同。”

“哦，是的，”老妇人一本正经地说，“的确如此。”

"我很感兴趣的那个女人也住在这条街。似乎就是这栋房子。你记得她吗？"奈儿拉开皮包的拉链，拿出她从童话故事的卷头插画上复印下来的照片。她注意到自己的手指在轻轻颤抖。"她被画得像童话故事里的插画，但如果你仔细看她的脸……"

老妇人伸出瘦骨嶙峋的手，接过那张纸，斜着眼看，眼角全是皱纹。然后她又咯咯轻笑。

"你认识她吗？"奈儿屏住呼吸。

"我认识她，我到死前都会记得她。我小时候，她常常把我吓得半死。当我妈不在我身边，没办法打她或叫她滚开时，她就会给我讲各种恐怖的故事。"她抬头看着奈儿，前额上皱纹密布，"叫伊丽莎白？或叫爱伦？"

"伊莱莎，"奈儿连忙说，"伊莱莎·梅克皮斯。她后来成了作家。"

"我不知道这件事，我并不热衷阅读。我不懂读书有什么乐趣。我只知道，你画里的女孩讲的故事让人寒毛直竖，让这里的小孩都怕死了漆黑的夜晚，但我们总是想听更多的故事。我不知道她是从哪里听来这类故事的。"

奈儿再次看看房子，试图了解这个年轻的伊莱莎。一个爱讲故事的人，她阴森的故事把小孩吓得半死。

"她被带走时，我们很想念她。"老妇人悲伤地摇着头。

"我以为你一定很高兴不必再被吓到。"

"怎么会？"老妇人嘴唇嚅动，仿佛在咀嚼自己的牙龈，"哪个小孩不喜欢偶尔听听可怕的故事呢。"她将拐杖抵在门阶上某处灰泥已经剥落的地方，斜眼抬头看着奈儿，"但那个女孩自己遇到了最可怕的事情，比她讲的任何故事都恐怖。有一天，她在浓雾中失去了弟弟，一匹大黑马刚好踩过他的心脏。”她摇摇头，“那女孩从那之后就变了个样。如果我记得没错的话，她变得有点古怪疯癫，剪掉长发，开始穿马裤。”

奈儿感到一阵兴奋。这是崭新的细节。

老妇人清清嗓子，抽出一张卫生纸，往里吐了一口，继续若无其事地说：“大家谣传她被带到了救济院。”

“不是的，”奈儿说，“她被送去康沃尔和家人住在一起。”

“康沃尔。”屋内的茶壶开始鸣叫，“这样不错，不是吗？”

“我想是的。”

“嗯，那么，”老妇人朝厨房点点头，“现在是下午茶时间。”她说得如此理所当然，有短暂的片刻，奈儿以为她会被邀请到屋内喝茶，老妇人将会告诉她更多伊莱莎·梅克皮斯的逸事。但当门慢慢关起来，老妇人在屋内，奈儿在屋外时，她不切实际的幻想落空了。

“等等。”她伸出手挡住要关上的门。

老妇人半关着门，茶壶仍在尖叫。

奈儿从手提包里拿出一张纸条，在上面潦草地写着。“我在这里写下我的饭店地址和电话，如果你想起任何有关伊莱莎的事，请和我联络好吗？任何事都可以！”

老妇人抬起一道银色眉毛。她稍微停顿了一下，上下打量着奈儿，然后接过纸条。当她开口时，声音有些改变：“如果我想起任何事，我会让你知道。”

“谢谢你，太太……”

“斯温德尔，”老妇人说，“哈莉特·斯温德尔小姐。我从未碰到中意的男士。”

奈儿举起一只手向她告别，但老斯温德尔小姐的门已然关上。屋内的茶壶终于停止尖叫，奈儿瞥瞥她的表。如果动作快的话，她还有时间去泰勒美术馆。她可以在那里观赏纳桑尼·沃克的伊莱莎肖像画，他将之称为《女作家》。她从手提包里拿出袖珍伦敦观光地图，手指循着河流而上，直到找到米尔班克。当红色的伦敦公交车呼啸驶过伊莱莎度过童年的成排维多利亚式房子时，奈儿对巴特斯教堂街投下最后一瞥，随即出发。

她在那里，《女作家》，就挂在画廊墙壁上，和奈儿记忆中的一模一样。厚重的发辫垂在一侧肩膀上，镶褶边的白色衣领扣到下巴，隐住了柔美的脖子，头上戴着帽子。它和爱德华时代的女士惯常戴的帽子截然不同：线条比较阳刚，风格更为轻快。戴帽人似乎有点傲慢，尽管奈儿并不确定她是怎么知道的。她闭上眼睛。倘若她努力回想，几乎可以忆起一个声音。它有时萦绕在她脑海中，一个银铃般的声音，声音里充满魔法、神秘和秘密。但它总在她能紧抓住这份回忆前便消失无迹，留她独自召唤记忆。

人们在她身后移动，奈儿再次睁开眼睛。《女作家》重新映入眼帘，奈儿不由得走近它。这幅肖像画非比寻常：首先，它是幅炭笔素描，说是肖像画还不如说是幅习作。构图也很有趣。人物不是面对着画家，而是仿佛要走开，仿佛她正转身对画家投下最后一瞥，然后被定格在这个时刻。她圆睁的眼睛里有某种迷人的魅力，双唇微启，好像要说话；画中还有某种令人忐忑不安的情绪。或许是因为她没有微笑，好像受到惊吓。被偷偷观察。被逮个正着。

如果你能说话就好了，奈儿想，这样，也许你就能告诉我我是谁，我和你在一起做什么。我们为什么一起搭上那艘船，而你却没有回来接我。

奈儿原本以为能从伊莱莎的肖像画中得到某些启示，但现在沉重的失望向她袭来。她纠正自己，不是以为，而是希望。她的整个追寻过程都奠基在希望之上。这世界广袤无垠，寻找一个六十年前失踪的人并不容易，即使那个人就是她自己。

房间变得空荡荡的，奈儿发现自己被四面墙壁上那些早已作古的人的凝视环绕。他们都以肖像画人物特殊的阴沉方式观察她：永远戒备的眼睛随着偷窥者在房间里打转。她打了个哆嗦，匆匆穿上外套。

快要走到门口时，她注意到另一幅画。当她的目光落在这位拥有深色头发、苍白皮肤和丰润红唇的女人身上时，奈儿立刻就知道她是谁。早已遗忘的数千个记忆碎片立刻重组，确定感淹没每个细胞。并不是认出了画像下方的名字：萝丝·伊丽莎白·芒特榭，这些字对她毫无意义。它引发她强烈的情绪，却又遥远虚幻。奈儿的嘴唇开始颤抖，身体深处有些东西在胸部紧紧揪成一团。呼吸变得困难。“妈妈。”她喃喃低语，同时觉得愚蠢、兴奋和脆弱。

好在中央图书馆开到很晚，因为奈儿无法等到早晨。她终于知道了母亲的名字，萝丝·伊丽莎白·芒特榭。后来，她回想到在泰勒美术馆顿悟的那个时刻，总把它看作一种诞生。一瞬间，在毫无预警的情况下，她成了某人的小孩，她知道了母亲的名字。她匆匆走过愈来愈黑的街道时，一再地重复着母亲的名字。

这不是她第一次听到这几个字。她向史耐格罗夫先生买的书中谈论伊莱莎的部分，就提到了芒特榭家族。伊莱莎的舅舅是个小贵族，康沃尔布雷赫庄园的主人，在母亲死后，伊莱莎便被送到了那儿。这就是她一直在找的环节。这条线把奈儿记忆中的女作家和她认出了是她母亲的那张脸庞联系到了一起。

奈儿进来搜寻伊莱莎的信息时，图书馆柜台后面的女人还记得她昨天来过。

“你找到史耐格罗夫先生了吗？”她露齿一笑。

“我找到了。”奈儿上气不接下气地说。

“你还能活着回来讲这个故事。”

“他卖给我一本很有用的书。”

“史耐格罗夫先生就是这么厉害，总是能做成生意。”她温柔地摇摇头。

“我在想，”奈儿说，“不知道您能不能再帮我个忙。我需要查找某个女人的信息。”

图书馆员眨眨眼：“你可得多给点细节才能查。”

“当然。是一个在19世纪末出生的女人。”

“她也是作家吗？”

“不，至少我认为不是。”奈儿吐出一口气，整理思绪，“她叫作萝丝·芒特榭，她的家族是什么贵族。我想，也许能在记录贵族成员逸事的书中找到些线索。”

“像《德布雷特氏贵族名鉴》或《名人大鉴》。”

“没错。”

“值得找一下，”图书馆员说，“馆里两种书都有，但《名人大鉴》更容易阅读。世袭贵族会被自动收入书内。她也许不会有自己单独的条目，但如果你够幸运的话，她父亲或丈夫的段落会提到她。你知道她何时去世吗？”

“不知道，为什么这么问？”

“鉴于你完全不知道她是何时被收入进去的，为节省时间，我建议你先查《名人大鉴》。但你得知道她的死亡时间。”

奈儿摇摇头。“我完全不知道。如果您能告诉我放书的地方，我会查整本《名人大鉴》，从今年开始，然后往后看，直到我找到提起她的段落。”

“那可能得花点时间，图书馆快关门了。”

“我会很快的。”

女人耸耸肩。“走楼梯到一楼去，你会在咨询处找到过期刊物。内容照字母顺序排列。”

终于，在1934年条目下，奈儿发现了金矿。不是萝丝·芒特榭的专门条目，而是另一位芒特榭家族成员莱纳斯，就是在乔治亚娜死后抚养伊莱莎的舅舅。奈儿快速阅览了这一段：

> 芒特榭爵士，莱纳斯·圣约翰·亨利。生于1860年1月11日，为已故圣约翰·路克·芒特榭爵士和已故玛格丽特·伊丽莎白·芒特榭之子，1888年8月31日与艾德琳·朗利结婚。育有一女，萝丝·伊丽莎白·芒特榭，与已故纳桑尼·沃克结婚，已故。

萝丝和纳桑尼·沃克结婚。这不就意味着他是她的父亲？她再次阅读记录。已故萝丝和纳桑尼。因此，他们在1934年前便已过世。因此她才会跟伊莱莎在一起吗？是否因为她双亲过世，伊莱莎才被指定为她的监护人?

她的父亲休在1913年末的玛丽伯勒码头捡到她。倘若伊莱莎是在萝丝和纳桑尼去世后被指定为监护人，那不就意味着他们在这之前就已过世?

也许她该在那一年的《名人大鉴》查查纳桑尼·沃克?他一定有单独的条目。如果她的推论正确，而他只活到1913年的话，她更该直接查《名人大鉴》。她快速沿着书柜搜寻，拿出《名人大鉴1897—1915》。她的手指发抖，从后面迅速翻阅，Z、Y、X、W。找到他了!

> 沃克，纳桑尼·詹姆士，1883年7月22日出生，1913年9月2日去世，安东尼·萨巴斯坦·沃克和玛丽·沃克之子，与已故萝丝·伊丽莎白·芒特榭小姐于1908年3月3日结婚。育有一女，已故艾弗瑞·沃克。

奈儿突然停下：育有一女，但“已故”是什么意思?她没有死，她还活得好好的。

奈儿突然觉得图书馆的暖气太热，无法呼吸。她用手在脸边扇了扇，再次读那个段落。

究竟是什么意思?他们有可能搞错了吗?

“有没找到她?”

奈儿抬头。是前面柜台的女人。“这些数据会有错误吗?”她问，“他们曾弄错过吗?”

女人抿紧嘴唇，陷入沉思。“它们并非最可靠的数据。它们是以人们自己提供的信息编纂成书的。”

“条目里的人物死亡时他们怎么处理？”

“抱歉？”

“《名人大鉴》中收录的人物已全部作古。由谁提供这类数据？”

女馆员耸耸肩。“我猜是家族成员。他们只是复制条目中人物提供的最后一份调查表。加上死亡日期以及鲍伯是你的伯父之类的。”她从书柜顶端扫掉一点线头，“我们在十分钟后关门。如果我还能为你效劳的话，不要客气。”

那一定是个错误，仅是如此。它一定常常发生；毕竟排字工人不认识条目中的人物本人。也有可能是排字工人一时分神疏忽，错将“已故”放了进去？在子孙沉默的目光下，一个陌生人交付给了早逝？

那只是错字。她知道，她是这个人物的女儿，而她绝非“已故”。她需要做的只是找到一本纳桑尼·沃克的传记，就能证明这条记录有误。她现在有名字了；她的名字一度是艾弗瑞·沃克。就算它感觉不熟悉，就算它没有像一件旧外套般穿上身，它仍旧曾是她的名字。记忆并不可靠，有些事你会牢牢记得，有些事你早已遗忘。

她突然想起她在去泰勒美术馆的路上买的书，有关纳桑尼·沃克的绘画。里面一定有简短的传记。她连忙从手提包中将书拿出，翻开。

纳桑尼·沃克（1883—1913）出生于纽约，波兰移民后裔，父母是安东尼和玛丽·沃克（原姓氏为瓦兹克）。他的父亲在码头工作，母亲为洗衣女工，育有六个子女，纳桑尼排行第三。他的两个手足因热病早夭，纳桑尼原本要跟父亲一起在码头工作，但他在纽约街道上画的素描得到了路过的小瓦特·欧文的赏识，于是这位欧文石油公司的继承人委任纳桑尼画他的肖像。

在赞助人的帮助下，纳桑尼成为纽约新兴阶级中的知名人士。在1907年欧文举办的派对中，纳桑尼认识了从康沃尔来纽约游玩的萝丝·芒特榭小姐。他们第二年在布雷赫成婚。布雷赫是芒特榭家族在康沃尔靠近特瑞纳的庄园。纳桑尼的名气在他结婚搬到英国后持续成长，他的职业生涯巅峰是在1911年初，接受爱德华国王委任，为其绘制最后一幅肖像画。

纳桑尼和萝丝·沃克育有一女，艾弗瑞·沃克，生于1909年。他的妻子和女儿是纳桑尼喜爱的绘画主题，而他最喜爱的画作之一便是《母亲与孩子》。这对年轻夫妇于1913年在艾吉尔不幸丧生，当时他们所搭乘的火车和另外一列火车追尾后起火。在她父母死后数日，艾弗瑞·沃克亦死于猩红热。

这里说不通。奈儿深知她就是这个传记里提到的小孩。萝丝和纳桑尼·沃克是她的双亲。她记得萝丝，马上就认出她来。时间也对：她的出生，甚至她航行到澳大利亚，都和萝丝以及纳桑尼的死亡紧密相关，不可能是巧合。更不用说，萝丝和伊莱莎一定是表姐妹。

奈儿翻到索引页，手指沿着列表滑下。她在《母亲与孩子》那条停下来，快速翻到指定页数，心脏怦怦狂跳。

她的下唇突来一阵颤抖。她也许不记得自己曾叫艾弗瑞，但她不再怀疑。她知道自己小时候长什么样。这就是她。坐在母亲的大腿上，由父亲画下此景。

但为什么历史记载都认为她死了？谁给《名人大鉴》提供了这个错误讯息？那是个故意的欺瞒，还是他们自己也如此相信？他们不知道她被一个神秘的童话作家带上了一艘去往澳大利亚的船。

你不能透露你的名字。这是我们在玩的游戏。女作家如是说。奈儿现在还能依稀听到那个银铃般的声音，像吹过海洋表面的微风。这是我们的秘密。你不能说出来。奈儿又成了一个四岁女孩，感觉到那种恐惧、不确定，以及兴奋。她闻到了河泥的味道，和宽广湛蓝的海洋味道如此不同，听到了饥饿的泰晤士河海鸥的鸣叫，以及水手们彼此的吼叫。两个木桶，一个幽暗的藏身之处，一道灰尘飞舞的光线……

女作家带走她。她根本不是遭到遗弃，而是被绑架，她的外祖父母不知道这件事。所以他们没有来找她。他们以为她死了。

但为什么女作家要带走她？后来她又为什么消失，将她独自留在船上，留在这个世界上？

她的过去像个俄罗斯套娃，暗藏重重疑问。

她需要找到一个人来解开这些新谜团。一位她能与之交谈，认识过去的她，或认识这样的人的人。某个能解开女作家、芒特榭家族和纳桑尼・沃克之谜的人。

她忖度，她无法在布满灰尘的图书馆里找到这个人。她需要直奔谜团核心，去康沃尔；去这个小镇，去特瑞纳。去那个黝黯阴森的大庄园——布雷赫，她的家族曾经住在那里，而她还是个小女孩时也曾经在那里徜徉玩耍。

19

伦敦，*2005*

晚餐时露比迟到了，但卡珊德拉毫不在意。服务生给她安排了一张大玻璃窗边的桌子，她望着行色匆匆的上班族加快脚步回家。所有这些人，他们都是他们人生的主角，在卡珊德拉的生命范围外展开自己的人生。人潮汹涌。餐厅正前方有个公交车站，对面的南肯辛顿地铁站仍贴着新艺术[1]风格的瓷砖。车流如狂风般不时将人群扫进餐厅门内，他们或坐到椅子上，或站在灯光明亮的熟食店旁等着将白卡纸盒装的美食带回家当晚餐。

卡珊德拉的拇指沿着笔记本的柔软、磨损的边缘抚摸，脑海中再次出现那句话，想知道自己现在是否没那么震惊了。奈儿的父亲是纳桑尼・沃克。那个为皇室成员绘画的画家纳桑尼・沃克，竟然是奈儿的父亲，卡珊德拉的外曾祖父。

不，就像她刚在下午发现时一样，她依旧无法接受这个真相。她当时坐在泰晤士河河畔的长椅上，辨认着奈儿潦草的笔迹。奈儿写下了她去拜访了伊莱莎・梅克皮斯出生的巴特斯教堂

1　19世纪末20世纪初流行的装饰艺术。

街的房子，以及展示纳桑尼·沃克画作的泰勒美术馆。微风转强，拂过河面，吹上河堤。卡珊德拉正要离开时，笔记本第一页上一段特别潦草的片段引起了她的注意，有一句话下面画了线：萝丝·芒特榭是我的母亲。我认出了她的肖像，我也记得她。然后她画了一个箭头，卡珊德拉的目光向前跳跃到写着“名人大鉴”这几个字的地方，下面列了几个匆忙画下的圆点。

· 萝丝·芒特榭和画家纳桑尼·沃克于1908年结婚。

· 育有一女！艾弗瑞·沃克（稍后出生，可能是1909年？查一下猩红热？）

· 萝丝和纳桑尼因火车意外于1913年死于艾吉尔。（与我失踪同年。关联？）

一张折起来的纸，夹在笔记本里，那是从《蒸汽时代的大火车灾难》中复印下来的资料。卡珊德拉再次将它取出来。纸张很薄，印刷褪色，但幸好没有急于吞噬笔记本的那种霉斑。顶端的标题是“艾吉尔火车悲剧”。小酒吧的嘈杂人声在她身旁嗡嗡作响，卡珊德拉再次阅读那篇文笔精湛的短文。

1913年9月2日凌晨的阴暗时分，两列内陆铁路公司的火车离开卡莱尔，前往伦敦圣潘克拉车站，车上的所有人都不知道他们正朝着一场大灾难驶去。这条线路十分陡峭，穿梭在起伏不定的北部地区的巅峰和低谷中，不幸的是，火车的动力不足。火车那晚会出事的原因有二：火车引擎比线路中陡峭的坡度所需的引擎要小；列火车用的是纯度不够的煤，多含石灰，无法充分燃烧。

第一列火车在凌晨一点三十五分驶离卡莱尔后，抵达艾吉尔山巅，蒸汽压力开始直线下降，火车突然停了下来。读者们可以想象，乘客们对火车离站不久后就停下一事非常惊讶，但没有人过于惊慌。他们毕竟还是安全的；列车长向他们保证，他们只会停留几分钟，然后火车会继续向目的地驶去。

实际上，列车长向乘客保证只会耽搁几分钟是那晚的致命错误之一。依照铁路草案常规，如果列车长知道司机和司炉工人要花多长时间清理火炉并复原蒸汽压力的话，他应该在铁路上放置警告标志，或提着油灯去警告任何前来的火车。可惜的是，他没有这么做，火车上的乘客命运就此注定。

在这条线路远处，第二列火车的引擎也快耗尽了力气。它的载货量较小，但小引擎和低劣的煤足以给司机造成困难。在马勒斯坦前几英里处，司机作出了致命决定，他离开驾驶舱，去检查运作中的引擎。这类措施以今天的标准来看似乎很不安全，但在当时是惯例。雪上加霜的是，司机不在驾驶舱期间，司炉工人也碰上了难题：锅炉的注水器停转，锅炉水位开始下降。等司机返回驾驶舱时，这些问题吸引了他们的全部注意力，以致两人都没有注意到在马勒斯坦警告区内挥舞的红灯。

等他们解决了问题，将注意力转回铁轨上时，第一列火车离他们已经只有几码远。第二列火车绝对无法及时刹车。可以想象，造成的损毁有多严重，死伤有多惨重。除了猛烈的撞击外，货车车厢的车顶滑过第二列火车，剖开了后面的头等卧铺车厢。照明系统里的煤气瞬间点燃，大火横扫毁损的车厢，那些不幸的乘客悉数丧命。

卡珊德拉想象1913年这个黑暗夜晚的悲惨景象时，不禁打了个寒战：停在陡峭的山巅上，透过窗户看到夜幕笼罩的地势，火车意想不到的停止带来的惊诧。她想知道萝丝和纳桑尼在灾难发生时正在做什么，他们是否正在车厢中熟睡，或正在聊天。他们是否说起正在等他们回家的女儿艾弗瑞。她为刚刚才知道是她祖先的这些人经历的灾难深感遗憾。这感觉很古怪。这对奈儿来说一定很可怕，她终于发现了父母的真实身份，却以如此恐怖的方式再次失去他们。

卡路奇欧的门砰地打开，一阵冷空气伴着汽车废气席卷而来。卡珊德拉抬头，看见露比慌慌张张地朝她走来，身后跟着一个光头的瘦削男人。

“这个下午真是忙坏了！”露比瘫坐在卡珊德拉对面的椅子上，“就在闭馆前，一群学生进门参观。我以为我永远都脱不了身！”她指指那位瘦削、优雅的男人，“这位是格雷。他比他的外表要有趣得多。”

“露比，亲爱的，感谢你迷人的介绍。”他越过桌面伸出手，“我是格雷汉姆·威斯特曼。露比跟我说了你所有的事。”

卡珊德拉笑了。这种说法很奇特，因为在她醒着的时间内，严格算来，露比只认识她两个小时。但是，倘若任何人能造成这类奇迹，卡珊德拉认为非露比莫属。

他坐下：“继承一栋房子真是幸运。”

“更别提还有个迷人的家族秘密。”露比对服务生挥挥手，点了面包和橄榄。

提到秘密，卡珊德拉新发现的内幕让她的嘴唇刺痛起来，奈儿父母的真实身份。这个秘密哽在她喉咙里。

“露比说你喜欢她的展览。”格雷的眼睛闪闪发亮。

“当然喜欢了，她也是个人啊，”露比说，“更何况她自己还是个艺术家。”

“是艺术史学家。”卡珊德拉脸红起来。

“我爸说你很会画画。你为儿童故事画插画，是吗？”

她摇摇头。“不，我以前画过，但那只是个爱好。”

“不只是爱好吧。爸爸说……”

“我年轻时常拿着素描本到处跑。但现在已经不这样了。好几年不这样了。”

“爱好有容易消失的倾向，”格雷婉转地说，“露比对国标舞的短暂迷恋可资为证。”

“哦，格雷，就因为你是个差劲的舞者……”

当她的两位同桌陷入了对露比新爱好古巴萨尔萨舞精妙之处的争辩时，卡珊德拉让自己的思绪飘回了多年前的那个下午，奈儿将素描本和一包2B铅笔丢到卡珊德拉忙着写代数作业的书桌上。

那时，她跟外婆同住刚超过一年，刚开始上高中，很难交到朋友，就像她不擅长计算方程式一般。

“我不知道怎么画画。”她惊讶又迷茫地说。意料之外的礼物总让她惶恐。

“你会学会的，”奈儿说，“你有眼睛和手。就画你看到的东西。”

卡珊德拉耐心地叹口气。奈儿满脑子都是不寻常的点子。她和其他小孩的母亲完全不同，与莱斯利更是迥然不同，但她是出自好意，卡珊德拉不想伤害她的感情。“我想，要会画画不只得有那些，奈儿。”

“胡扯。你只要看穿事物的本质，就能将它画下来。不是画你认为的那些东西。”

卡珊德拉狐疑地抬高眉毛。

“每样事物都是由线条和形状组合而成的。那就像密码，你只要学会如何阅读和诠释它。”奈儿指指房间另一头，“那边的台灯，告诉我，你看到什么。”

“……一座台灯？”

“这就是你的问题，”奈儿说，“如果你只能看到一座台灯，你就不可能画好它。但如果你看到的是三角形在长方形上面，中间以细长的管子相连，那么，你就在朝画家之路迈进了，不是吗？”

卡珊德拉不确定地耸耸肩。

“就当让我开心吧。试试看。”

卡珊德拉再次叹气，是过度宽容的轻声叹息。

“谁知道呢。你也许会让自己大吃一惊。”

的确如此。不，她在第一次画画时，并未展现惊人的才华；她惊讶的是她这么喜欢绘画。当她将素描本放在大腿上，手拿着铅笔时，时间似乎倏忽消失……

服务生前来，以欧洲人特有的高傲将两篮面包放到桌上。露比点了意大利普罗赛柯香槟时，他点点头。他一离开，露比就伸手去拿佛卡夏面包。她对卡珊德拉眨眨眼，指着桌子。“试试橄榄油和香油醋。它们好吃极了。”

卡珊德拉将一块佛卡夏面包浸上油和醋。

“说吧，卡珊德拉，”格雷说，“免得一对老年的未婚夫妻争吵不休，告诉我们你下午过得如何。”

她捡起一块掉在桌上的面包屑。

“说得是，查到任何令人兴奋的事了吗？”露比问。

卡珊德拉听到自己开始说：“我发现谁是奈儿的亲生父母了。”

露比高声尖叫。“什么？怎么查到的？是谁？”

她咬着嘴唇，阻止它因难为情的欢乐而颤抖着微笑。“萝丝和纳桑尼·沃克。”

“哦，老天，”露比纵声大笑，“他和我的画家同名，格雷！这概率有多大，我们今天才谈到他，而他就住在相同的庄园……”她突然顿住，打住话头，脸色由粉红转为苍白，“你真的是指我的纳桑尼·沃克。”她咽了口口水，“你的外曾祖父是纳桑尼·沃克？”

卡珊德拉点点头，不禁咧嘴一笑，觉得有点荒谬。

露比惊讶得嘴巴大张。“你一点都不知道？今天我在画廊碰到你的时候？”

卡珊德拉摇摇头，仍像个傻瓜般微笑。她说话，仿佛只为抹掉那个傻笑。“我今天下午读了奈儿的笔记本后才知道。”

“我不敢相信我们刚到这里时你什么都没说！”

“你在高谈阔论古巴萨尔萨舞，我想她没有机会，”格雷说，“更别提，亲爱的露比，有些人喜欢保留她们的隐私。”

“哦，格雷，没有人喜欢保守秘密，那是件苦差事。秘密唯一有趣的地方在于你不能告诉任何人。”她对卡珊德拉摇摇头，“你是纳桑尼·沃克的曾外孙女。有人就是这么幸运。”

“其实感觉有点古怪。太出乎意料了。”

“没错，”露比说，“许多人苦苦追溯家族历史，希望他们是丘吉尔的亲戚。而你在意想不到的时候发现你的祖先是一位知名画家。”

卡珊德拉忍不住又笑了。

服务生再次出现，为每个人倒了一杯香槟。

“敬解开谜团。”露比举高她的杯子。

他们碰得杯子叮当作响，各自啜饮一小口。

“请原谅我的无知，”格雷说，“我的艺术史知识不足，但如果纳桑尼·沃克有个失踪的女儿，应该会有一场大搜索吧？”他朝卡珊德拉摊开手掌，“我不是在质疑你外婆的调查，但一位知名画家的女儿失踪，怎么会没人知道？”

这次，露比没有答案。她看着卡珊德拉。

“我在奈儿的笔记本中得到的讯息，是所有记录都说艾弗瑞·沃克在四岁时死亡，也就是奈儿抵达澳大利亚的那个年纪。”

露比摩擦着双手。“你认为，她被绑架了，而这个人希望别人以为她死了？真令人兴奋。谁绑架了她？他们为什么这么做？奈儿查到了什么？”

卡珊德拉抱歉地笑笑：“看起来她似乎未能解开那部分的谜团。她无法确定。”

“你是什么意思？你怎么知道？”

“我读到了她笔记本的结尾。奈儿没有查出来。”

“但她一定找到了什么，有个推测吧？”大家都感受得到露比的沮丧，“告诉我，她有个推测！让我们可以再往下查的！”

“她提到了一个名字，”卡珊德拉说，“伊莱莎·梅克皮斯。奈儿有个行李箱，里面的童话书激起了她的一些回忆。但如果带奈儿上船的是伊莱莎，她自己却没去澳大利亚。”

“她发生了什么事？”

卡珊德拉耸耸肩。“没有官方记录。她在奈儿被送往澳大利亚的那段时间内好像消失了。不管伊莱莎原本的计划是什么，后来不知怎的出了差错。”

服务生再次为他们倒上香槟，并问他们是否准备点餐。

“我们是该点餐了，”露比说，“但你能不能给我们五分钟？”她特意打开菜单，叹了口气，“太令人兴奋了。想想，明天你就要去康沃尔看你的秘密小屋了！你怎么能忍受这种悬疑？”

“你要住在小屋吗？”格雷问。

卡珊德拉摇摇头：“保管钥匙的律师说它还不适合居住。我在附近的饭店订了房间，就是布雷赫饭店。芒特榭家族以前就住在那里。奈儿的家族。”

“也是你的家族。”露比说。

“是的。”卡珊德拉倒是还没想到这点。她的嘴唇再次违反她的意愿，形成一抹颤抖的微笑。

露比戏剧性地打了个哆嗦：“我真羡慕死你了。我多希望我的家族也有这种秘密，某样等着人去解开的令人兴奋的大事。”

“我是很兴奋。我想，它开始占据我的脑海。我一直能看到这个小女孩，小奈儿，被人从家人身边带走，孤零零地坐在码头上。我随时随地都在想她的事。我很想知道究竟发生了什么事，她怎么会独自跑到世界的另一端。”卡珊德拉突然有点难为情，意识到自己说了太多话，“这想法真愚蠢。”

“一点也不。我完全能理解。”

露比声调中的同情让卡珊德拉的皮肤顿时一冷。她知道下面会发生什么事。她的胃绷紧了，思绪狂乱地寻找能改变话题的词。但她还是不够快。

“失去孩子是最糟糕的事。”露比悲悯的声音传来，她的话划破了包裹卡珊德拉悲伤的薄薄的外壳，因此，里奥的脸，他的气味，他两岁时的笑容，偷偷涌了出来。

她勉强点点头，虚弱地微笑，露比握住她的手时，她急忙将记忆用劲堵回去。

“在你的儿子发生那种事后，难怪你急于查出你外婆的过去。”露比轻握她的手，“我完全可以理解：你曾经失去一个孩子，所以你现在希望找到另外一个。”

20

伦敦，*1900*

伊莱莎一看见她们转进街角进入巴特斯教堂街，就知道她们是谁了。她曾在街道上瞥见过她们，一个老女人和一个年轻女子，穿得体面，不惜施展暴力来进行他们所谓的慈善工作，仿佛是上帝亲自从天堂下来叫她们这么做的。

自从塞米死后，斯温德尔先生一直威胁着要叫慈善家过来，一有机会就提醒伊莱莎，倘若她不想办法赚钱，她就得去救济院。伊莱莎虽然努力缴清房租，还有余力存一些铜板到小皮袋里，但她抓老鼠的本事似乎弃她而去，一周又一周过去，她愈来愈付不起房租。

楼下传来敲门声。伊莱莎吓呆了。她环顾房间，诅咒灰泥里的小裂缝，被堵住的烟囱。当你想偷偷观察街道景观时，一个没有窗户的隐秘房间是最佳地点，但当你想逃跑时，便插翅难飞。

敲门声再次传来。短促、尖锐，紧急的敲打，然后一个高亢的声音穿透了砖墙。“教区救济。”

伊莱莎听到门打开，铃铛停止叮当作响。

“我是萝达·斯特金小姐，这位是我侄女，玛格丽特·斯特金小姐。”

斯温德尔太太说：“很高兴见到你们。”

“老天，店里堆了这么多稀奇古怪的东西，挤得连猫都走不过去。”

斯温德尔太太以尖酸的语调说：“请跟我来，那女孩在楼上。小心走，打破东西可得赔钱。”

脚步声愈来愈接近。第四个阶梯发出吱吱声，然后又是一声，又是一声。伊莱莎等待着，心脏狂跳，宛如被罗丹先生捕到的老鼠。她可以想象那个画面，从她胸口一闪而去，像微风中的一道火焰。

门咿呀打开，两位慈善家分立在门柱两旁。

年纪较长的露出笑容，眼角堆起层层皱纹。“我们是教区救济女士，”她说，“我是斯特金小姐，这位是我侄女，斯特金小姐。”她向前弯腰，伊莱莎不禁倒退几步，“你一定就是小伊莱莎·梅克皮斯。”

伊莱莎没有回答，轻轻拉了一下仍戴在头上的塞米的帽子。

老女人抬起头，细细打量伊莱莎身后阴暗肮脏的房间。“哦，老天，”她发出啧啧声，“他们没有夸大你的艰难处境。”她举起一只张开的手，冲丰满的胸部扇了几下，“没错，他们的确没有夸大。”她擦过伊莱莎向前走，“难怪这里会让人生病，因为没有窗户啊。”

斯温德尔太太被这些批评房间恶劣情况的话惹恼了，满脸怒容地瞪着伊莱莎。

老斯特金小姐转身面向年纪轻的那位，后者仍站在门边。“我建议你用手帕蒙住嘴，玛格丽特，你的身体过于纤弱。”

年轻女人点点头，从袖子里拉出一条蕾丝大方巾，折成两半，叠成三角形，然后捂住口鼻，跨过门槛。

老斯特金小姐对自身的正义感非常笃定，毫不迟疑地继续她的工作。“我很高兴地告诉你，我们已经替你找到了容身之处，伊莱莎。我们一听到你的处境，立刻设法伸出援手。你还太年轻，无法工作，而且我怀疑，你的个性也不适合，但我们设法解决了。奉上帝恩典，我们在救济院里帮你找了一个安身之所。”

伊莱莎呼吸变得急促，哽在喉咙里。

“请你收拾行李，”斯特金小姐的眼神在呆板的睫毛下向一旁凝视，“看得出来你没多少东西，我们可以马上上路。”

伊莱莎没有动。

“快点，别耽误时间。”

“不！”伊莱莎说。

斯温德尔太太在伊莱莎的后脑勺上使劲拍了一下，老斯特金小姐睁大了眼睛。“你能有安身之处是非常幸运的事，伊莱莎。我可以向你保证，年轻女孩想独自求生会碰到更糟糕的事情，救济院是最佳选择。”她不屑地嗤之以鼻，鼻子朝天，“现在，跟我来。”

“我不。”

“也许她有点傻。”年轻的斯特金小姐透过手帕说。

“她不是傻，”斯温德尔太太说，“她只是不肯听话，生性邪恶。”

“上帝悲怜所有的羔羊，即使是邪恶的迷途羔羊，”老斯特金小姐说，“现在，想办法替这个女孩找些适合的衣服，亲爱的玛格丽特。小心别吸入脏空气。”

伊莱莎摇摇头。她不想去救济院，她也不想换掉塞米的衣服。它现在是她的一部分了。

这是她需要父亲英勇地出现在门口的时候。一把将她抱起来，带着她离开，驶过广袤的大海去冒险。

“这就够了，”斯温德尔太太举起伊莱莎破旧的围裙，“她要去的地方只需要这件衣服。”

伊莱莎突然想起母亲的话。她坚定地认为一个人需要拯救自己，只要意志坚定，弱者也能有极大的力量。刹那间，她就知道自己该做什么了。她想都没想就跳起来，跑向门口。

但老斯特金小姐用庞大的身体和令人惊讶的快速反应，挡住了她的去路。斯温德尔太太移动几步，形成第二道防线。

伊莱莎扬起头，她的脸撞到了斯特金小姐那令人讨厌的皮肤。她用力一口咬下。老斯特金小姐发出凄厉的哀号，抓住她的大腿。“你这只小野猫！”

“姑姑！她会把狂犬病传染给您！”

“我告诉过你，她是个坏小孩，”斯温德尔太太说，“算了，别拿衣服了。我们直接押她下楼。”

她们各抓住一只手臂，年轻的斯特金小姐跟在后面，多此一举地提醒她们哪里有阶梯，哪里是门口，伊莱莎则一路扭动着身体，拼命挣扎。

“不要动，女孩！”老斯特金小姐说。

“救命！”伊莱莎大声狂叫，几乎挣脱，“救命！”

“你该被狠狠地揍一顿。”斯温德尔太太凶狠地咬牙切齿说，她们走到了楼梯底部。

突然间，出现了一位意料外的同盟。

“老鼠！我看到一只老鼠！”

“我的房子里没有老鼠！”

年轻的斯特金小姐发出尖叫，跳到椅子上，一堆绿色瓶子乒乒乓乓滚动起来。

“你这笨手笨脚的女孩！打破瓶子的话，你得赔钱。”

“但这是你的错。如果你房子里没有老鼠……”

“我的房子里面从来没有老鼠！”

“姑姑，我看到了。可怕的东西，像狗一样大，有亮晶晶的黑眼睛和又长又利的爪子……”她的声音愈来愈微弱，瘫在椅背上，“我快昏倒了。我无法应付这种恐怖事件。”

“玛格丽特，你得鼓起勇气来。想想基督的四十个昼夜。[1]”

老斯特金小姐一手紧紧抓住伊莱莎的手臂，倾身向前，一手扶住她崩溃啜泣的侄女，证明着自己身强体健。“但它亮晶晶的小眼睛，不断抽动的可怕鼻子……”她喘着气，“啊啊啊！就在那边！”

所有的眼睛都转向玛格丽特的手指所指的方向。一只全身发抖的老鼠蜷缩在煤箱后方。伊莱莎暗自希望它会自由地狂奔而出。

“你这个小浑蛋，过来！”斯温德尔太太抓住一块破布，开始在房间里追那只老鼠，老鼠则东奔西跑，逃避追捕。

玛格丽特惊声狂叫。斯特金小姐发出连串的嘘声。斯温德尔太太诅咒着，瓶子因骚动而砸碎。突然间，不知从哪里冒出一个新的声音，响亮而低沉。

“立刻住手。”

1　圣经故事，耶稣被领到旷野，禁食四十昼夜，受魔鬼试探。

伊莱莎、斯温德尔太太，和那两位斯特金小姐转身寻找这个声音的来源时，所有的嘈杂声都消失无迹。一个全身穿着黑衣的男人昂然挺立在敞开的门口，一辆闪闪发亮的马车在他身后。孩童们聚集在马车周围，摸着车轮，赞赏挂在车前方的发光的油灯。那个男人的目光掠过眼前戏剧化的场面。

"伊莱莎·梅克皮斯小姐？"

伊莱莎抽搐着，点点头，说不出话来。她因逃亡之路被阻而过于沮丧，没有多余心思去想这位知道她名字的陌生人是谁。

"乔治亚娜·芒特榭的女儿？"他将一张照片递给伊莱莎。那是年轻时的母亲，穿着上流社会女士的精致衣服。伊莱莎睁大眼睛。她点点头，脑袋里一片混乱。

"我是菲利斯·牛顿，我谨代表布雷赫庄园的莱纳斯·芒特榭爵士前来迎接您。我要带您回家。"

伊莱莎顿时呆住，但没比斯特金小姐们那么吃惊。斯温德尔太太颓然瘫在椅子内，好像突然中风。她的嘴巴像淤泥滩里的鱼般吃力地张开又合上，她困惑地以微弱的声音说："芒特榭爵士……？布雷赫庄园……？回家……？"

老斯特金小姐挺直腰杆。"牛顿先生，在没有法院命令的情况下，我恐怕无法让您这样进门带走这个女孩。我们教区有责任……"

"文件在此。"那个男人拿出一张纸，"我的雇主申请并获得了这位小姐的监护权。"他转向伊莱莎，不为她奇特的穿着所动，"请跟我来，小姐。暴风雨快来了，我们还得赶路。"

伊莱莎立刻下定决心。她不在乎她从未听过莱纳斯·芒特榭和布雷赫庄园。她不在乎这位牛顿先生所言是否属实。她不在乎母亲几乎绝口不提她家族的事，每当她想打听细节时，母亲脸上总是闪过一抹阴霾。任何地方都比救济院强。她愿意相信这个男人所说的故事，逃离斯特金小姐们的魔掌，向斯温德尔一家和那个寒冷、孤独的阁楼告别。这对伊莱莎来说，似乎就是在拯救自己，好像是她自己挣脱一切，逃出门外。

她快步走向牛顿先生，站在他的手臂后面，偷瞥他的脸。在近距离观察下，他似乎没有站在门口时的剪影那样高大。他身体肥胖，中等个子，皮肤红润，在他的黑色高礼帽下，伊莱莎看见一小簇头发因岁月而由棕色变成银白。

在斯特金小姐们仔细阅读监护命令时，斯温德尔太太终于恢复镇定。她欺身向前，用一根细瘦如绳索般的手指戳着牛顿先生的前胸，用力吐出每个字。“这不过是个骗人的把戏，而你，先生，是个骗子。”她摇摇头，“我不知道你要对这小女孩做什么，但我可以想象。你别想用你那邪恶的把戏将她从我身边骗走。”

“我向您保证，女士，”牛顿先生强咽下明显的厌恶，“这不是骗人的把戏。”

“哦，不是吗？”她抬高眉毛，嘴角喷着唾液，挂着一抹冷笑，“哦，不是？”她以胜利之姿转向斯特金小姐们，“这是谎言，全都是谎言，他是个卑鄙的骗子。这女孩没有家人，她是个孤儿，一个孤儿。她是我的，我可以随心所欲地处置她。”当她以为自己立于不败之地时，嘴角勾起一个胜利的微笑，“她母亲死后，这女孩的监护权就归我，因为她没有其他地方可去。”她得意洋洋地顿了一下，“没错，这女孩的母亲亲口告诉我，她没有家人。在我认识她这十三年里，她从未提过任何家人。这人是个冒牌律师。”

伊莱莎抬头盯着牛顿先生，他发出短促的叹息，抬高双眉。“伊莱莎小姐的母亲不愿提及她的家族这点并不让我讶异，但这不能改变既定事实。”他对老斯特金小姐点点头，“详情都写在文件里。”他走到房外，将马车门打开，“伊莱莎小姐？”他请她上马车。

“我会叫我丈夫过来。”斯温德尔太太说。

伊莱莎踌躇不定，双手打开又合上。

“伊莱莎小姐？”

“我丈夫会好好教训你一顿。”

不管她家族的真相究竟是什么，伊莱莎明白她的选择非常简单：马车或救济院。此时，她无法控制自己的命运。她唯一的选择是仰赖这里的其中一人的仁慈过日子。她深吸一口气，走向牛顿先生。“我还没收拾行李……”

“谁去找斯温德尔先生过来！”

牛顿先生冷酷地笑了。“我认为这里没有任何东西值得带到布雷赫庄园去。”

一小群邻居已经聚集起来看热闹了。贝克太太呆立在一侧，嘴巴大张，装着湿衣服的篮子抵在腰部。小海蒂脏兮兮的脸依偎在莎拉的裙子上。

“请您上车，伊莱莎小姐。”牛顿先生站到门边，伸手在敞开的门前缓缓一挥。

伊莱莎看了喘不过气的斯温德尔太太和两位斯特金小姐最后一眼，登上搭在排水沟上的小阶梯，消失在马车的黑暗窟窿中。

门关上后，伊莱莎才察觉车内不止她一个人。一个男人坐在她对面，全身穿着黑色衣服，她认出他来了。他戴着夹鼻眼镜，西装利落时髦。她的胃突然下沉。她立即知道，这就是母亲警告过她的“坏人”，她必须赶紧逃脱。但当她满心绝望地转向紧闭的车门时，“坏人”敲敲他身后的车厢壁，马车开始向前狂奔。

第二部

21

往康沃尔之路，1900

当他们沿着巴特斯教堂街疾驰时，伊莱莎仔细研究了马车的门。也许，如果她转动某个把手，按下某个凹槽，车门便会砰地弹开，她就可以滚下车，逃到安全之地。但前景不容乐观；如果她够幸运，没有摔死的话，她还得想办法逃过被送进救济院的厄运，但这当然比被母亲害怕的男人拐走要好。

她的心脏像被困住的麻雀般在肋骨间狂跳，她小心翼翼地伸出手，手指握住一根横杆。“如果我是您的话，我就不会那么做。”那个男人正盯着她，眼睛在夹鼻眼镜的镜片后变得更大，“您会摔下马车，然后被车轮碾过。”他浅浅一笑，露出一颗金牙，“到时我该怎么向您的舅舅解释？在翻天覆地寻找了十三年后，只送上被碾成两半的尸体？”他发出一个怪声，急促地吸着气，伊莱莎从他上扬的嘴角判断那是一个笑容。

那个怪声结束得就像开始时一般迅速，那个男人的嘴巴重新呈现出了愠怒的线条。他捋了一下乱蓬蓬的八字胡，胡子像两只松鼠的尾巴般端坐在他的嘴唇上。“我叫曼塞尔。”他身子往后靠，闭上眼睛。他那双苍白、看起来沮丧的双手交握在一根深色拐杖光滑的顶端。“我为您舅舅工作，顺便一提，我睡得很浅。”

马车车轮在鹅卵石铺成的巷子间刺耳地颠簸，砖造建筑飞驰而过，极目所及只能看到灰蒙蒙的一片，伊莱莎僵硬地坐着，小心翼翼地不想吵醒睡着的“坏人”。她试着调整呼吸，使其与马儿疾驶的奔跑节奏一致。她命令自己立刻理清脑中混乱的思想，集中注意力在背后冰凉的皮革上。她只能这么做，这样她的双腿才能停止颤抖。她觉得自己像一个故事中的角色，从原本熟悉的节奏和内容中被剪下来，突兀地贴到另一个故事里。

当他们抵达伦敦外围，终于从建筑森林突围而出时，伊莱莎看见了愤怒的天空。马儿尽全力跑在灰暗的云朵前面，但马儿哪能战胜上帝的盛怒呢？第一滴雨轻蔑地啪嗒打在马车车顶，窗外的世界立刻变成白茫茫一片。雨点抽打在窗户上，顺着车门顶端的细缝涓涓流下。

他们疾驶了几个小时，伊莱莎拼命思索逃命方式，直到他们转弯时，一滴冰冷的雨水冷不丁地顺势滴到她脑袋上。她眨眨眼，透过被雨水沾湿的睫毛，低头看着衬衫上湿透的地方。她突然间有种想大声号哭的冲动。奇怪的是，在混乱的一天中，让人想大哭的竟然是一滴水这种鸡毛蒜皮的小事，实在太奇怪了。但她不会放任自己哭出来，不会在这儿，不会当着“坏人”的面。她硬生生地将那股冲动吞下喉咙。

曼塞尔先生似乎没有睁开眼睛，只是从胸前口袋里掏出一条白色手帕，递给伊莱莎，示意她拿过去。

她轻轻将脸擦干。

“小题大做，”他的声音如此微弱，嘴唇几乎没有打开。“真是。”

伊莱莎刚开始以为他指的是她。这似乎很不公平，因为她一路上相当合作，但她不敢这么说。“努力寻找了这么多年，”他自顾自地继续说，“只得到如此回报。”他睁开眼睛，冷冰冰的目光打量着她，她的肌肤紧绷起来，“一个心碎的男人这样费力寻找。”

伊莱莎想知道心碎的男人是谁，便等着曼塞尔先生把意思说明白，但他没有再次开口。他只将手帕拿回去，用两只苍白发青的手指捏着，然后丢到旁边的座椅上。

马车突然剧烈晃动，伊莱莎抓稳座椅免得摔倒。马儿放慢脚步，马车慢下来，最后，它终于停了下来。

他们到了吗？伊莱莎望向窗外，但她看不到任何房子。眼前只有一片广袤、湿漉漉的原野，旁边是一座小石屋，门上挂着经年累月风吹雨打的招牌：**麦克可利客栈，吉尔德福**。

“我还有其他事情要办，”曼塞尔先生边下车边说，“牛顿会带您继续往前走。”雨声几乎淹没了他的下一道命令，但是在门砰地关上时，伊莱莎清楚地听到他在喊：“将小姐送到布雷赫！”

马车突然转弯，伊莱莎摔到了坚硬冰冷的车门边。她一下子从睡梦中惊醒，花了几分钟才想起现在在哪儿，为什么会独自待在一辆幽暗的马车里，正驶向未知的命运。零散的回忆片段沉重地袭击过来。她那位神秘舅舅的召唤，从斯温德尔太太、慈善家和曼塞尔先生的魔掌中逃脱……她抹掉窗户上的雾气，向外望去。自从她坐上马车，他们便不分昼夜地往前狂奔，只偶尔停下来换马，现在天又快黑了。她显然沉睡了一段时间，但她不知道睡了多久。

外面雨势稍歇，稀疏的点点星光在低矮的云际间清晰可见。马车车灯无法照亮乡野的薄暮，在马车夫指挥马车通过坑坑洼洼的路段时不停颠簸。伊莱莎在昏暗潮湿的灯光中看见大树狰狞的形状，黑色枝丫沿着天际蔓生交错，以及两扇高大的铁门。他们进入一条布满荆棘的魆暗通道，车轮沿着沟渠颠簸前进，泥泞的积水喷溅到窗户上。

通道内一片黑暗，须蔓繁盛茂密，落日余晖丝毫透不进来。伊莱莎屏住呼吸，等着被送到某处，等着一瞥肯定静候在前方的命运。布雷赫。她可以听到自己的心跳声，不再像麻雀般微弱，而是像有着大而有力的翅膀的乌鸦，在胸口用力挥翅。

突然间，它出现了。

那是伊莱莎所见过的最大的石造建筑。它甚至比伦敦那些有钱人进进出出的饭店还要大。它隐身在黑暗的雾霭中，高大的树木和树枝在房后交错。某些低矮的窗户里闪烁着摇曳的灯光。这当真就是那栋庄园？

一阵强烈晃动，她的目光被接近顶端的一扇窗户吸引了。一张遥远虚幻的脸被烛光照得惨白，正在向外看。伊莱莎靠近车窗，想看得更清楚。但当她这么做时，那张脸立即消失。

然后，马车驶过建筑物，金属车轮继续沿着车道发出咔嗒咔嗒的声响。经过石造拱门后，马车突然停下来。

伊莱莎紧张地静坐等待，耐心观察，不知道是否该走出马车，自己走进屋内。

车门突然打开，穿着雨衣却全身湿答答的牛顿先生伸出手来："请下车，小姐，我们已经迟到了，没有让您兴奋或发抖的时间。”

伊莱莎轻轻握住他伸出来的手，走下马车阶梯。在她熟睡时，他们逃离了大雨，但天空仍紧追他们不放。晦暗的乌云沉重得几乎垂到地面，乌云下的空气是浓厚的雾霭，和伦敦的不同，这儿的雾霭更冷，但没那么油腻，闻起来有盐、树叶和水的味道。有一个她无法辨识方向的莫名声响，像火车不断疾驶而过：呼咻……呼咻……呼咻……

“你迟到了。夫人以为小姐两点半会到。”一个男人站在门口，穿得像个富翁，说话的腔调也像，但伊莱莎知道他不是。他的严厉和高高在上的愤怒泄了底。天生权贵之人从来无须如此装腔作势。

“没办法，托马斯先生，”牛顿说，“这一路上都是恶劣的天气。在这样的大雨中，我们能安全抵达已属幸运。”

托马斯先生显然不为所动。他砰地合上怀表。“夫人非常不高兴。她明早一定会召集所有的仆人训话。”

马车夫的语调不禁变得尖酸起来：“是的，托马斯先生。一定，先生。”

托马斯先生转身打量伊莱莎，咽下他明显的不悦。“这是什么？”

“那位小姐，先生。我照命令去接的小姐。”

“这不是女孩。”

“是的，先生，她就是那位小姐。”

“但他的头发……他的衣服……”

“我照命令办事，托马斯先生。如果您有任何疑问，我建议您向曼塞尔先生询问。我接她的时候，他和我在一起。”

这个消息似乎稍稍安抚了托马斯先生。他从紧抿的唇间吐出一声微弱的叹息。“如果曼塞尔先生确定的话……”

马车夫点点头。“如果没事的话，我把马牵到马厩去了。”

伊莱莎思索着她也许该跟在牛顿先生和马身后跑，在马厩里寻找庇护之处，躲在马车里，然后想个方法逃回伦敦。但当她寻找牛顿先生时，他早已消失在迷雾中，她被困在原地。

“请跟我来。”托马斯先生说，伊莱莎只好照办。

屋内寒冷阴湿，但比屋外温暖干燥。伊莱莎跟着托马斯先生沿着一道短短的走廊前进，试图不让脚在灰色石板上发出嘈杂的声响。空气中弥漫着浓郁香醇的烤肉味，伊莱莎感觉她的胃都翻过来了。她吃最后一顿是什么时候？两天前，她喝了一碗斯温德尔太太的汤，好几个小时前，马车夫给她一片面包和奶酪……突如其来的饥饿让她的双唇变干了。

他们走过冒着蒸汽的大厨房时，烤肉味更浓了。一群女仆和一个胖乎乎的厨娘停住谈话望着她。伊莱莎和托马斯先生经过后，她们爆发出一阵兴奋的低语。如此靠近食物使伊莱莎几乎落泪，她差点流出口水，好像吞下了一把盐。

在大厅尽头，一位表情僵硬严肃、骨瘦如柴的女人从一个门口走出来。“这就是那位外甥女，托马斯先生？”她慑人的目光上上下下缓缓打量着伊莱莎。

“是的，霍普金太太。”

“没有弄错吗？”

“应该没有，霍普金太太。”

“我知道了。”她慢慢吸了一口气，“她的确有伦敦的气息。”

多年以来
千千万万有经验的读者
都会定期查看
读客熊猫君家的新书目录
因为他们亲身体验到：

“读客激发个人成长”

以下是他们的感受：

伊莱莎听得出来，这句话绝非恭维。

“的确如此，霍普金太太，”托马斯先生说，“在介绍她之前，我想让她先洗个澡。”

霍普金太太抿紧嘴唇，发出一声刺耳、坚定的叹息。“虽然我同意您的看法，托马斯先生，但恐怕我们没有时间了。她已经让我们知道了让她空等的不悦。”

她，伊莱莎揣想她是谁。

当霍普金太太提到她时，某种忐忑不安渗入了她的仪态中。她迅速抚平她那本就很平滑的裙子。“请您将小姐带到客厅去。她就在那儿。同时，我会去放洗澡水，看我们能否在晚餐前洗掉那身可怕的伦敦脏污。”

所以会有晚餐。而且很快就会有。伊莱莎放松下来，随之感到一阵晕眩。

从背后传来一阵咯咯轻笑，伊莱莎转头，恰好瞥见一个鬈发女仆消失在厨房里。

“玛丽！”霍普金太太边说边跟在那个女仆身后，“如果你不停止偷听的话，你哪天早上醒来就会发现自己绊倒在自己的耳朵上……”

大厅尽头有一道狭窄的楼梯，通向顶端的一扇木门。托马斯先生精神奕奕地往前走，伊莱莎跟着他穿过木门，进入一个大房间。

地上铺着浅色长方形石板，一道华丽的楼梯从房间中央向上盘旋。高高的天花板上垂挂着吊灯，烛光向下方投下一片柔和的光晕。

托马斯先生穿过入口玄关，走向一扇厚实的、刷着闪亮红漆的门。他歪了一下头，伊莱莎明白意识到他要她跟上去。

他低头看她，苍白的嘴唇颤抖，嘴角满是皱纹。“夫人，也就是您的舅妈，马上会下来见您。您说话要小心，除非她另有指示，否则一定要称呼她‘夫人’。”

伊莱莎点点头。原来她是她的舅妈。

托马斯先生仍然盯着她。他轻轻摇头，但目光没有移开。“是的，”他用快速平稳的语气说，“我可以在您身上看到您母亲的影子。您是个衣着褴褛的小姑娘，这点没错，但我看得见她的身影。”就在伊莱莎得以品尝她身上有母亲的影子这一令人开心的说法前，华丽的楼梯顶端传来一阵声响。托马斯先生停下脚步，挺直身体。他轻轻推了伊莱莎一下，她跌跌撞撞地跨过门槛，里面是个大房间，墙壁上贴着紫红色壁纸，壁炉里的火正熊熊燃烧。

煤气灯在桌子上闪烁不定，尽管努力发光，它们还是无法照亮这个巨大的房间。黑暗在角落里喃喃低语，阴影沿着墙壁沉重地呼吸。前前后后，前前后后……

身后传来一阵声响，门又打开了。一道冷风吹得壁炉里的火吐出长长的舌焰，墙壁上出现幢幢黑影。

伊莱莎转过身，因期待而发抖。

一个高挑纤细的女人站在门口，身体像只拉长的沙漏。她长长的礼服紧贴在身上，蓝色丝绸深得像子夜的天空。一只巨大的狗站在她身边——不，不是狗，是猎犬。猎犬亦步亦趋地跟着她的裙摆跳跃前进。它不断抬起节瘤隆起的脑袋蹭她的手。

“这位是伊莱莎小姐。”托马斯先生宣布，然后急忙站到女人身后待命。

那位女士一声不吭，仔细打量伊莱莎的脸庞。她沉默了好一会儿，然后双唇轻启，发出冷冰冰、近乎冷酷的声音："我明天必须和牛顿谈谈。她比预期的时间到得晚。"她说得如此缓慢、确定，伊莱莎都能感觉得到她话中的尖角。

"是的，夫人，"托马斯的脸颊滚烫，"要我端茶来吗，夫人？霍普金太太已经……"

"现在不用，托马斯。"她没有转身，苍白秀气的手轻轻一挥，"你该知道，现在喝茶已经太晚了。"

"是，夫人。"

"如果布雷赫在晚上喝茶的闲话传出去……"她发出一声如水晶破裂般的紧促笑声，"不，我们等晚餐时再说。"

"在餐厅吗，夫人？"

"不然在哪里？"

"要我准备两人份吗，夫人？"

"我会单独用餐。"

"那伊莱莎小姐呢，夫人？"

舅妈尖锐地倒抽一口气："一点宵夜就行。"

伊莱莎的胃发出呻吟，恳求上帝让她的晚餐里会有一些温热的肉。

"遵命，夫人。"托马斯先生鞠躬后离开房间。门在他身后悄悄掩上。

舅妈缓缓地深吸了一口长气，对伊莱莎眨眨眼："过来点，孩子。让我看看你。"

伊莱莎依言照办，向舅妈走去，然后站住，试图让她不知为什么变得急促的呼吸平缓下来。

近看时，她发现舅妈是个美丽的女人。是那种五官精致但整体效果却稍逊的类型。她的脸像画中人。皮肤如雪般洁白，嘴唇如鲜血般红艳，眼睛是最淡的蓝色。望进她的眼里就像看着被灯照亮的镜子。她的黑发光滑闪亮，向后梳，在头顶编成发髻。

舅妈细细打量着伊莱莎，眼睑似乎轻轻颤动。冰冷的手指抬起伊莱莎的下巴，这样她才能仔细端详她。伊莱莎不知该看向何处，对着那双冷漠的眼睛眨眼。那只巨大的猎犬静静站在女主人身边，对伊莱莎的手臂喷出潮湿的热气。

“是的，”舅妈说，“s”音流连在她的嘴唇上，嘴角神经质地抽搐。她仿佛在回答一个无人发问的问题。“你的确是她的女儿。在各方面都比她略逊一筹，但的确是她的女儿。”当雨水敲打在窗户上时，她微微颤抖了一下。恶劣的天气最后还是追上了他们。“我们只能希望你的个性和她截然不同。我们一旦发现类似倾向便会及时阻止。”

伊莱莎想知道她指的是哪些倾向。“我母亲……”

“不。”舅妈举起她的手，“不。”她用手捂着嘴，按捺下一抹微弱的微笑，“你的母亲使她的家族蒙羞。她羞辱了所有住在这个庄园里的人。我们从来不提起她，从来不。这是你住在布雷赫庄园首要也是最重要的守则，懂吗？”

伊莱莎抿紧嘴唇。

“你懂了吗？”舅妈的声音中带着突如其来的颤抖。

伊莱莎轻轻点点头，与其说是同意，不如说是惊讶。

“你舅舅是位绅士。他明白他的责任所在。”舅妈的眼睛瞟向门边的一幅肖像。一名有着橘红色头发的中年男子，表情狡诈。他的头发虽然也是红色的，但和伊莱莎母亲的完全不像。“你要永远记得你有多幸运。好好努力，有一天，你也许能配得上你舅舅的慷慨。”

“是，夫人。”伊莱莎回答，想起托马斯先生说的话。

舅妈转过身，拉动墙壁上的一根小杆子。

伊莱莎咽了口口水，壮起胆子说话。“对不起，夫人，”她轻柔地说，“我会和我舅舅见面吗？”

她舅妈挑高左眉，前额短暂出现了几条皱纹，很快又回复平滑，像石膏像一样。“我丈夫正在苏格兰拍摄布里金大教堂的照片，预定明天回来。”她走过来，伊莱莎感觉得到她身体的紧张、僵硬，“你舅舅虽然收容你，但他是个大忙人，是重要人士，不能被小孩打扰。”她用力抿紧嘴唇，以致唇色都发白了，“你不要去打扰他。他肯收容你已经够仁慈的了，别想要求更多。懂了吗？”她的嘴唇颤抖，“你懂了吗？”

伊莱莎迅速点点头。

然后，谢天谢地门开了，托马斯先生站在门口。

“您摇铃了，夫人？”

舅妈的眼睛依旧盯着伊莱莎：“这孩子需要洗澡。”

“是的，夫人，霍普金太太已经准备好洗澡水了。”

舅妈打了个哆嗦。“叫她在水里放点石炭酸，强烈一点的东西，这样才能洗净伦敦的污秽。”她屏住气说，“希望那会洗净所有我怕她沾染到的坏习性。”

伊莱莎在被人用力擦洗过身体后觉得皮肤刺痛，她跟在霍普金太太闪烁不定的油灯后走上一道冰冷的木制楼梯，进入另一条走廊。早已死去的人从镀金画框里恶狠狠地瞪着她们。伊莱莎想道，人们静坐良久以完成画像，让一部分的自己得以永远保存下来，然后孤独地挂在幽暗的走廊里，这真让人毛骨悚然。

她放慢脚，认出了最后一幅画中的人。它和楼下房间里的那幅画非常不同：他在这张画中比较年轻。脸部较为饱满，还没有后来那种狡诈的模样。在这幅画中，从这个年轻男人的脸上，伊莱莎看到了母亲的影子。

“这是您的舅舅，”霍普金太太自顾自地往前走，没有转身，“您很快便会见到他本人。”“本人”这两个字让伊莱莎注意到，画像中画家在最后几笔展现的粉红和乳白色斑点，似乎徘徊不去。她哆嗦了一下，想起曼塞尔先生苍白、潮湿的手指。

霍普金太太在走廊阴暗尽头的一道门前停下来，伊莱莎快步跟上，仍将塞米的衣服紧抓在胸前。女管家从裙子口袋里抽出一把大钥匙，插进锁孔内。她将门推开，走进去，抬高油灯。

房间黑暗，油灯只在门槛上投下一道微弱的光晕。伊莱莎依稀看出房间中央有张床，是用闪亮的黑色木头制成的，四根床柱上刻有雕像，直通天花板。

床头柜上有个托盘，里面有一片面包和一碗不再冒热气的汤。她没有看到肉，但母亲总是告诫她，乞丐没有选择余地。伊莱莎冲到碗前面，迅速用汤匙将汤一口口舀进嘴里，抑制住一连串的饱嗝。她用面包将碗抹干净，一点也没有浪费。

霍普金太太用略显惊愕的表情看着这一切，但什么也没说。她生硬地继续执行她的工作，将油灯放在床脚的木箱上，拉开厚重的毛毯。“进来。我可没有整晚的时间。”

伊莱莎依言照办。她腿下的床单冰冷而潮湿，双腿经过用力刷洗后变得异常敏感。

霍普金太太拿走了油灯，伊莱莎听见门在她身后掩上。她独自留在漆黑的房间内，听见庄园疲惫的老骨头在闪耀的皮肤表面下呻吟出声。

卧室的黑暗是有声音的，伊莱莎想。一种低沉、遥远的隆隆声。它永远存在，总是在吓唬人，但从未逼近到能显示它是否恐怖的距离。

然后又开始下起大雨，下得又大又急。当一道闪电将天空劈成两半，投下横跨整个世界的光芒时，伊莱莎忍不住发抖了。闪电将一切照亮的时刻，总伴随着噼啪作响的雷声，撼动整座巨大的庄园，她每次环顾房间的一面墙壁，试图了解自己身处的环境。

闪……噼啪……床边有深色的木制衣柜。

闪……噼啪……远处的墙壁上有座壁炉。

闪……噼啪……窗边有个老旧的摇椅。

闪……噼啪……一个窗台。

伊莱莎踮着脚尖，蹑手蹑脚地走过冰冷的地板。冷风透过木头间的缝隙，吹拂过地板表面。她爬上位于角落的窗台，俯瞰外面阴暗的世界。愤怒的云朵遮蔽月亮，下方的花园笼罩在夜晚的烦忧不安中。如针般的雨点重重落在湿透的地面上。

另一道闪电再次点亮房间。当光芒消逝时，伊莱莎瞥见自己留在窗户上的倒影。她的脸，塞米的脸。

伊莱莎伸出手，但倒影早已褪去，她的手指轻抚过冰冷的玻璃。在这一刻她深深体会到，她离家很远很远。

她回到床上，滑进冰冷、潮湿、陌生的毯子内。她将头放在塞米的衬衫上，闭上双眼，飘浮在睡眠脆弱的边缘。

她突然直挺挺地坐了起来。

她的胃翻搅着，心跳怦怦加速。

母亲的胸针。她怎么能把它忘了呢？在这场慌乱，在戏剧性的发展中，她将它留在了原地。在斯温德尔夫妇房子内高高的烟囱管里，母亲的宝藏静静躺着。

22

康沃尔，2005

卡珊德拉将茶包放进杯内，按下水壶开关。水壶开始冒出蒸汽后，她望向窗外。她的房间在布雷赫饭店背部，面向海洋，尽管天色晦暗，卡珊德拉还是能依稀辨认出后方花园的模样。一片剪理整齐的肾形草坪从露台的陡坡向下直抵一排高大的树木，在银白色月光下泛着蓝光。卡珊德拉知道，那是悬崖峭壁，在这片特别的土地上，那些树是最后一道屏障。

小海湾外某处是村子。卡珊德拉还没有时间仔细看。火车旅行耗费了大半个白天，等到出租车在特瑞纳后方的山丘上穿梭前进时，日光迅速隐退，让步给夜幕。当车子爬上山巅时，她短暂瞥见下方小海湾处一圈荧荧灯光，像在薄暮中逐渐成形的仙子村落。

在等水烧开的时候，卡珊德拉反复翻弄奈儿的笔记本折起的书页。她在火车上读了很久，想象她会将大部分时间花在解密奈儿的下一阶段旅程上，但她错了。理论很简单，但要完成却不容易。自从和露比、格雷吃过饭后，她一直在思考这趟旅程。尽管尼克和里奥从来没有远离卡珊德拉的脑海，但以如此坦率和猝不及防的方式提到他们的死亡，还是让那些回忆片段重新涌上心头。

意外发生得相当突然。她猜想这类事情总是如此。前一刻，她是位妻子和母亲，下一刻，她就孤零零的了。因为想不被打扰地画画，她将吸吮着拇指的里奥塞进尼克的怀抱，叫他们去店里买其实并不需要的日用杂货。尼克开着车离开车道时，对她咧嘴一笑，里奥则挥舞着一只胖嘟嘟的小手，手里抓着他到哪儿都随身携带的丝质枕头套。卡珊德拉心不在焉地挥挥手，心早就飞到画室里了。

最糟糕的是，她在有人来敲门前，完全沉浸在那一个半小时的喜悦中，甚至没有注意到他们离开了多久……

奈儿第二次成为卡珊德拉的救星。她马上带着本直奔过来。他能解释清楚发生了什么事，因为从警察口中吐出的词：意外，突然转弯的卡车，相撞。这一连串的可怕事件如此寻常平庸，她无法相信它们竟然会发生在她身上。

奈儿没有对卡珊德拉说一切都会过去。她非常了解这种事，知道它永远无法成为过去。相反，她带着安眠药过来帮助卡珊德拉入睡。在安眠药的作用下，卡珊德拉悲痛不已的心沉寂了几个小时。然后，她带卡珊德拉回了家。

回到奈儿的家稍微好些，因为鬼魂无法在那儿自由地飘动。奈儿家有它自己的鬼魂，所以卡珊德拉带回来的鬼魂被迫安分守己。

之后，时间成了一片迷雾。悲恸、恐怖和噩梦不会因新的一天来临而消散。她不确定哪种情况更糟糕。是尼克塞满她脑袋的夜晚，他的鬼魂不断问道，你为什么叫我们去杂货店？你为什么让我带走里奥？还是那些他不肯现身的夜晚，她独自一人，黑暗的夜晚威胁着要延伸至永恒，晨曙乍现的救赎飞快离去，她毫无追上它的希望。然后是那些梦。令人痛恨的原野承诺着她能找到他们。

白天，里奥形影不离地跟着她，玩具的声响，他的哭喊，一只抓住她裙摆的小手，请她将他抱起来的哀求。哦，从未褪色的喜悦在她心中颤动，虽然只是短暂的碎片，但真实无比。她会一瞬间忘却。然后，当她转身要抱起他，却发现他不在那儿时，残酷的现实朝她重重袭来。

她试着出门散心，以为能用这种方式逃离他们，但没有用。她走到哪儿都看到一堆小孩。公园、学校，还有商店。一直有这么多小孩吗？因此，她躲在家里，白天徘徊在奈儿的院子，仰躺在年迈的芒果树下，浑浑噩噩地盯着云朵飘过天际，完美的蓝天在赤素馨花叶片背后，棕榈叶随风轻轻摇动，星状的小种子被微风吹落，细雨般洒在小径上。

一无所思。试着什么都不想。什么都涌上心头。

四月的一个下午奈儿在那儿找到她。季节正开始更替，夏季的闷热逐渐散去，空气中，有一丝秋天的寒意。卡珊德拉紧闭双眸。

她的手臂突然变冷，眼睑内感觉到光线变暗，她知道奈儿就站在身边。然后是奈儿的声音："我想我会在这儿找到你。"

卡珊德拉没有回答。

"你不觉得你该开始做一些事了吗，卡珊德拉？"

"拜托，奈儿。别管我。"

奈儿放慢语速，咬字清楚："你需要开始做点事。"

"别……"拾起画笔让她身体不适。至于打开素描簿……她怎能忍受瞥见鼓起的胖胖的双颊，向上翘的鼻尖，令人想亲吻的婴儿嘴唇的弧形？

“你需要做点事。”

奈儿只是试图伸出援手，但有一部分的卡珊德拉想大声尖叫，想用力摇晃她的外婆，惩罚她无法了解她的伤痛。她叹了一口气，仍旧闭着的眼睑微微扇动。“我已经听够哈维医生的理论了。我不需要你来教训我。”

“我不是指治疗方式，卡珊德拉。”短暂的停顿之后，奈儿继续说道，“我是指你需要开始作些贡献。

卡珊德拉的眼睛睁开了，她举起一只手挡住刺眼的阳光。“什么？”

“我不是万能的，亲爱的。我需要帮助：整理房子，还有店里，我是指经济层面。”

这些毫不体贴的句子在明亮的空气中颤动，尖锐的边缘拒绝消散。奈儿怎么能这样冷漠、这样残酷？卡珊德拉不禁全身发抖。“我的家人死去了，”她终于说出来了，喉咙因努力而疼痛，“我仍旧感到悲恸。”

“我知道，”奈儿坐到卡珊德拉身边。她伸出手，紧握她的手，“我知道，我亲爱的女孩。但已经过了六个月了。你还没有死。”

卡珊德拉痛哭出声。将这些字大声说出来使她再也按捺不住。

“你在这里，”奈儿温柔地说，握着卡珊德拉的手，“我需要帮助。”

“我办不到。”

“你可以。”

“不。”她的头在隐隐震动，她觉得疲惫，非常疲惫，“我是说我办不到。我无法给予任何东西。”

“我不要你给我任何东西。我只需要你来做我要求的事。你可以拿稳一条抹布，不是吗？”

奈儿伸出手，轻轻拨开卡珊德拉脸颊旁的头发，头发因沾到眼泪而粘在一块儿。她的声音虽然低沉，却惊人的强硬。“你会战胜难关的。我知道，你觉得你过不了这一关，但你绝对可以。你是个幸存者。”

“我不想幸存下来。”

“我也知道，”奈儿说，“这是很正常的事。但有时候我们没有选择余地……”

饭店的水壶开关以一声胜利的咔嗒声自动跳起，卡珊德拉将热水倒在茶包上，手微微颤抖。她呆立片刻，等它过去。她现在才知道奈儿真的了解，她深知一个人的牵绊被割断时，那种突如其来的痛苦和空虚。

她搅拌着茶，静静叹息，尼克和里奥的鬼魂再次退缩回幽暗角落。她强迫自己专注于现在。她正在康沃尔特瑞纳的布雷赫饭店，听着不熟悉的海洋的海浪拍打在不熟悉的海岸沙滩上。

一只形单影只的鸟儿越过一棵最高的树的树顶，掠过漆黑天际，月光照得遥远的海面上波光粼粼。岸边微弱的灯火闪烁摇曳。卡珊德拉猜想，那是渔船。特瑞纳毕竟是个渔村。在这个现代世界仍能找到依循传统方法做事的小渔村确实令人惊诧，尽管规模很小，但也传承了数代。

卡珊德拉抿了一口茶，呼出温暖的气息。她在康沃尔，就像奈儿之前一样。还有在那之前的萝丝、纳桑尼、伊莱莎·梅克皮斯。当她对自己低声念着他们的名字时，她的肌肤下有种古怪的刺痛感，仿佛细细的线被同时拉紧了。她在这里是有目的的，并非为了沉迷于过去。

“我来了，奈儿，”她轻柔地说，“这就是你想要我为你做的事吗？”

23

布雷赫庄园，*1900*

第二天早晨，伊莱莎醒来时，花了几分钟才想起自己身在何处。她似乎是躺在一个木制的大雪橇中，头上悬挂着深蓝色的顶棚。她穿的睡衣肯定会让斯温德尔太太开心得摩擦双掌，塞米的脏衣服被捆成一束，枕在头下。然后她想起来了：慈善家、牛顿先生、坐马车的遥远旅行，以及“坏人”。现在她在舅舅和舅妈的房子里，昨晚有场暴风，闪电，雷声和滂沱大雨。塞米的脸印在窗户上的影子。

伊莱莎爬上窗台，向外眺望。她被迫眯着眼睛。昨晚的大雨和雷电已被曙光驱散，空气清新，外面明亮得刺眼。草坪上布满了交错的树叶和树枝，窗户正下方的一把园林凳被吹翻了。

她的注意力被花园远处的一个角落吸引了。有人，一个男人，在绿荫间移动。他蓄着黑色胡须，穿着工作服和黑色橡胶鞋，头戴一顶奇怪的绿色小帽。

一阵声音从身后传来，伊莱莎转身。房间门打开了，一个满头鬈发的年轻女仆正将托盘放在床头柜上。那是昨晚挨骂的女仆。

“早安，小姐，”她说，“我叫玛丽，我给您端了些早餐。

霍普金太太说，考虑到您这几天经历的长途旅行，您今早可以在房间里用餐。”

伊莱莎迅速坐到床头柜前。当她看见托盘里的东西时，不禁睁大了眼睛：抹着厚厚的熔化了的黄油的热面包、几个装满了她从未见过的果酱的白瓷罐、两块鲑鱼、松软的蛋饼、闪着油光的香肠。她的心欢欣高唱。

“您昨晚带来了一场强烈的暴风雨，”玛丽将窗帘用带子绑好，“我差点回不了家。我还以为我得在这里过夜呢！”

伊莱莎吞下一块面包。“你不住在这里吗？”

玛丽大笑。“别害怕。其他人也许觉得没关系，但我不想住在……”她瞥了一眼伊莱莎，脸颊染上温热的酡红，“我住在村子里，跟我妈、我爸，还有我的兄弟姐妹住在一起。”

“你有兄弟？”伊莱莎想起塞米，内心的空虚慢慢苏醒。

“是的，有三个。两个哥哥，一个弟弟，但大哥帕特里克已经不住在家里了。他和我爸一起在渔船上工作。他、威廉和爸爸每天都出海捕鱼，不管天气如何。最小的弟弟罗利只有三岁，他和我妈，还有小妹妹梅待在家里。”她突然将坐垫放在窗台上，“我们马丁家族一向靠海为生。我的曾祖父曾经是特瑞纳的海盗。”

“什么？”

“特瑞纳的海盗，”玛丽的眼睛不可置信似的睁大了，“您从未听说过他们吗？”

伊莱莎摇摇头。

“特瑞纳海盗是史上最凶残的海盗。在鼎盛时期，他们掌管海洋，带回家乡的人无法得到的威士忌和胡椒。但他们只劫富济贫。就像那个谁[1]一样，不过是在海上，而不是在森林里。山丘里有几条蜿蜒的小径，其中一两条直通海边。”

“海在哪儿，玛丽？”伊莱莎问，“很近吗？”

玛丽再次用奇怪的目光看着她。“当然近啦，宝贝！您听不到吗？”

伊莱莎停下来仔细倾听。她能听到海的声音吗？

“听，”玛丽说，“呼嗖……呼嗖……呼嗖……那就是海的声音，像平常一样平稳地呼吸着。您真的听不到吗？”

“我听得到，”伊莱莎说，“我只是不知道那就是海洋。”

“您不知道那是海的声音？”玛丽咧嘴一笑，“那您以为是什么声音？”

“我以为是火车。”

“火车！”玛丽大笑，“您真有趣。火车站离这里很远。但海洋也是一种火车。您等着，我会告诉兄弟们。”

伊莱莎想到母亲讲过的为数不多的故事里有沙子、银色鹅卵石和闻起来像盐的风。“我能去海边看看吗，玛丽？”

“应该可以。只要您确保在厨娘摇响午餐铃前赶回来就好。夫人今早出门拜访朋友，所以她不会知道。”玛丽提到夫人时，快活的脸上掠过一抹阴霾，“只要赶在她之前回来就好，听到了吗？她有严厉的规矩，不准任何人违背。”

“我怎么去海边？“

玛丽示意伊莱莎走到窗前。“过来，我会指给您看，宝贝。”

1　指罗宾汉。

空气和天空在这里似乎不同，更明亮，也更遥远。不像老是低低地笼罩着伦敦的灰雾，总是威胁着要遮蔽天空。这里的天空被海风吹得老高，仿佛在洗衣日晾晒的白色大床单，被微风吹得鼓胀，如巨浪般翻腾得愈来愈高。

伊莱莎站在悬崖边缘眺望着面向深蓝色海洋的小海湾。她的父亲曾航行在这片海洋上，而她母亲从还是小女孩时就熟悉这片沙滩。

昨晚的暴风雨在苍白的海岸上留下了散落一地的漂流木。优雅的白色树枝弯弯曲曲，被时光打磨光滑，从鹅卵石间挺立而出，就像某些巨型幽灵般的动物的叉角。

就像母亲经常说的那样，伊莱莎能尝到空气中的咸味。摆脱那座古怪庄园的桎梏后，她突然觉得轻快自由。她深吸一口气，开始走下木制阶梯，步伐愈来愈快，急着走到底部。

她一到海岸边，就坐在平滑的岩石上，手忙脚乱地松开靴子。她将塞米的马裤裤管卷到膝盖上，然后朝海边走去。光滑的或有棱角的石头，在脚底下都暖暖的。她站了一会儿，观察着巨大的蓝色海浪拍进拍出，拍进拍出。然后，她深吸一口咸咸的空气，轻巧地向前跳跃，脚趾、脚踝和膝盖全都弄得湿答答。她循着海岸线前进，在冰冷的泡沫冲进脚趾间时纵情大笑，捡起她觉得新奇的贝壳，还捡到了一个星星形状的海洋残骸。

这个小海湾的弯度很深，伊莱莎没用多少时间便走完了整条海岸线。等走到头时，才看清楚原本在远处看到的一片黑色区域其实是立体的。一片巨大的黑色巉岩从绝壁中伸出，直插海面。它的形状像喷出愤怒的黑烟的巨龙，被冻结在时间里，受到变成石头的永恒诅咒。它仿佛既不属于陆地，也不属于海洋和空气。

黑岩滑溜，但伊莱莎在边缘找到一处岩架，宽度仅供立足。她踩着凹凸不平的立足点，爬到黑岩另一侧，一口气爬到顶端。她站的地方很高，俯瞰下方时不禁感觉头晕目眩。她手脚并用一寸寸地往前挪。石头变得愈来愈窄，最后她终于爬到了最远的角落。她坐在黑岩凸出的角落上，气喘吁吁，纵情大笑。

那就像置身于大船的顶端。在她下方，相互缠斗的海浪吐着白沫；在她前方则是广袤开阔的海洋。太阳在海面上洒下万道金光，微风吹起阵阵涟漪，朝清澈绵延的地平线而去。她知道，一直往前便是法国。过了欧洲就是东方——印度、埃及、波斯，以及泰晤士河清道船夫嘴上低唱的那些异国情调的地方。更远处则是远东，地球的另外一边。看着这片无垠的海洋，闪烁的阳光，心思飘到遥远的地方，伊莱莎不由得为她从未体验过的感觉包围了。一点温暖，一线希望，不必小心翼翼……

她倾身向前，眯起眼睛。地平线在此被打断。某样事物突然出现：一艘满张风帆的黑色大船悠然航行在海天交会处，仿佛就要滑落到世界边缘。伊莱莎眨眨眼，等眼睛再次睁开时，那艘大船已经无影无踪，她猜它消失在远方。船在宽阔无际的海洋上航行时速度一定非常快，宽大的白色风帆饱满有力。她想，她父亲航行的船一定就是这种船。

伊莱莎的注意力飘浮到天空。海鸥在高处盘旋，嘎嘎大叫，隐入白色天空中。她循着小径前进，直到看到悬崖顶端的某样东西。那是座小屋，几乎为树木遮蔽。她仅能分辨出屋顶和顶端凸起的一扇奇怪小窗。她纳闷，住在这个像世界边缘一样的地方会是什么感觉。会老是觉得快要掉下去，滑进海中吗？

冰冷的海水溅到脸上时，伊莱莎吓了一跳。她俯瞰正在形成漩涡的海洋。要涨潮了，海水正迅速升起。她刚才踩上去的岩架现在浸在水里了。

她沿着岩石的凸起部分往回爬，小心翼翼地往下，一路沿着最宽的边缘爬，这样手指才能抓住陡峭山壁。

快要抵达水平线时，她略微停顿了一下。从这个角度，她可以看见岩石并非实心的，好像有人在此挖了个大洞。

那是个洞穴。伊莱莎想到玛丽的特瑞纳海盗，以及他们的通道。她确定这就是这个洞穴的用处。玛丽不是说以前海盗们利用悬崖下方的洞穴来运送掠夺物吗?

伊莱莎绕着岩石前方晃动身体，爬入一处稍微平坦的平台。她朝里走了几步，里面黑暗潮湿。“你好吗？”她大叫。她的声音发出令人愉快的回音，拍打在洞穴岩壁上，然后缓缓消散。

她看不清远处，但感到一股莫名的兴奋。这是她专属的洞穴。她下定决心，哪天她会再回来这里，拿着油灯仔细瞧瞧里面有什么……

一阵砰砰声愈来愈近。咔嗒、咔嗒、咔嗒……

刚开始时，伊莱莎以为是洞穴内的声音。恐惧让她的双脚动弹不得，她想知道什么样的海怪正在接近她。咔嗒、咔嗒、咔嗒……现在更响亮了。

她慢慢往后退，慢慢爬上岩石。

然后，沿着岩石上的凸起，她看见两匹闪闪发光的黑马拉着一辆马车。原来那并非海怪，而是牛顿驾着马车行驶在悬崖小径上，马车声在洞穴的岩壁间跳跃、回荡，变得更响。

她想起玛丽的警告。舅妈早上出门访友，但会回来用午餐。伊莱莎不能迟到。她沿着岩石攀登，纵身跳到鹅卵石遍布的海岸上，然后迅速蹚过浅浅的海水，回到海滩上。伊莱莎绑上靴子的鞋带，跳上阶梯。她的马裤裤边湿透了，当她沿着树木间的蜿蜒小径跑回去时，裤摆沉甸甸地拍打着她的脚踝。她回到小海湾后，太阳已经改变了位置，小径现在阴暗凉爽，犹如置身于洞穴中，一个秘密的荆棘洞穴，仙子、妖精和精灵的家。他们正躲着观察她蹑手蹑脚地穿过他们的世界。她经过时，仔细察看了低矮灌丛，试着不要眨眼睛，希望能在无意中瞥见一个精灵。因为大家都知道，被瞥见的精灵会实现发现者的愿望。

一个声音传来，伊莱莎愣在原地，屏住呼吸。在她前面的林间空地上有个男人，一个真实的男子。是她今早从卧室窗口看到的那个蓄着黑胡子的男人。他正坐在一段圆木上，打开一块格子布，里面是一块烤肉派。

伊莱莎躲到小径旁边，偷偷观察他。她小心翼翼地爬上一根低矮树枝，想要看得更仔细时，光秃秃的枝丫缠住了她的短发。那个男人身边有部手推车，里面全是泥土。或者说看起来如此。但伊莱莎知道，这只是一种伪装，他在泥土之下藏着宝藏。他肯定是海盗王，特瑞纳海盗之一，或特瑞纳海盗的鬼魂。一个不死的水手，默默等待时机为他死去的同伴复仇。一个身负未完成重任的鬼魂，在他的巢穴里等候，一抓到小女孩就把她带回家，让他妻子将她烤成肉派。那艘她看到航行在海上的船，那艘眨眼间消失的黑色大船。那是一艘鬼船，而他……

她坐着的树枝断裂，伊莱莎滚落地上，摔在一堆潮湿的树叶中。

蓄着胡须的男人纹风不动。他继续嚼着肉派，右眼似乎朝伊莱莎的方向瞥了一眼。

伊莱莎站起来，揉搓着膝盖，然后挺直身体，从头发里拉出一片枯叶。

“您是新来的小姐，”他慢慢说道，嚼着粘在牙齿上的肉派，“我听说您会来。如果您不介意我这么说的话，您看起来可真不像一位淑女。您为什么穿着男孩的衣服，头发还乱成那样？”

“我昨晚来的。还把暴风雨带过来了。”

“您人小，力量倒不小。”

“只要意志坚定，弱者也能有极大的力量。”

一道浓密的眉毛挑起。“谁告诉您的？”

“我母亲。”

伊莱莎想到她不该提起母亲时已经太晚了。她的心狂跳，等着看男人如何反应。

他盯着她，慢慢咀嚼。“我敢说，她知道她在说什么。母亲们大部分时候都是对的。”

伊莱莎感到一阵温暖，她松了口气。“我母亲过世了。”

“我的也是。”

“我现在住在这里。”

“您的确是。”

“我叫伊莱莎。”

“我叫戴维斯。”

“你很老。”

“和我的手指一样老，比我的牙齿老一点。”

伊莱莎深吸一口气：“你是海盗吗？”

他大笑起来，那是一种低沉欢欣的笑声，仿佛烟雾从肮脏烟囱中窜起。“抱歉让您失望了，我的女孩，我是个园丁，就像我的父亲一样。确切来说，我是迷宫维护者。”

伊莱莎皱起鼻子：“迷宫维护者？”

“我照顾迷宫。”伊莱莎的表情一片茫然，于是戴维斯指着他身后两道高大的树篱，中间用一扇铁门相连。“这是树篱形成的迷宫。目的是让人找到一条出去的路，而不会走失。”

一个能容纳人的迷宫？伊莱莎从未听过这种东西。“它最后通向哪里？”

“哦，它来回穿梭。如果您运气好，挑对路的话，您会抵达庄园的另外一边。但如果您没这么幸运……”他的眼睛不祥地睁大，“在有人发现您走丢之前，您可能就会饿死。”他靠近她，压低声音，“我常发现遭遇这类不幸的小孩的骨骸。”

兴奋使得伊莱莎的声音变成低语。“如果我成功穿越它呢？我会在另外一边发现什么？”

“另一个花园，一个特别的花园，还有一座小屋。就在悬崖边缘。”

“我从海滩看到那座小屋了。”

他点点头。“您或许是看到了。”

“那是谁的房子？谁住在那里？”

“现在没人住。亚其伯·芒特榭爵士——您的外曾祖父曾经住在那儿，他在他管理庄园期间盖了那栋小屋。有人说那是座瞭望台。”

“为对付走私的特瑞纳海盗盖的？”

他笑了。“看得出来，玛丽·马丁告诉了您一些故事。”

“我可以去看看那栋小屋吗？”

“您永远也找不到的。”

“我一定会找到的。”

他戏弄她时眼睛闪闪发光。“不会的，您在迷宫里永远也不会找到出路。就算您找到了，您也无法找到那扇秘密大门，进入小屋的花园。”

“我会的！让我试试看，拜托，戴维斯。”

“恐怕不可能，伊莱莎小姐，”戴维斯像在沉思，“已经很久都没人找到正确的路了。我奉命维修它，但只能走到我被允许的地方。在那之外，草木一定蔓延得很厉害。”

“为什么没有人能通过它？”

“您的舅舅将它关闭了。从那之后就没有人能通过它。”他靠近她，“但您的母亲对那座迷宫了如指掌，几乎和我一样熟悉。”

远方传来一阵急促的铃声。

戴维斯摘下帽子，抹抹他汗涔涔的前额。“您最好赶快跑，小姐。那是午餐铃声。”

“你也会来吃午餐吗？”

他大笑。“仆人吃的不叫午餐，伊莱莎小姐，那不合礼数。他们现在正吃午饭。”

“那你会过来吃午饭吗？”

“我已经很久不在屋子里吃饭了。”

“为什么？”

“我不喜欢那里。”

伊莱莎无法明白。“为什么？”

戴维斯抚摸着胡须。“我和树木在一起时更快乐，伊莱莎小姐。有些男人适合社交，有些男人则不适合。我属于后者——我独处时最快乐。”

“但为什么？”

他缓缓吐出一口气，像个惫倦的巨人。“有些地方让人毛骨悚然，心生厌恶。您懂我的意思吗？”

伊莱莎想起昨晚在紫红色房间里的舅妈、猎犬、幢幢阴影，以及狰狞地照耀着墙壁的烛光。她点点头。

“年轻的玛丽是个好女孩。她会替您留意的。”他低头看着她时，微微皱了一下眉，“别太轻易信任别人，伊莱莎小姐。别这样，听到了吗？”

伊莱莎严肃地点点头，因为这个问题好像需要严肃以对。

“赶快走，小姐。不然您会迟到的，夫人会挖出您的心脏放在晚餐托盘上。她不喜欢人们破坏她定的规矩，那是不争的事实。”

伊莱莎笑了，虽然戴维斯板着脸。她转身准备离去，但当她看见高处的窗户里有东西时，她停下了脚步，她昨天也看到了：一张脸，小小的，满脸戒备。

“那是谁？”她问。

戴维斯转身，抬头眯着眼睛看看房子，对着高处窗户的方向微微点头。“我想那是萝丝小姐。”

“萝丝小姐？”

“您的表妹。您舅妈和舅舅的女儿。”

伊莱莎睁大眼睛。她的表妹？

“我们以前常看到她在庄园里玩耍，她曾经很活泼，但几年前生了病后，一切就改变了。夫人花了所有的时间和大笔金钱想治好她，村里的年轻医生一直来来去去。”

伊莱莎仍旧抬头盯着窗户。她慢慢举起手，手指像海滩的海星般张开。她来回挥手，凝视着，直到那张脸迅速消失在黑暗中。

一抹浅笑浮现在伊莱莎脸上。“萝丝。”她念道，品尝着这两个字的甜美。那就像童话故事里公主的名字。

24

悬崖小屋，*2005*

狂风疾吹过卡珊德拉的头发，将她的辫子来回翻转，犹如风向标上的布条。她拉紧肩膀上的羊毛衫，停顿片刻，气喘吁吁，回头俯瞰通往下面村子的海边小路。白色小屋像藤壶般攀附在岩石陡峭的小海湾边，红蓝两色的渔船点缀在蓝色海港中，随着海浪起伏，海鸥从高处扑下，盘旋于渔获上方。即使在这个高度，空气中也充满着海水的咸味。

道路非常狭窄，极为靠近悬崖边缘，卡珊德拉纳闷，怎么会有人有勇气沿着它一路开车上来。高大的浅色大叶藻长满两侧，在狂风呼啸中颤抖。她愈往高处爬，空气中的蒙蒙细雨就愈密集。

卡珊德拉看看手表。她低估了登顶会花费的时间，更别提她的腿走到半路上便疲累不已。这都要怪时差和睡眠不足。

她昨晚睡得极不安稳。房间和床都很舒适，但她一直被怪异的梦境折磨，那些梦在惊醒时徘徊不去，而在她想抓住它们时，却又从记忆中滑走了，只剩下不安的须蔓缠绕。

昨晚某刻，她被一个确切的事物吵醒。那是一个声音，像钥匙插进房门的声响。她很确定这点，在门外有人试图把钥匙插进锁孔，轻轻转动，打开门。但她今天早上在前台提到这件事时，那个女孩以奇怪的眼神打量着她，然后冷冷地说，饭店用电子卡，不用金属钥匙。她听到的只是风吹过陈旧铜制水管的声音。

卡珊德拉再次往山上走。它不可能太远，村里杂货店的女人告诉她，走上来只要二十分钟，而她已经爬了三十分钟。

她转过一个弯道，看见一辆红车停在路旁。一个男人和一个女人站着盯着她看：男人高瘦，女人矮胖。有那么一会儿，卡珊德拉以为他们可能是欣赏风景的游客，但等他们同时举起一只手挥舞时，她马上知道他们是谁了。

"嗨！"男人边说边走过来。他的头发和胡须白得像糖霜，给人年迈的错觉，但他只是个中年男人。"你一定是卡珊德拉。我是亨利·约翰逊，这位是……"他指指那位满脸笑容的女人，"我妻子，罗苹。"

"很高兴见到你。"罗苹尾随她丈夫走过来。她灰白的头发剪成利落的短发，脸颊泛红，像苹果般光滑圆润。

卡珊德拉微笑着。"谢谢你们愿意在星期六和我见面，我真的很感激。"

"小事一桩。"亨利用手轻抚过头，整理被风吹乱的头发，"一点也不麻烦。希望你不介意罗苹也跟……"

"她当然不介意，她为什么要介意呢？"罗苹说，"你不介意吧？"

卡珊德拉摇摇头。

"我不是跟你说过了？她一点也不会介意。"罗苹抓住卡珊德拉的手腕，"他才没办法阻止我呢。如果他胆敢尝试，我们就在离婚法庭见。"

“我妻子是本地历史学会的秘书，”亨利的声调中带着淡淡的歉意，“我出版了几本有关本地的小册子，主要关于历史、本地家族、重要地标和辉煌庄园。我最近出的小册子写的是走私贸易。我们正要将所有的贴在网络上……”

“她发誓要在这个郡的每一座庄园里喝茶。”

“尽管我在村里住了一辈子，却很少有机会踏进老庄园。”罗苹一笑，满面生辉，“我不介意告诉你，我好奇得不得了。”

“我们绝对猜想不到，亲爱的，”亨利疲倦地说，指指山丘，“我们得从这里开始步行，车子开不进去了。”

罗苹走在最前面，大步沿着狭窄的小径前进，风儿吹得草儿弯腰。他们愈走愈高，卡珊德拉开始注意到鸟儿。一群群棕色的小燕子在细长的树枝间迅速来回飞舞，呼唤彼此。她有种被偷偷观察着的奇异感受，仿佛鸟群相互争夺，看谁能盯紧这些擅自闯入的人类。她微微打了个哆嗦，告诫自己别太孩子气，凭空在这片静谧氛围中想象神秘事物。

“是我父亲经手了将小屋卖给你外婆的生意。”亨利说着，刻意缩小步伐，走在卡珊德拉身后，“那是1975年的事。我那时刚开始在事务所工作，是个菜鸟律师，但我记得这桩买卖。”

“每个人都记得这桩买卖，”罗苹大声说，“这是老庄园里被买走的最后一块地。村子里有些人曾发誓小屋永远卖不掉。”

卡珊德拉眺望海洋。“为什么？小屋一定有很美的视野……”

亨利看了罗苹一眼，她正停下脚步歇口气，手捂在胸口上。“嗯，那倒是真的，”他说，“但是……”

“村里流传着一些不祥的故事，”罗苹喘着气说，“关于过去有很多谣传……”

“比如说？”

“只是些愚蠢的谣传，”亨利坚决地说，“大都是胡扯，你在任何英国村子都能听到这类传闻。”

“听说它闹鬼。”罗苹低声说。

亨利闻言大笑。“哪座康沃尔的房子不闹鬼。”

罗苹浅蓝色的眼睛翻了个白眼。“我丈夫是个实用主义者。”

“我妻子是个浪漫主义者，”亨利说，“悬崖小屋用石头和灰泥建造而成，就像特瑞纳的其他房子一样。它会闹鬼才怪。”

“你还敢说自己是康沃尔人。”罗苹将一绺散乱的头发别到耳后，抬头眯着眼睛看卡珊德拉，“你相信这世界上有鬼吗，卡珊德拉？”

“我不信。”卡珊德拉想到鸟儿给她的奇异感受，“不信有那种在夜晚飘来荡去的鬼。”

“那说明你是一个头脑清楚的女孩，”亨利说，“悬崖小屋这三十年来只有一个人出入，那是一个本地男孩，他喜欢吓吓他自己和他同伴。”亨利从长裤口袋里掏出一条手帕，上面绣有他名字的缩写，他将手帕对折，轻抹额头。“走快点，罗苹，亲爱的。如果我们不快点，就得花上一整天，太阳很毒。这星期还有一点夏天的味道。”

陡峭的上坡路和愈来愈窄的小径使得交谈变得很费劲，因此，他们默默走完最后几百米。当风儿温柔地拂过时，稀疏的草儿跟着摇晃身体。

最后，在经过一大片灌木丛之后，他们来到一面石墙前。石墙至少有三米高，在他们走了这么久都没看到任何人造建筑之后，显得很突兀。入口处有道铁制拱形门，爬藤植物的须蔓在上面攀爬交织，因年代久远而钙化了。一个看起来曾经挂在门上的标牌现在悬挂在角落里，淡绿色和棕色青苔像疥疮般长满表面，贪婪地占据字体的弯曲凹槽。卡珊德拉歪着头读出那些字：远离此地，否则风险自负。

“围墙算是新盖的。”罗苹说。

“我妻子嘴中的‘新’是指只有一百年历史。这小屋一定有三百年的历史了。”亨利清清喉咙，“现在你明白了吧，这个老地方已经年久失修。”

“我有一张照片。”她从手提袋中掏出照片。

他看照片时挑高了眉毛。“应该是在交易前拍摄的。它在那之后有些改变。你瞧，没有人打理房子。”他伸出左臂将铁门推开，用头示意，“我们进来吧？”

一条石头小径藏在一个节瘤嶙峋的玫瑰棚架下方。他们跨过花园的门槛后，气温突然降低。整体印象是黑暗阴郁，还有一种古怪的死寂，甚至连无所不在的海浪声在这里都变得微弱缥缈，仿佛石墙内的地面陷入了沉睡，等着某样东西或某个人前来唤醒。

“悬崖小屋。”亨利在他们抵达小径尽头时说。

卡珊德拉不禁睁大眼睛。她眼前是一大片浓密纠结的荆棘。深绿色的常春藤起伏有致地四处攀爬，随意蔓生，遮蔽了窗户。要不是已经知道这里有一栋小屋，她一定看不出来爬藤植物下面有座房子。

亨利咳嗽着，歉意使得他双颊酡红。“现在我们确定它在自生自灭了。”

“好好整理一下就行了，”罗苹的声调中勉强的快活简直能使沉船苏醒，“你可别沮丧。你见过那种重新整修房屋的电视节目吧？澳大利亚有那种节目吗？”

卡珊德拉心不在焉地点点头，试图辨认出屋顶。

“请你亲自开门吧。”亨利从口袋里掏出钥匙。

钥匙令人吃惊地重，长长的尾端装饰繁复，刻有漩涡状的美丽的图案。拿着它时，卡珊德拉觉得似曾相识。她曾经拿过这种钥匙。是什么时候？她忖度，是在古董摊位上吗？印象如此强烈，但记忆模糊朦胧。

卡珊德拉走上门口的石阶。她可以看见锁孔，但常春藤织成的网已经挡住了门口。

“这个应该可以解决问题，”罗苹边说边从手提袋里拿出一把大剪刀，“别那样看着我，亲爱的。”亨利抬高一边的眉毛时，她说，“我是乡下女孩，我们总是做好万全准备。”

卡珊德拉接过剪刀，剪开一道道常春藤。当它们无力地垂挂下来时，她迟疑半晌，手轻抚过饱受盐害而留下疤痕的木门。有一部分的她不想继续下去，情愿在知识的门槛上多作徘徊，但她转过头时，亨利和罗苹都点头表示鼓励。她于是将钥匙插进锁孔中，以两只手用力转动。

潮湿的恶臭迎面而来，带着浓浓的动物粪便气味。就像澳大利亚家乡的雨林，天棚下隐藏着潮湿、丰饶的另一个世界。一个封闭的生态体系，拒人于千里之外。

她向走廊走了一小步。微弱的光线从前门渗入，她约略可见尘埃在陈腐的空气中慵懒地飘浮，太过轻盈，太过疲惫，因而不肯掉落地面。地板是木制的，随着她鞋子的每一步发出轻柔、懊悔的声响。

她走到第一个房间，站在门口凝视房内。里面很黑，窗户上蒙着几十年来的尘垢。待卡珊德拉的眼睛适应黑暗后，她看出这是间厨房。一个有尖细桌脚的浅色木桌矗立在中央，两把藤椅收在下面。远墙凹处有个黑色炉灶，蜘蛛网在灶前形成一道柔软的帘幕，角落有台手纺车，纺针下仍有一块深色毛料。

“这真像个博物馆，”罗苹喃喃低语，“只是灰尘更多。”

“我想，我得很久以后才能请你过来喝茶。”卡珊德拉说。

亨利走到手纺车那头，指着一个石制角落。“这里有道楼梯。”

一道狭窄的楼梯陡峭直上，突然打个弯，连接一个小平台。卡珊德拉踩在第一道阶梯上，看它稳不稳。感觉起来很稳。于是她小心翼翼地开始攀登。

“小心点走。”亨利说，双手在卡珊德拉的背后做出出自善意的模糊保护姿势。

卡珊德拉抵达小平台，停下脚步。

“怎么了？”亨利问。

“一棵大树完全挡住去路。它从屋顶贯穿。”

亨利的目光越过她的肩膀。“这下罗苹的大剪刀也无用武之地了，”他说，“这个行不通。你需要一部锯树机。”他开始走下楼梯，“你想到了谁吗，罗苹？你可以叫谁来清理倾塌的树？”

卡珊德拉跟着他下楼，到楼下时，罗苹说：“巴比·布莱克的儿子应该可以。”

“他是个本地人。”亨利对着卡珊德拉点点头，“他经营一家造景公司。他大部分的工作是在维修饭店，他是我们所能推荐的最好人选。”

“我打个电话给他吧，”罗苹说，“看他这几天有没有空。

我出去外面看看能不能接收到手机信号。我们进来以后，我的手机就收不到信号。”

亨利摇摇头。“自从马可尼[1]接收到他的信号以来，已经过了一百年，看看现在科技的发展。你知道信号是从离海岸不远处发出的吗，宝窦小海湾？”

“是吗？”卡珊德拉明白了小屋极度荒废的状况后，开始觉得心烦意乱起来。她很感激亨利肯和她碰面，但她不确定，她能否对早期电信发展的演讲佯装兴趣盎然。她拨开一片蜘蛛网，倚靠在墙壁上，给他一个礼貌而严谨的微笑以示鼓励。

亨利似乎察觉到她的情绪变化。“小屋的状况这么糟，我觉得非常抱歉，”他说，“我觉得我有点责任，毕竟我是掌管钥匙的律师。”

“你什么也不能做。特别是，如果奈儿要求你的父亲不要插手的话。”她笑了，“何况，你那是侵入私人领地，前面的警告标志写得很清楚。”

“的确是，你外婆坚决不要我们请工人过来。她说，这房子对她来说很重要，她要亲自监督整修工作。”

“我猜她原本计划搬来这里过下半辈子。”卡珊德拉说。

“是的，”亨利说，“当我知道今早要和你会面时，我翻看了旧档案。直到1976年初，她所有的信都提到说要过来这里住。但在后来那封信中，她说，她的情况有变，暂时无法回来。她请我父亲保管钥匙，这样等她能回来时，她会知道钥匙在哪儿。”他环顾房间，“但她从未回来过。”

---

1 马可尼（Guglielmo Marconi，1874—1937），意大利发明家，发明了电报。

“的确。”卡珊德拉说。

“但现在你在这里了。”亨利重新燃起热忱说。

“是的。”

一个声音从门口传来，他们抬头看。“我联络到迈可，”罗苹边说边将手机收起来，“他说他星期三早上会过来看看该怎么处理。”她转身面对亨利，“走吧，亲爱的，我们该赶去玛西雅家吃午餐，你知道，她最讨厌我们迟到了。”

亨利抬高眉毛：“我们的女儿有很多优点，可惜耐心不是其中之一。”

卡珊德拉微笑：“谢谢你们为我所做的一切。”

“你可别自己想把那块木头搬开，”他说，“不管你有多想看看楼上。”

“我保证。”

当他们走在通往前门的小径上时，罗苹转身对卡珊德拉说：“你知道，你长得很像她。”

卡珊德拉不解地眨眨眼。

“我是指你外婆。你有她的眼睛。”

“你见过她？”

“哦，是的，当然，那是在她买下这栋小屋前的事。有天下午，她来到我工作的博物馆。她问了一些有关本地历史的问题，尤其是关于一些古老家族。”

亨利的声音从悬崖边缘传来：“快点，罗苹，亲爱的。如果烤肉焦了，玛西雅永远不会原谅我们。”

“芒特榭家族？”

罗苹对着亨利挥挥手：“对。那些以前住在庄园的人，还有沃克家族。那位画家和他的妻子，还有出版过童话故事的女作家。”

“罗苹！”

“好，好，我来了。”她对卡珊德拉翻了个白眼，“我丈夫的耐心就像点燃的爆竹。”然后，她慌慌张张地跟在他身后，叮嘱卡珊德拉随时和他们联络。

25

特瑞纳，*1975*

特瑞纳钓鱼与走私博物馆坐落在海港边缘的一座白色小楼内，尽管贴在前窗的手写标志上清楚注明了它的开放时间，但奈儿在村子里待了三天后，才终于瞥见里面透出灯光。

她转动门把，推开挂着蕾丝门帘的矮门。

桌子后面坐着一个穿着整洁、棕发及肩的女人。奈儿想，她比莱斯利年轻，但举手投足间显得更为成熟。那个女人看见奈儿，立刻站起身，这突然的动作使她的大腿拖动了蕾丝桌布和一叠纸。她的表情看上去像一个被逮到在偷吃饼干的小孩，“我没想到会有访客。”她从她那副大眼镜的顶端凝视着奈儿。

她似乎也不是很高兴看到访客上门。奈儿伸出手。“我是奈儿·安德鲁。”她瞥了一眼桌子上的名牌，“你一定是罗苹·马丁了？”

“淡季我们很少有访客。我去拿钥匙过来。”她反复挪动桌上的文件，将一绺头发别到耳后，“展览品有点灰尘，”她的口气里带着些许指责，“在那个方向。”

奈儿顺着罗苹手臂指的方向看去。在紧闭的玻璃门后是个小房间，里面展示着各种渔网、鱼钩和钓鱼竿。黑白照片挂在墙壁上，主角是船、船员和本地小海湾。

“事实上，”奈儿说，“我在找特定的资料。邮局的人说你也许帮得上忙。”

“我父亲。”

“什么？”

“我父亲是邮政局长。”

“原来如此。”奈儿说，“嗯，他认为你也许能帮我一个忙。你瞧，我想找的资料与钓鱼、走私都无关，而是关于本地历史的。确切来说，是家族历史。”

罗苹的表情立刻变了。“你为什么不早说？我在钓鱼博物馆工作是为小区服务，但特瑞纳社会史才是我的兴趣所在。你看。”她翻阅桌上她正在整理的一叠纸张，将其中一张递给奈儿，“这是我正在编写的观光手册，我刚完成一篇有关大家族的小专文。有一家出版社对此颇有兴趣。”她看着银链手表，“我会很高兴和你聊聊，但现在我得去别的地方……”

“拜托，”奈儿说，“我远道而来，我不会占用你很多时间。请你给我几分钟。”

罗苹抿紧嘴唇，直盯着奈儿。“我想到更好的办法了，”她下定决心似的点点头，“我带你一起去。”

一层厚重的迷雾随着涨潮时分吹入，薄暮降临，村子的色调变淡。当她们沿着狭窄的街道往上攀爬时，外面是灰茫茫的一片。环境的改变使得罗苹的举止变得焦躁不安。她咔嗒咔嗒地迅速行走，步伐原本就缓慢的奈儿得加快脚步才能赶上她。奈儿很想知道她们是要赶着上哪儿去，但快速的步伐使她们无法对话，因此她没有问。

在街道顶端，她们抵达一栋小白屋，上面有标志注明“彼查德别墅”。罗苹轻轻敲门，静静等待。屋内没有灯光，她将手腕举到眼前，好看清楚时间。“还没回家。我们叫他在起雾时要早点回家。”

“谁？”

罗苹瞥了奈儿一眼，有点惊诧，仿佛她一下子忘记这个女人一路跟着她来到此地。“老傻瓜，我的祖父。他每天都跑去看渔船。他原本是个渔夫。他已经退休二十年了，但如果他不知道今天谁出海，或谁在哪儿抓鱼，他就会很不开心。”她的声音变得低沉，“我们告诉他，起雾时不要待在外面，但他就是不肯听话……”她突然打住话头，眯着眼睛望向远方。

奈儿循着她的目光往前看，浓密的雾似乎开始变得阴暗。一个模糊的身影朝她们的方向走过来。

“老傻瓜！”罗苹大叫。

“别慌，女孩，”一个声音从浓雾中传来，“别慌。”他从朦胧幽暗中现身，登上三个水泥门阶，在锁孔里转动钥匙。“嗯，别站在那儿抖得像鸟儿，”他的头转过来，“进来，我们来喝一杯热茶。”

走廊窄小，罗苹帮老头脱下被盐分侵蚀的雨衣和黑色防水长统靴，然后将它们放在一个低矮的木制坐板上。“你湿透了，老傻瓜，”她忧虑地嘀咕，抓住他的格纹衬衫，“你还是换上干衣服吧。”

“得了，”老头边说边轻轻拍他孙女的手，“我会乖乖坐在炉火边，等你端茶来时，我就干透了。”

罗苹对着奈儿微微抬高眉毛，老傻瓜蹒跚跛行到客厅。她的姿态表示：你瞧得出来我得应付什么样的难题了吧？

“老傻瓜都快九十岁了，但他不肯搬出他的房子，”她低声说，“我们排好班，每晚一定有人过来陪他吃晚餐。我是星期一到星期三。”

“他看起来很健康。”

“他的视力已经开始衰退，还有点重听，但他仍旧坚持要确定‘他的男孩们’安然返回港口，根本没考虑到他自己的身体已经老迈、大不如前了。我老向上帝祈祷，不要让他在我看护时受伤。”她透过玻璃门凝视，看见她祖父走到扶手椅前，在地毯上蹒跚绊跤时，身体不禁畏缩了一下。“我不确定……我是说，在我烧开水的时候，你能不能陪他坐一下。他身子烘干后，我会觉得放心一点。”

奈儿感觉到她就快要知道她家族的一些事了，哪会不答应。她点点头，罗苹松口气微笑起来，然后快步走进客厅的门，跟在她祖父身后。

老傻瓜坐在黄褐色皮革的扶手椅上，大腿上铺着一条样式简单的百衲被。奈儿看见百衲被时，有那么一会儿，她想到莉儿，以及她为每个女儿缝制的百衲被。她忖度，她的母亲对她这趟追寻身世之谜的旅程会有何看法，她是否能了解，对奈儿来说，重新建构她最初四年的人生至为重要。她也许无法了解。莉儿总是相信，一个人的责任在于好好度过当下的人生。她老是说，一直去揣想原本可能会怎样没有多大意义，重要的是当下。对莉儿来说，这个真理已经足够，因为她知道她的真实身份。

罗苹站起身，在她身后的壁炉里，重新燃起的火焰在纸张上热切地跳跃。“我去煮些茶，老傻瓜，顺便准备晚餐。我在厨房时，我的朋友……”她用询问的眼光看着奈儿，“我很抱歉……”

“奈儿。奈儿·安德鲁。”

“……奈儿会陪你坐在这儿，老傻瓜。她来特瑞纳参观，对本地家族很有兴趣。也许，趁我在厨房忙时，你能告诉她一些老镇上的旧事？”

老头摊开手掌，一辈子的拉绳子和拿鱼钩在手掌上写下了它们的故事。“你可以问我任何事情，”他说，“我会毫不保留地告诉你。”

罗苹消失在低矮的门口后，奈儿四处寻找能坐下来的地方。最后她在壁炉旁的一张绿色椅子上坐下，椅背很高，炉火的火焰向着她吐焰，她感到阵阵温暖。

老傻瓜忙着在烟斗里塞烟草，抬起头，对她点点头以示鼓励。发话权显然在她。奈儿清清喉咙，在地毯上稍微改变脚丫的位置，不知该从何开始。她决定要直捣问题核心。“我对芒特榭家族很有兴趣。”

老傻瓜的火柴嗞嗞作响，他努力吹气，点燃烟斗。

“我在村里到处问过，但似乎没有人知道他们的事。”

“哦，他们知道他们的事，”他吐口烟，“他们只是不想谈而已。”

奈儿抬高眉毛。“为什么？”

“特瑞纳的居民人都很好，但我们也很迷信。我们会开心地聊任何话题，不过一旦被问到悬崖上那个家族的事情，我们就噤声不语。”

“我也注意到了，”奈儿说，“那是因为芒特榭是有头衔的贵族吗？上流阶级？”

老傻瓜不以为然地哼了一声。“他们是有钱，但你别提阶级的事。”他倾身向前，“那个头衔是以无辜者的鲜血换来的。那是在1724年。一天傍晚，吹起了数年来最凶猛的暴风雨。灯塔的屋顶被吹走，新的油灯被吹熄，它没比蜡烛好多少。月亮躲起来，夜晚漆黑。”烟斗旁的苍白嘴唇紧抿。他缓缓用力吸了一口气，沉浸在他的故事中，“大部分的本地渔船都早早回港，但有一艘双桅船仍在海峡里，船上载着外国船员。

“他们毫无生机。他们说，凶狠的海浪拍打在夏普东悬崖上，船身撞上岩石，在能抵达小海湾前便开始解体。报纸上有报道，政府也有调查，但他们只找到几片从龙骨上掉下来的香柏碎片。他们当然怪罪本地的自由贸易商。”

“自由贸易商？”

“走私商人。”罗苹边说边端着托盘进来。

“但他们不是拿走船上货物的人，”老傻瓜说，“不是他们。那是芒特榭家族做的好事。”

奈儿从罗苹那儿拿来一杯茶。“芒特榭家族也是走私商人吗？”

老傻瓜干笑一声，喝了一大口茶。“他们才没那么高尚。走私商人会从遇到船难的船上抢救下课税过重的货物，也会救出一些船员。但那晚在布雷赫小海湾发生的事是窃贼行为。窃贼和谋杀犯。他们杀了所有船员，偷走货物，然后在第二天清晨时分，在任何人有机会知道真相前，他们便将船和尸体拖到海中，让它们沉没。他们因此致富：好几个柳条箱的珍珠和象牙、中国来的扇子、西班牙来的珠宝。”

“往后几年，布雷赫大幅整修。”罗苹接下去讲故事，坐在她祖父的脚凳上，天鹅绒已经褪色，“我才在我的《康沃尔世家》小册中写过这个逸事。那时，芒特榭加盖了第三层楼，添了几座花园。芒特榭先生由国王颁授爵位。”

“几样精挑细选的礼物所能发挥的影响力真令人惊叹。”

奈儿摇摇头，不自在地改变坐姿。现在可不是承认这些谋杀犯和窃贼是她祖先的时机。“他们竟然逃过了法律制裁。”

罗苹瞥了老傻瓜一眼，老傻瓜清清喉咙。“嗯，现在看来，”他低声说，“我不会这么说。”

奈儿的目光徘徊在他们之间，一脸困惑。

“他们受到的惩罚远比法律的处罚还要严厉。仔细听好我的话，世上有更为严厉的惩罚。”老傻瓜从抿紧的嘴唇间吐气，“在小海湾发生的惨事后，那个家族就遭到诅咒，一个也没能逃过。”

奈儿往后靠在椅背上，感到大失所望。家族诅咒。她原本以为她会得到更确切的信息。

“告诉她那艘船的事，老傻瓜。”罗苹似乎察觉到奈儿的失望。

老傻瓜高兴地服从，声音抬高一个音阶，兴致勃勃地继续说他的故事。“那个家族也许把船弄沉了，但他们无法永远摆脱它。它有时仍会出现在地平线，通常是在暴风雨来之前或之后。一艘巨大的黑色双桅船，一艘鬼船，沿着小海湾默默航行。闹得那个家族的子孙人心惶惶。”

“你见过那艘船吗？”

老头摇摇头。“我有次以为我看到了，但感谢上帝，其实是我弄错了。”他倾身挨向前，“一阵恶风将那艘船吹进视野中。人们说，看见鬼船的人要为它的惨剧赎罪。如果你看见鬼船，鬼船也会看见你。我只知道，那些承认见过鬼船的人遭受的厄运远比一般人所能承受的还要多。原本的船名是‘杰考’，但在这里我们叫它‘黑灵车’。”

“那布雷赫[1]庄园的名字由来绝非巧合吗？”奈儿问。

“她很聪明，”老傻瓜叼着烟斗，对罗苹微笑，“她很聪明。某些人认为这是庄园名称的由来。”

“但你不这么认为？”

“我一直认为那和布雷赫小海湾上的那块巨大黑岩[2]有关。你知道，黑岩里面有通道。它们以前可以从海湾通往庄园某处和村子。这对走私商人来说很便利，却又危机四伏。通道的角度和形状很诡异：如果潮水涨得比预期的高，在洞穴里的人几乎不可能生还。那块黑岩在这么多年来是许多勇敢灵魂的灵车。如果你曾俯瞰庄园海滩，你就会看到它。那是一块凹凸不平的怪石。”

奈儿摇摇头。“我还没去见过小海湾。我昨天想参观庄园，但大门深锁。我明天会回去在信箱里放封介绍信。希望屋主会同意让我参观。你们知道他们是怎么样的人吗？”

“新作风的人，”罗苹严肃地说，“外地人，他们说要把庄园翻修成饭店。”她身体前倾，“他们说，那个女人是罗曼史作

1　布雷赫的英文是blackhurst，黑灵车的英文是black hearse。

2　黑岩的英文是black rock。

家。她美艳动人，但她的书很猥琐。”她的目光抛向她祖父，双颊滚烫，“我自己倒是没读过。”

“我在镇上看到房地产中介公司在为庄园的一部分地产打广告，”奈儿说，“一间叫‘悬崖小屋’的小房子。”

老傻瓜冷冰冰地大笑起来。“他们得一直打广告。没有人傻到去买它。那栋小房子厄运连连，很不吉利，再重漆几次都没用。”

“什么样的厄运？”

老傻瓜原本对他的故事兴致勃勃，现在突然沉默下来，咀嚼奈儿最后这个问题。似乎有某种目光从他眼里一闪而过。“那栋小屋早该在许多年前放火烧掉。里面发生了很多不妥当的事。”

“怎么说？”

“你不必知道，”他的嘴唇颤抖，“听好我的话就好。有些地方再重漆几次也没用。”

“我不想买它，”奈儿对他突转凶恶的态度大吃一惊，“我只是想，从那里看庄园也许会有很不同的景观。”

“你没必要穿过布雷赫庄园去看小海湾，从悬崖顶端就看得到。”他对着海岸方向举高他的烟斗，“你可以从村子走，绕着陡峭绝壁的小径上去，然后往夏普东看；那就在你下方。它是康沃尔最美丽的小海湾，除了那块怪石头很煞风景之外。但你看不到很久以前在海滩上发生的血腥事件的任何迹象。”

牛肉和迷迭香的香味愈来愈浓，罗苹从厨房拿来碗和汤匙。“你会留下来吃晚餐吧，奈儿？”

“她当然会，”老傻瓜把身体靠在椅背上，“这种晚上怎么可以让她空腹离开。外面一片漆黑，浓雾笼罩。”

炖菜美味无比，奈儿不用旁人劝说便添了第二碗。之后，罗苹去洗碗，奈儿又和老傻瓜独处。房间现在很温暖，他的双颊酡红。他察觉到她的目光，快活地点点头。

威廉·马丁让人觉得舒适自在，而坐在他的客厅中有种绝世孤立之感。奈儿明白，这便是讲故事者的魔力。召唤色彩的本事使得其他事物似乎都相形褪色。毫无疑问地，威廉·马丁生来就是位说故事高手。不过，他的故事有些不足采信之处。他显然有将稻草变成黄金的本领，尽管如此，他可能是她所能找到、确切活过她感兴趣的那些年代的唯一一个人。

“我在想，”她说，炉火温暖着她的一侧身体，舒服得令人发痒，“当你年轻时，你认识伊莱莎·梅克皮斯吗？她是个女作家，莱纳斯和艾德琳·芒特榭的被监护人。”

房间顿时安静下来。威廉的声音低而沉闷。“大家都认识伊莱莎·梅克皮斯。”

奈儿深吸一口气。她总算问到了核心。“你知道她后来发生了什么事吗？”她冲口而出，“我是指最后。”

他摇摇头。“我不知道她最后发生了什么事。”

老头再次沉默下来，他原本放松的表情现在抹上一股防御的戒备。这姿态背后所隐藏的意涵让她的心满怀希望，但奈儿知道，她得步步为营。她可不能让他现在关上话匣子。

“那当她住在布雷赫的早些时候呢？你能告诉我任何事吗？”

“我说我认识她。但我跟她不熟，庄园并不欢迎我。管理庄园的人对我很有意见。”

奈儿坚持不懈。“据我所知，伊莱莎最后现身的时间地点是1913年末的伦敦。她那时带着四岁的小女孩艾弗瑞·沃克，萝丝·芒特榭的女儿。对于为什么伊莱莎会带着别人的小孩去澳大利亚此点，你能想出任何理由吗？”

“我想不出来。”

“为什么她明明活着，芒特榭家族却告诉大家他们的外孙女过世了呢？”

他的声音嘶哑微弱。“我不知道。”

“因此虽然他们这么说，你知道艾弗瑞还活着是吗？”

火焰噼啪作响。“我并不知道，因为事实并非如此。那孩子死于猩红热。”

“是的，我知道当时人们是这么说的。”奈儿的脸颊温热，脑袋悸动，“但我也知道那不是事实。”

“你怎么会知道这种事？”

“因为我是那个小孩。”奈儿的声音变得沙哑，“我在四岁时抵达澳大利亚。我被伊莱莎·梅克皮斯带上船，当时大家都以为我死了，但没有人能告诉我为什么如此。”

威廉的表情变得高深莫测。他似乎想回答，但又按捺下来。

良久，他站起身，伸出双臂，肚子往前凸。“我累了，”他粗哑地说，“我该上床了。”

他大叫：“罗苹？”然后更大声叫：“罗苹！”

“老傻瓜？”罗苹从厨房回来，手里拿着茶巾，“怎么了？”

“我要上床睡觉了。”他开始走向从房间里弯曲而上的狭窄楼梯。

“你不想再喝一杯茶吗？我们聊得那么愉快。”

威廉经过罗苹时，将手按在她的肩膀上。“出门时记得把柴火放在壁炉里，我的女孩。我们可不希望浓雾跑进来。”

罗苹睁大的眼睛里满是困惑，奈儿去拿自己的外套。“我该走了。”

“我很抱歉，”罗苹说，“我不知道他是怎么回事。他老了，容易疲倦……”

“没关系的。”奈儿扣好纽扣。她知道她应该道歉，老先生会心神不宁完全是她的错，但她没办法道歉。失望像一片柠檬般哽在她的喉咙里。“谢谢你和我谈话。”她总算是把这话说出口，尽了礼数，然后走出前门，进入沉闷的潮湿中。

奈儿抵达山丘底端时，回头张望，发现罗苹仍在看着她。罗苹举起手臂挥别时，她也这么做。

威廉・马丁也许是老迈疲惫，但他的突然离开大有玄机。奈儿知道这点，由于她隐藏自己令人苦恼的秘密如此之久，因此，她认得出她的同类。威廉知道的远比他肯透露的还要多，而奈儿需要揭知事实真相，这股冲动远远凌驾于尊重他的隐私。

她抿紧嘴唇，在寒冷的大雾中低头前进，决心要说服他说出所有的真相。

26

布雷赫庄园，1900

伊莱莎是对的，“萝丝”是个童话故事中的公主名字，而萝丝·芒特榭所受到的特殊待遇和她本身的惊人美貌都很适合这个角色。悲哀的是，对小萝丝来说，她这十一年来的人生绝非童话故事。

“嘴巴张大。”马修医生从他的皮包里拿出一根细长的棒子，将它压在萝丝的舌头上。他身体往前倾检查她的喉咙，他的脸靠得如此之近，以至于她被迫细看他的鼻毛，这让她深感不快。“嗯嗯嗯。”他的鼻毛颤抖。

棒子收回去时，刮到了萝丝的喉咙，她轻轻咳嗽了两声。

“怎么样，医生？”妈妈从阴影中走出，纤细的手指在深蓝色裙子上显得很苍白。

马修医生站起身：“您叫我来是对的，芒特榭夫人。有地方发炎了。”

妈妈叹口气：“我也是这么想。医生，您有什么治疗方法？”

马修医生逐一陈述他的治疗建议时，萝丝将头转到一边，闭上眼睛。她偷偷打了个小哈欠。自从有记忆以来，她就知道自己活不久。

有时候，在她做白日梦时，萝丝会想象如果她不知道她快死了，如果未来成为一条她无法预期的漫漫长路，蜿蜒曲折地在她眼前无尽延伸，人生会是什么情况。她也许会有初出社交界的晚宴、一个丈夫和成群的儿女。她自己会有一座壮丽辉煌的大庄园，让其他女士惊叹不已。如果她要诚实对自己坦承的话，哦，她多希望能过这样的人生。

但她不让自己常常沉浸于这样的幻想中。悲叹有什么用？她总是静静等待自己逐渐康复，然后重拾剪贴簿。身体状况允许时，她会拿起书本阅读，读着她从未见过的地方，从未经历过的人生，从未说过的对话。她等待着下一个带她接近死神的插曲无可避免地来临，希望下一场病也许比上一场有趣一些，不要那么痛苦，能从其中得到某些乐趣，就像她吞下妈妈的顶针那次一样。

她当然不是故意的。它在银制橡果状的容器中显得如此闪闪动人，如此漂亮，她不禁伸手去碰它。任何八岁女孩都会这么做吧？她试图让它在舌头上保持平衡，就像她那本马戏团立体书中的小丑一般，在他愚蠢的尖鼻子上放着一颗红球。这样做当然很不聪明，但她还只是个孩子。何况，她玩了几个月都没有出任何差错。

顶针这个插曲最后圆满结束。医生马上被叫过来，他是位年轻医生，最近才开始在村子里执业。他又戳又刺，做了所有医生都会做的事，最后终于冒险建议，某种新诊疗工具也许会有用处。如果萝丝肯照X光的话，他就能看到她胃里的情况，而不用动手术刀了。每个人都对这个建议感到满意：擅于照相的父亲被叫来帮忙操纵X光机；马修医生则能在一本叫作《柳叶刀》的专业刊物上发表这些照片；妈妈呢，会凭借这份发表文章在社交圈内掀起一阵兴奋的涟漪。

至于萝丝，顶针在四十八小时后终于（非常不得体地）排出。她为能讨她父亲欢心而高兴，尽管只有很短的时间。父亲并没有亲口这么说，这不符合他的个性，但萝丝很敏感，能提前感受父母的情绪变化（尽管她还无法预料原因）。父亲的欢欣让萝丝极为开心，她精神振奋，情绪高涨得犹如厨娘做的蛋奶酥。

"若您允许，芒特榭夫人，我将结束看诊。"

马修医生撩起萝丝的睡衣露出她的腹部时，萝丝叹了口气。冷冰冰的手指压在她的肌肤上，她紧闭眼睛，想着她的剪贴簿。妈妈从伦敦订了一本杂志，里面有最新的婚纱样式的照片，萝丝用缝纫盒里的蕾丝和缎带将剪贴簿装饰得美轮美奂。她装扮的新娘无比美丽：比利时蕾丝面纱，边缘粘着小粒珍珠，用压花作为花束。新郎则另当别论：萝丝对绅士们还不怎么了解（她也不该了解。年轻淑女不应该知道这类事情。）但对萝丝而言，新郎的细节倒是不大重要，只要新娘既漂亮又纯洁就好。

"一切都让人满意，"马修医生将萝丝的睡衣拉回原处，"好在只是局部发炎。芒特榭夫人，我可否和您讨论一下最佳治疗方式？"

萝丝睁开眼睛，恰好看见医生对妈妈展露出奉承的谄笑。他真令人厌烦，总是希望请他来喝茶，好让他认识和治疗更多的上流社会人士。萝丝的顶针X光照片发表后，他在郡内的上流阶级得到了某种认可，他精明地利用这点来赚钱。他将听诊器小心翼翼地收进黑色大皮包里，整洁的小指轻轻挪动，让它归位。萝丝的厌烦转为愤怒。

“那我还不会上天堂啰，医生？”她面无表情地对他涨红的脸眨眨眼，“我还在装饰我的剪贴簿，如果没能完成它，那就太可惜了。”

马修医生像女孩般嘻嘻傻笑了一会儿，瞥了瞥妈妈。“嗯，孩子，”他结结巴巴地说，“不必担心。时候到了，我们都会去见上帝……”

萝丝在他开始一场极不自在的生死主题演说时瞪了他半晌，然后转过头，藏起一抹微笑。

早逝的阴霾对每个人造成的影响不一。有些人变得比实际年龄和生活经验成熟：平静地接受，绽放出怡人的个性和柔和的面容。与此同时，它在某些人的心中却埋下冷酷无情的冰冷种子，他们有时会巧妙隐藏这类情绪，但这种冰冷从来不会融化。

萝丝虽然想成为前者，但她在内心深处知道自己属于后者。她绝非冷酷，她只是发展出无动于衷的天赋。她能置身事外，不动声色地观察事情的演变。

“马修医生，”妈妈的声音打断了他对上帝身边的小女孩天使这方面愈来愈词穷的描述，“您不如先下去在晨室里等我。托马斯会端茶过来。”

“是的，芒特榭夫人。”他对能从棘手的对话中脱身松了一大口气，离开房间时回避着萝丝的目光。

“萝丝，”妈妈说，“你那样做很不合淑女风范。”

妈妈最近很担心她，所以这番告诫并不严厉，萝丝知道她不会受到责骂。她从来不会。谁会对等着死神来接她的小女孩大发雷霆呢？萝丝叹口气。“我知道，妈妈，我很抱歉。我只是觉得头很晕，听马修医生讲话只会让我更难受。”

“身体羸弱的确令人难以忍受。”妈妈握住萝丝的手，“但你是位小淑女，芒特榭家族的成员。身体不佳绝非欠缺礼数的借口。”

“是的，妈妈。”

“我现在得去和医生谈谈，”她冰冷的指尖轻抚萝丝的脸颊，“等玛丽把托盘端进来时，我会再来看你。”

她往门口快步走去，在从地毯走到地板上时，裙子发出窸窣的声响。“妈妈？”萝丝轻呼。

她的母亲转身：“什么事？”

“我想请问您一件事。”萝丝迟疑片刻，不确定该如何继续这个话题。她知道她的问题显得她过于好奇了。“我看到花园里有个男孩。”

妈妈的左眉微微挑了一下：“一个男孩？”

“今天早上玛丽让我坐到椅子上时，我从窗口看到了他。他站在杜鹃花丛后面和戴维斯说话。看起来很顽皮，有一头杂乱的红发。”

妈妈将一只手按在脖子下方苍白的皮肤上。她平缓地吐出一口气，这使得萝丝更加感兴趣了。“你看到的不是男孩，萝丝。”

“妈妈？”

“那是你的表姐，伊莱莎。”

萝丝睁大了眼睛。这是始料未及的事。但这不可能。妈妈没有兄弟姐妹，而祖母去世后，妈妈、爸爸和萝丝是芒特榭仅剩的家族成员。“我没有这种表姐。”

妈妈挺直身体，说话速度变得比平常快：“不幸的是，你有。她叫伊莱莎，她搬来布雷赫和我们同住。”

“她会住多久？”

“恐怕是永远。”

“但妈妈……”萝丝觉得头比平常还要晕。如此衣衫褴褛的淘气鬼怎么会是她的表姐呢？“她的头……她的礼仪……她的衣服全都湿答答的，她浑身脏兮兮，被风吹得乱七八糟……”萝丝不禁打了个哆嗦，“她全身都是树叶……”

妈妈举起一只手指放在嘴唇上。她转身面对窗户，颈背上的深色卷发颤动了一下。“她无处可去。你的父亲和我同意收容她。她绝不会感激我们这种基督徒的慈善行为，她也不配，但我们总得做做善事。”

“但是妈妈，她在这里能做什么？”

“毫无疑问是惹我们恼火。但我们不能赶她走。我们若不收容她会惹人闲话，因此，我们必须将责任转为美德。”她的话带着被迫如此的情绪。她自己似乎都感受到这些话的空洞，因而没再说下去。

“妈妈？”萝丝小心地刺探她母亲的沉默。

“你问她在这里能做什么？”妈妈转身面对萝丝，声音变得尖锐，“我要把她交给你。”

“把她交给我？”

“作为某种实验。她将是你的被保护人。等你觉得身体好些的时候，你将负责教导她举止合宜。她没比野人好到哪儿去，既不优雅，也没魅力。她是毫无教养的孤儿，需要有人教导她如何在上流社会里生活。”妈妈呼出一口气，“当然，我不抱幻想，并不期望你展现奇迹。”

“是的，妈妈。”

“我的孩子，你可以想象这个孤儿以前受过的不良影响。她曾住在伦敦最可怕的堕落和罪恶中。”

然后萝丝知道这个女孩的身份了。伊莱莎是爸爸的妹妹的女儿，那个神秘的乔治亚娜，妈妈将她的画像藏到阁楼里，而且庄园里没有人敢提起她的名字。

没有人，除了祖母。

在那位老妇人活在世上的最后几个月里，她像一只受伤的熊一般回到布雷赫，遁入塔楼房间里静待死亡，她时睡时醒，断断续续、意识昏乱地念叨着一对叫莱纳斯和乔治亚娜的小孩名字。萝丝知道莱纳斯是她的父亲，由此推测，乔治亚娜一定是他妹妹。她在萝丝出生前便失踪了。

那是一个夏季早晨，萝丝坐在塔楼窗户旁的扶手椅中休息，温暖的海洋微风轻拂而过，逗得她的颈背发痒。萝丝喜欢坐在祖母身旁，在她沉睡时观察她，她的每一次呼吸都可能是最后一次呼吸，当祖母的前额上冒出点点汗珠时，她一直好奇地看着。

突然间，祖母睁开眼睛：她大张的眼眸因为一生的苦恼而变得暗淡。她瞪着萝丝半晌，但眼神茫然没认出她来，然后看向旁边。她直盯着前方，似乎被夏季窗帘掀起的温柔巨浪吓坏了。祖母上次醒过来已经是几个小时前的事，萝丝的第一反应是摇铃叫母亲过来。正当她伸手要拿铃时，祖母叹了一口气。一记悠长而疲惫的叹息，她吐气吐得如此之久，薄薄的皮肤似乎都要隐入骨头的空隙间了。

一只枯萎消瘦的手突然抓住萝丝的手腕。“这么美丽的女孩，”她的说话声如此轻微，萝丝得倾身挨近她才听得到下面的话，“太美丽了，那是一个诅咒。她让所有的年轻男孩转头过来看她。他无法控制自己，到处跟着她，以为我们不知道。她私奔了，没有回来，我的乔治亚娜从此下落不明……”

萝丝·芒特榭是遵守礼仪的好女孩。她怎么可能会是其他模样？她这一辈子都被囚禁在病榻上，成为她母亲的俘虏，母亲常常过来对她训诫规矩和好礼数的重要性。萝丝深知，淑女从来不在早上穿戴珍珠或钻石；不能得罪别人；在任何情况下都不能只身去拜访一位绅士。但最重要的是，萝丝知道要尽全力避开丑闻，它是一场灾难，稍稍一点暗示都会使得一位淑女顿失社会地位，或至少伤害她的名誉。

但在她祖母提到她犯下大错的姑姑那引人入胜的家族丑闻秘辛时，萝丝并未觉得如此。她反而觉得有一股邪恶的兴奋感顺着脊椎滚下。这么多年来，她第一次感觉到指尖因兴奋而刺痛。她弯下腰靠得更近，希望祖母继续讲下去，热切地想追随她的话语起伏，慢慢转进黑暗、未知的水域中。

“谁，祖母？”萝丝打探道，“谁到处跟着她？她跟谁私奔？”

祖母没有回答。不管她脑海中正穿梭过什么样的场景，它们都拒绝被操纵。萝丝努力探听，不过毫无用处。最后，她只好在自己心中不断翻转这些问题，她姑姑的名字变成了黑暗和考验时刻的象征。

“萝丝？”母亲轻蹙眉头。她总是试图隐藏这点，但萝丝已经熟练到一眼就能辨识出来。“你说了什么吗，孩子？你在低语。”她伸出一只手，试探萝丝的体温。

“我没事，妈妈，只是想事情想得有点分神。”

“你的脸好像涨红了。”

萝丝将手放在前额。她脸红了吗？她不知道。

“在马修医生离开前，我会再请他上来，”妈妈说，“我情愿小心点，免得以后后悔。”

萝丝闭上眼睛。马修医生又要再来诊察一次。一个下午两次。她觉得她无法忍受了。

“你今天身体太虚弱，没办法见我们的实验对象，”妈妈说，“我会和医生谈谈，如果他觉得可以，你也许会在明天和伊莱莎见面。伊莱莎！你可以想象芒特榭的姓氏会被一个水手的女儿怎样糟蹋！”

一个水手，这倒新鲜。萝丝的眼睛顿时睁开。“妈妈？”

妈妈的脸在那时涨得通红。她说了太多的话，她鲜少如此不遵守礼数。“你表姐的父亲是个水手。我们不该提到他。”

“我姑父是位水手？”

妈妈倒抽一口气，纤细的手捂住嘴巴。“他不是你的姑父，萝丝，他对我们而言是个无名小卒。他和你姑妈乔治亚娜的婚姻不算数。”

“但妈妈！”看来这段丑闻比萝丝想象中还要严重，“您究竟是什么意思？”

妈妈的声音变得低沉。“伊莱莎也许算是你的表姐，萝丝，我们没有多少选择余地，只能让她来这里住。但你要记住，她出身低贱。她很幸运，她母亲去世让她能回到布雷赫。在她母亲带给这个家族那么多羞辱之后。”她摇摇头，“她母亲离开时，你父亲差点因伤心而死。如果不是我陪着他熬过那些沸沸扬扬的丑闻，我都不敢去想会发生什么。”她直直盯着萝丝，声音微微颤抖，“一个家族只能忍受那么多耻辱，否则名誉将无可弥补地永远受损。因此，你和我的行为必须毫无瑕疵这点变得至为重要。我毫不怀疑，你的表姐伊莱莎会是个挑战。她永远不会成为我们中的一分子，但我们要尽全力努力，至少要让她脱离伦敦的排水沟。”

萝丝假装拨弄着她睡衣袖口的皱褶。“出身低贱的女孩永远无法成为淑女吗，妈妈？”

“毫无可能，我的孩子。”

“即使被贵族收容也不行？”萝丝从眼睫毛下偷瞥妈妈，“或许，和一位绅士结婚？”

妈妈目光锐利地盯着萝丝，迟疑片刻，然后缓慢而小心翼翼地说道：“当然可以，如果一个出身卑微的女孩一开始就接受良好教养，不断改善自己，她也许可以慢慢提升，精益求精，成为淑女。”她迅速抽了一口气，恢复镇定。“但你表姐的情况恐怕并非如此。我们必须降低期待，萝丝。”

“您所言极是，妈妈。”

她母亲深觉不安的真正理由其实默默端坐在她们之间，如果妈妈怀疑萝丝知道内情，将会觉得屈辱不堪。那是萝丝从她濒死的祖母那边搜集来的另一个家族秘密。这个秘密解释了母亲和祖母间的彼此憎恨，甚至还能解释母亲对礼数为什么如此在意；热衷于遵守社会规范，一言一行都是礼数的典范。

艾德琳·芒特榭夫人曾经试图在很久以前让大家对真相三缄其口：多数知情者在芒特榭家族的淫威下抹消记忆，而没有忘记的人也碍于身份不敢谈论芒特榭夫人的身世。但祖母并不怕母亲，也不会受良心苛责。祖母一直记得母亲是个约克夏女孩，虔诚的父母因生活艰困，很高兴能抓住机会将女儿送到康沃尔的布雷赫庄园，成为美丽的乔治亚娜·芒特榭的被保护人。

妈妈在门口停住脚步：“最后一件事，萝丝，也是最重要的一件事。”

“什么事，妈妈？”

“那女孩不能和你父亲有任何接触。”

这点应该不难办到，萝丝用一只手就能数出她在今年见到父亲的次数。但母亲的憎恨仍让她困惑不已。“妈妈？”

萝丝注意到母亲口气中的迟疑，让她对此越发感兴趣，而母亲的答案只能引发更多疑问。“你的父亲是位忙碌的重要人物。他不需要老是被提醒家族的名誉曾经如此受辱。”她快速吸口气，声音变得微弱，“相信我的话，萝丝，那个女孩若太亲近你父亲对这家族毫无益处。”

艾德琳轻轻按住指尖，看着鲜红的血滴流出来。这是她第三次在这么短的时间内刺到手指。刺绣总能让她恢复镇定，但今天这招似乎不管用。她最后将点绣针放在一旁。与萝丝的对话让她忐忑不安，和马修医生喝茶时说的话令她分神，但最重要的当然是乔治亚娜的女儿的到来。她虽然只是个孩子，却带来了某种东西、某种无以名状的东西，就像暴风雨前气压的变化。那种东西威胁着要扼杀艾德琳之前的所有努力；它已经开始发挥其狡诈的影响力，因为艾德琳已经被她抵达布雷赫的记忆纠缠了一整天。她努力忘却这些记忆，努力让旁人也忘却……

艾德琳1886年抵达时，这栋偌大的庄园似乎空荡无人。而这栋庄园比她所见过的任何房子都要庞大。她至少呆站了十分钟，等着某人来接见她，或给她某些指示。最后，一个穿着正装的年轻男人带着高傲的表情出现在大厅。他停下脚步，万分惊讶，然后拿出怀表看看时间。

“你来早了，”他的声调让艾德琳清楚地感觉到他对提早到达的人的看法，“我们以为你会在午茶时间来。”

她静静站着，不确定该怎么办。

那个男人傲慢地说：“如果你在这里等，我会找人带你到你的房间。”

艾德琳知道她带来了麻烦。“也许我该先在花园里散散步？”她的声音谦恭，感觉到自己的北方口音在这个壮丽高耸的白色大理石房间里显得更加浓重突兀。

那个男人微微点头：“这样也好。”

一名门房早将她的行李提走，因此艾德琳回头走下大楼梯时身轻如燕。她站在楼梯底端，迟疑地东张西望，试图摆脱掉她还没开始就宣告失败的不安感。

兰伯牧师在对艾德琳和她父母进行午后拜访时，曾经多次提到芒特榭家族的富有和崇高地位。他常热切地说，他们之中有人被选来执行如此重要的工作是整个教区的荣誉。他的康沃尔同事在夫人的直接授权下到处寻找，遴选最适合的候选人，艾德琳必须确定她能背负如此崇高的荣誉。更别提她的父母会得到一笔慷慨的补偿。艾德琳决心要成功，她从约克夏一路过来时，严厉地训诫自己，比如“出众的礼仪就是一切”，以及“淑女的行为最为重要”，然而当她一踏进那栋庄园，她所有仅剩的自信都烟消云散了。

头顶上方的声音让她望向天际，一群黑色白嘴鸭沿着复杂的路径向前飞行。一只鸟突然俯冲而下，再扶摇直上，随着鸟群往远处的高树顶端飞去。因为没有目的地，艾德琳决定尾随它们，并一路上训诫自己有关新的开始和毅力的重要性。

艾德琳如此专注于自己的冗长演说中，因此，她几乎没有注意到布雷赫的花园之美。甚至在她开始肯定贵族阶级的尊贵前，她早已走出阴暗凉爽的森林，站在悬崖边缘，干燥的小草在她脚边沙沙作响。悬崖外，像天鹅绒般平坦铺展的是深蓝色的海洋。

艾德琳紧紧抓住身旁的枝丫。她向来怕高，心跳开始加快。

海水里有样东西让她的凝望转回小海湾。一个年轻男人和一个女人坐在小船中，他安稳地坐着，而她站起来不断摇晃船只。她的薄棉布白裙子从脚踝到腰际都是湿的，裙子紧贴在大腿上的样子不禁让艾德琳倒抽了一口气。

她觉得她该将目光转开，但她不由自主地盯着他们。那个年轻女人有一头鲜亮的红色头发，如瀑布般垂挂在身后，发梢潮湿宛如须蔓。那个男人戴着硬草帽，脖子上挂着一个黑色盒状的奇怪物品。他大笑着，对女孩泼水。他开始爬向她，伸出手想抓住她的双腿。船身摇晃得更厉害，就在艾德琳以为他会抓住她时，女孩转身，以一个舒展流畅的动作，跃入水中。

艾德琳从未见过这样的行为。这年轻女子是着了什么魔，才会这么做？她现在又在哪里？艾德琳伸长脖子张望。她在波光粼粼的海水上到处搜寻，终于看见一个白色的身影缓缓划向靠近大黑岩的水面。女孩从海水中起身，裙子紧贴在身上，滴着水，她没有转身，反而爬上岩石，消失在陡峭山丘的一条隐秘小径上，朝悬崖顶端的一栋小屋而去。

艾德琳挣扎着想控制她愈变愈浅的呼吸，将注意力转回男人身上，他一定也像她一样震惊吧？他也静静地看着那女孩消失，现在正将船划回小海湾。他将船停靠在鹅卵石上，捡起鞋子，走上阶梯。她注意到他跛脚，拿了根拐杖。

那个男人经过时距离她如此之近，但他仍没有看到她。他吹着口哨，那是艾德琳从未听过的曲调。曲子愉悦轻快，充满着灿烂阳光和咸咸的海水味，和她万分沮丧想逃离的约克夏的阴郁正好相反。相较之下，这个年轻男人似乎比家乡那些男孩都要高大快活。

她独自站在悬崖顶端，突然意识到她一身的旅行装扮有多沉重，有多闷热。下面的海水看起来如此凉爽；在她能控制前，这个可耻的想法不知怎的钻进她脑海里。像乔治亚娜那个年轻女人一般，跃进海中再湿漉漉地出来，会是什么感觉？

后来，在许多年后，当莱纳斯的母亲，那个老女巫，躺着等死时，她坦承了她为什么选择艾德琳作为乔治亚娜的被保护人。“我在找一只最单调乏味的小睡鼠，最好很虔诚，希望我的女儿多少会受到一点影响。我早料到，我那只罕见的小鸟总有一天会远走高飞，而那只睡鼠将会篡夺她的位置。我想我该恭喜你。你最后还是赢了，不是吗，芒特榭夫人？”

表面上，她是赢得了胜利没错。艾德琳出身卑微，但凭着努力向上的决心，她在这世间取得了崇高的地位，比她父母在准许她离开家乡，前往康沃尔一个不为人所知的村子时，所能想象的还要高。

甚至在婚后取得芒特榭夫人的头衔之后，她仍继续努力不懈。她立下严厉的规则，不管烂泥如何抛过来，都不会玷污她的家庭，她辉煌的庄园。这点绝对不会改变。现在乔治亚娜的女儿在这儿，她对此没有置喙余地。但艾德琳决心让布雷赫庄园运作如常。

她只消排除那不值一提的恐惧，那就是伊莱莎来到布雷赫后，萝丝会莫名其妙地成为输家……

艾德琳甩掉不断啃噬她肌肤的不安，专心恢复镇定。她一直对牵扯到萝丝的事很敏感，因为萝丝是个羸弱的孩子。她身旁的狗亚斯利，狺狺低吠。这一整天以来它也不太对劲。艾德琳伸出手，轻抚它多节瘤的头部。“嘘，”她说，“不会有事的。”她抓抓它抬起的眉毛，“我保证。”

她无须恐惧，这个突然闯入她们生活的女孩，这个留着短发、皮肤惨白、在伦敦过着贫穷生活的女孩，能对艾德琳和她的家人带来什么危险？感谢上帝，只消瞥伊莱莎一眼，就看得出来她不是乔治亚娜。也许她的不安根本不是恐惧，而是松了一口气。面对她原本最糟糕的恐惧消散后，她不禁松了口气。伊莱莎的到来让她更进一步确定乔治亚娜已死，永远不会回来，这个想法令她释怀。而在她的国度里，一个没有她母亲那种特殊魔力的孤儿无法兴风作浪。

门开了，一阵疾风与火焰扭打在一起。

“晚餐准备好了，夫人。”

艾德琳非常鄙视托马斯，鄙视所有仆人。他们嘴里虽然满口“是，不是，夫人”“晚餐准备好了，夫人”，但她知道他们对她的真正想法，以及他们一向是怎么看她的。

“爵爷呢？”她用最冷淡、最高高在上的声音问。

“芒特榭爵爷正准备从暗房出来，夫人。”

那该死的暗房，他当然是在那儿。在她喝着茶，忍受马修医生时，她听到他的马车抵达车道的声音。她那训练有素的耳朵等着听到丈夫特殊的脚步声在入口大厅响起——沉重，轻盈；沉重，轻盈——但她什么也没听到。她早该猜到他一回来就直接去了暗房。

托马斯仍在观察她，因此艾德琳马上恢复镇定。她情愿在恶魔手里忍受折磨，也不愿让托马斯心满意足地猜到他们婚姻不合。“你可以走了，”她挥挥手，“你要亲自检查爵爷的靴子，清理掉那些恶心的苏格兰烂泥。”

等艾德琳来到餐桌边时，莱纳斯早已开始用餐。他正在喝汤，她进来时，他连头都没抬一下。他忙于研读他长桌那头放着的黑白照片：苔藓、蝴蝶和砖块，他最近一次旅行的战利品。

艾德琳看见他时，脑中掠过一道温热的怒气。如果别人知道布雷赫晚餐桌上有这类行为，他们会怎么说？她偷瞥了托马斯和男仆一眼，他们两人都死盯着远处的墙壁。但艾德琳不是傻瓜，她知道在严肃的表情底下，他们的心理活动可忙碌得很：他们在批判、找碴儿，准备告诉其他庄园的其他仆人，布雷赫庄园的严厉礼仪守则被打破了。

艾德琳全身僵硬地坐在椅子上，等着男仆将汤放在她面前。她喝了一小口汤，舌头被烫到。她不禁看着莱纳斯，他一直低着头，继续观看照片。他头顶中央的头发已经日渐稀疏，看起来像是麻雀为了筑新巢，正慢慢叼走他的头发。

“女孩已经到这里了？”他头也没抬地说。

艾德琳觉得皮肤刺痛，那个可鄙的女孩。“是的。”

“你见过她了？”

“当然。她就住在楼上。”

他终于抬起头，喝了一口酒，然后再喝一口。“她……她像……？”

“不，”艾德琳的声音冷冰冰的，“不，她不像。”她双手在大腿上紧握成拳。

莱纳斯短促地吐气，撕下一块面包，开始吃了起来。他竟然在嘴巴里塞满东西时和她说话，这当然是为了羞辱她。“曼塞尔也是这么说。”

如果要为那个女孩的到来怪罪任何人的话，那么非亨利·曼塞尔莫属。莱纳斯一直想把乔治亚娜找回来，让他不断抱着希望的人是曼塞尔。这个蓄着浓密胡须、戴着夹鼻眼镜的侦探拿了莱纳斯的钱，不时向他报告。每晚，艾德琳都祈求上苍让曼塞尔失败，乔治亚娜永远不会回来，而莱纳斯终将学会放手。

“你的旅途还愉快吗？”艾德琳问。

没有回答。他的眼睛又回到了照片上。

艾德琳的高傲阻止她再次偷瞥托马斯。她假装镇定，试图再喝一口汤，汤现在有点凉了。莱纳斯拒艾德琳于千里之外是一回事，他在婚后不久便开始冷淡她，但他完全漠视萝丝则另当别论。她是他的亲骨肉，她的血管里流着他的血液，他那高贵的贵族血液。他怎么能这样漠不关心，艾德琳实在无法明白。

“马修医生今天又来了，”她说，“另一次感染。”

莱纳斯抬头看她，目光里罩着熟悉的冷漠面纱。他又吃了一口面包。

“感谢上帝，没什么大碍，”艾德琳说，他抬起的眼眉让她感到小小的雀跃，“你不必担心。”

莱纳斯吞下面包。“我明天要去法国，”他面无表情地说，“圣母院有扇门……”他没有说完这句话，句尾默默隐退。作为夫妻，他有义务让艾德琳知道他的动向，仅止于此。

在能控制前，艾德琳的左眉便已不自觉地挑高，她努力让它平复下来。“那真是太好了。”她将嘴唇向后拉成一抹紧绷的微笑。她脑海中突然冒出一个景象，莱纳斯在小船上，照相机对准了一个白色的身影。

27

特瑞纳，*1975*

威廉·马丁故事中的黑岩就在眼前。奈儿站在悬崖顶端观赏着白色海浪吐着泡沫，在悬崖底下急速打转，冲刷进洞穴里，再随着退潮时分隐退缩回。她光是看着就可以想象那个小海湾曾经是狂烈的暴风雨、沉船，以及午夜走私掠夺上演的地方。

越过悬崖顶端，一排树如士兵一样矗立，阻挡奈儿观看布雷赫庄园，也就是她母亲的房子的视线。

她的双手在口袋里插得更深。这里的风势很强，她用尽全力才能保持平衡。她的脖子僵硬，双颊因为风的摩擦和吹拂同时感到温暖和凉爽。她转身沿着悬崖边缘的小径走回去，路上都是被压扁的草。公路到不了这么远，小径也非常狭窄。奈儿小心翼翼地走着。昨天她一时兴起，闯入布雷赫庄园，因此膝盖瘀青，扭伤了脚。她原本要送一封介绍信过去，信上说，她是从澳大利亚远道而来的古董商，也许屋主方便的时候可以和她见个面，让她参观庄园。但当她站在高大的金属门旁时，一股冲动抓住了她，一阵如同呼吸般的渴求噬啃着她。于是她抛下所有的尊严，粗野地手脚并用攀爬大门，在装饰性的金属弯曲处寻找落脚点。

就算她只有一半岁数，这类行为对女人而言仍旧荒谬至极，但她还是这么做了。她无法忍受自己离她的家族、她的出生地如此接近，却不能入内参观。可惜的是，奈儿的身手灵巧度比不上她的毅力坚强。当茱莉亚·班奈特碰巧看到她闯入私人领地时，她既尴尬又感激。好在这位布雷赫的新主人接受了奈儿的解释，邀请她入内参观。

参观屋内的感觉非常古怪，但不是她预期的那种奇异感。奈儿因满心期待而说不出话来。她走过入口大厅，拾阶走上楼梯，在门口张望，一次又一次地告诉她自己：你的母亲曾坐过这里，你的母亲曾走过这里，你的母亲深爱这里；她静待着巨大强烈的熟悉感淹没她。从庄园墙壁上，某种熟悉的感觉会弹回来淹没她，而她内心深处将辨识出她回家了。但这种感觉没有降临。这当然是种愚蠢的期待，一点也不像奈儿，但它就是隐藏在内心深处。甚至连最实际的人偶尔都会渴望遥不可及的事物。至少，这下她能在试图重新建立的记忆上添加些背景；在真实的房间里想象曾经发生过的对话。

奈儿在微光闪烁的长草中发现一根长度刚好的木杖。带着这种拐杖行走让人无限欢愉，旅程则更添勤勉感，更别提它能稍稍减轻她肿起的膝盖所承受的压力。她走过去，拾起它，继续小心翼翼地走下坡，经过高大的石墙。前门有个广告牌，就在警告擅自闯入者的告示牌上方。它写着**出售**，下面是电话号码。

这就是那座属于布雷赫庄园的小屋，茱莉亚·班奈特昨天曾经提到它，威廉·马丁希望烧毁它，因为里面曾经发生“不妥当”的事，不管那些是什么事。奈儿靠在大门上。它看起来并没有那么可怕。花园里杂草丛生，黄昏愈来愈接近，散落在每个角落，静静将夜晚的凉爽和幽暗带进来。一道逼仄的小径通往小屋，但在前门处突然左转，然后蜿蜒经过花园。远处墙壁旁伫立着一座被青苔覆盖的雕像，形单影只。花坛中央有个赤裸的小男孩，睁大的眼睛朝着小屋的方向。

不，不是花坛，那个男孩站在鱼池里。

纠正来得迅速而确定，奈儿大吃一惊，双手紧紧抓住锁住的大门。她怎么会知道?

在她眼前，花园变了。蔓生了数十年的杂草和荆棘默默隐退。叶片从地面上抬起来，露出数条小径、花坛和一张花园座椅。光线再次被允许渗入，在池塘的表面上投射下灿烂的斑纹。顷刻间，她同时身处两地：一位高龄六十五、膝盖肿胀的女人紧抓着生锈的大门；一个长发辫垂到身后的小女孩坐在柔软、凉爽的草地上，脚丫在池塘边摇晃……

胖胖的鱼儿再次浮现水面，金色肚子闪闪发光，它张开嘴，细细啃咬着她的大脚趾时，小女孩纵声大笑。她喜欢池塘，希望家里也有一座，但妈妈怕她会摔进去淹死。妈妈常常感到恐惧，尤其是跟小女孩有关的事。如果妈妈知道他们今天上哪儿去了，她会非常生气。但妈妈不会知道。她今天又身体不适，躺在黑暗的卧室中，前额放着浸湿的法兰绒毛巾。

一阵声音传来，小女孩抬头张望。那位女士和爸爸走到外面。他们站了一会儿，爸爸和女士说了一些小女孩听不到的话。他轻触她的手臂，女士开始慢慢往前走。她以奇怪的眼神看着小女孩，这让她想起整天站在鱼池旁的男孩雕像，从来不眨眼睛。那位女士露出魔法般的微笑，小女孩抬起脚丫，等待着，等待着，想着那位女士会说些什么……

一只白嘴鸭从头顶掠过，时间恢复原状。荆棘和爬藤植物再次归位，叶片散落一地，花园重新成为潮湿的地方，隐身在薄暮中。男孩雕像理所当然地因年岁而变得惨绿。

奈儿的关节感到阵阵痛楚。她松开紧抓大门的手，眼睛盯着那只白嘴鸭，它宽阔的翅膀拍击着空气，愈飞愈高，直冲向布雷赫森林的顶端。在西边，一团云朵被阳光从背后照亮，在愈来愈阴暗的天空中投射出粉红色光晕。

她恍惚地盯着小屋的花园。那个小女孩消失了。真是如此吗？

奈儿拐着杖杵，开始朝村子走去，身处两地的奇特和欢愉感一路相随。

28

布雷赫庄园，*1900*

第二天早晨，当苍白的冬季阳光照得儿童房窗户玻璃璀璨生辉时，萝丝抚平了她深色的长发辫尾梢。霍普金太太已经将头发梳到发亮，萝丝喜欢这样，发辫完美地衬托着精致裙子上的蕾丝，这件裙子是妈妈从巴黎订购来的。萝丝觉得疲累，乖戾易怒，难以取悦，但她早习惯如此。人们本不期望体质羸弱的小女孩能够心情开朗，而萝丝也不想跳脱这类刻板印象。如果她够诚实的话，她比较喜欢人们战战兢兢地伺候她：当其他人也觉得难以忍受时，她反而觉得生活没那样悲惨。何况，萝丝今天会觉得疲惫是理所当然的。她整晚睁大眼睛躺着，如童话公主般辗转难眠，但她的床垫里没有藏豌豆，令她无法成眠的是母亲令人吃惊的消息。

在妈妈离开卧室后，萝丝思考着她家族的良好声誉遭受玷污的精确本质，在乔治亚娜姑姑逃离家族和家乡后，究竟爆发了什么样的剧目。她整晚想着她那位邪恶的姑姑，这些想法并未随着曙光乍现而消失。吃早餐时，稍后霍普金太太来帮她穿衣服时，甚至现在在儿童房中等待时，她一直都在沉思。看着炉火在苍白的壁炉砖块衬托下闪烁摇摆，她想着那片幽微的橙红色暗影是否就想她姑姑必然曾经走过的地狱之门，蓦然间，走廊响起了脚步声！

萝丝在座位里吓了一下跳，然后抚平放在膝盖上的羊毛毯，迅速让脸部线条恢复完美的平静，这是她从妈妈那儿学来的。兴奋悄悄顺着她的脊椎骨滑下。哦，她身负如此重要的任务！她现在有位被保护人了。她将会把那位刚愎任性、毫无教养的孤儿改造成她的影子。萝丝从来没有朋友，也不许豢养宠物（妈妈担心会有狂犬病）。尽管妈妈谆谆告诫，她仍对这位表姐抱着极大希望。她会变成一位淑女，成为萝丝的同伴，在她生病时轻拭萝丝的眉毛，在她暴躁时紧握她的手，在她烦忧时梳理她的头发。她会对萝丝的教导万分感激，对指引她如何成为淑女的精辟见解高兴莫名，她会谨遵萝丝的命令行事。她会成为最完美的朋友——从来不争论，举止从来不让人厌烦，从来不敢提出相左的看法。

门开了，这阵骚动使火焰发出愤怒的噼啪声，妈妈大步走进房内，蓝色裙子发出沙沙声。妈妈今天的举止有些心烦意乱，这引起了萝丝的兴趣，她下巴的姿态显示她对这个实验所抱的不安其实远大于她愿意坦承的程度。“早安，萝丝。”她相当急促地说。

“早安，妈妈。”

“这是你的表姐，”她微微停顿了一下，“伊莱莎。”

然后，从妈妈的裙子后面冒出了那个萝丝昨天从窗口瞥见的骨瘦如柴的年轻人。

萝丝无法控制自己，她微微往后退缩，依偎在椅子安全的臂弯中。她的目光上下打量，盯着那个孩子粗野的短发，令人作呕的衣服（马裤！）许多疙瘩的膝盖和磨损不堪的靴子。表姐默不作声，只是睁大眼睛，以萝丝认为极不礼貌的方式直瞪着她。妈妈说得对。这个女孩（她当然不会把她当表姐看待！）没有接受过最基本的礼仪教养。

萝丝虽然疲惫，仍恢复了镇定。“你好吗？”她的声音有点微弱，但母亲向她点点头，表示她表现得很得体。她等着她回礼，她却什么也没说。萝丝看看妈妈，后者暗示无论如何她都该继续下去。“请告诉我，伊莱莎表姐，”她再次尝试，“你和我们住在这里是否快乐？”

伊莱莎对着她眨眨眼，宛如伦敦动物园里一只好奇的外国动物，然后点点头。

走廊里响起了另一阵脚步声，萝丝暗暗松一口气，她总算能从这项挑战中脱身了，不必再跟这位古怪、沉默的表姐进行更为滑稽的对话。

“抱歉打断您，夫人，”霍普金太太的声音从门口传来，“但马修医生正在楼下的早茶室里。他说他带了您要的碘酒过来。”

“请他将碘酒留下来给我，霍普金太太。我眼前有更重要的事要处理。”

“当然，夫人，我也曾向马修医生如此建议，但他坚持要当面交给您。”

妈妈的眼睫毛轻轻扇动了一下，动作是如此轻微，只有花上一辈子观察她动作的人才会注意到。“谢谢你，霍普金太太，”她阴郁地说，“跟马修医生说我马上下楼。”

霍普金太太的脚步声消失在走廊尽头时，妈妈转身面向表姐，以清晰、高傲的声调说：“你要静静坐在地毯上，仔细听萝丝的指示。你不许动，也不许说话。不许碰任何东西。”

“但妈妈……”萝丝没料到她会这么快就被独自留下来。

“也许你可以用指导你表姐如何穿着得体来开始你的课程。”

“是的，妈妈。”

随后，蓝色裙子掀起的巨浪再次消退，门被掩上，房间里的炉火停止吐焰。萝丝正视着表姐的眼睛。她们终于独处了，实验开始。

“把那个放下来。马上放下来。”事情没有萝丝想象中的那样顺利。那个女孩不肯听话，不肯服从，甚至在萝丝威胁妈妈将大发雷霆时也毫无所动。整整五分钟了，伊莱莎一直在儿童房里绕来绕去，捡起东西看来看去，然后再将它们放回去。毫无疑问，她一定到处留下了黏答答的手指印。这时，她正在摇晃一个万花筒，那是某位姑婆送给萝丝的生日礼物。“那很珍贵，”萝丝满心不悦地说，“请你不要碰它。你看的方式根本不对。”

太迟了，萝丝意识到自己说错话了。现在，那个表姐朝她走过来，想将万花筒递给她。她走得如此接近，萝丝瞥见她指甲下的污垢了，妈妈说可怕的污垢会让她生病的。

萝丝万分恐惧。她在椅子里畏缩着身体，头开始发晕。“不要，”她总算说出口，“嘘。走开。”

伊莱莎停在椅子的扶手处，似乎想坐在天鹅绒上。

“我叫你走开！”萝丝慌乱地挥着一只苍白柔弱的手。她听不懂正统英文吗？“你不能坐在我旁边。”

“为什么不行？”

原来，她的确会说话。“你在外面乱跑过。你不干净。我会感染脏东西。”萝丝瘫在坐垫上。“我头好晕，这都是你的错。”

“那不是我的错，”伊莱莎直截了当地说，甚至连最轻微的适当的恳求口气都没有，“我的头也很晕，都是因为这个房间热得像火炉。”

她也头晕？萝丝无话可说。头晕是她屡试不爽的独特武器。这个表姐现在在做什么？她又在走动了，走向窗户。萝丝看着，睁大的眼睛里充满恐惧。她不会是想……

“我把窗户打开。”伊莱莎轻轻摇动松第一道锁，“然后我们就会好多了。”

“不行。”萝丝感觉到恐惧感在她身体内升高，“不行！”

“你会觉得好受些。”

“但现在是冬天。外面阴暗，乌云笼罩。我可能会感冒。”

伊莱莎耸耸肩：“你也可能不会。”

萝丝对这女孩的厚颜无耻感到震惊，一时间，她的愤怒远胜过恐惧。她想也不想地便采用了妈妈的腔调。“我命令你停下来。”

伊莱莎皱起鼻子，似乎在考虑这个指示。萝丝屏住呼吸，表姐的手总算离开了窗锁。她再次耸耸肩，但这次她的姿态没那么无礼。她走回房间中央，萝丝暗暗想道，她似乎从伊莱莎下垂的肩膀探测到一股消沉的意气，这让她开心。最后，那个女孩在地毯中央停下脚步，指了指萝丝大腿上的圆筒形物体。“你能教我怎么用它吗？那个望远镜？我什么也看不到。”

萝丝疲倦地呼出一口气，放松下来，对这个奇怪的人更感困惑。真是的，她的注意力就这样再次莫名转回到那个愚蠢的小装饰品上了！但是，她表姐总算听话了，值得给她小小鼓励……

“首先，”她拘谨地说，“这不是望远镜。这是万花筒。你不是要通过它看什么，你要看的是里面，图案会变化。”她将它举起来示范，放在眼前边看边转，然后将那个玩具放在地板上，滚过去给她表姐。

伊莱莎将它捡起来，放在眼前看，旋转底部。里面色彩缤纷的玻璃碎片哗啦作响，重新组合时，她绽放出开朗的笑声，愈来愈大声，后来变成了大笑。

萝丝惊讶地眨眨眼。她很少听到大笑声，只有仆人在以为她听不见时，偶尔会发出大笑。那声音很动人。一种快乐、轻盈、女孩般的银铃笑声，跟她表姐的外表完全不合。

“你为什么穿这些衣服？”萝丝问。

伊莱莎继续盯着万花筒。“因为这些是我的衣服，”她最后说，“它们属于我。”

“看起来像是男孩的衣服。”

“以前的确是，但现在是我的衣服。”

真令人讶异。事情的发展愈来愈让人好奇。“哪个男孩？”

没有回答，只有摇晃万花筒的轻微声响。

“我说，哪个男孩？”这次更大声。

伊莱莎慢慢放下万花筒。

“你要知道，对别人的问题充耳不闻很没礼貌。”

“我没有充耳不闻。”伊莱莎说。

“那你为什么没有回答？”

伊莱莎又耸耸肩。

“那样子耸肩膀很没礼貌。别人跟你说话时，你必须回答。现在，告诉我，你为什么对我的问题充耳不闻？”

伊莱莎抬头瞪着她。当萝丝默默观察她时，表姐的表情似乎有所改变。她眼睛里似乎闪动着以前没有的光彩。“我没说话，因为我不想让她知道我在哪里。”

“她是谁？”

伊莱莎缓慢而小心翼翼地稍稍靠过来。“另一个表姐。”

“另一个表姐？”这女孩说话真的是颠三倒四。萝丝开始认为她头脑简单。“我不知道你在说什么，”她说，“没有另一个表姐。”

“她是个秘密。他们把她关在楼上。”

“你在编故事。为什么他们要把她当成秘密？”

“他们就把我当成秘密，不是吗？”

“他们没有把你关在楼上。”

“那是因为我不危险。”伊莱莎踮着脚尖，蹑手蹑脚地走到门口，将门打开一条缝，往外偷望。她猛吸一口气。

“怎么了？”萝丝问。

“嘘！”伊莱莎将一只手指按在嘴唇上，“我们不能让她知道我们在这儿。”

“为什么？”萝丝的眼睛大睁。

伊莱莎踮着脚尖走回萝丝的椅子旁边。房间愈来愈阴暗，闪烁摇曳的炉火在她脸上照出一种诡异的光芒。“我们的另一个表姐，”她说，“是疯子。”

“疯子？”

“非常疯狂的疯子。”伊莱莎压低声音，萝丝得靠得很近才听得到，“她从小就被关在阁楼里，但有人偷偷放她出来。”

“谁？”

“鬼魂之一。一个非常老、非常胖的女人的鬼魂。”

“祖母。”萝丝低语。

“嘘！”伊莱莎说，“你听！脚步声。”

萝丝可以感觉到她那微弱的心脏在胸口如青蛙般狂跳。

伊莱莎跳坐到萝丝的椅子扶手上：“她来了！”

门咿呀打开，萝丝发出凄厉的尖叫声。伊莱莎咧着嘴笑，妈妈则气喘吁吁。

“你在做什么，邪恶的女孩？”她发出嘶嘶的声音，目光在伊莱莎和萝丝间逡巡，“年轻淑女不会斜坐在家具上。我告诉过你，叫你不要动。”她的呼吸声现在变得很粗重，“你没事吧，萝丝？”

萝丝摇摇头：“我没事，妈妈。”

刹那间，妈妈似乎茫然失措，萝丝害怕她会哭出来。然后，她用力抓住伊莱莎的前臂，将她拖到门口。“邪恶的女孩！你今晚别想吃晚餐。”她的声调恢复了萝丝熟悉的坚决，“以后你都不用吃晚餐了，直到你学会听话为止。我是这庄园的女主人，你得服从我……”

门砰地关上，萝丝再次独处。她在脑海里不断思索着事情的奇异发展。伊莱莎的故事带来的刺激，奇妙而令人欢愉的恐惧沿着她的脊椎滑下，另一个疯狂表姐的可怕幽灵。但妈妈会丧失如铸铁般的镇定最令萝丝感到不可思议。在那一瞬间，萝丝的世界的平稳边界似乎开始摇晃。

局势从此不同了。意识到这点让萝丝的心脏带着无可预料、无法解释和纯粹无比的欢愉重重一沉，现在，她的心脏变得强壮有力了。

29

布雷赫饭店，*2005*

这里的色彩有所不同。直到卡珊德拉沐浴在康沃尔柔和的阳光下时，她才意识到澳大利亚的炽烈阳光有多刺眼。她忖度着自己将如何在水彩画中复制这点，她很讶异自己竟然会想到这件事。她咬了一口奶油吐司，慢慢咀嚼，陷入沉思，看着矗立在悬崖边缘的那排树。她闭上一只眼睛，举起食指，沿着树木顶端划过。

一道阴影落在她的桌子上，一个声音在她身旁响起：“卡珊德拉？卡珊德拉·莱恩？”一位六十出头的女人站在桌旁，她金色头发，身材玲珑有致，眼窝处涂满了眼影。“我是茱莉亚·班奈特，布雷赫饭店的所有人。”

卡珊德拉用餐巾擦拭沾了奶油的手指，与她握手：“幸会。”

茱莉亚指着空椅子：“你是否介意我……”

“当然不会，请坐。”

茱莉亚闻言坐下，卡珊德拉忐忑不安地等待着，猜想这是否为手册中提到的个人化服务的部分。

“我希望你在这里住得愉快。”

“这里的风景很优美。”

茱莉亚看着她，浅浅一笑，露出两颊的酒窝。“你知道，我在你身上看得到你外婆的影子。我敢打赌，你总是听到别人这样说。”

卡珊德拉礼貌地微笑，心里却满是疑问。这个陌生人怎么知道自己是谁？她怎么会认识奈儿？她是怎么认出她们两人的关系的？

茱莉亚大笑，分享秘密般地倾身向前低声说，“一只小鸟告诉我，继承小屋的澳大利亚女孩来到村子里了。特瑞纳是个小地方，你在夏普东悬崖打个喷嚏，整个海港都会听到。”

卡珊德拉知道那只鸟儿是谁。“你是指罗苹·约翰逊。”

“她昨天在这儿，试图说服我加入庆典委员会，”茱莉亚说，“她在说服我时，顺便告诉我当地人的动向。我一听到你的事，心里就有了谱，马上想起三十几年前来此的一位女士那时她买下小屋，解决了我的财务问题。我一直在想知道你外婆何时会回来，等了她一阵子。我很喜欢她。她坦率正直，不是吗？”

描述如此精确，卡珊德拉不禁纳闷，奈儿到底说了做了什么，能给别人留下这种印象？

“你知道，我第一次和你外婆见面时，她正挂在前门附近一根相当粗的紫藤上。”

“真的？”卡珊德拉睁大眼睛。

“她那时已经爬过前面的墙，但没办法从另一边下来。她很幸运，我那时刚好跟我丈夫理查德大吵一架，那是我们那天的第九十七次争吵，我在院子里走来走去，想冷静下来。我不知道她已经在那里挂了多久。”

“她想参观庄园吗？”

茱莉亚点点头：“她说她是个古董商，对维多利亚式庄园很有兴趣，问我她能否入内参观。”

卡珊德拉想象着奈儿攀爬高墙，只吐露一半实情，不肯向现实投降的样子，不禁对她燃起一股强烈的疼惜之情。

“我告诉她，我欢迎她入内参观，只要她马上从我的爬藤植物上下来！”茱莉亚大笑，“庄园的状况很糟糕，因为已经荒废好几十年了，理查德和我搬走家具，拆除一些东西，结果庄园看起来更糟糕了，但她似乎不介意。她走过整栋房子，在每个房间里停留。她好像想牢牢记住什么似的。”

或借此想起什么。卡珊德拉想知道奈儿在她想入内参观的真正理由那方面，究竟向茱莉亚透露了多少实情。“你也让她看那座小屋了吗？”

“没有，但我确定我向她提起到。然后我暗自祈祷万事顺利。”她大笑，“我们急于寻求买主！我们差点破产，就像我们在庄园下挖了个洞，把所有的英镑都丢了进去。你知道，我们想卖那座小屋有一阵子了。有两次几乎就要卖给想找度假小屋的伦敦人了，但后来合约都没签成。运气很差。我们降价求售，但本地人说什么也不肯买它，他们不喜欢小屋，并不是嫌价格太高。景观很棒，却没人想买，只为了一些愚蠢的古老传闻。”

“罗苹告诉我了。”

“据我所知，如果你的康沃尔房子不闹鬼的话，那就表示那房子有问题。”茱莉亚快活地说，“我们的饭店有自己的鬼魂。但你已经知道了吧，我听说你前晚听见了她的声音？”

卡珊德拉一定是一脸困惑，因为茱莉亚继续说：“前台的莎曼珊告诉我，你听到有人转动钥匙？”

“哦，”卡珊德拉说，“没错。我以为那是另一位房客，但那一定是风。我没想到会惹……”

“那是她没错，我们的鬼魂。”茱莉亚对着卡珊德拉茫然的表情大笑，“哦，你别担心，她不会伤害你。确切来讲，她还是个非常友善的鬼魂。我这里不会有不友善的厉鬼。”

卡珊德拉觉得茱莉亚在开她的玩笑。虽然如此，自从她抵达康沃尔后，她听到的鬼故事就比她十二岁后参加第一次睡衣派对以来听到的还要多。“我想每栋老房子都需要一个鬼魂。”她大胆表示。

“的确如此，”茱莉亚说，“人们对此有所期待。好在这里已经有鬼了，不然我还得捏造一个出来。一个这样历史悠久的饭店……嗯，一个鬼魂对房客而言和干净的毛巾一样重要。”她倾身向前，“我们的鬼魂甚至有个名字。萝丝·芒特榭：她和她家人以前住在这，那是20世纪初期的事。嗯，这家族可追溯到几百年前。大厅书架旁挂的就是她的画像。那位皮肤白皙、深色头发的女人。你见过那幅画吗？”卡珊德拉摇摇头。

“哦，你一定得看看，”茱莉亚说，“那是约翰·辛格·萨金特[1]的作品，画于威汉姐妹数年后。”

“真的？”卡珊德拉的皮肤一阵冰凉，“约翰·辛格·萨金特的作品？”

茱莉亚大笑：“不可思议，不是吗？这是庄园的另一个秘密。我直到几年前才知道它的价值。我们请一位伦敦克里斯蒂拍卖公

1　约翰·辛格·萨金特（John Singer Sargent，1856—1925），美国画家。

司的人前来估价另一幅画，结果他看到那幅画。我虽然把它叫作我的储备金，但我可无法忍受和它分开。我们的萝丝如此美丽，人生如此富悲剧性！一个战胜病魔的羸弱孩子，却在二十四岁时死于可怕的意外。”她浪漫地叹口气，“你吃完早餐了吗？跟我来，我带你去看那幅画。”

十八岁的萝丝·芒特榭的确是位美人：皮肤白皙，浓密的深色头发整个往后梳成松散的发辫，拥有那个时代流行的丰满胸部。萨金特以能辨认和捕捉他画中人物的个性而闻名，萝丝的凝视真诚而深情款款。红艳的双唇线条放松，但眼睛谨慎地盯着画家。她严肃的表情符合卡珊德拉的想象，一个童年都在与病魔缠斗的女孩的表情理应如此。

她靠近观看。画家的构图很有趣。萝丝坐在沙发上，大腿上摆着一本书。沙发的角度歪离整个构图，因此，萝丝位于右边前景，身后是贴着绿色壁纸的墙壁，但没有多少细部描绘。墙壁给人惨淡、缥缈的感觉，萨金特以写实主义而闻名，但这个表现方式更偏向印象派。萨金特的确也用过这类技巧，但这幅画似乎比他的其他作品来得轻快、随兴。

“她真是个大美人，不是吗？”茱莉亚边说边从接待柜台走过来。

卡珊德拉漫不经心地点点头。画作上的日期是1907年，就在他放弃肖像画前不久。也许，他在那时就已经对画有钱人的脸这件事感到厌烦。

“我看得出来，你已经被她吸引住了。你现在知道，为什么我要说她是我们的鬼魂了吧。”她大笑，然后注意到卡珊德拉的沉默，“你没事吧？你看起来好像生病了？要不要喝一杯水？”

卡珊德拉摇摇头。“不用，不用，我很好，谢谢。只是这幅画……”她抿紧嘴唇，听到自己说，“萝丝·芒特榭是我的外曾祖母。”茱莉亚抬高双眉。

“我最近才知道的。”卡珊德拉尴尬地对着茱莉亚微笑。尽管这是真的，她却觉得自己像是在说肥皂剧台词的演员，而且还是很差劲的肥皂剧。“抱歉。这是我第一次看到她的画像。现在，这一切突然感觉很真实。”

“哦，老天，”茱莉亚说，“我真不想成为那个告诉你真相的人，但你一定弄错了。萝丝不可能是你的外曾祖母。她不可能是任何人的外曾祖母。她唯一的小孩在很小的时候就夭折了。”

“死于猩红热。”

“可怜的小天使，只有四岁……”她看了卡珊德拉一眼，“如果你知道猩红热的事，你一定知道萝丝的女儿死了。”

“我知道大家都这么想，但我也知道那不是事实。它不可能是事实。”

“我在庄园墓地上见过她的墓碑，”茱莉亚柔声说，“刻有最甜美的诗句，相当悲伤感人。如果你想看的话，我可以带你去看。”

当卡珊德拉感觉到别人不同意她的看法时，总是会脸红。“也许有个墓碑，但里面没埋任何小女孩。至少绝对不是艾弗瑞·沃克。”

茱莉亚的表情在深感兴趣和关切之间摆荡：“继续说下去。”

“我的外婆满二十一岁时，她发现她的父母不是她亲生父母。”

“她是被收养的？”

“可以这么说。她四岁时，孤零零地提着一只儿童用行李箱，站在澳大利亚一个码头上。直到她六十五岁，她爸才将那个行李箱还给她，她因此才能开始寻找她的过去。她来到英国，向人们打听，作了许多考证，她还写了一本日记。”

茱莉亚笑了：“日记现在在你这儿。”

“没错。我因此知道她发现萝丝的女儿没死的事。她是被绑架。”

茱莉亚的蓝色眼睛研读着卡珊德拉的脸。她的双颊突然涨得通红。“如果真是如此，警方不是会展开大搜索吗？报纸不是会连篇报道？就像林白男孩[1]那件事一样。如果家族决定保持沉默，那就另当别论了。”

“他们为什么要那样做？他们一定会想让大家都知道才对呀。”

卡珊德拉用力摇着头：“如果他们想掩盖家丑的话，就不会大肆张扬。绑架她的女人是芒特榭爵士和夫人的被保护人，也就是萝丝的表姐。”

茱莉亚倒抽一口气：“伊莱莎带走了萝丝的女儿？”

这下轮到卡珊德拉大吃一惊了：“你知道伊莱莎？”

“当然，她在本地很有名。”茱莉亚吞口口水，“让我搞清楚。你认为伊莱莎将萝丝的女儿带到澳大利亚？”

“她让她登上前往澳大利亚的船，自己却没上船。伊莱莎在伦敦和玛丽伯勒之间失踪了。我的外曾祖父发现奈儿时，她独自

1　1932年，飞行家查尔斯·林白的儿子遭到绑架撕票。

待在码头上。因此，他带她回家，他不能丢下那个年纪的小孩不管。”

茱莉亚的舌头咂咂出声：“想象一下，小女孩那样遭到抛弃。你可怜的外婆，对自己的身世毫无所知是最可怕的事。这解释了她为什么这么热切地想参观这个地方。”

“那是奈儿买下小屋的原因，”卡珊德拉说，“她一知道她是谁后，就想拥有她过去的一部分。”

“有道理。”茱莉亚抬起双手，然后放下，“这部分说得通，但其余部分就让我想不通了。”

“怎么说？”

“嗯，就算你说的是事实，萝丝的女儿真的没死，而是遭到绑架，被送到澳大利亚，但我就是不能相信伊莱莎会和这件事有所牵扯。萝丝和伊莱莎很亲密。她们更像亲姐妹，而非表姐妹，她们是最好的朋友。”她打住话头，似乎在心中考虑姐妹这件事，然后毅然地吐口气，“不，我就是不能相信伊莱莎会这样背叛萝丝。”

茱莉亚对伊莱莎绝对无辜的信心一点也不像在谈论假设性历史问题时必须保持中立的观察家。

“你为什么这样确定？”

茱莉亚指指凸窗内的一对柳条椅：“过来坐一会儿。我叫莎曼珊送茶来。”

卡珊德拉瞥瞥手表。她与园丁相约见面的时间就快到了，但她对茱莉亚为什么如此有自信很好奇，她还说伊莱莎和萝丝是密友。当茱莉亚对着莎曼珊的方向用嘴形比了“茶”这个字后，卡珊德拉便在椅子上坐下来。莎曼珊消失后，茱莉亚继续说道：“我们买下布雷赫时，它荒废不堪。我们一直梦想着经营这种庄园，现实却是一场梦魇。你不知道，这么庞大的庄园什么都能出错。我们花了三年才稍微整理出一点头绪。我们努力不懈地工作，婚姻差点破裂。修补屋顶上无数潮湿的洞，足以让夫妻分道扬镳。”

卡珊德拉不禁露出微笑：“我可以想象。”

“那真的很悲哀。这个家族住在这栋庄园里这么久，又深爱着它，却在20世纪，特别是一次大战后，抛弃了它，房间和壁炉用木板封起来，更别提陆军在20世纪40年代进驻此地时所造成的破坏。

“我们将所有的积蓄花在这栋庄园上。我那时是个作家，在20世纪60年代出版了一系列的罗曼史。不完全像洁西·考琳的风格，但我还算成功。我丈夫在银行业工作，我们有自信能让此地死而复生。”她纵声大笑，“我们太低估它了。太低估它了。在我们共度的第三个圣诞节，我们接近破产，饭店尚未成形，婚姻差点破裂。我们几乎卖光庄园的其余部分，而1974年的圣诞夜，我们正准备放弃，夹着尾巴逃回伦敦。”

莎曼珊端着沉重的托盘过来，摇摇晃晃地将它放在桌上，迟疑片刻，然后伸手要去握茶壶把手。

“我自己来，莎曼珊，”茱莉亚说，大笑着挥手示意她离开，“我不是女皇。嗯，还不是。”她对着卡珊德拉眨眨眼，“要糖吗？”

“麻烦你。”

茱莉亚将一杯茶递给卡珊德拉，轻啜一口，然后继续她的故事。“那个圣诞夜冷得不得了。一场暴风雨从海上吹来，猛烈袭击着岬角。我们失去电力，火鸡在冰箱里愈来愈暖，我们却想不起来我们把新蜡烛放在哪里。我们在楼上的一个房间里东找西找时，一道闪电照亮房间，我们注意到一面墙壁。”她抿紧嘴唇，等着她自己说出那句关键话，“墙壁里有个洞。”

“像老鼠洞吗？”

“不，一个方形的洞。”

卡珊德拉狐疑地蹙紧眉头。

“石头里的一个小洞，”茱莉亚说，“我小时候在我哥哥找到我的日记时总希望有这种机关。它藏在一幅织锦画后，油漆工在那个星期要漆油漆时，将画摘下来。”她在继续说下去前喝了一大口茶，发出咝咝声，“我知道这听起来很蠢，但发现那个洞后，好运从此降临。好像这栋庄园在说：‘很好，你们已经在这里敲敲打打得够久了。你们证明了你们很有诚心和毅力，你们可以留下来。’我告诉你，自从那晚后，事情变得比较顺利。顺利的时候比出差错的时候多。首先，你的外婆出现，急切地想买下悬崖小屋，然后，一个叫巴比·布莱克的家伙开始让花园重新朝气蓬勃，再来是公交车公司开始载游客过来喝下午茶。”

她的脸因回忆而绽放笑容，卡珊德拉为得打断她而感到抱歉。“但你发现什么？那个洞里有什么？”

茱莉亚对她眨眨眼。

“是萝丝的东西吗？”

“是的，”茱莉亚按捺下一抹兴奋的微笑，“的确是。用缎带绑起来的一叠剪贴簿。从1900年到1913年，每年一本。”

“剪贴簿？”

“在那个时代，有许多年轻女士会保留剪贴簿。那是上流社会和权贵之家热切允许的少数爱好！年轻淑女获准纵情于这类自我表达形式，而无须恐惧会对魔鬼丧失灵魂！”她温柔地微笑，“哦，萝丝的剪贴簿和你在英国境内的博物馆或阁楼所能看到的剪贴簿没什么不同，里面都是小块布料、素描、图画、邀请函，还有小逸事。但我发现它们时，我对这位几乎一个世纪以前的年轻女人产生了深厚的认同感，她的希望、梦想和失望对我来说都不陌生。自此以后，我就对她很有感情。我将她想成一位关照我们的天使。”

“剪贴簿还放在这里吗？”

她带着罪恶感地略略点点头。“我知道我该把它们捐给博物馆或本地的历史研究社，但我很迷信，不能忍受和它们分开。我有一阵子将它们展示在起居室里，放在玻璃柜内，但每次我看到它们时，就觉得有一股强烈的愧疚感，仿佛我不该将那么私密的东西拿来公开展示。我现在将它们收藏在我房间的盒子里，我觉得摆在那里最恰当。”

“我很想看看那些剪贴簿。”

“你当然会想，亲爱的。而且你应该看看。”茱莉亚对着卡珊德拉绽放灿烂的笑容，“半小时后，会有团体客人进来，而我这个星期所剩下的时间都被罗莘的庆典安排占据掉了。我们星期五晚上能否在我的房间共进晚餐？理查德要去伦敦，就我们两个女孩聚聚。我们一起看看萝丝的剪贴簿，好好感伤地小哭一下。这点子听起来怎样？”

“太棒了。”卡珊德拉有点不确定地微笑着。这是第一次有人邀请她一同哭泣。

30

布雷赫庄园，1907

萝丝小心地不改变她在沙发上的坐姿，免得画家发起脾气来，她偷偷往下看，凝视着她剪贴簿里最新的一页。她老是趁萨金特先生准许他们休息时制作那一页的内容，这已经花一个星期了。上面贴了一块她的生日礼服所用的淡粉红色丝绸，绑头发的缎带，而在下面，她以最精致的字体引述丁尼生爵士[1]一首诗中的诗句：*但谁见过她挥舞着纤纤细手？或曾在窗扉见过她默默伫立？或，她在所有土地上都知名吗，夏洛特夫人？*

萝丝非常认同夏洛特夫人！她受到诅咒，得在闺房里度过永恒的岁月，被迫总是以间接的方式来体验世界。而她，萝丝，大部分的人生不正是活在桎梏中吗？

但不再如此了。萝丝作了一个决定：她不会再让马修医生的病态诊断和母亲挥之不去的忧虑束缚住她。她仍然身体纤弱，但萝丝学到羸弱只会造成更进一步的衰弱，而日复一日令人窒息的囚禁一定会导致头晕。以后，她再觉得热时，她要打开窗户——

1　丁尼生（Alfred Tennyson Baron，1809—1892），英国19世纪浪漫派桂冠诗人。

她也许会感冒，但她也可能不会。她要过充满期待的人生，结婚、生子，逐渐年华老去。长久之后，在十八岁生日时，萝丝决心要俯瞰庄园。更棒的是，她要走遍庄园。在数年的哀求后，妈妈总算允许：今天，萝丝将首次在伊莱莎陪同下，漫步到布雷赫小海湾。

自从伊莱莎在七年前抵达此地以来，她一直带来小海湾的故事。当萝丝静躺在她温暖阴暗的房间内，呼吸着她最新疾病的沉闷空气时，伊莱莎会冲过房门，萝丝几乎可以闻到她肌肤上的海洋味道。她会爬到萝丝身边，将一只贝壳、一只摸起来满是粉的乌贼，或一块小鹅卵石塞进她手里，然后开始讲她的故事。在心海中，萝丝可以看见湛蓝的海洋，感觉到温暖的微风吹拂过头发，脚底下是滚烫的沙子。

有些故事是伊莱莎编造出来的，有些故事则是她从某处听来的。玛丽，那位女仆有当渔夫的哥哥，萝丝怀疑，她该工作的时候，反而兴冲冲地聊天。玛丽当然不会跟萝丝聊天，但伊莱莎则另当别论。所有的仆人都对伊莱莎有所不同。这很不合礼数，仿佛他们以为自己是伊莱莎的朋友。

就在最近，萝丝开始怀疑伊莱莎的冒险脚步超越庄园的界线，她也许甚至跑去和村民说过话，因为她的故事里增添了新的元素。它们讲述船只和航海的特殊细节，美人鱼和宝藏，越过广袤海洋的探险。伊莱莎使用的语言丰富多彩，萝丝总是在暗地里细细玩味；讲故事者的眼睛更为炯炯有神，仿佛她亲自尝试过她所讲述的邪恶事物。她很确定一件事，妈妈若得知伊莱莎偷跑进村子，还和村民聊天，一定会气得脸色铁青。伊莱莎和仆人说话已经惹得妈妈火冒三丈了——因为如此，萝丝才能忍受伊莱莎和玛丽的友谊。如果妈妈问起伊莱莎，她上哪儿去，伊莱莎当然不会撒谎，但萝丝不确定妈妈能有任何对策。经过这么多年的尝试后，妈妈还是找不到一种能阻止伊莱莎的处罚方式。

伊莱莎毫不在意她被视为不合礼数。将她关到楼梯下的柜子里只是给她时间独处，安静地编造更多故事。不给她新裙子——这对萝丝而言是极严厉的惩罚——不会引发叹息。伊莱莎更喜欢穿萝丝准备丢弃的旧裙子。接受处罚时，她仿佛成为她自己故事中的女主角，为仙女的魔法所保护。

看着母亲训练伊莱莎遵守纪律一再受挫的尝试，让萝丝偷偷感到开心。每个严厉教诲都换来蓝眼空洞地一眨，不甚在意的耸肩，以及率真单纯的“是的，舅妈”。犹如伊莱莎真的不知道她的举止会冒犯或得罪旁人。她的耸肩特别让妈妈暴跳如雷。她从很久以前就不期待萝丝能将伊莱莎塑造成举止合宜的年轻淑女，而萝丝能成功地说服伊莱莎穿上得体的裙子已足够让她雀跃不已。萝丝高兴地接受妈妈的赞美，压抑下在她心中萦绕的小小声音，它低语说，伊莱莎肯换下破烂的马裤是因为它已经变得太小了。伊莱莎体内有某种东西破裂，妈妈说，就像望远镜里面插了一片镜子，妨碍它正常运作，使得她无法拥有适当的羞耻心。

伊莱莎仿佛读出萝丝的想法，在她身旁的沙发上改变坐姿。她们已经纹丝不动地坐了近一个小时，伊莱莎的身体逐渐发出抗拒的讯息。萨金特先生有好几次需要提醒她停止蹙眉，保持原来姿态，他才能慢慢修改部分绘画。萝丝在前天听到他对妈妈说，那个红发女孩不肯乖乖坐着，因此他没有足够的时间捕捉她的表情，不然他早就将画完成了。

当他那样说时，妈妈嫌恶得全身颤抖。她原本属意让萨金特先生画萝丝的个人肖像画，但萝丝执意不肯。伊莱莎是她的表姐，她唯一的朋友，她当然得在画里。然后萝丝稍微咳嗽一下，从睫毛下偷瞄妈妈，此事便成定局。

尽管萝丝心中那一小片冷酷的角落高兴地品尝妈妈的不悦，但她坚持让伊莱莎加入画像却是出自真心。在伊莱莎抵达前，萝丝从来没有朋友。她从来没有机会，就算她有，朋友对不久于世的女孩来说有何用处？就像大部分惯于忍受病痛折磨的小孩，萝丝发现她和同年龄层的其他女孩缺乏共同点。她没有兴趣丢铁环或整理娃娃屋，而询问她最喜欢的颜色、数字，还有歌曲的疲累对话只会让她迅速感到厌烦。

但伊莱莎不像其他小女孩。萝丝在她们第一天认识时便知道了。伊莱莎看待这个世界的方式时常令人吃惊，她做的事完全匪夷所思。这些都让妈妈无法忍受。

比起她惹恼妈妈的本事，伊莱莎最棒的优点是她会讲故事。她知道许多萝丝这种女孩从未听过的故事。那些恐怖的故事引得萝丝的皮肤刺痛，脚丫冒汗。另一个表姐、伦敦的河流，以及拿着闪烁寒光的刀子的邪恶坏人，当然还有那艘徘徊在布雷赫小海湾黑船的故事。虽然萝丝知道那是伊莱莎虚构的另一个故事，她还是相当爱听。那艘鬼船默默出现在地平线，伊莱莎宣称曾亲眼见过它，她在往后的许多夏日徜徉在小海湾中，希望再看到它一眼。

但萝丝一直没有办法让伊莱莎讲述她弟弟塞米的故事。伊莱莎曾经说溜嘴一次，但萝丝试图深入试探时，立刻噤声不语。妈妈告诉过萝丝，伊莱莎以前有位孪生弟弟，那个男孩死于悲剧意外。

数年来，当萝丝独自躺在床上时，她会想象他的死亡，这个小男孩的死亡促成一件不可能的事，那就是夺走伊莱莎这位讲故事者的话语。在萝丝的白日梦中，“塞米的死亡”取代了“乔治亚娜的逃亡”。她想象他溺毙，她想象他失足摔死，她想象他因重病逐渐虚弱死去。在伊莱莎的感情世界里，这个可怜的小男孩比萝丝还要重要。

“不要动，”萨金特先生说，用画笔指着伊莱莎的方向，“别动来动去。你比亚斯奇夫人的威尔斯短腿狗还要糟糕。”

萝丝眨眨眼，当发现父亲走入房间时，她小心翼翼不让表情出现任何变化。他站在萨金特先生的画架后，凝神观察画家作画。他皱起眉头，歪着头跟随画笔的挥动。萝丝非常惊诧，她从来不知道父亲对艺术有兴趣。她只知道他偏爱摄影，但即便如此，他的爱好相当单调。他从不拍摄人，只拍虫子、植物和砖块。但他现在在这儿，看着女儿的画像呆住了。萝丝不禁挺直身体。

在萝丝的童年时期，她只有两次机会得以近距离观察她父亲。第一个机会是她吞下顶针的那次，父亲被叫来为马修医生照X光片。第二次就没这么让她开心了。

她躲了起来。马修医生要来，九岁的萝丝突发奇想，她不想见他。她找到一间妈妈永远想不到她会躲藏的地方：父亲的暗房。

巨大的桌子下有个洞穴般的凹处，萝丝拿了一个枕头，这样她会舒服一点。总体说来，她是很舒服的，要是房间没有一股令人作呕的怪味就好了，闻起来像仆人们在春季大扫除时用的清洁剂。

她在那里躲了十五分钟左右，然后房门开了。一小道光线透过书桌背后一个木瘤中央的小洞口照射进来。萝丝屏住呼吸，眼睛紧贴着小洞，害怕看到妈妈和马修医生寻找她的身影。

但打开门的不是妈妈或医生。那是父亲，披着一件黑色的旅行斗篷。

萝丝的喉咙发紧。即使没有人曾正式告诫过她，她也知道，她不该越过父亲暗房的门槛。

父亲站了一会儿，外面的光线勾勒出他的黑色剪影。然后他走进房间，脱下外套，将它丢在扶手椅上，这时，托马斯出现了，一脸羞愧，脸颊惨白。

“爵爷，”托马斯试图稳住呼吸，“我们没料到您会回来……”

“我改变了计划。”

“厨娘正在准备午餐，爵爷，”托马斯边说边点燃墙壁上的煤气灯，”我会准备两份午餐，并告诉芒特榭夫人，您回来了。”

“不必。”

这道命令的突然使得萝丝屏住了呼吸。

托马斯转向父亲，火柴在他戴手套的手指间因突如其来的寒冷而熄灭。

“不必了，”父亲又说，“旅途行漫长，托马斯。我需要休息。”

“要我把午餐端进来吗，爵爷？”

“还要一瓶雪利酒。”

托马斯点点头，离开门口，脚步声最后消失在走廊尽头。

萝丝听到一声重击。她紧靠在桌子旁，捂住耳朵，想着是否是抽屉中某样父亲的神秘物品正在嘀嗒作响。然后，她察觉那是自己的心跳声，在她胸口敲打警告，为活着而用力跳动。但她无路可逃。父亲正坐在扶手椅中，挡住了门口。

因此，萝丝只好坐着，膝盖弯曲，紧靠着背叛她、威胁着要泄密的心脏。

这是她记事以来，唯一一次和父亲独处的时光。她注意到他的存在充满了整个房间，原本舒适的空间现在似乎似乎充满了某种萝丝无法了解的情绪和感情。

地毯上传来沉闷的脚步声，然后是一阵沉重的男性叹息声，萝丝手臂上寒毛倒竖。

“你在哪里？”父亲柔声说，然后从咬紧的牙齿间又说了一次，“你在哪里？”

萝丝屏住呼吸，抿紧嘴唇免得自己吐气。他是在和她说话吗？她那无所不知的父亲已经猜出来她正躲在她不该躲藏的地方吗？

父亲叹口气，出于忧伤？爱？或疲惫？然后说了声“小宝贝”。如此轻柔，如此平静，是一个心碎的男人喃喃低语的声音。萝丝跟着特伦顿小姐学法语，因此她知道那个法语词的意思。“小宝贝，”父亲又说，“你在哪儿，我的乔治亚娜？”

萝丝松了口气。她感到既轻松又悲伤，轻松是因为他不知道她在这儿，悲伤是因为这么轻柔的语调不是用来呼唤她的名字。

然后，萝丝把脸颊靠在桌子上，她对自己发誓，总有一天，有人会这样念着她的名字……

“放下你的手！”萨金特先生现在发火了，“如果你再动来动去，我会替你画上第三只手，那就是你会被后人永远记得的模样！”

伊莱莎叹了口气，双手在身后交握。

萝丝的目光因保持坐姿太久而显得呆滞，她眨了几次眼睛。父亲现在已经离开房间了，但他的存在感仍在这里徘徊，他身后总是尾随着相同的怏怏不乐。

萝丝的目光再次转向剪贴簿。那块布料的粉红色如此美丽，和她的深色头发非常相衬。

在萝丝长年的疾病中，她只真心盼望一件事，那就是长大。逃离童年的束缚，真正活着，就像米莉·蒂尔[1]在萝丝最喜爱的小说中说的那样，哪怕是短暂的、支离破碎的。她渴望坠入爱河，结婚生子，离开布雷赫，开始全新的人生。逃离这栋庄园，逃离这个即使在她健康时，妈妈仍要她斜倚的沙发。“萝丝的沙发，”妈妈这样称呼它，“放条新毛毯到萝丝的沙发上。衬托她皮肤的白皙，让她的头发看起来更闪亮动人。”

萝丝知道，她逃离的日子愈来愈近了。妈妈终于同意，她的身体状况允许她和追求者见面。过去几个月以来，妈妈安排她和一连串合格的年轻（有的没那么年轻！）单身汉共进午餐。他们都是傻瓜，伊莱莎总在每次拜访后，以模仿和扮演来娱乐萝丝数小时之久，但作为练习倒也不错。因为在某个地方总会有一个完美的绅士在等着她。他不像父亲，他会是个艺术家，拥有艺术家的特殊美感和无限可能性，不在乎砖块和虫子。他将会很开朗，容易让人猜透心思，热情和梦想使他的眼神闪烁耀人。他爱她，

---

1 亨利·詹姆斯小说《鸽之翼》的女主角。

而且只爱她。

伊莱莎在她身旁不耐烦地呼气。“说实在话，萨金特先生，”她说，“我自己来画还会快一点。”

萝丝顿时意识到，她的丈夫会像伊莱莎，一抹微笑差点破坏了她的面无表情。她寻找的绅士将是她表姐的男性化身。

最后，她们的囚禁者终于放她们自由。丁尼生说得对，不磨砺任其生锈为最不可思议的枯燥乏味。伊莱莎连忙脱下艾德琳舅妈坚持要她在画像时穿上的可笑的裙子。那是萝丝上一季的裙子，蕾丝令人发痒，绸缎贴身，难以移动，深红的色调让伊莱莎觉得自己像草莓果肉。这是毫无目地地浪费时间，一整个早上花在一个脾气乖戾、试图捕捉她们身影的老头身上，好让她们以后可以孤单、安静地挂在某面冰冷的墙壁上。

伊莱莎的双手和膝盖着地，朝床下看去。她抬起很久以前就弄松的地板一角，将手伸进里面，拉出写着《化身公主》的纸稿。她的手轻抚过黑白封面，指尖感受到她自己的字迹形成的道道涟漪。

戴维斯建议她将故事写下来。她在帮他种新玫瑰时，一只有着条纹尾巴的灰白色鸟儿飞快地掠过附近的低矮树枝。

“那是杜鹃鸟，”戴维斯说，“冬天飞往非洲，春天时会回到这里。”

“我希望我是一只鸟，”伊莱莎说，“这样我就能朝着悬崖顶端飞去，滑过边缘，一路飞到非洲，或印度，或澳大利亚。”

“澳大利亚？”

这是最近占据了她想象力的地方。玛丽的大哥帕特里克，最近才和他的小家庭移民到一个叫玛丽伯勒的地方，他的姨妈埃莉诺几年前搬到了那儿。尽管有这层家族关系，玛丽仍喜欢认为自己的名字影响了他的选择。伊莱莎时常询问她这片富异国情调的土地的细节，它漂浮在遥远的海洋上，位于地球的另外一端。伊莱莎在教室地图上找到了澳大利亚，一片位于南部海洋的奇异、巨大的大陆，有两只耳朵，一只尖尖的，一只破开了。

“我认识一个去澳大利亚的家伙，”戴维斯停下种植的动作，“他拥有上千亩的农场，却种不出任何东西。”

伊莱莎咬紧嘴唇，莫名地兴奋。这类极端性符合她对这片土地的想象。“玛丽说，他们那边有一种很大的兔子。他们叫它袋鼠。脚很长，像成年男人的腿！”

“我不知道您能在那种地方做什么，伊莱莎小姐。在非洲和印度也一样。”

伊莱莎非常清楚她能做什么：“我要搜集故事。没人在这里听过的古老故事。我会像我告诉过你的格林兄弟那样。”

戴维斯紧蹙眉头：“我搞不懂，您为什么会想要像一对阴郁沉闷的德国兄弟。您应该写下您自己的故事，而非其他人的故事。”

因此，她写下了她的故事。刚开始，她为萝丝写了一个故事，那是个生日礼物，一篇关于公主被魔法变成鸟儿的童话故事。那是她写下来的第一个故事，看到她的想法和点子化成的文字，感觉很奇妙。这让她的肌肤变得异常敏感，带着古怪的暴露和易受伤害之感。微风更加凉爽，太阳更加温暖。她无法决定，她究竟是喜欢还是厌恶这种感受。

萝丝一向喜欢伊莱莎的故事，而伊莱莎没有更棒的礼物可以送她，因此，这是最好的选择。自从伊莱莎脱离了孤单的伦敦生活，移居到辉煌壮丽但神秘的布雷赫来，萝丝就成了她的灵魂伴侣。她和伊莱莎一起大笑一同渴盼，她逐渐填满塞米曾经占据的空间，那片属于所有落单的孪生子的黑暗空洞。作为报答，伊莱莎愿意为萝丝做任何事，给她任何东西，给她写任何故事。

很久很久以前，那时还有魔法，有个皇后想生小孩。她是个哀伤的皇后，因为国王常常不在，只留下她和她的孤寂独处，并想着她如此深爱的丈夫如何能忍受时常与她长久地分隔两地。

许多年以前，国王从合法统治者仙女皇后那儿篡夺了王位。而美丽平和的仙子之地在一夕之间变成一个荒芜之地，魔法不再昌盛，大笑也被禁止。国王非常愤怒，他决心抓到仙女皇后，逼迫她回到王国。他特别打造了一个金鸟笼，以便把仙女皇后关在里面，强迫她施展魔法，逗他开心。

某个冬天，国王再次远去，皇后坐在敞开的窗户旁，凝视着被雪覆盖的地面。她坐着哭泣，因为冬天的荒凉让皇后想起自己的孤独。当她看到冬季的不毛之地时，她想到自己贫瘠的子宫，尽管她极度渴望，仍旧空空荡荡。“哦，我多希望有个孩子！”她哭泣着说，“一个美丽的女儿，有着真诚的心和从不流泪的眼睛。这样我就不用再感到孤单了。”

冬天过去，周围的世界开始苏醒。鸟儿飞回王国筑巢，在原野与森林交接之处，又可以看见小鹿在吃草，王国的树枝上纷纷冒出花苞。当新季节的云雀飞越天际时，皇后开始觉得她的裙腰愈来愈紧，她逐渐明白自己怀孕了。国王有好一阵子没回到城堡来了，因此，皇后知道，一位离家很远并躲在冬季花园里的淘气仙女一定听到了她的哭泣，用魔法让她的愿望成真。

皇后的腰围愈来愈大，冬天再次来临，在圣诞夜，地上积着厚厚的雪时，皇后开始阵痛。她分娩了一整晚，在午夜的最后钟声响起时，她的女儿出生了。皇后终于能看到她宝宝的脸。想想这个漂亮的孩子，有着白皙无瑕的肌肤、深色头发和玫瑰花苞状的鲜红嘴唇，是她的孩子！“萝莎琳，”皇后说，“我要叫她萝莎琳。”

皇后立即感到苦恼，她不让萝莎琳公主离开她的视线。孤独使得皇后愤懑，愤懑使得她自私，而自私使得她疑心重重。皇后担心，在每个角落，都有人等着要偷她的孩子。她是我的，皇后想道，我的救赎，因此，我必须将她留在我身边。

在萝莎琳公主受洗礼的那天早晨，王国里最有智慧的女人们受邀观礼，并带来她们的祝福。一整天，皇后看着优雅、谨慎和机智的祝福不断降临在孩子身上。最后，皇后和这些聪明的女人道别。她的背只转过瞬间，但等她再次望着她的孩子时，她发现还有位客人。一位穿着长斗篷的旅行者站在婴儿床旁，往下凝视着婴儿。

“很晚了，魔法女人，”皇后说，“公主已经接受祝福，现在必须睡了。”

旅行者揭开她的斗篷，皇后不禁倒抽一口凉气，那

不是张魔法女人的脸，而是一位瘦削的干瘪老婆婆，老太婆微笑起来，嘴里没有牙齿。

“我带了魔法皇后的讯息前来，”老婆婆说，“这女孩是我们的一员，因此她必须跟我走。”

“不，”皇后狂叫，冲到婴儿床旁，“她是我的女儿，我珍贵的宝贝女孩。”

“你的？”老婆婆说，“这个美丽的孩子？”然后她开始大笑，一声残酷的咯咯尖笑让皇后不禁恐惧地倒退。“在我们准许的情况下，她才是你的，而且多久由我们决定。你的心中一直知道，她是仙女施展魔法后才出生的，现在，你必须放弃她。”

皇后哭泣起来，老婆婆所说的话正是深藏在她心中的恐惧。“我不能放弃她，”她说，“请怜悯我，老太婆，让我再拥有她久一点。”

老婆婆喜欢恶作剧，她听到皇后的哀求后，缓缓绽放一抹微笑。“我给你一个选择，”她说，“现在就放弃这个孩子，她就会在仙女皇后的膝前，过着幸福快乐的漫长人生。”

“不然呢？”皇后问。

“不然你可以养大她，直到她满十八岁生日的那天早晨，她真正的命运会前来找她，然后，她会永远离开你。好好考虑，你留着她愈久，便会爱她愈深。”

“想都不用想，”皇后说，“我选第二个选择。”

老婆婆微笑起来，露出嘴里的黑色缝隙。“那她是你的了，但只到她满十八岁那天早晨。”

在那一刻，公主宝宝开始哭号，那是她第一次发出哭声。皇后转身将孩子抱进臂弯中，当她回头看时，老婆婆已经消失无踪。

公主长大成一个美丽的小女孩，快乐活泼。她的美妙歌声使海洋为之着迷，王国境内所有人都绽放笑颜，除了皇后以外，她为恐惧深深苦恼，因此无法享受她孩子带来的喜乐。当她女儿唱歌时，皇后没在听，当她女儿跳舞时，皇后没在看，当她女儿伸出手臂要抱她时，皇后没有感觉，因为她忙着计算在孩子被带走前，她还有多少时间。

时光荏苒，皇后对隐藏在角落那寒冷阴暗的未来愈来愈恐惧。她的嘴忘了如何微笑，前额上布满皱纹。有一天晚上，她梦到老婆婆。“你的女儿快满十岁了。”老婆婆说，“别忘了，她的命运在她十八岁那天将会降临。”

“我改变心意了，”皇后说，“我不能让她走，我不会让她走。”

“你作过承诺，”老婆婆说，“因此你必须实践它。”

第二天早上，在确定公主受到严密保护，非常安全后，皇后穿上骑装，命令仆人牵她的马过来。虽然城堡下令禁止魔法，但有一个地方仍然可以找到魔咒和法术。在魔法海洋边缘上有个黑洞，里面住着一位仙女，她不好也不坏。她因不当使用魔法而被仙女皇后惩罚，在其他魔法仙女逃离这片土地时躲藏了起来。皇后知道寻求仙女的帮助很危险，但她别无选择。

皇后骑了三天三夜，当她终于抵达黑洞时，仙女正在等她。“进来，”她说，“告诉我，你在寻找什么。”

皇后告诉她老婆婆的事，还有她承诺在公主十八岁生日那天将她归还。仙女仔细倾听。然后，等皇后叙述完后，仙女说：“我无法解开老婆婆的诅咒，但我或许还是能帮你。”

“我命令你这么做。”皇后说。

“我必须警告你，我的皇后，当你听到我的建议时，你也许不会为我的帮助而感谢我。”仙女倾身向前，在皇后耳边低语。

皇后毫不迟疑，任何事都比眼睁睁地让老婆婆带走她的孩子来得强。“就这样办。”

因此，仙女将仙液交给皇后，指示她，连续三晚，每晚都给公主三滴。“然后事情会照我所保证的进展，”她说，“老婆婆不会再来骚扰你，公主的真正命运会找到她。”

皇后急忙赶回家，自从她女儿受洗以来，这是她第一次拥有心灵的平静。在往后的三晚内，她每晚都滴了三滴仙液到她女儿的牛奶内。第三晚，公主喝了牛奶之后，开始咳嗽哽塞，她从椅子上摔下来，变成一只美丽的鸟儿，正如那位仙女所预言般。鸟儿在房间内慌张地振翅，飞来飞去，皇后命令仆人从国王的御所将金鸟笼拿来。鸟儿被关在笼内，金制大门紧闭，皇后叹息，松了口气。国王很聪明，他的鸟笼一旦被关上，就无法再打开。

“很好，我美丽的孩子，”皇后说，“你安全了，没有人能将你从我身边带走。”接着，皇后将笼子挂在城堡里最高塔楼的吊钩上。

公主被关进鸟笼后，王国内看不到任何光线，仙子之地的人民坠入永恒的冬季，种不出农作物，土地不再肥沃。唯一让人民不陷入沮丧的，是公主鸟儿的歌声，哀伤而凄美，从塔楼窗户飘荡到贫瘠的土地上。

时光荏苒，从远方来的王子因贪婪而变得勇敢，他们纷纷过来解救受困的公主。传闻说，在仙子之地的干枯王国内，有一座非常珍贵的金鸟笼，它使他们的财富相形失色，而鸟笼里有只鸟儿，它的歌声如此美妙，当它唱歌时，金块会从天上掉下来。但所有试图打开鸟笼的王子一碰到鸟笼时，便立即死去。皇后日夜都坐在摇椅中，守护着鸟笼，没有人能偷走她的宝物，当她看见王子倒地死亡时，纵声狂笑，恐惧和疑心最后终于将她逼疯。

几年后，一个伐木工最小的儿子从遥远的土地上来到森林。当他伐木时，微风传送来一首如此美丽的曲调，他在斧头挥到一半时停下来，静静站立半晌，仿佛他被变成石头，他仔细倾听着每一个音符。他无法按捺自己，他放下斧头，去寻找能唱得如此悲伤和凄美的鸟儿。他穿越蔓生的森林，鸟兽纷纷出现来帮助他，伐木工的儿子谢谢它们，因为他是个温柔的人，所以他能和大自然里的万物沟通。他攀爬过荆棘，越过原野，攀登山脉，晚上睡在树洞里，只吃水果和坚果，直到最后，他终于抵达城堡的城墙。

“你来此被弃之地有何目的？”守卫问。

“我追寻美丽鸟儿的歌声前来。”

“如果你还想活命的话，就转身离去，”守卫说，“这个王国遭到诅咒，任何碰到悲伤鸟儿的金鸟笼的人都将死去。”

“我没有可珍爱或可失去的事物，”伐木工的儿子说，“我必须亲眼看到能唱出那么优美歌声的鸟儿。”

在那一刻，公主年满十八岁，她开始唱出最悲伤和美丽的曲调，哀叹她失去了青春和自由。

守卫站到一旁，年轻人进入城堡，拾阶而上，抵达最高的塔楼。

当伐木工的儿子看到被关的鸟儿时，他心中充满怜惜，因为他不愿见到鸟儿或野兽被关。他对金鸟笼视若无睹，眼中只有里面的鸟儿。他伸手去碰鸟笼的门，而在他的触碰下，笼门弹开，鸟儿重获自由。

在那一刻，鸟儿化身为一个美丽的女人，长长的头发环绕身体，头上戴着闪闪发光的贝壳皇冠。从远方树梢飞来的鸟儿们嘴里叼着闪耀的小打火石，小打火石纷纷落在她身上，形成一件紧身的银色衣服。动物返回王国，农作物和花朵立刻开始从贫瘠的土壤中茁壮生长。

第二天，太阳升起，在海洋上灿烂生辉，人们听到远处传来雷声，六匹魔法之马出现在城堡的大门前，后面拉着一辆金马车。仙女皇后从里面缓步而下，她的人民全都鞠躬致敬。她身后跟着住在海边黑洞中的仙女，她证明自己良善的本质，她遵从她真正的皇后，也就是仙女皇后的命令，确定萝莎琳公主在命运降临时，准备就绪。

在仙女皇后谨慎的目光下，萝莎琳公主和伐木工的儿子成婚，由于年轻夫妻如此快乐，魔法再次返回这片土地，仙子之地从此后变得自由快乐。

当然，皇后除外，任何地方都不见她的踪迹。代替她的是一只丑陋的巨鸟，它的尖叫声如此可怖，听了让人血液冻结。它被赶出这片土地，飞到遥远的森林，最后被国王杀死，并吃下肚。而国王则因他猎捕仙女皇后的邪恶举动，被逼得沮丧不已，最后发疯。

——伊莱莎·梅克皮斯《化身公主》

31

布雷赫庄园，1907

门口传来沉重的敲门声，伊莱莎立即将《化身公主》藏到身后。她的双颊因期待而涨得通红。

玛丽快步走进来，鬈发比以前还要凌乱。从她的头发就看得出她的心情，伊莱莎毫不怀疑，厨房一定因准备生日午餐派对而忙成一团。

“玛丽，是你！我还以为是萝丝。”

“伊莱莎小姐。”玛丽抿紧嘴唇。这个不寻常的拘谨姿态不禁让伊莱莎大笑。“爵爷想见您，小姐。”

“我舅舅想见我？”虽然她在庄园里到处徜徉徘徊，但她住在布雷赫这么多年来，很少碰到她舅舅。在她心中，他像个阴影，隐约存在，大部分时间都在欧洲大陆寻找虫子，就是那些他在暗房里洗出来的照片。

“来吧，伊莱莎小姐，”玛丽说，“您要机灵点。”

伊莱莎从未见过玛丽如此严肃。她快步沿着走廊前进，走下狭窄的后楼梯，伊莱莎得小跑步才能跟上她。在楼梯底端，玛丽没有往左转到庄园的主要部分，反而是往右转，疾步沿着一道安静的走廊前进，走廊魆暗，闪烁的油灯数目比庄园其他地方都要少，它们仿佛在默默低语。伊莱莎注意到墙壁上也没有挂画，冰冷黑暗的墙面上几乎没有什么装饰。

她们抵达最远的门，玛丽停下脚步。她正要打开门时，她转头，手轻轻握了一下伊莱莎的手。伊莱莎觉得非常意外。

伊莱莎还没来得及问是怎么回事前，门已被打开，玛丽宣布她的到来。“伊莱莎小姐来了，爵爷。”然后她转身离去，伊莱莎这下独自站在他舅舅的私密兽穴的门槛上，闻到一股非常奇怪的味道。

他正坐在房间远处一张大木桌后面。

“您要见我吗，舅舅？”门在她身后掩上。

莱纳斯舅舅透过他的眼镜凝视着她。伊莱莎再次发现自己在揣想，这个长满老年斑的老头怎么会是她那位美丽母亲的哥哥。他苍白舌头的尖端出现在双唇间。“听说这些年来，在布雷赫的期间，你在教室的表现相当优异。”

“是的，舅舅。”伊莱莎说。

“戴维斯告诉我，你很喜欢花园。”

“是的，舅舅。”从第一天抵达布雷赫以来，伊莱莎便爱上庄园。沿着悬崖下方的走道前进，她熟悉迷宫被整理过的部分，以及宽广的花园，就像她曾非常熟悉伦敦的迷雾街道。不管她探险到多远，花园都会随着季节更迭而成长和改变。

“我们的家族有这种倾向。你的母亲……”他的声音沙哑，“你的母亲还是个女孩时，她非常喜爱花园。”

伊莱莎试图将这个信息和自己对母亲的记忆串联起来。穿过时光通道，她慢慢忆起片段意象：母亲在斯温德尔太太的商店楼上，那间没有窗户的房间；一个盆栽里面长有香气四溢的香草。香草没有活多久，在那么阴暗的环境下，少有植物能茁壮生长。

“走过来点，孩子，”舅舅挥挥手示意，“站到光线亮的地方，让我好好看看你。”

伊莱莎走到桌子的另一边，站在他膝盖前方。房间内的怪味变得更为强烈，仿佛那味道是由她舅舅身上散发出来的。

他伸出一只手，带着略微的颤抖，轻抚着伊莱莎红色长发的金色发梢。动作轻柔，非常轻柔。然后像被烫到般，突然缩回他的手。

他全身发抖。

“您不舒服吗，舅舅？是否要我叫人来？”

“不，”他迅速回答，“不用。”他再次伸出手轻抚她的头发，闭上眼睛。伊莱莎站得如此靠近，因此，她可以看见他的眼球在眼睑下移动，听到他喉咙发出的轻微咔嗒声。“我们翻天覆地到处寻找，想将你母亲……想将我们的乔治亚娜带回家。”

“是的，舅舅。”玛丽对伊莱莎说过这件事。莱纳斯舅舅和他的妹妹很亲密，当她离开时，他心都碎了。他常旅行到伦敦，他的青春岁月全耗费在寻找妹妹上，他变得不再有幽默感，他每次离开布雷赫时都意气风发，返回时则沮丧不已。他会独自坐在暗房里，喝着雪利酒，拒绝任何安慰，甚至是艾德琳舅妈，直到曼塞尔先生再次带着新线索出现，他才会重新振作。

“我们找到得太迟了。”他的手的力道变得强劲，手指头缠绕着伊莱莎的长发，像缠缎带般，绕来绕去。他用力拉扯，伊莱莎得紧紧抓住桌子边缘，免得绊倒。她的目光无法从他脸上移开，他的表情就像童话故事里，那位被人民遗弃、心灵严重受创的国王。“我来得太迟了。但你现在在这儿了。蒙上帝恩典，他又给我一次机会。”

“舅舅？”

舅舅的手垂落到大腿上，他的眼睛突然睁开。他指指在远处墙壁前的一张小凳子，凳子上罩着白色薄棉布。“坐下。”他说。

伊莱莎不解地眨眨眼。

“坐下，”他跛行到墙边的黑色三角架前，“我想替你拍照。”

伊莱莎从未照过相，现在也没有兴趣照相。就当她要张开嘴巴告诉舅舅时，门砰地打开。她万分颓丧地吐出这几个字。“你究竟在这里做什么，女孩？马上上楼。萝丝在找你。”

伊莱莎快步走向门口。

“不要再来打搅你的舅舅，”伊莱莎经过她身旁时，艾德琳舅妈发出愤恨的嘶嘶声，“你看不出来他已经因旅行而疲惫不堪了吗？”

这一天终于来临了。艾德琳不知道它会以何种形式降临，但那个威胁一直潜伏在暗处，让她寝食难安。她咬牙切齿，将愤怒灌注到她的颈背骨。她命令自己抹灭心中那个意象。乔治亚娜的女儿，她的头发整个垂下来，仿佛一个从过去回来的鬼魂般观看全世界，还有莱纳斯脸上的表情，老迈的脸因年轻男人的欲望而变得愚蠢。他竟然想为那个女孩拍照！他从来没为萝丝拍过照，别提艾德琳。

“请闭上眼睛，芒特榭夫人。”她的女仆说，艾德琳闻言照办。当女仆将头发梳过艾德琳的眉毛时，她的呼吸温暖，奇异地带来一股舒适感。哦，倘若能永远坐在这儿，让这位单纯快活女孩的温暖和甜美的呼吸吹在她脸上，不必再烦忧。“请睁开眼睛，夫人，我去拿您的珍珠。”

女仆慌慌张张地走开，艾德琳独自反复咀嚼着她的思绪。她倾身向前。她的眉毛平滑，头发整齐。她捏捏脸颊，也许她不必这么用力，身体再次往椅背靠，观察她整个人。哦，年华老去是多么残酷的事！小小的改变偷偷潜入，永远逃脱人类的掌心。年轻的琼浆玉液慢慢流过滤网，洞口愈变愈大。“把朋友转变成敌人。”艾德琳盯着无情的镜子喃喃低语。

“拿来了，夫人，”女仆说，“我带了有红宝石扣子的那套过来。很适合这样快乐的场合，很有节庆气氛。谁会想到呢，萝丝小姐的生日午餐派对。十八岁了！下一次就是婚礼了，相信我说的话……”

女仆滔滔不绝地说着，艾德琳将视线转开，拒绝再看她自己的残影。

那张照片仍旧挂在原来的地方，就在梳妆台旁。穿着新娘礼服的她看起来多么得体。看到这张照片的人都不会猜到，她忍受了强烈的自我说教，才能摆出那份平静。莱纳斯看起来就像位彻头彻尾的绅士新郎，也许有些怏怏不乐，但那是习俗。

他们在乔治亚娜失踪后一年结婚。从他们订婚的那一刻开始，艾德琳·朗利便尽全力重新改造自己。她决心成为配得上芒特榭这历史悠久的辉煌姓氏的女人：她改掉她的北方口音和小镇品位，努力阅读《德布雷特氏贵族名鉴》，训练自己驾驭豪门虚华自负和涵养的双重艺术。艾德琳知道，倘若她想要人们忘记她真正的出身，她就必须在成为淑女这点上，付出双倍的努力。

“您想戴那顶绿色无边软帽吗，芒特榭夫人？”女仆问，“那顶帽子很配这件礼服，而且如果您想去小海湾，您会需要一顶帽子。我该把它放在床上吗？”

他们的初夜完全不似艾德琳的想象。她也说不上来，不知道该用什么样的字来形容，她怀疑，莱纳斯也大失所望。之后，他们偶尔会同床，而在莱纳斯开始他的旅行后，次数变得更加稀少。他说他是要照相，但艾德琳知道实情。

她觉得自己无足轻重，在做妻子和做女人上都非常失败。更糟糕的是，没能成为活跃于社交界的上流名媛。尽管她非常努力，但很少有人邀请他们去做客。而莱纳斯，当他在布雷赫的时候，是个令人不快的对象，他大部分时间独自站着，必要时才以挑衅的评论回答问题。当艾德琳变得愈来愈纤弱、苍白和疲惫时，她还以为那是沮丧。直到她的肚子开始隆起，她才发现自己怀孕了。

“好了，芒特榭夫人。您的帽子放在床上，您已经可以参加派对了。”

“谢谢你，宝波。”她挤出一抹微弱的微笑，“你可以退下了。”

门关上时，艾德琳收起笑容，再次正视镜中的目光。

萝丝是芒特榭辉煌家世的合法继承人。而这个女孩，乔治亚娜的女儿，只不过是只杜鹃鸟，是个小疯子，被送回来篡夺艾德琳的小孩的地位。她想将乔治亚娜的小孩从艾德琳努力奋斗而筑出的小巢中赶出去。

在过去一段时间中，情况毫无改变，事物自有秩序。艾德琳确定让萝丝拥有最新款的裙子，倚靠漂亮的沙发，而伊莱莎只能穿着过季的衣裳。萝丝的礼仪，她的女性天赋完美无缺，反观，伊莱莎无可救药。艾德琳觉得很平静。

但随着女孩们年岁渐长，即将转成女人时，事情开始改变，艾德琳变得逐渐失去控制。伊莱莎在教室里表现的聪颖无关紧要——反正没有人喜欢聪明的女人，但现在，她常常跑到户外，呼吸着海边的新鲜空气，双颊闪耀着健康的酡红，而她的头发，那头令人诅咒的艳红，开始变长，她也逐渐丰满起来。

有一天，艾德琳听到一个仆人说伊莱莎小姐非常美丽，甚至比她母亲乔治亚娜小姐还要漂亮。当艾德琳听到别人提到这个名字时，她冻结在原地，无法继续举步向前。在这么多年的缄默之后，它现在躲在每个角落等着她，大声嘲笑着她，提醒她自己她的卑微，她永远无法和她相提并论，尽管她比乔治亚娜更为努力。

艾德琳觉得太阳穴那一带狂痛起来。她举起手，轻轻搓揉。萝丝有事情不对劲。太阳穴是艾德琳的第六感。自从萝丝是个小宝宝以来，艾德琳总能预料到女儿的疾病。那是母亲和女儿间无法打破的血脉相连，心有灵犀。

现在，她的太阳穴又在震动了。艾德琳抿紧嘴唇，下定决心。她观察她严肃的脸，仿佛它属于另一个陌生人，一位高贵豪邸的女士，一位能够掌控一切的女人。她用力吸气，将力量吸进那个女人的肺部。她一定要保护萝丝，可怜的萝丝甚至不知道伊莱莎是个威胁。

在艾德琳心中，一个点子开始成形。她不能将伊莱莎送走，莱纳斯不会允许她这么做，萝丝也会过于悲伤，再者，让敌人留在视线范围内较为有利，也许，艾德琳能找到理由带萝丝出国一阵子？去巴黎，或纽约？让她有机会表现得出众耀眼，而不是让伊莱莎的刺眼光芒在不期然间夺走每个人的注意力，毁掉萝丝的每个机会……

艾德琳边抚平裙子，边走向门口。她确定一件事，今天绝对不到小海湾那边去。那是个愚蠢的承诺，艾德琳的短暂软弱。感谢上帝，她仍然还有时间纠正她的错误判断。伊莱莎的邪恶和逾矩绝对不能残害到萝丝。

她在身后掩上门，开始走下走廊，裙子发出窸窣声。莱纳斯会很忙碌。她是他的妻子，她的责任就是不让他有机会冲动行事。他会被打发到伦敦。她会请求政府部长夫人寻求莱纳斯的服务，建议充满异国风情的拍摄地点，他会到很遥远的地方去。她不会让他赋闲下来，而撒旦永远找不到恶作剧的机会。

莱纳斯往后靠坐在花园座椅的椅背，将拐杖挂在装饰繁复的椅臂上。太阳西沉，薄暮逐步接近，发出橘红和粉红色光辉，穿越庄园的西方边际。这个月下了很多雨，花园闪闪生辉。但莱纳斯并不在乎。

几个世纪以来，芒特榭家族是热心的园艺家。祖先们旅行到远方，探索全世界，寻求能增添花园风采的异国品种。尽管如此，莱纳斯却没有遗传到这点。他妹妹倒是有这个倾向——嗯，不能全然这么说。

很久以前，他曾经很在乎花园。还是男孩子的时候，他曾跟着戴维斯跑来跑去，对澳大利亚花园里的有刺花朵、温室里的菠萝、他帮助种下的种子在一夕之间发出新嫩芽等等，啧啧称奇。

最奇妙的是，莱纳斯的自惭形秽在花园中消失殆尽。植物、树木和花朵一点也不在乎他的左腿早就停止生长，比右腿短上几英寸。他的左脚丫是个无用的附加物，发育不良，扭曲又怪异。布雷赫花园对这些都视若无睹。

莱纳斯七岁时，在迷宫里迷了路。戴维斯曾经警告他不要独自闯进去，里面的路漫长而黑暗，障碍重重，但莱纳斯因为他满七岁而兴奋眩晕不已。迷宫阴郁茂盛的树墙，冒险的承诺，诱使他入内探险。他是位骑士，即将出发前往战场，要和这片土地上最凶猛的恶龙做殊死决斗，而他将会得到最终的胜利，找到通往另一边的出口。

幢幢阴影很早便笼罩迷宫。莱纳斯未料到迷宫会变得如此黑暗，速度如此之快。在幽暗中，雕像变得栩栩如生，从它们躲藏的地方狠狠瞥视着他，高大的树篱转化为饥饿的怪物，而低矮的灌木使出肮脏的手段：让他以为他走的方向是对的，实际上，他在绕圈子。但，他是吗？

他在抵达中央后沮丧万分。然后，仿佛是要更加羞辱他，地面平台上的一个黄铜环子翘了起来，他绊了一跤，摔到地上，他发育良好的那只脚踝像破布娃娃般重重一扭。莱纳斯没有选择余地，只好坐在原地，脚踝刺痛，愤怒的热泪潸潸流下他的双颊。

莱纳斯等了又等。黄昏转为黑夜，阴爽变为凛冽，他的眼泪干涸。他后来得知，父亲不准任何人去找他。他是个男孩，父亲说，不管他是不是跛脚，只要有能力，任何男孩都能自己找到走出迷宫的路。何况——圣约翰·路克——在仅仅四岁时便走出迷宫。那个男孩需要变得更坚强些。

整个晚上，莱纳斯在迷宫里不住颤抖，后来母亲终于说服父亲，派戴维斯来找他。

莱纳斯的脚踝经过了一个星期才好，但在之后的两个星期中，父亲每天都带着莱纳斯回到迷宫。他要他想办法找到出路，然后在他无可避免地失败时，痛骂他一顿。莱纳斯开始不断梦到迷宫，在他醒着的时候，他试图从记忆中一再描绘迷宫的地图。他像面对数学问题般想法子解决它，因为他知道一定有解决之道。如果他有足够的能力，他就会找到出路。

两个星期后，父亲终于放弃。在第十五个早晨，当莱纳斯为每日的试炼出现在他眼前时，他甚至没有放下报纸。“你令我很失望，”他说，“你这愚蠢的男孩永远成就不了任何事。”他翻开一页，把报纸拉直，浏览上面的标题，“离开我的房间。”

自此后，莱纳斯没有再走进迷宫一步。他无法为他令人羞愧的失败责怪父亲和母亲，他们说得对，究竟是哪种男孩才无法找到迷宫的出路？他反过来怪罪花园。他开始折断植物的茎，拔除花朵，踩扁芽苞。

所有的人都被他们所无法控制的事物加以塑造，举如遗传特征，学来的特性。对莱纳斯而言，这块拒绝长长的脚骨界定了他。他逐渐长大时，跛脚导致害羞，害羞导致结巴，莱纳斯变成一个不讨人喜欢的小男孩。他发现，只有在他举止失当时才能引起注意。他拒绝走到户外，因此他皮肤惨白，健康的腿日益消瘦。他在母亲的茶里偷放昆虫，在父亲的拖鞋里摆进刺棘，高兴地承受任何惩罚。因此，莱纳斯的人生以这样可以预期的形式，继续下去。

然后，他十岁时，妹妹出生了。

莱纳斯第一眼就蔑视她。那么柔软、漂亮，但骨瘦如柴。莱纳斯偷看她长长的蕾丝娃娃装下方，发现它们完美无缺，两条腿一样长。可爱的小脚丫，而不是无用、枯萎的一块肉。

比她身体的完美更糟的是她的快乐。她粉红色的微笑，银铃般的大笑声。在莱纳斯如此悲惨时，她凭什么这样快乐?

莱纳斯决心采取行动。只要他能逃离女家庭教师的视线，他便偷溜进儿童房，跪在摇篮旁边。如果她在睡觉，他就突然出声，把她吓醒。如果她想拿玩具，他就把它拿开。如果她伸出双臂，他就双臂交握。如果她微笑，他就挤弄五官，扮出可怕的鬼脸。

但她丝毫不受影响。莱纳斯无论做什么都不能惹她哭，她阳光般的个性毫无所动。这让他困惑不解，他于是决心为他的小妹妹发明阴险狡猾的独特惩罚。

莱纳斯进入青少年时期，变得更为不自在，他的手臂细长，古怪的橘红色胡须从他长满粉刺的下巴纷纷冒出，乔治亚娜却如花朵般绽放成美丽的小孩，深受庄园内所有人的宠爱。最顽固的佃农在看到她时都不禁展露微笑，对芒特榭家族长年没有好感的农夫会将一篮篮的苹果送到厨房，请乔治亚娜小姐品尝。

然后，有天，莱纳斯坐在图书室的窗台上，用他珍藏的放大镜将蚂蚁捏成灰，他不小心滑了一下，摔下来。他毫发无伤，但他珍贵的放大镜却摔成碎片。他是如此珍惜他的新玩具，他又是如此惯于让自己失望，尽管已经十三岁了，莱纳斯还是流下愤怒的眼泪，大声啜泣。他责怪自己笨拙地摔下来，自己不够聪明，没有朋友，没人疼爱，生来就不完美。

莱纳斯哭得非常伤心，以致完全没有发现有人看到他摔下来。他感觉到有人轻抚他的手臂。他抬头，看见他的小妹妹站在旁边，伸出手要递某样东西给他。那是克劳汀，她最喜欢的洋娃娃。

“莱纳斯悲伤，”她说，“可怜的莱纳斯。克劳汀会让莱纳斯快乐。”

莱纳斯一时语塞，拿着娃娃，瞪着他的小妹妹，她坐到他身边。

他有点迟疑，但最后还是带着冷笑，用力按克劳汀的一只眼珠，它凹陷下去。他仔细看着他的破坏行为会对他的小妹妹产生什么效果。

她吮吸着大拇指，看着他，大大的蓝色眼睛里满是同情。一会儿后，她伸出手，压凹克劳汀的另一只眼珠。

从那天起，他们就如影随形。她既不抱怨，也不蹙眉，默默忍受她哥哥的愤怒，他残酷的幽默，所有因厌弃而在他心中所引发的情绪。她让他打她，痛责她，然后拥抱她。

倘若没人管他们，一切都会很美好。但母亲和父亲就是无法忍受有人爱他。他听到他们偷偷低语，他们花太多时间在一起了，这不合礼数，也不健康。几个月后，他就被送到寄宿学校。

他的成绩很差。莱纳斯绝不肯改善，但父亲曾和贝利奥尔学院[1]的校长一起打猎，因此，他得以进入牛津大学。他的大学生涯带来的唯一正面影响是他发现了摄影这个爱好。一位敏感的年轻英文老师让他使用他的相机，进而建议他自己买一台。

最后，二十三岁时，莱纳斯重返布雷赫。他的小宝贝的成长多么惊人！才十三岁就那么高挑。她有着他所见过最长的红艳头发。他有一阵子害羞地躲避她，她的改变如此之大，他必须重新

1 牛津大学最著名、最古老的学院之一。

认识她。但有天，当他在小海湾附近拍照时，她出现在他的取景器里。她坐在黑岩上，面向海洋。咸咸的微风吹拂过她的发梢，长发飘扬，她的手臂环抱着膝盖，长腿赤裸。

莱纳斯几乎无法呼吸。他眨眨眼，在她缓缓转过头来，直视着他时，继续观看。其他摄影对象无法掩藏目光中的明白，乔治亚娜却对自身的魅力毫无所觉。她的目光似乎穿透照相机，直直射入他的眼睛。她的眼睛和多年前默默看着他号哭的同情目光并无不同。他想都没想地便按下快门。她的脸庞，她完美的脸庞任他捕捉。

莱纳斯小心翼翼地从外套口袋中拿出照片。他动作很轻柔，因为照片已然古老，边缘磨损。太阳的最后一道光线几乎离去，但倘若他拿的角度对的话……

在她失踪后，他已有多少次像这样坐着，凝视着照片？这是他唯一拥有的照片，因为在乔治亚娜离开后，有人（母亲？艾德琳？或她们的某个爪牙？）偷偷潜入他的暗房，偷走了所有的底片。只有这张照片留了下来，因为莱纳斯总是随身携带着它。

但，现在，他有第二次机会，莱纳斯这次绝不会错失良机。他不再是个小孩，而是堂堂的布雷赫主人。母亲和父亲都入土为安了。只有他那令人厌烦的妻子和病恹恹的女儿还在这里，这次谁能阻挡他？他为了乔治亚娜的逃亡而追求艾德琳以惩罚他父母，他们的订婚带来的打击如此沉重，因此，让那个女人住进他的庄园似乎只是个小代价。它仍然是，未来也是。他能轻而易举地忽略她。他是庄园主人，没有他得不到的东西，他能为所欲为。

伊莱莎。他让这几个字从他双唇间轻轻吐出，停留在他胡须的卷曲之处。他的双唇颤抖，皮肤凛冽。

他要送她一份礼物。某样让她感激涕零的礼物。某样他知道她会深爱的礼物，她的母亲既然曾经深爱过那份礼物，因此，她怎么有可能会不喜欢呢?

32

悬崖小屋，2005

卡珊德拉走进大门，再次为小屋周围诡异沉静的寂寥所震慑。这里有种她无以名状的氛围。一种古怪的阴谋感。仿佛一旦进入大门，她便自动同意签署了一份她不知道规则的协议。

她比上次来的时间要早，阳光在花园里斑斓闪烁。庭园设计师预定十五分钟后才会抵达，因此，卡珊德拉将钥匙放回口袋，决定稍作探险。

一条狭小的石径几乎为青苔所掩埋，从前方蜿蜒而去，消失在转角。小屋旁的杂草高大浓密，她得将它们从墙边拉开，才能通过。

这座花园有种特色，使她想起奈儿在布里斯班的后院。不是植物，而是那股气氛。就卡珊德拉记忆所及，奈儿后院中的乡野植物、香草，以及鲜亮又色彩缤纷的年生植物尽情蔓生。水泥小径穿越植物迤逦而去。它与其他郊区后院迥然不同，经过炽热太阳曝晒的草急迫地伸展，极度需要水的玫瑰花丛则在漆成白色的轮胎里一一绽放。

卡珊德拉抵达小屋后方，停下脚步。蓊郁的荆棘相互交织，至少高达三米，绵延越过小径。她走近荆棘，拉长脖子看树篱顶端后方，形状很整齐，呈直线前进，犹如植物自己形成一道墙。

她沿着树篱向前走，手指轻抚过锯齿状的常春藤树叶。她步伐缓慢，矮树跟她的膝盖一般高，每走一步都差点使她绊跤。她在半路上注意到荆棘中的一个缺口，缺口很窄小，但足够挡住光线，让太阳照不进来，而后方有个实心的物体。卡珊德拉小心翼翼地闪躲过刺棘，伸出一只手探入缺口，整个人愈靠愈近，树篱吞噬她的手臂和肩膀。她的手指刮到某种坚硬、冰冷的表面。

从她指尖的潮湿绿色脏污判断，那应该是一道为苔藓所覆盖的墙。卡珊德拉在牛仔裤上抹擦手指，从后口袋里拿出房契，翻到地图的那页。小屋的界线清楚，一小块正方形土地朝向前方。根据地图，后方的土地界线延伸得挺远。卡珊德拉将地图折起来，塞进口袋。如果地图所示正确，那这道墙隶属于奈儿的房地产，而非它的界线。它属于悬崖小屋，另一面的东西也是，不管它是什么。

卡珊德拉继续沿着墙壁，越过重重障碍前进，希望能找到通往某种入口的大门。太阳高挂天际，鸟儿们轻盈鸣啭。空气中充满着攀藤玫瑰那股甜美而令人陶醉的浓郁香味。虽然现在是秋天，卡珊德拉却觉得闷热。想想，她曾一度以为英国是个寒冷的国家，太阳很少露脸。她停下来擦掉眉间的汗珠，然后一头撞上低垂的某样东西。

一枝节瘤嶙峋的树枝像手臂般横越墙壁。卡珊德拉看见树枝上长着亮闪闪的苹果时，察觉到那是一株苹果树。成熟的苹果散发出甜美的香气，她无法抗拒地摘了一颗下来。

卡珊德拉看看手表，渴望地一瞥荆棘树篱，开始循来路返回。她可以待会儿再找门，她可不想冒险错过和园丁的约会。小屋为苍郁的隐遁僻静所包围，透着一股诡异感，卡珊德拉深恐即使园丁大叫，她都无法从后面这里听到。

她打开前门的锁，进入屋内。

小屋似乎在默默倾听，等着看她要采取什么行动。她的手沿着墙壁抚摸。“我的小屋，”她轻柔地说，“这是我的小屋。”

这些字慢慢隐没入墙壁。感觉如此古怪，如此始料未及。她流连过厨房，经过手纺车，然后进入前方的小客厅。独自在屋内时，小屋给她的感觉又有所不同。有点熟悉，好像她曾经在很久以前来过。

她缓缓坐入一把古老的摇椅。卡珊德拉对古董家具很内行，因此她知道这把摇椅不会散开来，但她还是战战兢兢，仿佛这把摇椅的合法主人就在附近，随时会返回，发现家里出现了一个不速之客。

她用衬衫把苹果擦干净，卡珊德拉转头凝望着灰尘满布的窗户。攀藤植物在玻璃上纵横交错，但她还是可以看到外面荒芜的花园。她看到有座她先前没注意到的小雕像，那是一个小男孩，站在石座上，用圆睁的双眼瞪着小屋。

卡珊德拉将苹果举到嘴边，她咬苹果时，尝到强烈的太阳味道。从她自己花园的苹果树所采摘的苹果，一棵在许多年前栽种的树现在仍能长出果实。时光荏苒。苹果很甜，苹果总是这么甜吗？

她打个哈欠。太阳晒得她昏沉沉。她可以再安静坐一会儿，等园丁抵达。她再咬了一口苹果。房间愈来愈暖和，犹如炉灶又突然开始燃烧，仿佛有人也进入小屋，正开始煮午餐。她的眼睑沉重，她闭上眼睛。一只鸟在某处高唱着孤独的悦耳曲调；微风吹落的树叶轻拍窗户；远方海洋稳定地呼吸，海浪拍进拍出，拍进拍出，拍进拍出……

……一整天拍进拍出她的脑袋。她再次走过厨房，停在窗前，但禁止自己再瞥向外面。她望着她的小钟表。他迟到了。他说过，在半点钟时他会过来。她想着他的迟到是否有任何含意，他是否另有要事，或经过再次考虑过后决定不来。他到底还会不会来？

她的双颊温热。屋内很温暖。她回到炉灶前，转动风门，让燃烧速度减缓下来。她忖度，她是否该准备些饭菜。

外面传来一个声音。

她的镇定刹那间消散。他来了。

她打开门，他一声不吭地进来。

他在窄小的走廊里显得如此高大，尽管她现在很熟知他的一切，她还是感到害羞，无法直视他的眼睛。

她看得出来他也很紧张，但他尽力隐藏。

他们在厨房桌旁面对面地坐下，台灯在他们之间闪烁不定。在这样的夜晚坐在这里很奇怪，但事情已成定局。她看着他的手，不知该如何继续。刚开始，一切似乎都很简单。但现在，他们前方的路似乎被线头交织，等着将他们双双绊倒。也许这类碰面总是如此。

他伸出手。

他在指间缠绕住她的一绺长发时，她深吸一口气。他凝视着它良久。他似乎不是在看她的头发，而是认为她的头发会缠绕在他手指间，是个非常奇怪的事实。

最后，他抬起双眼，目光与她的交接。他的手轻轻放在她的脸颊上。他微笑起来，她也微笑以对，松口气地轻轻叹息。他张嘴说道——

“你好？”一阵大声急促的敲击声，“你好？有人在吗？”

卡珊德拉的眼睛突然睁开。她手中的苹果早掉落到地板上。沉重的脚步声传来，一个男人站在门口，高大结实、四十岁左右的男人。深色头发，深色眼睛，笑容灿烂。

“你好，”他将手伸出来，有投降的意味，“你看起来好像撞见鬼了。”

“你吓到我了。”卡珊德拉不悦地从摇椅上起身。

“抱歉。”他往前走，“门开着。我不知道你在午睡。”

“我没有。我是说，我在不知不觉中睡着了。我只是想坐一下子……”卡珊德拉尝试解释的声音变得愈来愈小声，她的思绪飘回先前的梦境。好久以来，她都没有梦到含有朦胧性爱暗示的梦，好久以来，她都没有做过跟性爱沾得上边的事了。自尼克走后就没有。嗯，它并不重要，她也不想记得。但这梦究竟是怎么来的?

那个男人咧嘴一笑，伸出手：“我是迈可·布莱克，庭园设计师。你一定是卡珊德拉。”

“正是。”他温暖的大手握住她的手时，她的脸涨得通红。

他微微摇头，微笑：“我的伙伴告诉过我，澳大利亚女孩最漂亮，我还不相信他呢。看来，他说的是事实。”

卡珊德拉突然不知道该看哪里，于是她盯着他左肩后方。这类公开调情总让她不自在，特别是她刚才的梦使她心神不宁。她仍然感觉得到它徘徊在房间角落。

“听说你有关于树的问题？”

“是的，”卡珊德拉极力将那场梦抛诸脑后，眨眨眼，点点头，“的确是的。谢谢你来。”

“小姐有难，我一定前来相救。”他又绽放轻松的微笑。

她将绑在腰际的羊毛衫拉紧一点。她试图微笑，但拘谨得笑不出来。“在这边。楼梯上面。”

迈可跟着她走过厨房，倾身看看楼梯井的转弯处。他吹声口哨。“是松树。看起来，它已经在这里躺了很久。可能是被1995年那场强烈暴风雨吹下来的。”

“你能把它移开吗？”

“当然可以。”迈可的头转过肩膀，越过卡珊德拉叫道，“克里斯汀，拿电锯过来好吗？”

卡珊德拉惊诧地转身；她不知道房间里还有别人。另一个男人站在她身后，身材瘦削，比较年轻，浅棕色的鬈发绕在他脖子旁，橄榄色肌肤，棕色眼睛。“我是克里斯汀。”他微微点头，伸出手，又迟疑了一下，将手在牛仔裤上抹擦。他再次伸出手。

卡珊德拉与他握了握手。

“电锯，克里斯汀，”迈可说，“动作快一点。”

克里斯汀离开时，迈可对着卡珊德拉抬起眉毛。“我半小时后得到饭店去，但你别担心，我会做好主要工作，然后让我的伙伴完成，他很值得信任。”他对着卡珊德拉微笑，直盯着她，她不由得转开视线，“这就是你的小屋。我在村子里住了一辈子，从不知道它有位主人。”

“我自己也还不习惯。”

迈可扬起一道眉毛，将房间的颓败看进眼帘。“一位像你这样美丽的澳大利亚好女孩要这小屋做什么？”

“我继承了这座小屋。我外婆留给我的。”

“你外婆是英国人？”

“澳大利亚人。她在20世纪70年代来度假时，买下这座小屋。”

“奇怪的纪念品。她找不到她喜欢的茶巾吗？”

门口传来嘈杂声，克里斯汀正扛着大电锯回来。“这是你要的那种吗？”

“没错，”迈可对卡珊德拉眨眨眼，“正是这个妞儿没错。”

过道窄小，卡珊德拉侧身让克里斯汀通过。她没有正视他的眼睛，反而佯装对脚边一块松开的踢脚板深感兴趣。迈可对克里斯汀说话的方式使她尴尬万分。

“克里斯汀还是新手，”迈可对卡珊德拉的不自在浑然不觉，“他还分辨不出电锯和截木锯的差别。他虽然是新手，但我们会将他训练成伐木工人。”他咧嘴一笑，“他是个布莱克，天生遗传到这点。”他开玩笑地捶了他弟弟一下，然后两个男人将注意力转到那块树干上。

卡珊德拉在电锯开始发动时，松了一大口气，她终于重获自由，于是她逃回花园。虽然她知道她该把时间花在清理屋内的爬藤植物上，但她抑制不住好奇心。即使要花上一整天，她都决心要找到走出那面墙的路。

太阳升到了头顶，树荫非常稀缺。卡珊德拉解开羊毛衫，将它放在手边的岩石上。太阳的微细脚印在她的手臂上婆娑起舞，她的头顶不消多久后便变得灼烫。她真希望她戴了帽子来。

她抵达荆棘，用她的手小心翼翼地探入一个个缺口，避开刺棘，思绪飘浮回她的梦境。梦境非常鲜明，她可以记得每一个细节。景象、味道，甚至梦境里无所不在的氛围。不可否认的情欲暗示，交缠着禁止的欲望。

卡珊德拉轻轻摇头，将困惑和不受欢迎的情绪须蔓抛诸脑后。她将思绪转到奈儿的身世之谜。前晚，她读笔记本读到很晚。这项任务说来容易，做来困难重重。书本发霉已经让阅读变得十分不易，奈儿龙飞凤舞的笔迹在她抵达康沃尔后更为难以辨认。笔画更长、更扭曲、更潦草，下笔更快，卡珊德拉猜想，她的心情更为兴奋。

无论如何，卡珊德拉还是试图解读。她着迷于奈儿返回的记忆记载：奈儿很确定，她小时候曾经来过小屋。卡珊德拉等不及要看茱莉亚发现的那些剪贴簿，奈儿的母亲曾在那些日记里写满她最私密的想法。它们一定能更进一步解开奈儿的童年谜团，甚至也许能提供伊莱莎·梅克皮斯为什么带着她一起失踪的重要线索。

一个尖锐的口哨声传来。卡珊德拉抬头看，猜测是某种鸟。迈可正站在小屋角落，看着她。他指指荆棘。“草木蔓生得很厉害。”

“除草后就不同了。”她说，不自在地站着。她揣想他看了多久。

“你得除一年的草，还得用电锯开路。”他咧嘴一笑，“我现在要去饭店了。”他抬头朝小屋点点头，“我们开头就做得不错。我会让克里斯汀处理最后的工作。他会做得很好，你只要确定你喜欢他以何种方式收尾就行。”他打住话头，再次天真烂漫地微笑起来，“你有我的电话，对吧？打个电话给我。趁你还在镇上，我会带你去参观几个景点。”

他甚至没有用问句。卡珊德拉微微一笑，立刻感到懊悔。她怀疑，迈可是那种将任何反应视为赞同的人。她很确定这点，因为在他朝小屋前方走回去前，又对她眨眨眼。

卡珊德拉叹口气，转身面对那面墙。克里斯汀爬过树干弄出的大洞，现在正坐在屋顶上，用手锯将树枝锯成一段一段。迈可脾气随和、随遇而安，但克里斯汀似乎有种强烈的执著，反映在他做的每件事上。他改变位置，卡珊德拉迅速转开目光，假装对那面墙兴致勃勃。

他们继续工作，他们之间的缄默似乎放大了周围的声音：克里斯汀的锯子前后锯动，鸟儿在屋顶瓦片上啪嗒啪嗒地振翅；某处传来流水的微弱声响。在平常，卡珊德拉喜欢默不作声地工作，她惯于独处，大部分时候情愿如此。但这绝非独处，他们假装得愈久，沉默中的紧张愈是高涨。

她终于无法忍受了。“房子后面有道墙。”她大声说，声音比她预期的还要高亢刺耳，“我在稍早时发现它。”

克里斯汀从那堆木头中抬起头，盯着她，仿佛她刚引述了化学周期表。

“我不知道另外一边是什么，”她急促地说下去，“我找不到门，我外婆的房契上的地图没有任何指示。那边有一堆爬藤植物和树枝，我想，你从上面可能看得到那里。”

克里斯汀往下看着他的手，好像想说话。

一个想法闪进卡珊德拉的脑海中：他的手很优雅。她马上将它抛诸脑后。“你看得见那面墙后面是什么吗？”他抿紧嘴唇，双手在牛仔裤上拍拍灰尘，轻轻点头。

“你看得见？”她没料到真能如此，“那边是什么？能告诉我吗？”

“我不仅可以告诉你，”他紧紧攀住屋檐，从屋顶上跳下来，“来吧，我还可以带你去看看。”

那个洞很小，就在那面墙的底端，非常隐秘，卡珊德拉可能花上一年都找不到。克里斯汀整个身体趴下来，双手和膝盖着地，将下层灌木拉开。“女士优先。”他坐起来说。

卡珊德拉看着他。“我以为可能有道门。”

“你找到的话，我会跟着你走过去。”

“你要……”她瞥一眼那个洞口，“我不知道我钻不钻得过去，即使我知道怎么……”

“用爬的。它没它看起来那么小。”

卡珊德拉相当狐疑。洞看起来又小又窄。尽管如此，这天毫无所获的搜寻让她更加下定决心：她需要知道另一边是什么。她趴下来，视线对准洞口，侧瞥着克里斯汀。“你确定这样安全吗？你以前爬过？”

“爬过至少一百次了。”他搔搔脖子，“当然，我更年轻，身材较小，但是……”他的嘴唇向旁扭曲，“我只是在开玩笑。抱歉，你当然爬得过去。”

她的头一重获自由，她发现自己不会因卡在砖墙下窒息而死时，的确松了口气。但整个过程并不让人愉快。她摇晃着身体，钻过洞口，尽快通过，然后站起身。她双手合起来，前后拍掉灰尘，惊异地睁开眼睛，四处张望。

那是一座花园，一座围墙花园。草木荒生，但仍能看出工整的基本构图。以前曾经有人照顾过这座花园。两条小径前后蜿蜒，相互交错，如同爱尔兰舞鞋上的鞋带。果树在两侧攀架生长，铁丝从一道墙顶端绕到另一道墙。紫藤须蔓交织，形成某种天棚。

在南方墙壁旁，一棵多节瘤的老树仍在生长。卡珊德拉走近细看，发现那是棵苹果树，就是它的枝丫伸过小屋的墙面。她抬起手触摸金色果实。苹果树大概有五米高，形状就像个日本盆栽，奈儿曾在卡珊德拉十二岁生日时，送过她这样的礼物。几十年以来，矮矮的树干向一侧倾斜，有人将一根木杖放在一根大树枝下，以支撑它的部分重量。树干中间有道烧灼的痕迹，显示许多年前，它曾经被闪电击中。卡珊德拉伸出手指，沿着烧灼痕迹轻抚。

“这地方有股魔力，对不对？”克里斯汀站在花园中央，一张生锈的铁制长椅旁，“即使在我小时候，我都感觉得到。”

“你小时候常来这儿？”

“我常来。这就像我的秘密花园。没有人知道它。”他耸耸肩，“嗯，确切说来，是几乎没有人。”

卡珊德拉的目光越过克里斯汀，看到花园的另一边，她注意到爬藤植物覆盖的墙面上有东西在闪烁。她走近一看。那是金属，在太阳下闪闪发光。一道门，绳索般的须蔓垂挂在它表面，一张巨大的蜘蛛网挡住蜘蛛巢穴的入口，或说出口。

克里斯汀加入她，他们合力拉松了一些荆棘。一个黄铜把手因岁月而转为黑色。卡珊德拉用力摇晃它一下。门锁住了。“不知它通向哪里。”

“另一边有个迷宫，通往庄园，”克里斯汀说，“在饭店附近结束。迈可这几个月以来都在修复它。”

迷宫。她早知道它的存在。卡珊德拉是在哪儿读到迷宫的？奈儿的笔记本？还是饭店的其中一本观光手册？

颤抖的蜻蜓在附近盘旋良久，然后迅速飞离，他们转身面对花园中央。

“你外婆为什么买下小屋？”克里斯汀问，拍掉肩膀上的干枯落叶。

“她在这一带出生。”

“在村子里？”

卡珊德拉犹豫片刻，不知她该吐露多少实情。“确切说来，是在布雷赫庄园。直到她养父过世后，她才知道这件事，那时她已经六十几岁。她查出她的父母是萝丝和纳桑尼·沃克。他是……”

“一位艺术家，我知道。”克里斯汀从地上捡起一根小木棒，“我有一本童话故事，里面有他的插画。”

“《魔幻童话故事集》？”

“是的。”他盯着她，大吃一惊。

“我也有一本。”

他抬起眉毛：“这本书印刷的本数并不多，你知道，以今天的标准而言。你知道伊莱莎·梅克皮斯曾经住在这儿的小屋里吗？”

卡珊德拉摇摇头：“我知道她在庄园里长大……”

“她大部分的故事都是在这个花园完成的。”

“你对她很了解。”

“我最近才重读过那本童话集。自从小时候在本地二手店找到一本古本以来，我就很喜欢那些故事。它们非常引人入胜。”他用力摩擦掉靴子上的泥土，“那有点可笑，我猜，成年男人还在读小孩的童话故事。”

“我倒不觉得如此。”卡珊德拉注意到他不自在地抬起又放下肩膀，双手插在口袋里。他似乎很紧张。“你最喜欢哪个故事？”

他歪着头，眯着眼睛望着太阳。“《老婆婆的眼睛》。”

“真的？为什么？”

“它和其他故事好像有所不同，更有意义。加上我在八岁大时，爱上了那位公主。”他害羞地微笑，“一个女孩的城堡被摧毁，子民消失，她鼓起足够的勇气展开追寻，找到那个老婆婆失去已久的眼睛。这种女孩不是很迷人吗？”

卡珊德拉也不禁绽放微笑。那个不知道自己是公主的勇敢公主的故事是她读过的第一个童话故事。在那个炽热的布里斯班午后，当时她只有十岁，偷偷违逆外婆的命令，发现了床底下的行李箱。

克里斯汀将木棒折成两半，然后将它丢到一旁。“我猜你要卖掉小屋？”

“为什么这样问？你有兴趣买吗？”

“靠迈可付我的薪水？”他们的目光短暂交汇，“你别希望太高。”

“我不知道要如何将它整理好，”她说，“那比我想象得还要花工夫。花园，还有小屋都是。”

她指指南方墙壁："屋顶还有个该死的大洞。"

"你会在这里待多久？"

"我会在饭店再住上三个星期。"

他点点头。

"这样时间应该够了。"

"你这么认为吗？"

"是的。"

"你真有信心。你甚至还没见过我挥舞锤子呢。"他伸手将一道松散的紫藤须蔓卷回原位，"我会帮你。"

卡珊德拉顿时觉得很尴尬：他以为她在暗示他。"我的意思不是……我没有……"她吐出一口气。

"我没有修复小屋的预算，没那么多钱。"

他微微一笑。那是她所见过他第一个可称之为微笑的笑容。"我自己赚的钱也不多。但我很愿意为一个我深爱的地方提供免费服务。"

33

特瑞纳，*1975*

奈儿望着剧烈翻腾的海洋。这是自她抵达康沃尔以来碰上的第一个阴天，整个地貌似乎因兴奋而颤抖。白色小屋紧紧矗立在寒冷的巉崖上，银色海鸥翱翔天际，灰色天空反照汹涌拍打的海洋。

“康沃尔最美丽的景致。”房地产经纪人说。

奈儿没有回应这句空洞的话。她继续从屋顶窗眺望翻滚的海浪。

“隔壁还有一间卧室。比较小，但仍是一间卧室。”

“我不需要再看隔壁，”奈儿说，“等我看好了，我会下楼去找你。”

那位房地产经纪人好像很高兴能离开，转瞬间，奈儿看见她走到屋外的大门，紧紧裹着外套。

奈儿看着那位女人和风缠斗，试图点燃香烟，然后她的目光转移到花园。她从楼上看不到全面景观，纵横交错的爬藤植物挡住了部分视线，但她还是可以瞥见小男孩雕像的头部。

奈儿斜靠在灰尘满布的窗棂上，她的手掌抚摸着为盐所侵蚀的木头。她现在知道，她小时候来过这座小屋。她曾站在这个地方，这个房间，眺望相同的海洋。她轻轻闭上眼睛，命令她的记忆开始聚焦，重新启动。

一张床曾经矗立在她现在站的地方，一张样式简单的单人床，有着黄铜床头，暗淡的球形圆顶需要擦亮。一个倒圆锥形的纱网从天花板垂挂下来，犹如暴风雨搅拌远方海洋时，隐约徘徊在地平线的白色迷雾。一条百衲被在她的膝盖下，感觉凉爽。渔船随着潮汐上下颠簸，片片花瓣漂浮在下方的池塘上。

坐在这个凸出小屋的窗户里就像悬挂在悬崖顶端，就像她最喜爱的童话故事里的公主，化身为鸟儿，在金鸟笼里飞来飞去……

楼下传来大声讲话的声音，她的爸爸和那位女作家。

她的名字是艾弗瑞，尖锐而凹凸不平，仿佛用锐利的剪刀从硬纸板剪下来的星星。她的名字是项武器。

愤怒的话被来回抛掷。爸爸为什么对女作家狂吼？总是轻声细语的爸爸。

小女孩感到害怕，她不想再听下去。奈儿紧闭她的眼睛，试图倾听。

小女孩用手捂住耳朵，在心里默默唱着歌，说着故事，想着那座金鸟笼，那位公主鸟儿一直摇摆悬吊，等待解救。

奈儿尝试将小孩的歌和金鸟笼的影像推到一旁。真相静静躲在她脑海的冰冷深处，等着奈儿用手抓住它，将它拖到意识表面……

但今天不行。她睁开眼睛。今天，那些记忆的须蔓过于滑溜，环绕它们的水过于浑浊。

奈儿走下狭窄的楼梯。

房地产经纪人将大门锁上，她们沉默地走下小径，直到停车的地方。

“你意下如何？”房地产经纪人以漫不经心的敷衍语调询问，她以为她知道答案。

“我想买下它。”

“我也许可以介绍别的房子给你……”经纪人从车门处抬起头看她，“你想买下它？”

奈儿再次凝视着翻滚的海洋和为迷雾所笼罩的地平线。她喜欢险恶的天气。当黑云低垂，大雨即将降临时，她觉得恢复气力，全身精力充沛。她的呼吸更为深沉，思考更为清晰。

她不知道她该用哪来的钱来买那座小屋，她必须卖掉某样东西才行。但奈儿很确定，她一定要拥有它。从她记起她是那个在鱼池旁的小女孩，在另一个人生中的小女孩的那一刻起，奈儿就知道了。

经纪人一路将车开回特瑞纳客栈，上气不接下气地向她承诺，她一打好合约，就会带着合约过来找奈儿。她还可以介绍给奈儿一位优秀的律师。奈儿关上车门，走上门阶，进入大厅。奈儿一心沉溺在估算时差中——她该加上三个小时，然后把早上改成下午？——她想打电话给她的银行经理，试图解释她为什么突然买下一座康沃尔的小屋。她没看见有人朝她走过来，直到她差点撞上她。

“抱歉。”奈儿说，突然停住脚步。

罗苹·马丁在眼镜后面迅速眨眼。

“你在等我吗？”奈儿问。

“我带了一些资料给你。”罗苹递给奈儿一叠钉在一起的纸张，“这是我最近在写的，有关芒特榭家族专文的研究资料。”她不自在地改变站姿，“我听到你在问老傻瓜他们的事，我知道他没办法……他无法提供太多协助。”她抚平早就十分平滑的头发，“资料东拼西凑的，但我想，你也许会很有兴趣。”

“谢谢你，”奈儿真诚地说，“我很抱歉……”

罗苹点点头。

“你的祖父……？”

“总算平静多了。事实上，我在想，你是否愿意再过来和我们共进晚餐。在下个星期的某晚，我们就约在老傻瓜的房子见面。”

“谢谢你的邀请，”奈儿说，“但我不认为你的祖父会同意。”

罗苹摇摇头，头发整齐地摇摆。“哦，不，你误会了。”

奈儿抬高眉毛。

“这是他的点子，”罗苹说，“他说他有事想告诉你。关于那座小屋，以及伊莱莎·梅克皮斯。”

34

纽约和特瑞纳，1907

寄信人：萝丝·芒特榭小姐，冠达邮轮，卢西塔尼亚号，1907年9月9日
收信人：伊莱莎·芒特榭小姐，布雷赫庄园，英国康沃尔

我最亲爱的伊莱莎：

哦！卢西塔尼亚是艘很棒的邮轮！写这封信时，我的表姐，我正坐在上层甲板，维拉达咖啡馆的时髦小桌旁，眺望着广袤无际的蓝色大西洋，而我们庞大的“漂浮饭店”正载着我们航向纽约。

船上洋溢着欢欣鼓舞的氛围，每个人都满怀希望，相信卢西塔尼亚会迎头赶上德国的蓝带奖[1]邮轮。当我们在利物浦起航时，这艘大船缓缓从停泊处移开，并开始它的处女航，此时，甲板上的人群高唱着“英国人永远

1 一项授予最快横渡大西洋的船舶的奖项。

永远不会沦为奴隶”，人们挥舞着数不清的旗帜，快速上下挥动，即使在我们的船远离港口，岸上的人们变成一个个小黑点时，我还是可以看见挥动的旗帜。海港中的船儿嘟嘟响着号角向我们告别，我坦承我的手臂上起满鸡皮疙瘩，心中高涨着骄傲。能参与这类划时代的大事实为荣幸！我想着，历史会记得我们吗？我真心希望如此，想想，平庸的人们可以做某件事，参与某项重要事件，从而超越人生的平凡界线！

关于蓝带奖邮轮，我知道你会有何评论——那只是愚蠢的男人发明的愚蠢比赛，试图证明他们的船可以跑得比更为愚蠢的男人所打造的船还要快！但最亲爱的伊莱莎，坐在这里，呼吸兴奋和胜利的愉快空气，嗯，我只能说那令人生气勃勃。长久以来，我都没过得这样开心，虽然我知道你只会翻翻白眼，但你一定要允许我坦承我最深沉的希望，那就是，我们这次航行将打破纪录，并将冠军的位置抢回来。

整艘船行进平稳，因此，有时候，我会忘记我们正航行在大海上。妈妈和我住在两个“皇家套房”中的一间，房间内有两间卧室，一个客厅、餐厅、浴室、洗手间和餐具室，装饰得美轮美奂，让我想起特伦顿小姐书中所介绍的凡尔赛宫的一些绘画，就是那本她在好几年前的夏天拿到教室来让我们细读的书。

我听到一位衣着华丽的女士说，这艘船比她以前旅行到外国所搭乘过的船，还要像饭店。我不知道那位女士的身份，但我感觉得到她一定是位重要人物，因为她在场时，妈妈往往无话可说，这真是罕见。你别恐慌，这现象并不持久，妈妈不会一直受到压抑。她旋即找到话题，滔滔不绝地想弥补早先失去的机会。据妈妈说，我们的旅游同伴都是些来头不小的伦敦名人，他们“魅力十足”。她严厉告诫我，要一直表现出最佳的一面，感谢上帝，我带了满满两衣柜的礼服迎头应战！只有这次，妈妈和我想法一致，却品位各异！她总是为我指出她认为优秀的合格绅士，足堪成为我的伴侣，但我时常大失所望。但我抱怨够了，我恐怕倘若我对这类话题再滔滔叙述的话，会失去最亲爱的表姐的注意力。

说回这艘船——我一直试图作些探险，想必我的伊莱莎会以我为傲。昨天早上，我终能短暂逃离妈妈的戒护，在屋顶花园度过一小时的快乐时光。我想到你，最亲爱的，你一定会对在船上也能种植这类植物惊讶不已。每个角落都有盆栽，到处是苍郁的绿树和最美丽的花朵。我坐在其间时心情非常愉快（我最了解花园的疗愈效果），我在那里做了各式各样的白日梦。（你可以想象我的幻想漫步过的那些小径……）

哦！我多希望你能改变心意，和我们同游，伊莱莎。我必须在此对你做短暂但温和的斥责，因为我实在无法了解。毕竟是你首先提议，我们两人也许某天可以共同旅行到美国，亲自见证纽约的摩天大楼和伟大的自由女神像。我无法了解你为什么会放弃这个机会，甘愿留在布雷赫，只有父亲为伴。最亲爱的，你像往常般，对我而言是个不解的谜团，但亲爱的，我深知，在你心意已决时，与你争论无益，顽固的伊莱莎。我非常想念你，我常常想象，如果你跟着来旅行的话，你会已经做出多少恶作剧。（可怜的妈妈一定会被我们弄得精神崩溃！）我已经习惯有你陪伴的日子，无法想象曾有一段时间我不认识你，我们似乎永远是一对，而那些在你抵达布雷赫前的时光只不过是可怕煎熬的等待。

啊，妈妈在叫我了。我们似乎又要在餐厅见客。（那些餐会，伊莱莎！餐会间我在甲板上漫无目的地四处散步宽心，免得我在下次见客时，无法保持礼数！）毫无疑问地，妈妈总有办法找到一位某某伯爵或大企业家的儿子来与我们共进餐点。倘若没有那些餐会，女儿的任务永远无法达成，她在这点上无可辩驳：倘若我一直躲起来，我将永远无法认识我的白马王子。

我得向你说再见了，我亲爱的伊莱莎，我必须说，虽然你人不在这儿，你却一直缭绕我心。当我第一眼看到著名的自由女神像警戒万分地矗立在港口上时，我就会知道了，我会听到我表姐伊莱莎的声音说："看看她，想象她曾经见过的大千世界。"

永远挚爱你的表妹，萝丝

伊莱莎的手指紧抓着牛皮纸包扎的包裹。她站在特瑞纳杂货店的门口，观看着一片阴暗乌云垂挂向下方平静如镜的海面。地平线的雾霭预示海上暴风雨即将来临，而村子里潮湿、不安的空气不断摇晃摆荡。伊莱莎没有带手提包来，因为离开庄园时，她并未打算前往村子。在早上的某个时刻，故事的灵感悄悄爬进她的脑海，她因此必须马上将它写下来。她在笔记本里草草、迅速写下五页，但那只是雏形，她还需要新的故事，因此，她即兴作了场购物探险。

伊莱莎又瞥了阴沉的天色一眼，快步沿着海港前进。当她抵达道路交叉口时，她对主干道视而不见，开始走上狭窄的悬崖小径。她从未走过这条小径，但戴维斯曾一度告诉过她，沿着悬崖边缘，有条捷径从庄园通往村子。

小径陡峭，杂草高大，但伊莱莎快速前进。她只停下脚步一次，眺望平坦如花岗石的大海，上面点缀着小小的白色渔船，准备回港休息。伊莱莎在看到渔船时不由得绽放微笑，它们犹如花一整天在广大世界边缘探险的小麻雀，现在一心只想急着返回鸟巢。

总有一天，她会航越那片海洋到世界的另外一边，就像她的父亲一样。越过地平线后有许多世界在等着她。非洲、印度、阿拉伯、澳大利亚，而在这样遥远的国度，她会发现新的故事，长久以前便流传下来的魔幻故事。

戴维斯建议她将自己的故事写下来，她这么做了。她已经写满了十二本笔记本，但仍然无法停笔。的确，她写得愈多，故事的声音似乎变得愈大，回荡在她脑海中，紧紧压迫她的头部，等不及得到释放。她不知道这些故事够不够好，说实在话，她也不在乎。它们是她的故事，而写下这些故事似乎在某种程度上让它们成真。于她脑海里到处跳舞的角色转换到纸页上时变得更为大胆。他们采纳了她从未想象过的新癖好，说着她不知道他们会说的语言，举止开始变得高深莫测。

她的故事有位热切的小听众。每晚在晚餐后，伊莱莎会爬进萝丝身旁的床，如同她们小时候一般，然后，她会开始讲述她最新的童话故事。萝丝会睁大眼睛，专心倾听，在正确的时机喘气或叹息，于某些毛骨悚然的时刻开怀大笑。

是萝丝哄伊莱莎将她的故事送到了《孩童故事时间》在伦敦的办公室。

“你不想看到它们印制成书吗？它们会变成真的故事，而你会成为真的作家。”

“它们已经是真的故事了。”

萝丝的表情变得稍许狡猾：“但如果它们出版，你可以赚点稿费。”

她自己的收入。这会激起伊莱莎的兴趣，萝丝很清楚这点。直到这时，伊莱莎在经济上仍然完全仰赖她的舅妈和舅舅，但最近她常在忖度，她该如何为未来的旅行和冒险筹措资金。

“妈妈绝对将极为不悦，”萝丝把双手在下巴下方握紧，咬住嘴唇，免得露出微笑，“一位芒特榭的淑女抛头露面出来赚钱！”

艾德琳舅妈的反应如往常般对伊莱莎毫无意义，但让别人阅读她的故事这个点子……自从伊莱莎在斯温德尔太太的杂货店中发现童话故事书，沉浸在褪色的书页世界以来，她就深知故事的魔力。它们拥有可以填满人们受伤的部分心田的魔幻力量。

蒙蒙细雨现在转为小雨，伊莱莎开始奔跑，将笔记本紧抱在胸前，潮湿的一簇簇小草轻刷过她湿透的裙子。等伊莱莎告诉萝丝，那份儿童刊物准备刊载《化身公主》，而他们还有兴趣看更多故事时，萝丝会说些什么？她狂奔时，不禁对着自己微笑起来。

再一个星期萝丝就要回家了，伊莱莎几乎等不及。她多渴望见到她的表妹！萝丝在写信方面相当怠惰——她在航往美国时曾经写过一封信，但自那后便无只言片语，伊莱莎坐立不安地等待纽约来的手札。她很想自己去看看纽约，但艾德琳舅妈摆明她的态度。

“你毁掉你自己的前途，我可不管，”某晚萝丝上床睡觉后，她对她说，“但我不会允许你以那些粗野不文的礼仪毁掉萝丝的未来。倘若她没有独自表现的机会，她永远不会认识她未来的夫婿。”艾德琳舅妈挺直身体，“我订了去纽约的两张船票。一张给萝丝，一张给我自己。我希望避开不愉快的场面，因此，倘若萝丝觉得这是你自己的决定，这对大家都好。”

“我为什么要对萝丝撒谎？”

艾德琳舅妈深吸一口气，她的双颊突然变得凹陷憔悴。“当然是为了使她快乐。你不希望萝丝快乐吗？”

闪电的噼啪声在悬崖间回荡，伊莱莎抵达山丘顶端。天空愈来愈阴暗，小雨变成滂沱大雨。一座小屋矗立在林间空地内。伊莱莎察觉到，那就是那座蜷缩在围墙花园另一边的小屋，莱纳斯舅舅将那座花园给她，准许她尽情栽种草木。她快步躲到入口门廊下，身体在大雨落下时抵住前门。大雨变得浓密快速，噼啪落在屋檐上。

萝丝和艾德琳舅妈出发前往纽约已经两个月了，现在，时间拖着脚步前进，但第一个月过得十分迅速，天气晴朗，优异的故事点子不断纷纷冒出。伊莱莎将每天分成两半，分别在庄园里她最喜爱的两个地方度过：小海湾下方的黑岩，千年来的潮汐在其顶端冲刷出座位大小的平台；以及位于迷宫尽头的秘密花园，那是她的花园。能拥有自己的地方，自己的花园多令人开心呀。有时候，伊莱莎喜欢一动也不动地静静坐在铁制椅子上倾听。风儿吹拂着树叶啪嗒轻敲墙壁，低沉的海洋缓缓呼吸，隐隐约约地吸气吐气，鸟儿高唱着它们的故事。有时候，倘若她纹丝不动地静坐着，她几乎可以听见花儿对着太阳发出感激的细微叹息声。

今天却非如此。太阳隐没，越过悬崖边缘，天和海合而为一，形成灰色的汹涌搅拌，翻滚不已。大雨倾盆而下，伊莱莎不禁叹气。如果她不希望让自己和笔记本淋得湿透，她还是得放弃那股想冲过花园和迷宫的欲望。要是她能找到一个树洞躲起来就好了！一个故事开始啪嗒啪嗒地飞翔在伊莱莎想象力的边界；她紧紧抓住它，死也不肯放它走，当它长出手臂、双脚和清晰的目的时，仍旧抓牢着它。

她伸手进入裙子内，取出她总是偷偷藏在紧身胸衣下的铅笔。她将笔记本靠在弯曲的膝盖上，开始潦草地写着。

这里是鸟儿国度，风儿在此吹得更为强劲，大雨开始旋转起舞，飘进她躲藏之处，在她的笔记本书页上抛掷点点雨滴。伊莱莎转身向门，但大雨依然不放过她。

这样毫无用处！雨季开始时，她该躲在哪里写故事呢？小海湾和花园无法提供恰当的庇护。当然可以在她舅舅的庄园，里面有上百个房间，但伊莱莎发现，有人在身边打转时，她无法专心书写。她可以想象自己独处，但总是发现女仆正跪在炉火旁，一直用耙子翻动煤块，或她的舅舅默默坐在朦胧黑魆的角落。

大雨轻快飞奔而过，直落在伊莱莎的脚上，打湿了门廊。她合上笔记本，脚跟不耐烦地咚咚轻敲石头地板。她需要更好的庇护之处。伊莱莎盯着身后的红门。她以前怎么没有注意到呢？一把黄铜制大钥匙插在锁孔里，尾端装饰繁复。伊莱莎毫不迟疑，将钥匙往左转。锁发出“当”的一声。她将手放在门把上，门把平滑而奇妙地温暖，然后转动。“咔嚓”一声，门咿呀打开，仿佛透过魔法。

伊莱莎越过门槛，进入黑暗、干燥的子宫。

莱纳斯静坐在黑色雨伞下等待。他这一整天都没看见伊莱莎的踪迹，因此举止烦躁不安。她会出来的，他知道，戴维斯和她一直打算去观赏那座花园，而从那出来的路只有一条。莱纳斯闭上眼睛，思绪坠回多年以前，当时乔治亚娜每天都消失在花园里。她一再邀请他去花园欣赏她种植的花圃，而莱纳斯总是婉拒。但他每天都在等她，守望着她，直到他的小宝贝重新从树篱间现身。他还记得多年前他被迷宫困住的往事。那是多么微妙的感受，古老的羞愧混合着重新见到他妹妹的欢愉，真是难以形容。

他睁开眼睛，倒抽一口气。刚开始，他以为是自己一厢情愿的幻想，但，不是的，那是伊莱莎没错，她正往这方向走过来，陷入沉思。她还没看见他。他干燥的嘴唇移动，想说出话来。“孩子。”他叫道。

她抬头，非常吃惊。“舅舅。”她缓缓绽放微笑。她双手放在身侧，一只手中拿着棕色包裹。

“大雨来得很突然！”

她的裙子湿透了，透明的裙摆紧贴在腿上。莱纳斯无法移开视线。“我——我怕你会被大雨困住。”

“我差点被困。但我找到躲藏的地方，在小屋，迷宫另一端的那栋小屋。”

湿透的头发，湿透的裙摆，湿透的脚踝。莱纳斯吞口口水，将拐杖戳进潮湿的土壤，用力站起身来。

“有人在用那座小屋吗，舅舅？”伊莱莎走得更近，“它看起来很荒凉。”

她的气息——大雨、海盐和土壤。他靠在拐杖上，差点摔跤。她伸手扶他。

“花园，孩子，告诉我花园的事。”

“哦，舅舅，它长得多么茂盛！哪天您该抽空过来，坐在花朵间欣赏风景。您该亲自看看我种的花圃。”

她握住他手臂的双手温暖，她握得很紧。他祈祷，在他人生的剩余岁月中，时间就这样停止流逝，永远停留在这一刻，他和他的乔治亚娜——

“芒特榭爵爷！”托马斯从庄园里慌慌张张地向他们快步走过来，“爵爷，您该告诉我们，您需要帮助。”

然后，伊莱莎不再扶他，托马斯伸手取代她的位置。莱纳斯只能看着她消失在楼梯上，进入入口大厅，在厅旁稍作停顿，领取当天早上的信，然后为他的庄园所吞噬。

寄信人：萝丝·芒特榭小姐，冠达邮轮，卢西塔尼亚号，1907年11月7日

收信人：伊莱莎·芒特榭小姐，布雷赫庄园，英国康沃尔

我最亲爱的伊莱莎：

光阴似箭！从上次我写信给你后发生了好多事，我都不知道该从何开始。首先，我必须为没捎上只字片语而向你道歉。我们在纽约度过的这个月如激烈的旋风。

离开纽约海港时，我便打算坐下来写信给你，结果我们碰上如此强烈的暴风雨，我几乎以为我又回到康沃尔。雷电轰轰作响，哦！那些狂暴的疾风！我在船舱里整整待了两天，可怜的妈妈脸都变绿了。她需要不时的照顾，真是奇妙的角色转换，妈妈生病，而病恹恹的萝丝成为她的护士！

暴风雨最后止歇后，迷雾笼罩多日，这艘船如大海怪般漂浮于海面。这景象让我想到你，亲爱的伊莱莎，还有你在我们小时候说的故事，那些美人鱼和迷失在海上的船只。

现在，天气晴朗，我们愈来愈接近英国……但等等。我有那么多事可以讲述时，我为什么给你天气报告呢？我知道答案：我正在我真正的意图上盘旋，迟疑着叙述我真正的消息，哦！我该从何开始呢……

你还记得，亲爱的伊莱莎，我在上封信里提过，妈妈和我认识了一些重要的名人？其中一位是杜德默夫人，她的确举足轻重；再者，她似乎挺喜欢我，因为妈妈和我取得不少介绍信，那使得我们能进入纽约最上流的社交圈子，我们就像耀眼夺目的蝴蝶，从一个派对轻快地飞往另一个派对——但我仍然没说到重点——你不需要听到每个晚宴、每次桥牌的细节！最亲爱的伊莱莎，我不再拖延，我将屏住呼吸，坦白告知：我订婚了！我即将举行婚礼！亲爱的伊莱莎，我满心狂喜，几乎不敢张开嘴巴说话，我怕我一开口，只会滔滔不绝地诉说我的爱。我不会这么做——不会在信中。我拒绝透过不合宜的字句来贬低这些最为精致的感情。反之，我会等到我们再次相见时再向你和盘托出。请允许我保持缄默，我的表姐，我现在正飘浮在幸福的大云朵上，我想，这消息便已足够。

我从未感觉这样精神奕奕，我都要感谢你，我亲爱的伊莱莎，你从康沃尔挥舞你的仙女棒，使我最美丽的愿望成真！我的未婚夫（能写下这几个字，我的未婚夫，便足以让人兴奋！）也许不符合你的想象。尽管在每种条件上，他都非常出众，他英俊、绝顶聪明，而且善良，但在经济上，他是个穷小子！（现在你知道我为什么怀疑你有预知未来的能力了——）他就像你在《化身公主》中为我创造的白马王子！你怎么会知道，最亲爱的，我会为这种人陷入热恋！

可怜的妈妈仍旧感到震惊（虽然现在平复许多），的确，她在我告知她我的订婚消息后，好几天都没和我说话。当然，她一心想找到更优秀的对象，但我无视于金钱或头衔，此举令她相当不悦。那是她对我的期望，我坦承我曾经受她影响，但我不再如此。当我的王子已经前来打开锁住我的金鸟笼时，我还会那么想吗？我非常想见你，伊莱莎，我想和你分享我的喜悦。

我极为思念你，我无法忍受，一抵达英国后，我们还要再等一个星期才能相聚。我会在我们抵达利物浦时寄出这封信。真希望我能一路陪伴它到布雷赫，而不是在母亲那阴沉的家族里度过衰颓、感伤的日子！

你永远亲爱的表妹，萝丝

如果她够诚实的话，艾德琳会怪罪自己。毕竟，不就是她在拜访纽约期间，陪伴着萝丝参加每场令人陶醉的晚宴？欧文夫妇在第五大道的豪宅举办舞会时，她自己不就是监护人吗？更糟的是，当那位潇洒时髦、有着深色头发和丰满嘴唇的年轻男士上前来向萝丝邀舞时，她不是还点头以示鼓励了吗？

“你的女儿是位美人坯子，”法兰克·哈斯汀太太这样说，挨过来在艾德琳耳边低语，而那对才子佳人正开始跳舞，“她是今晚最漂亮的女人。”

是的，艾德琳骄傲地在座位上改变坐姿。（这是她招致毁灭的一刻吗？上帝是否注意到她的骄傲？）“她的美貌可媲美她纯洁的心。”

“纳桑尼·沃克的确是位英挺的男人。”

纳桑尼·沃克。这是她第一次听到他的名字。“沃克。”她若有所思地说：这名字好像很熟悉，她似乎听说过一个因石油致富的沃克家族？新的有钱阶级，但时代在改变，头衔和财富的结合不再带来羞辱。“他的家人是谁？”

哈斯汀太太温和的五官突然闪亮起来，其中无法掩饰的兴奋是否是艾德琳的想象？“哦，他不属于上流社会。”她抬高一边的眉毛，“你知道，他只是一位艺术家，不知怎么攀上年轻的瓦特·欧文，真是荒谬。”

艾德琳的微笑在嘴角一僵，但她仍旧保持笑容。她还没全盘皆输，绘画是高尚的嗜好……

“谣传说，”哈斯汀太太给她致命的一击，“瓦特·欧文是在马路上认识他的！他是波兰移民的儿子。他也许叫自己沃克，但我怀疑那是他的移民证件上的姓氏。听说他以画素描为生！”

“油画？”

“哦，没那么伟大。据我所知，是炭笔素描。”她咬咬一边的脸颊，试图吞下她的兴奋，“但他蹿升得很快。他的父母是天主教徒，父亲在码头工作。”

当哈斯汀太太靠回镀金椅背，脸上带着狡猾的微笑时，艾德琳极想尖叫。“但年轻女孩和英俊男人跳跳舞，应该无伤大雅吧？”

一抹平静的微笑掩饰她的惊慌。“当然。”艾德琳说。

当时，她的心中蹿起一个记忆，一名年轻女孩站在康沃尔悬崖顶端，张大眼睛，敞开心扉，深情地凝视着一个带来许多承诺的年轻人——这使她如何能相信自己说的话呢？哦，年轻女士为英俊男人的短暂注意而感到受宠若惊时，就陷入了极度险境。

那个星期过去，她几乎无法形容她的惊惶失措。一晚接着一晚，艾德琳带领萝丝到一大群合格的绅士前。她等待，她希望，渴盼见到深感兴趣的火花点亮她女儿的脸庞。但每晚她都大失所望。萝丝的眼中只看得见纳桑尼，而他似乎亦是如此。仿佛被危险的歇斯底里抓住般，萝丝深陷情网，遥不可及。艾德琳极力与想打她巴掌的冲动奋战，她的脸颊热切地发着光，闪着合宜的年轻淑女不该闪烁的光芒。

艾德琳也为纳桑尼·沃克的俊脸所困扰。在每个她们参加的晚餐、舞会或读书会，她会环顾房间，找寻他那张脸。恐惧在她心中打上烙印，其他的脸庞全成模糊一片：只有他的五官清晰异常。甚至在他没出席时，她都开始看见他的身影。她梦到码头、船只和贫穷的家族。有时候，噩梦的场景转换到约克夏，她自己的父母成为纳桑尼的家族成员。哦，她那可怜、混乱又愚蠢的脑袋，想想她恐惧至此。

然后，在某晚，最糟糕的事终于发生了。她们去参加舞会，搭马车回家时，萝丝安静得很不寻常。那种特别的平稳预示心意已决，看透一切。仿佛一位小心呵护秘密的人，暂时不吐露，等待释放它的最佳时机，作出最沉重的一击。当萝丝更换睡衣要上床时，恐怖时刻降临。

“妈妈，”她边说边梳着头发，“我想告诉您一件事。”然后是那些字，那些可怖的字。爱情……命运……永恒……

“你还年轻，”艾德琳迅速打断萝丝的话，“我了解你会将友谊误认为爱情。”

“我感觉到的不只是友谊，妈妈。”

艾德琳的肌肤下方开始发热。“那会是一场灾难。他不能带来任何好处……”

“他带来他自己，这对我而言已然足够。”

她的坚毅，她让人恼火的自信。“那是你天真和年轻的证据，我的萝丝。”

“我已经大到知道我的心意，妈妈。我现在已经十八岁了。您带我来纽约不就是为了认识我的白马王子吗？”

艾德琳的声音微弱：“这个男人不是你的白马王子。”

“您怎么知道呢？”

“因为我是你的母亲。”这听起来多么不堪一击，“你美丽，有辉煌的家世，而你愿意就此满足？”

萝丝柔和地叹口气，似乎表示她不愿再继续这场对话。“我爱他，妈妈。”

艾德琳不禁闭上眼睛。年轻！对这三个字的傲慢力量，任何理智的争论尚有机会吗？她的女儿，她珍贵的宝贝这样轻易地说出那三个字，而他是如此配不上她！

“而且他也爱我，妈妈，这是他亲口告诉我的。”

艾德琳的心因恐惧而紧缩。她可爱的女孩为愚蠢的爱情思想而变得盲目。她该如何告诉她，要赢得男人的心没这样容易。就算赢得，也不容易保持。

“你放心，”萝丝说，“我以后会过着幸福快乐的日子，就像伊莱莎的故事。你知道，她写过这种事，好像她知道未来会发生的事。”

伊莱莎！艾德琳的怒气沸腾。即使在这里，在这么遥远的地方，那个女孩还是能铸造悲剧。她的影响力越过广袤的海洋，她喃喃低语，毁灭萝丝的未来，唆使她铸下人生中最大的错误。

艾德琳抿紧嘴唇。她照顾萝丝，看着她从无数烦闷和疾病中恢复健康，可不是为了眼睁睁看着她走进门不当户不对的婚姻。“你必须收回你的承诺。他会了解的。他一定知道，你的家族永远不会允许。”

“我们订婚了，妈妈。他向我求婚，而我答应了。”

“收回你的承诺。”

“我不要。”

艾德琳感觉到她的背抵住墙壁。“你会被上流社会唾弃，你父亲的家不再欢迎你。”

“那我会留在这里，这里欢迎我。我是指纳桑尼的家乡。”

怎么会到这种地步呢？她的萝丝竟然会说这种话。她一定知道这些话会使她妈妈心碎。艾德琳开始头晕，她必须躺下来。

“我很抱歉，妈妈，”萝丝平静地说，“但我不会改变心意，我没办法。别要求我这么做。”

接下来的几天中，她们没有对彼此说话，当然，那些平庸的社交玩笑是例外，她们都无法忽略这项礼数。萝丝认为艾德琳只不过是在闹别扭，但她绝非如此，她正在仔细考虑。艾德琳总是能将热情转化为逻辑思考。

目前的方程式完全不可行，因此必须改变某些因子。如果无法改变萝丝的决心，那就改变她的未婚夫。他必须变成一位配得上她女儿的男人，那种人们带着敬畏——是的，还有妒羡——谈论的男人。艾德琳知道她该如何促成这种改变。

每个男人的心中都有一个洞口。那是渴盼的黑暗深渊，填满它则凌驾于所有需要。艾德琳怀疑，纳桑尼·沃克心中的洞口是骄傲，贫穷男人心中暗藏的骄傲最为危险。证明他自己能力的饥渴，摆脱他的出身力争上游，成为比他父亲更高贵的男人。即使没有哈斯汀太太热切提供的传记，艾德琳愈熟悉纳桑尼·沃克，她就愈肯定她的直觉。她可以从他走路的姿态，他总是发亮的鞋子，热烈的微笑，以及洪亮的大笑声中看出端倪。这些是出身卑微的男人在瞥见灿烂上流社会于他头上高高盘旋时所表现出来的不安特征。贫穷男人的皮肤上套着穿不惯的华服。

艾德琳深知他的弱点，因为这也是她的痛处。她确切知道她该采取何种行动。她必须确定他得到所有出头的机会；她必须成为他最厉害的宣传，在最上流的社会推广他的艺术，确定他的名字和精英的肖像画画上等号。既然有她有力的背书，他本人又英俊迷人，更别提还有萝丝这位妻子，他一定会让人印象深刻。他绝对不会失败。

而且，艾德琳会确定这点，他永远也不会忘记是谁让他平步青云。

伊莱莎将信丢在床边。萝丝订婚了，即将结婚。这项新闻不完全是个意外。萝丝常提及她对未来的企望，她想结婚生子，拥有豪宅和自己的马车。但伊莱莎还是觉得古怪。

她翻开她的新笔记本，手指轻抚过第一页，为雨滴所浸湿，表面变得凹凸不平。她用铅笔画了一条线，漫不经心地看着线条随着纸张的潮湿或干燥，忽而暗淡，忽而清晰。她开始写一个故事，心烦意乱地涂写了好一会儿，然后将笔记本推开。

最后，伊莱莎往后躺在枕头上。她无法否认，她有不寻常的感受：胃深处有某种东西端坐着，沉重粗暴、尖锐又苦涩。她想着她是否生病了。也许是雨的关系？玛丽总是警告她，不要在户外逗留过久。

伊莱莎转头盯着墙壁，但她什么也没看到。萝丝，她的表妹，她提供娱乐的对象，合作的共犯，即将结婚了。伊莱莎会和谁分享那座秘密花园？分享她的故事？她的人生？她的未来曾在她的想象中如此生动鲜明，在眼前延伸无止境的漫漫岁月，充满着旅行、冒险和创作，却在突然间成为荒诞的幻想？

她的目光投向一旁，停在镜子的冰冷玻璃上。伊莱莎不常盯着镜子，而自从上次她看到她的孪生弟弟后，时光荏苒，某样东西失踪了。她站起来，走近镜子，打量她自己。

意识刹那间完全成形。她知道她失去了什么。这个倒影属于一位成年人，没有地方容塞米的脸躲藏。他消失了。

现在，萝丝也消失了。这个男人是谁？他在一眨眼间偷走了她最亲密的朋友。

就算她吞下玛丽手制的圣诞节装饰，就算她吞下钉着丁香的橘子，她都不会感觉如此不适。

嫉妒，那是这个如鲠在喉的事物的名称。她嫉妒那个让萝丝快乐的男人，他轻易达到伊莱莎费尽心力才办到的事，而且让她表妹的情感转变得如此快速、如此完整。嫉妒，伊莱莎低声说着这两个尖锐的字，感觉它的毒刺穿透口舌。

她在镜子前转身，闭上双眼，命令自己忘却那封信和它带来的可怕消息。她不想心怀妒恨，一心想割除这个有刺的喉间肿块。因为伊莱莎从她的童话故事中学到，为妒忌所诅咒的邪恶姐妹，等待她们的将是何种命运。

35

布雷赫饭店，*2005*

茱莉亚的房间位于庄园顶端，从第二层楼的走廊底端走上一道非常狭窄的阶梯即可抵达。卡珊德拉离开她的房间时，太阳已经开始和地平线合而为一，大厅阴暗阒寂。她敲门等待，紧抓着她带来的酒瓶瓶颈。这是她和克里斯汀一起穿越村子返回时临时作的决定。

门开了，茱莉亚罩着一件闪闪发光的粉红色和服。“进来，进来，”她示意卡珊德拉跟着她走过房间，“我正在准备我们的晚餐。希望你喜欢意大利菜！”

“我很喜欢意大利菜。”卡珊德拉说，快步跟在她后面。

众多女仆住过的几间小卧室被打通，经过重新装修，成为一间非常宽敞的阁楼房间。沿着两边墙壁上开了许多屋顶窗，可以在白天俯瞰庄园的旖旎风光。

卡珊德拉站在厨房入口。流理台上放满搅拌碗和量杯，以及打开盖子的番茄罐，橄榄油、柠檬汁和不知名的食材滴在台上，形成一圈圈小小的水池。她看了看，似乎没有放下来的地方，于是将酒瓶递出去。

“你真贴心。”茱莉亚拔出软木塞，然后从流理台上方的架子里拿下一只高脚杯，从高处将酒潺潺倒入。她舔舔手指上的一滴澳大利亚红酒。“我个人只喝琴酒，”她眨眨眼说，“能让你保持年轻；它的酒精浓度很高，你知道。”她将装着芳香红酒的高脚杯递给卡珊德拉，快步从厨房离开，“进来，把这里当作你自己的家。”

她指指位于房间中央的一把扶手椅，卡珊德拉依言坐下。她前面有个木箱兼咖啡桌，中间放了一叠古老的剪贴簿，每本都套着褪色的棕色皮革。

一阵兴奋感迅速扩散到卡珊德拉全身，她的手指因欲望而感到刺痛。

“你坐着慢慢看，我来把晚餐准备好。”

卡珊德拉不需要提醒两次。她立即伸出手拿起最上面的剪贴簿，手掌轻抚它的表面。皮革完全失去了原本的凹凸不平，变得像天鹅绒般平滑柔软。

卡珊德拉期待地深吸口气，打开封面，读着漂亮、精美的字迹：萝丝·伊丽莎白·芒特榭·沃克，1909年。她的指尖循着笔画抚摸，感觉到纸上微弱的痕迹。她想象写下这些字的那支鹅毛笔。她小心翼翼地翻开书页，直到她翻到第一个记载。

新的一年。这年发生了如此精彩的大事。自从马修医生抵达，并给我他的诊断后，我几乎无法集中精神。我坦承，最近的身体微恙让我忧心忡忡，而我并非唯一这样想的人。我只消瞥瞥妈妈的脸就可以看见她的忧虑。马修医生进行检查时，我动也不动地躺着，眼睛凝视着天花板，命令我的心智停止恐惧，回忆到目前为止，我的人生中那些最快乐的片段。其中当然包括我的大喜之日、纽约之旅、伊莱莎抵达布雷赫的那个夏天……我未料到，当生命受到威胁时，这些回忆竟能显得如此鲜明亮丽！之后，妈妈和我并肩坐在沙发上等待马修医生的诊断，她紧握我的手。她的手如此冰冷。我瞥瞥她，但她回避我的目光。这让我开始忧心忡忡。在我孩提时代，不断生病的那些时日里，妈妈是保持乐观心境的那个人。我想着，她的自信现在为什么弃她而去，而这次是她直觉到有事不对劲，才召医生前来关切。马修医生清清喉咙，我握紧妈妈的手等待判决。他的诊断则让我震惊不已，远超过我的梦想。

“您怀孕了。我判断已经有两个月。如一切顺利，您将在八月分娩。”

哦，我可有语言来形容这些话所引发的喜乐吗？在这样长久的希望，连续数月的可怕失望之后。一个我可以钟爱的宝宝。纳桑尼的继承人，妈妈的孙子，伊莱莎的教子。

卡珊德拉的眼睛刺痛。想想，让萝丝万般雀跃的受孕，这个宝宝是奈儿，这个极度渴望和等待的宝宝是卡珊德拉亲爱但后来却失踪的外婆。萝丝的字句写于对未来发展的无知之中，因此，她充满希望的情绪特别感人。

她迅速翻阅日记，跳过贴着蕾丝和缎带的页面，医生来访的简短报告，受邀参加郡内的晚餐和舞会，直到最后，在1909年12

月，她发现她在寻找的段落。

她在这里了——这个记录的记载比我预期得稍晚。过去数月比我预期的还要艰困，我没有时间或精力写作，但一切都是值得的。在希望了数个月之后，在长期的疾病缠身、忧心忡忡和囚禁病榻之后，我的臂弯中抱着我亲爱的孩子。其他事物全变得无关紧要。她完美无缺。她的皮肤如此白皙平滑，她的嘴唇如此红艳丰润。她的眼眸深蓝，但医生说，婴儿总是如此，长大后也许颜色会变。我暗自希望他所言非真。我希望她拥有芒特榭的真实色彩（就像父亲和伊莱莎），蓝色眼珠和红色头发。我们决定将她命名为艾弗瑞[1]。那是她皮肤的颜色，而毫无疑问地，时间将会证明，那也是她灵魂的色彩。

“晚餐来了。”茱莉亚摇摇晃晃地端着两盘热气腾腾的意大利面，腋下夹着一支巨大的胡椒研磨器。“意大利小方饺和松果以及戈尔根朱勒奶酪。”她递了一盘给卡珊德拉，“小心，盘子有点烫。”

卡珊德拉接过盘子，将剪贴簿放在一旁。“闻起来很好吃。”

“如果我没有成为作家、装潢家和旅馆从业人员，我会成为厨师。敬你。”茱莉亚举高琴酒杯，轻啜一口，然后叹气，“有时候，我觉得我的人生是一连串的意外和机运，我可不是在抱

1 Ivory，意为象牙。

怨。完全放弃想控制一切的期待也能让人十分快乐。”她又起一个意大利小方饺，“说够我的事了，小屋的状况如何？”

“真的很好，”卡珊德拉说，“除了我愈努力，便发现我需要做的事情愈多之外。花园野草丛生，屋况相当糟糕。我甚至不确定它的结构是否稳固。我想，我应该请建筑工人过来看看，但我还没有时间，手头上有很多事情要忙。它让人……”

“忙得喘不过气来。”

“正是如此，的确让人不知所措，但不仅于此。它……”卡珊德拉打住话头，寻找正确的字眼，她找到时，连她自己都大吃一惊，”……令人莫名兴奋。我在小屋找到一样东西，茱莉亚。”

“找到东西？”她抬起双眉，“秘密宝藏之类的吗？”

“如果你指的是丰饶的绿色宝藏的话。”卡珊德拉咬着下唇，“那是座秘密花园，一座位于小屋后方的围墙花园。我想，它有数十年没人探访，毫无疑问，因为墙壁真的很高，完全被荆棘覆盖。你永远猜不到有座花园在那儿。”

“你是怎么找到它的？”

“全凭意外。”

茱莉亚摇摇头。“这世界上没有意外这回事。”

“但我真的不知道它在那儿。”

“我不是说你知道。我只是说，你不想找的话，也许花园就不会找上你。”

“嗯，我很高兴它让我找到它。那座花园令人惊诧。杂草蔓生，但荆棘下面的各种植物仍旧蓬勃生长。里面有小径、花园座椅和喂鸟器。”

“就像睡美人，沉睡着，直到打破魔咒。”

“你可以这样说，但它可没沉睡。树木不断生长，冒出果实，即使没有人欣赏它。你该看看那棵苹果树，它看起来有上百岁。”

“它的确有，”茱莉亚突然说，挺直身体，将盘子放到一旁，“或说将近一百岁。”她急促地翻着剪贴簿，手指翻阅一页又一页，前后寻找。“啊哈，”她轻敲着一个段落，“在这里。就在萝丝十八岁生日后，她去纽约，认识纳桑尼之前。”茱莉亚在鼻子上戴上绿松石和珍珠母眼镜，开始朗读。

1907年，5月21日。今天真是累人！想想，我要开始度过今天时，还以为我又得忍受另一个被关在室内的冗长日子。（马修医生提到村子里有几起感冒案例之后，妈妈变得异常惊恐，她深恐我会生病，不能在下个月前往乡间度过周末。）伊莱莎像往常般有别的点子。就在妈妈坐着马车，离开庄园，前去赴菲利摩夫人的午餐之约时，伊莱莎出现在我房门口，双颊发光（我多嫉妒她能在户外待那么多时间！），她坚持要我放下剪贴簿（我正在装饰你，亲爱的日记！）跟着她走过迷宫：那里有我一定得瞧瞧的东西。

我的第一个直觉是加以反对——我怕仆人会向妈妈禀报，我不想引发一场争吵，尤其纽约之旅又近在眼前——但我察觉到伊莱莎的眼睛里闪耀着那种“眼光”，每当她心中形成秘密计划，毫不迟疑时，她就会有那种眼光，不消说，这种眼光在过去七年间曾导致我陷入无数困境。

我亲爱的表姐如此兴奋，我不由得被她的热忱打动。有时候，我觉得她的旺盛精力足堪我们俩使用，尤其我又时常病恹恹的。在我知道前，我们已经一起快步前进，手臂交缠，发出咯咯轻笑。戴维斯在迷宫的大门等着我们，在一棵巨大盆栽下砍伐杂枝，一路上，伊莱莎一直绕回去提供协助（但他总是拒绝），然后，她会轻跳回我身边，抓住我的手，拉着我往前走。我们这样在迷宫内迂回前进（伊莱莎对那些小径了如指掌），穿越中央休息区，经过一个黄铜环，伊莱莎说它通往地下通道，直到我们最后终于抵达一道金属大门，上面挂着一个黄铜大锁。伊莱莎从裙子口袋里拿出一把钥匙，在我来得及问她，她究竟是从哪里找到这种东西前，她就不无炫耀地将它插入锁孔内。她转动门锁，轻轻一推，门便缓缓打开。

里面是座花园。与庄园内的其他花园有点类似，但又稍有不同。首先，它完全被围墙环绕起来。它四面都是高高的墙壁，而南北墙壁上分别有一道金属大门……

“还有一扇门，”卡珊德拉说，“但我找不到它。”

茱莉亚从眼镜上方凝视着她。“在1912年……1913年时，花园曾经整修过，在前方加上一道砖墙，也许他们顺便将门拆除？但等等。你听听这个段落。”

花园工整，植物稀少。它看起来像是休耕的田地，等着在冬季过后撒种。中央有一座装饰繁复的金属长椅，旁边就是一个石制鸟澡盆，地上放着几个板条箱，里面装满小盆栽。

伊莱莎像男学童般粗莽地冲进里面。

“这是什么地方？”我纳闷地说。

“这是座花园。我照顾它一些时日了。你该看看我刚开始时必须拔除的杂草。我们可忙坏了，对不对，戴维斯？”

“的确如此，伊莱莎小姐。”他边说边把一棵盆栽种进南墙旁。

“它将是我们的花园，萝丝。就如我们小时候想象的那样，我们能一起躲在这个秘密场所，就你和我。四面墙壁，锁上的门，只属于我们的天堂。即使在你不舒服时，你还是能来这里，萝丝。围墙保护花园免受暴烈的海风吹拂，因此，你能在此倾听鸟儿的歌声，嗅闻花朵的香味，感觉太阳抚摸你的脸庞。”

她的热忱和强烈的情感使我不由得渴盼一座这样的花园。我凝视着被驯服的花床，花朵正开始冒出花苞，我能想象她所描述的天堂景象。“在我很小的时候，我听人们说过一座躲藏在庄园内的围墙花园，但我以为它是个故事。”

“它不是。”伊莱莎的眼睛闪闪发光，“它真的存在，现在，我们能让它起死回生。”

他们一定辛勤工作。倘若这座花园长久以来受到忽视，那是自从……我皱起眉头，我小时候听过的谈话突然在记忆中浮现。我恍然大悟：我知道那是谁的花园了——

“哦，伊莱莎。”我快速地说，“你一定得小心，我们一定得小心。我们必须离开此处，永远不要回来。如果父亲知道此事的话——”

“他已经知道了。”

我用锐利的目光盯着她，比我意图的还要锐利。“你是什么意思？”

“舅舅指示戴维斯说，我是这座花园的主人。他命令戴维斯清理迷宫的最后部分，告诉他，我们应该赋予这座花园新的生命。”

“但父亲严格禁止任何人进入围墙花园。”

伊莱莎耸耸肩，她总是随时做出这个姿势，妈妈对此轻蔑不已。“他一定是改变心意了。”

改变心意。这违反我对父亲的一贯印象，我深感不安。“心”那个字导致我心神不宁。除了有次在他的暗房里，我躲在桌子下方，听到他为他妹妹，他的小宝贝哭泣外，我想不出曾经见过父亲展现他的“心”的行为。刹那间，我明白了，我感觉到胃部底端有股奇异的沉重。“那是因为你是她的女儿。”

但伊莱莎没听到我的话。她刚巧离开我身边，现在正拖着一盆茂盛的盆栽往墙边一个大洞走去。“这是我们种的第一棵树，”她大叫，“我们应该举行一个仪式。因此，你今天在此至为重要。不管我们的人生如何转折，这棵树将不断茁壮成长，它永远会记得我们：萝丝和伊莱莎。”

戴维斯那时走到我身边，慎重地递给我一把小铲子。“伊莱莎小姐希望，您是第一位在此树的根部翻土的人，萝丝小姐。”

伊莱莎小姐的愿望。我是谁，如何能和这样巨大的力量辩驳？

“这是什么树？”我问。

“苹果树。”

“我早该知道。伊莱莎总是喜欢象征之物，而苹果是第一个果实。[1]”

茱莉亚从剪贴簿中抬起头，一滴眼泪从眼角滑落，熠熠生辉。她抽抽鼻涕，绽放微笑：“我深爱萝丝。你不觉得她好像也在这里吗？”

卡珊德拉不禁微笑。她吃了一个那棵树的苹果，她的外曾祖母曾经在近百年前协助栽种那棵树。苹果让她回想起那场古怪的梦，她的脸颊不由得泛起浅色红晕。她这整个星期以来和克里斯汀并肩工作，成功地将那场梦抛诸脑后。她以为她早忘了它。

“现在，你在重新清理同一座花园。真是奇妙的巧合。如果萝丝地下有知，她会怎么说？”茱莉亚从身边的面纸盒里抽出一张面纸，擤擤鼻涕，“抱歉，”她边说边轻轻擦拭眼睛下方的睫毛膏，“这实在太浪漫了。”她纵声大笑，“可惜你没有一个戴维斯来帮你。”

“他不是戴维斯，但的确有人帮我，”卡珊德拉说，“这个

1 指亚当和夏娃在伊甸园偷吃苹果之事。

星期以来，他每个下午都过来帮忙。当他和他哥哥迈可过来锯掉倾塌在小屋上的一棵树时，我认识了他们。我想，你一定也认识他们。罗苹·约翰逊说他们也负责饭店的花园。”

“布莱克兄弟。他们的确负责此地的花园，我喜欢看他们工作。迈可很赏心悦目，不是吗？他也相当迷人。如果我还在写罗曼史，当我描写我那些女士的梦中情人时，我会拿迈可作榜样。”

“克里斯汀呢？”尽管她尽最大的努力表现出冷淡的态度，卡珊德拉的脸颊还是涨得通红。

“哦，他会是那位更聪明、更年轻、更安静的弟弟，他最后会赢得女主角的芳心，使读者大吃一惊。”

卡珊德拉微笑起来：“我可不想问我会是谁。”

“而我毫不怀疑我将是谁，”茱莉亚叹口气，“那位年华老去的大美人无法赢得英雄的心，因此，她将所有的精力放在帮助女主角实现她的命运上。”

“如果人生像童话故事的话，我们会轻松许多，”卡珊德拉说，“如果人们都能以刻板角色归类的话。”

“哦，但人们的确是如此，他们只是以为他们不能被归类。甚至连坚持这类范畴不存在的人都是陈词滥调：那些阴沉而自命博学的人坚决主张自己的独特！”

卡珊德拉喝了一小口红酒：“你不认为有独特这回事吗？”

“我们都很独特，只是从来不是以我们所想象的方式。”茱莉亚微笑，摆摆手，手镯发出清脆的当当声，“听听我的论调吧。我是位可怕的绝对论者。当然，刻板角色会有变化。以你的克里斯汀为例，你知道，他原本不是一个以园艺为生的园丁。他曾在牛津的医院工作。真的，没骗你。他曾是某种医生，我忘记那个专有名词了，它们总是很长，又令人困惑，不是吗？”

卡珊德拉惊讶地挺直身体：“医生怎么会跑来砍树呢？”

“医生怎么会跑来砍树呢？”茱莉亚颇富深意、若有所指地重复这个问题，“这就是我的重点。迈可告诉我他弟弟要跟他一起工作时，我没多问，但我一直好奇得不得了。是什么事使年轻男人就这样转换职业？”

卡珊德拉摇摇头：“也许是改变心意？”

“我会说那可是非常重大的改变。”

“也许他不喜欢当医生。”

“也许，但我们总认为他应该会在读医的那么多年间得到暗示。”茱莉亚暗藏玄机地微笑着。

“我想事情可能很有趣，但我曾是作家，老习惯改不过来。我无法停止想象内情。”她用一根拿着琴酒的手指，指着卡珊德拉，“亲爱的，这就是角色有趣的地方，他们的秘密。”

卡珊德拉想到奈儿以及她暗藏的秘密。她在最后发现她的身世后，并没有告诉任何人，她怎么能按捺得住？“我希望我外婆死前见过这些剪贴簿。它们对她而言意义重大，她可以倾听她母亲的声音。”

“我这星期都在想你外婆的事，”茱莉亚说，“自从你告诉我后来发生的事后，我一直在纳闷伊莱莎为什么带走她。”

“然后呢？你觉得是为什么？”

“嫉妒，”茱莉亚说，“我每次都只能想到这个理由。那是个非常有力的动机，老天知道，萝丝让人妒忌不已：她的美貌、才华洋溢的丈夫、她的出身。在她们的童年时代，伊莱莎一定视萝丝为拥有一切的小女孩，特别是那些她无法拥有的东西。富有的双亲；美丽的庄园；天性仁慈；受众人眷顾。然后，进入成年后，萝丝这么快就结婚，这个男人的条件非常好，接着怀孕，产下漂亮的女宝宝……该死，连我都羡妒萝丝！想想，伊莱莎会有什么感受——何况她一向有点古怪。”她喝光她的酒，用力放下杯子，借此强调她的话，“我一点也不是在为她的行为找借口。我只是说，她会那么做，我并不讶异。”

“那是最显而易见的理由，不是吗？”

“最显而易见的理由往往是正确答案。动机都写在剪贴簿里——嗯，如果你知道该怎么寻找的话。从萝丝发现她怀孕的那一刻起，伊莱莎就变得疏远。在艾弗瑞出生后，萝丝就很少提到伊莱莎。萝丝一定很痛苦，伊莱莎原本像个亲姐妹，然后，突然间，在这么特别的时刻，她渐行渐远，收拾行李，离开布雷赫。”

“她上哪儿去了？”卡珊德拉愕然问道。

“我想，是出国吧。”茱莉亚皱着眉头，“现在你提到这点，我不确定萝丝是否有确切说是哪里——”她挥挥手，“这点并不重要。重要的是，她在萝丝怀孕时离开，直到艾弗瑞出生后才回来。她们的友谊自此后完全改变了。”

卡珊德拉打个哈欠，重新调整枕头的位置。她的眼睛相当疲惫，但她已经快读到1907年的年末，剪贴簿只剩几页，现在将它放下来未免可惜。何况，她愈快读完它们愈好，茱莉亚虽然答应把书借给她，但卡珊德拉怀疑她无法忍受跟它们分开太久。好在奈儿的笔迹潦草，萝丝的笔迹相对之下工整而深思熟虑。卡珊德拉喝了一小口茶，茶现在变温了，她跳过贴满着布料、缎带样本、礼服薄纱，以及试着亲笔签名的那几页，萝丝在剪贴簿上反复写着：萝丝·芒特榭·沃克、沃克太太，和萝丝·沃克等的签名。她看了后不禁微笑——某些事情永远不会改变——然后翻到最后一页。

我刚重新读完《苔丝》。这是本让人困惑的小说，我无法说我喜欢它。哈代[1]小说里描述许多残酷的现实。我想，它的品位对我而言过于露骨——尽管我努力超越，我毕竟是我母亲的女儿。安杰改信基督教，他和莉莎-卢的婚姻，可怜的索罗宝宝的死亡：这些事件都让我心烦意乱不已。为什么索罗不能以基督教葬礼下葬——我们不该为父母的罪而怪罪小宝宝，不是吗？哈代是否赞成安杰的改信，或者他是个怀疑论者？而安杰怎么能这样干脆地将爱情从苔丝转变到她妹妹身上？

啊，这类问题曾使比我更聪明的心智感到困惑，而我重新阅读可怜的苔丝她悲剧性的哀伤故事并非出于文学评论的动机。我坦承，我阅读托马斯·哈代先生的小说是企望在其中寻找卓越见解，它们或许能够解决我和纳桑尼结婚后所将面临的难题。更进一步来说，是我可能会遇到的难题。哦，我在想到这些问题时，双颊不禁涨得通红！我当然找不到形容它们的字。（想想妈妈会有什么表情！）

唉，哈代先生没能提供我一心想要寻求的答案。我的记忆错误，苔丝的失身并未过多着墨，而且缺乏细

1　托马斯·哈代（Thomas Hardy，1840—1928），英国诗人、小说家，《苔丝》的作者。

节。因此，这就是我仅能找到的答案。除非我能想到还有谁的小说可供参考（我想，詹姆斯先生或狄更斯先生在这点上皆付诸阙如），我毫无选择，只能如瞎眼般地走进黑暗深渊。我最大的恐惧是纳桑尼将会突然观察我的腹部。但他应该不会这么做吧？虚荣的确是种严重的罪过，可是，唉，我无法控制自己。我的印记非常丑陋，而他是如此喜爱我的白皙肌肤。

卡珊德拉再次咀嚼最后几句话。萝丝口中所说的印记是指什么？也许是胎记？或伤疤？她是否曾在剪贴簿其他地方读过能解释此点的段落？卡珊德拉努力回想，但她不记得读过这类段落。已经很晚了，而她非常疲累，她的思绪变得和视力一样模糊。

她再次打个哈欠，揉搓眼睛，合上剪贴簿。她可能永远无法知道答案，但这无关紧要。卡珊德拉的手指再次轻抚磨损的封面，就像萝丝一定做过许多次那样。她将书放在床头柜上，关掉电灯。她闭上眼睛，滑入一个熟悉的梦境里，长长的草，无尽的原野，然后，刹那间，出乎意料，出现了一间矗立在悬崖边缘的海边小屋。

36

彼查德别墅，1975

奈儿等在门口，想着是否该再次敲门。她已经在门口站了超过五分钟，不禁怀疑威廉·马丁是否知道她即将前来和他共进晚餐，而这个邀约也许是罗莘的点子，她想让他们尽释前嫌。罗莘似乎是不能忍受社交不愉快的类型，不论其原因或结果是什么。

她再次敲了门。她尽量装出快活的表情，在威廉好事的邻居面前保持自己的尊严，他们可能会纳闷，为什么有一个奇怪的女人整晚站在他门口拼命敲门。

最后威廉终于来开门了。他耸起的肩膀上挂着茶巾，手中拿着木汤匙，他说："我听说你买下了那座小屋。"

"好消息传得可真快。"

他抿紧嘴唇，凝视着她："我从大老远就看得出来，你是个顽固的女孩。"

"恐怕我天生如此。"

他点点头，有点生气："进来吧。你老站在那儿会感冒的。"

奈儿脱下防水外套，找到可以挂外套的挂钩。她跟着威廉走过大门，进入客厅。

空气因热腾腾的蒸气而显得沉重、潮湿，味道既令人作呕又让人垂涎不已。是鱼、盐巴，还有某样食材混合后的味道。

“我在火炉上煮着一锅鱼汤，”威廉边说边快步走入厨房，消失不见了，“所以没有听到你在敲门。”锅碗瓢盆的叮当声传来，然后是低哑的诅咒，“罗苹马上就会来了。”又是一阵哗啦声，“那个家伙又让她迟到了。”

他语带厌恶地说出最后一句话。奈儿跟着他走进厨房，看着他搅拌高低不平的汤汁。“你不喜欢罗苹的未婚夫吗？”

他将勺子放在流理台上，重新盖上锅盖，拿起烟斗，从边缘拔掉一截烟草。“那个男孩说来也算不错。但他并不完美。”他用一只手扶住弯着的腰背，朝客厅走去，“你有孩子吗？有孙子吗？”他经过奈儿身旁时问道。

“一个女儿，一个外孙女。”

“那你能明白我在说什么。”

奈儿阴郁地微笑着。她离开澳大利亚已经十二天了，她在想，莱斯利是否注意到她突然不见了。不太可能，奈儿想，但她也许可以寄一张明信片。卡珊德拉那个小女孩可能会喜欢明信片。小孩们都喜欢那种东西，不是吗？

“过来，女孩。”威廉的声音从客厅传来，“来陪陪老人家。”

奈儿是个固守习惯的人，因此选了她上次来访时坐的天鹅绒椅子坐下，然后对威廉点点头。

他也对她点点头。他们静静坐了一会儿。外面的风变得愈来愈猛烈，窗户玻璃不时发出哗啦声响，似乎在强调他们对话极少的窘境。

奈儿指了指挂在火炉上的那张绘画，里面的渔船船身上刷着红白条纹，黑色名字印在一侧。“那是你的渔船吗？皮斯其[1]皇后号？”

“没错，”威廉说，“我有时候认为它才是我此生的最爱。它和我一起熬过了不少强烈暴风雨。”

“你还拥有它吗？”

“失去它好几年了。”

沉寂在他们之间延伸、横亘。威廉拍拍衬衫口袋，然后取出一袋烟草，开始重新装填烟斗。

“我父亲是港务局长，”奈儿说，“我可以说是在船之间长大的。”她的脑海中突然浮现休的影像，他在战后独自伫立在布里斯班码头，太阳从他身后照耀，照出一个高大的黑色剪影，修长的爱尔兰人的腿和大而强壮的双手。“那会影响你的个性，对不对？”

“没错。”

窗户玻璃再次哗啦作响，奈儿吐了一口气。她受够了，就趁现在问，不管她会想起多少陈词滥调。奈儿必须主动和他尽释前嫌，她无法再闲扯下去。“威廉，”她倾身向前，手肘放在膝盖上，“关于那晚我说的话，我并不想……”

他举起一只饱受风霜的手掌，轻轻摇了一下：“没关系。”

“但我不该……”

“别在意。”他用后槽牙咬紧烟斗，表示所有芥蒂已然消失。他划亮一根火柴。

---

1 康沃尔民间传说中的精灵。

奈儿往后靠在椅背上，如果他想这样结束，那就随他，但这次她可是下定决心，非要得到另一个谜团的解答才会离开。“罗苹说，你想告诉我一件事。”

威廉连吸了好几口气，然后吐气，烟斗冒出烟雾，空气中满是新鲜烟草的甜美气味。他轻轻点头。“那晚就应该告诉你，只是……”他的目光专注地看着她背后的某样东西，奈儿极力按捺下转头去看那样东西究竟是什么的冲动。“只是，你让我大吃一惊。我有好久没听到她的名字了。”

伊莱莎·梅克皮斯。这几个不言自明的齿擦音在他们之间颤动着银色的翅膀。

“我最后见到她是六十多年前的事，我还能清楚地记得她的模样，她从小屋那边走下悬崖，大步走进村子，头发如瀑布般垂在身后。”他边说边闭上眼睛，现在，他突然睁开眼，盯着奈儿，“我想，这对你来说意义不大，但在那个时代……嗯，庄园的人不是很愿意放下身段，和村民闲话家常。伊莱莎是个例外，”他清清喉咙，重复这个名字，“伊莱莎的举止很自在，仿佛这是世界上最自然的事。她不像其他人。”

“你认识她？”

“我和她很熟，和她那个阶级的人最熟大概也仅止于此。我认识她时她才十八岁。我妹妹玛丽是庄园的女仆，有天下午她趁放假时，带伊莱莎过来了。”

奈儿努力按捺下她的兴奋。她终于和熟识伊莱莎的人说上话了。更棒的是，他的描述确定了在她的碎片式回忆边缘飘荡的那股暧昧感受。“她是什么样的人，威廉？”

他抿紧嘴唇，搔搔下巴，胡子发出的细微声音吓了奈儿一大跳。刹那间她又回到了五岁时，坐在休的大腿上，头倚靠在他满是胡茬儿的脸上。威廉爽朗地笑了，露出大大的牙齿，牙齿边缘因抽烟草而染成了棕色。“她不像任何你所认识的人，非常独特。我们本地人都喜欢讲故事，但她的故事就是不同凡响。她很有趣，勇气十足，行事风格让人始料未及。”

“她很美丽？”

“是的，非常美丽。”他的目光短暂和她的交汇，“她有一头红发，非常长，直到腰际，在太阳光下会转成耀眼的金色。”他用烟斗比了一下，“她喜欢坐在小海湾中的那块黑岩上，眺望海洋。在天空晴朗的日子里，我们返回海港时可以瞥见她的身影。她会举起手，朝我们用力挥舞，看起来就像皮斯其皇后。”

奈儿不禁微笑。皮斯其皇后号。“就像你的船。”

威廉假装专心看着灯芯绒长裤的纹路，稍微咕噜了一声。

她顿时明白了：这并非巧合。

“罗苹应该快来了。”他没有朝大门看，“我们来喝茶吧。”

“你以她来为你的船命名？”

威廉的嘴唇张开，然后又闭上。他叹口气，那是年轻男人的叹息声。

“你爱她。”

他的肩膀颓然下垂。“我当然爱她，”他说，“就像每个见过她的家伙一样，为她神魂颠倒。我告诉过你，她不像任何你所认识的人。我们要遵守的礼数和规矩等等，在她面前都不值一提。她只凭感觉做事，而她的感情相当丰富。”

“你和她是否曾……”

“我和别人订婚了，”他的注意力转移到墙壁上挂的一张照片上，一对穿着结婚礼服的年轻佳偶，她坐着，而他站着，“塞西莉和我，当时我们已经交往了好几年，感情很稳定。这种村子就是这样。你和邻家女孩一起长大，前一刻，你们还是在悬崖上玩滚石头的玩伴，然后，在你意识到之前，你们已经结婚三年，她怀着另一个宝宝。”他用力叹口气，肩膀突然下垂，毛衣看起来似乎过大，“我认识伊莱莎时，整个世界都为之改变。我没有更好的描述了。就像被施下魔咒，我完全不能自已，我能想到的只有她。”他摇摇头，“我非常喜欢塞西莉，真的爱她，但我立刻背叛了她。”他的目光短暂与奈儿的交汇，然后迅速转开，“我可不以此为傲，听起来相当不忠贞。而它的确是，它的确是。”他凝视着奈儿，“但你不能责怪一个年轻男人所拥有的真实感情，对不对？”

他的目光搜寻她的眼睛，奈儿觉得体内有样东西咔嗒扣紧。她突然了解：他长久以来一直在追寻宽恕。“的确不能，”她说，“不，不能。”

他轻轻叹口气，说话声变得如此轻柔，奈儿得将头转向一侧才能听清楚。“有时候，我们的肉体追求心智无法解释甚至无法接受的事物。我脑袋中每个愚蠢的想法都是伊莱莎，我情不自禁。它就像一种，一种……”

“迷恋？”

“正是如此。我想，只有和她在一起，我才能快乐。”

“她也有同感吗？”

他扬起眉毛，悲伤地微笑。“你知道，有一阵子我以为她也有同感。她给人的这种感觉很强烈。她让你觉得她只想在这里，只想和你在一起。”他纵声大笑，有点凄凉，“但我很快就知道我错了。”

“发生了什么事？”

他抿紧嘴唇，奈儿的心情紧绷，有一会儿以为故事就此结束。当他继续说下去时，她松了一口气。“那是个春天的夜晚。一定是在1908年或1909年。我那天高兴得不得了，出海很顺利，渔获丰富，于是我和其他男孩出门大肆庆祝一番。我鼓起勇气，回家时，我爬上山坡，沿着悬崖边缘走去。我实在太冲动了，那样做太鲁莽，那时，只有一条狭窄的小径，还没建道路，路窄得连山羊都不好走，但我不在乎。我满脑子想的就是我要向她求婚。”他的声音开始颤抖，“但等我走到小屋，往窗户里看……”

奈儿身子往前倾。

他身子往后靠在椅背上：“嗯，你肯定听过这种老掉牙的故事。”

“她跟别人在一起？”

“不只是别人，”他的嘴唇在那些字周围颤抖，“而是她的家族成员。”威廉擦拭眼角，盯着手指，仿佛在寻找并不存在的刺激物，“他们在……”他瞥瞥奈儿，“嗯，你可以想象是什么事。”

一个声音从门外传来，然后一阵冷风灌进屋内。罗苹的声音从走廊飘过来。“外面愈来愈冷了。”她走进客厅，“抱歉，我来迟了。”她的目光满怀希望地在他们间徘徊，双手轻抚过被迷雾沾湿的头发，“你们相处得还不错吧？”

“好得不得了，我的女孩。”威廉快速瞥了奈儿一眼。

奈儿轻轻点头。她可不想泄露老先生的秘密。

“我刚好要去盛我的炖鱼汤，”威廉说，“你过来一下，老傻瓜的眼睛很酸痛，你得帮忙看一下。”

“老傻瓜！我告诉过你我会泡茶。我带了所有的东西过来。”

“哼，”他喃喃抱怨，从椅子上颤颤巍巍地起身，抓稳椅子以免摔倒，“你一旦和那个家伙在一起，就不知道什么时候才会想起你的老傻瓜，可能从来不会想到。我想，如果我不自己下厨的话，我大概会挨饿。”

“哦，老傻瓜，”她边责怪他，边提着购物袋走到厨房，“你说得太过分了。我什么时候忘记过你了？”

“我不是说你，亲爱的。”他拖着脚步在她身后慢慢走动，“我是指你那个家伙。就像所有的律师一样，他很爱吹牛，总是讲个不停。”

当他们两个在热切争论煮饭和盛汤是否超越了威廉的体力时，奈儿默默在心中整理威廉告诉她的事。她现在了解他坚称那座小屋不祥，甚至会带来厄运的原因了。毫无疑问地，对他而言，确实是如此。但威廉在自我告白中偏离了主题，而奈儿必须将他引导回她想走的方向。不管她有多么好奇，多想知道伊莱莎那晚是和谁在一起，都不重要，强迫威廉说话，只会让他更加保持沉默。在她找出伊莱莎为什么将她带离萝丝和纳桑尼・沃克身边，为什么将她送到澳大利亚展开全新的人生前，她不能冒险。

“来了。”罗苹端着一个托盘出现，上面放着三碗热腾腾的汤。

威廉有点羞怯地跟在她身后，慢慢坐进他的椅子内。“我炖的鱼汤仍旧是波佩洛这一带最好吃的鱼汤。”罗苹对奈儿扬起眉毛，“没人会跟你争论那点，老傻瓜。”她边说边将一碗汤伸过咖啡桌，递给奈儿。

“只是我不一定有足够的体力将它从厨房端到桌子上来。”

罗苹颇富戏剧性地大声叹口气：“让我们帮你，老傻瓜，我们只要求这一点。”

奈儿咬紧牙根，她绝对不能让这场争论继续扩大，她不能冒那个让威廉再次恼怒的险。“真好吃，”她大声说，尝了一口汤，“渥斯特酱的分量刚刚好。”

威廉和罗苹都对她眨眨眼，汤匙悬在半空中。

“怎么了？”奈儿轮流看着他们，“怎么回事？”

罗苹像鱼一般张开嘴，又闭上。“渥斯特酱。”

“那是我们的祖传秘方，”威廉说，“在家族里流传好几代了。”

奈儿耸耸肩，表示抱歉。“我妈妈以前常常炖鱼汤，她妈妈也是。她们总是加渥斯特酱。我猜，那也是我们家的祖传秘方。”

威廉从鼻孔缓缓吸气，罗苹咬紧嘴唇。

“但汤很好喝，”奈儿又喝一口后说，“秘诀在于分量要刚刚好。”

“告诉我，奈儿，”罗苹说，清清喉咙，努力回避威廉的目光，“我给你的那些资料派上用场了吗？”

奈儿感激地微笑。罗苹解救了她，“那些资料非常有趣。那篇有关卢西塔尼亚号处女航的新闻报道专文挺有意思的。”

罗苹的脸发亮。“那次处女航一定让人们十分兴奋，它非常重要。但它后来的下场很让人感伤。”

“德国人，”老傻瓜满嘴含着汤说，“那是亵渎行为，不容置疑的野蛮行为。”

奈儿认为德国人对轰炸德累斯顿一举亦有同感，但现在时间和地点都不合适，威廉也不是这类讨论的适当对象。因此，她忍住没说，一直和罗苹愉快地聊着有关村子的历史和布雷赫庄园等无关痛痒的话题，最后，罗苹起身去清洗碗盘，准备端些布丁过来。

奈儿看着她匆匆离开房间，意识到这可能是她和威廉单独谈话的最后机会，她立刻加以把握。"威廉，"她说，"我必须问你一件事。"

"尽管问吧。"

"你认识伊莱莎……"

他吸着烟斗，点了一次头。

"你认为她为什么带走我？难道是她自己想要小孩吗，你觉得呢？"

威廉呼了一口气，烟雾从烟斗冒出。他用后槽牙咬紧烟斗，含着它说话。"听起来有点不对劲。她崇尚自由，不是那种自愿承担家庭责任的人，更别提偷走小孩了。"

"村子里曾有过谣言吗？有人提出过任何理论吗？"

"我们全都相信那个小孩，也就是你，死于猩红热。没人怀疑。"他耸耸肩，"至于伊莱莎后来失踪一事，也没人多问。因为那并不是第一次。"

"不是？"

"她在几年前也失踪过。"他迅速瞥了一眼厨房，然后压低声音，回避奈儿的目光，"我总为这件事责任自己。那是在……那是在我告诉你的那件事发生后不久。我当面质问她，告诉她我看到了一切；我不客气地用各种难听的话骂她。她要我答应不会告诉任何人。她告诉我，我不了解她的苦衷，那件事并非表面上看起来的那样。”他苦涩地大笑，“就是一个女人在被抓到做这种事后，总会有的那些借口。”

奈儿点点头。

“尽管如此，我还是照她的要求做了，保守她的秘密。不久后，我听村里的人说，她离开了。”

“她上哪儿去了呢？”

他摇摇头。“等她终于回来时——那大概是一年之后，我一直追问她，但她从来就不肯说。”

“布丁来了。”罗苹的声音从厨房传来。

威廉倾身向前，将烟斗从嘴里拿出来，指着奈儿。“那是我要罗苹邀你今晚过来的原因，那就是我想告诉你的事：你如果能查到伊莱莎上哪儿去了，我想，你就有办法解开你的谜团了。因为我能告诉你一件事，不管她失踪到哪儿去了，她回来时整个人都变了。”

“怎么说？”

他在回忆此事时不禁摇摇头。“她整个人都变了，莫名其妙地不像自己了。”他用力咬住烟斗，“她好像失去了什么，她不再是她原先的模样。”

第三部

37

布雷赫庄园，*1907*

萝丝预定从纽约返回的那天早上，伊莱莎清晨便走向那座秘密花园。十一月的阳光仍未从沉睡中醒来，小径一片模糊，晦暗的曙光中能看到沾着银色露珠的草儿闪着微弱的银光。她快步前进，在寒冷的天气中，手臂在胸前交抱。昨晚下过雨，小径上到处是水坑。她小心翼翼地绕过水坑，然后打开迷宫大门，走了进去。浓密的树篱间更为阴暗，但伊莱莎闭着眼睛也能穿过迷宫。

她通常极为深爱黑夜转为破晓时绽放的短暂曙光片刻，但今天她心神不宁，无从注意黎明之美。自从收到萝丝宣布订婚的信件以来，伊莱莎五味杂陈。妒忌的尖刺卡在她的胃里，拒绝让她休息。每一天，当她想起萝丝时，当她重读信件时，她便感觉到想象力滑向未知的未来，恐惧在体内隐隐作痛。它们可怕的毒药充满了她的身体。

随着萝丝信件的到来，伊莱莎的世界色彩为之暗淡。宛如儿童房里的那个万花筒，初抵布雷赫时她是多么欢欣，但现在轻轻转动，同样的玻璃碎片重新组合，创造出一个迥然不同的前景。她在一周前仍旧拥有那份笃定感，确定她和萝丝之间的友谊无可分割，现在，她再次害怕她终会孤独终老。

等到她踏入秘密花园时，清晨的曙光从秋季稀疏的树顶天棚洒落下来。伊莱莎深吸一口气。她来花园，是因为这里总能让她的心神恢复安宁，而今天，她格外需要它的魔力。

她的手轻抚过铁制小椅子顶端，成串的雨珠留在潮湿的边缘。苹果树果实累累，橘红和粉红色的球体闪闪发光。她应该摘一些苹果送给厨娘，或者，她应该整理树篱，修剪忍冬。她应该让自己保持忙碌，免得去想萝丝即将抵达，并且对她的表妹在返家时已经改变一事惊惧不已。

自从收到萝丝的信，伊莱莎一直与她的嫉妒缠斗，她察觉，她并非害怕纳桑尼·沃克这个男人，她恐惧的是萝丝对他的爱。她将能忍受他们的婚姻，但她深恐失去萝丝的友谊。伊莱莎最大的忧虑是，一向深爱她的萝丝现在找到了替代对象，不再需要她这个表姐。

她强迫自己如往常般随意漫步，欣赏亲手栽种的植物。紫藤的树叶正簌簌飘落，茉莉花早已失去娇嫩的花朵，但秋阳温煦，粉红玫瑰仍在肆意绽放。伊莱莎走近玫瑰，用手指夹住半开的花苞，闻着花瓣间雨滴的完美清香。

她脑中突然闪过一个点子。她必须扎个花束，作为欢迎萝丝回家的礼物。表妹深爱花朵，此举也意义重大，伊莱莎将会挑选象征她们友谊长存的植物。常春藤代表友情，粉红玫瑰代表快乐，异国情调的栎叶天竺葵象征回忆……

伊莱莎仔细挑选嫩枝，只采下最精致的花茎和最完美的花朵，然后她从裙摆撕下一段粉红色丝绸作为缎带，将它们绑扎成小花束。她忙着绑紧蝴蝶结时，听见遥远的车道碎石路上传来熟悉的金属车轮声响。

她们回来了。萝丝回家了。

伊莱莎的心脏快要跳出喉咙了，她赶紧拉起湿透的裙摆，抓住花束，开始狂奔，前后迂回穿越迷宫。她在奔跑中用力踩过水坑，污水四处泼溅，脉搏的震动与马蹄声的频率几乎一致。

她从大门口冲出，恰好看见马车在圆环处停下。她停下片刻喘气。舅舅像往常那样坐在迷宫大门旁的花园座椅上，身旁放着那台棕色的小相机。他呼唤着伊莱莎的名字，她假装没有听见。

她来到圆环时，牛顿正打开马车车门。他眨眨眼，伊莱莎向他挥手示意。等待时，她不禁抿紧嘴唇。

自从收到萝丝的信后，漫长的白日融进了更漫长的夜晚，但现在她终于等到了。时间似乎放慢了脚步，她意识到自己呼吸急促，脉搏在耳中迅速跳动。

萝丝表情上的轻微改变，仪态中的细微改换，是否只是她的想象？

花束从伊莱莎的手指间滑落，她俯身从湿透的草坪中将它拾起。

她们的眼角余光一定是捕捉到了这个动作，萝丝和舅妈双双转身，一位带着微笑，一位则面无表情。

伊莱莎举起手，轻轻挥动，然后又放下手。

萝丝的眉毛带着调侃意味高高抬起："表姐，你不打算欢迎我回家吗？"

一阵放松立即在伊莱莎的皮肤下扩张开来。她的萝丝回来了，一切将如过往。她开始向前奔跑，张开双臂，用力将萝丝抱进怀中。

"你给我往后站，女孩，"舅妈说，"你满身泥泞。你会弄脏萝丝的裙子。"

萝丝笑了，伊莱莎感觉到忧虑的锐利边缘随之远去。萝丝当然毫无改变。她只离开了两个半月。伊莱莎在萝丝不在期间无端恐惧，放任想象力驰骋，凭空幻想出并不存在的改变。

"伊莱莎表姐，见到你真是太好了！"

"我也是，萝丝。"伊莱莎献上花束。

"真让人开心！"萝丝举到鼻间嗅了嗅，"摘采自你的花园？"

"常春藤代表友情，栎叶天竺葵象征回忆……"

"是的，是的，还有玫瑰，我看见了。你真是体贴，伊莱莎。"萝丝将花束递给牛顿，"麻烦你请霍普金太太找个花瓶来插，好吗，牛顿？"

"我有好多事要告诉你，萝丝，"伊莱莎说，"你绝对猜不到发生了什么事。我的一篇故事……"

"老天！"萝丝迸出大笑，"我还没走到前门，我的伊莱莎就急着要告诉我童话故事。"

"别累着你的表妹，"舅妈尖声说，"萝丝需要休息。"她瞄了女儿一眼，声音中突然带着迟疑的颤抖，"你应该躺下来。"

"当然，妈妈。我想马上去休息。"

改变相当微妙，但伊莱莎还是注意到了。舅妈的建议中带着股非比寻常的试探，而萝丝的反应则缺乏一贯的顺从。

伊莱莎正在苦苦思索这微妙的改变时，舅妈开始走进庄园，而萝丝挨近来，在伊莱莎耳边低语："快上楼来，最亲爱的。我有好多事想告诉你。"

萝丝的确倾吐了一切。她诉说了和纳桑尼·沃克共度的每一刻，更令人感到冗长乏味的，是每个没有他陪伴的痛苦时刻。这个史诗故事从那个下午开始叙述，滔滔不绝地日夜延续。刚开始，伊莱莎尚能假装兴致勃勃，的确，她在开始时真的有兴趣，因为她不曾亲自体会过萝丝所描述的感情——但随着时光流逝，重聚后几周，伊莱莎不由得兴趣消退。她试图让萝丝对其他事物重燃兴趣：重返花园，她写的最新故事，甚至远行至小海湾，但萝丝的耳朵只容得下爱情和忍受分离煎熬的故事，尤其是她自己的故事……

事情便如此发展着，随着天气渐冷，临近冬至，伊莱莎更频繁地前往小海湾、秘密花园和小屋。她能在那些地方消失，而仆人在带着可怕的口信去打搅她的宁静前，也会三思。那些口信千篇一律：萝丝小姐因为一件十万火急的事要求伊莱莎小姐立即赶去。伊莱莎实在分辨不出那些结婚礼服的优劣，但萝丝总有办法折腾她。

伊莱莎告诉自己，一切终将恢复正常，萝丝只是正在兴头上，她一向喜爱时尚和装饰，而这正是她扮演魔法公主的机会。伊莱莎只需耐心等待，她们之间终将回复以往。

然后春天再次降临。鸟儿从湛蓝的天空返回，纳桑尼从纽约来到庄园，他们举行了婚礼。然后伊莱莎便发现自己正对着牛顿的马车后面挥舞手臂，马车载着这对幸福的夫妇前往伦敦，之后，他们要到欧洲大陆蜜月旅行。

那天晚上，在萧瑟凄凉的庄园里，伊莱莎躺在自己的床上，苦涩地品尝着萝丝的远离。这份认知的形成清晰而简单：萝丝永远不再会在夜晚悄悄来到她的房间，伊莱莎也无法再去她的房间。庄园沉睡时，她们不会再躺在一起，咯咯轻笑，讲故事。新婚夫妇的新房在庄园远处的一侧。一间可俯瞰小海湾的大房间，非常适合新婚夫妇居住。伊莱莎翻了个身。她在黑暗中终于明白，与萝丝共处一个屋檐下，却无法找她出来作伴，是多么令人难以忍受的事。

第二天，伊莱莎前去找舅妈。舅妈在早茶室，正在一张窄桌前写信。艾德琳舅妈无视伊莱莎的到来，但伊莱莎还是开口了。

“舅妈，请问阁楼里的某些物品能不能给我？”

“某些物品？”艾德琳舅妈问道，注意力仍旧放在她在写的信上。

“我只需要一张桌子和椅子，还有一张床——”

“一张床？”她眯起眼睛打量着伊莱莎。

经过一晚的清晰思考后，伊莱莎察觉，最好是自己作出改变，而不是将希望放在旁人的决定上。“我想，萝丝现在结婚了，庄园可能不再那么需要我。我想搬到小屋去住。”

伊莱莎原本的期望值并不高，艾德琳舅妈总能从拒绝她的过程中得到特别的乐趣。她看着舅妈小心翼翼地在信纸上签名，用尖细的手指甲抓搔着猎犬的脑袋。她的嘴唇微微伸展，伊莱莎觉得她在微笑，然后她起身摇铃。

在新房子里的第一夜，伊莱莎坐在楼上的窗户旁，俯瞰海洋潮起潮落，潮流在柔和的月光下好像一滴水银。萝丝正越过那片辽阔的海洋，在另外一边的某处。她的表妹再次搭船远航，而伊莱莎被抛在身后。但总有一天，伊莱莎将会自己出海旅行。杂志为她的童话故事所付的稿费并不多，但如果她一直写，存下一年的钱的话，她一定付得起船票。当然，她还有那个镶着五彩宝石的胸针。伊莱莎从未忘记母亲的胸针，它正藏在斯温德尔家的壁炉里。总有一天，她会想办法将它拿回来。

她想起上上周她在报纸上读到的广告：*想开始新人生者，昆士兰是你的旅行终点*。玛丽常常讲述她大哥在玛丽伯勒的冒险故事。在她的故事中，澳大利亚是片广阔的土地，阳光璀璨刺眼，大部分的人不拘泥于老套的社会规矩，提供想展开新人生的人无限机会。伊莱莎总是幻想她和萝丝也许能一起旅行，她们对此讨论过许多次。她们有讨论过吗？回顾往昔，她察觉，当她们谈到这类想象力丰富的冒险时，萝丝总是保持沉默。

伊莱莎每晚都待在小屋内。她从村子的市场买来她需要的物品；她年轻的渔夫朋友威廉，供给她足够的新鲜牙鳕；玛丽则趁午后从布雷赫回家时顺便带来一碗厨娘的汤、午餐烤肉剩下的冷肉，并报告庄园的动静。

除了这些拜访以外，伊莱莎在此生中首次真正感到孤独。刚开始，陌生的声响，半夜响起的不知名声音令她惊惧，但随着时光流逝，她逐渐知道了它们的来源：屋檐里柔软脚掌动物的轻巧脚步，缓缓加温的炉灶的咔嗒声，地板在寒冷的夜晚发出的颤抖。她遗世独立的生活带来出乎意料的好处，独自在小屋中，伊莱莎发现，她童话故事中的角色变得更为大胆鲜活。她发现，仙女在蜘蛛网里玩耍，昆虫在窗台上低声呢喃着咒语，炉灶喷着火舌，发出嗞嗞爆裂声响。有时候，在午后，伊莱莎坐在摇椅中默默倾听这些声音。夜深时，它们全都陷入沉睡，她就将它们的故事写入她的童话中。

在第四个星期的一个早晨，伊莱莎拿着她的写字本走进花园，坐在她最喜爱的角落，也就是苹果树下的柔软草地。一个故事的灵感抓住了她，她快笔潦草地将它写下：一位勇敢的公主放弃她与生俱来的权利，由女仆陪伴着去长途旅行。这趟危险的航程将把她带到荒野邪恶的土地上，此地危机四伏。伊莱莎正要将她的公主送进一个特别邪恶的皮斯基的洞穴，那座满是蜘蛛网的洞穴中时，一只小鸟振翅飞过来，栖坐在她头上的枝丫，开始唱歌。

“是这样吗？”伊莱莎放下笔说。

鸟儿又唱了起来。

“我同意。我情愿挨饿。”低矮的树枝只剩下几个苹果，她摘了其中一个，在裙子上抹干净，然后咬了一口，“真的很好吃，”鸟儿飞走时她说道，“欢迎你尝尝。”

“我可要你遵守诺言。”

伊莱莎停下咀嚼的动作，纹丝不动地坐着，盯着鸟儿刚刚待过的地方。

“我早该向你问候，只是我没料到我会待这样久。”

她快速扫视花园，当她看见一个男人坐在铁制花园椅子上时，不禁眨了眨眼。他显得与这里如此格格不入，尽管他们碰过面，她还是思索半晌才认出他来。深色头发和眼睛，轻松大方的微笑……伊莱莎倒抽一口气。这是和萝丝结婚的纳桑尼·沃克，现在正坐在她的花园里。

“你看起来似乎很享受那个苹果，”他说，“看着你吃，就好像自己吃的那样满足。”

“我不喜欢让人看。”

他微笑：“那我应该把眼睛转开。”

“你在这里做什么？”

纳桑尼举起一本陈旧的小说。“《小公子》。你读过吗？”

她摇摇头。

“我也没读过，尽管我试了好几个小时。你要负部分责任，伊莱莎表姐。你的花园太令人分神了。我整个早上都坐在这儿，但仍然没将第一章读完。”

“我以为你们在意大利。”

“我们的确去了。但我们提早了一个星期回来。”

一阵寒冷的阴影立即掠过伊莱莎的皮肤。“萝丝回家了？”

“当然。”他开朗地微笑着，“我希望你不是在暗示我把妻子丢在意大利了吧！”

“但她什么时候……”伊莱莎拨开前额的几绺松散的头发，试图理解他的话，“你们是什么时候到家的？”

“周一下午。航程真是颠簸折腾。”

三天了。他们回来三天了，而萝丝没有送任何口信过来。伊莱莎的胃紧紧纠成一团。“萝丝……萝丝还安好吗？”

“非常好。地中海的气候很适合她。我们原本要待整个星期，但她不想错过花园派对。”他极具戏剧性地抬高双眉，“听萝丝和她母亲说，恐怕这场派对会非常热闹奢华。”

伊莱莎又咬了一口苹果，借此掩饰内心的困惑。她将果核丢掉。她听说过花园派对的事，但她一直以为那是艾德琳的社交宴会之一，她不知道萝丝也会参加。

纳桑尼再次举起小说。“因此我选了这本书来读。霍奇森·伯内特夫人[1]将会出席。”他睁大了眼睛，“你一定很期待和她会面。我想，和另一位女作家谈话一定会带给你极大的快乐。”

伊莱莎在拇指和食指间拨弄着纸张的一角，回避他的目光，“是的……应该如此。”

他的声调突然带着一丝歉意：“你当然会出席吧？我确定听到了萝丝提到要邀请你出席。派对将在椭圆形草坪举行，星期六下午两点。”

伊莱莎在纸张边缘草草画下一棵葡萄树。萝丝知道她不喜欢派对，原来如此。萝丝真体贴，免去了伊莱莎陪艾德琳舅妈社交的痛苦。

纳桑尼的声音变得温柔：“萝丝常提到你，伊莱莎表姐。我觉得我和你很熟。”他以手示意。“她告诉我你的花园，所以我今天冒昧前来。我得亲自看看它是否如她形容的那样美丽。”

伊莱莎的目光与他的短暂交汇。“结果呢？”

“比她形容的还要美丽。就像我说的，我怪这座花园让我分心，无法读书。光线的倾泻方式让我极想拿起画笔。我在书的标题页画满了素描。”他微笑，“请别告诉霍奇森·伯内特夫人。”

“我为萝丝和我自己打理这座花园。”伊莱莎觉得她的声音听起来非常古怪，她已经习惯独处。她对自己诚实表达的情感感到羞愧，但她毫无阻止自己诉说下去的自制力。“这样我们才能有个秘密地方，一个没有人能找到我们的秘密地方。萝丝即使身体微恙时，还是有个户外的地方可以休息。”

---

1 霍奇森·伯内特（Hodgson Burnett，1849—1924），美国著名儿童文学作家，代表作有《小公子》《秘密花园》等。

“萝丝很幸运，有你这样替她着想的表姐。你如此呵护她的健康，这点我必须向你致谢。我们就像是合作无间的伙伴，你和我，不是吗？”

不，伊莱莎想道，我们不是。萝丝和我才是伙伴。你只是额外的、暂时的。他站起身，拍拍长裤，将书拿到胸前。“现在，我必须向你告别了。萝丝的母亲规矩严厉，我怀疑，她不会容忍我在晚餐桌上迟到。”

伊莱莎陪着他走到大门，看着他离去。她在他身后关上大门，然后坐在椅子边缘。金属座椅上仍残留着他的体温，她不断改变位置，避免碰触到温热之处。纳桑尼很讨人喜欢，但她因此而厌恶他。他们的碰面让她的胸口感到一阵冰冷的沉重。那是因为他提到花园派对和萝丝，他对萝丝的感情如此有自信。他还感谢伊莱莎，尽管他的表达方式合乎礼数又和蔼，但她毫不怀疑，他认为她只是项附属品。现在，他不请自来，进入她的花园，轻易便穿越那座迷宫……

伊莱莎将这些思绪抛诸脑后。她该回头写她的童话故事。公主正要跟着忠诚的女仆走进皮斯其的洞穴。只要她专心写故事，就能忘却这场令人烦躁不安的会面。

但伊莱莎试了又试，她的热忱早已远去，灵感也随之消散。当她再次开始写时，让她快活无比的情节现在显得脆弱不堪、处处破绽。伊莱莎重新思考她写下的东西。这情节行不通。不管她如何转换情节，她都无法让它具有说服力。哪位童话故事中的公主会情愿选择女仆，而非王子呢？

仿佛艾德琳命令了上帝一般，阳光灿烂耀眼。百合花及时送达，戴维斯拔起花园中普通的花种，种下洋溢异国风情的花朵，花园的布置转而令人惊诧。夜晚一场突来的大雨使艾德琳忧心忡忡，整夜睡不着，但这只让花园更为闪闪动人，每个叶片看起来都像经过精心擦拭，在新修剪过的草坪上，放着坐垫的椅子巧妙地排放整齐。雇来的侍者在楼梯站成一排，好像冷静克制的典范，但在远离大家视线的厨房，厨娘和她的手下急速而慌乱地工作着。

在过去十五分钟以来，宾客陆续抵达圆环，艾德琳亲自迎接他们，并将他们带往草坪的方向。他们戴着精致的帽子，看起来多么体面，但都不如萝丝从米兰带回来的帽子出众。

艾德琳现在站在一处被巨大的杜鹃花丛遮掩的地方，仔细观察她的宾客。阿什菲尔德爵士和夫人坐在欧文-布朗爵士旁边，亚瑟·莫宁顿爵士在槌球旁喝着茶，年轻的丘吉尔大笑玩耍，而苏珊·霍瑟夫人正在和卡罗琳·亚斯利夫人交头接耳。

艾德琳对自己微笑。她办得很成功。这场花园派对不单是欢迎新婚夫妇回家的最佳方式，艾德琳仔细挑选的鉴赏家、闲聊对象和上流人士都能确保向外传播纳桑尼精湛的肖像画技巧。她命令托马斯沿着入口大厅的墙壁挂上她认为最好的杰作，稍后，等要奉茶时，她计划带着精挑细选的宾客经过那里。如此一来，她的新女婿便会成为艺术评论家笔下的主题，以及上流时髦人士口耳相传的中心话题了。

纳桑尼要做的只是散发他的魅力，迷倒这些宾客，就像他让萝丝为他倾倒一般，他甚至不用发挥全数精力，只需一半即可。艾德琳环顾宾客，看见女儿与纳桑尼同那个美国人，霍奇森·伯内特夫人坐在一起。艾德琳对邀请后者前来派对一事颇有微词，因为离婚一次还可忍受，离婚两次可就接近无神论的界限了。但那位作家在欧洲大陆的人脉良好，因此，艾德琳认为，她对纳桑尼的潜在帮助远胜于她的声名狼藉。

那个女人说了些什么，逗得萝丝纵情大笑，艾德琳的体内升起满足的温热浪潮。萝丝今天看起来特别美艳，玫瑰花墙衬托得她光彩照人。她看起来很快活，艾德琳想道，一个年轻女人刚结婚，唇间才刚说出承诺的誓言时，就该这样容光焕发。

她的女儿再次大笑，纳桑尼指指迷宫的方向。艾德琳暗自希望，他们可没有把应该谈论纳桑尼的肖像画的珍贵时间，浪费在评论围墙花园，或伊莱莎写的荒谬故事上。哦，上天出乎意料地给了她一份礼物，她轻易便除掉了伊莱莎！

在准备派对的那几个星期内，艾德琳夜夜无法成眠，思索着该如何阻止那个女孩打搅那天的派对顺利进行。老天带来了惊喜，那天早上她出现在艾德琳的写字桌旁，请求搬到遥远的小屋去。艾德琳尽力掩饰她的欢欣鼓舞。伊莱莎自愿默默隐居到小屋，这比艾德琳所能想到的任何安排还要令人高兴。伊莱莎的搬迁非常彻底。自从她离开后，艾德琳再未看到那个女孩，整栋庄园变得更为快松和宽敞。终于，在漫长的八年后，她终于从那个女孩令人窒息的重力轨道中挣脱了。

最棘手的难题在于，如何说服萝丝，伊莱莎的隐居对大家都有好处。可怜的萝丝在牵扯到伊莱莎时总是看不清楚事实，从不认为她是威胁，但艾德琳对此却是心知肚明。的确，她亲爱的女儿一结束蜜月回家后，询问的头几件事之一便是她表姐的下落。艾德琳以无懈可击的解释说明为什么伊莱莎现在住在小屋时，萝丝蹙紧眉头说，这太突然了，并决心在第二天马上去拜访伊莱莎。

当然，如果艾德琳的欺骗如计划进行的话，这类拜访铁定胎死腹中。事实确实如此。第二天早晨，早餐过后，艾德琳立刻到萝丝的新房子找她，萝丝正忙着将花朵绑成一束精致美丽的花束。当萝丝从其他花朵中取出一枝乳白色的铁线莲时，艾德琳假装平淡，随意地问道："你想我们该邀请伊莱莎参加花园派对吗？"

萝丝转身，铁线莲的水珠从茎部底端滴下。"她当然得来，妈妈。伊莱莎是我最亲爱的朋友。"

艾德琳抿紧嘴唇。这是她期待的反应，因此她已经准备好对策。假装投降是一步经过精心计算的险棋，但艾德琳巧妙运用此招。她早就准备好一连串的句子，在脑海中反复推演，现在，它们自然而然地从她的唇间流泻而出。"当然，亲爱的。如果你希望她出席，我毫无异议。我们无须再谈论这件事。"在展现出这样的慷慨和轻易的让步后，她陷入沉思，微微叹了一口气。

萝丝背对着她，手上拿着一枝栀子花。"怎么了，妈妈？"

"没事，亲爱的。"

"妈妈？"

她小心翼翼，步步为营："我只是考虑到纳桑尼。"

萝丝的目光转向她，脸颊通红："纳桑尼，妈妈？"

艾德琳站立半晌，抚平裙子前方。她快活地对萝丝微微一笑："别在意。我想，就算伊莱莎在场，对纳桑尼来说，事情还是会顺利进行的。"

"当然了。"萝丝在重新将栀子花放入花束里时，迟疑片刻。她没有再看艾德琳。她也不需要。艾德琳可以想象她漂亮的脸上流露出的不确定。如艾德琳所料，她小心翼翼地问道："伊莱莎不出席，对纳桑尼有什么好处？”

“我只是希望宾客会把注意力放在纳桑尼和他的作品上。而伊莱莎，那个可爱的女孩，总是会吸引大家的目光。我只是希望那天能完全属于纳桑尼和你，我亲爱的。当然，如果你觉得这样最好，你就邀伊莱莎出席吧。”她再次笑了，“何况，我敢说，伊莱莎一旦知道你提早回家了，一定会常常来这里，总会有个仆人对派对的事说溜嘴。尽管她厌恶社交场合，亲爱的，但她对你的忠诚如此深厚，她一定会坚持出席。”

艾德琳离开了萝丝，当她注意到女儿的肩膀变得僵硬时，不禁对自己微笑。她的话正中要害。

接下来的一切顺理成章，萝丝在那天稍晚时出现在艾德琳的卧室，她建议，既然伊莱莎厌恶派对，她们也许就不该邀请她，使她为难。她继续以平静的声调说，她重新考虑了今天去拜访她表姐的预定计划。她会等到花园派对结束，一切尘埃落定后，再去拜访她，如此一来，她们才能聊久一点。

门球场爆发出一阵掌声吸引了艾德琳的注意力。她拍着戴手套的双手，脸上浮现世故的浅笑，穿过草坪走回去。当她走近靠背长椅时，霍奇森·伯内特夫人正站着，打开一把白色阳伞。她对纳桑尼和萝丝点头以示道别，然后往迷宫方向走去。艾德琳希望她没有进入其中的打算。迷宫大门早先就被关上，表示不欢迎闲人进入，但美国人就爱自行其是。艾德琳稍稍加快脚步，她今天的计划中可没包括寻找走失的宾客。在霍奇森·伯内特夫人走远前半路拦下她。她对着她的宾客绽放出最高雅的笑容，“你好，霍奇森·伯内特夫人。”

“你好，芒特榭夫人。今天天气真好。”

这个口音！艾德琳像纵容孩子般地微笑着。“比我们预期得还要好。我看到您见过那对恩爱的新婚夫妇了。”

“该说是如胶似漆的夫妇。您的女儿十分美丽迷人。”

“谢谢称赞。我对她特别偏爱。”

两人发出礼貌性的大笑。

“她的丈夫显然很珍爱她，”霍奇森·伯内特夫人说，“年轻的爱情真让人感到欢喜，不是吗？”

“我对这门婚事非常满意。这么才华洋溢的绅士……”稍稍停顿了一下，“纳桑尼肯定向您提过他的画了？”

“他没有。我想，我没给他机会。我忙着问他们，您这座辉煌庄园里隐藏的秘密花园。”

“它没那么特别的。”艾德琳不愉快地浅笑，“不过是一座墙壁环绕着的花圃。就像英国每个庄园里都会有的花园。”

“但我确定，那些花园肯定没有这么浪漫的故事。一座从颓圮中抢救回来的花园，就为了让一位羸弱的年轻淑女恢复健康！”

艾德琳强颜欢笑。“老天！看来，我的女儿和她丈夫跟您说了一个童话故事。萝丝能恢复健康完全是仰赖一位医术精湛的医生，我向您保证，那座花园再平凡不过了。但另一方面，纳桑尼的肖像画才是……”

“无论如何，我还是想亲眼看看那座花园。它让我很感兴趣。”

艾德琳无话可说。她用尽全力保持优雅地点点头，在微笑下发出无言的诅咒。

艾德琳正准备严厉训斥纳桑尼和萝丝一顿，这时，眼角余光捕捉到一团白色布料慌张地穿过迷宫大门。她转身，恰好看见伊莱莎打开大门，差点跟霍奇森·伯内特夫人撞个正着。

她用手捂住嘴巴，以防自己尖叫出声。偏偏要在这个时候出现。那个女孩总是到处东奔西跑，穿着不得体，绝对不受欢迎。她粗野不文，却神采奕奕，双颊绯红，头发乱成一团，还戴着低俗的帽子。艾德琳惊恐地发现，她的双手竟然赤裸。好在她穿了鞋。

艾德琳像木偶般抿紧嘴唇，她环顾四周，试图评估这突如其来的干扰所造成的伤害。一个仆人正站在霍奇森·伯内特夫人身旁，扶她坐进旁边的一张椅子里。一切似乎显得很平静，尚未全盘皆输。莱纳斯坐在枫树下，对阿普尔比老爵士的谈话充耳不闻，只有他注意到了伊莱莎的到来，他举起箱型小相机对准了伊莱莎。伊莱莎则望着萝丝的方向，一脸惊愕。毫无疑问地，看见她表妹这么快就从欧洲大陆回家，她非常惊讶。

艾德琳迅速转身，决心不让女儿心烦意乱。但萝丝和纳桑尼对伊莱莎的闯入丝毫未察，他们沉醉在彼此的爱意中。纳桑尼坐到椅子边缘，他的膝盖几乎要碰到萝丝的膝盖。（他们的身体有轻微接触吗？艾德琳不太肯定。）他用两只指尖捏着戴维斯种的温室草莓，旋转着将它靠近萝丝的嘴唇，然后又戏耍般地再次移开。萝丝每次都发出银铃般的大笑，下巴高高抬起，璀璨的阳光轻抚着她赤裸的脖子。

艾德琳脸颊滚烫，举起扇子挡住视线。这样不合礼数的公开调情！人们会怎么想？她可以想象，卡罗琳·亚斯利夫人一回到家就会在信纸上写下这些八卦。

艾德琳知道她的责任便是打断这类放纵行为，但是…… 她再次放低扇子，在扇子边缘眨眨眼。她使尽全力，但无法转开目光。这样成熟的恋情！这份影像的清新仿佛具有魔力。即使她知道伊莱莎正在她身后制造混乱，即使她丈夫现在的行为不合礼数，但整个世界仿佛已经放慢脚步，而艾德琳独自伫立在它的中央，只听得到自己的心跳声。她的皮肤刺痛，双腿出乎意料地瘫软，她的呼吸变得急促。在她能阻止前，一个疑问已经闪入了脑海：被如此深爱是什么感觉？

水银蒸气的气味充满莱纳斯的鼻子，他深吸一口气。在最后吐气前，他屏住这口气，感觉到心脏在扩张，耳膜在燃烧。独自待在暗房时，莱纳斯仿佛有六英尺高，双腿一样笔直、强壮。他用银钳子前后移动照相纸，仔细看着影像逐渐成形。

她永远不会同意为他摆姿势。开始的时候，他坚持，然后请求，后来，他识破了她游戏的本质。她享受被追逐的乐趣，莱纳斯于是决定重新思考他的策略。

他的确重新思考过。他派曼塞尔去伦敦购买柯达公司的布朗尼相机，那是个丑陋的小东西，属于技术不精的外行人用，照片质量远比他的杜洛格拉夫相机差，但它轻巧，可随身携带，这才是重点。只要伊莱莎继续她的戏弄行为，莱纳斯知道这就是唯一能拍摄到她的方式。

她搬迁到小屋去住是大胆的一步，莱纳斯不由得赞赏她的勇气。他已将花园送给她，她自然会像她母亲一样深爱那座花园。围墙花园总能让他的小宝贝双眼放光，但莱纳斯没有料到她会隐居起来。伊莱莎有好几个星期没有走近庄园。日复一日，他在迷宫大门旁等待，但她不肯现身，继续折磨他。

现在，雪上加霜的是，莱纳斯发现他有个敌手。三天前，在他继续守望时，他看见了一个最不愉快的景象。他在等伊莱莎时，穿越迷宫大门而出的竟然是那个画家，那个新丈夫。莱纳斯万分震惊，这个男人以为他在做什么，竟敢走过这道大门？他大胆地走过莱纳斯不敢尝试的路径。莱纳斯满腹疑问：他见过她吗？跟她说过话吗？深深望进她的眼睛了吗？他无法忍受这位画家正在嗅他的猎物。但莱纳斯赢得了最后的胜利。今天，他的耐心等待终于获得了报偿。

他猛吸一口气。影像慢慢成形。房内只有一盏小红灯，莱纳斯挨近细看。迷宫的树篱形成黑暗的周边，但她走进景框中央的身影比较苍白。她立刻注意了到他，莱纳斯的脖子因愉悦而温暖起来。她圆眼大睁，嘴唇微张，宛如突然被逼到角落的动物。

莱纳斯眯着眼睛看着放了显影剂的盘子。她在那儿。白色裙子，纤细的腰肢。哦，他多渴望用手指环抱住他，感觉她轻浅急促的呼吸恐惧地在肋骨下跳动。而她那苍白的脖子，她的脉搏像她母亲那般微弱震动。莱纳斯短暂地闭上双眼，回忆起他的小宝贝的脖子上有一道红色痕迹。她也曾试图离开。

她最后一次来时，他在暗房里。他正在剪卡纸用来装裱他最新挑选的照片：英格兰西南诸郡的蟋蟀。他为这些照片兴奋异常，甚至考虑询问父亲，他是否能举办小型展览。他无法忍受被打搅，但乔治亚娜是个例外。

她看上去多缥缈，多完美，站在他的门口，灯的火焰照得她五官鲜活。她将一只手指按在嘴唇中央，示意他不要出声，轻轻将门在身后掩上。他看着她缓步走向他，淡淡的微笑牵动嘴唇。

她的秘密最能让他兴奋，与他的小宝贝独处能引发一种共谋的刺激感，这对莱纳斯来说很罕见，因为他从不多花时间在其他人身上。而其他人也对他漠然以对。

“你会帮助我，不是吗，莱纳斯？”她睁大清澈的眼睛。然后，她开始诉说一个男人，一个水手。他们陷入爱河，准备私奔，母亲和父亲并不知道这个秘密，他会帮助她，不是吗？那请求的目光根本不了解他的痛苦。时间在他们之间无限延伸，她的话在他心中回旋萦绕，增大缩小，忽而怒吼，忽而轻柔。他立刻感受到了一辈子的孤独。

他想都没想，举起仍然抓着小刀的手，迅速沿着她牛奶般的肌肤划下，让他的痛苦转变成她的……

莱纳斯用镊子夹着照片，将它举近光源。他眯着眼，眨了眨。该死！伊莱莎的脸庞只是一团白光，夹杂着灰色斑点。她在他按下快门的那一瞬间动了。他的动作不够快，她在他的指尖下消失了。莱纳斯紧握拳头。他在烦恼时总会想起这个景象，那个小女孩就坐在他身旁，就坐在图书室的地板上，将洋娃娃拿给他，承诺将自己献给他。那是她让他大失所望前的事。

但他不介意。这只是一点小挫折，仅此而已，是他们游戏中的暂时转折，他和她母亲玩过这个游戏。他在那次输了，在小刀的意外后，他的乔治亚娜从此销声匿迹，再也没有回来。但这次他会更小心。

不管要付出多少代价，不管他得等待多久，莱纳斯最后会取得胜利。

萝丝一片片拔下白色雏菊的花瓣，直到拔光为止：男孩，女孩，男孩，女孩，男孩，女孩。她笑了，手指握住雏菊的金色花蕊。纳桑尼和她的女儿，然后也许是个儿子，然后再生两个。

自有记忆以来，萝丝便盼望拥有自己的家庭。她从小就了解大人那种冷漠孤独的婚姻安排，但从伊莱莎来到布雷赫后，她便希望相当不同的家庭生活。父母之间感情亲密，是的，还有爱情，儿女成群，兄弟姐妹互相照顾。

这些是她的愿望，不过萝丝曾偷听成年淑女间的诸多谈论，她的所闻足够让她知道，孩子虽是种祝福，但获得他们则是一场考验。因此，在新婚之夜，她预期会碰到最糟糕的情况。当纳桑尼脱下她的裙子，解开妈妈特别定制的蕾丝时，萝丝屏住呼吸，小心观察他的表情。她非常紧张。对未知的恐惧加上对她的印记担忧，她坐着，几乎无法呼吸。她等着他开口说话，又怕他真的这么做。他抛开她的裙子，改变位置，仍旧一语不发，回避她的凝视。他的视线仔细而缓慢地扫过她的身体，仿佛在欣赏一件长久以来梦想看到的艺术品。他的黑色眼眸专注地凝望，嘴唇微张。他举起手，萝丝期待得颤抖，指尖沿着她的印记轻轻抚过。触摸引起的兴奋穿过萝丝的胃，一路滑下她的大腿内侧。

稍后，他们做爱。萝丝发现女士们说得对，做爱会痛。但萝丝对痛苦并不陌生，她能采取旁观者的角色，借此将这个经验转化成一项观察，而非体验。她集中注意力在他的脸庞上，他的脸离她如此之近。他双眼紧闭，眼睑平滑黝黯，嘴唇扭曲的方式是她不曾见过的，呼吸变得快速、沉重。萝丝忽然间觉得自己非常强大。在健康欠佳的那么多年里，她从未认为自己是拥有力量的一方。她是可怜的萝丝，精致纤细的萝丝，羸弱的萝丝。但在纳桑尼的脸上，萝丝看到欲望，那使得她强壮起来。

蜜月时，时间似乎消失了。原本是小时和分钟，现在只剩下白天和黑夜、太阳和月亮存在着。当他们回到英国，发现无尽的时间在等待他们时，颇为震惊。重新展开布雷赫的生活也是一种震撼。萝丝在意大利已经习惯了保有隐私，她现在对其他人无时不在的介入很是不满。仆人们、妈妈，甚至伊莱莎，总有人默默潜藏在角落里，力图窃取她对纳桑尼的注意力。萝丝希望拥有自己的房子，在那儿，永远不会有人打搅他们，但她知道她必须耐心等待。她知道妈妈说得对，在布雷赫，纳桑尼认识上流社会人士的机会比较大，而庄园宽敞，足够让二十个男人舒适地生活。

暂且如此吧。萝丝将双手轻轻交叉放在肚子上。她怀疑不久之后他们便需要一间育婴室了。一整个早上，萝丝感觉很奇怪，好像藏着一个特别秘密的人。她确定这种重要的大事理应如此，一个女性在新生命的奇迹诞生于体内时会立即察觉到。萝丝抓紧雏菊的金色花蕊，慢慢走回庄园，灿烂的阳光照在她的背上。她想该在何时与纳桑尼分享这个秘密。想到这里，她不禁笑了。他将多么兴奋啊！等他们拥有孩子时，他们才算是完整的夫妻。

38

悬崖小屋，*2005*

最后，秋天似乎终于意识到目前已是九月。夏季的最后时光徘徊良久，终于离去，而在这座秘密花园里，长长的影子已经在向冬季延伸。地面上到处散落着橙色和淡绿色的干枯叶片，包裹着针刺外衣的栗子骄傲地端坐在寒冷的枝尖。

卡珊德拉和克里斯汀整个星期都在清理小屋。拨开纠结交缠的爬藤植物，刷洗霉斑点点的墙壁，修补腐朽的木地板。但因为这天是星期五，而且两人都充满干劲，于是他们同意该将注意力转移到那座秘密花园上。

克里斯汀在南面大门的原址上挖洞，试图挖到特大砂岩地基的底部，卡珊德拉则在北墙蹲了两个小时，拔掉到处生长的蕨类，那里曾一度是一片花圃。这项工作让她想起了小时候在奈儿家度过的周末，她帮着奈儿在她那座位于帕丁顿的花园里拔草，卡珊德拉因感受到一股熟悉的舒适感而振奋不已。在她身后堆起了高高的树叶和草根，但她节奏缓慢。这座秘密花园非常容易使人分神。在墙壁下游移活动仿佛是进入了一个时间之外的空间。她猜想，这是围墙的关系，尽管那种被包围的感觉超越了实体界线。这里的声音迥然不同，鸟儿的鸣叫更尖锐响亮，树叶在微风中呢喃低语。气味更为强烈，潮湿的丰饶和甜美的苹果，空气更为清新。在花园里待得愈久，卡珊德拉愈确定她的直觉没错。这座花园并未陷入沉睡，它实实在在地醒着。

太阳轻微移动，斑斓的光线透过头上的爬藤植物空隙投下道道光束，附近一棵树下雨般落下许多黄色小树叶。卡珊德拉看着树叶飘落，在缎带般的光线中变成金黄色，她突然被汹涌而来的冲动抓住了，她想画素描，想在画纸上捕捉光与影的魔幻对比。她的手指阵阵痉挛，想象描画直线光束和传达透明感的阴影所需的技巧。素描的欲望来得突然，让她一惊。

“喝个茶，休息一下吧。”克里斯汀在花园的另一侧墙壁旁扔下铲子。他撩起褪色的T恤下摆，擦拭额头的汗珠。

“好主意。”她戴着手套的手在牛仔裤上拍了拍，拍掉泥土和蕨类植物残屑，努力不去看他暴露在外的腹肌。“用你的水壶还是我的？”

“用我的。”他单膝跪在他们于花园中央清理出来的泥地上，倒出保温瓶里剩下的水，装进了一个锅里。

卡珊德拉小心翼翼地坐下。经过一个星期的清理，她的小腿僵硬，大腿酸痛。但她并不介意。卡珊德拉从疼痛的身体攫取近乎变态的欢愉。这是她肉体存在的确凿证据。她不再觉得脆弱渺小，反之，她变得更有分量，不再会被微风吹跑。在夜晚，她迅速坠入沉睡中，醒来时发现夜晚静躺在她身后，不再有飘浮不定的梦。

“迷宫修缮得如何？”在克里斯汀将锅子放在小型露营炉上时，她问道，“饭店那边进行得怎样？”

“还不错。迈可估计我们冬天时可以完成作业。”

“即使你在这里花这么多时间？”

克里斯汀笑了。“迈可对此抱怨连连。”他将锡杯里的早茶渣倒掉，靠着杯子边缘放下新鲜茶包。

“我希望你不会因为帮我而惹上麻烦？”

“我能处理好。”

“我真的很感激你伸出援手，克里斯汀。”

“没什么。我答应的事我会办到。”

“我知道，我真的很高兴。”她慢慢脱下手套，“尽管如此，如果你得忙别的事，我完全能理解。”

“你是指我真正的工作？”他大笑，“别担心，迈可还有足够的体力。”

他真正的工作。机会就在眼前，卡珊德拉一直想谈谈这个话题，但鼓不起勇气追问。但今天在花园里，她感到了一股非比寻常的朝气，她觉得自己敢于发问。一种类似奈儿的勇气。她的鞋跟在泥土上画了一道弧线。“克里斯汀？”

“卡珊德拉？”

“我很好奇，”她走过弧线，踩出一声回音，“我一直想问你一件事，茱莉亚·班奈特跟我提过这件事。”她对上了他的目光，但马上转开，“你为什么放弃在牛津当医生，而来特瑞纳为迈可工作？”

克里斯汀没有回答，她壮起胆子又看了他一眼。他的表情高深莫测。他微微耸耸肩，浅浅一笑。“你为什么丢下丈夫，只身前来特瑞纳翻修一栋新房子？”

卡珊德拉倒抽一口气，无比震惊。她想都没想，手指开始习惯性地拉扯结婚戒指，陷入慌乱。“……我……”好几个模棱两可的答案出现在她舌尖，又像泡沫般消失，然后她听到一个不像她的声音，“我现在没有丈夫。我曾经结过婚，只是……有场意外，尼克死……”

“抱歉。听好，你不用回答。我无意挑起你的伤心往事……”

“没关系，我只是……”

“不。有关系。”克里斯汀拨乱头发，手掌举到胸前，“我不该问。”

“没事的。是我先问的。”一小部分的她很高兴说了这些话，以一种她甚至解释的方式。说出尼克的名字让她松了一口气，她对她还活着而他已死的事实已经没那么内疚了。而现在，她和克里斯汀在这里。

锅子在炉子上叮当作响，翻滚的沸水吐着泡沫。克里斯汀将锅子倾向一侧，在杯里装满水，然后丢进一茶匙的糖，迅速搅拌。他将一杯茶递给卡珊德拉。

“谢谢。”她的手指握住温暖的锡杯，轻轻吹散表面的热气。

克里斯汀轻啜一口，烫到舌头时畏缩了一下。

嘈杂的沉默横亘在他们之间，卡珊德拉抓住话题的线头，试着将对话重新编织回来。但一时抓不到适合的话题。

最后克里斯汀终于说：“我想，你外婆没发现所有的过去是件幸运的事。”

卡珊德拉用小指指尖挑出茶叶渣。

“你不觉得不要沉迷于过去，往前看才是正确的吗？”

她假装对茶叶渣兴致高昂。“从某些方面来说，的确是如此。”

"应该说大致如此。"

"但完全忘记过去是很可怕的事。"

"为什么？"

她偷偷瞄了他一眼，试图弄清他是不是认真的。他脸上毫无开玩笑的表情。"因为那就会像过去从未发生过一样。"

"的确如此，没有事能改变这点。"

"对，而你就不会记得过去了。"

"所以呢？"

"所以……"她将茶叶拨开，微微耸耸肩，"你需要回忆让过去鲜活起来。"

"这就是我的观点。没有回忆的话，每个人也能继续过日子，不需要回顾。"

卡珊德拉的双颊滚烫，她忙用大口喝茶掩饰，然后又喝了一大口。克里斯汀正在训诫她让过去归于过去的重要性。她原本以为会从奈儿和本那里听到这类教诲，当姨婆们表达类似情感时，她也学会了严肃地点点头，但现在她感到有所不同。她的感觉如此正面，比平常还要轻松许多，她通常模糊的前景现在异常清晰。她暗自为自己喝彩。她忖度，他为什么以为她需要帮助，以这个问题来烦扰她。她觉得尴尬，或者应该说，大失所望。

她喝了一口茶，偷看了克里斯汀一眼。他正专心致志地用一根木棒翻搅着干枯的残叶，表情仍旧高深莫测。他心中若有所思，但不仅于此，还有分神、疏离、孤单。

"克里斯汀……"

"我见过奈儿一次。"

她吓了一大跳："我外婆，奈儿？"

“我猜那人应该是她。我想不出来还会是谁，日期也吻合。我那时十一岁，一定是1975年。我上这里来闲晃度日，正要从墙下的洞钻出消失时，有人抓住了我的脚。一开始，我不知道那是个人，吓得以为哥哥告诉我小屋闹鬼的事是真的，这下某个鬼魂或女巫要把我变成毒蘑菇了。”他的嘴唇抽动着形成半抹微笑，他捏碎一片树叶，将碎屑洒在地面上，“但那不是鬼魂，而是一位口音奇怪、表情悲伤的老妇人。”

卡珊德拉忆起奈儿的脸。她悲伤吗？严肃，倒是真的，不带着任何非必要的温暖，但悲伤？她大惑不解。奈儿的脸对她来说太过熟悉，她无法客观评断。

“她有一头银发，”他说，“梳成发髻。”

“整个盘成一个结。”

他点点头，浅浅一笑，然后把杯子倒过来，倒掉茶渣。他将木棒丢开。“你快要解开她的身世之谜了吗？”

卡珊德拉缓缓吐了口气。克里斯汀今天下午有点烦躁不安。他的情绪让她联想起透过藤蔓渗进来的光束。它无法捉摸，闪烁不定，不断改变。“还没完全解开。萝丝的剪贴簿里找不到任何我希望得到的答案。”

“没有‘为什么伊莱莎有朝一日会带走我的小孩吗’？”他微笑着。

“不幸的是，没有。”

“至少它们是有趣的床边读物。”

“可惜我的头一碰到枕头就睡着了。”

“那是海洋空气的关系，”克里斯汀边说边站起来，再次拿起他的铲子，“对灵魂有好处。”

确实如此。卡珊德拉也站了起来。“克里斯汀，”她晃晃她的手套，“有关那些剪贴簿。”

“怎么了？”

“我希望你能帮我解开一个谜团。”

“哦，什么事？”

她瞥瞥他，他刚才特意避开了这个话题，因此她有点担忧。“我有个医学疑问。”

“请说。”

“萝丝提到她肚子上有个印记。从我读到的段落看来，印记很大，很引人注意，她为此感到难堪，因此，她在早些时候还数次咨询了医生艾伯瑟·马修。”

他抱歉地耸耸肩。“皮肤科不是我的专长。”

“你的专长是？”

“肿瘤学。萝丝透露其他细节了吗？比如说，颜色、大小、种类和数量？”

卡珊德拉摇摇头。“她大部分时候都写得很隐晦。”

“典型的维多利亚式拘谨。”他边想边前后铲着泥土地面，“可能是任何东西。伤疤、橘皮组织。她提到过手术吗？”

他举起一只手，往旁边一挥。“嗯，我能想到的就是盲肠炎。她的肾脏或肺部也许需要开刀。”他抬高眉毛，“也许是包虫囊。她曾经靠近过农田吗？”

“庄园里有农田。”

“那是维多利亚时代的小孩动腹部手术的最普遍的原因。”

“究竟是什么？”

“一种寄生虫，绦虫。狗身上有这种虫，也可以传染给人类或羊。它通常寄生在肾脏或肝脏，也有可能入侵肺部。”他抬头看她，“听起来似乎是这种病，但我怀疑，如果无法亲自询问本人，或在剪贴簿里找到更多的信息，我恐怕你永远不能确定。”

“我今天下午会再读一次，看看我有没有遗漏什么细节。”

“我会好好思考一下这个问题。”

“谢谢。但别太麻烦，我只是好奇。”她拉上手套，手指关节动一动，将手套扯紧。

克里斯汀铲了好几次泥土。“太多死亡了。”

卡珊德拉不解地看着他。

“我的工作，肿瘤学，太过残酷。病人，家族，病逝。我原本以为我可以处理这些，但随着时间流逝，压力愈来愈大，你懂吗？”

卡珊德拉想到奈儿的最后时日，医院可怕的消毒水气味，墙壁冷漠、空洞的凝视。

“我真的不适合这份工作。我在医学院念书时就知道了。”

“你没想到改变主修科目吗？”

“我不想让我妈妈失望。”

“她希望你成为医生？”

“我不知道。”他的目光与她的交汇，“我小时候她就过世了。”

卡珊德拉顿时明白了。“癌症。”她也突然明白了他为什么急于忘记过去，“我很遗憾，克里斯汀。”

他点点头，看着一只低空飞过头上的黑鸟。“看起来快下雨了。当白嘴鸭那样俯冲而下时，就表示雨快来了。”他羞怯地微笑，仿佛为迅速改变话题表示歉意，“康沃尔民间传说不相信气象学那套。”

卡珊德拉拾起耙子：“我想我们再工作半个小时，然后就收工。”

克里斯汀突然盯着地面，用靴子尖戳着泥土。“我回家时要顺道去酒吧喝酒。”他看着她，“我不认为，我是说，你愿不愿意一起去？”

“当然愿意，”她听到自己回答，“有何不可？”

克里斯汀笑了，脸庞似乎放松下来。“太好了。太好了。”一阵清新潮湿、带着海洋咸味的疾风吹起了一片榆树叶，轻轻飘落到卡珊德拉的头上。她拍掉树叶，将注意力转回蕨类植物上，将小耙子插入细长的根茎下面，试图把它从土壤中铲出来。她对自己微笑，尽管她不确定原因。

一支乐队在酒吧现场演奏，他们决定留下来吃饭，点了派和炸薯条。克里斯汀诉说着他与他爸和继母同住家里的故事，口气略带自嘲，而卡珊德拉则揭露奈儿的一些怪癖：她不肯用土豆削皮器，因为她用刀子能把皮削得更利落，她习惯收养别人的猫，她将卡珊德拉的智齿镶在银座上，把它变成耳坠。克里斯汀闻言后大笑，他的笑声听起来如此舒服，卡珊德拉发觉她自己也大笑出声。

他载她回饭店时，外面一片漆黑，浓雾弥漫，车头灯发出黄色光晕。

“谢谢你，”卡珊德拉边说边跳出车子，“我玩得很愉快。”她的确如此。出乎意料地愉快。她的鬼魂还是像平常般跟着她，但这次他们没有坐得那么靠近。

“我很高兴你肯来。”

“我也是。”卡珊德拉转头微笑，等待片刻，然后关上车门，挥着手直到车子消失在迷雾中。

“你有电话留言，”莎曼珊说，在卡珊德拉走进大厅时，挥舞着一张小纸条，“你出去了，对不对？”

“去酒吧，是的。”卡珊德拉拿过纸条，对莎曼珊抬高的眉毛视若无睹。

纸条上面写道：**露比·戴维斯来电。星期一抵达康沃尔。已在布雷赫饭店订房。期待更进一步的报告！**

卡珊德拉真心觉得开心。她可以带露比看看小屋、秘密花园和剪贴簿。她知道，露比能了解这些事物的特殊所在。她也会喜欢克里斯汀的。

“有人开车送你回来，对不对？看起来是克里斯汀·布莱克的车。”

“谢谢你给我留言。”卡珊德拉面带微笑地说。

“我可没偷看，”卡珊德拉走上楼梯时，莎曼珊叫道，“我可没刺探别人的隐私。”

卡珊德拉回到房间后，慢慢泡了个热水澡，将茱莉亚送她的薰衣草浴盐丢进水里，以舒缓酸痛的肌肉。她将剪贴簿拿到浴室，放在瓷砖地板上面铺的干毛巾上。她的左手小心翼翼地保持干燥，翻动书页，接着她缓缓放松身子，坐进浴缸内，在柔滑的温水包围她时，发出愉快的叹息。然后她靠在浴缸旁，打开第一本剪贴簿，希望找到她先前没注意到的、有关萝丝印记的细节。

水变温了，卡珊德拉的脚泡成了紫红色，但她没有找到任何细节。萝丝一贯委婉地提到让她尴尬的“印记”。

她找到其他令她感兴趣的段落。它与印记无关，但令人好奇。不只是文字本身，书写的口气也让卡珊德拉讶异。她无法摆脱这股奇怪的直觉，这个段落似乎意味深长、若有所指。

1909年4月。我们开始修筑小屋的围墙。妈妈认为，而且她的判断正确，伊莱莎不在时是筑墙的最佳时机。小屋太容易受到外人入侵了。以前，在它的用途倾向于邪恶目的时，这样暴露在外无关紧要，但它现在不再需要向海洋发号施令。相反的是，现在我们之中没有人希望它暴露出来。我们并非过度谨慎，因为有得必有失。

39

布雷赫庄园，1909

萝丝正在啜泣。她的双颊滚烫，枕头都湿透了，但她还是在偷偷哽咽啜泣。她眯着眼睛看着悄悄溜进房间里的冬季阳光，哭得好像从她还是个小女孩时起便从未哭过一样。邪恶、诡谲的早晨！太阳竟敢东升，幸灾乐祸地窃笑她的不幸？当萝丝醒过来，发现她的希望消失在以血写成的悲惨结局时，其他人怎能自顾自地继续生活，仿佛上帝仍安坐于天堂？她想着，她还得忍受这份每月降临的沮丧多久，或多少次？

她宁可以某种阴郁的方式得知，这总比茫然无措要好，因为在这之间的那些日子无异于痛苦的煎熬。萝丝在漫长的日子中允许自己想象、梦想、希望。希望，她逐渐痛恨这两个字。它是栽种在灵魂内的狡猾种子，在无人照顾下，暗地里偷偷成长茁壮，然后绽放如此美丽的花朵，诱人加以珍惜。希望也阻止人们从经验中吸取教训。每个月经期过后，萝丝便感觉到这个邪恶生物重新复活，她的过往经验也被一并抹消。她答应自己，这次她不会再次被耍，不会再次成为这个状似慈祥、实为残酷的呢喃低语的牺牲品，尽管如此，她还是上当了。因为绝望的人们会拼命攀住希望，宛如水手紧抓住船的残骸。

在这一年中，这个可怕的周期里只有一次小小的缓刑。那个月经没有来的月份。马修医生立即被召唤前来，他作了检查，说出令人雀跃的话：她怀孕了。当她听到她最深切的愿望以如此平静的态度诉说时是多么幸福，她全然没想到先前无数个月的失望，并以坚定的自信确信这份快乐将会持续。她的腹部将会隆起，一个宝宝将会诞生。她细心呵护这个弥足珍贵的消息八天之久，对着她平坦的腹部低声轻诉爱的字句，她走路、说话，以及梦想的方式都为之改变。然后，在第九天……

门口传来咚咚敲门声，但萝丝动也不动。她想道，走开，走开，让我静一静。

门嘎吱打开，有人走进来，小心翼翼地保持缄默。某样东西被放在床头柜上时发出了声响，然后，她耳边响起一个温柔的声音："我端了些早餐过来。"

又是玛丽。好像让玛丽看到那些沾上深色的羞辱印记的床单还不够似的。"您得放松心情，振作一点，沃克太太。"

沃克太太。这些字让萝丝的胃纠结起来。她多渴望成为沃克太太。她在纽约认识纳桑尼后，抵达一个又一个舞会，心脏在胸口狂跳，紧张地环顾室内，直到她看见他的身影，屏住呼吸，他们四目相交，而他的嘴唇绽放微笑，只为了她。

现在她成为沃克太太了，但她不值得冠上这个姓氏。一个无法执行已婚女性最基本功能的妻子。无法给丈夫一个好妻子必须给予的基本事物，孩子。健康、快乐的孩子，他们将跑过庄园，在沙滩上推着手推车，跟他们的保姆捉迷藏。

"请您别哭，沃克太太。时候到了，您就会怀孕。"

每个出自善意的字都转化为苦涩的倒刺。“我会吗，玛丽？”

“当然会，夫人。”

“你怎么能这么确定？”

“您一定会怀孕的，不是吗？只要女人试图怀孕，她就会成功。您不会等太久的。如果知道方法的话，我知道很多人都不想怀孕。”

“不知感恩的无耻之徒，”萝丝的脸庞滚烫潮湿，“这种女人不配拥有孩子。”

玛丽的眼眸染上一抹阴霾，萝丝认为那是怜悯。她很想在这个女仆饱满健康的双颊上甩一巴掌，但她只是转身，在床单下蜷缩着身体。她在腹部深怀着深深的悲伤，被幽暗空荡的失落云朵层层包围。

纳桑尼在睡梦中都能画下那幅画。他如此熟悉妻子的脸，他有时觉得他比他的手还要了解她。他画完他正在素描的线条，用大拇指将它弄得稍微模糊。眯上眼，歪过头。她很美丽，他在这点上无可辩驳。深色头发，苍白肌肤，漂亮樱唇。但他从绘画中寻不到欢愉。

他将肖像素描放进画夹。她会很高兴收到这幅画，她一向如此。她绝望地要求新的肖像画，他从来无法拒绝。如果他不每隔几天就献上一幅新画，她便会开始低声哭泣，并要求他保证他的爱。他现在从记忆中画她，而非真正的写生。后者过于痛苦。他的萝丝已然消失在自己的忧伤中。他在纽约认识的年轻女人被悲伤啃噬殆尽，只留下这个如魅影般游荡的萝丝，带着因失眠形成的黑眼圈，由于哀伤而失去光泽的皮肤，以及焦虑不安、颤抖不己的四肢。曾有任何诗人恰当描述爱人因过度悲痛而变得让人难受的丑陋的情景吗?

她夜夜向他求欢，他没有拒绝。但纳桑尼的欲望早已消失。曾经让他兴奋的事物现在使他恐惧万分，更糟的是满怀罪恶感。他们做爱时，他无法再忍受看着她的罪恶感，他无法给她她极度渴盼的东西的罪恶感。他没有像她一样绝望地想要孩子的罪恶感，但萝丝不会相信。不论纳桑尼向她保证多少次，告诉她，她对他来说已经足够，萝丝就是不肯信服。

现在，最让他感到羞辱的，是她的母亲特地前来他的画室见他。她面无表情地仔细审视他的画作，然后坐在画架前严厉训诫。她一开始便说，萝丝一向很纤弱。丈夫的兽性冲动将给她造成极大的伤害，她希望他至少能克制一段时间。他与岳母的这类谈话使他极为尴尬屈辱，纳桑尼无法找到恰当的语句反击，也不想解释他的立场。

相反，他点头表示同意，在庄园的花园里，而非画室内寻求独处时光。凉亭成为他的工作场所。三月的天气仍然寒冷，但纳桑尼情愿放弃这一丁点儿的舒适。在这种天气下，极不可能会有人寻求他的陪伴。他终于感到自在。他整个冬季都在庄园里，陪伴萝丝父母，迎合萝丝令人窒息的渴求，他的心情异常压抑。她的悲伤和失望似乎渗入了墙壁、窗帘和地毯。那是一座死亡之宅：莱纳斯将自己反锁在暗房里，萝丝躺在卧室里，而艾德琳则默默潜伏在走廊上。

纳桑尼身体前倾，柔弱的阳光透过杜鹃花丛的幽微光线吸引了他的注意力。他手指抽动，感到一阵痉挛，渴望捕捉光与影的交舞。但他没有时间。他眼前的画架上放着马科比爵士的帆布画，胡须已完成，酡红的双颊，满是皱纹的前额。只有眼睛尚未画好。画油画时，眼睛总是让纳桑尼大为头痛，颇感泄气。

他选了一支画笔，拔掉松散的鬃毛。他正要将颜料涂到帆布上时，突然感到手臂刺痛，他的第六感告诉他，他不是独处一个人。他转头张望。果不其然，一个仆人静静站在他身后。他顿时烦躁不安，发怒起来。

“看在老天份上，年轻人，”纳桑尼说，“别那样偷偷走过来。如果你有话要告诉我，直接走到我跟前向我说。你没有必要这样偷偷摸摸的。”

“芒特榭夫人建议将午餐时间提前，先生。到崔曼庄园的马车会在下午两点出发。”

纳桑尼发出无声的诅咒。他忘了崔曼庄园事。不过是艾德琳另一位有钱的朋友想在墙壁上挂他们的肖像画。也许，如果他够幸运的话，他的顾客可能还会坚持要他画下她的三只小狗！

想想，他曾为这类引介激动不已，感觉他的地位像满帆的新船般步步高升。他是个盲目的傻瓜，对这类成功所必须付出的代价全然不知。他的委任工作激增，但他的创造力相对直线下降。他制造肖像画的速度极快，如同拥有大量生产任务的新工厂的商人喜欢说的那样，快活地摩擦他们闪闪发光的双手，没有时间停下来思索、改善、改变他的技法。他的作品称不上是画家之作，他的画笔中不再存有尊严和人性。

最糟糕的是，当他忙于制造肖像画时，他能花在素描（那是他的真正热情）上的时间默默从他指尖溜走。自从抵达布雷赫后，他只完成了一张大型素描，以及几幅庄园和其居民的涂鸦。他的手、他的技巧、他的士气都遭受了极大的挫折。

他现在明白了，他作了错误的选择。要是他听从萝丝的要求，在婚后为他们自己找栋新房子，也许事情的发展会大不相同。或许，他们能拥有满足和幸福，儿女成群，而他的指尖会不断流泻出创造力。

话说回来，结局也许还是如此。他和她被迫在屈辱中忍受类似的折磨。那就是问题所在。尝过贫穷的男孩怎么可能选择更为贫困的道路？

现在，艾德琳，像夏娃一般开始低语着为国王画肖像的可能性。虽然他对肖像画感到厌倦，虽然他痛恨自己完全舍弃了热情，但纳桑尼在想到这个建议时，皮肤仍旧感到一阵兴奋的刺痛。

他放下画笔，用大拇指抹掉污迹。他正准备去进餐时，画夹引起他的注意。他朝庄园瞄了一眼，从里面取出他的秘密素描。自从他在萝丝的书籍中看见伊莱莎表姐的童话故事后，这两个星期以来，他断断续续地描绘着它们。它们是为小孩写的魔法故事，充满勇气和道德，那些情节萦绕他心中，挥之不去。书中人物偷偷潜入他的心思，变得鲜活，他们简单的智慧带给他无所适从的心灵、他丑陋的成人烦忧极大安慰。他在分神冥想时画下的潦草线条，最后幻化成坐在手纺车旁的干瘪老婆婆，有着长长、浓密发辫的仙女皇后，以及被关在金鸟笼中的公主。

先前的涂鸦现在变成素描。阴影变得更加黑暗，线条稳固，强调了面部五官。他再次浏览它们，试着不去注意印有浮雕印章的羊皮纸，那是萝丝在新婚时送他的礼物，他也试图不去回想更快乐的过往时光。

素描尚未完成，但他感到满意。的确，这似乎是唯一能带给他愉悦的事物，让他得以暂时逃离这场人生的试炼。纳桑尼心跳加快，将羊皮纸夹在画架顶端。午餐后，他要继续素描，这就像重拾他在小时候毫无目的、随意绘画的心情。麦肯齐夫人阴郁的目光可以再等等。

最后，在玛丽的帮助下，萝丝整装完毕。她一整个早上都斜靠在躺椅里，但最终决定要走出房门。她最后离开这四面墙壁是什么时候？两天前？三天前？她站起来时几乎昏厥。她觉得头晕，饥肠辘辘，这是自她孩童时代起就有的熟悉感受。在以往，伊莱莎能用童话故事和小海湾的奇闻轶事使她精神振奋。倘若解决成人苦恼的药方也能如此简单就好了。

萝丝有一阵子没和伊莱莎见面了。她从窗口瞥见过她几次，她漫步过花园或站在悬崖顶端，成为遥远的一个小黑点，长长的红发在身后飘扬。曾有那么一两次，玛丽带着口信来到门口，伊莱莎小姐正在楼下，希望见她一面，但萝丝总是回绝。她深爱她的表姐，但她与忧伤和希望的相互交战夺走了她所有的精力。而伊莱莎仍旧如此朝气蓬勃，生气盎然，充满潜力又健康活泼。这超出了萝丝所能忍受的范围。

萝丝的身子轻得像个鬼魂，默默沿着铺上地毯的大厅飘荡，手放在栏杆上保持平衡。这个下午，当纳桑尼从崔曼庄园的会面回家时，她会陪他去凉亭。天气当然会冷，但玛丽会将她包裹温暖，托马斯可以将床和毛毯搬出去，好让她舒适。纳桑尼在外面一定很寂寞，有她陪伴他会开心不已。他还可以素描她斜倚的娇态。纳桑尼很喜欢画她，而她作为妻子的责任便是为丈夫提供舒适的环境。

萝丝快要走到楼梯口时，听到沿着通风良好的走廊飘过来的声音。

“她说她不打算说出来，那不关任何人的事。”扫把敲打壁脚板的砰砰声似乎在强调这些字。

“夫人发现后不会高兴的。”

“夫人不会发现的。”

“她长了眼睛，当然会发现。女孩因怀孕变胖时，任谁都看得出来。”

萝丝冰冷的手捂在嘴巴上，安静地沿着大厅再往前走，仔细倾听。

“她说她家族的女人怀孕时肚子都很小。她可以用制服掩饰。”

“我们只好希望她是对的，不然她会被赶走。”

萝丝走到楼梯顶端，刚好看见黛西消失在仆人大厅。但萨莉就没这样幸运了。萨莉喘了一口气，双颊涨得通红。“抱歉，夫人。”她紧张慌乱地屈膝行礼，扫把钩住了裙角，“我没看见您过来。”

“你们在说谁，萨莉？”

女孩连耳朵都涨红了。

“萨莉，”萝丝说，“我命令你回答。谁怀孕了？”

“玛丽，夫人。”声音小得几乎听不见。

“玛丽？”

“是的，夫人。”

“玛丽怀孕了？”

女孩快速点点头，脸上的线条表示她急于消失。

“原来如此。”萝丝的腹部中央爆开一个深邃的黑洞，威胁着要将她拉进里面。那个愚蠢的女孩如此轻易地怀孕了，这份令人憎恶的繁殖能力。她在所有的人面前炫耀，却对萝丝轻声细语，安慰她一切都会否极泰来，然后在她背后大声嘲笑她。而且，她未婚！嗯，这栋庄园不容许这种失德行为。布雷赫庄园有着悠久和坚固的道德传统。萝丝决定要确保仆人们遵守规则。

艾德琳用梳子慢慢地梳过头发，一下，一下，又一下。玛丽被遣走了，这使得他们的周末派对人手严重不足，他们必须想办法弥补她的空缺。平时艾德琳并不鼓励萝丝在未经商议的情况下，私自决定仆人的去留，但事情总有例外。那个玛丽是个小骗子，而且是个未婚的小骗子，这更让人觉得羞辱。不，萝丝的直觉是对的，只是手法太不高明。

可怜的、亲爱的萝丝。马修医生这星期稍早时来拜访过艾德琳，他坐在早茶室，她的对面，以低沉的声音对她诉说，他在忧心忡忡时总是如此。萝丝的健康状况欠佳，他说（仿佛艾德琳自己看不出来似的），他非常担心。

“不幸的是，芒特榭夫人，我的忧虑不仅限于她目前的羸弱。我还担心……”他轻轻地捂着嘴咳嗽，“……其他方面的事情。”

“其他方面的事情指什么，马修医生？”艾德琳递给他一杯茶。

“情绪方面，芒特榭夫人。”他拘谨地微笑，喝了一口茶，“当我询问到她婚姻的肉体层面时，沃克太太对我坦承的内容，以我的专业意见看来，有一种过度重视肉欲的不健康倾向。”

艾德琳感觉肺部急剧扩张，她屏住呼吸，强迫自己平静地吐气。她顿时不知道该说或该做什么，只好在茶里又放了一块糖，默默搅拌。她回避着马修医生的目光，示意他继续说下去。

“您无须惊慌，芒特榭夫人。情形虽然严重，但您的女儿并非唯一的例子。我现在就可以举出年轻女士间欲求高昂的数据以资佐证，我确定她终会脱离这类倾向。我更担心的是，我怀疑，她的此类倾向该归咎于一再的失败。”

艾德琳清清喉咙：“请继续说，马修医生。”

“根据我的医学观点，我真诚地认为您的女儿在她羸弱的身子有时间复原前，应该断绝所有肉体关系。因为两者之间关系紧密，芒特榭夫人，关系紧密。”

艾德琳将杯子举至唇边，品尝着精致瓷器的苦涩。她微微点头。

“上帝的手法非常奥妙。而他所设计的人体亦然。我们能合理假设，一位……欲求高昂的年轻女士，”他带着歉意笑了，眯起眼睛，“无法轻易达成母亲典范。人类的身体构造便是如此，芒特榭夫人。”

“您是建议，马修医生，若能减少尝试，我女儿成功的概率反而较大？”

“这点值得考虑，芒特榭夫人。更别说这类自我克制将对她的健康有益。芒特榭夫人，请您想象一下风向标。”

艾德琳抬高眉毛，不禁纳闷，这并非第一次，她这些年以来为什么对马修医生言听计从。

“如果我们将一个风向标悬挂数年，不予其修理或休息的机会，狂暴的风无疑会在布料上撕出口子来。因此，芒特榭夫人，您的女儿需要恢复的时间。她必须受到保护，以免狂风将她吹垮。”

暂且不论风向标，马修医生的话似乎有言外之意。萝丝羸弱，身体状况欠佳，如果没有足够的休息时间，便无法完全恢复。但她对孩子的热切渴望吞噬了她，使她憔悴。艾德琳苦苦思考，她该如何说服女儿以自己的健康为重，最后她终于明白，必须寻求纳桑尼的协助。尽管这类对话肯定会尴尬怪异，但她必须确定纳桑尼答应。这不是问题，过去十二个月以来，纳桑尼已经学会顺从艾德琳的意见。而现在，他就要为国王画像，毫无疑问，他的看法会与她的一致。

尽管艾德琳表面上很平静，但她在私底下深感愤怒。为什么其他年轻女子能轻易怀孕生子，而萝丝就必须困难重重？为什么她逐步枯萎凋谢，而其他人却含苞绽放？萝丝衰弱的身体还得被迫忍受多少煎熬？在她最阴暗的思绪里，艾德琳自忖她是否做错了什么事才会导致如此，上帝是否在惩罚她。她太过骄傲、萝丝的美丽、良好的教养，以及甜美的天性都让她不止一次沾沾自喜。这世上有比眼见深爱的孩子遭受折磨更严厉的惩罚吗？

现在，她想到了玛丽，那个讨人厌的健康女孩，没有心机的笑容，发亮的脸庞，一头杂乱的头发，她竟然怀孕了。在其他人如此渴盼却不断遭拒之下，她却怀了私生子。这世上没有正义。难怪萝丝会大发雷霆，这本该轮到她呀。幸福的消息和孩子都该属于萝丝，而非玛丽。

她希望能找到一个办法，让萝丝免受肉体痛苦，又能得到小孩。当然，这个假设不可能成立。倘若这类方法存在，女人们会排队抢着……

艾德琳停下梳头发的动作。她盯着镜中的自己，但什么也没看见。她的心思飘至远方，注视着一个颠倒的影像，一个缺乏母性直觉的健康女孩，坐在一个身体不断背叛心灵意愿的纤弱女人身边……

她放下梳子。冰冷的双手在大腿上交握。

这种矛盾能被纠正吗？

这将极为棘手。首先，她必须说服萝丝这是最佳方式。然后是那个女孩，她必须认为那是她的责任所在。在得到芒特榭家族这么多年来的照顾后，她必须表达感激。

当然会很困难，但并非毫无可能。

艾德琳慢慢站起身，轻轻将梳子放在梳妆台上。她的想法仍在脑海间大声轰鸣，她开始走下大厅，朝萝丝的房间迈进。

“玫瑰接枝的关键在于小刀。小刀必须非常锋利。”戴维斯说，“锐利到可以将你手臂上的细毛刮干净。”伊莱莎在温室里找到戴维斯，她计划在她的花园里种植杂种花卉，他兴高采烈地愿意提供协助。他教她在哪里截枝，如何确定没有花刺、节瘤或不完美之处，这些都会妨碍嫩枝嫁接到新的母株上。最后，她在温室里待了一整个早上，帮忙给盆栽换盆，这是为了迎接春天的到来。双手插入温暖的土壤中，指尖感觉新季节的来临，令人感到无限的欢愉。

离开时，伊莱莎选择走那条长路返回。天气凉爽，薄薄的云朵迅速掠过天空，在闷热的温室待了一整个早上后，她格外珍惜吹在脸庞上的寒风。因为靠近庄园，她的思绪不由得像往常般转向她的表妹。玛丽告诉她，萝丝最近情绪低落，虽然伊莱莎怀疑庄园不欢迎她，但既然已经走得如此之近，她觉得试试无妨。她敲敲边门，等门打开。

“萨莉，我来见萝丝。”

“您不能见她，伊莱莎小姐，”萨莉闷闷不乐，“沃克太太现在有要事，无法见客。”她机械地背诵着这些句子。

“别这样，萨莉，”伊莱莎尽力微笑，“我不算客人。如果你让萝丝知道我在这儿……”

艾德琳的声音突然从阴影中响起。“萨莉说得没错。沃克太太现在有要事缠身。”黝黯的沙漏形身影飘进视线之内，“我们正准备用午餐。如果你留下拜访卡，萨莉一定会转交给沃克太太，让她知道你曾经求见。”

萨莉低着头，双颊涨得通红。毫无疑问，仆人中一定发生过惊天动地的大事，伊莱莎稍后会从玛丽那里听到所有细节。如果没有玛丽的定期报告，伊莱莎将对庄园里的事一无所知。

“我没有卡，”伊莱莎说，“萨莉，请转告萝丝我曾来找她。她知道该到哪里找我。”

伊莱莎冲舅妈的方向点点头，然后再次出发，穿越草坪，路上只停下来一次，凝望着萝丝新卧室的窗户，早春的阳光将玻璃照得发白。她打了个哆嗦，想起戴维斯的截枝小刀，如此锐利的刀锋可以轻易截断一根树枝，看不出以往曾经连接的任何证据。

伊莱莎绕过日晷仪，穿越更多草坪，来到凉亭。就像这些日子以来她经常看见的那样，纳桑尼的画具矗立在凉亭里。四下不见他的身影，也许回庄园用午餐去了，但他的画作还夹在画架上。

伊莱莎的思绪迅速飞掠。

她绝对没有看错最上面的那些素描。

看着自己想象中的虚构之物被注入生命是相当古怪的感觉。

那些人物原本只存在于她的想象中，现在却宛如透过魔法，转化成了生动的绘画。一阵出乎意料的震动流窜过她的肌肤下方，她顿时觉得又热又冷。

伊莱莎不由得走近一点，踏上凉亭的阶梯，审视那些素描。她不禁微笑。这就像想象中的朋友突然获得了肉体而存在一般。他们与她的想象非常相似，因此她能一眼辨认出来，但其中又有不同之处。他的画笔比她的心灵更晦暗，她察觉到这点，但她喜欢他的阴沉。随后，她想都没想，便取下了这些素描。

伊莱莎快步返回小屋，沿着迷宫，穿越她的花园，走过南门，一路上都在想着这些素描。她纳闷，他是在什么时候画的，为什么要画它们，还有他将如何处置它们。她将外套和帽子挂在小屋的走廊里，突然想到她最近从伦敦的出版商那儿收到的信。霍宾先生一开头便称赞伊莱莎的故事美妙。他说，他有个小女儿，总是期盼着伊莱莎·梅克皮斯的童话故事。然后他建议，伊莱莎或许可以考虑出版插画故事集，如果她有兴趣，请通知他。

伊莱莎受宠若惊，但并未被冲昏头。因为某些原因，出书这个念头仍停留在抽象的想象阶段。现在，见过了纳桑尼的素描后，她发现她可以想象出一本具体的书了，几乎可以感觉到新书在她手中的重量。一部汇集她最喜爱的故事的全集，一本让孩童爱不释手的书，如同多年前，她在斯温德尔太太的杂货店里发现的那本书一样。

霍宾先生并未明确在信中说明稿费数目，但伊莱莎认为金额应该会比她到目前为止领到的丰厚吧。一整本书一定比单篇故事还要值钱。或许，她终于要赚到那笔航越海洋所需的旅费了……

一阵猛烈急促的敲门声打断她的思绪。

伊莱莎将纳桑尼等在门外、向她索要素描的非理性恐惧推到一旁。不可能。他从未来过小屋，更何况，他还要数个小时后才会发现它们不见了。

但伊莱莎仍然将素描卷起来，放进外套口袋里。

她打开门。玛丽站在门外，脸颊满是泪水。“求您帮助我，伊莱莎小姐。”

“玛丽，怎么回事？”伊莱莎领着女孩进门，转头看看门外，然后掩上门，“你受伤了吗？”

“不是，伊莱莎小姐。”她吞下一声啜泣，“完全不是。”

“告诉我，发生了什么事？”

“是沃克太太。”

“萝丝？”伊莱莎的心脏在胸口狂跳。

“她要赶我走，”玛丽吸口气，抽噎一下，“她叫我马上收拾好东西走人。”

萝丝没事让她松了一口气，但她也惊讶万分。“但玛丽，为什么？”

玛丽颓然倒进椅子内，用手腕擦拭双眼。“我不知道该怎么说，伊莱莎小姐。”

“那就坦白告诉我，玛丽，请你告诉我，究竟发生了什么事。”

新的泪珠开始滚下。“我怀孕了，伊莱莎小姐。我要生小孩了，我以为隐瞒得天衣无缝，但沃克太太还是发现了，现在她说庄园不欢迎我。”

“哦，玛丽，”伊莱莎颓丧地跌坐在另一张椅子中，她握住玛丽的双手，“你确定宝宝的事吗？”

“非常确定，伊莱莎小姐。我不想闹出这种事，但还是发生了。”

“父亲是谁？”

“一个住在我们家附近的男孩。我求求您，伊莱莎小姐，他不是坏家伙，他说他想和我结婚，但我得先赚些钱，不然宝宝会没有东西吃，没有衣服穿。我不能失去工作，至少现在还不能，伊莱莎小姐，我知道我还是能恪守职责。”

玛丽的表情如此绝望，伊莱莎只能这样回答：“我会看看能帮上什么忙。”

“您会和沃克太太谈谈吗？”

伊莱莎从水壶里倒了一杯水，递给玛丽。“我会试看看。但你知道，我要见萝丝并不容易。”

“求求您，伊莱莎小姐，您是我唯一的希望。”

伊莱莎笑了，带着连她自己都不确定的自信。“我会等个几天，给萝丝足够的时间重新考虑，然后我会和她谈谈。我确定她最后会理解的。”

“哦，谢谢您，伊莱莎小姐。您知道我并不想发生这种事。但我一时失去理智，我搞砸了。我现在只希望时光能倒转回几周前，一切都没有发生。”

“我们偶尔都希望能拥有这种力量，”伊莱莎说，“现在，回家吧，亲爱的玛丽，不要担心。我确定一切都会好转。我见到萝丝时一定会提这件事。”

艾德琳轻叩卧室房门，慢慢将门推开。萝丝正坐在窗台上，出神地俯瞰下方。她的手臂柔弱，侧影憔悴。房间因同情主人而显得无精打采，坐垫凹陷，窗帘沮丧地无力垂挂。甚至连空气都在微弱的光线中变得沉闷。

萝丝对她的进入似乎既没注意也不在乎，艾德琳走到她身后伫立片刻。她眺望窗外，想看看她女儿正在凝望着什么。

纳桑尼坐在凉亭里的画架前方，在皮制画夹里翻阅画作。他的动作显得惊慌失措，仿佛放错了一个重要的画具。

“他会离开我，妈妈。”萝丝的声音像房内的阳光一般暗淡无力，“他为什么要留下来？”

萝丝转过身，艾德琳看到女儿灰暗阴郁的脸庞，试图维持表情的平静。她将一只手放在萝丝消瘦的肩膀上。“一切都会好的，我的萝丝。”

“会吗？”

她的语调如此苦涩，艾德琳不禁畏缩了一下。“当然。”

“我看不出来这怎么可能，因为我似乎没办法让他成为真正的男人。我一再失败，无法给他一个继承人，一个他自己的孩子。”萝丝转过身来面向窗户，“他当然会离开我。没有他，我将什么也不是。”

“我和纳桑尼谈过了，萝丝。”

“哦，妈妈……”

艾德琳将一根手指轻按在萝丝的嘴唇上。“我和纳桑尼谈过了，我确信，他和我都希望你恢复健康。等你身体好时，自然会怀孕，你在那点上必须有耐心。给你自己时间恢复健康。”

萝丝摇摇头，她的脖子如此纤细，以致于艾德琳想要她停止动作，免得扭伤自己。“我没办法等，妈妈。没有孩子，我活不下去。我愿意为宝宝做任何事，甚至付出任何代价。我情愿死，也不愿意等待。”

艾德琳轻轻坐在窗台上，紧握住女儿惨白、冰冷的手。“我有个办法。”

萝丝对着艾德琳眨眨大眼睛，眼眸中闪过希望的暗淡火焰。这是一个小孩从未失去的希望，是相信母亲能让美梦成真的信任。

“我是你的母亲，我必须照顾你的健康，即便你不在乎。我对你的困境思索再三。我相信有个不让你健康受损，而又能得到小孩的对策。”

“妈妈，您的意思是……？”

“你刚开始可能会不愿意，但我希望你抛开你的疑虑。”艾德琳压低声音，“现在，仔细听好我要说的话，萝丝。”

最后，是萝丝要求和伊莱莎碰面的。在玛丽来访五天后，伊莱莎接到口信，说萝丝想和她见面。让她更为吃惊的是，萝丝的手札里建议，在伊莱莎的秘密花园里碰面。

见到表妹时，伊莱莎庆幸她想到了为那张铁椅子准备坐垫。亲爱的萝丝消瘦不少。玛丽曾说过萝丝的身体逐日衰弱，但伊莱莎从未料到是如此极端的憔悴。伊莱莎虽然极力不让表情流露出震惊，但她知道她一定没能成功掩饰。

“你对我的外表感到吃惊，表姐。”萝丝微笑着，牵动皮肤，颧骨锐利得像刀刃。

“一点也不，”伊莱莎大声说，“当然没有，我只是，我的脸……”

“我很了解你，我的伊莱莎。我可以读出你的心思，仿佛它们是我的心思一般。我生病了。我变得更为纤弱。但我会像往常那样再次恢复健康。”

伊莱莎点点头，感觉眼睛后方有股温暖的刺痛。

萝丝微笑着，这微笑试图让人宽心，因而显得更为悲伤。“过来，”她比了个手势，“坐在我身边，伊莱莎。我希望我亲爱的表姐坐在我身边。你还记得你第一次带我来这座秘密花园，我们一起种苹果树的那天吗？”

伊莱莎握住萝丝消瘦、冰冷的手。“我当然记得。现在，你看看，萝丝，你看看我们的树。”

树苗的茎干茂盛生长，那棵树现在几乎长到围墙顶端了。优雅的光秃秃的树枝如此茁壮，像柳树般柔软的侧枝指向天际。

“真美，”萝丝渴望地说，“想想，我们只需将它种植在土壤中，它就会自然知道该怎么做了。”

伊莱莎温柔地笑了。“它只是顺应自然而已。”

萝丝紧咬下唇，留下一道红色印迹。“坐在这里，我似乎又回到十八岁，正要旅行前往纽约，充满兴奋和期待。”她对着伊莱莎微笑，“我感觉我们好像很久没有坐在一起了，就你和我，像我们小时候一样坐在一起。”

怀念的浪潮冲刷掉一年来的妒忌和失望。伊莱莎紧握住萝丝的手：“的确如此，表妹。”

萝丝轻轻咳嗽，脆弱的身体随之摇晃。伊莱莎正要在她肩膀上披上披肩时，萝丝再次开口：“你最近听说过庄园里的消息吗？”

伊莱莎小心翼翼地回答，奇怪她为什么突然改变话题。“我见过玛丽了。”

“那你知道了。”萝丝凝视着伊莱莎的目光，然后哀伤地摇摇头，“她没给我选择余地，表姐。我知道你和她很亲密，但在这种情况下，我无法让她继续留在布雷赫。你必须明白。”

“她是个忠心的好女孩，萝丝，”伊莱莎轻柔地说，“她的行为的确轻率鲁莽，我不否认。但你一定能宽恕她吧？她会没有收入，而她肚子里的孩子需要花钱。请为玛丽考虑考虑，萝丝。想想她的困境。”

“我向你保证，我已经再三考虑了。”

“那也许你会认为……”

“伊莱莎，你有没有曾经极度渴盼过一样事物，渴盼到没有它，你便活不下去？”

伊莱莎想到了她魂牵梦萦的海洋之旅。她对塞米的爱。还有，她需要萝丝。

“我只想要一个孩子。我的心非常痛苦，我的手臂也是。有时候，我能感觉到我渴望环抱的孩子的重量，以及在我臂弯中的温暖头部。”

“你总有一天一定能……”

“是的，是的。总有一天。”萝丝微弱的微笑泄露出她并无话中那样乐观，“但我挣扎、失败了这么久。十二个月，伊莱莎。十二个月，我走过的这条路上满是失望和否定。现在，马修医生告诉我，我的健康状况不允许我怀孕。你可以想象，伊莱莎，玛丽的小秘密带给我的震撼。她仅凭意外就可以得到我梦寐以求的东西。一无所有的她竟然可以获得应有尽有的我无法拥有的东西。你一定可以看出来，这多不公平！上帝怎么会允许这类矛盾发生？”

萝丝的衰颓如此极端，她脆弱的外表与她强烈的欲望如此不相称，刹那间，伊莱莎突然不再在乎玛丽的幸福。“我该如何帮助你，萝丝？告诉我，我能做什么？”

“你能帮我一个忙，伊莱莎表姐。我需要你为我做一件事，同时，你也能顺便帮助玛丽。”

如同伊莱莎一向知道她必须帮助萝丝那样，现在，萝丝也终于意识到她需要伊莱莎。只有伊莱莎能帮劝她。“当然，萝丝，”伊莱莎说，“我会为你做任何事。告诉我，我需要做什么，我一定会办到。”

40

特瑞纳，*2005*

恶劣的天气在周五深夜席卷而来，愠怒的灰暗迷雾在周末笼罩着整个村子。在这样险恶的天气下，卡珊德拉决定暂时放下小屋的修缮工作，毕竟她努力工作了好几天，而她疲惫的四肢可以借此稍事休息。星期六，她窝在房间里，蜷曲身子，喝着茶，读着奈儿的笔记本。对于在特鲁罗雇请侦探这件事，她外婆有一篇记载，卡珊德拉读得很入迷。在威廉·马丁告诉奈儿，倘若她能查出伊莱莎1909年的行踪，便能解开她的谜团后，奈儿在当地电话簿里找到了一个叫奈德·摩利胥的人。

周日，卡珊德拉与茱莉亚碰面喝下午茶。整个早上都下着滂沱大雨，但在下午三四点时转为蒙蒙细雨，浓雾间歇性地飘过来。透过窗棂，卡珊德拉只能依稀辨别深绿色的湿透的草坪，其他事物则一片迷蒙，偶尔可见光秃秃的树枝，宛如白色墙壁上的细长裂缝。奈儿喜欢这种日子。卡珊德拉微笑着，想起外婆在套上雨衣和橡胶靴时总是容光焕发、欢欣鼓舞。或许，奈儿的血脉传承从体内深处呼唤着她。

卡珊德拉往后靠在扶手椅的坐垫上，看着壁炉里吞吐不定的火焰。人们聚集在饭店酒吧间的所有角落里，有人玩牌，有人读书或吃东西，房间里充满了窃窃私语，和令人舒适的温暖干燥。

茱莉亚将一汤匙奶油抹在满是果酱的烤饼上："你为什么突然对小屋的围墙感兴趣？"

卡珊德拉的手指握着温暖的马克杯："奈儿相信，如果她找出伊莱莎1909年的行踪，她便能解开她的身世之谜。"

"但那和围墙有什么关联？"

"我不知道，或许毫无关联。但萝丝的剪贴簿里有个段落让我好奇。"

"哪一段？"

"她在1909年4月写道，他们趁伊莱莎远行时加盖了围墙。"

茱莉亚舔掉手指上的奶油。"我记得这一段，"她说，"她写道，他们必须谨慎，因为有得必有失。"

"没错。我只希望我能明白她的意思。"

茱莉亚咬住下唇："她真是无礼，没有替我们这些在九十多年后阅读她剪贴簿的读者着想，她应该写清楚才是！"

卡珊德拉心不在焉地笑了，拉扯着椅子扶手上松开的线头。"她为什么会那样说？有得是指什么，她为什么这样担心失去？而小屋的安全性与这些又有什么关联？"

茱莉亚咬了一口烤饼，若有所思地缓缓咀嚼。她用饭店餐巾轻拭嘴唇："萝丝那时怀孕了，对不对？"

"剪贴簿上的那段是这么说的。"

"或许是荷尔蒙在作怪。这种事常发生，不是吗？女人变得更情绪化？也许，她想念伊莱莎，担心小屋会遭到偷窃或破坏。也许她觉得有责任。那两个女孩在那时仍然十分亲密。"

卡珊德拉思考过这一点。怀孕的确会造成相当疯狂的情绪变化，但这就是充足的理由吗？即使假设这是个荷尔蒙错乱的叙述者，这个段落仍大有玄机。小屋出了什么事，导致萝丝缺乏安全感？

“他们说明天天气会转好。”茱莉亚将刀子放在满是碎屑的盘子上。她往后靠坐到扶手椅里，掀起窗帘一角，凝视着迷蒙的刺眼光线。“我猜，你会回小屋整理吧？”

“不。我有位朋友要过来。”

“住在饭店吗？”

卡珊德拉点点头。

“太好了。如果有我能帮忙的地方，请务必让我知道。”

茱莉亚说得对，雾霭在星期一下午终于开始消散，羞怯的阳光看起来随时会破云而出。当露比的车停到外面的停车场时，卡珊德拉正在休息厅等待。当她看见那辆白色小掀背车时不禁笑了，忙拾起剪贴簿，快步走进大厅。

“咻！”露比踏入大厅，放下行李。然后她脱下雨帽，甩甩头。“这是康沃尔的热烈欢迎方式！一滴雨都没下，但我还是湿透了。”她突然站住，看着卡珊德拉，“老天，看看你！”

“怎么了？”卡珊德拉轻抚头发，“我怎么了吗？”

露比咧嘴一笑，眼角堆起皱纹。“什么事也没有，我就是这个意思。你看起来棒极了。”

“哦。谢谢你。”

“康沃尔的空气一定很适合你，你和我在希思罗迎接你时有天壤之别。”

卡珊德拉开始大笑，把莎曼珊吓了一跳，她正在柜台后面偷听。“我真的很高兴见到你，露比，”她边说边提起一只行李，“我们先把行李安顿好，然后去散步，观赏大雨过后的小海湾。”

卡珊德拉紧闭双眼，朝着天空抬起脸庞，海风轻轻拂过她的眼睑。海鸥沿着海滩在远处高声交谈，一只昆虫嗡嗡飞近她的耳朵，温柔的海浪轻轻拍岸，发出极富节奏感的波涛声。当她的呼吸与海洋的呼吸一致时，她感到一股巨大的平静感蓦然降临。最近的大雨搅动了远处汹涌的海水，强烈的气味与风儿交织。她睁开眼睛，缓缓环顾小海湾。山脊顶端有一排古老的树木，小海湾尽头矗立着黑岩，长满高大草木的山丘暗藏着她的小屋。她吐了一口气，感到一股深沉的愉悦。

“我觉得我一脚踩进了《走私者的天地五人行》[1]的世界。”露比在海滩远处大叫，“我一直期待会看见书里那只狗提米跑下沙滩，嘴里衔着那只漂流瓶……”她睁开双眼，“或是叼着一根人骨，某些它挖出来的邪恶物品！”

卡珊德拉笑了。“我以前很喜欢那本书。”她开始沿着鹅卵石朝露比和黑岩的方向走去，“我小时候，在炽热的布里斯班的日子里读那本书时，我愿意放弃任何东西，只求能在满是走私者洞穴的迷雾海岸上长大。”

当她们走到海滩尽头时，鹅卵石与草地接壤，围绕着小海湾的陡峭山丘耸立在她们眼前。

“老天，”露比伸长脖子看着山顶，“你真的要我们爬这个

1 英国著名儿童文学作家伊德妮·布莱顿的童话。

吗？”

“没有看起来那么陡峭，我保证。”

时光和来往车辆磨出一道狭窄的道路，在高大的银色草丛和小黄花间隐约可见，她们缓步上山，不断停下来让露比喘口气。

卡珊德拉非常喜欢大雨冲刷过后的清新空气。她们爬得愈高，空气便愈凉爽。微风的每次旋转都带着湿气，从海洋直扫而来，拂过她们的脸庞。快走到山顶时，卡珊德拉伸出手，抓住高大、苍白的草茎，感觉它们从她紧握的手间滑走。“就快到了，”她转头对露比大叫，“就在山顶那边。”

“我觉得自己像个冯·特拉普[1]。”露比气喘吁吁地说着，“但我更胖，更老，而且完全没有唱歌的体力。”

卡珊德拉抵达山巅。薄薄的云朵在她头顶上轻快地飞掠过天际，狂暴的秋风在后面快步追逐。她慢慢走向悬崖边缘，俯瞰广袤、喜怒无常的海洋。

露比的声音从身后传来。“哦，感谢老天，我还活着。”她双手放在膝盖上，半蹲着，上气不接下气，“告诉你个秘密。我原本以为这一刻永远不会来临。”

她挺直身体，双手撑在腰上，走到卡珊德拉身边。当她扫视地平线时，表情整个发亮。

“景观很美，不是吗？”卡珊德拉说。

露比摇摇头。“美得令人惊异。小鸟在鸟巢里的感觉一定就是如此。”她从悬崖边缘倒退一步，“除了它们可能更安全外，因为不小心摔落时，它们还有翅膀可以飞。”

1　逃过纳粹追杀的奥地利一家人，电影《音乐之声》的灵感来源。

“小屋在走私横行的时代原本是座瞭望台。”

露比点点头。“我相信这个说法。从这里可以看清一切动静。”她转身，原本希冀看到小屋，却蹙紧了眉头，“那面墙真是碍事，一定挡住了不少景观。”

“没错，从楼下看的确如此。但它是在1909年加盖的。”

露比漫步走向大门：“他们究竟为什么要盖围墙？”

“为了安全。”

“防御什么？”

卡珊德拉跟在露比身后。“相信我，我也很想知道。”她推开嘎吱作响的铁门。

“真友善。”露比指向威胁入侵者的告示牌。

卡珊德拉若有所思地微笑。**远离此地，否则风险自负**。最近几个星期她经过这个告示牌太多次，已对它视而不见。现在，与萝丝剪贴簿内的段落对照，这些字突然拥有新的含意。

“来吧，卡珊德拉。”露比站在小屋门口旁的小径的另一端，正用力跺脚，“我对长途步行可是丝毫没有抱怨，但你可别期待我爬墙或翻窗进入小屋吧？”

卡珊德拉笑了笑，举起黄铜钥匙。“别怕。我无意再挑战你的体力。反正不是今天。我们明天再去拜访秘密花园。”她将钥匙插入锁孔中，往左转，直到发出“铿”的一声后，再推开门。

露比跨过门槛，沿着走廊走向厨房门口。在卡珊德拉和克里斯汀清理掉窗户上的爬藤植物，刷洗了玻璃上堆积一个世纪的尘垢后，小屋内现在亮堂多了。

“哦，老天，”露比低语，当她看到厨房时睁开了眼睛，“它保持了原状！”

“这么说也对。”

“没有人在现代化的借口下破坏它。真是稀罕的发现。”她转身面对卡珊德拉，“感觉很棒，不是吗？层层包围的温暖感觉。我几乎可以感觉到过去的鬼魂在我们之间游荡。”

卡珊德拉不禁微笑。她早知道露比会有同感。“我真高兴你能来这儿，露比。”

“我绝对不会错过这个机会，”她边说边走过房间，“当我们碰面时，格雷正准备塞耳塞，他对我老是谈论你的康沃尔小屋厌烦透顶。刚好我在波佩洛有公事要办，因此所有事情都非常顺利。”露比靠在摇椅旁，凝望前窗外头，“外面有座小池塘吗？”

“对，一个小池塘。”

“雕像很可爱，不知道他会不会冷？”她放开摇椅，摇椅于是前后摆动起来。脚踩的地方在木地板上发出轻柔的咯吱声。露比继续审视房间，手指沿着炉灶边缘轻轻抚过。

“你在波佩洛有什么事要办？”卡珊德拉在餐桌上坐下，双腿交叉。

“我的展览在上周结束了，我得把纳桑尼·沃克的素描物归原主。我告诉你，要和它们分开让我心碎。”

“她不肯考虑将它们永远租借给博物馆吗？”

“这是个好主意。”露比的头消失在放置炉灶的砖墙凹处，声音变得模糊不清，“也许你可以帮我用甜言蜜语说服她。”

“我？我从来没有见过她。”

“嗯，当然你还没亲自见过她。但我在她家时，曾向她提过你的名字。我告诉她，你的外婆是芒特榭家族的人，在布雷赫出生，她回到家乡买下这座小屋。克拉拉对此非常有兴趣。”

“真的？她为什么会在乎？”

露比站起身，脑袋撞到柜子。“讨厌，”她用力揉搓被撞到的地方，“总是倒霉的头被撞。”

“你没事吧？”

“是的，是的，我没事。这些该死的柜子。”她停止揉搓的动作，眨眨眼睛，“克拉拉的母亲以前在布雷赫当女仆，记得吗，那位后来和她的屠夫丈夫一起制作猪血香肠的玛丽？”

“是的，我现在想起来了。你怎么知道克拉拉对奈儿有兴趣？她说了什么吗？”

露比重新审视炉灶，打开灶门。“她说她有件事想告诉你。她母亲在死前告诉过她一件事。”

卡珊德拉脖子上的肌肤一阵刺痛。“是什么事？她提到过其他事吗？”

“至少没对我说，你可别太兴奋。她很尊敬她的老母亲，她可能以为你会有兴趣知道，玛丽年轻的时候曾在那栋辉煌的老庄园服务过。或者，萝丝曾经称赞她将银器擦得很亮。”露比关上灶门，转身面对卡珊德拉，“这炉灶还能用吗？”

“能用。我们简直不敢相信。”

“我们？”

“克里斯汀和我。”

“克里斯汀又是谁？”

卡珊德拉的指尖沿着桌子边缘滑过：“哦，一位朋友。他帮我进行清理工作。”

露比挑高眉毛：“一位朋友，嗯？”

“对。”卡珊德拉耸耸肩，口气试图显得冷淡。

露比心照不宣地微笑着。“有朋友真好。”她走到厨房后面，经过玻璃破裂的窗户，来到那台古老的手纺车旁，“我想，我没那个荣幸和他见面吧？”她伸出手，转动纺轮。

“小心，”卡珊德拉说，“别戳伤你的手指。”

“我会小心的。”露比的手指掠过旋转的纺轮顶端，“我可不想害我们陷入一百年沉睡。”她咬着下唇，眼睛闪闪发光，“但这可以给你朋友一个拯救我们的机会。”

卡珊德拉感觉双颊滚烫。当露比看着天花板裸露的横梁，火炉周围的白色和蓝色瓷砖，宽大的木地板时，她假装漫不经心。“嗯，”她最后说，“你觉得如何？”

露比翻个白眼。“你应该知道我会怎么想，卡珊德拉。我嫉妒死了！这房子太棒了！”她走过来靠在桌旁，“你仍计划要卖掉它吗？”

“是的，我是想这样做。”

“看来你比我坚强。”露比摇摇头，“要我就无法将它脱手。”

卡珊德拉的心中无端冒出一股拥有者的骄傲。她极力压抑下来。“我得卖掉它。我不能就把它留在这里。维修费会太高，何况我又住在世界的另一端。”

“你可以把它当成度假小屋，在你不用它时，将它租出去。那么，在我们需要到海边时，我们就会有地方住。”她纵声大笑，“我是说，你会有地方住。”她用肩膀推推卡珊德拉，“好了，该让我看看楼上了。我敢打赌景观一定很美。”

卡珊德拉带头走上狭窄的楼梯，她们走到卧室时，露比靠在窗台上。“哦，卡珊德拉，”她说，风儿在海洋表面掀起白色波涛，“一定会有很多人排队等着在这里度假。这里保持了原状，离村子近，买东西方便，但又够偏僻，可以保有隐私。夕阳西下时一定很美，而在夜晚，渔船的遥远灯光会像小星星般闪烁。”

露比的描述使得卡珊德拉既兴奋又恐惧，因为露比说出了卡珊德拉深藏于心的秘密愿望，她甚至迟钝到没发觉自己有这种感受，直到她听见露比表达出来。她的确想留下小屋，尽管她知道，卖掉它才是明智之举。但这里的氛围渗进她的肌肤。不仅是因为它和奈儿关系紧密，她还有别的感受。她在小屋和花园里时觉得很自在，觉得人生一切顺遂。世界很美好，她也熬过难关。她在十年以来第一次感觉到自己又是个整体，非常坚强。如同完成一个循环，一个没有阴暗边缘的思考。

“哦，老天！”露比转身，抓住卡珊德拉的手腕。

“怎么了？”卡珊德拉的胃揪紧了，“怎么了？”

“我有个最棒的点子。”她吞吞口水，屏住呼吸，用手示意，“在这儿过夜，”她最后发出欢欣的尖叫声，“你和我今晚在这座小屋过夜！”

卡珊德拉去了市场，在拿着装满蜡烛和火柴的硬纸箱离开五金行时，碰到了克里斯汀。自从他们在酒吧吃过晚饭后，已经三天了。由于雨下得太多，他们不考虑在周末返回秘密花园。自那时起，她便没有和他见面或说话。她无端端觉得紧张，双颊酡红。

“要去露营？”

“算是吧。一位朋友来访，想在小屋度过一夜。”

他抬高眉毛。“别被鬼咬到了。”

“我会想办法的。”

“或是被老鼠。”他歪嘴一笑。

她也不禁绽放微笑，然后立即抿紧嘴唇。沉默像拉紧的橡皮筋般随时会弹回来。她羞怯地嗫嚅着：“嗯，你想……你可以过来和我们共进晚餐吗？我们没有什么好菜，但会很好玩。我是说，如果你没事的话。露比一定很想认识你。”卡珊德拉脸涨得通红，诅咒她在每个句子后面都扬起发问的声调，“会很好玩的。”她再次说。

他点点头，似乎在考虑这个提议。“好的，”他说，“没问题。听起来不错。”

“太好了。”卡珊德拉的肌肤一阵紧张，“七点好吗？不用带任何东西来，你看得出来，我都准备齐全了。”

“哦，喂，把那给我。”克里斯汀拿走卡珊德拉的硬纸箱。她的手腕上原本吊着塑料杂货袋，现在她将它们提在手里，并搔抓袋子留下的红色印记。“我开车送你上悬崖。”他说。

“我不想给你添麻烦。”

“你没有。反正我正要去见你，讨论有关萝丝的印记。”

“哦，我在剪贴簿里找不到其他段落……”

“那无关紧要，我知道那些印记是什么，还有她是怎么会有那些印记的。”他指指他的车，“来吧。我们可以在我开车时好好谈谈。”

克里斯汀将车倒出岸边的停车场，沿着主干道向前驶去。

“那些印记是什么？”卡珊德拉问道，“你发现了什么线索吗？”

车窗一片雾气，克里斯汀伸出手掌抹擦挡风玻璃。“你那天问我萝丝的印记时，我就觉得好像很耳熟。我是指医生的名字，艾伯瑟·马修。我记不得我是在哪儿听说过他的名字，后来，在星期天早上想起来了。我在大学里修过医学伦理，我们必须写一篇有关新科技的历史用途的报告，作为这科目的部分成绩。”

他在T形交叉口放慢车速，调了调暖气。“抱歉，暖气有时会故障。过一会儿应该就会暖和了。”他将刻盘从蓝转到红，打左转方向灯，开始爬上陡峭的悬崖道路，“住在家里的好处之一是，我这辈子的东西都用箱子打包好，找起来很容易。我继母将我的房间变成健身房时，替我把所有东西都装了箱。”

卡珊德拉露出微笑，想起她在车祸意外后，搬回奈儿家，结果发现好几箱令人尴尬的高中纪念册和纪念品。“我花了一点时间，但最后还是找到了那篇文章，我在里面提到他的名字，艾伯瑟·马修。我将他写进报告里，因为他也是来自我成长的村子。”

“然后呢？文章里有提到萝丝的事吗？”

“没有，但在我明白萝丝的马修医生是谁后，我便写电子邮件给在牛津的朋友，她在医学图书馆工作。她欠我一份人情，因此，她同意将这位医生在1889年到1913年间的病患资料寄给我。那是萝丝的出生和死亡年份。”

一位朋友。她。卡珊德拉将突如其来的嫉妒推到一旁。“然后呢？”

“马修医生十分忙碌。但刚开始时不是，他出身卑微，后来却获得极为崇高的地位。他是康沃尔的小镇医生，做的就是这类年轻医生会做的事。从我读的资料看来，他职业上的重大突破在于他认识了布雷赫庄园的艾德琳·芒特榭。我不知道，为什么她的小女儿生病时，她会选择一个像他这样的年轻医生，贵族们习惯召唤曾经治疗过曾叔公的老医生前来问诊，不管是为了什么理由，她破例雇请了艾伯瑟·马修。他和艾德琳大概一开始就一拍即合，因为在第一次看诊后，他便成为了萝丝的私人医生。他照顾她的孩童时期，甚至在她婚后也提供医疗建议。”

“但你怎么知道这些？你的朋友是如何发现这些信息的？”

“那时，有许多医生会写诊疗日志。他们看诊的病患记录、谁欠他们诊疗费、他们开出的处方笺、他们发表的论文等等这类事项。许多日志最后被收藏到图书馆。医生的家族通常会捐赠，或卖给馆方。”

他们抵达道路终点，这里碎石路与草地接壤，克里斯汀将车停在观景台的小停车格内。外面，狂风猛烈地扑向悬崖，小鸟们阴郁地挤成一堆。他停下引擎，在座位中转身，面对卡珊德拉。“在19世纪最后十年中，马修医生开始稍有名气。虽然他的病患名单都是些上流人士，他似乎不满足于当个乡下医生。他开始针对数种医学议题出版专文。在对照他的出版论文和日志后，我很容易便发现萝丝就是其中所指的RM小姐。她在1897年后常常被提到。”

“为什么？那时发生了什么事？”卡珊德拉这时才发觉她正屏住呼吸，喉咙紧缩。

“萝丝八岁时曾经吞下一枚顶针。”

“为什么？”

“嗯，我也不知道，我想是意外，但这不是重点。这也不是什么大不了的事，我们常在小孩的胃里找到英国钱币。即使不管它们，它们通常都可以轻易排出。”

卡珊德拉突然吐了一口气：“但马修医生插手了。他动了手术。”

克里斯汀摇摇头："比那更糟糕。"

她的胃揪紧："他做了什么？"

"他照了几张X光照片，然后在《柳叶刀》上发表。"克里斯汀伸手向后座，拉出一张复印纸，递给她。

她瞥了瞥论文，耸耸肩。"我不懂，这有什么大不了？"

"不是X光本身的问题，而是照射的时间。"他指着纸页顶端的一条线，"马修医生让摄影师照了六十分钟。我猜他想取得效果最好的照片。"

卡珊德拉可以感觉到玻璃窗户外的寒冷空气在她双颊上颤抖。"但这意味着什么，六十分钟的照射？"

"X光是放射线，你没注意到你的牙医在按下X光机的按钮前就急忙逃出小房间吗？六十分钟的直接照射意味着，马修医生和摄影师在这期间将萝丝的卵巢和其内的所有东西都烤焦了。"

"她的卵巢？"卡珊德拉不禁瞪着他，"那她后来怎么能怀孕？"

"这就是我的意思。她没怀孕，她也不可能怀孕。换句话说，就算她能怀孕，她也无法怀着健康的宝宝直到分娩。从1897年后，萝丝·芒特榭就各种层面来说都是不孕的。"

41

悬崖小屋，1975

房子过户的时间拖了十天，但年轻的茱莉亚·班奈特不改其亲切的态度。奈儿在房子过户前要求去看小屋时，她将钥匙递给她，挥挥戴着珠宝的手腕。“我一点也不担心。”她的手镯叮当作响。“你自己随意看看。老天知道，那钥匙那么重，能让它离开我的手，我还很开心呢！”

钥匙的确很重。钥匙很大，以黄铜制成，尾端有精致的漩涡样式，另一端则呈现钝齿状。奈儿盯着它，它几乎和她的手掌一样长。她将它放在厨房的木桌上。她的小屋的厨房。嗯，几乎算是她的小屋，再过十天就是。

房子过户时，奈儿不会在特瑞纳。她的飞机将于四天后离开伦敦，她试图改签，但旅行社的人告诉她，这么晚才改签必须付出高额的金钱，不然绝对行不通。因此，她决定依照原计划时间返回澳大利亚。处理她购买悬崖小屋事宜的当地律师答应替她保存钥匙，直到她再回来为止。她向他们保证，她不会离开太久，她只需要回去将事情处理好，然后她会回来永久定居。

奈儿决定这是她最后一次返回布里斯班的家。那里有什么值得她留恋的？几位朋友，一个不需要她的女儿，还有几个无法理解她的妹妹。她会想念她的古董店，但也许她可以在康沃尔再重新开一间店吧？而当她在这里，拥有更为充裕的时间后，她或许能解开她的谜团。她将会知道伊莱莎为什么偷偷带走她，将她放上前往澳大利亚的船。所有的人生都需要目的，而这就是奈儿的目的。不然，她将如何了解她自己？

奈儿绕着厨房慢慢走，在脑海里写着工作清单。她回来的第一件事便是将小屋彻彻底底地清理一遍。屋内满是泥土和尘垢，覆盖着每个表面。小屋也需要修理：部分的踢脚板需要更换，木头一定有腐朽的地方，厨房需要重新汰换才能再次运作……

当然，像特瑞纳这种村子一定有足够的当地工匠可以提供协助，但奈儿不喜欢雇请陌生人进入小屋整修。它虽然是以石头和木头搭成，但它对奈儿的意义远大于一间普通的房子。就像她曾在莉儿临死前亲自照顾她，拒绝将这份责任转交给心地善良的陌生人一样，奈儿知道她必须亲自整理小屋。她会运用许多年前，她还是小女孩时，休教导她的技巧来修复这栋小屋。想想，她那时睁大的眼睛里充满了对爸爸的爱。

奈儿停在摇椅旁边。一个角落吸引了她的注意力。她走近一看。半瓶矿泉水，一袋饼干，一本《扒手和木匠》英国漫画杂志。奈儿上次来看屋时，并没有这些东西，这表示自那以后有人闯进了小屋。奈儿迅速翻阅漫画杂志，看起来入侵者是个年轻人。

潮湿的微风轻拂奈儿的脸，她看向厨房后面。四格窗里少了一格玻璃。她暗暗想道，在她离开特瑞纳前，她得带着塑料布和胶带将洞口补好，然后，奈儿往窗外看去。一道巨大的树篱与小屋平行，顶端平整，几乎像面墙壁。一个颜色闪过，奈儿的眼角余光看到有东西移动。当她再次定睛看时什么也没有。或许是只鸟，或是松鼠。

奈儿从律师给她的地图上发现，小屋的产权界线延伸得很远。这可能表示，在这片高大、浓密的树篱另一边不管有什么，应该也属于她。她决定去看一看。

蜿蜒绕过屋侧的狭窄小径，因为阳光照射不到，显得异常幽暗。奈儿小心翼翼地向前走，边走边推开高大的杂草。在小屋后方，荆棘在小屋和树篱间尽情蔓生，奈儿好不容易才穿越纠成一团的树丛。

半路上，她又注意到有东西移动，就在她身边。奈儿盯着地面。一对穿着鞋子的脚丫和细瘦的双腿从围墙底下伸出来。看来，那面墙要不是如《绿野仙踪》一样从天上掉落，压扁某位不幸的康沃尔侏儒，就是她抓到入侵她小屋的小鬼了。

奈儿抓住骨瘦如柴的脚踝。那双腿僵住了。“出来，”她说，“你给我出来。”

沉寂半晌后，那双腿开始往后匍匐倒退。那个男孩看起来大约十岁，但奈儿对猜测小孩年龄从来不在行。他瘦瘦小小，有着浅棕色头发，疤痕处处的膝盖。他细瘦的小腿上到处是瘀青。

“我想，你就是那个擅自闯入我小屋的小鬼？”

男孩对着奈儿眨眨深棕色的眼眸，然后低头看着脚边的地面。

“你叫什么名字？告诉我。”

“克里斯汀。”

声音低得她几乎听不到。

“克里斯汀？”

“克里斯汀・布莱克。我没有造成任何伤害。我爸在饭店那边工作，我有时候来拜访围墙……你的围墙花园。”

奈儿看着被荆棘覆盖的围墙。“所以后面有一座花园啰？我正巧在想着。”她的目光转回男孩身上，“告诉我，克里斯汀，你母亲知道你在哪儿吗？”

男孩的肩膀颓然下垂：“我没有母亲。”

奈儿抬高眉毛。

“她在夏天住进医院，然后……”

奈儿火暴脾气的热度瞬间冷却下来，她叹口气：“我懂了。你几岁了？九岁？十岁？”

“快十一岁了。”他健壮的手臂愤怒地插进口袋，手肘往外弯。

“当然，我现在看出来了。我的外孙女和你差不多岁数。”

“她也喜欢花园吗？”

奈儿对他眨眨眼：“我不确定。”

克里斯汀歪着头，对这答案皱起眉头。

“我是说，我想她应该喜欢。”奈儿发现自己语带歉意，不禁痛骂自己。她不必因为不了解外孙女的心思而感到内疚。“我不常和她见面。”

“她住得离你很远吗？”

“不算太远。”

“那你为什么不常和她见面？”

奈儿打量着男孩，试图判定他的无礼是否讨人喜欢。“有时，人生就是如此。”

从男孩脸上的表情判断，这个解释对他来说相当无力，对她而言也是。但有些事情就是不需要解释，特别是对一个闯入私人住宅的陌生小男孩。

奈儿提醒自己，这个小鬼刚失去母亲。他或许是因伤心欲绝而作出错误的判断，奈儿比任何人都要清楚这点。人生非常残酷。这男孩为什么必须在失去母爱的情况下长大？为什么某位可怜的女人必须溘然早逝，留下儿子茫然地在这世上摸索方向？看着男孩纤瘦的四肢，奈儿不禁动了怜悯之心。她的声音粗哑，但很和善："你说你在我的花园做什么？"

"我没有造成任何伤害，真的。我只是喜欢坐在里面发呆。"

"这就是你进去的方式？从砖块底下钻进去？"

他点点头。

奈儿打量那个小洞："我不认为我钻得过去。大门在哪儿？"

"没有大门。至少这面墙没有。"奈儿蹙紧眉头，"我的花园没有入口？"

他再次点点头："以前有个入口，你可以在花园里看到它被堵起来的地方。"

"为什么会有人将入口堵起来？"

男孩耸耸肩，奈儿则在脑海里的清单加上了另一项必要的改善。"你也许可以告诉我，我错失了什么？"她说，"看起来我没办法自己进去瞧瞧。你跑到这上面来是为了看什么？"

"这是我在全世界最喜欢的地方。"克里斯汀眨着他热切的深棕色眼眸，"我喜欢坐在里面和我妈说话。她喜欢花园，她特别喜欢你的围墙花园。是她教我怎么钻进花园的，我们原本想将花园整顿一下。后来，她就生病了。"

奈儿抿紧嘴唇："我过几天就要回到澳大利亚的家，但我过一两个月后会回来。你能帮我照顾我的花园吗，克里斯汀？"

他严肃地点点头："我会的。"

"我很高兴将花园交给你，你会妥善照顾它吧？"

克里斯汀挺直身体："等你回来时，我会帮你重整花园，就像我爸在饭店做的那样。"

奈儿笑了："我会要你遵守诺言。我可不随便让人帮我，但我有个感觉，你是帮我重整花园的最佳人选。"

42

布雷赫庄园，1913

萝丝拉紧肩膀上的披肩，双手抱臂，仍然无法驱走浑身的寒冷战栗。当她决定在花园里寻找阳光时，她压根儿没想到会见到伊莱莎。萝丝坐着写剪贴簿日记，偶尔会抬头看着艾弗瑞在花圃旁边来回跑动，不时蹲下赏花，她没料到这天如此平静的一幕将被可怕地打破。她似乎是突有预感，偷瞥了迷宫大门一眼，看到的景象让她的血液为之冻结。伊莱莎怎么知道萝丝和艾弗瑞会单独待在花园里？她是否一直在默默观察，等待这类让萝丝措手不及的时机？为什么是现在？在三年之后，她为什么在今天突然出现？她手里拿着破旧的小包裹，宛如梦魇中的幽灵一般穿过草坪。

萝丝往旁边一瞥。包裹静坐在那儿，伪装成无害的事物。但它不是。萝丝知道这点。她不用看牛皮纸下面就知道里面藏的是什么，那样东西代表萝丝极力想忘却的一个地方、一段时间和一份友谊。

她抓皱裙子，又将它在大腿上抚平，试图在她和包裹之间创造出某些安全距离。

一群鸟迅速飞过，萝丝看向肾脏形的草坪。妈妈正朝她这边走来，新的猎犬汉利亦步亦趋地跟在她深色裙子后面。萝丝松了一口气，随即觉得头晕。妈妈再次成为她人生中的锚，将她固定在一个安全的世界，里面的一切井井有条。艾德琳愈走愈近，萝丝再也无法压抑她的忧虑。“哦，妈妈，”她立刻说，“她来过这儿，伊莱莎来过这里。”

“我从窗口看到了。她说了什么？孩子有没有听到她不该听到的话？”

萝丝努力回想她们相遇的画面，但忧虑与恐惧交缠，弄皱了她的记忆边缘，她无法再想起她们说过的确切话语。她沮丧地摇摇头：“我不知道。”

艾德琳瞥了瞥包裹，小心翼翼地将它从长椅上拿起，仿佛它会烫到手。

“请别打开它，妈妈。我无法忍受看到里面的东西。”萝丝的声音愈来愈小。

“是……”

“我很确定它是。”萝丝将冰冷的手指按在双颊上，“她说那是送给艾弗瑞的，”萝丝望着母亲，她的皮肤下面卷起新一波的惊慌的浪潮，“她为什么要带它过来，妈妈？为什么？”

妈妈抿紧嘴唇。

“她这么做有什么含意？”

“我认为，你和你表姐保持距离的时候到了。”艾德琳在萝丝身边坐下，将包裹放在大腿上。

“保持距离，妈妈，您的意思是……？”萝丝双颊冰冷，声音转成惊恐的窃窃低语，“您认为她也许……也许还会再来吗？”

“她今天的举动已经证明了她并不打算遵守我们之间的约

定。”

“但妈妈，您不会认为……”

“我想到的是我希望你永远健康。”萝丝的女儿在斑斓的阳光下到处戏耍，艾德琳将身子靠近，她靠得如此之近，以至于萝丝能感受到她平滑的上唇贴在她耳朵上。“我们必须记住，我亲爱的，”她低语，“有人知道你的秘密时，那个秘密永远不会安全。”

萝丝轻轻点点头。妈妈当然是对的。她以为事情会永远这样顺利的想法太愚蠢了。

艾德琳站起来，挥挥手腕，示意汉利立正站好。“托马斯正在准备午餐。别在这里待太久。你可别再得感冒给今天增添不愉快了。”她将包裹放回座位上，小声说道，“叫纳桑尼将它处理掉。”

楼上到处传来奔跑的脚步声，艾德琳不禁退缩了一下。不管她谆谆告诫了多少次年轻女士的适当礼仪，那个孩子还是屡教不改。她们早该料到，不管萝丝替她穿上多么漂亮的裙子，还是无法改变这点，那个女孩出身平凡，天性如此。她的双颊过于酡红，银铃般的大笑声在走廊里回荡，缎带绑不紧她的鬈发。她和萝丝迥然不同。

但是，萝丝深爱这个女孩。这让艾德琳不得不接受她，训练自己对孩子微笑，直视她无礼的目光，忍受她的吵闹。艾德琳愿意为萝丝做任何事，她不是已经做了吗？但艾德琳也了解，她的责任在于适时给予严厉的教诲，如果那孩子要摆脱出身缺陷的话，就需要一贯坚定的指导。

知道实情的人只有几位，也必须保持如此，万一风声泄露将会引发可怕的丑闻。因此，他们必须适当处置玛丽和伊莱莎。

刚开始，艾德琳担心萝丝也许无法了解，她天真的女儿会想象所有事情将一如以往。但在这点上，她相当惊讶，非常满意。当艾弗瑞一躺在萝丝的臂弯中，她立即有所改变：强烈的母性欲望抓住了她，她决心保护她的孩子。萝丝同意艾德琳的观点，玛丽和伊莱莎必须远离庄园；维持足够的距离让她们不必日日见面，但又近到足以让艾德琳发挥影响力。只有这样才能确保她们不会泄露孩子的事。艾德琳资助玛丽在波佩洛买了一栋小房子，并允许伊莱莎永远住在悬崖小屋。虽然艾德琳哀叹伊莱莎住在如此靠近庄园的地方，但两害相权取其轻，萝丝的快乐才是最重要的事。

亲爱的萝丝。她看起来如此苍白，独自坐在花园座椅上。那天之后，她几乎没碰午餐，只是将食物在盘中移来移去。现在她去休息了，整个星期都在纠缠她的偏头痛使她不得不躺下来。

艾德琳松开放在大腿上的紧握的拳头，她伸展手指，陷入沉思。她在安排这一切时将条件说得非常明白：两个女孩永远不得再踏入布雷赫庄园。这个约定很简单，而她们也默默遵守。安全的翅膀温柔地遮盖住这个秘密，而布雷赫的生活也平和有序。直到今天。

现在伊莱莎却打破了诺言，她究竟在想什么？

最后，纳桑尼只好等到萝丝躺在床上放松紧张的神经，艾德琳又出外访友的时间。这样一来，他推测，她们不用知道他确保伊莱莎保持距离的方法。自从他知道发生了什么事后，纳桑尼便一直在思考最佳的处理方式。看到妻子如此忧心忡忡，他不禁惶恐地想起，尽管他们曾经一起去远方旅行，尽管艾弗瑞出生后她有了惊人的转变，但另一个萝丝，忧虑、紧张、反复无常的萝丝，一直潜藏在她平静的表面下。他立刻知道他必须和伊莱莎谈谈。他得让她明白她不能再踏进庄园。

距离他上一次冒险，已经有一段时间了，他都忘记荆棘树墙内有多么黑暗，阳光照进来的时间有多么短暂。他小心翼翼地往前走，试图忆起到哪个地方该转弯。他不由得想起在遥远的四年前，也是这样热切地穿越迷宫，一心想要寻回他的素描。他抵达小屋时，热血沸腾，激烈运动后的肩膀起伏不定，他要求她归还素描。那些是他的素描，他说，它们对他而言非常重要，他需要它们。然后，等他把话说完无话可说时，他呆站着，气喘吁吁，等着伊莱莎回应。他不确定他会碰到什么情况：坦白认罪，道歉，交出素描，以为他也许会面对所有这些情景，但她什么也没做。她让他大吃一惊。她好奇地看了他半晌，眨眨那双他极想描绘的、苍白的和变化无常的眼眸，竟然问他是否愿意为一本童话故事书绘制插图……

一个声音传来，过往记忆突然消逝。纳桑尼的心跳加速。他转身，盯着身后的幽暗空间。一只形影孤单的知更鸟对他眨眨眼，然后啪嗒振翅飞走。

他为什么如此容易受到惊吓？他精神紧张，满怀罪恶感，这很荒谬，因为他的行为毫无可议之处。他只想和伊莱莎说话，要求她不再违反约定，不再穿越迷宫大门。而他身负的任务完全是为萝丝着想，他妻子的健康和福祉对他来说最为重要。

他加快脚步，确定这些是自己幻想出来的无中生有的危险。

他的任务是个秘密，但绝非不合法。两者之间大有不同。

他后来同意为童话书绘制插画。他怎能拒绝，他又为什么必须拒绝？素描是他最殷切的渴望，而替她的童话故事画插画，让他得以遁入一个不同的世界，在那儿，他无须反复思索人生中的那些懊悔。那是条生命线，一个使他画肖像画的漫长日子得以忍受的秘密追求。在艾德琳施展压力，强迫他与富有、冠着头衔的蠢蛋见面时，他总是被迫带着谄笑，活像训练精良的猎犬般表现得快活不已，但在暗地里，他暗藏一个秘密，他正同时为伊莱莎的童话中的魔法世界灌注生命。

他从来没有拿到书。出版社为了某些理由拖延再三，而等书最后付梓时，他恍然明白，这类书籍在布雷赫并不受欢迎。有次，在书快要印刷的早些时候，他犯下一项严重错误，他对萝丝提了那本书。他以为她会为他开心，高兴她丈夫和她最亲爱的表姐联手合作，但他大错特错。他永远不会忘记她的表情，混合着震惊、愤怒和伤恸。他背叛了她，她说，他不爱她，他想要离开她。纳桑尼茫然不解。于是，他做了在这类指控发生时他一向采取的手段，他安抚萝丝，并问是否能为画集替萝丝画肖像画。从那天起，他便将书的插画当成秘密。但他没有放弃。他无法放弃。

艾弗瑞诞生，萝丝恢复健康后，他人生的松散线头逐渐编织回原位。一个小宝宝竟然有如此奇异的魔力让这片死寂之地重生，举起笼罩住所有事物的黑色柩衣——萝丝，他们的婚姻，以及纳桑尼自己的灵魂。这当然不是立即奏效。首先，关系到小孩时，纳桑尼总是小心翼翼地踩踏他的步伐，一心顺从萝丝，对宝宝的出身默不作声，免得萝丝难以忍受。等到他看见她深爱女儿，而不是将她视为杜鹃鸟时，他才允许他内心的高墙倾颓下来。他允许宝宝的神圣纯真渗透入他疲惫而受伤的灵魂，他用力拥抱他终于完整的小家庭，以及从两人变成三人时新生的力量。

时光飞逝，他逐渐忘却那本书，以及插画曾经带给他的喜悦。他严守芒特榭家族的规则，忽视伊莱莎的存在，而当艾德琳要求他修改萨金特的肖像画时，他快乐地擅改大师的绘画，心甘情愿地背上篡改的恶名。对纳桑尼而言，他在那时已经违逆许多曾经不可违抗的道德原则，再加上一条似乎也无关紧要……

纳桑尼抵达迷宫中央的林间空地，一对孔雀在短暂打量他后，自顾自地离去。他小心避开会让人绊跤的金属环子，然后进入窄窄的通道，开始朝秘密花园迈进。

纳桑尼僵在原地。树枝断裂声，轻巧的脚步声传来，但比孔雀的脚步还要沉重。他停下脚步，迅速转身。那里闪过一个白影。有人在跟踪他。“是谁？”他的声音比他预期的刺耳。他让声调变得坚毅，“现在就从躲藏的地方出来。”

沉默片刻，他的跟踪者现身了。

“艾弗瑞！”放松之后是万分震惊，“你在这里做什么？你知道，你不准走进迷宫大门。”

“拜托您，爸爸，”小女孩说，“带我跟您一起走。戴维斯说，迷宫后面有座花园，那里是世界上所有彩虹的起点。”

纳桑尼不禁钦佩这个意象。“他是这么说的吗？”

艾弗瑞点点头，她孩童般的热切让纳桑尼为之眩惑。他看看怀表。艾德琳在一小时内会回来，她急于检查他为海马克爵士绘画的进度。他没有时间带艾弗瑞回家再回来，谁知道下次机会来临时会是什么时候。他抓了抓耳朵，叹口气。“来吧，小家伙。”

她紧紧跟着他，嘴里哼着一首曲调，纳桑尼听出那是《橘子和柠檬》。老天知道她是从哪儿学来的。不是从萝丝那儿，萝丝对歌曲和曲调一向记忆很差；也不是艾德琳，音乐对她而言毫无意义。一定是某个仆人。因为请不到适合的家庭教师，他的女儿花很多时间和布雷赫的仆人待在一起。谁知道她还会学到哪种不合身份的技巧。

“爸爸？”

“是的。”

“我在心中画了另一幅画。”

“哦？”纳桑尼将满身是刺的荆棘拨开，好让艾弗瑞通过。

“那是亚哈船长[1]开的船。鲸鱼就从船边游泳过去。”

“风帆是什么颜色？”

“当然是白色。”

“鲸鱼呢？”

“灰暗暗的，像暴风雨的云朵。”

“你的船闻起来是什么味道？”

“咸咸的海水和戴维斯的脏靴子味。”

纳桑尼惊诧地抬高眉毛：“我想它理应如此。”这是他们最喜欢玩的游戏之一，他们常在艾弗瑞被带去他画室的那些午后玩耍。纳桑尼在发现他非常喜欢孩子的陪伴时相当吃惊。她让他以不同的、更为简单的方式看待世界，使他的肖像画展现出新的生命力。她常常问他在做什么，还有他为什么做，于是他被迫解释那些他早就忘却如何欣赏的事物：他应该画他看到的东西，而非想象之物；每个画面都是由线条和形状组成的，而色彩既能揭露

1 《白鲸记》中的船长。

也能隐藏。

“我们为什么要走过迷宫，爸爸？”

“我必须和住在另一边的某人见面。”

艾弗瑞咀嚼着这句话。“那是个人吗，爸爸？”

“当然是个人。你以为你爸爸要和野兽见面吗？”

他们转过一个弯，立刻又转过另一个弯，纳桑尼想起艾弗瑞在儿童房里搭建的小跑道，玻璃珠在其间转弯滑落。玻璃珠绕着弯，滑过直线，对自己的命运毫无掌控能力。当然，这样的联想很荒谬，他今天的行为不就代表他是一个能控制命运的男人吗？

他们最后转个弯，抵达秘密花园的大门。纳桑尼停下脚步，温柔地用双手抓住女儿纤瘦的肩膀。“现在，艾弗瑞，”他小心地说，“今天我带你走过了迷宫。”

“是的，爸爸。”

“但你不能再来迷宫，而且千万不能独自进来。”纳桑尼抿紧嘴唇，“我想，如果我们今天的小旅……这样的话……”

“别担心，爸爸。我不会告诉妈妈。”

纳桑尼感到一阵放松，但也混合着和孩子共谋欺骗妻子的罪恶感。

“也不能告诉外婆，爸爸。”

纳桑尼点点头，浅浅一笑：“这样最好。”

“这是我们的秘密。”

“是的，一个秘密。”

纳桑尼将围墙花园的门推开，领着艾弗瑞走进去。他原本期待会看见伊莱莎像仙女皇后般坐在苹果树下的草坪上，但花园内万籁俱寂。唯一的骚动来自一只知更鸟。是同一只鸟儿吗？它竖起脑袋，几乎是带着敌意看着纳桑尼沿着蜿蜒的小径前进。

“哦，爸爸。”艾弗瑞惊异地望着花园。她向上凝望，将围墙顶端纵横交错的爬藤植物收入眼帘。“这是个魔法花园。”

多么奇怪，小孩子竟然会察觉到这类事物。纳桑尼想着，伊莱莎的花园究竟有哪种特质，让人觉得其中的茂盛并非自然之作。人们觉得她一定是和森林另一边的精灵达成了某项交易，才会让花园如此葱郁茁壮。

他领着艾弗瑞穿过南门，踏上小屋旁的小径。尽管天气炎热，前面的花园却凉爽阴暗，这都该归功于艾德琳加盖的石墙。纳桑尼将一只手放在艾弗瑞的肩胛骨间，那是她的仙女翅膀所在的地方。“现在，听好，”他说，“爸爸要进入屋内，但你必须乖乖在这里的花园等我。”

“好的，爸爸。”

他迟疑片刻。“可别到处乱跑。”

“哦，我不会的，爸爸。”她说得如此天真，仿佛她从来没想到这点。

纳桑尼点点头，走到门口。他轻轻叩门，拉直他的袖口，等着伊莱莎开门。

门开了，她就在那儿。仿佛他昨天才见过她一般，仿佛过去的四年都不曾存在。

纳桑尼坐在桌旁的椅子上时，伊莱莎站在另一边，手指轻轻放在桌子边缘。她正以她那独特的方式凝视着他。她没有以繁文缛节接待他，这表示她很高兴见到他。还是他的虚荣使他以为她会乐意见到他？小屋内的光线将她的红发衬托得比平常还要艳丽。阳光在头发纠缠处跳动戏耍，宛如那真的是由仙女的金线编织而成。纳桑尼斥责自己：我让这个女人的故事影响了我对她本身的看法。他知道他不该如此。

奇异的陌生感横亘在他们之间。他好像有很多话要说，但他不知道该说什么。自从那场安排后，这是他第一次再见到她。他清清喉咙，伸出手，仿佛要握住她的手。他无法自已。她突然举起手指，将注意力转向炉灶。

纳桑尼往后靠坐在椅子上。想着该如何开始，该用哪些字句传达他的讯息。“你知道我为什么来这里。”他最后说。

她没有转身。“当然。”

她将水壶放在火炉上时，他盯着她纤细的手指。“那你知道我会说什么。”

“是的。”

随着微风穿过窗户，从屋外传来一个甜美、银铃般的声音：“橘子和柠檬，圣克莱蒙的钟声说……”

伊莱莎的背霎时僵硬，纳桑尼可以看见她颈背上的小瘤，仿佛小孩的脊椎。她突然转身。“女孩在这里？”

纳桑尼从伊莱莎的脸部表情得到一种变态的欢愉，宛如一只动物在出乎意料中濒临被捕捉的命运。他想将她画在纸上，圆睁的大眼、苍白的双颊，以及抿紧的嘴唇。等他回到画室，他便会尝试看看。

“你带了孩子过来？”

“她跟着我走过来。我发觉时已经太迟了。”

伊莱莎苍白颓丧的表情转换成一抹微弱的微笑：“她真是个行事鬼祟、出没无常的小孩。”

“有人会说那是淘气。”

伊莱莎轻轻在椅子上坐下。“我很高兴那女孩喜欢玩游戏。”

“她母亲很欣赏艾弗瑞的冒险犯难精神。”

她的微笑高深莫测。

“但她的外婆则深感不悦。”

她绽放笑容。纳桑尼只看了一眼便将目光转开。他叹息着说出她的名字，“伊莱莎，”然后摇摇头，开始说重要的话题，“前天……”

“前天，我很高兴看到孩子这么健康。”她紧张地快速接话，似乎想阻止他将说出来的话。

“她当然很健康，她什么都不缺。”

“拥有一切的表面有时会欺骗人，那并不表示那个人很健康。你妻子最清楚这点。”

“你不需要这么残酷。”

她点点头。那场安排只是单纯的同意，不带一丝懊悔。纳桑尼忖度，也许她缺乏道德观，但他知道这绝非事实。她直直地盯着他。“你是为我的礼物而来的。”

纳桑尼压低声音：“你那样做很愚蠢、轻率。你明知萝丝的感受。”

“我知道。我只是认为，这类礼物能造成什么伤害？”

“你明知会有什么伤害，你身为萝丝的朋友，我知道你不想让她痛苦。至于身为我的朋友……”他刹那间觉得愚蠢，低头看着地面的木板，仿佛在寻求支持，“我请求你不要再过来了，伊莱莎。在你出现后，萝丝的健康又转坏了。她不喜欢想起那件事。”

“记忆是位残酷的女主人，我们都必须学会和她共舞。”

在纳桑尼回答前，伊莱莎将注意力转回了炉灶。“你想喝茶吗？”

“不，”他感觉自己在这场战争中打了败仗，但他不确定他是如何输掉的，“我必须回去了。”

“萝丝不知道你在这儿。”

“我必须回去了。”他戴上帽子，朝厨房门口走去。

“你看过书了吗？我觉得结果很不错。”

纳桑尼停下脚步，但没有转身。“再见，伊莱莎。我不会再来见你。”他把手臂伸进外套，将令人忧烦、无以名状的疑惑推到一旁。

快走到门口时，他听到伊莱莎站在他身后的走廊。“等等，”她说，稍微失去原先的镇定，“请允许我靠近看那个女孩一眼，萝丝的女儿。”

纳桑尼的手指按在冰冷的金属球形门把上。当他思量她的要求时，不禁咬紧了牙根。

“这会是我最后一次见她。”

他怎能拒绝如此简单的请求？“好，只看一眼。然后我必须带她回去，带她回家。”

他们一起走过前门，进入花园。艾弗瑞正坐在小池塘的边缘，赤裸的脚趾蜷曲在池边摇晃，轻轻撩着水。她边沿着水面推开一片落叶，边对自己唱歌。

孩子抬头看时，纳桑尼轻轻将手放在伊莱莎的手臂上，推她向前。

风势转强，莱纳斯得斜倚在拐杖上以免踩空。在小海湾的下方，平常温和的大海会变得激动不安，吐着白沫的海浪用力冲刷海岸。太阳躲在云层后面，这与他在小海湾和他的小宝贝共度的完美夏日迥然不同。

那艘小木船是乔治亚娜的，父亲送给她的礼物，但她开心地与他分享。她从不觉得他那只病腿使他失去了男人气概，她从不在意父亲的话。午后，空气温暖甜美时，他们会一起摇桨到小海湾中央。他们静静坐着，任由温柔的海浪轻轻拍打船身，他们的眼中只有彼此。或者，这是莱纳斯一厢情愿的想法。

当她离开时，她也带走了他培育多年的强壮坚实感，它脆弱得不堪一击。尽管父亲和母亲认为他是个愚笨的男孩，毫无价值和用处，乔治亚娜却让他觉得自己强壮有力。失去乔治亚娜，他又变得毫无用处，毫无目的。因此，他决心将她找回来。

莱纳斯雇用了一个男人：亨利·曼塞尔，他是个神秘的人物，他的名字在康沃尔的客栈间悄悄流传，通过一位当地伯爵的贴身男仆传入莱纳斯耳中。传闻，他知道如何处理难题。

莱纳斯告诉曼塞尔乔治亚娜的事，那位偷走她的家伙对他造成的伤害，以及那个男人在进出伦敦的船上工作。

然后，莱纳斯得知，那个水手死了。曼塞尔毫无表情地说，那是一场意外，一场非常不幸的意外。

莱纳斯在那个下午因奇异的感受而精神勃勃。他光靠意志，就可以让一个男人失去生命。他又感到自己无比强壮，有能力打击其他人。他想高声欢唱。

他付给曼塞尔慷慨的资金，然后那个男人出发去寻找乔治亚娜。莱纳斯满怀希望，因为他确定曼塞尔的能力无远弗届。他的小宝贝马上就会回家，对他的拯救感激涕零。他们将会回到往昔时光……

黑岩今天看起来异常愤怒。莱纳斯想起乔治亚娜坐在黑岩顶端的情景，心不由得纠成一团。他探入口袋，取出一张照片，用大拇指温柔地将它抚平。

“小宝贝。”他陷入沉思，低语着。曼塞尔上天下海到处寻找，但从来没找到她。他寻遍欧洲大陆，循着渺茫的线索追到伦敦，但毫无所获。直到1900年底，莱纳斯才听说有个孩子出现在伦敦。那个孩子有着红艳的头发和如同她母亲的双眸。

莱纳斯的目光离开海面，扫向一侧，凝视着围绕在小海湾左边的悬崖。从他站的地方，他可以依稀辨认出新筑的石墙角落。

他在得知孩子的下落时欢欣鼓舞。他来得太迟，无法救回乔治亚娜，但通过这个女孩，乔治亚娜终会回家。

但局势并未如他预期般发展。伊莱莎抗拒他，她从来就不明白，他苦苦寻找她，将她带回这里，就是为了让她知道她属于他。

现在，她的存在折磨着他，她隐居到那座该死的小屋。近在几英尺，却……已经四年了。自从她踏入迷宫这边后，四年的时光已经流逝。她为什么如此残酷？她为什么一再地拒绝他？

一阵劲风吹来，莱纳斯的帽檐翘起。他本能地伸出手按住帽子，但就在他这么做时，手指松开了那张照片。

莱纳斯无助地呆立着，随着山顶的狂风漩涡，他的小宝贝被吹远了。照片忽上忽下，随着风儿摇动，在刺眼的云朵下闪烁白光，盘旋在他头上，风情万种地挑逗他，然后翩翩飘走，最后落在海面上，被海浪带回了大海。

她离开莱纳斯，再次从他指缝间溜走。

自从伊莱莎出现后，萝丝一直忧心忡忡。她在进退两难间努力寻找可行的路径。当伊莱莎出现在迷宫大门的另一侧时，萝丝承受了巨大的震惊，就像人们突然意识到自己已陷入险境。更糟的是，他们早已陷入险境多时而毫无所知。她突然感到头晕和惊慌。到目前为止，没有事情发生，这使她松了一口气，但她也恐惧这样的幸运将无法持久。萝丝评估了各种选择，她只能确定一件事：妈妈说得对，他们必须和伊莱莎保持距离。

萝丝轻轻将线头从针孔穿过，以训练有素的全然冷淡的声调说："我再次考虑过女作家来访之事。"

纳桑尼正在写信，闻言抬起头，立即将目光中的关切驱走。"就像我说的，亲爱的，别再想它。这种事不会再次发生。"

"你不能确定那点，我们之间又有谁曾料到最近的这次来访？"

他的口气变得更为冷峻："她不会再来了。"

"你怎么知道？"

纳桑尼的双颊滚烫。这改变相当轻微，但萝丝还是注意到了："纳桑尼？怎么回事？"

"我和她谈过了。"

萝丝心跳加快："你和她见过面了？"

"我必须如此。那是为了你，最亲爱的。她的来访使你这样沮丧，我必须采取行动，确保它不会再次发生。"

"但我没有要你和她见面。"这远比萝丝想象的还要糟糕。她的肌肤底下穿过一阵热流，她更加确定他们必须离开，他们全家。伊莱莎必须永远远离他们的生活。萝丝放慢呼吸，努力让表情放松。纳桑尼若认为她身体状况不佳，是在非理性的情况下作出决定的，便不会同意。“好言相劝还不够，纳桑尼。不再有用。”

“我们还能怎么做？你不会建议我们将她关在小屋里吧？”他试图逗她大笑，但她没有反应。

“我一直在想纽约的事。”

纳桑尼抬高眉毛。

“我们以前讨论过要到大西洋彼岸。我想我们应该将计划提前。”

“你是说离开英国？”

萝丝轻轻点头，她的决心不容置疑。

“但我还有委任工作。我们还要替艾弗瑞请位家庭教师。”

“是的，是的，”萝丝不耐烦地说，“但我们不再安全了。”

纳桑尼没有回应，他并不需要，他的表情就说明了一切。萝丝心头的小冰山变得更为坚硬。他会同意她的观点的，他总是如此，尤其是在他恐惧她会走在绝望边缘上时。利用纳桑尼对她的爱来达到目的相当可悲，但萝丝别无选择。身为母亲和拥有家庭生活是萝丝仅有的梦想，她可不想在现在失去这些。当艾弗瑞诞生，被放在萝丝的臂弯中后，他们仿佛得到了崭新开始的允诺。她和纳桑尼再次寻获快乐，他们对过往只字不提。过去不再存在，只要伊莱莎别来打扰他们即可。

“我在卡莱尔有个预约画像，”纳桑尼说，“我已经开始画了。”萝丝在他的声音中听出一丝迟疑，她会努力扩大它，直到他的抗拒崩溃。

“你当然还是能完成它，”她说，“我们不妨将卡莱尔的预约提前，在我们回来后直接出发。我买了卡玛尼亚号的三张船票。”

“你订好票了。”这是个直述句，而非疑问句。

萝丝的声音变得柔和：“这样做最好，纳桑尼。你必须明白这点。这是我们能得到安全的唯一方式。想想，这次旅行对你职业生涯的帮助会有多大。《纽约时报》说不定会报道此事。纽约最有成就的子民之一衣锦返乡。”

艾弗瑞躲在外婆最喜欢的那把扶手椅下，对自己喃喃低语：“纽约。”艾弗瑞知道纽约在哪儿。有次，他们往北旅行到苏格兰时，她和妈妈爸爸曾在约克郡[1]停留了一阵子，住在外婆一位朋友的家中。一位老迈的女士戴着金属眼镜，目光涣散，看起来总像在哭泣。但妈妈说的不是约克，艾弗瑞听得很清楚。妈妈说的是：纽约，他们必须赶快去纽约。艾弗瑞知道那座城市在哪儿。它在遥远的海的那一端，是爸爸出生的地方。他告诉她摩天大厦、音乐和汽车的故事。在那里，所有的事物都闪耀动人。

一簇狗毛搔着艾弗瑞的鼻子，她忍住想打喷嚏的冲动。这是她最令人印象深刻的技巧，她可以忍住不打喷嚏。她是个很棒的躲藏者，部分原因该归功于此。艾弗瑞很喜欢躲起来，有时候，她这么做只是想让自己开心。即使她独自待在房间里，也会雀跃万分地躲起来，这样一来，连房间都会忘记她的存在。

但今天，艾弗瑞躲起来是有原因的。外公变得很古怪。他通常都自顾自地度日，但最近，只要艾弗瑞到哪儿，他就跟到哪

1　约克的英文是York，纽约的英文是New York。

儿，还说艾弗瑞是他的。他总是拿着那个棕色小相机，要艾弗瑞拿着他那破旧的洋娃娃一起拍照。艾弗瑞不喜欢那个眨着可怕眼睛的破旧洋娃娃。尽管妈妈说她该听外公的话，让人拍照是极大的荣幸，艾弗瑞还是情愿躲起来。

想到那个洋娃娃，她的皮肤一阵战栗，因此她试着想别的事，某些让她快乐的事，比如，她和爸爸穿越迷宫的冒险。那时艾弗瑞正在户外玩耍，看见爸爸从庄园的边门走出来。他走得很快，刚开始，她以为他要搭马车去给某人画肖像。但他没有带画具，也没有像他在有重要约会时那样盛装打扮。艾弗瑞看着他大步走过草坪，走进迷宫大门，然后她知道他想做什么了，爸爸并不擅长伪装。

艾弗瑞想都没想。她快步跟在爸爸后面，尾随他穿越迷宫大门，走进黝暗狭窄的隧道。艾弗瑞知道，那位红发女士，那位送她包裹的女士，住在迷宫另一边。

现在，在她与爸爸拜访女士后，她知道她是谁了。她的名字是女作家，虽然爸爸说她是个人类，但艾弗瑞很清楚绝非如此。那天，女作家走出迷宫时她便怀疑这点，后来，在小屋花园里观察了她的眼睛后，艾弗瑞更确定了自己的猜测。

她是位魔法女作家。她不确定她是女巫还是仙女，但艾弗瑞知道，这位女作家不像她以前见过的任何人类。

43

悬崖小屋，*2005*

屋外狂风吹过树梢，海洋沉重地在小海湾中呼吸。月光透过窗玻璃，在木制地板上投下四个银色方格，汤中温暖的西红柿气味和烤肉香弥漫在墙壁、地板以及空气里。卡珊德拉、克里斯汀和露比坐在厨房餐桌旁，一边炉灶的火焰熊熊燃烧，另一边煤油炉取暖器提供温暖。蜡烛沿着桌侧排列，房间里有几处也点起蜡烛，但仍有烛光照不到的黑暗孤寂角落。

“我还是不明白，”露比说，“你是怎么从那篇期刊论文中得知萝丝无法怀孕的？”

卡珊德拉用汤匙舀了满满一碗汤。“X光的照射时间。她的卵巢绝对无法幸免下来。”

“但她应该知道吧？我是说，一定有迹象显示有事不对劲。”

“比如什么？”

“嗯，她仍然……你知道……还有经期吗？”

克里斯汀耸耸肩：“我猜还有。她生殖器官的功能可能不受影响，她每个月仍然能排卵，但卵子本身已经受到伤害。”

“严重到她无法怀孕？”

“就算她能怀孕，宝宝也会出很多状况，她极有可能流产，或生出畸形儿。”

卡珊德拉将最后一口汤推开。“真可怕。他为什么那么做？”

“他也许只是想成为第一批使用新科技的医生，享受发表论文的荣耀光环。但他没有充足的医疗理由必须使用X光，那孩子只是吞下一枚顶针而已。”

“谁没有吞过？”露比边问边用面包抹过她那已经很干净的汤碗内侧。

“但为什么要照射一个小时？那毫无必要吧？”

“当然没必要，”克里斯汀说，“但那个时代的人不知道，这类长时间照射十分普遍。”

“我猜，他们是想，如果照射十五分钟能得到影像清晰的照片，那照一小时岂不是更好。”露比说。

“那是在人们发觉危险前的事。X光在1895年才被发现，马修医生会使用它，显示他相当前卫。刚开始时，人们真的以为X光对人体有好处，认为它能治疗癌症、皮肤损伤和其他失调。烧伤是很明显的证据，但人们在许多年后才全面了解其负面效果。”

“那就是萝丝的印记，”卡珊德拉说，“烧伤痕迹。”

克里斯汀点点头：“X光除了烧焦她的卵巢外，一定还灼伤了她的皮肤。”

一阵疾风吹得树枝发出嘈杂声，砰砰撞在窗玻璃上，凛冽的空气透过踢脚板的缝隙灌入，吹得烛光摇曳生姿。露比将碗放在卡珊德拉的碗旁，用餐巾擦拭嘴巴。“倘若萝丝无法怀孕，那奈儿的母亲是谁？”

“我想我知道答案。”卡珊德拉说。

“真的？”

她点点头。“全都写在剪贴簿里。事实上，我想这就是克拉拉想告诉我的事。”

“谁是克拉拉？”克里斯汀问道。

露比倒抽一口凉气：“你认为奈儿是玛丽的小孩。”

“谁又是玛丽？”克里斯汀的目光在她们之间逡巡。

“伊莱莎的朋友，”卡珊德拉说，“克拉拉的母亲。她原本是布雷赫的女仆，但当萝丝发现她怀孕后，便在1909年初赶走了她。”

“萝丝开除了她？”

卡珊德拉点点头。“她在剪贴簿里写道，她不能忍受道德如此低下的人能拥有孩子，而她却不断失败。”

露比咽下一大口酒，“但玛丽为什么将她的孩子给萝丝呢？”

“我怀疑她不只是给了孩子。”

“你认为萝丝买了那个小孩吗？”

“这很有可能，不是吗？人们为了得到孩子做过更离谱的事。”

“你认为伊莱莎知道内幕吗？”露比问道。

“比那更糟糕，”卡珊德拉说，“我想她在此事上大力帮助了萝丝。我想这是她离开的原因。”

“因为罪恶感？”

“没错。她帮助萝丝利用她的势力从急需钱的人那里得到小孩，伊莱莎一定深受良心谴责。萝丝说过，她和玛丽很亲密。”

“你这是在假设玛丽想要小孩，”露比说，“假设她不想放弃她。”

“我的假设是放弃小孩从来不是简单的决定。玛丽也许需要钱，小孩也许会造成不便，她甚至可能认为如此一来，她的孩子会有个更好的家，但我仍然认为那一定让她伤心欲绝。”

露比抬起眉毛：“而伊莱莎帮助她渡过了难关。”

“然后她便离开了。因此我认为玛丽并未快快乐乐地放弃宝宝。我想伊莱莎会离开，是因为她无法忍受留下来看着萝丝和玛丽的宝宝在一起。母女分开会造成巨大创伤，这让伊莱莎良心不安。”

露比慢慢点头：“这解释了萝丝为什么在艾弗瑞诞生后就不太愿意和伊莱莎见面，还有她们为什么渐行渐远。萝丝一定知道伊莱莎的感受，并担心她会挠乱她新发现的快乐。”

“比如将艾弗瑞带回去。”克里斯汀说。

“她最后是这么做了。”

“没错，”露比说，“这是她最后做的事。”她冲卡珊德拉抬起眉毛，“那你什么时候去见克拉拉？”

“她请我明天上午十一点去拜访她。”

“讨厌。我九点左右就得离开。该死的工作。我很想去，本来我可以开车送你一程的。”

“我送你去好了。”克里斯汀说。他一直在把玩暖气的开关，他将火焰调大，煤油气味随之变得浓烈。

卡珊德拉故意不去看露比的笑容：“真的？你确定吗？”

他和她四目相接时笑了，过了一会儿才转开眼睛。“你知道的。我很高兴能帮你的忙。”

卡珊德拉报以微笑，在双颊滚烫时，她将注意力转移到桌面上。克里斯汀的某种特质让她觉得自己又回到了十三岁。那是如此年轻和令人怀念的感觉，仿佛穿越到一个人生还未完全开始的时空中，她渴望紧紧抓住它。与克里斯汀相处愉快，将她对尼克和里奥不忠的罪恶感推到一旁。

“你觉得伊莱莎为什么等到1913年？”克里斯汀轮番看着露比和卡珊德拉，“我是指，将奈儿带走。为什么不早点做？”

卡珊德拉的手沿着桌面轻轻抚过，看着烛光在她皮肤上照出道道斑纹。“我想，是因为萝丝和纳桑尼在火车意外中身故。我猜，尽管她心情复杂，但萝丝快乐时，她不愿采取任何行动。”

“但是，一旦萝丝过世……”

“没错。”她与他目光交汇。他严肃的表情让她的脊椎一阵战栗，“一旦萝丝过世，她便无法忍受再让艾弗瑞留在布雷赫。我想她带走孩子，是要将她带回玛丽身边。”

“那她为什么没那样做？她为什么将奈儿放到驶往澳大利亚的船上？”

卡珊德拉呼出一口气，附近的烛光晃动不定。“我还没想通这一点。”

她也不知道，威廉·马丁在1975年和奈儿碰面时究竟知道多少内情。玛丽是他的妹妹，他难道不知道她怀孕了吗？他会不知道，她生下一个宝宝，却没抚养她吗？如果他知道她怀孕，以及伊莱莎在这场非正式收养里所扮演的角色，他应该会告诉奈儿吧？毕竟，如果玛丽是奈儿的母亲，那威廉就是她的舅舅。卡珊德拉无法想象，当他失散已久的外甥女出现在门口时，他还能保持沉默。

但奈儿的笔记本中没提到威廉的认亲。卡珊德拉仔细看过日记，寻找她可能遗漏的暗示。但威廉没有说出或做出任何暗示奈儿是亲人的话和举动。

当然，威廉有可能不知道玛丽怀孕了。卡珊德拉在杂志和美国访谈节目里听过这类例子，女孩整整九个月隐藏她们怀孕的迹象。玛丽或许也这么做了。萝丝会要求她谨慎，以此作为交换条件。她绝不能让小村子里的人知道宝宝不是她的。

但一个女孩怀孕，跟男友订婚，失去工作，将宝宝送走，重新开始她的人生，结果却完全没有人知道，这可能吗？卡珊德拉一定遗漏了某些重要线索。

"这故事有点像伊莱莎的一篇童话故事，不是吗？"

卡珊德拉抬头看着克里斯汀。"什么？"

"整件事：萝丝、伊莱莎、玛丽和宝宝。你不会联想起《金蛋》吗？"

卡珊德拉摇摇头："我没听过这个故事。"

"它就在《魔幻童话故事集》里。"

"我的书里面没有这个故事，我们的版本一定不同。"

"这本书只印了一版，所以才会那么稀罕。"

卡珊德拉耸耸肩："我没读过这个故事。"

露比轻拍她的手："够了，谁在乎到底印了几版？告诉我们那个故事，克里斯汀。你为什么认为那是玛丽和宝宝的故事？"

"《金蛋》这个故事其实很古怪，我一直有这个感觉。它和其他童话故事迥然不同，语气更悲伤，道德架构更薄弱。一位邪恶的皇后哄骗一个年轻女孩，要她放弃她的魔法金蛋以治愈那片土地上生病的公主。那个女孩刚开始不肯，因为她的人生使命就是保护那颗金蛋。那是她与生俱来的权利，我想伊莱莎是这么写的。但皇后运用权势，对她施压，最后她同意了，因为她相信，如果她不这么做，公主会永远悲伤，而王国会被诅咒陷入永恒的冬天。有个角色在两人中间扮演协调人，那是一个侍女。她是公主和皇后的侍女，但她却试图说服那位女孩不要放弃金蛋。因为她知道，那颗金蛋是女孩的一部分，失去它，女孩将失去人生目的，没有活下去的理由。故事结局就是如此：她交出了金蛋，然后生命逐渐凋零。”

“你认为那个侍女是伊莱莎吗？”卡珊德拉问。

“说得通，不是吗？”

露比将下巴抵在拳头上：“让我搞清楚，你是说那颗金蛋象征孩子？奈儿？”

“没错。”

“伊莱莎写下这个故事以减轻她的罪恶感？”

克里斯汀摇摇头：“不是罪恶感。那故事没给人这种感觉，悲伤的成分比较多，对她自己、对玛丽而言。从某些方面，对萝丝也是。故事里的角色都做了他们认为正确的事，但所有人都没有得到快乐的结局。”

卡珊德拉若有所思地咬着下唇：“你真的认为童话故事也许带有自传色彩？”

“从字面意义来说，不能完全算是自传，除非她有某些非常古怪的经历。”他在想到这点时蹙紧眉头，“我只是想，伊莱莎可能会将一些真实的人生经历写进虚构的故事中。作家不都这么做吗？”

“我不知道，是吗？”

“我明天会把《金蛋》带来，”克里斯汀说，“你可以自己判断。”温暖的黄色烛光闪烁，勾勒着他的颧骨线条，使他的皮肤微微闪光。他羞怯地微笑着。“童话故事是伊莱莎所曾拥有过的唯一声音。谁知道她试图要告诉我们什么言外之意？”

克里斯汀离开小屋返回村子后，露比和卡珊德拉将睡袋铺平在他带来的床垫上。她们决定睡在楼下，这样她们能靠炉灶的余温取暖。于是她们推开桌子腾出空间。海风轻柔地吹过门下的缝隙，盘旋在木地板的空隙间。小屋里弥漫着潮湿的土壤气味，白天卡珊德拉没注意到这点。

“我们可以给彼此讲鬼故事。”露比低声说道，重重翻了个身，面对着卡珊德拉。她咧嘴一笑，闪烁不定的烛光在她脸上投下斑斑阴影。“真好玩。我有没有告诉过你，能在悬崖边缘拥有一栋闹鬼的小屋是多么幸运吗？”

“你说过一两次了。”

她顽皮地笑了笑：“那我有没有说过能有个克里斯汀这样的英俊、聪明、又好心的‘朋友’来帮忙，是多么幸运吗？”

卡珊德拉全神贯注地看着睡袋的拉链，精确无比地将它拉上，这项工作其实并不需要这么注意细节。

“这位‘朋友’显然认为你身上会散发阳光。”

“哦，露比，”卡珊德拉摇摇头，“他没这么想。他只是喜欢帮忙整理花园。”

露比促狭地抬高眉毛：“当然，他喜欢花园，所以他两周以来都在做义工，不领薪水。”

“他是真的喜欢花园！”

“我确定他是。”

卡珊德拉按捺住一抹微笑，声音中略带怒气：“不论你相信与否，那座围墙花园对克里斯汀意义重大。他小时候常在那里玩耍。”

“那股对花园的强烈热情也能解释他为什么明天要送你去波佩洛。”

“他只是表现他的善意，他是个好人。那跟我毫无关系，跟他对我的感觉毫无关系。他绝对不是‘喜欢’我。”

露比一本正经地点点头：“你说得当然对。我是说，你有什么讨人喜欢之处？”

卡珊德拉偷偷瞥向一侧，不由得微笑起来。“所以，”她咬住下唇，“你觉得他英俊吗？”

露比咧嘴一笑：“晚安，卡珊德拉。”

“晚安，露比。”

卡珊德拉吹熄蜡烛，满月的光芒倾泻入房内，因此房内并非完全黑暗。朦胧的银色月光如薄纱般铺遍所有表面，像凉掉的蜡一样平滑、模糊。她躺在隐约的光线中在脑海里反复思考谜团的片段：伊莱莎、玛丽、萝丝，然后突然间，克里斯汀的脸庞出现了，与她目光交会，随后转开。

几分钟后，露比便开始轻声打鼾。卡珊德拉不禁对自己笑了。她早该猜到露比是很容易入睡的人。她闭上眼睛，眼睑逐渐沉重起来。

海水在悬崖底部旋转，头上的树木在午夜的微风中呢喃，卡珊德拉也漂浮进睡梦中……

她在花园里，那座秘密花园，坐在苹果树下最柔软的草地上。那天天气炙热，一只蜜蜂嗡嗡绕着苹果花打转，在附近转了几圈，然后随着微风飞走了。

她很渴，想喝一杯水，但附近没有水。她伸出手，试着站起来，却办不到。她的腹部高高隆起，裙子下的皮肤紧绷地发痒。

她怀孕了。

她一明白这点，这感觉就变得熟悉了。她可以感觉到心脏沉重地跳动，皮肤的温热，宝宝开始踢她……

“卡珊德拉。”

宝宝踢得如此用力，以至于腹部向一侧倾斜，她将手放在隆起的腹部上，试图抓住那只小脚丫……

“卡珊德拉。”

她睁开眼睛。月光照在墙壁上，炉灶发出咔嗒声。

露比用一只手臂撑起身子，正轻拍着她的肩膀。“你没事吧？你在呻吟。”

“我没事。”卡珊德拉突然坐起来，抚摸她的腹部，“哦，老天。我刚做了一个最奇怪的梦。我怀孕了，怀孕好几个月了。腹部巨大紧绷，每件事都栩栩如生。”她揉揉眼睛，“我在围墙花园里，宝宝开始踢我。”

“那都是因为刚才的谈话，玛丽的宝宝，萝丝，和金蛋，你在梦中把他们融合在一起了。”

“更别提还有酒的效应。”卡珊德拉打了个哈欠，“但梦境非常真实，就像真的一样。我觉得很不舒服，浑身燥热，宝宝踢我时好痛。”

“你对怀孕的描述真可爱，”露比说，“听你一说，我真庆幸我没怀过孕。”

卡珊德拉微笑："最后几个月很难过，但一切都是值得的。当你最后终于在臂弯中抱着一个小小的新生命时。"

尼克在产房里哭了，但卡珊德拉没哭。生产时，她过于感觉到自己的存在，在这激动的瞬间扮演了过重的角色，因此她无法如此反应。哭泣会迫使第二层感受和置身事外的能力浮现，然后在更大的背景下默默观察一切。卡珊德拉的感受过于直接，因此她无法有那些温情反应。她感受到一种眩晕的欢欣，体内似乎燃起火焰，仿佛她能比以前听得更清楚、看得更清楚。她可以听到自己的脉搏跳动，头上灯管的嗡嗡声，还有小宝宝的呼吸声。

"事实上，我曾经怀孕过，"露比说，"但只维持了五分钟吧。"

"哦，露比。"卡珊德拉被同情淹没，"你失去了孩子？"

"可以这么说。我那时很年轻。那是个错误，他和我都认为生下孩子是愚蠢的事。我想，反正以后还有的是机会。"她耸耸肩，然后抚平腿上的睡袋，"唯一的问题是，当我准备就绪时，我身边不再有必要的元素。"

卡珊德拉不解地歪着头。

"精子，亲爱的。我不知道我三十几岁时是否都为经前忧郁症所苦，但不管是什么理由，我和大部分的男人就是看不对眼。等我终于碰到我能忍受的男人时，我已经很难怀孕了。我们试了一阵子，但……"她耸耸肩，"嗯，你无法对抗生物钟。"

"我很遗憾，露比。"

"别为我难过。我没事。我有深爱的工作和朋友。"她眨眨眼，"得了，你见过我的公寓。我算是个赢家。公寓虽然小得无法让猫转身，但是，喂，我可没有猫。"

卡珊德拉不禁微笑起来。

“你得从你所拥有的事物，而非你所失去的事物中，组建你的人生。”露比再次躺下，缩进睡袋。她将睡袋拉到肩膀处。“晚安。”

卡珊德拉继续静坐了半晌，看着黑影沿着墙壁舞动，思考着露比刚刚说的话。卡珊德拉在她失去的人们身上建筑她的人生。奈儿做的也是同样的事吗？抛弃她被给予的人生和家庭，专注于挖掘她早已失去的过往？卡珊德拉躺下来，闭上眼睛，让夜晚的声响淹没她惶惶不安的思绪。海水低声呼吸，波涛冲击着那座巨大黑岩，树梢在狂风中嗖嗖作响……

小屋是块孤寂之地，白天遗世独立，夜幕降临后更显凄楚。道路并没有延伸到悬崖上方，秘密花园的入口被封闭了，旁边是一座迷宫，里面的路径诡谲难测。住在这里的人可能永远不会看见另一个灵魂。

卡珊德拉突然想到一件事，她倒抽一口气，坐直身体。“露比，”她说，然后更大声，“露比。”

“睡着了。”含糊不清的声音说道。

“但我刚刚想通了。”

“我还没醒。”

“我知道他们加盖围墙，还有伊莱莎离开的原因了。所以我会做那个梦，我的潜意识早就想通了，试图让我知道。”

一声叹息，露比翻个身，用弯曲的手臂支撑起身体。“你赢了，我刚刚被你弄醒了。”

“玛丽怀着艾弗瑞——奈儿时，她就住在这里，住在这座小屋里。所以威廉不知道她怀孕了。”卡珊德拉挨近露比，“这就是伊莱莎离开的原因：因为要让给玛丽住。他们把她藏在小屋里，加盖围墙，这样就不会有人意外撞见她。”

露比揉揉眼睛，坐起身。

“他们将小屋变成鸟笼，直到宝宝出生，萝丝成为一位母亲为止。”

44

特瑞纳，*1975*

奈儿在离开特瑞纳前的那个午后，最后一次去拜访悬崖小屋。她提着那只白色行李箱，将她来到英国期间搜集到的文件和研究结果塞进箱子里。她想要再仔细读一读她的笔记，而小屋似乎是做这件事的最佳地点。至少，当她决定沿着陡峭的悬崖道路走上来时，她是这么告诉自己的。这当然不是真的，不完全是真的。尽管她想再读一次笔记，但这并不是她来小屋的真正原因。她来，是因为她无法骤然离开。

她打开门锁，将门推开。冬天的脚步近了，小屋里相当寒冷，浓厚的沉闷空气静静笼罩着走廊。奈儿将行李箱提到二楼的卧室。眺望银色海洋让她非常开心，而且上次她来这里时，注意到房间的角落里有一把弯木椅子，很合她的意。椅背上的木条已然松开了，但这并无大碍。奈儿将椅子搬到窗边，小心翼翼地坐下，然后打开白色行李箱。

她翻阅里面的文件：罗苹研究芒特榭家族的资料，她雇请侦探追查伊莱莎下落的细节，当地律师对她购买的悬崖小屋所作的调查和信函。奈儿发现了有关产权界线的那封信，将它翻过来，研究背面有土地测量地图。现在，她可以清楚看出，年轻的克里斯汀告诉她的那片地区是座花园。她想知道究竟是谁用砖块堵住了大门，以及他们这么做的原因。

在奈儿陷入沉思时，那张纸从她手中悄悄滑落，飘到地面上。她弯下腰将它捡起来，眼角余光注意到一样事物。潮湿的气候使得踢脚板变得弯曲，从墙壁上脱落下来。一张纸藏在后面。奈儿用手指头捏住纸角，将它取出来。

那是一张小卡片，长满了黄色霉斑，上面画着一张女人的脸庞，被荆棘拱门环绕着。奈儿马上认出她来，她在伦敦的画廊里见过她的肖像画，是伊莱莎·梅克皮斯。只是这幅素描有些不同。纳桑尼·沃克那张在伦敦的肖像画使得她显得遥不可及，这张素描显得更亲密。素描中的目光透露出这位艺术家比纳桑尼还要熟悉伊莱莎：大胆的线条，有把握的曲线，还有那个表情。她的眼神激起了奈儿的兴趣，正视着奈儿，似乎提出挑战。

奈儿抚平卡片表面。想想看，它静静躺在这里等了那么多年。她从行李箱中拿出童话故事书。她一直不太清楚自己为什么将书带到小屋来，但把书带回家，带回伊莱莎·梅克皮斯写下故事的地方似乎是再恰当不过的事。毫无疑问，她这样做很愚蠢，令人尴尬的情绪化，但书终于在这儿了。奈儿很高兴她这么做了。她打开封面，将素描夹进书内。这样素描就安全地藏好了。

她靠坐在椅子上，手指轻抚过书的封面，皮革平滑，中间的插画凸起，画着女孩与一头小鹿。这是一本精美的书，就像任何通过奈儿的古董店转手的书一样精美。它保存得相当良好，几十年来在休的照顾下完美无缺。

奈儿想起她最早期的人生，但她发现自己的心思不断转回到休身上。特别是，他拿着童话故事书，为她读睡前故事的那些夜晚。莉儿曾经担心那些故事对小女孩来说太过可怕，但休了解它们的魔力。晚上，吃过晚饭后，当莉儿整理一天的杂务时，休会颓然倒进柳条椅中，奈儿则蜷缩在他膝头。她能感受到他的手臂环绕着她以抓住书边缘的愉悦重量，他衬衫上淡淡的烟草气味，他温暖的双颊上缠住她头发的蓬乱络腮胡。

奈儿平静地叹了口气。休对她很好，他和莉儿都是。尽管如此，她还是将他们的身影推出脑海，命令她的记忆回到更久以前。因为在休、在玛丽伯勒的航行之前有一段时光，一段充满布雷赫、悬崖小屋以及女作家的时光。

就在那里：一张白色花园藤椅，阳光灿烂，蝴蝶飞舞……奈儿轻轻闭上眼睛，抓住记忆的尾巴，放松地让它拖着她进入一个温暖夏日，一座花园在植物蔓生的草坪上洒下凉爽的树荫，空气中弥漫着阳光炙烤下的浓郁花香……

小女孩假装自己是只蝴蝶。她的头上戴着一顶花环，伸展双臂，绕着圆圈小跑步，拍动翅膀，在阳光晒得她的翅膀温热时俯冲而下。灿烂阳光将她的白色棉裙映照成银色时，她万分开心。

“艾弗瑞。”

刚开始，小女孩没有听到，因为蝴蝶不说人类的语言。它们以最甜美的声音唱着美丽的字句，而成人的耳朵听不见。它们发出叫声时，只有孩子会注意到。

“艾弗瑞，赶快过来。”

妈妈的声音现在变得焦急、严厉了，因此小女孩朝着白色花园椅子的方向振翅飞去，偶尔还假装从高处扑下。

“过来，过来。”妈妈伸出手臂，拼命挥动苍白的指尖。

她的肌肤下方涌起温暖的快乐，小女孩抬高双手。妈妈的手臂环抱住小女孩的腰际，冰凉的嘴唇紧贴在她耳朵下的皮肤上。

“我是只蝴蝶，”小女孩说，“这把椅子是我的茧……”

“嘘，现在安静。”母亲的脸庞仍然贴在她脸上，小女孩突然察觉她正在看远处的某样东西。小女孩转身看妈妈正在凝望着什么。

一位女士正朝她们走过来。小女孩在璀璨的阳光中眯起眼睛，想看清楚这个海市蜃楼。因为这位女士跟来拜访妈妈和外婆后留下来喝茶、玩桥牌的其他人非常不同。这位女士看起来像个有成年人身高的年轻女孩。她穿着白色棉裙，红发松散地随意绑着。

小女孩四处寻找载女士来的马车，但她遍寻不着。她似乎是借由魔法，从稀薄的空气中逐渐成形的。

然后小女孩懂了。她屏住呼吸，心中满是惊奇。那位女士不是从入口的方向走过来，她是从迷宫里出现的。

小女孩不准进入迷宫。那是最首要的严厉规矩之一。妈妈和外婆总是叨念，提醒她，迷宫里面路径黑暗，充满难以名状的危险。这道法令如此严格，甚至连通常可以指望的爸爸都不敢违背。

那位女士仍然直直地朝着她们走过来，她边走边跑，腋下夹着一个用棕色牛皮纸包的包裹。

妈妈环绕在小女孩腰际的手臂突然收紧，原先的欢愉转为不舒适。

女士在她们前面停下脚步。

“你好，萝丝。”

小女孩知道这是妈妈的名字，但妈妈没有回答。

“我知道我不该过来。”一个银铃般的悦耳声音说着，宛如蜘蛛编织的细线，小女孩想将它捏在手指间缠绕。

“那你为什么还要过来？”

女士伸手拿出她的包裹，但妈妈没有伸手接过来。她的拥抱再次收紧。“我不要你的东西。”

“我不是带来给你的。”女士将包裹放在座椅上，“它是给你的小女孩的。”

包裹里是一本童话故事书，奈儿现在想起来了。她的母亲和父亲稍后展开了一场激烈的争论：她坚持要将书丢弃，他最后同意，把书带走。但他没有将书丢掉。他把它放在他的画室里，摆在破烂的《白鲸记》旁边。当奈儿的母亲生病，不知道发生什么事时，她会坐到父亲身边，听他读故事。

奈儿因回忆起这些而感到兴奋，她再次轻抚封面。这本书是伊莱莎送的礼物。她小心地打开书，翻到缎带书签躺了六十年的地方。书签是深紫色的，只有编织开始松散之处有些轻微破损，它标示的故事叫作《老婆婆的眼睛》。奈儿开始读这个故事，一位年轻公主不知道自己是公主，她航越广袤的海洋来到失物之地上，以带回老婆婆失去的眼睛。她对这故事有遥远的熟悉感，因为这是她小时候最喜欢的故事。奈儿将书签夹在新的地方，合上书，把书放回窗台上。

然后，她皱紧眉头，挨近细看。在书脊间，书签原本夹放的地方有个空隙。

奈儿再次打开书，书自动翻到《老婆婆的眼睛》那页。她的手指轻抚书脊内侧……

她发现有几页不见了。不多，只有五六页，几乎不会引人注意，但确实是不见了。书页被切除得干净利落，没留下凹凸不平的边缘，装订依旧紧密。也许是用小刀割的？奈儿检查页数。它们从54页跳到了61页。

两个故事间的完美空隙……

很久很久以前，寻找必有所获，有一个年轻女孩住在幅员辽阔、繁荣昌盛的王国边缘的一座小屋里。年轻女孩所求不多，她的小屋躲藏在黑暗森林的深处，因此，外人看不出来。很久以前，一些人知道这里有一栋带有石制壁炉的小屋，但这些人都过世了，而时间女神在小屋周围撒上忘却的薄纱。除了飞到窗台上高声唱歌的小鸟和前来寻求炉床温暖的森林动物外，女孩一直独自一人。但她从未感到寂寞或不快乐，因为女孩每天都很忙碌，没有时间哀叹她没有伴侣。

小屋深处，在一扇有闪闪发光的锁的特别的门背后，藏着一样非常珍贵的东西。传说，这颗金蛋的光芒无比灿烂，美丽非凡，看到它的人会立刻失明。金蛋存在已久，没有人知道它的确切年纪，在数不清的世代以来，女孩的家族身负着保护金蛋的重任。

女孩从未质疑过这份责任，她知道那是她的天职。金蛋必须藏好，放在安全之处，并妥善保存。最重要的是，金蛋的存在是个秘密。许多年前，王国刚成立不久，曾为金蛋爆发惨烈的战争，因为，据传金蛋拥有神奇的魔力，能实现拥有者的任何愿望。

因此，女孩彻夜不眠地守望。白天，她坐在窗边的小手纺车旁，跟着聚集到此看她工作的鸟儿们快乐地高歌。夜晚，她给动物朋友提供庇护之处，让它们睡在小屋里，金蛋的光芒会提供温暖。她一直记得保护金蛋这与生俱来的权利是最重要的事。

同时，在遥远的另一边，王国壮丽的城堡里住着一位年轻公主，她心地善良，美丽温柔，却非常不快乐。她身体羸弱，她的母亲，也就是皇后，在土地上遍寻各种魔法和药草，但就是找不到能让公主恢复健康的东西。人们偷偷低语，他们说公主还在襁褓中时，一个邪恶的药剂师诅咒她陷入永恒的衰弱，但没人敢大声说这句话。因为皇后是个残酷的统治者，她的子民非常恐惧她的愤怒。

皇后将女儿视为珍宝。每天早上，皇后都到公主床边去探望她，但是，唉，每天早上公主都一如以往：苍白、羸弱又疲惫。“我仅有的愿望是，母亲，”她低语道，“我能有体力走过城堡花园，在舞会上跳舞，在海水中游泳。我希望变得健康活泼。”

皇后有面魔镜，她从中了解到王国的动静，她每天问道：“魔镜，魔镜，我珍贵的朋友，我命令你给我看看能终结这个可怕情况的巫师。”

但是，魔镜每天都给她相同的答案：“我的皇后，在所有的土地上，没有人能用他的手让公主恢复健康。”

有一天，皇后过于忧虑女儿的病况，以致她忘记问魔镜她每天都会问的问题。她开始哭泣，哭喊着：“魔镜，魔镜，我如此欣赏的魔镜，我命令你告诉我如何实现我女儿衷心的愿望。”

魔镜沉默半晌，镜面中央一个影像开始成形，那是在深邃黑暗的森林中央的一座小屋，石制小烟囱里冒出袅袅炊烟。窗边坐着一个年轻女孩，她正旋转着纺轮，和伫立在窗台上的鸟儿一起高歌。

“你给我看的是什么？”皇后喘着气，“这个年轻女人是巫师吗？”

魔镜的声音低沉而严肃：“在王国边缘的黑暗森林里有一座小屋，里面有个金蛋，它能实现拥有者所有的愿望。你看到的女孩是金蛋的守护者。”

“我要怎样才能从她那儿得到金蛋？”皇后问。

“她为王国守护那颗金蛋，”魔镜说，“她不会轻易同意。”

“那我该怎么做？”

但魔镜不再回答，小屋的影像逐渐消退，只剩下平滑的镜面。皇后抬高下巴，眼睛从长长的鼻子上往下看，定睛凝视着，直到唇边扬起一抹微弱的微笑。

第二天一早，皇后召唤公主最亲近的侍女前来。这个女孩在王国里住了一辈子，皇后知道，为了能让公主恢复健康和快乐，她会接下任何必要的任务。皇后指示侍女将金蛋拿来。

于是侍女出发了，她越过王国的土地，朝黑暗森林的方向前进。她往东走了三天三夜，在第三晚，当夜幕低垂时，她来到森林边缘。她走过倾塌的树枝，在纷纷落叶间走出一条小径，直到眼前出现了一片林间空地，那里矗立着一座小屋，烟囱里冒出气味甜美的炊烟。

侍女敲门等待。当门打开时，一个年轻女孩站在门内，她很惊讶看到有人来访，脸上立刻展露慷慨的微笑。她站在一旁，欢迎侍女迈过门槛。“你累坏了，”女孩说，“你旅程遥远。过来到炉火边暖暖身子。”

侍女跟着女孩进入屋内，坐在炉火旁的坐垫上。女孩端来一碗热腾腾的肉汤，当她客人用餐时，她安静地坐在一旁编织。火焰在壁炉内发出噼啪的爆裂声，房间里的温暖让侍女昏昏欲睡。她想要睡觉的欲望如此强烈，倘若女孩没有开口说话，她可能会忘记自己的任务。女孩说：“陌生人，我很欢迎你的来访，但请你原谅我的冒昧，我想问你来访的目的。”

“皇后派我前来此地，”侍女说，“为了治愈她的女儿，她必须寻求你的帮助。”

森林的鸟儿有时会高唱王国内的消息，因此，女孩听过住在城堡围墙里的那位美丽仁慈的公主的故事。“我会尽我所能，”女孩说，“但我不明白皇后为什么派你来找我，因为我不是巫师。”

“皇后派我来拿你在守护的某样东西，”侍女说，“那样东西能实现拥有者所有的愿望。”

女孩知道侍女指的是金蛋。她哀伤地摇摇头：“除了你要求的东西外，我愿意做任何事来帮助公主。保护金蛋是我与生俱来的权利，那是最重要的事。你今晚可以住在这里，在寒冷和孤独的森林里于此寻求庇护，但

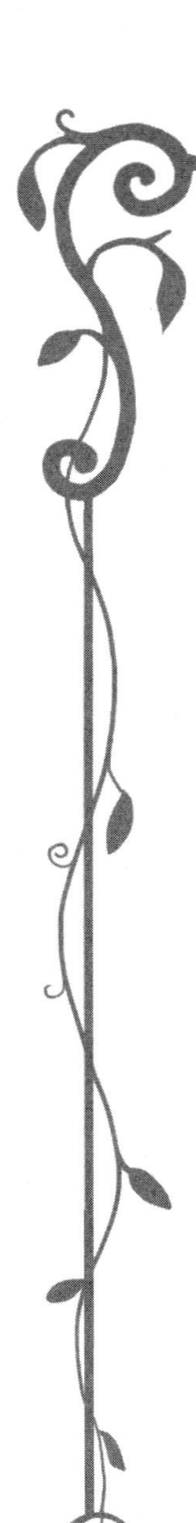

你明天必须返回王国，告诉皇后，我不能给她金蛋。”

第二天，侍女出发返回城堡。她走了三天三夜，最后终于抵达了城堡围墙，皇后正在等她。

“金蛋在哪儿？”皇后问，她盯着侍女空空如也的手。

“我的任务失败了，”侍女说，“因为，唉，小屋的那个女孩不肯放弃她与生俱来的权利。”

皇后挺直身体，脸涨得通红。“你必须回去，”她用细长的手指指着侍女，“你去告诉那个女孩，她的责任是为王国服务。如果她不肯，她会被化成石头，永远伫立在王国的庭院里！”

于是，侍女再次往东出发，又走了三天三夜，直到她再次站在那座隐秘小屋的门口。她轻轻敲门，女孩高兴地欢迎她，将她带入屋内，端来一碗肉汤给她喝。当侍女静静吃晚餐时，女孩坐着编织，最后她说道：“陌生人，我很欢迎你的来访，但你必须原谅我的冒昧，我想问你来访的目的。”

“皇后再次派我前来，”侍女说，“为了治愈她的女儿，她必须寻求你的帮助。你的责任是为王国服务。倘若你拒绝的话，皇后说你会变成石头，永远伫立在王国的庭院内。”

女孩悲伤地微笑着。“保护金蛋是我与生俱来的权利，”她说，“我不能将它交给你。”

“你希望变成石头吗？”

“我不希望，”女孩说，“我也不会。因为我守护金蛋时便是在为王国服务。”

侍女没有和女孩争辩，因为她清楚女孩说的是事实。第二天，侍女出发返回城堡，当她到达时，皇后再次在城堡围墙旁等她。

“金蛋在哪儿？”皇后问，她盯着侍女空空如也的手。

“我的任务再次失败了，”侍女说，“因为，唉，小屋的那个女孩不肯放弃她与生俱来的权利。”

“难道你没有告诉那个女孩，她的责任就是为王国服务？”

“我说了，皇后陛下，”侍女说，“但她说，她守护金蛋时便是在为王国服务。”

皇后怒目而视，脸色转为灰白。云朵聚集在天际，王国的乌鸦纷纷飞走，寻找安全之地。

皇后想起魔镜说的“她为王国守护金蛋”，嘴角扭曲成一个微笑。“你必须再次返回，”她对侍女说，“这次，你告诉那个女孩，倘若她不肯放弃金蛋，她必须承担起公主陷入永恒悲伤的责任，而王国将会永远被忧伤的冬季覆盖。”

于是，侍女第三次往东出发，走了三天三夜，最后再次抵达那座隐秘小屋的门口。她轻轻敲门，女孩高兴地欢迎她，将她带入屋内，端来一碗肉汤给她喝。侍女静静吃晚餐时，女孩坐着编织，最后她说道：“陌生人，我很欢迎你的来访，但请你原谅我的冒昧，我想问你来访的目的。”

“皇后再次派我前来，”侍女说，“为了治愈她的女儿，她必须寻求你的帮助。你的责任是为王国服务。倘若你拒绝放弃金蛋的话，皇后说你必须承担起公主陷入永恒悲伤的责任，而王国将会永远被忧伤的冬季覆盖。”

女孩呆坐片刻，沉默许久，然后她缓缓点头：“为了救公主和王国，我将放弃金蛋。”

当黑暗的森林变得安静，一道不详的风从门缝吹入，将壁炉中的火焰吹得噼啪作响，侍女不禁颤抖了一下。“但最重要的事是保护你与生俱来的权利，”她说，“这是你对王国的责任。”

女孩微笑：“倘若我的拒绝让王国陷入永恒的冬天，那这些责任有何用处？永恒的冬季将会冻结土地，不再有鸟儿、动物和庄稼。这都是因为我，因此，我现在要放弃金蛋。”

侍女哀伤地看着女孩：“但没有比保护你与生俱来的权利更重要的事。金蛋是你的一部分，它是你的，你得保护它。”

女孩已经从她的脖子上取下一把金制大钥匙，插进那扇特别的门的锁孔中。当她转动钥匙时，从小屋地板深处传来一声呻吟，壁炉石头一阵震动，天花板的椽木发出叹息。小屋内的烛光突然熄灭，从秘密房间里透出一道灿烂光芒。女孩消失在房间内，当她再次出现时，双手已经捧着一样东西，上面罩着一块布。它是如此珍贵，环绕它的空气似乎都在嗡嗡作响。

女孩陪侍女走出小屋，她们抵达林间空地的边缘时，女孩交出了她与生俱来的权利。当她转身朝小屋走去时，她发现它变得更加黑暗。光线消失了，突然间无法再次穿透周围的浓密森林。房间变得寒冷，因为不再有金蛋发出的光芒温暖小屋。

一段时日后，动物不再前来，鸟儿纷纷飞走，女孩发现她没有了人生目的。她忘记了如何纺织，她的声音逐渐变成微弱的呢喃，最后，她发现自己的四肢变得僵硬、沉重、无法动弹。直到某天，她才意识到一层尘土已经覆盖了小屋和她冻结的身体。她闭上眼睛，感觉自己坠入了寒冷和寂寥的深渊。

季节更迭，公主与侍女骑马来到黑暗森林的边缘。公主虽然曾经非常衰弱，但她奇迹般地恢复了健康，还和一位善良的王子结婚了。她过着完美、快乐的人生：她走路，她跳舞，她唱歌，尽情享受健康带来的丰饶。他们生了个可爱的女儿，小女孩深受宠爱，她吃着蜂蜜，喝着玫瑰花瓣间的朝露，美丽的蝴蝶是她的玩伴。

一天，当公主和她的侍女骑马经过黑暗森林时，公主突然有股奇怪的冲动，她想进入森林。她对侍女的警告充耳不闻，骑马越过边界，然后进入寒冷、幽暗的森林。森林里万籁俱寂，没有鸟儿，没有野兽，也没有能搅动沉闷、寒冷的空气的微风，马蹄声是唯一的声响。

不久以后，她们穿越一片林间空地，那里矗立着一座被落叶吞噬的小屋。“真是座可爱的小房子，”公主说，“不知道谁住在这里。”

侍女将脸转开，在林间空地古怪的寒冷中止不住地发抖。“没有人，我的公主。没有人再住在这儿。王国欣欣向荣，但黑暗森林里不再有生命。”

——伊莱莎·梅克皮斯《金蛋》

45

悬崖小屋，*1913*

伊莱莎知道，当她离开时，她会怀念这道海岸线、这片海洋。尽管她会认识另一片海洋，但那是不同的：其他鸟儿，其他种类的植物，汹涌的浪潮将以外语低声诉说它们的故事。现在时候到了。她等待了太久，无须再拖延。木已成舟，无论她现在的感受如何，那在黑暗中爬上她心头的深深懊悔，让睡眠近在咫尺，却辗转难眠，恨恨诅咒她在这场骗局中扮演的角色，但她没有多少选择的余地，只能往前向人生迈进。

伊莱莎最后一次走下狭窄的石阶，直达码头。一个渔夫仍在为当天的出海做准备，他把箩筐和几捆渔线码起来放入船内。她走近时，瘦削、肌肉浑圆的四肢和阳光轻拂过的五官映入眼帘，伊莱莎这才察觉那是威廉，玛丽的哥哥。他是众多康沃尔渔夫中最年轻的一位，但他在一群勇敢、莽撞的渔夫中表现出众，他艺高胆大的故事像海草般沿着海岸散播开来。

他和伊莱莎曾经有过一段友谊，他那些在海上充满野性的人生故事让她深深着迷，但这几年以来，他们之间趋于冷淡。那是自从威廉看到他不该看到的事，当面质问伊莱莎，并要她解释她无法解释的情景后。他们很久没有对彼此说话，而伊莱莎只能将思念埋在心底。她马上就要离开特瑞纳了，这使她下定决心要让过去成为过去，因此，她沉稳地吐了一口气，走近他。“你今天早上来晚了，威廉。”

他抬起头，拉直便帽，风吹日晒的双颊涨得通红。他僵硬地回答：“是您来早了。”

“我今天早上想早点过来。”伊莱莎现在走到船边。海水温柔地轻拍船身，空气带着浓浓的咸味。“玛丽有什么消息吗？”

“从上周开始就没有了。她在波佩洛很快乐，做个屠夫的妻子也很称职。”

伊莱莎不禁微笑。听到玛丽的好消息她真心地感到高兴。在经历了那么多磨难后，她应该得到快乐。“真是好消息，威廉。我今天下午一定会写信给她。”

威廉微微皱眉。他用脚踢着码头的石头防波堤，目光落在靴子上。

“怎么了？”伊莱莎问道，“我说了什么奇怪的话吗？”

威廉赶走一对贪心的海鸥，它们对着他的鱼饵从空中俯冲而下，想要抢食。

“威廉？”

他瞥了伊莱莎一眼。“没事，伊莱莎小姐，只是……我必须说，我很高兴看见您健健康康的，但我有点讶异您的反应。”

“为什么？”

“我们听到那个消息时都很难过。”他抬高下巴，搔搔线条坚硬的下巴上的络腮胡，“有关沃克先生和夫人，有关他们……离开我们的消息。”

“纽约，是的。他们预定下个月离开。”告诉她这件事的人是纳桑尼。他又去小屋见她，艾弗瑞也再次跟他前来。那是个下雨的午后，孩子被带进屋内等待。她上楼到伊莱莎的卧室玩耍，这样比较妥当。当纳桑尼告诉伊莱莎他和萝丝的计划，他们准备在大西洋的另一端开始崭新的人生时，伊莱莎相当愤怒。她感到被抛弃、被利用，这感觉更甚以往。她想到等萝丝和纳桑尼搬去纽约后，小屋会突然成为全世界最荒凉孤寂的地方，而她的人生是最凄凉的人生。

纳桑尼离开不久后，伊莱莎想起母亲的告诫，她应该拯救自己，她应该自己决定在何时执行她的计划。她订了一张船票，决心进行自己的冒险，远离布雷赫和在小屋里度过的寥寂人生。她写了一封信给斯温德尔太太，告诉她，她下个月要去伦敦，并询问是否能前去拜访她。她对母亲的胸针只字未提，老天保佑，希望它仍旧安全地藏在废弃烟囱的陶罐内，她会将它拿回来。在拿回母亲的遗物后，她就能展开自己的崭新人生了。

威廉清清喉咙。

“怎么了，威廉？你的表情好像看到了鬼一样。”

“不是，伊莱莎小姐。只是……”他的蓝眼睛搜寻着什么。太阳已经完全现身，沉重地挂在地平线上，阳光刺眼，他被迫眯着眼睛。“您不知道吗？”

“不知道什么？”她轻轻耸了耸肩。

“沃克先生和夫人……从卡莱尔出发的火车。”

伊莱莎点点头：“他们在卡莱尔待了几天，预计明天回家。”

威廉的嘴唇抿成一条严肃的线。“他们还是预计明天回家，伊莱莎小姐，只是不是以您以为的方式。”他叹口气，摇摇头。

"消息已经传遍了村子，报纸上也有报道，结果竟然没有人告诉您。我过来就是……"他握住她的手，这是个出乎意料的姿态，而所有出乎意料的亲密举动总是让她心跳加快，"火车出了意外，伊莱莎小姐。两辆车追撞。有些乘客……沃克先生和夫人……"他呼出一口气，凝视她的双眸，"他们不幸死于这场意外，伊莱莎小姐……在一个叫艾吉尔的地方。"

他继续说着，但伊莱莎什么也听不到了。在她的脑海中，只有一道红光逐渐扩散开来，大声咆哮着，所有感受、声音、思绪都被阻挡在外。她闭上眼睛，像被蒙上双眸般，坠进了一个深不见底的深渊。

艾德琳能做的只是保持呼吸。浓厚的哀恸染黑了她的肺部。这个噩耗在星期二晚间以一通电话告知。莱纳斯当时将自己关在暗房里，黛西只好前来敦请芒特榭夫人接电话。一个警察在电话的另一端，在把康沃尔和昆布兰分开的好几英里外，以尖锐急促的声音传达了这个重大的噩耗。

艾德琳昏了过去。至少，她假设那是她接电话后必然发生了的事，她再次有记忆是在床上悠悠醒过来时，胸口无比沉重。大约一秒钟的困惑后，她想起来了，惊惧和悲痛再次重生。

艾德琳必须安排葬礼，遵照礼仪行事，如此她才能重新打起精神。尽管她的心已被掏空，只留下一个干瘪无用的外壳，但人们期待她做某些事。作为哀恸欲绝的母亲，她不能逃避责任。她必须为了萝丝，为了她最亲爱的女儿，振作起来。

"黛西，"她的声音沙哑，"给我一些写字的纸。我需要列一个表。"

黛西匆忙地从阴暗的房间离开时，艾德琳开始在心中列表。当然得邀请丘吉尔家族、赫胥黎爵士和夫人、阿斯特家族、赫尔曼家族…… 她会晚点通知纳桑尼的亲友。天知道，艾德琳有没有精力在萝丝的葬礼上和他们那种人周旋。

小女孩当然不准参加：这类严肃仪式不适合她的天性。好在她没有和父母一起去坐火车，她感冒了，只好躺在床上。艾德琳该拿这个小女孩怎么办？她不需要老是被提醒萝丝已死的噩耗。

她眺望着窗外的小海湾。那一排树木，再过去的大海，延伸至无边无际。

艾德琳拒绝让目光飘向左方。她看不见小屋，但知道它在那里。小屋有迷惑人心的可怕力量，一想到它，艾德琳的血液就为之冻结。

但有一件事可以确定，不准任何人告诉伊莱莎这个消息，直到葬礼结束。艾德琳无法忍受看到那女孩还活着，萝丝却已经死去。

三天后，当艾德琳、莱纳斯和仆人聚集在庄园远处的墓园时，伊莱莎绕着小屋走了最后一圈。她已经提前送了一个行李箱到海港，她现在轻装简行。她只打算带一只装有笔记本和个人物品的小旅行袋。火车将在中午离开特瑞纳，戴维斯恰好要从伦敦开来的火车上收集一些新植物，他提议顺道载她去车站。她只告诉他一个人，她要离开了。

伊莱莎看看她的小怀表。她还有时间再去一次秘密花园。她将拜访花园留到最后，特意限制她在那里流连的时间。她深恐倘若停留太久，她将舍不得离开。

就是如此，也必须如此。

伊莱莎绕着小径，朝入口走去。南门她曾经伫立的地方现在只是一道敞开的伤口，地面上的一个洞，和一堆等着被使用的巨大砂岩石块。

那是这个星期发生的事。伊莱莎正在除草时，两个结实粗壮的工人从小屋前面进来，她不禁大吃一惊。她一开始以为他们迷路了，然后她意识到这个想法的荒谬。人们不会意外走进小屋。

“是芒特榭夫人派我们过来的。”个子较高的那个男人说。

伊莱莎站着，将脏兮兮的手在裙子上抹了抹。她不发一语，等着他继续说下去。

“她说要把这个门拆掉。”

“现在就做吧，”伊莱莎说，“奇怪，夫人什么都没对我说。”

较矮的男人低声窃笑，较高的男人一脸腼腆。

“为什么要拆掉这道门？”伊莱莎问，“要换上另一道门吗？”

“我们奉命要将洞堵起来，”较高的男人说，“芒特榭夫人说，不再需要从小屋这边走过来的入口。我们要挖个洞，修筑新的地基。”

果不其然。伊莱莎早该料到她在两个星期前走出迷宫的举动会带来这类反应。一切在四年前决定时，规矩就定得十分清楚。玛丽得到在波佩洛开始新生活的钱，伊莱莎则被禁止穿越秘密花园，进入迷宫。但最后，她还是无法抗拒。

好在伊莱莎不会再住在小屋。倘若她无法进入她的花园，她想，她将无法忍受布雷赫的生活。特别是现在，萝丝已死。

她踏过碎石堆，以前门就伫立在这儿，绕过洞口边缘，进入秘密花园。茉莉花的香气浓郁扑鼻，苹果树结实累累。爬藤植物蜿蜒爬过花园顶端，在上方交错，形成繁盛茂密的绿色树叶天棚。

她知道，戴维斯会照顾这座花园，但某些事物永远不同了。他工作繁重，可能无暇分身，而这座花园占据了她那么多的时间和爱。“你会变成什么样子？”伊莱莎轻柔地问道。

她看着苹果树，一道尖锐的痛楚划过胸口，仿佛她的部分心脏遭到切除。她记得她和萝丝一起种这棵树的那一天。她们那时有如此远大的希望，相信一切都会美好。伊莱莎甚至无法去想萝丝已经不在人世的事实。

某样东西引起了伊莱莎的注意力。一块布料从苹果树茂密的树叶下露出来。她上次来时掉了手帕吗？她屈膝跪下，透过树叶向里望去。

小女孩在那儿，萝丝的女儿，她在柔软的草地上熟睡着。

仿佛解除了魔咒一般，小女孩动了动。她眨眨眼，睁大眼睛，望着伊莱莎。她完全没有孩子在被不熟识的大人惊动时那种惊慌失措的举动。她安然地微笑着，然后打个哈欠，接着不慌不忙地从树枝下爬出来。“你好。”她站在伊莱莎跟前。

伊莱莎看着她，对小女孩完全漠视礼仪感到既惊讶又开心。“你在这里做什么？”

“读书。”

伊莱莎抬高眉毛，小女孩还不满四岁。“你会读书吗？”

她迟疑片刻，然后点点头。

“让我看看。”

小女孩趴下来，四肢着地，在苹果树下到处搜寻，最后拿出伊莱莎的童话故事书，就是那本伊莱莎穿越迷宫送给她的书。她打开书，开始朗读《老婆婆的眼睛》，手指热切地一行一行指着，念得有模有样。

伊莱莎注意到手指的位置和声音并不一致时，按捺住一抹微笑。她想起自己小时候能熟记最喜欢的故事。“你为什么在这里？”她问道。

小女孩暂停了朗读。“大家都走开了。我从窗口看到他们，闪闪发光的黑色马车爬下车道，像一排忙碌的蚂蚁。我不想独自待在房子里，所以就来这里了。我最喜欢这里了，你的花园。”她的目光迅速掠向地面。她知道她来这里是违反规定的。

“你知道我是谁吗？”伊莱莎问道。

“你是女作家。”

伊莱莎微笑着。

小女孩变得更加大胆，她歪着脑袋，长辫子被甩到一侧肩膀上。“你为什么那么悲伤呢？”

“因为我在道别。”

“跟什么道别？”

“跟我的花园。跟我以往的人生。”小女孩的目光中有种强烈的魔力，让伊莱莎着迷。“我要去冒险。你喜欢冒险吗？”

小女孩点点头：“我也快要去冒险了，跟妈妈和爸爸。我们要坐大船去纽约，比亚哈船长的船还要大。”

“纽约？”伊莱莎结结巴巴地说。难道小女孩不知道她的父母已经过世了吗？

“我们要航越大海，外婆和外公不会跟我们走。那个可怕的破娃娃也不会。”

这就是永远无法回头的那一刻吗？伊莱莎凝视着小女孩热切的目光，小女孩竟然不知道自己父母双亡，必须面对艾德琳舅妈和莱纳斯舅舅作为监护人的人生？

后来，当伊莱莎回顾这一段记忆时，觉得自己似乎没有下定决心，而是那个决定找上了她。就像借由炼金术的某种奇异过程，伊莱莎本能地知道她不能将小女孩独自留在布雷赫。

她伸出手，观察自己伸向小女孩的手掌，手掌好像知道自己该做什么。她抿紧嘴唇，最后终于说："我听说过你的冒险。其实，我是被派来接你的。"她很轻易地便说出这些话，仿佛它们是早就筹备好的计划的一部分，仿佛它们是真的。"我要带你一程。"

小女孩眨了眨眼。

"没事的，"伊莱莎说，"跟我来，牵住我的手。我们要走很特别的一条路，一条只有我们知道的秘密路径。"

"等我们抵达那里时，我妈妈会在那儿等我吗？"

"是的，"伊莱莎毫不迟疑地说，"你的妈妈会在那里。"

小女孩想了一会儿，然后赞同地点点头。她尖尖的小下巴中央有个小窝。"我得带上我的书。"

艾德琳感觉到自己的思绪纷乱不已。下午三四点时，整座庄园骚动起来。黛西，那个愚蠢的女孩，前来敲艾德琳卧室的房门，她小心斟酌字句，慌张不安地把重心从一只脚换到另一只脚，问夫人有没有看到艾弗瑞小姐。

众所周知，夫人的外孙女很爱乱跑，因此，艾德琳的第一直觉是烦躁。这个调皮的女孩偏偏选在这个时候，偏偏挑在今天！

她刚埋葬了她亲爱的萝丝，将女儿还给尘土，现在却必须展开一场搜索。艾德琳真想高声尖叫，大声诅咒。

仆人们被召集起来，在整栋主宅里搜寻平常她会躲藏的角落，却一无所获。在一个小时毫无结果地搜寻后，艾德琳被迫考虑艾弗瑞跑到更远处的可能性。艾德琳，还有萝丝，曾经警告小女孩不要去小海湾和庄园的其他地方，但艾弗瑞并未像萝丝那样习惯于顺从。她有某种固执、倔强的天性，萝丝总是放纵这类可悲的特征，不忍惩罚。但艾德琳可没这么慈悲，等他们找到小女孩时，她会让她知道自己犯下的错误，她不能再肆无忌惮地违逆她。

“抱歉，夫人。”

艾德琳转过身来，裙子的皱褶发出嗞嗞声。黛西终于从小海湾回来了。

“怎样？她在哪儿？”艾德琳问道。

“没看见她，夫人。”

“你都找遍了吗？黑岩，还有山丘？”

“哦，不，夫人。我没有走近黑岩。”

“为什么没有？”

“它又大又滑，而且……”女孩愚蠢的脸像熟透的桃子般变得绯红，“他们说那里闹鬼。”

艾德琳很想抬手甩她一巴掌，让她的脸色变成青黑。如果她遵照了指示，确保小女孩躺在床上养病，就不会有这些骚动了！毫无疑问，她一定是偷溜出去，和新来的门房在厨房里聊天……但惩罚黛西于事无补，至少现在没用。艾德琳的优先次序不能弄乱。

艾德琳再次转身，裙摆在身后扫过，移到窗前。她的目光越过阴暗的草坪。她几乎承受不住这股压力。在平常时候，艾德琳能熟练地应用社交手腕，但今天，必须扮演担心的外婆角色这一点就快让她崩溃了。她只希望有人能快点找到那个小女孩，不论是死是活，受伤或完好无缺，只要带她回来即可。然后，艾德琳就能关上这段不愉快的插曲的大门，尽情哀悼她的萝丝。

但解决方式似乎没有这样简单。黄昏即将在一小时内降临，却仍然不见小女孩的踪迹。在每个选择都耗尽前，艾德琳无法结束寻找。仆人们都在看着，毫无疑问，她的反应将在仆人大厅间被报道和分析，因此，她必须继续搜寻。黛西几乎毫无用处，而其他仆人也没强到哪儿去。她需要戴维斯。在她真的需要他时，他跑到哪里去了？

“他今天下午放假，夫人。”黛西回答道。

当然是如此。仆人们总是碍手碍脚，真要找他们时，却又不见人影。

“我想，他在家，或是在村子里，夫人。我记得他说过要去车站领东西。”

只有另一个人像戴维斯一样熟悉这座庄园。

“请伊莱莎小姐过来，”艾德琳说，提起这个名字让她极为不悦，“立刻将她带过来。”

伊莱莎凝视着沉睡中的小女孩：长长的睫毛轻拂过平滑细致的双颊，粉红色的嘴唇丰满微翘，小小的拳头紧握着放在大腿上。孩子们多么轻易便信任旁人，毫无戒心，在这种时候还能陷入沉睡。她的信任，她的脆弱，让伊莱莎泫然欲泣。

她在想什么？她在这里做什么，坐着火车，带着萝丝的孩子奔往伦敦？不，她什么也没想，这就是她这么做的原因。如果她多做思考的话，就会在原本的笃定中产生疑虑。她只知道，她不能将小女孩独自留在布雷赫，留在莱纳斯舅舅和艾德琳舅妈的手中，因此，她采取了行动。她曾让塞米溜走，但这次，她不会再失败，不会再错失良机。

现在，怎么处理艾弗瑞是另一个问题，因为伊莱莎不能将她留在身边。这孩子应该得到更妥善的照顾。她应该拥有父亲、母亲、兄弟姐妹，还有洋溢着爱的家庭，这将会是她一生的记忆。

伊莱莎看不出她还有其他选择。这孩子必须远离康沃尔，不然风险太大，她会被发现，然后马上被带回布雷赫。

不，在伊莱莎想出更好的解决方案前，小女孩必须跟着她，至少现在是。离船起航开往澳大利亚的玛丽伯勒还有五天，玛丽的哥哥住在那里，还有她的姨妈埃莉诺。玛丽给了她地址，等她抵达后，伊莱莎会和马丁家族联络。她当然会捎口信给玛丽，让她知道自己做了什么事。

伊莱莎早就买好了船票，是用假名订的。这是一种迷信，但当她准备订票时，她突然着了魔，被展开新生活需要新名字的感觉淹没了。她不想在售票处留下任何记录，留下一条从这个世界通到那个世界的路径。因此，她用了假名。结果，它的确为她带来了好运。

因为他们一定会来找她。伊莱莎对萝丝的孩子的出身所知过多，舅妈不会轻易让她逃走。她必须躲起来。她会在海港附近找一间客栈，某个愿意出租房间给一个带着孩子的可怜寡妇的地方，而她们正要去新世界和家人团聚。她想知道，在这么紧急的状况下，她能替小女孩买到船票吗？或者，她是否有方法不引起注意，让小女孩偷偷上船？

伊莱莎凝视着小女孩，她在车厢的角落里安静沉睡着，如此脆弱。她缓缓伸出手，轻抚她的脸颊。小女孩一退缩就立刻收手，她皱皱她的小鼻子，将头埋进更深的角落里。这样想很荒谬。伊莱莎能在小女孩，在艾弗瑞身上看到萝丝的身影，伊莱莎第一次认识她时的那个少女萝丝。

小女孩会问起她母亲和父亲的事，伊莱莎总有一天会告诉她，虽然她不确定该用什么话来解释。她注意到，能够解释她身世的童话故事在小女孩的书中消失了，某人将它切除了。伊莱莎怀疑是纳桑尼。萝丝和舅妈会毁掉整本书，只有纳桑尼会切掉他被影射的篇章，而保留其他故事。

她会等到最后一天再和斯温德尔一家联络，尽管伊莱莎不认为他们会构成威胁，但她知道她不能轻易相信任何人。如果斯温德尔一家瞥见获利的机会，他们绝对不会放过。伊莱莎曾一度考虑放弃拜访，她怀疑此事的危险性或许远高于收获，但她依然决定冒险。她需要胸针上的宝石，以便在新世界中开辟一条路，而头发编织的部分也非常珍贵。那是她的家族，她的过去，她和自我的联系。

艾德琳等待黛西回来时，时间拖着脚步前进，步履沉重得像个挂在裙摆边的暴躁小孩。萝丝的死全是伊莱莎的错。她未经许可穿越迷宫的举动促成了前往纽约的计划，也把卡莱尔之旅提前了。倘若伊莱莎像她承诺的那样乖乖待在庄园的另一边，萝丝永远不会坐上那列火车。

门砰地打开了，艾德琳倒抽一口气。仆人终于回来了，头发里夹着树叶，裙子上沾满泥泞，但她是独自回来的。

“她在哪儿？”艾德琳问道。她找过了吗？黛西是否突然会用她的脑袋瓜，叫伊莱莎直接去小海湾找了？

“我不知道，夫人。”

“你不知道？”

“我抵达小屋时，它被锁起来了。我从窗口张望，但里面没有人。”

“你该等一会儿的。她也许去了村子，马上就会回来。”

那女孩摇着她粗野的头。“我不认为如此，夫人。壁炉被清理干净了，柜子上空荡荡的。”黛西迟钝地眨眨眼，“我想她也走了，夫人。”

艾德琳明白了。她的恍然大悟迅速转为炽热的愤怒，那股愤怒在她肌肤下方烧炙，她的脑袋里满是尖锐的疼痛，眼前一片红光。

“您没事吧，夫人？您要坐下来吗？”

不，艾德琳不需要坐下来。与此相反。她必须亲眼看看那个女孩的忘恩负义。

“带我穿过迷宫，黛西。”

“我不知道路，夫人。除了戴维斯外，没有人知道。我是从悬崖小径绕过去的。”

“叫牛顿准备好马车。”

“但就快天黑了，夫人。”

艾德琳眯起眼睛，抬高肩膀，一字一顿地说：“叫牛顿过来，给我带盏油灯。”

小屋内整齐但并非空空荡荡。厨房里仍挂着各种锅碗瓢盆，餐桌擦得一尘不染。门后的衣服挂钩上空无一物。艾德琳感到一阵痛楚，她的肺部紧缩。那女孩还在这儿，她的存在浓厚而沉闷，带给她无比的压迫感。她提着油灯，沿着狭窄的楼梯拾阶而上。楼上有两个房间，较大的那间俭朴干净，放着从阁楼里搬来的床，老旧的百衲被紧绷绷地铺在床面上。另外一间有桌子和椅子，以及满柜子的书。桌子上的东西放得井然有序。艾德琳的手指压在木桌上，微微倾身向前，往外凝望。

今天的最后一道光芒散落在海面上，遥远的海水升起又落下，呈金、紫两色。

萝丝死了。

这个想法尖锐地刺进脑海。

在这里，艾德琳孑然一身，不必被窥视，终于能暂时卸下假面，停止伪装。她闭上眼睛，肩膀颓然下垂。

她渴望蜷缩在地板上，木制地板光滑、凉爽，在她的双颊下显得无比真实，她希望自己永远不要再起来。如此沉睡一百年。没有人再将她视为礼仪典范，真希望轻松快活地呼吸……

“芒特榭夫人？”牛顿的声音飘上楼梯，“天色愈来愈暗了，夫人。如果我们不快点离开，马儿下山时会有点困难。”

艾德琳用力深吸一口气，肩膀恢复平稳：“马上好。”她睁开双眼，一只手按在前额上。萝丝已死，她永远无法忘却哀恸，但眼前有更大的危机。

虽然，一部分的艾德琳希望伊莱莎和小女孩永远从她的生命中消失，但事情远远比这复杂。伊莱莎和艾弗瑞一起失踪的话，艾德琳就得面对人们探寻真相的危险。伊莱莎也许会和盘托出真相。她绝不会允许此事发生。为了萝丝，为了她的记忆，为了芒特榭家族的崇高声望，她一定得找到伊莱莎，将她抓回来，并迫使她保持沉默。

艾德琳的目光再次扫过桌面，发现一摞书下露出了一张纸的边缘。她刚开始没认出那几个字，后来认出来了。她将纸张从书下抽出来。这是伊莱莎写的一张列表，列出了她在离开前必须完成的事，最下面写着斯温德尔。艾德琳想，这是一个姓氏，尽管她不确定自己怎么会知道。

艾德琳将纸折起来放进口袋里，心脏怦怦狂跳。她找到线索了。你别想不告而别。他们会找到你！而那个小女孩，萝丝的孩子，会被带回她应该去的地方。

艾德琳知道她该找谁帮忙。

46

波佩洛，2005

克拉拉的白色小屋小巧可人，矗立在岩石峭壁的边缘上，从巴克尼酒吧走上来只有短短的一段路。

“你来敲门吗？”抵达时，克里斯汀问道。

卡珊德拉点点头，但没有敲门。她感到忐忑不安，一阵紧张的兴奋突然席卷全身。外婆失散已久的妹妹就在门的另一边。片刻之间，折磨奈儿大半生的谜团将被解开。卡珊德拉瞥了瞥克里斯汀，很高兴有他作陪。

这天早上，在露比出发前往伦敦后，卡珊德拉在饭店的门阶上等克里斯汀，她手里紧抓着伊莱莎的童话故事书。他带了他的那本过来，他们发现卡珊德拉的书中的确有篇故事不翼而飞。书脊装订处留下的缝隙很小，又切除得干净利落，以致卡珊德拉一直未曾注意到，甚至连消失的页数都没引起她的注意。页码上的数字弯弯曲曲，精美繁复，得对书法文体很有研究的人才能分辨出54和61之间的差别。

在驶往波佩洛的路上，卡珊德拉朗读了《金蛋》。当她读着故事时，她愈来愈相信克里斯汀是对的，这个故事是萝丝如何得到女儿的寓言故事。这个事实使她更加确定克拉拉想要告诉她的正是此事。

可怜的玛丽，被迫放弃她的女儿，还要隐藏这个秘密。难怪她会在临终前对女儿吐露真相。失去的孩子会一辈子如影随形地跟随母亲。

里奥现在应该快十二岁了。

“你没事吧？”克里斯汀盯着她，眼中透出关切的目光。

“没事，”卡珊德拉将她的记忆折起收好，“我没事。”当她冲他微笑时，感觉那不再是个谎言。

她举起手，正要拉起门环叩门时，门突然开了。一个丰满的老妇人站在低矮狭窄的门框内，腰上绑着围裙，身体似乎是由两个面团组合而成的。“我看见你们站在外面，”她咧嘴一笑，手指弯过来指着他们，“我告诉自己：‘他们一定就是我的年轻客人。’进来吧，两位，我会为大家沏壶茶。”

克里斯汀和卡珊德拉在花朵图案的沙发上坐下，将罩着拼布套的坐垫放在他们中间，免得太过拥挤。他在这些秀气的装饰中间显得过于高大，卡珊德拉拼命忍住想要大笑的冲动。

一个黄色茶壶昂然伫立在客厅的水手柜上，上面罩着形如母鸡的手工编织保暖罩。卡珊德拉想，它看起来非常像克拉拉：小而警惕的眼睛，肥胖的身体，尖锐的小嘴。

克拉拉拿来第三只杯子，过滤茶叶，将茶倒进杯子里。“我的独门配方，”她说，“三份早茶，一份伯爵茶。”她从半框眼镜后凝望，“我是指，英式早茶。”她加牛奶时缓缓坐进炉火旁的扶手椅内，“我该让我可怜的老脚丫休息一下。为海港庆典安排摊子，我站了一整天。”

“谢谢你抽空见我。”卡珊德拉说，“这是我朋友，克里斯汀。”

克里斯汀的手伸过水手柜和克拉拉握手，她的脸涨得通红。

“很高兴见到你们，”她喝了一口茶，然后朝卡珊德拉点点头，“那位在博物馆服务的女士，露比，告诉了我你外婆的事，”她说，“那位不知道父母是谁的外婆。”

“奈儿，”卡珊德拉说，“那是她的名字。我的外曾祖父休在她还是小女孩时捡到她，她那时在玛丽伯勒码头，坐在一只白色行李箱上。休是港务局长，有一艘船……”

“你说玛丽伯勒？”

卡珊德拉点点头。

“真是巧合。我有亲戚在玛丽伯勒。在昆斯兰。”

“是昆士兰，”卡珊德拉身子往前探。“什么样的亲戚？”

“我妈的哥哥年轻时移居那里，在那儿养大他的孩子，也就是我的表兄弟姐妹们。”她咯咯尖笑，“妈妈以前老是说他们会定居在那儿是因为她的名字。”

卡珊德拉扫了克里斯汀一眼。这就是伊莱莎将奈儿放上那艘船的原因吗？她准备将奈儿归还给玛丽的亲戚，奈儿真正的家人？她不想将奈儿带到波佩洛，冒着让人们认出她是艾弗瑞·芒特榭的风险，才选择将她送往玛丽远方的哥哥那里？卡珊德拉认为克拉拉有这些谜题的答案，而她只需要将对话导向正确方向。

“你的母亲玛丽，曾经在布雷赫庄园做过女仆，是吗？”

克拉拉喝了一大口茶。“她在那儿工作直到被赶走为止，那是1909年。她从十岁起就在那里服务，却因为伤风败俗而遭到开除。”克拉拉压低声音，小声说，“你知道，未婚怀孕，在那个时代绝不允许。但我妈妈不是个放荡的女孩，她很正派。她和我爸最后还是结了婚，合乎礼数。因为我爸染上肺炎，所以婚礼拖延了一段时间。他差点没办法参加自己的婚礼。他们是在那时搬到波佩洛的，手头有一小笔钱，开了家肉铺。”

她从托盘旁拿起一小本长方形的书。封面用包装纸、布料和纽扣装饰，克拉拉打开它时，卡珊德拉才发现它原来是本相册。克拉拉翻到用缎带标示的一页，越过水手柜，将相册递过来。“这是我妈妈。”

卡珊德拉盯着那个年轻女人，她有杂乱的鬈发和玲珑有致的身材。卡珊德拉试图从她身上看到奈儿的身影，嘴巴和奈儿的有点像，嘴唇在不经意间露出一抹若隐若现的微笑。但照片会让人眼花：卡珊德拉看得愈久，愈觉得似乎在玛丽的鼻子和眼睛中看到了菲尼亚丝姨婆的影子！

她将相册递给克里斯汀，然后对克拉拉浅浅一笑。“她非常美丽，不是吗？”

“哦，是的，”克拉拉边说边调皮地眨眨眼，“我妈是个大美人，当女仆太可惜了。”

“你知道她喜欢在布雷赫工作吗？她离开时是否很难过？”

“她很高兴能离开那里，只是舍不得她的小姐。”

这倒是新的信息。“她和萝丝很亲密？”

克拉拉摇摇头：“我不知道萝丝的事。她老是挂在嘴边的是伊莱莎，伊莱莎小姐如何如何。”

“但伊莱莎不是布雷赫庄园的小姐。”

“嗯，不是正式的，但她很受我妈敬重。她以前总是说，伊莱莎小姐是那片死寂之地唯一的生命之光。”

“她为什么认为那是一片死寂之地？”

“我妈说，住在那里的人都像死人，为了各种理由陷入阴郁而郁郁寡欢。他们都想要他们不该或无法拥有的东西。”

卡珊德拉思索着这个对布雷赫庄园生活的见解。她在阅读萝丝的剪贴簿时得到的不是这类印象，当然，萝丝的生活重心放在新裙子和表姐伊莱莎的冒险上，她只提供了庄园生活的一种声音，而其他人的声音则被掩盖。这显然是历史的本质：偏离实际，以偏概全，不可捉摸，由胜利者书写的记录。

“据我妈说，她的老板，爵爷和夫人都相当难处。他们最后是恶有恶报，不是吗？”

卡珊德拉皱起眉头：“谁？”

“芒特榭爵爷和夫人。夫人在她女儿死后一两个月因血液中毒而死去。”克拉拉摇摇头，低声说，语调中难掩一丝幸灾乐祸，“很惨。我妈听其他仆人说，她在最后的日子里非常可怕。她面容扭曲，看起来像食尸鬼一般咧嘴而笑，从病床上逃出去，沿着走廊踉踉跄跄到处晃荡。她手里拿着一大串钥匙，紧紧锁上所有的门，疯子似的凄厉号叫着人们不该知道的秘密。夫人最后疯了，而爵爷也没好到哪里去。”

“芒特榭爵爷也血液中毒了？”

“哦，不，不，他没有。他因到异国旅行而散尽家财。”她压低声音，“巫毒之地。他们说，他带回一些让人毛骨悚然的纪念品。他后来变得很古怪。仆人纷纷离开，只有一个厨房女仆和园丁留下来，陪他到最后。据我妈说，老爵爷去世时，竟然有好几天没有人知道。”克拉拉笑起来，眼睛眯成一条缝，“伊莱莎逃出了魔掌，不是吗？这一点才重要。我妈说，她到海的另外一边旅行去了。她一直想这么做。”

“虽然不是去澳大利亚。”卡珊德拉说。

“老实说，我不知道她上哪儿去了，”克拉拉说，“我只知道我妈告诉我的事：伊莱莎及时从那栋可怕的庄园里逃跑了，像她一直计划的那样逃离，再也没有回来。”她高举一根手指，“那是这些素描的出处，那位在博物馆工作的女士很喜欢它们。这些素描是伊莱莎的，我在她的东西里找到了它们。”

卡珊德拉差点要问，玛丽是否从伊莱莎那里拿到了那些素描，但她制止了自己。她察觉到，这样问很没礼貌，好像在暗示这位女人她已经过世的亲爱的母亲从雇主那儿偷走了价值不菲的艺术品。“什么东西？”

“我妈买来的一些箱子。”

现在，卡珊德拉真的搞糊涂了。“她从伊莱莎那儿买了一些箱子？”

“不是从伊莱莎那儿，是买伊莱莎的东西。在她走后。”

“从谁那里买来的？”

“那是一场大甩卖。我还记得这件事。我还是小女孩时，我妈带我一起去的。那是1935年，我十五岁。在老爵爷过世后，一位苏格兰远亲决定卖掉庄园，希望能在大萧条中筹到一些钱，我想是如此。反正，我妈从报纸上读到拍卖的消息，看到他们也计划将一些小物品卖掉。我想，能拥有如此亏待她的庄园的一些物件让她很开心。她带我一起去，因为她说，让我看看她最开始工作过的地方对我有好处。这能让我感激我不是在庄园服务，鼓励我在学校更加用功，以后我的成就会比她大。这招没有多大用处，但我的确相当震惊。我是第一次看到那些奢侈品。我不知道还有人这样挥霍度日。在这个小地方，没有人过得那么奢华。”她点点头，表示她偏好纯朴的生活方式，然后停了一下，盯着天花板，“我说到哪儿了？”

“你正告诉我们箱子的事，”克里斯汀立刻接话，“你妈从布雷赫买来的箱子。”

她举起一根颤抖的手指。“没错，在特瑞纳那边的庄园里。你们该看看我妈看到这些东西时的表情。它们和其他东西一起放在桌上，台灯、镇纸、书籍之类的。我看到时不觉得有什么特殊，但我妈一眼就看出那是伊莱莎的东西。她握紧我的手，我记得，那是我这辈子的第一次。然后，她好像喘不过气来。我开始担心，觉得我也许该让她坐在椅子上休息一下，但她不肯听我的话。她抓住那些箱子，不敢走开，生怕别人会买走它们似的。就像我说过的，我倒不觉得那些箱子有什么了不起，但不同的人眼里有不同的宝物，不是吗？”

“箱子里是纳桑尼·沃克的素描？”卡珊德拉问道，“在伊莱莎的东西里面？”

克拉拉点点头：“现在回想起来是有点奇怪。我妈欢天喜地地买下它们，但等我们回家时，她却叫我爸将这些东西搬到楼上阁楼里，就这样放着。我并不经常想到它们，我才十五岁，正全心全意地喜欢本地一个男孩，哪有心思去在乎我妈买的奇怪箱子。直到她搬来跟我住，我注意到她把箱子也搬过来了。这可有趣了，这表示它们对她来说真的意义重大，因为她带来的行李不多。我们一起住在这里时她才告诉我它们是什么，还有它们为什么如此重要。”

卡珊德拉想起露比对楼上房间的描述，那里仍然到处是玛丽的私人物品。是否还有其他珍贵线索埋藏在箱子里，从未被发现呢？她咽了咽口水。“你看过里面的东西吗？”

克拉拉喝了一小口茶，茶现在一定凉了，她把玩着杯子的把手。“我得承认我偷看过。”

卡珊德拉心跳加快，倾身向前：“然后呢？”

“就像我说过的，主要是书，还有台灯。”她打住话头，双颊染上鲜艳的酡红。

“是否还有其他东西？”卡珊德拉温柔地追问。哦，如此温柔。

克拉拉移动穿着拖鞋的脚趾，滑过地毯然后抬头。“我在东西的上面发现了一封信。伦敦一位出版商写给我妈的信。我大吃一惊。我从未想到我妈是个作家。”她咯咯轻笑，“当然，她不是。”

“那封信里写些什么？”克里斯汀问道，“出版商为什么写信给你妈妈？”

克拉拉眨眨眼：“嗯，好像是我妈将伊莱莎的一篇故事寄去投稿了。从信的内容来看，她一定是在箱子里发现那篇故事的，它藏在伊莱莎的东西中间，我妈觉得它值得发表。结果，那是伊莱莎去冒险前所写的故事。不错的故事，充满希望，结局快乐。”

卡珊德拉想着奈儿笔记本里的影印文章。“《杜鹃的逃亡》。”她说。

“没错。”克拉拉高兴地说，仿佛是她自己写了这个故事，“你读过？”

“我听说过这个故事，但我没读过。那是在其他故事出版后好几年发表的。”

“没错。根据信件上的日期，那是在1936年。我妈收到那封信时一定很开心。她一定觉得她为伊莱莎完成了一件大事。伊莱莎走后，她很想念她，这是事实。”

卡珊德拉点点头，她几乎可以找到奈儿的谜团的答案了。“她们很亲密，不是吗？”

“的确是。”

“你觉得是什么让她们如此亲密？”她咬着下唇，步步为营。

克拉拉骨节凸出的手指在膝盖上交握，她压低声音：“她们分享一个没有别人知道的秘密。”

卡珊德拉体内一阵轻松，她的声音变得微弱：“是什么？你妈妈告诉你了吗？”

“我妈在临终前告诉了我。她一直说那里发生过可怕的事，而做出这些事的人以为他们可以逃过惩罚。她反反复复这样说。”

“你想，她指的人是谁？”

“刚开始，我根本不在意。她临终前的那些时日里常说些奇怪的话，像侮辱我们亲爱的老朋友之类的。她真的精神恍惚了，不再是她自己。但她一直说，‘那全都写在故事里，’她不断说，‘他们将它从那位年轻女孩那儿夺走，让她无依无靠。’我不知道她在说什么，而她所谓的故事又是什么。但到最后，这些都无关紧要了，她坦白告诉了我。”克拉拉深吸一口气，悲哀地对卡珊德拉摇摇头，“萝丝·芒特榭不是那个小女孩的母亲，不是你外婆的母亲。”

卡珊德拉放松地长舒了一口气，她终于听到了真相。“我知道，”她边说边握住克拉拉的手，“奈儿是玛丽的女儿，玛丽因为怀着奈儿而被开除。”

克拉拉的表情变得古怪。她轮番看着克里斯汀和卡珊德拉，眼角痉挛，困惑地眨眨眼，然后纵声大笑。

“怎么了？”卡珊德拉问道，她有些惊慌，“什么事这么好笑？你没事吧？”

“我妈的确是怀孕了，但她没生下那个孩子。她在怀孕十二周时流产了。”

“什么？”

“这便是我要告诉你的事。奈儿不是玛丽的女儿，她是伊莱莎的孩子。”

“伊莱莎怀孕了。”卡珊德拉扯下围巾，将它放在车子地板的袋子上。

“伊莱莎怀孕了。”克里斯汀戴着手套的手指轻敲方向盘。

他们打开车子的暖气，暖气装置嗡嗡作响，接着转变成断断续续的嘀嗒声，他们正要离开波佩洛。他们在克拉拉家做客时大雾降临，沿着海岸线的路上，朦胧的船灯在鬼魅般的潮汐里闪烁摇曳。

卡珊德拉无神的眼睛直勾勾地盯着前方，脑袋里和挡风玻璃外的世界一样一片浑浊。“伊莱莎怀孕了。她是奈儿的母亲。这就是伊莱莎带走她的原因。”或许她再多说几次，这件事就会变得合理。

“似乎是如此。”

她歪着头，揉搓着脖子。“但我不明白。当我们怀疑是玛丽时，一切都说得通。现在是伊莱莎……我不明白萝丝怎么能得到艾弗瑞。伊莱莎为什么让萝丝抚养艾弗瑞？而且，为什么没有人发现？”

“除了玛丽之外。”

“除了玛丽之外？”

“我想，他们将此事当成秘密。”

“伊莱莎的家族？”

他点点头：“她单身，年轻，是他们的被监护人，因此是他们的责任。然而她怀孕了，这会造成丑闻。”

“谁是父亲呢？”克里斯汀耸耸肩，“某个本地男孩？她有男朋友吗？”

“我不知道。她和玛丽的哥哥威廉是朋友，奈儿的笔记本里是这么说的。他们曾经很亲密，后来他们闹翻了。也许是他。”

“谁知道呢？我想这一点并不那么重要。”他瞥了瞥她，“我是说，这一点当然重要，对奈儿和你而言，但就论据来说，最重要的是她怀孕了，而萝丝没有怀孕。”

“因此他们说服伊莱莎将孩子给萝丝。”

“这对大家来说都好。”

“我很怀疑这点。”

“我是指社会观感。然后萝丝去世……”

“伊莱莎将自己的孩子带走。这就说得通了。”卡珊德拉看着雾霭在路旁的高大草丛间旋转、翻腾，“但她为什么没和奈儿一起上那艘驶往澳大利亚的船？为什么一个女人抢回她的孩子，却让孩子独自经历漫长艰险的航程到外国？”卡珊德拉沉重地叹口气，“我们愈接近核心，谜团就愈纠结复杂。”

“也许伊莱莎和孩子一起上船了，也许她在旅程中出事了，生病之类的。克拉拉好像很确定她走了。”

“但奈儿记得伊莱莎带她上船，叫她等她，伊莱莎离开后却没有回来。这是奈儿唯一能确定的事。”卡珊德拉咬着大拇指指甲，“真令人泄气。我以为我们今天会得到答案，而非更多问题。”

“有件事很确定，《金蛋》写的不是玛丽：伊莱莎写的是自己的故事。她就是小屋里的女孩。”

“可怜的伊莱莎。”卡珊德拉说，阴郁的世界从窗外飘过，“在放弃金蛋后，那女孩的人生变得如此……”

“孤寂。”

“没错。”卡珊德拉打了个寒战。她明白失去至亲能夺走一个人的人生目的，使她更暗淡，更缥缈，更空虚。“难怪她一有机会便抢回奈儿。”如果卡珊德拉有第二次机会，她会不择手段。

“但这又让我们回到了原点。如果她抢回了女儿，为什么没和她一起上船？”

卡珊德拉摇摇头：“我不知道。这点让人想不通。”

他们驶过“欢迎来到特瑞纳”的广告牌，克里斯汀驶离了主干道。“你知道我怎么想吗？”

“说说看。”卡珊德拉说。

“我们应该找个酒吧吃点午餐，好好讨论一下，看看我们能不能理清一切。我确定啤酒能帮助我们思考。”

卡珊德拉笑了：“没错，我发现啤酒通常能让我的心思变得敏捷。能不能在饭店停一下，我想去拿外套。”

克里斯汀驶上林间的公路，然后转进布雷赫饭店的入口。大雾依然笼罩，车道一片潮湿，他小心翼翼地向前行驶。

“我马上回来。”卡珊德拉边说边甩上车门。她跑上门阶，进入大厅。“嗨，莎曼珊。”她叫道，对前台接待挥挥手。

“嗨，卡珊德拉。有人来找你。”

卡珊德拉停下跑步。

“罗苹·约翰逊已经在酒吧间等你半个多小时了。”

卡珊德拉朝门外迅速一瞥。克里斯汀正在调收音机。他应该不会介意多等一会儿。卡珊德拉想不出来罗苹要告诉她什么事，但她应该不会花多少时间。

“你好，”罗苹看到卡珊德拉走近时说，“一只小鸟告诉我，你今早和我的表姑克拉拉聊过天了。

乡下的八卦网络真是令人印象深刻。

“的确如此。”

“你们一定聊得很愉快吧。”

“的确，谢谢。我希望你没有等太久。”

“一点也不。我有东西要给你。我原本可以将它留在柜台，但我想，我需要解释一下。”

卡珊德拉抬高眉毛，罗苹继续说下去：“我周末去了养老院探视我爸。他喜欢听所有发生在村子里的事情，你知道，他曾经是邮局局长，我在不经意间提到你在这儿，在修缮那座矗立在悬崖上、你外婆留给你的小屋。爸的表情变得很奇怪。他也许老了，但他的心思还是很敏锐，就像他父亲一样。他抓住我的手臂，对我说，有封信得还给你。”

“给我？”

“应该说还给你外婆，但既然她过世了，就该交给你。”

“什么样的信呢？”

“你外婆要离开特瑞纳时去找过我爸。她说，她会回来在悬崖小屋定居，所以请他帮她保管所有信件。他说，她交代得很清楚，所以当一封信寄到时，他依照吩咐将它存放在邮局。他每隔几个月就把信带上山，但那座古老的小屋一直没有人去住。荆棘蔓生，尘土掩盖一切，小屋看起来愈来愈不适合居住。他最后没有再去了。后来他的膝盖开始痛，而且他想，你外婆回来后一定会去找他。照常理，他会将信归还给寄件人，但因为你外婆交代得很清楚，因此，这些年来他一直保管着这封信。他叫我到地下室去，他的东西都存放在那儿。他叫我找一箱注明无法投递信件的箱子，我在里面会找到一封写给奈儿·安德鲁的信，地址是特瑞纳客栈，收件日期是1975年11月。他记得没错。信就在那里。”

罗苹把手伸进手提袋，拿出一个灰色的小信封，递给卡珊德拉。信纸很廉价，薄薄的快变成透明的了。上面的字迹老式而潦草，先是寄到伦敦一家饭店，然后转寄到特瑞纳客栈。卡珊德拉将信封翻过来。

同样潦草的笔迹写道：寄件人，哈莉特·斯温德尔小姐，伦敦巴特斯教堂街37号，SW11。

卡珊德拉记起奈儿的笔记本里提到的段落。哈莉特·斯温德尔是她在伦敦拜访过的女人，这位年迈的女人在伊莱莎住过的房子里出生长大。她为什么写信给奈儿？

卡珊德拉用颤抖的手指打开信封，薄薄的纸很容易撕开。她摊开信纸，开始读信。

亲爱的安德鲁太太：

嗯，我不介意告诉你，自从你来访并询问那位童话故事女士的事后，我整天想的几乎就是她的事。等你活到我的年纪时你就会知道了——过去变成一位老朋友，它们不请自来，拒绝离开。你瞧，我记得她，记得非常清楚，只是你来找我时，我太过吃惊，你在午茶时间突然出现在我的门阶上。我那时不确定我是否想和一位陌生人聊过往时光。我的侄女南希告诉我，我应该和你聊聊的。那些事发生在那么久之前，现在已经无关紧要，因此我决定如你要求写信给你。伊莱莎·梅克皮斯的确回来找过我妈。就那么一次，但我记得很清楚。我那时十六岁，我记得那是1913年。

我还记得，我一开始就觉得她的样子有点古怪。她穿着淑女的干净衣服，但整个人就是给人突兀的印象。确切说来，她的气质更契合我们这些住在巴特斯教堂街35号的人。她有某种特质，与我们在街道上看到的那些时髦淑女非常不同。她穿过大门，走进店里，我觉得她有点烦躁不安，仿佛急着想赶往某处，不希望被看到。她看起来好像戒心很重。她冲我妈点点头，她们似乎彼此认识，而我妈则对她微笑，还叹了口气，我并不常看见她那样叹气。我默默想着，不管这位女士是谁，我妈一定知道她能从她身上赚到钱。

她说话时声音清澈而悦耳，我突然想到我也许认识她。她的声音听起来很熟悉，孩子都喜欢听那种声音，那声音诉说着仙女和妖精的故事，他们毫不怀疑那些故事都是真的。

她谢谢我妈见她，并说她准备离开英国，好几年都不会回来。我记得，她很想上楼重访她以前住过的房间，那个在屋顶的可怕的小房间。房间很冷，壁炉早就不管用了，而且很黑，没有窗户。但她说为了缅怀过去，她想看看房间。

那时，妈并没有房客，她老是为租金和他们吵得很凶，因此她乐于让那位女士上楼去。我妈叫她上楼慢慢看，甚至还烧了一壶开水。这可不像我妈的一贯作风。

妈看着她爬上那些阶梯，然后示意我赶快过去。跟她上楼，我妈说，不要让她太快下楼。我习惯服从妈的指示，我若不听话，她总是严厉惩罚我，因此我照她的话做，跟着那位女士上楼。

等我抵达楼梯平台时，她已经将房门在她身后掩上了。我只能坐在那里，不让她太快下楼，但我很好奇。我想不通她为什么要关上门。就像我说的，房间没有窗户，唯一能让光线照进来的地方就是门。

老鼠在门底下咬出一个洞，因此，我尽可能趴下来，偷偷观察她。她站在房间中央，转身环顾四周，然后，我看着她走到破旧的老壁炉那边。她坐在壁架上，手臂伸到里面去，就那样坐了好久。最后，她终于抽回了手臂，手里拿着一只小陶罐。我一定发出了声音，因为我太惊讶了，她马上抬起头，睁大眼睛。我随即屏住呼吸，过了一会儿，她将注意力重新转回陶罐上，将它举到耳边，轻轻摇晃。我从她的表情上看得出来她听到了什么声音时很开心。然后，她将陶罐藏进裙子隐蔽的口袋里，走向门口。

我赶紧下楼，告诉我妈，她要下楼了。我吃惊地看到我的弟弟汤姆站在门口，仿佛刚刚跑到很远的地方，气喘吁吁，我没有时间问他跑哪里去了。妈盯着楼梯，我也一样。那位女士开始下楼，谢谢我妈让她看房间，但她在赶时间，所以不能留下来喝茶。

当她走到楼梯底部时，我看到有个男人静静站在楼梯旁的阴影里。那位男士戴着奇怪的小眼镜——那种没有镜架，只有夹在鼻梁上的一小块鼻架的眼镜。他的手里拿着一块海绵，当她走到最后一级台阶时，他抓住她，将海绵按在她鼻子上，然后她就昏倒了，马上倒入他的臂弯中。我肯定大叫出声了，因为我妈甩了我一巴掌。

那个男人对我视若无睹，他把那位女士拖到门口。爸爸帮忙将她抬入马车内，那个男人对妈点点头，从胸口口袋里拿出一个信封，递给我妈，然后他们就离开了。

当我告诉我妈我看到的事情时，我又被甩了几巴掌。你为什么没告诉我，你这愚蠢的女孩，我妈说，那可能很值钱。我们也许可以借此渡过难关。我提醒我妈，那位驾着黑马的男士已经为那位女士付给我妈一大笔钱了，但这不管用。对我妈而言，钱永远都不够。

我从未再见到那位女士，我也不知道，她在离开我们后发生了什么事。在我们漫漫的人生长河中，总有我们不愿回忆的悠悠往事。

我不知道这封信对你的研究将有多大帮助，但南希认为我最好写信给你。我已经这么做了。我希望这是你要找的解答。

哈莉特·斯温德尔小姐敬上

1975年11月3日

47

布里斯班，1976

那只仙境光辉花瓶一直是奈儿的最爱。她几十年前在一个古董摊位上发现了它。任何和她一样独具慧眼的古董商都会看出它的价值，但这个仙境光辉花瓶非常特殊。它并非那么珍贵，尽管它价值不菲，然而更重要的是它的象征意义。这是奈儿第一次在不可能的环境中挖到金矿。奈儿不舍得和那只花瓶分开，就像淘金者不管价值多少都会收藏他的第一块金块那样。

奈儿用毛巾仔细将花瓶包好，把它安全地藏在她放床单的橱柜顶端的阴暗角落里。她常常将它拿出来，打开毛巾，仔细端详它的美丽，绘在花瓶两侧的深绿色树叶，贯穿全图的金线，在树叶间躲藏的新艺术风格的仙女。奈儿在静静观赏过后总能得到心灵平静。

但奈儿已经下定决心，她现在已经舍得和她的花瓶分开了，她可以和她所有珍贵的收藏分开了。她已作出决定，不会改变。她又用了一层报纸包裹花瓶，然后轻柔地将它和其他东西一起放在箱子里。星期一，她会将这些拿到店里，标上价格，卖掉它们。她如果感到任何良心苛责或懊悔的话，只消想想结果：她将有足够的资金重新在特瑞纳展开新的人生。

她很想回去。她的身世之谜愈来愈令她困惑。她终于从侦探奈德·摩利胥那里收到消息。他展开调查后寄了一份报告给她。报告抵达时，奈儿刚好在店里；一位新顾客，本什么的，在来她店里时将信带来。当奈儿看见外国邮戳和信封底端仿佛用尺写的工整笔迹时，顿时感到肌肤底下涌起一阵暖流。她差点当场用牙齿将它撕开。但她按捺下冲动，保持镇定，礼貌地打招呼离开，将信拿到后面的小厨房。

报告很简短，奈儿只花了几分钟便读完了，但报告的内容让人更加困惑。根据摩利胥先生的调查，伊莱莎·梅克皮斯在1909年或1911年哪儿也没去。她一直都住在小屋里。他附上了几个文件支持这个论点：他和在布雷赫服务过的某位仆人的面谈记录，几封伊莱莎和伦敦出版商往返的信件全在悬崖小屋寄送和收件……但奈儿当时没时间读它们，她准备稍后再读。伊莱莎没有离开的消息让她非常震惊，她一直都住在小屋里，可是威廉说得那么肯定。他说，她曾经消失了十二个月左右。而当她回来时她就变得不同了，她丧失了某些风采。奈儿不知道该怎么处理威廉的记忆与摩利胥先生调查之间的矛盾。等她回到康沃尔，她会再和威廉好好谈谈，看他是否能想起任何细节。

奈儿用手背擦拭前额。今天天气炽热，现在是布里斯班的一月。天空也许一片湛蓝，灿烂得像一个精致完美的玻璃圆顶，但毫无疑问，今晚将会有一场暴风雨。奈儿已在这里住了很久，当愤怒的云朵愈积愈厚时，她知道会发生什么。

在街道远处，奈儿听到一辆车子慢了下来。她仔细听，知道不是邻居的车子：哈沃的迷你车声音没这么大，荷根的大型福特声音没这么高亢。那辆车突然停在人行道旁边时发出一阵可怕的声音。奈儿摇摇头，好在她从来没学会开车，从来不需要车——车子总是让人原形毕露。

威斯克坐直身体，然后弓起背。奈儿会想念这些猫。她很高兴能和它们在一起，但喂其他人的猫是一回事，诱拐它们则另当别论。

“嗨，威斯克，”奈儿边说边搔着猫儿的下巴，“你不用担心那辆吵死人的车。”

威斯克喵喵叫着，从桌上跳下来，盯着奈儿。

“什么？你认为我们有客人吗？亲爱的，我想不出来会有谁来看我们。难道你还没注意到吗，我们不是社交重心。”

猫跑过地板，从后门溜了出去。奈儿放下一叠报纸。“哦，好吧，女士，”她说，“你赢了。我去看一下。”他们沿着狭窄的水泥小路前进时，奈儿搔搔威斯克的背，“你以为你很聪明，是不是，要我照你的话……”

奈儿突然在房子后面的角落里停下脚步。一辆旅行车安稳地停靠在她房子外面。一个女人戴着棕色大太阳眼镜，穿着紧身短裤，走上水泥小路。在她身后跟着一个瘦削的孩子，肩膀松垮地下垂着。

她们三个人站着，相互凝视半晌。

最后，奈儿总算说出话来了，但不是她想说的话：“我以为你已经同意了以后会先打电话再来。”

“很高兴看到你，妈妈。”莱斯利说，然后她像十五岁时一样，翻了个白眼。这个习惯令奈儿恼怒，现在也不例外。

奈儿觉得古老的气恼重新涌上心头。她知道，对莱斯利来说，她这位不称职的母亲现在想要弥补为时已晚。木已成舟，还好莱斯利平安长大了。无论如何，她出落得美丽大方。“我正在整理拍卖会的箱子，”奈儿吞下喉咙间的那个硬块。现在不是提出要搬去英国住的时机，“东西堆得到处都是，连坐的地方都没有。”

“我们会想办法的。”莱斯利的手朝卡珊德拉的方向挥一挥，“你的外孙女渴了，天气热得要命。”

奈儿看着她的外孙女：细长的四肢，斑斑疤疤的膝盖，一直垂着头避开别人的注意。毫无疑问，有些孩子出生后，就是会比一般人碰到更多的困难。

奈儿脑海里突然闪进克里斯汀的身影，那个她在康沃尔花园里发现的小男孩，那个丧母的男孩有着最热切的棕色眼眸。你的外孙女喜欢花园吗？他问道，而她，奈儿，却不知道该怎么回答。

“好吧。”她说，“你们最好赶快进来。”

48

布雷赫庄园，1913

马蹄在冷冽、干燥的泥地上发出嘚嘚重击声，一路往西狂奔向布雷赫，伊莱莎却没有听到。曼塞尔先生的海绵非常有效，她被氯仿迷昏，失去知觉，颓然倒在马车的阴暗角落里……

萝丝轻柔但破碎的声音："我需要你帮一个忙，一个只有你能帮的忙。我的身体像往常一样羸弱，无法怀孕，但你的身体，表姐，你很健康。我需要你为我怀一个孩子，纳桑尼的孩子。"

伊莱莎等待了这么久，沮丧万分地希望被需要，她是个失去伴侣的孪生子，总在追寻自己的双重化身。她想都没想。"当然，"她说，"我当然会帮助你，萝丝。"

他来了一周，每晚都来。舅妈在咨询马修医生后估算了日期，而纳桑尼依照她的吩咐，每晚穿过迷宫，绕过小屋，来到伊莱莎的门前。

第一晚，伊莱莎在屋里等待，绕着厨房地板不安地走来走去，纳闷他是否会如期前来，还有她是否该准备什么。她想知道人们在这种时刻该有哪些举止。她毫不迟疑便同意了萝丝的请求，在接下来的几个星期内没怎么想过这个承诺会带来的后果。萝丝终于需要她了，这使她满怀感激。直到日子愈来愈接近后，她才开始思考这个假设正要逐渐变成事实。

但她愿意为萝丝做任何事。她不断告诉她自己，不管这个未知的行为将如何不合礼数，她的奉献将使她们的友谊矢志不渝。这个想法变成一种咒语：她和萝丝之间的联系将更加紧密。萝丝将会比以前更爱她，不会再像以前那样轻易地舍弃她。她这么做都是为了萝丝。

第一晚，叩门声响起时，伊莱莎反复对自己念着那个魔咒，她打开门，让纳桑尼进入小屋。

纳桑尼在走廊站了半晌，他比她记忆中还要高大黝黑。直到伊莱莎指了指挂外套的挂钩，他才脱下外套，对她微微一笑，几乎是感激的笑容。她在那时察觉到他和她一样忧虑不安。

他跟着她走到厨房，自然而然地被餐桌那种真实的安全感吸引住，他靠着椅背坐下。

伊莱莎站在桌子另一边，干净的手在裙子上抹擦着，想知道该说什么，如何进行。他们最好去做必要的事，而且快快了事。没必要拖延，让两人都觉得不自在。她正要说话，纳桑尼却已开口："我想你可能想看看。我整个月都在画它们。"她注意到他带着一个皮包。

他将皮包放在桌上，从里面拿出一叠纸。是素描。

“我最先开始画《仙女狩猎》。”他将一张纸递到伊莱莎眼前，当她接过来时，她看见他的手在颤抖。

伊莱莎的目光落到插画上：黑色的线条，交错的阴影。在一个寒冷阴暗的塔楼内，一个苍白瘦削的女人斜倚在矮床上。女人的脸由细长的线条交织而成。她美丽，梦幻，难以捉摸，就像伊莱莎的童话故事描述的那样。但纳桑尼赋予这个被捕猎的仙女的脸另一种特质，使伊莱莎大吃一惊。画中的女人看起来像伊莱莎的母亲。不是字面意义上的像，而是某些在她嘴唇的弧度、冷漠的圆眼，以及高高的颧骨中若隐若现的东西。通过某种难以名状的方式、某种形式的魔法，纳桑尼在他的素描里，在仙女无精打采的四肢、疲惫神态以及五官表现出的听天由命中捕捉到了乔治亚娜的神态。最奇怪的是，这是伊莱莎第一次意识到，她在被捕猎的仙女故事中描述的是自己的母亲。

她抬头看他，盯着那双望进她灵魂深处的黑色眼眸。他的目光与她的交会，炉火的火光突然在他们之间升温了。

特殊的环境使一切感受变得敏锐。他们的声音太大，他们的动作太突然，空气过于寒冷。这个行为不像她害怕的那样令人厌恶恶心，过程中有某种出乎意料的感觉让伊莱莎不禁想要细细品尝。一种她被剥夺了许久的亲近和亲密，她重新觉得她是两个人中的一部分。

她当然不是，光是抱着这种想法，不管多么短暂，都是对萝丝的背叛，但……他的指尖轻抚过她的背，她的身侧，她的大腿。他们赤裸的身体交缠时的温暖，他喷在她脖子上的急促呼吸……

她睁开眼睛，观察他的脸，他的五官排列出他的表情和故事。当他的眼睛睁开时，他们的目光交缠在一起，突然间，她意外发觉自己是一个真正的存在：固定，稳健，真实。

然后，一切结束了，他们分开，身体的紧密关联随之烟消云散。他们穿上衣服，她陪他下楼。他们站在前门，她站在他身边，试着聊最近的涨潮，接下来几个星期可能会有的坏天气。礼貌性的交谈，好像他只是路过这里来借一本书。

最后他伸手拉开门锁，沉重的寂静悬挂在他们之间。那是他们做过的事情的重量。他拉开门，又再次关上它，转身面对她。“谢谢你。”他说。

她点点头。

“萝丝想要……她的需要……”

她再次点点头。他浅浅一笑，打开门，消失在夜色中。

一周的时间拖着缓慢的步伐前进，他们变得习以为常，逐渐有了惯常程序。纳桑尼会带来他最新完成的素描，然后，他们一起谈论故事和插画。他也会带铅笔过来，边讨论边修改。通常，当素描完成时，他们的对话会转到其他话题上。

他们躺在伊莱莎的小床上时也聊天。纳桑尼告诉她他的家族故事，伊莱莎相信那些人都已作古，他年轻时代的艰苦，他在码头工作的父亲，他母亲因洗太多衣服而皲裂的双手。伊莱莎发现自己对他倾诉了她从未告诉别人的秘密：她的母亲，她从不认识的父亲，她想追随他横越广袤海洋的梦想……他们的关系发展出奇异和意想不到的亲密，她甚至说起了塞米的事。

一个星期终于要过去了，纳桑尼在最后一晚提早抵达。他似乎不想做他们必须做的事。他们像第一晚那样，坐在餐桌两侧，默不作声。突然之间，在没有准备的情况下，纳桑尼伸手抓住她的一绺长发，烛光将艳红转化为金黄。他盯着他指尖的发丝，神色专注。深色头发滑落下来，在他的双颊投下阴影，他黑色的双眸因无言的思考而睁大了。伊莱莎的胸口突然感到一阵温暖的亲密。

“我不希望它结束，”他轻柔地说，“我知道这很愚蠢，但我感觉到……”他打住话头，伊莱莎将一根手指按在他唇上。这让他安静下来。

她的心脏在衣服下怦怦狂跳，她祈祷他没有发觉。他不能说完他的话，虽然她显然希望他能说完。因为伊莱莎比任何人都清楚，字句拥有魔力。他们已经允许自己感受得过多，而在这场安排中，没有感受的容身之处。

她轻轻摇头，最后他点点头。他回避她的目光，半晌不再说话。然后他开始静静画素描。伊莱莎不得不压抑她燃烧般的冲动，她想告诉他，她已经改变心意。

那晚他离开时，伊莱莎返身进入小屋，小屋的墙壁似乎变得不同寻常的静默、寂寥。她在纳桑尼坐过的位子上发现了一张卡片，她将卡片翻过来，看见了自己的脸。一张素描。这是她第一次不经意间被捕捉到纸张上。

在第一个月流逝之前，伊莱莎就知道他们成功了。虽然她知道自己是孤独的，她还是有一种有人相伴的无法解释的奇特感受。接着她的经期停止，她更加确定了。玛丽最近刚流产，布雷赫又雇用了她，但只是短期雇用，要她做主宅和小屋之间的联络人。当伊莱莎告诉她，是的，她相信她体内有个紧紧抓牢她的小生命时，玛丽叹了口气，摇摇头，然后将口信带给艾德琳夫人。

小屋周围修筑了围墙，这样，等伊莱莎的腹部渐渐隆起时，就不会有人看见。村子里传说她离开了，小屋的世界遭到封闭。最简单的谎言往往最容易让人相信，但这个谎言天衣无缝。众所周知，伊莱莎一直想去旅行。因此人们很容易便相信她不告而别，等到合适的时候再回来。玛丽每晚送来食物。艾德琳的医生马修医生则每隔两个星期，在夜幕遮掩下，前来确定怀孕是否顺利。

在被囚禁的那几个月里，伊莱莎没见过其他人，但她从未感到孤独。她对着她隆起的肚子喃喃唱歌，低声讲故事，做着奇特和鲜活的梦。小屋似乎在她周围紧缩，成了一件温暖的旧外套。

而花园，她的心总是为之高唱，变得比以往更加美丽。花朵闻起来更加甜美，色彩更加鲜亮，成长更快。有一天，她坐在苹果树下，温暖、和煦的空气在她周围沉闷地打转，她陷入沉睡。当她轻柔地睡着时，一个故事前来找她，如此栩栩如生，犹如某个路过的陌生人跪在她耳边，对她轻诉。故事是关于一个年轻女人克服恐惧，旅行到远方，以找出一位她深爱的老者的人生真相。

伊莱莎一下子惊醒了，她确定这场梦很重要，她必须将它写成童话故事。不像大部分的梦带来的灵感，这个故事不需要太多修饰。那个孩子，她体内的宝宝，是故事的中心。伊莱莎无法解释她是如何知道的，但她有最古怪的确信，宝宝以某种方式和这个故事密切相关，宝宝帮助她得到了这个故事，而这个故事如此生动、如此完整。

伊莱莎在午后写下那则童话故事，将它称为《老婆婆的眼睛》。在接下来的几个星期，她常常想到那个被偷走真相的悲伤老婆婆。自从最后一次见面的那个晚上后，伊莱莎便没有再见到纳桑尼，但她知道他仍在为她的书画插画，而她渴望见到她的新故事所激发的灵感。在一个漆黑的夜晚，当玛丽带食物过来时，伊莱莎问起了他。她问玛丽是否能让他知道他可以在近期来拜访她时，语调刻意保持平淡。但玛丽只是摇摇头。

“沃克太太不会准许的。”她放低声音说，尽管小屋里没有别人，“我听到她对夫人哭诉，夫人说他不该再穿越迷宫，不该再和您见面。在发生了这件事后，他更不能再来见您。”她瞥了瞥伊莱莎隆起的腹部，“她说，事情可能变得过于复杂。”

“荒谬，”伊莱莎说，“我们这么做是为了萝丝。纳桑尼和我都深爱着她，我们依照她的要求帮忙，给了她她最渴求的东西。”

玛丽曾经对伊莱莎明白表示过她对这种做法的看法，反对她在孩子出生后要做的事，所以此时她只能保持沉默。

伊莱莎叹了口气，非常沮丧：“我只想和他谈谈童话故事的插画。”

“沃克太太对此事也不是很开心，”玛丽说，“她不喜欢他为您的书作画。”

“她为什么要介意呢？”

“嫉妒，她嫉妒得不得了。她无法忍受他花时间和精力想您的故事。”

从那以后，伊莱莎不再等待纳桑尼。她请玛丽将《老婆婆的眼睛》的手稿送到布雷赫，玛丽虽然同意，但她说此举有欠考虑。几天后一名专差送来一样礼物，那是她花园里的雕像，一个有着天使脸庞的小男孩。就算伊莱莎没有读一起送来的信，她也知道，纳桑尼送它时，心里想到的是塞米。他在信中为无法拜访而道歉，询问她的健康状况，然后快速转移话题，说他如何喜欢那篇新的故事，它的魔力占据了他的所有思绪，为它画插画的冲动淹没了他，他无法忍受去想别的事。

萝丝每个月来拜访她一次，但伊莱莎对她的来访变得小心翼翼。事情刚开始时都很顺利，萝丝看见伊莱莎时会爽朗地展开笑靥，殷切询问她的健康，在有机会感受她皮肤下的胎动时雀跃不已。但过了一段时间后，在没有征兆和缘故的情况下，萝丝会莫名其妙地变得气馁。她十指紧扣，拒绝再碰伊莱莎的腹部，甚至回避她的目光。萝丝的手指会无意识地抓起裙子，让腹部隆起，宛如她也怀孕了一般。

六个月后，萝丝不再前来。伊莱莎在预定日期空等一场。她满心困惑，纳闷自己是否记错了日子。但她的日记里记得清清楚楚。

她立刻担心萝丝可能生病了，不然，她不会不来拜访她。当玛丽带着装食物的篮子出现时，伊莱莎抓住了她。

玛丽将篮子放下，在火炉上烧一壶开水，好一阵子没有回话。

“玛丽？”伊莱莎问道，宝宝正压在她身侧，她弓着背改变坐姿，“你不必试图保护我。如果萝丝生病了……”

“没有，伊莱莎小姐。”玛丽从炉灶前转身，“沃克太太发现来拜访您会让她过于沮丧。”

“沮丧？”

玛丽回避着伊莱莎的目光。“那让她觉得自己一无是处，更甚以往。她无法怀孕，而您看起来像一颗成熟的桃子。她在拜访结束回到家中后，总是会不舒服好几天。她不肯见沃克先生，还跟夫人顶嘴，挑剔食物。”

“那我期待孩子的诞生。等我分娩后，等萝丝成为母亲时，她就会忘却这些不愉快的感受。”

于是，她们又回到了以往熟悉的场景：玛丽摇着头，伊莱莎再次为她的决定提出辩护。“这样不对，伊莱莎小姐。一个母亲不能就这样放弃她的孩子。”

“这不是我的孩子，玛丽。这孩子属于萝丝。”

“等您生产后，您也许会改变想法。”

“我不会的。”

“您不会知道……”

“我不会有不同的感受，因为我不能有。我已经许下承诺。如果我改变想法，萝丝会深陷痛苦。”

玛丽挑高眉毛。

伊莱莎强迫声调中带着更坚决的语气：“我会将孩子交出去，萝丝会重获快乐。我们会快乐地生活在一起，就像很久以前那样。你不懂吗，玛丽？我怀的这个孩子会将我的萝丝还给我。”

玛丽悲伤地笑了笑。“您说得也许对，伊莱莎小姐。”她说，但听起来并不令人信服。

接着，在时光似乎停住脚步的几个月后，结局来临。比预产期早了两个星期。痛苦，撕裂般的痛苦降临，身体像一台机器般裂开，为它所创造的生命辟出血路。玛丽看出即将分娩的征兆，待在现场帮忙。她妈一辈子都在生小孩，所以她知道该怎么做。

生产很顺利，这个孩子是伊莱莎见过的最美丽的孩子，小女孩的小耳朵紧紧贴在脑袋两侧，当空气穿过手指时，那些精致苍白的手指不时惊惶地颤抖。

虽然玛丽奉命在伊莱莎出现临盆的迹象时立刻向布雷赫报告，但她沉默了好几天。她轻柔地对伊莱莎说话，恳求她重新考虑这个可怕的约定。这样做不对，玛丽不断低语，没有人能要求一个女人放弃自己的孩子。

伊莱莎和宝宝独处了三天三夜。终于见到这个在她体内居住、成长的小人儿时感觉是多么怪异。她轻抚那些原本在她肚子里拳打脚踢的小手和小脚，不忍放手。她小小的嘴唇抿紧，仿佛想说话。表情显现出无穷的智慧，在人生中的最初数日中，这个小人儿好像就拥有了别人一辈子的智慧。

然后，在第三个夜晚凌晨时分，玛丽抵达小屋，站在门口，宣布那个可怕的消息：马修医生将在第二天晚上前来检查。玛丽压低声音，紧握着伊莱莎的双手，倘若她有任何想留住宝宝的想法，她必须现在就逃走。她必须带着孩子逃走。

尽管逃跑的建议紧紧纠缠着伊莱莎的心，尖锐地拉扯，命令她采取行动，但她迅速将它抛诸脑后。她忽视胸口的锐利疼痛，如往常一样向玛丽保证，她心意已决。她低头看了孩子最后一眼，默默凝视那张完美的脸蛋，试图理解是她创造了这个美丽的孩子，是她做了这件美妙的事。直到最后，她的脑中、心中和灵魂的强烈抽痛使她无法忍受。随后，不知怎么的，仿佛从远方观察着自己一样，她实践了她的承诺：将小女孩交出，让她由别人抚养。她在玛丽走后关上门，独自回到安静、寂寥的小屋。当曙光照入冬季花园时，小屋的围墙再次隐退，伊莱莎这才体会到她从来不知道的孤独的黑色剧痛。

虽然艾德琳轻视莱纳斯的手下曼塞尔，在他将伊莱莎带进他们的生活时还诅咒过他的名字，但她无法否认此人的确知道怎么去找人。他被派往伦敦已经有四天了，今天下午，艾德琳假装在早茶室专心刺绣时接到了一通电话。

曼塞尔在电话线的那一头口气无比谨慎，谁都不知道是否有人会在分线上偷听。“芒特榭夫人，我特地打电话通知您，您所要的物品已经收到了。”

艾德琳的呼吸哽在喉咙里。这么快？期待、企望、紧张让她的指尖隐隐作痛。“你收到的是大件物品还是小件物品？”

“大件物品。”

艾德琳双眼紧闭，声调中未透露半丝放松、欢愉，只有平淡稳定。“你预计什么时候送过来？”

“我们马上离开伦敦，会在明天晚上抵达布雷赫。”

艾德琳终于等到了这一天，尽管她仍然得继续等待。她在土耳其地毯上来回踱步，抚平裙子，痛骂仆人。她一直都在计划如何除掉伊莱莎。

伊莱莎同意她从此不再走近主宅，她说到做到。但她一直在观察。她发现，即使当她存下足够的资金，可以买张船票去往远方时，却有什么阻止她这么做。仿佛在宝宝出生后，伊莱莎寻找了一生的锚就已深陷在布雷赫的土地中。

孩子的牵引力仿佛有磁性，因此她留了下来。但她遵守对萝丝的承诺，不再去主宅。她找到其他地方，躲藏起来偷偷观察。就像她小时候那样，趴在斯温德尔家楼上小房间的柜子上，看着世界在她周围移动，而自己静止不动，自处于各种活动之外静观其变。

失去孩子后，伊莱莎发现自己也失去了以往的人生、以往自我的中心。她抛弃了她与生俱来的权利，而在这个过程中，她丧失了人生目的。她很少写作，在那之后，她认为只有一篇童话故事值得收录到童话集里。那个故事是说，一个年轻女人独自住在黑暗森林里，她为了正确的理由作出了错误的决定，结果招致毁灭。

惨白的月份逐渐形成漫长的年岁，在1913年一个夏日的早晨，出版商寄来了童话故事集。伊莱莎立即将书拿进屋内，迫不及待地撕开包装，露出里面皮革装订的宝藏。她坐在摇椅里，打开书，举到眼前。它闻起来有新鲜油墨和胶水的味道，就像任何一本真实的书那样。书里面是她写的故事，她宝贵的创造物。她翻开厚重、崭新的书页，翻过一个接一个的故事，直翻到《老婆婆的眼睛》。她仔细阅读这个故事，随着字句她想起了在花园里的那个奇异而鲜活的梦境，还有淹没她全身的感受——她体内的宝宝对这个故事至为重要。

伊莱莎突然明白了，那个孩子，她的孩子，必须有一本故事集，如此一来，母女俩就会建立某种联系。于是，她用棕色牛皮纸将书包装好，等待机会，然后打破承诺：在迷宫尽头的大门出现，走向主宅。

数百粒尘埃在两个木桶间的银色阳光中尽情飞舞。小女孩笑了，女作家、悬崖、迷宫和妈妈离开了她的思绪。她伸出一根手指，试图抓住一粒尘埃。可没等太靠近，它们便盘旋着躲开了。她大笑起来。

远处的声音变了。小女孩听到一阵骚动，夹杂着兴奋的声音。她倾身躲进光影的薄纱中，将脸贴在冷冰冰的桶面上，用一只眼睛窥视着甲板。

腿、鞋子、衬裙的裙摆匆匆来去，色彩缤纷的纸带轻快地飘动，狡猾的海鸥在甲板上搜寻着碎面包屑。

大船突然侧倾，船腹深处一声呜咽，绵长低沉。震动穿过甲板传到了小女孩的指尖。她惊慌失措地等了片刻，手掌紧贴在身子两侧，屏住呼吸。船开了，慢慢驶离码头。船号轰鸣，欢呼声、“旅途愉快”的祝福声如波浪般起伏。他们出发了。

她们在夜里抵达伦敦。黑暗浓厚沉重地笼罩着街道，她们从火车站朝河流走去。小女孩累极了。当她们抵达目的地时，伊莱莎不得不叫醒她。但小女孩没有抱怨，她紧握住伊莱莎的手，跟在她咔嗒咔嗒的高跟鞋后亦步亦趋。

那晚，她们两人在房间里分享一碗肉汤和面包。她们舟车劳顿，很少交谈，只是好奇地从汤匙上看着彼此。小女孩问起了母亲和父亲，但伊莱莎只是说，他们会在航程的尽头等待她们。这不是事实，却很必要：伊莱莎需要时间来决定，如何将萝丝和纳桑尼去世的消息告诉小女孩。

晚餐后，艾弗瑞立刻在房间里唯一的床上陷入沉睡，伊莱莎则坐在窗台上。她一会儿俯瞰黑暗的街道，忙碌的旅行者相互推挤前进，一会儿观察熟睡中的孩子在床单下轻轻扭动身体。过了一会儿，伊莱莎默默走近孩子，近距离观察这张小脸蛋。最后她轻柔地跪在床边，靠得如此之近，近到能感受到小女孩缓缓吐在她头发上的气息，能在那张熟睡的脸上数清小雀斑。这是一张多么完美的脸庞，白皙的肌肤和玫瑰花苞般的嘴唇光彩动人。伊莱莎意识到，这是她在这孩子刚出生时凝视过的同一张脸，同样睿智的表情。在她的梦中，她常见到相同的脸庞。

她突然被一股冲动、一种需要抓住，是爱！这份感觉如此强烈，她浑身都充满了确信。那感觉就像她能立刻认出自己的手，她在镜中的影子，她在黑暗中的声音。同样，她的身体也能马上认出这是她赋予生命的孩子。伊莱莎尽可能小心翼翼地躺在床上，蜷曲着身子，搂住熟睡的孩子。就像她在另一个时间，另一个房间，靠在弟弟塞米温暖的身边一样。

伊莱莎终于回家了。

在船要起航的那天，伊莱莎和小女孩早早出门，去购买必需物品。伊莱莎买了几件衣服、一把梳子，还有放东西的行李箱。她在行李箱底部藏了一个放了几张纸钞的信封，还有一张纸，上面写有玛丽在波佩洛的地址。她觉得最好采取防范措施，免得抱憾终身。行李箱刚好是小孩提得动的大小，艾弗瑞兴奋不已。当伊莱莎领着她走过拥挤的码头时，她紧紧抓着行李箱。到处都是走动的人群和嘈杂的声音：火车轰鸣，蒸汽翻腾，起重机将婴儿车、自行车和留声机搬上船。当她们经过一群咩咩叫的山羊和一群被赶进船上羊圈的绵羊时，艾弗瑞大笑起来。伊莱莎买了两件裙子给她，她正穿着最漂亮的那件，看起来很像个富有的小女孩跟即将远航的姑姑道别。当她们抵达舷门时，伊莱莎将登船卡递给船长。

“欢迎上船，女士。”他点点头，制服帽子随之上下晃动。

伊莱莎点头致意。“能搭上这艘这么棒的船是我的荣幸，”她说，“我的侄女为她姑姑即将出海旅行的事兴奋不已。您瞧，她连行李箱都带来了。”

“你喜欢大船，对不对，小姐？”船长低头凝视着小女孩。

艾弗瑞点点头，展露出甜美的笑容，但她一语不发，遵照伊莱莎的指示。

“先生，”伊莱莎说，“我哥哥和嫂子在码头那边等着。”她对愈来愈拥挤的人群挥挥手，“我想，您不介意我带小侄女到船上参观一下我的舱房吧？”

船长瞥了一眼码头上蜿蜒排列的乘客。

“我们不会待很久，”伊莱莎说，“但这对小孩来说意义重大。”

“我想没有关系，”他说，“但记得要带她回来。”他对艾弗瑞眨眨眼，“如果她离开家乡，我想，她的父母会很想念她。”

伊莱莎牵着艾弗瑞的手，走上步桥。

到处都是人，嘈杂的声音，泼溅的水声，粗哑的汽笛声。交响乐队正在甲板上演奏一首轻快的曲子，女仆四处走来走去，邮差传送电报，表情高傲的侍者为将要离开的乘客端来巧克力和礼物。

但伊莱莎没有跟着服务员进入船内。她领着艾弗瑞沿着甲板快步往前走，直到走到一堆木桶前才停下脚步。伊莱莎领着小女孩走到木桶后面，叫她蜷伏着躲好，她的裙摆因此披散在甲板上。小女孩有点分神，她从未见过这样热烈的骚动，不断转着头，东张西望。

“你必须在这里等，”伊莱莎说，“到处走动很不安全。我很快就会回来。”她迟疑一下，看看天际。海鸥在头顶掠过，黑色的眼睛充满戒备，“在这儿等我，听到了吗？”

小女孩点点头。

“你知道怎么躲起来吗？”

“当然知道。”

“我们在玩一个游戏。”伊莱莎说这句话时，塞米的影子倏忽浮现在脑海中，她的肌肤突然感到一阵冰冷。

“我喜欢玩游戏。”

伊莱莎用力将那个影子推到一边。小女孩不是塞米。她们不是在玩开膛手。一切都会顺利的。

"我一会儿就回来。"

"你要上哪儿去？"

"我必须去见某个人。在船起航前，我得去拿一样东西。"

"什么东西？"

"我的过去，"她说，"我的未来。"她微笑了一下，"我的家族。"

马车向布雷赫狂奔时，伊莱莎脑海中的雾霭开始消散。她渐渐对四周有所知觉：摇晃不已的马车，马蹄溅起泥土的嗒嗒踩踏声，一股发霉的气味。

她突然睁开眼睛，不解地眨眨眼。黑色的阴影缓缓消散在暗灰色的光线中。她试着集中视线时却感到一阵晕眩。

有人在马车里，就坐在她的正对面。他的头斜靠在皮革座椅上，平稳的呼吸中夹杂着轻微的打鼾声。他留着蓬松的八字胡，夹鼻眼镜端坐在鼻梁上。

伊莱莎倒抽一口气。她又回到了十二岁，被拖着前往未知的未来，和母亲口中的坏人一起关在马车里：曼塞尔。

但……感觉不太对劲。她忘了某件事情，一片阴暗的云朵在她的思绪边缘嗡嗡低鸣。某件重要的事，某件她非做不可的事。

她猛吸一口气：塞米在哪儿？他应该和我在一起，我要保护他……

马蹄声重重地踏在外面的泥土上。尽管她不知道为什么，但那个声音让她恐惧不安。阴暗的云朵开始急速旋转，愈来愈近。

伊莱莎的目光往下看向裙子，她的双手在大腿上交握。她的双手，但又完全不是她的手。一道灿烂的光线在云层间穿出一个洞口：她早就不是十二岁了，她是个成年女人……

但是发生了什么事？这是在哪儿？她为什么和曼塞尔在一起？矗立在悬崖上的小屋，一座花园，海洋……

她的呼吸变得急促起来，尖锐地通过她的喉咙。一个女人，一个男人，一个孩子……

四处飘浮的惊慌刺痛了她的肌肤。光线更加强烈了……云朵默默散开……几个字，片段般的意思浮现：玛丽伯勒……一艘船……一个孩子，不是塞米，一个小女孩……伊莱莎的喉咙干涩，体内裂开一个幽深大洞，充满了黑色的恐惧。

小女孩是她的女儿。

清澈的思绪鲜亮地在她脑海里燃烧：她的女儿独自待在即将起航的船上！

惊恐渗进她的每一个毛孔。她的脉搏在太阳穴上用力敲击。她得离开，必须马上回去！

伊莱莎瞥了瞥旁边的车门。马车车速很快，但她不在乎。船今天会离开码头，而小女孩只身在船上。孩子，她的孩子，孤零零的一个人。胸口疼痛，头部剧痛。伊莱莎伸出了手。

曼塞尔动了一下，蒙眬的眼睛突然睁开，目光立刻集中在伊莱莎的手臂上和她手指下的把手上。他的唇边露出了一抹冷笑。

她抓住把手。曼塞尔跳过来阻止她，但伊莱莎的动作更快，毕竟她的需要更加强烈……

她正在坠落，马车车门打开，她朝着寒冷黑暗的土地坠落，坠落，坠落……时间在这一瞬间折叠起来：所有时间成为一体，过去是现在，也是未来。伊莱莎没有闭上眼睛，她看着土地愈来愈接近，闻到了烂泥、青草，还有希望的气味……

然后，她开始飞翔，翅膀伸展着掠过大地表面，现在她飞得更高了，乘着微风的气流而行。她的脸庞冰凉，思绪清澈。伊莱莎知道她要飞往何处：飞向她的女儿，飞向艾弗瑞。那是她花了一辈子寻寻觅觅的人，她的另一半。她现在终于是一个整体了，她正朝家飞去。

49

悬崖小屋，*2005*

她终于再次来到花园。在天气恶劣的日子里，露比抵达，卡珊德拉去拜访了克拉拉，距离她上次钻进墙上的洞已经有好几天了。她一直觉得有一股古怪的焦躁不安感，但现在那股感觉消散殆尽。她想，在右手套上手套的感觉很怪异：她从不觉得自己是个园丁，但这个地方很特殊。她感觉到自己必须回来，必须将手探入泥土中，要让花园起死回生。卡珊德拉在拉直另一只手套时，停下动作，再次注意到无名指上的苍白戒指痕迹。

她的大拇指轻抚过那里的肌肤。非常光滑，比指背上的其他肌肤更有弹性，仿佛它一直浸在温水中。那段白色痕迹代表她最年轻的部分，比起其他地方都要年轻十五岁。在尼克将戒指套入她手指的那一瞬间便隐藏起来，那是她身上唯一没有改变、变老和往前进的部分，直到现在。

“你冷吗？”克里斯汀从墙下的洞口现身，双手深深插进牛仔裤的口袋里。

卡珊德拉拉上手套，对他微笑：“我不认为康沃尔有冷的时候。我看过的手册都说这里气候温暖。”

“和约克夏比起来的确比较温暖。”他歪头一笑，“那是提前品尝冬季。至少，你不用忍受这些。”

沉默横亘在他们之间。克里斯汀转身检查他在上星期挖出的洞，卡珊德拉假装将所有的注意力放在除草耙上。他们避免谈论她要回澳大利亚的事。过去这几天，只要谈话方向稍微向这个话题迈进，他们中的一个便会立刻引入新话题。

“我又想了想哈莉特·斯温德尔的信。”克里斯汀说。

“是吗？”卡珊德拉将关于过去与未来的不安思绪推到一旁。

“伊莱莎从烟囱里拿出的陶罐，不管里面装了什么，一定很重要。奈儿当时已经在船上了，所以伊莱莎是冒着极大的风险回去拿它的。”

他们昨天已经谈论过这个细节了。在酒吧温暖的小隔间中，角落里的壁炉火焰噼啪作响，他们一再讨论已知的细节，寻找结论，感觉答案近在咫尺，正凝视着他们的脸。

“我想，她没想到那里会躲着个人要抓她，不管他是谁。”卡珊德拉将耙子插入花床，“我希望哈莉特能把他的名字给我们。”

“他一定是萝丝家族派来的人。”

“你这么想吗？”

“还有谁会那么急着要把她们抓回去？”

“抓伊莱莎回去。”

“嗯？”

卡珊德拉转头看着他：“他们没有抓回奈儿，只抓了伊莱莎。”

克里斯汀停下挖掘的动作：“对，这一点很奇怪。我想，她没告诉他们奈儿在哪儿。”

这让卡珊德拉百思不得其解。她大半个夜晚都躺在床上无法入睡，在脑海里反复思考所有线索，最后总是得出相同的结论。伊莱莎不想让奈儿在布雷赫长大，但当她知道船已经驶离后，她一定拼命想阻止它。她是奈儿的母亲，她对她的爱强烈到愿意冒着风险将她带走。她一定会用尽所有办法，通知人们奈儿独自搭上了一艘船，不是吗？她不会一声不吭地让宝贝女儿一个人前往澳大利亚。卡珊德拉的耙子挖到一个特别坚硬的草根。“我认为她没有办法告诉他们。”

“你的意思是……？”

“如果她能告诉他们，她早就说了。不是吗？”

克里斯汀缓缓点头，想到这个猜测影射的含意时，他抬高眉毛，将铲子插入洞口。

草根很厚。卡珊德拉拨开其他杂草，手抓在草根高处用力拔。她对自己笑了笑。虽然草磨损得很厉害，而且几乎没有叶子，她仍然认出了这种植物，她在奈儿的布里斯班花园里见过类似的品种。这是个坚硬的老玫瑰花丛，可能在这里生长了几十年。花茎和她的前臂一样粗，布满了愤怒的花刺。但它仍旧生气盎然，只要稍加照顾，就能再次开出美丽的花朵。

“哦，老天。”

卡珊德拉从玫瑰花丛里抬起头。克里斯汀正蹲下来，斜靠在洞口。“怎么了？怎么回事？”她问道。

“我找到一样东西。”他的声调古怪莫测。

卡珊德拉的皮肤下穿过电流般的热流。“是可怕的东西还是让人兴奋的东西？”

“让人兴奋，我想。”

卡珊德拉走过去，跪在他身边，凝视洞口，目光循着他指的方向望去。洞口深处是潮湿的土壤，某样东西从烂泥底部冒出来：小小的，棕色，很光滑。

克里斯汀将手伸下去，扳松那东西，拉出了一个小陶罐，就是过去拿来装芥末或其他腌渍物的陶罐。他擦掉上面的泥土，然后递给卡珊德拉：“我想，你的花园刚刚吐露了它埋藏已久的秘密。”

陶罐摸上去冰凉，令人吃惊的是它很重。卡珊德拉的心在胸口狂跳。

“她一定将它埋在了这里，”克里斯汀说，“那人在伦敦抓到她后，一定把她带回了布雷赫。”

但伊莱莎在冒险回去拿陶罐后，为什么要将陶罐埋起来？为什么要再冒一次失去它的危险？如果她有时间偷偷藏好陶罐，为什么不想办法和轮船联络，将小艾弗瑞带回来？

灵光乍现。某个一直潜伏在她内心深处的答案突然浮现出来。卡珊德拉猛地倒抽一口气。

“怎么了？”

“我认为不是她将陶罐埋起来的。”卡珊德拉低语。

“你是什么意思？那是谁埋的？”

“没人埋它，我是说，这个陶罐和她一起被埋在这儿。”她在这里躺了九十多年，等着某人来发现，等着让卡珊德拉找到她，解开她的秘密。

克里斯汀盯着洞口深处，睁大眼睛，然后缓缓点了点头。“这解释了她为什么没有回去找艾弗瑞，找奈儿。”

“她没办法去，因为她一直躺在这儿。”

“但是到底是谁埋了她？抓走她的人，还是她的舅妈？她的舅舅？”

卡珊德拉摇摇头：“我不知道。但我确定，不管是谁埋了她，埋她的人都不想让任何人知道这件事。这里没有墓碑，完全没有记号。他们希望伊莱莎消失，而她已死的真相永远成为秘密。永远被遗忘，如同她的花园。”

50

布雷赫庄园，*1913*

艾德琳从壁炉前转身，突然倒抽一口气，腰瞬间变细。“你是什么意思？事情未如计划进行？”

夜幕已经降临，周围的森林默默遮掩住庄园。房间角落垂挂着幢幢黑影，烛光在它们寒冷的边缘抖动。

曼塞尔先生拉直他的夹鼻眼镜：“她摔下马车。她自己从马车上跳了下去。马失去了控制。”

“医生，”莱纳斯说，“我们必须打电话叫医生。”

“医生也于事无补。”曼塞尔的声调平稳冷静，“她已经死了。”

艾德琳急促地喘气：“什么？”

“死了，”他又说了一遍，“那个女人，您的外甥女，已经死了。”

艾德琳闭上眼睛，膝盖发软。世界在旋转，她轻如羽毛，毫无痛苦，终获自由。这种负担、这种重量竟能如此迅速地摆脱？摔下马车一次就能解决她永远的老敌手，乔治亚娜的女儿？

艾德琳毫不在乎。她的祈祷终于灵验了，世界步入了正轨。

那个女孩死了。走了。这是最重要的事。自从萝丝死后，她第一次感到她能畅快呼吸。欢愉的温暖须蔓缠绕着她的每根血管。

“在哪儿？”她听到自己说，“她在哪儿？”

“在马车里……”

“你把她带到这里来了？”

“那个女孩……”莱纳斯的声音从他颓然坐着的扶手椅那边飘过来。他的呼吸急促、低浅。“那个有着艳红头发的小女孩在哪儿？”

“那个女人在坠落前说了几个字。她全身无力，说得很轻，但她提到了一艘船。她急切不安，急着在它起航前赶回去。”

“你先出去，”艾德琳的声音尖锐，“在马车旁等。我会安排一下再叫你。”

曼塞尔很快点了点头，然后离开，带走了房间仅有的温暖。

“那孩子怎么办？”莱纳斯低声哭着。

艾德琳对他视若无睹，她的思绪急于找出解决方案。当然不能让仆人知道。就让他们以为，当伊莱莎知道萝丝和纳桑尼要在纽约定居时便离开了布雷赫。好在那女孩常常提起她想去旅行的愿望。

“那孩子怎么办？”莱纳斯又问，他的手指在衣领附近不住颤抖，“曼塞尔必须找到她，找到那艘船。我们必须把她带回来，我们必须找到小女孩。”

艾德琳的目光扫过他萎靡不振的身体时，努力吞下深深的厌恶。“为什么？”她说，皮肤变得冰冷。“我们为什么要找到她？她对我们来说算什么？”她挨近他时放低了声音，“你不懂吗？我们终于自由了。”

"她是我们的外孙女。"

"她不是我们的。"

"但她是我的至亲。"

艾德琳对这句苍白无力的话置之不理。她不需要评论这类情绪化的表现，何况，他们现在还不算完全安全。她突然转身，在地毯上烦躁地踱来踱去。"我们会告诉大家，孩子在庄园里染上了猩红热。不会有人质疑，因为他们已经相信她因病躺在床上好几天了。我们会指示仆人，我要单独照顾她，萝丝会希望如此。过一段时间后，等每个和这场疾病挣扎的征兆一一出现后，我们会举行葬礼。"

艾德琳会为艾弗瑞举行一场适合宝贝外孙女的隆重葬礼，但她必须悄悄而迅速地解决伊莱莎的尸体。她不能埋在家族墓园，这点可以肯定。围绕着萝丝的神圣土壤岂容遭到如此玷污！她一定要被埋在没有人找得到的地方，一个没有人想得到的地方。

第二天早晨，艾德琳命令戴维斯领着她走过迷宫。真是个恐怖阴森又潮湿的地方。从未照射到阳光的灌木发出霉烂的气味，从四面八方向艾德琳扑来。她黑色丧服的裙子扫过耙平的泥土发出窸窣声，掉落的树叶像芒刺般紧紧黏在裙摆上。她活像一只黑色的大鸟，全身插满羽毛，以抵御萝丝死后的寒冷冬季。

当他们终于抵达那座秘密花园时，艾德琳将戴维斯推到一旁，急忙走上狭窄的小径。她经过时，原本群聚的小鸟纷纷振翅飞走，疯狂地鸣叫，逃到它们藏身的枝丫上。她虽然步履急促，但仍合乎礼数，急着挣脱这片魔法之地和让她头发昏的浓郁刺鼻香味。

艾德琳在花园的尽头停下脚步。一抹冷笑缓缓浮现在嘴角，这里正如她所希望的。她打了个寒战，突然转身。“我看够了，”她说，“我的外孙女病得很重，我必须回去。”

戴维斯盯着她半晌，惊惶失措的战栗滚下她的脊椎。艾德琳立即压碎这股恐惧。他怎么可能知道她精心策划的骗局？“现在，带我回去。”

当艾德琳跟着他摇晃、庞大的身体走过迷宫时，她小心翼翼地保持距离，一只手放在裙子口袋里，以固定的频率伸出指尖，偷偷丢下艾弗瑞收藏的白色小鹅卵石，那些她收藏在儿童房小罐子里的鹅卵石。

下午拖着脚步缓缓前进，漫漫夜晚过去，终于到了午夜时分。艾德琳从床上起身，穿上裙子，系上靴子的鞋带。她蹑手蹑脚地沿着走廊前进，下楼，出门，进入夜幕之中。

正值满月，她迅速穿越宽敞的草坪，走在树木和灌木形成的寒冷阴影下。迷宫大门紧闭，艾德琳立刻将门打开。她溜进里面，看见第一粒小鹅卵石闪烁如银时，不禁对自己笑了。

她一路沿着鹅卵石前进，直到抵达第二道大门，也就是秘密花园的入口。

花园在高大石墙内低吟。月光将树叶照成银色，呢喃的微风拂过，树叶发出轻微的簌簌声响，宛如金属片，又像竖琴的颤抖音调。

艾德琳有种被沉默的观察者偷偷监视的古怪感觉。她紧张地环顾四周，看着被月光染白的景色，在她注意到附近的树枝上有一双大睁的眼睛时不禁倒抽一口凉气，脑袋顿时一片空白。那只是一只猫头鹰，圆滚滚的身子和头部全是羽毛，喙部尖锐。

但她仍然觉得不自在。鸟儿的凝视中有种古怪的东西，仿佛它了然于胸，那双观察她的眼睛好像在诅咒她。

她转过头，拒绝让一只鸟儿拥有让她心绪不宁的力量。

然后，嘈杂声从小屋的方向传来。艾德琳蹲在花园座椅旁，看着两个黑影逐渐走进视线。她知道其中有曼塞尔，但他又带了谁一同前来?

黑影缓缓向前走，他们中间有一样大物件。他们在围墙的另一边放下它，然后，其中一人穿过洞口，走进秘密花园。

曼塞尔划火柴时发出咝咝声，然后是一道温暖的光线，橙色的焰心外是一圈蓝色光晕。他将火柴放在油灯芯上，旋转灯盖，光线顷刻间流泻开来。

艾德琳站起身，朝他们走去。

“晚安，芒特榭夫人。”曼塞尔说。

她指着第二个人，冷冷地问：“这是谁？”

“史洛康，”曼塞尔说，“我的马车夫。”

“他为什么在这里？”

“悬崖陡峭，包裹沉重。”他对艾德琳眨眨眼，油灯的火焰在他夹鼻眼镜的镜片上反射、跳跃，“他绝对不会说出去的，您可以信任他。”他将油灯举到一旁，照亮史洛康的下半张脸。他的下巴扭曲变形，本来应该是嘴巴的地方只有纠结在一起的肉瘤和疤痕。

他们开始挖掘，把工人开出来的洞口挖得更深，艾德琳的注意力飘浮到苹果树下的黑暗地面。终于，女孩要被驱逐到泥土中了。她会消失得无影无踪，会被遗忘，仿佛她不曾来过世间。等时间久了，人们还会忘记她曾经存在过。

艾德琳闭上眼睛，不去听讨厌的鸟儿开始的尖锐鸣啼，树叶正在急促地沙沙作响。她只听得到松软的泥土翻到下面的结实地面上的愉悦声响。马上就会结束了。那个女孩死了，艾德琳得以再次呼吸……

空气动了，她的脸上一阵冰凉，眼睛立刻睁开：一个黑影朝她头上飞过来。

一只鸟，还是一只蝙蝠？

黑暗的翅膀在夜空中拍动。艾德琳不由得往后退。

一阵突然的刺痛，她的血液冰冷。炽热。然后再次冰冷。

猫头鹰灵巧地飞越围墙，艾德琳的手掌开始颤动。

她一定惊叫出声，因为曼塞尔停下铲子，将油灯转了过来。在晃动的黄色灯光中，艾德琳看见一条玫瑰花蔓自花床中挣扎而出，缠住了她。巨大的尖刺刺进了她的手掌。

艾德琳用另一只手将刺从手掌上拔开。手掌表面出现了一朵鲜红的玫瑰，一个完美、闪闪发光的小血滴。艾德琳从袖子里拉出一条手帕，压住伤口，看着红色污迹渗透、扩散。那只是玫瑰的刺。她不介意肌肤下的血液冰冷，伤口会愈合，一切都会好转。

艾德琳下令摧毁花园时，玫瑰花会是第一种被斩草除根的植物。

现在，布雷赫花园里还种玫瑰[1]干什么呢？

1　萝丝（Rose）与玫瑰同名。

51

特瑞纳，*2005*

卡珊德拉望进幽深的洞口，望着伊莱莎的坟墓时，被一股奇异的平静包围了。好像发现这个秘密后，花园终于放松地叹了口气：鸟儿安静多了，树叶也停止了恼人的簌簌作响，奇特的不安消失无踪。花园被迫埋藏的那份长久以来被遗忘的秘密，现在摊到了阳光下。

克里斯汀温柔的声音似乎从遥远的地方传来："嗯，你不打算打开它吗？"

陶罐沉甸甸地放在卡珊德拉手中。她的手指抚过封住开口的旧蜡。她看看克里斯汀，他点头以示鼓励，然后她一压一转，封印断裂，盖子弹开。里面有三样东西：一个小皮囊、一簇金红发、一枚胸针。

小皮囊里有两枚古老的淡黄色钱币，表面有维多利亚女王那令人熟悉的肌肉松垂的侧面浮雕。铸造日期分别是1897年和1900年。

头发用一根细线绑起来，像蜗牛壳般卷曲，以放入陶罐内。经过多年的存放，头发变得光滑柔软，非常细致。卡珊德拉纳闷这是谁的头发，然后记起萝丝在早年的剪贴簿里写着伊莱莎刚抵达布雷赫的情景。萝丝对那个小女孩抱怨连连，描述她“没比野蛮人好到哪里去”。那个小女孩的头发剪短了，像男孩那样参差不齐。

卡珊德拉最后看着胸针。胸针呈圆形，安稳地躺在卡珊德拉的手掌中。边缘装饰繁复，镶有珠宝，中央是个图案，有点像织锦画，但又不是织锦画。卡珊德拉经手过多年的古董，她马上知道了这是什么胸针。她将胸针转个面，手指轻抚着背面的雕刻。*给乔治亚娜*，小小的字体写着，*庆祝她的十六岁生日*。*过去*。*未来*。*家族*。

就是这个。伊莱莎回到斯温德尔家想取回的宝物，付出的代价是被一个奇怪的男人抓走。这场会面必须为伊莱莎和艾弗瑞的分离，为后来所有的事，为艾弗瑞变成奈儿的遭遇负责。

“这是什么？”

卡珊德拉抬头看着克里斯汀：“哀悼胸针。”

他皱起眉头。

“维多利亚时代的人用家族成员的头发制作这类胸针。这枚胸针属于乔治亚娜·芒特榭，伊莱莎的母亲。”

克里斯汀缓缓点头：“这解释了它对她而言为什么如此重要，为什么她想拿回它。”

“还有为什么她没有回到船上。”卡珊德拉把东西放在膝盖上，仔细审视伊莱莎的珍贵宝藏，“我真希望奈儿看过它们。她一直觉得被抛弃，从来不知道伊莱莎是她母亲，而她被深爱着。这是她渴望知道的真相：她是谁。”

“但她的确知道她是谁，”克里斯汀说，“她是奈儿，而她的外孙女卡珊德拉深爱着她，为她远渡重洋，解开身世之谜。”

“她不知道我来了这里。”

“你怎么知道她知道什么又不知道什么呢？她现在可能正在看着你。”他抬高眉毛，“反正，她当然知道你会来这里。不然，她为什么将小屋留给你？还有遗嘱上的留言，它是怎么说的？”

那句话刚开始时看起来多么古怪，当本把遗嘱给卡珊德拉时，她一点也不理解。“**给卡珊德拉，她会明白原因。**”

“然后呢？你明白了吗？”

她当然明白。奈儿如此拼命地想面对过去以迎向未来，她在卡珊德拉身上看到了相似的精神。世事无常的受害者。“她知道我会来。”

克里斯汀点点头：“她知道你深爱她，会完成她未竟的心愿。这就像《老婆婆的眼睛》：小鹿告诉公主，老婆婆不需要她的眼睛，因为通过公主对她的爱，她知道她是谁。”

卡珊德拉感觉眼睛刺痛：“那只小鹿很睿智。”

“更别提英俊又勇敢了。”

她不由得微笑起来：“现在，我们知道真相了。我们知道，谁是奈儿的母亲，她为什么独自留在船上，伊莱莎发生了什么事。”她也知道为什么花园对她来说如此重要，为什么她会觉得她的根牢牢固定在泥土中，她愈是在围墙里游荡，根似乎就往下扎得愈深。她在花园里很自在，奈儿似乎也以某种她无法解释的方式在这里徘徊，就像伊莱莎那样。而她，卡珊德拉，是她们母女秘密的守护者。

克里斯汀似乎读懂了她的心思。“那么，”他说，“你还想要卖掉它吗？”

卡珊德拉看着微风吹落树叶，像下起了黄色的细雨。“事实上，我想我会在这儿待得久一点。”

“在饭店？”

“不，在小屋这里。”

“你不会觉得寂寞吗？”

这很不像她的作风，但在这一刻，卡珊德拉张开嘴，说出了内心的真实感受，丝毫没有踌躇和担忧。“我不觉得我会孤单。不是所有的时间都一个人。”她感到又冷又热，脸颊涨红，连忙继续说，“我想完成我们已经开始的事。”

他抬起眉毛。

她的两颊滚烫：“这里。我是说花园。”

“我知道你的意思。”他与她目光交汇。卡珊德拉的心开始在肋骨间怦怦狂跳。克里斯汀放下铲子，伸出手，轻轻托住她的脸颊。他靠上前去，她闭上眼睛，叹了一口气，那声沉重的叹息承载着多年来的疲惫，终于离开了她。然后，他亲吻了她，她被他的亲密、他结实的身体、他的气味击中了。那是花园、泥土和太阳的味道。

卡珊德拉再次睁开眼睛时发现自己在哭。她并非因为哀伤，这是离开很久后，终被寻获，终于回家的眼泪。她握紧胸针。*过去。未来。家族*。她的过去充满着回忆，一生美丽、珍贵、悲伤的回忆。这十年来，她在它们之间徘徊踌躇，与它们共眠，跟它们同行。但现在，有些事物改变了，她改变了。她来到康沃尔解开奈儿的过去，她的家族之谜，还以某种方式找到了自己的未来。在这儿，在这个由伊莱莎一手创造、奈儿辛苦买回的美丽花园里，卡珊德拉重新发现了自己。

克里斯汀抚摸着她的头发，盯着她的脸庞，眼神中的笃定不禁让她颤抖。“我一直在等你。”他最后说道。

卡珊德拉紧握住他的手：她也一直在等他。

尾　声

葛林史洛普医院，布里斯班，2005

眼睑冰凉，像有蚂蚁来回行走一般传来阵阵刺痒。

一个非常熟悉的声音响起："我去找护士过来……"

"不！"奈儿伸出手摸索，她仍然看不见，想抓住任何她能抓到的东西，"别离开我！"她的脸庞潮湿，循环的空气轻拂过脸，感觉冰冷。

"我马上回来。我保证……"

"不……"

"没事的，外婆。我会找人来帮忙。"

外婆。这是她的身份，她现在记起来了。在她的人生中，她曾经拥有过许多名字，有些她已经忘却，但直到她得到"外婆"这最后一个名字时，她才知道她的真实身份。

第二个机会，祝福，救星。她的外孙女。

现在，卡珊德拉在寻求帮助。

奈儿的眼睛紧闭。她又在船上了。她可以感觉到下面的波涛，甲板左右摇晃摆动。木桶，阳光，尘埃。大笑声，遥远的大笑声。

马上扫二维码，关注“**熊猫君**”

和千万读者一起成长吧！

图书在版编目（CIP）数据

被遗忘的花园 / (澳) 凯特·莫顿著；廖素珊译
. -- 上海：上海文艺出版社，2018.11
（读客外国小说文库）
ISBN 978-7-5321-6886-6

Ⅰ. ①被… Ⅱ. ①凯… ②廖… Ⅲ. ①长篇小说—澳大利亚—现代 Ⅳ. ① I611.45

中国版本图书馆 CIP 数据核字（2018）第 221302 号

责任编辑：毛静彦
特邀编辑：王　品　叶　子
封面设计：苏　哲

被遗忘的花园
（澳）凯特·莫顿　著
廖素珊 译
上海文艺出版社出版、发行
地址：上海绍兴路7号
电子信箱：cslcm@publicl.sta.net.cn
网址：www.slcm.com
新華書店经销　三河市吉祥印务有限公司印刷
开本 890毫米×1270毫米　1/32　18.5印张　字数 406千字
2018年11月第1版　2018年11月第1次印刷
ISBN 978-7-5321-6886-6/I.5495
定价：69.90元